Michael Connelly

DAS ZWEITE HERZ

Roman

Aus dem Amerikanischen
von Sepp Leeb

Unkorrigiertes Leseexemplar für Buchhandel und Presse

Erstverkaufstag: 18. August 1999
Bitte besprechen Sie dieses Buch nicht vor diesem Termin.

Papier und Ausstattung des Leseexemplars entsprechen nicht der endgültigen Auflage.

WILHELM HEYNE VERLAG
MÜNCHEN

Die amerikanische Originalausgabe erschien unter dem Titel:
Bloodwork bei Little, Brown and Company,
Boston-New York-Toronto-London

Umwelthinweis:
Dieses Buch wurde auf chlor- und säurefreiem Papier gedruckt.

Satz: Leingärtner, Nabburg
Druck und Bindung: Wiener Verlag, Himberg
Printed in Austria

ISBN 3-453-15999-3

Das ist für
TERRY HANSEN
und
MYRA MCCALEB

Ihre letzten Gedanken galten Raymond. Sie würde ihn bald sehen. Er würde wie immer aufwachen und sie mit einer warmen, langen Umarmung begrüßen.

Sie lächelte, und Mr. Kang hinter dem Ladentisch lächelte zurück, weil er dachte, ihr Strahlen gelte ihm. Er lächelte sie jeden Abend an, ohne zu ahnen, daß ihre Gedanken und ihr Lächeln eigentlich Raymond galten und dem Moment, der noch vor ihr lag.

Das Geräusch der Glocke, die durch die hinter ihr aufgehende Tür in Bewegung gesetzt wurde, fand nur ganz am Rand Eingang in ihr Bewußtsein. Sie hatte die zwei Dollar bereit und reichte sie Mr. Kang über den Ladentisch. Aber er nahm sie nicht. Das war der Moment, in dem sie merkte, daß sein Blick nicht mehr auf sie, sondern auf die Tür gerichtet war. Sein Lächeln war verflogen, und sein Mund stand leicht offen, als wolle er ein Wort artikulieren, das ihm nicht recht über die Lippen kommen wollte.

Sie spürte, wie eine Hand von hinten ihre rechte Schulter packte. Die Kälte von Stahl preßte sich gegen ihre linke Schläfe. Durch ihr Blickfeld schoß ein Schwall Licht. Blendend helles Licht. In diesem Moment sah sie ganz kurz Raymonds süßes Gesicht, dann wurde alles dunkel.

1

McCaleb sah sie, bevor sie ihn sah. Er kam gerade an den Millionärsbooten vorbei den Hauptsteg entlang, als er die Frau im Heck der *Following Sea* stehen sah. Es war halb elf an einem Samstag vormittag, und das warme Wispern des Frühlings hatte eine Menge Leute in den Hafen von San Pedro gelockt. McCaleb beendete gerade den Spaziergang, den er jeden Morgen machte – ganz um die Cabrillo Marina herum, die Steinmole hinaus und wieder zurück. Er war in dieser Endphase des Spaziergangs bereits ziemlich außer Atem, aber er ging sogar noch langsamer, als er sich nun dem Boot näherte. Seine erste Reaktion war Ärger – die Frau hatte ungebeten sein Boot betreten. Aber als er näher kam, tat er das beiseite und fragte sich, wer sie war und was sie wollte.

Sie war nicht für eine Bootsfahrt angezogen. Sie trug ein loses Sommerkleid, das auf halber Höhe ihrer Oberschenkel endete. Der Wind, der vom Wasser hochkam, drohte es hochzuwehen, weshalb sie eine Hand seitlich an ihr Bein hielt, um es unten zu halten. Ihre Füße konnte McCaleb nicht sehen, aber aus den angespannten Linien der Muskeln, die er in ihren braunen Beinen sah, schloß er, daß sie keine Segelschuhe anhatte. Sie trug hohe Absätze. McCalebs spontaner Gedanke war, daß sie hier war, um auf jemanden Eindruck zu machen.

McCaleb war nicht angezogen, um auf irgend jemanden Eindruck zu machen. Er trug eine alte Jeans, die vor Abnutzung, nicht aus modischen Gründen, Löcher hatte, und ein T-Shirt von der Catalina-Gold-Cup-Regatta vor einigen Sommern. Die Sachen waren mit Flecken übersät – hauptsächlich Fischblut, etwas eigenes Blut, Polyurethan und Maschinenöl. Sie hatten ihm sowohl als Angel- wie als Arbeitskleidung gedient. Er hatte vorgehabt, das Wochenende über am Boot zu arbeiten, und war dementsprechend angezogen.

Er fühlte sich zunehmend unwohl in seiner Aufmachung, als er näher auf das Boot zukam und die Frau besser sehen konnte. Er zog sich die Schaumgummipolster seines Walkman von den Ohren und stellte die CD ab, auf der Howlin' Wolf gerade ›I Ain't Superstitious‹ sang.

»Kann ich Ihnen helfen?« fragte er, bevor er auf sein Boot hinabstieg.

Seine Stimme schien sie zu erschrecken, und sie wandte sich von der Schiebetür ab, die in die Kajüte führte. McCaleb vermutete, sie hatte an das Glas geklopft und wartete nun in dem Glauben, er wäre im Boot.

»Ich suche Terrell McCaleb.«

Sie war eine attraktive Frau Anfang Dreißig, gute zehn Jahre jünger als McCaleb. Irgendwie kam sie ihm bekannt vor, aber er wußte nicht, woran es lag. Es war eins dieser Déjà-vu-Erlebnisse. Im selben Moment, in dem er dieses Gefühl von Wiedererkennen hatte, war es bereits wieder verflogen, und er wußte, daß er sich getäuscht hatte, daß er diese Frau nicht kannte. Er erinnerte sich an Gesichter. Und ihres war hübsch genug, um es nicht zu vergessen.

Sie hatte seinen Nachnamen falsch ausgesprochen, *Mc-CAL-Lab* statt *Mc-KÄI-Leb*, und sie hatte die formelle Version seines Vornamens verwendet, die außer Journalisten nie jemand benutzte. Das war der Punkt, als ihm alles klar wurde. Jetzt wußte er, was sie zu seinem Boot geführt hatte. Noch eine verlorene Seele, die an den falschen Ort gekommen war.

»McCaleb«, verbesserte er sie. »Terry McCaleb.«

»Entschuldigung. Ich, äh, ich dachte, Sie wären da drinnen. Ich war mir nicht sicher, ob es okay ist, einfach auf das Boot zu steigen und zu klopfen.«

»Aber getan haben Sie es trotzdem.«

Sie ignorierte die Zurechtweisung und machte weiter. Es war, als hätte sie eingeübt, was sie tat und zu sagen hatte.

»Ich muß mit Ihnen sprechen.«

»Nun ja, ich bin gerade ziemlich beschäftigt.«

Er zeigte auf die offene Bilgenluke, in die sie zum Glück nicht gefallen war, und auf das Werkzeug, das er neben dem Heckbalken auf einem Tuch ausgelegt hatte.

»Ich bin fast eine Stunde rumgelaufen, bis ich das Boot endlich gefunden habe«, sagte sie. »Es dauert nicht lange. Mein Name ist Graciela Rivers, und ich wollte –«

Er hob die Hände, um sie zu unterbrechen. »Hören Sie, Miß Rivers, ich habe wirklich ... Sie haben in der Zeitung von mir gelesen, stimmt's?«

Sie nickte.

»Also, bevor Sie anfangen, mir Ihre Geschichte zu erzählen, muß ich Ihnen sagen, daß Sie nicht die erste sind, die hier rauskommt oder sich meine Nummer beschafft und mich anruft. Und ich werde Ihnen das gleiche sagen, was ich auch allen anderen gesagt habe. Ich suche keinen Job. Wenn Sie also gekommen sind, um mich zu engagieren oder mich sonst irgendwie um Hilfe zu bitten, muß ich Ihnen leider sagen, daß das nicht geht. Ich suche nicht nach dieser Art von Arbeit.«

Sie sagte nichts, und wie bei den anderen, die vor ihr zu ihm gekommen waren, spürte er, wie Mitgefühl an ihm zu nagen begann.

»Schauen Sie, ich kenne ein paar Privatdetektive, die ich Ihnen empfehlen kann. Männer, die etwas von ihrem Geschäft verstehen und sich wirklich für Sie einsetzen und Sie nicht übers Ohr hauen.«

Er ging zum Achterdollbord, nahm die Sonnenbrille, die er auf seinen Spaziergang mitzunehmen vergessen hatte, und setzte sie zum Zeichen, daß das Gespräch beendet war, auf. Aber die Geste und seine Worte blieben ohne Wirkung auf sie.

»In dem Artikel stand, Sie waren gut. Und Sie hätten es schrecklich gefunden, wenn jemand ungestraft davonkam.«

Er steckte die Hände in die Hosentaschen und hob die Schultern.

»Dabei dürfen Sie eines nicht vergessen. Das war nie ich allein. Ich hatte Partner, ich hatte Laborteams, ich hatte das ganze FBI hinter mir. Das ist was vollkommen anderes als ein Typ, der ganz allein loszieht. Ganz was anderes. Wahrscheinlich könnte ich Ihnen nicht mal helfen, selbst wenn ich es wollte.«

Sie nickte, und er dachte, sie hätte begriffen und die Sache wäre damit erledigt. Er begann über das defekte Ventil eines der Bootsmotoren nachzudenken, das er übers Wochenende reparieren wollte.

Aber er hatte sie falsch eingeschätzt.

»Ich glaube schon, daß Sie mir helfen könnten«, sagte sie. »Vielleicht auch Ihnen selbst.«

»Ich brauche kein Geld. Ich komme ganz gut klar.«

»Ich spreche nicht von Geld.«

Er sah sie einen Moment an, bevor er antwortete.

»Ich weiß zwar nicht, was Sie damit meinen«, sagte er schließlich und ließ etwas Ärger in seine Stimme einfließen. »Aber ich kann Ihnen nicht helfen. Ich habe keine Dienstmarke mehr, und ich bin kein Privatdetektiv. Ich würde sogar gegen das Gesetz verstoßen, wenn ich als solcher aufträte oder ohne eine staatliche Lizenz Geld nähme. Wenn Sie den Zeitungsbericht gelesen haben, wissen Sie, was mit mir passiert ist. Ich darf nicht mal mehr Auto fahren.«

Er zeigte auf den Parkplatz hinter den Landestegen.

»Sehen Sie den Wagen, der wie ein Weihnachtsgeschenk eingepackt ist? Das ist meiner. Er wird dort so lange stehenbleiben, bis ich von meinem Arzt die Erlaubnis bekomme, wieder zu fahren. Was gäbe ich also für einen Detektiv ab? Ich müßte den Bus nehmen.«

Sie ignorierte seine Einwände und sah ihn bloß mit dieser enervierenden Entschlossenheit an. Er wußte nicht, wie er sie loswerden sollte.

»Ich hole Ihnen mal die Adressen dieser Leute.«

Er ging um sie herum und schob die Kajütentür auf. Nachdem er dahinter verschwunden war, zog er sie wieder zu. Er brauchte die Abtrennung. Er ging zum Kartentisch und begann in den Schubladen darunter nach seinem Adreßbuch zu suchen. Er hatte es so lange nicht mehr gebraucht, daß er nicht mehr wußte, wo es war. Er blickte durch die Tür nach draußen und beobachtete, wie sie nach achtern ging und sich mit der Hüfte gegen den Heckbalken lehnte, um zu warten.

Auf dem Glas der Tür war eine reflektierende Schicht. Sie konnte nicht sehen, daß er sie beobachtete. Ihn überkam wieder dieses Gefühl von Vertrautheit, und er versuchte ihr Gesicht einzuordnen. Er fand sie sehr attraktiv. Ihre dunklen, mandelförmigen Augen wirkten einerseits traurig, schienen aber zugleich von irgendeinem Geheimnis zu wissen. Er wußte, er hätte sich bestimmt an sie erinnern können, wenn er ihr schon einmal begegnet wäre oder sie auch nur gesehen hätte. Aber es kam nichts. Instinktiv wanderte sein Blick zu ihren Händen hinab, um nach einem Ring zu suchen. Da war keiner. Was ihre Schuhe anging, hatte er recht gehabt. Sie trug Sandalen mit fünf Zentimeter hohen Korkabsätzen. Ihre Zehennägel waren rosa lackiert und hoben sich gegen ihre zarte braune Haut ab. Er fragte sich, ob sie ständig so aussah oder ob sie sich zurechtgemacht hatte, um ihn herumzukriegen, den Auftrag zu übernehmen.

Er fand sein Adreßbuch in der zweiten Schublade und schlug rasch unter Jack Lavelle und Tom Kimball nach. Er schrieb die Namen und Telefonnummern auf einen alten Reklamezettel und schob die Tür auf. Sie öffnete ihre Handtasche, als er nach draußen trat. Er hielt den Zettel hoch.

»Hier haben Sie zwei Namen. Lavelle ist ein pensionierter LAPD-Beamter, und Kimball war beim FBI. Ich habe mit beiden zusammengearbeitet, und auf beide ist hundertprozentig Verlaß. Suchen Sie sich einen aus, und rufen Sie ihn an. Und vergessen Sie nicht, ihm zu sagen, daß Sie seine Nummer von mir haben. Er wird sich dann um Sie kümmern.«

Sie nahm den Zettel nicht. Statt dessen zog sie ein Foto aus ihrer Handtasche und reichte es ihm. Ohne zu überlegen, nahm McCaleb es. Er merkte sofort, daß das ein Fehler war. In seiner Hand war das Foto einer lächelnden Frau, die zusah, wie ein kleiner Junge die Kerzen auf einer Geburtstagstorte ausblies. McCaleb zählte sieben Kerzen. Zuerst dachte er, es wäre ein Foto von Graciela Rivers, als sie noch ein paar Jahre jünger gewesen war. Aber dann merkte er, daß sie es nicht war. Die Frau auf dem Foto hatte ein runderes Gesicht und dünnere Lippen. Sie war nicht so schön wie Graciela Rivers. Obwohl beide tiefbraune Augen hatten, hatten die Augen der Frau auf dem Foto nicht die gleiche Intensität wie die Augen der Frau, die ihn gerade beobachtete.

»Ihre Schwester?«

»Ja. Und ihr Sohn.«

»Wer von beiden?«

»Wie bitte?«

»Wer von beiden ist tot?«

Die Frage war sein zweiter Fehler, der zu dem ersten hinzukam und ihn noch weiter hineinzog. In dem Moment, in dem er die Frage stellte, wußte er, er hätte bloß darauf bestehen sollen, daß sie die Telefonnummern der zwei Privatdetektive nahm, und es dabei belassen sollen.

»Meine Schwester. Gloria Torres. Wir nannten sie Glory. Das ist ihr Sohn Raymond.«

Er nickte und gab ihr das Foto zurück, aber sie nahm es nicht. Er wußte, sie wollte, daß er fragte, was passiert war, aber jetzt zog er endlich die Bremse an.

»Sparen Sie sich das lieber«, sagte er schließlich. »Ich weiß, was Sie vorhaben. Aber das zieht bei mir nicht.«

»Heißt das, Sie haben kein Mitgefühl?«

Er zögerte, während ihm der Ärger in die Kehle stieg.

»Ich habe Mitgefühl. Wenn Sie den Zeitungsbericht gelesen haben, wissen Sie, was mit mir passiert ist. Mitgefühl war die ganze Zeit mein Problem.«

Er schluckte seinen Ärger hinunter und versuchte kein böses Blut aufkommen zu lassen. Er wußte, welch schreckliche Frustrationen sie verzehrten. Leute wie sie waren ihm zu Hunderten begegnet. Leute, denen ohne Grund ein geliebter Mensch entrissen worden war. Keine Festnahme, keine Verurteilung, kein abgeschlossener Fall. Einige von ihnen waren hinterher nur noch Zombies, ihr Leben unwiderruflich auf den Kopf gestellt. Verlorene Seelen. Auch Graciela Rivers war jetzt eine von ihnen. Das mußte sie sein, denn sonst hätte sie ihn nicht aufgespürt. Egal, was sie zu ihm sagte oder wie wütend er wurde – ihm war klar, daß sie es nicht verdient hatte, auch noch mit seinen Frustrationen belastet zu werden.

»Schauen Sie«, sagte er. »Ich kann das einfach nicht machen. Tut mir leid.«

Er legte ihr eine Hand auf den Arm, um sie zu der Stufe zum Anlegesteg zu führen. Ihre Haut war warm. Er konnte die kräftige Muskulatur unter der Zartheit spüren. Zwar hielt er ihr wieder das Foto hin, aber sie weigerte sich immer noch, es zu nehmen.

»Sehen Sie es sich noch mal an. Bitte. Nur noch einmal. Dann lasse ich Sie in Frieden. Sagen Sie mir, ob Sie noch etwas anderes empfinden?«

Er schüttelte den Kopf und machte eine resignierte Handbewegung, als wolle er sagen, für ihn ändere das nichts an der Sache.

»Ich war FBI-Agent, kein Hellseher.«

Trotzdem hob er das Foto demonstrativ hoch und sah es an. Die Frau und der Junge machten einen glücklichen Eindruck. Es war eine Feier. Sieben Kerzen. McCaleb erinnerte sich, daß seine Eltern noch zusammen waren, als er sieben wurde. Aber nicht viel länger. Seine Blicke wurden stärker von dem Jungen angezogen als von der Frau. Er fragte sich, wie er jetzt ohne seine Mutter zurechtkam.

»Es tut mir leid, Miß Rivers, aber ich kann wirklich nichts für Sie tun. Wollen Sie das zurück oder nicht?«

»Ich habe noch eins. Sie wissen schon, zwei für den Preis von einem. Ich dachte, Sie würden das hier behalten wollen.«

Jetzt spürte er zum erstenmal den versteckten Sog in der emotionalen Strömung. Irgend etwas war da noch im Spiel, aber er wußte nicht, was. Als er Graciela Rivers forschend ansah, hatte er das Gefühl, in die Tiefe gezogen zu werden, wenn er noch einen Schritt machte und die naheliegende Frage stellte.

Er konnte nicht anders.

»Warum sollte ich es behalten wollen, wenn ich Ihnen nicht helfen kann?«

Ihr Lächeln hatte etwas Trauriges.

»Weil sie die Frau ist, die Ihnen das Leben gerettet hat. Deshalb dachte ich, daß Sie sich vielleicht ab und zu vor Augen halten möchten, wie sie aussah, wer sie war.«

Er schaute sie lange an, aber er sah nicht wirklich Graciela Rivers an. Er blickte in sich hinein und ließ sich das, was sie gerade gesagt hatte, durch den Kopf gehen, fand aber keine Erklärung dafür.

»Wovon reden Sie?«

Das war die einzige Frage, die ihm einfiel. Er hatte das Gefühl, als würde die Kontrolle über das Gespräch und alles andere von ihm wegkippen und über das Deck auf sie zugleiten. Jetzt hatte der Sog ihn erfaßt. Er zog ihn hinaus.

Sie hob die Hand, griff aber nicht nach dem Foto, das er ihr immer noch hinhielt. Statt dessen legte sie ihre Handfläche auf seine Brust und strich damit über sein Hemd. Ihre Finger folgten dem dicken Seil der Narbe darunter. Er ließ sie es tun. Er stand wie versteinert da und ließ sie es tun.

»Ihr Herz«, sagte sie. »Es war das meiner Schwester. Sie war es, die Ihnen das Leben gerettet hat.«

2

Aus dem Augenwinkel konnte er den Monitor gerade noch sehen. Der Bildschirm war körniges Silber und Schwarz, das Herz wie ein wabernder Geist, die Nieten und Klammern, die Blutgefäße abklemmten, waren wie schwarze Rehposten in seiner Brust.

»Gleich haben wir es«, sagte eine Stimme.

Sie kam von hinter seinem rechten Ohr. Bonnie Fox. Immer ruhig und tröstlich, professionell. Gleich darauf sah er, wie sich die Linie des Endoskops, dem Verlauf der Arterie folgend, in das Röntgenfeld des Monitors schlängelte und in das Herz schob. Er schloß die Augen. Er haßte das Ziehen, von dem sie immer sagten, man würde es gar nicht spüren, obwohl man es immer spürte.

»Okay«, sagte sie, »eigentlich sollten Sie überhaupt nichts spüren.«

»Ich weiß.«

»Nicht sprechen.«

Dann, da war es. Wie das schwache Zupfen am Ende einer Angelschnur, ein Fisch, der einem den Köder wegfraß. Er öffnete die Augen und sah den Strich des Endoskops, dünn wie eine Angelschnur, immer noch tief im Herz.

»Okay, das wär's«, sagte sie. »Ich gehe jetzt wieder raus. Gut haben Sie das gemacht, Terry.«

Er spürte, wie sie ihm auf die Schulter klopfte, aber er konnte den Kopf nicht drehen, um sie anzusehen. Das Endoskop wurde entfernt, und sie befestigte mit Heftpflaster eine Kompresse über dem Einschnitt in seinem Hals. Die Klammer, die seinen Kopf in dieser unbequemen Stellung gehalten hatte, wurde abgenommen, und er drehte langsam den Hals gerade und nahm die Hand hoch, um seine verspannten Muskeln zu massieren. Dann tauchte Dr. Bonnie Fox' lächelndes Gesicht über seinem auf.

»Wie fühlen Sie sich?«

»Kann nicht klagen. Jetzt, wo es vorbei ist.«

»Ich komme später noch mal zu Ihnen. Aber erst muß ich mir das Blutbild ansehen und die Gewebeprobe ins Labor bringen.«

»Da ist etwas, worüber ich mit Ihnen reden möchte.«

»Sicher. Bis gleich.«

Wenige Minuten später schoben zwei Schwestern McCalebs Bett aus dem Katheterlabor in einen Lift. Er haßte es, wie ein Invalide behandelt zu werden. Er hätte durchaus gehen können, aber es war gegen die Vorschriften. Nach einer Herzbiopsie muß der Patient in horizontaler Lage gehalten werden. In Krankenhäusern gibt es immer Vorschriften. Im Cedars-Sinai schien es mehr zu geben als in den meisten anderen.

Er wurde in die kardiologische Abteilung im fünften Stock hinuntergebracht. Als er über den Ostkorridor geschoben wurde, kam er an den Zimmern der Glücklichen und der Wartenden vorbei – Patienten, die ein neues Herz bekommen hatten oder auf eines warteten. Sie kamen an einem Zimmer vorbei, dessen Tür offenstand. McCaleb sah einen Jungen darin liegen, der mit mehreren Schläuchen an eine Herz-Lungen-Maschine angeschlossen war. Auf der anderen Seite des Betts saß ein Mann in einem Anzug. Seine Augen waren zwar auf den Jungen gerichtet, aber zu sehen schien der Mann etwas anderes. McCaleb wandte den Blick ab. Er wußte den Grund. Dem Jungen lief die Zeit davon. Die Maschine würde ihn nicht mehr allzu lange am Leben halten. Der Mann im Anzug – der Vater, nahm McCaleb an – würde einen Sarg mit demselben Blick anstarren.

Jetzt hatten sie sein Zimmer erreicht. Er wurde von der fahrbaren Bahre auf das Bett gehoben und allein gelassen. Er stellte sich aufs Warten ein. Aus Erfahrung wußte er, daß es bis zu sechs Stunden dauern konnte, bis Bonnie Fox wiederkam, je nachdem, wie schnell die Blutprobe im Labor untersucht wurde und wie bald sie dazu kam, den Befund dort abzuholen.

Er war nicht unvorbereitet hergekommen. Der alte Lederbeutel, in dem er früher seinen Computer und die zahllosen Akten mitgenommen hatte, an denen er bei jeder sich bietenden Gelegenheit gearbeitet hatte, war jetzt voll mit alten Zeitschriften, die er sich für Biopsietage aufgehoben hatte.

Zweieinhalb Stunden später kam Bonnie Fox zur Tür herein. McCaleb legte die Ausgabe von *Boat Restoration* beiseite, in der er gelesen hatte.

»Das ging aber schnell.«

»Im Labor ist nicht viel los. Wie geht's?«

»Mein Hals fühlt sich an, als hätte mir jemand ein paar Stunden den Fuß draufgestellt. Sie waren schon im Labor?«

»Ja.«

»Und?«

»Sieht alles sehr gut aus. Keine Abstoßungsreaktion, alle Daten machen einen guten Eindruck. Ich bin sehr zufrieden. In einer Woche können wir vielleicht schon mit dem Prednison runtergehen.«

Während sie sprach, breitete sie den Laborbefund auf dem Schwenktisch des Betts aus und überprüfte die guten Werte noch einmal. Ihre letzte Bemerkung bezog sich auf die fein abgestimmte Kombination von Medikamenten, die McCaleb jeden Morgen und Abend einnehmen mußte. Das letzte Mal, als er sie gezählt hatte, hatte er morgens achtzehn und abends sechzehn Tabletten eingenommen. Das Arzneischränkchen auf dem Boot war nicht groß genug für alle Packungen. Er mußte eins der Lagerfächer in der vorderen Kabine verwenden.

»Gut«, sagte er. »Ich habe es langsam satt, mich dreimal am Tag zu rasieren.«

Bonnie Fox faltete den Befund zusammen und nahm das Klemmbrett vom Bettisch. Ihr Blick glitt über die Liste der Fragen, die er jedesmal, wenn er in die Klinik kam, beantworten mußte.

»Fieber?«

»Keines, ich bin fieberfrei.«

»Und Durchfall?«

»Auch nicht.«

Aufgrund ihrer ständigen Anweisungen und Fragen wußte er, daß Fieber und Durchfall die beiden Vorboten einer Transplantatabstoßung waren. Neben Blutdruck und Puls mußte er mindestens zweimal täglich die Temperatur messen.

»Die lebenswichtigen Organe sehen gut aus. Beugen Sie sich mal vor.«

Sie legte das Klemmbrett beiseite. Mit einem Stethoskop, das sie mit ihrem Atem anwärmte, hörte sie an drei verschiedenen Stellen des Rückens sein Herz ab. Dann legte er sich zurück, und sie hörte seine Brust ab. Schließlich legte sie ihm zwei Finger an den Hals, um ihm noch einmal selbst den Puls zu messen, und sah dabei auf ihre Uhr. Während sie das tat, war sie ihm sehr nahe. Sie roch nach einem Parfum aus Orangenblüten, das McCaleb immer mit älteren Frauen in Verbindung gebracht hatte. Was Bonnie Fox nicht war. Er sah zu ihr auf und betrachtete ihr Gesicht, während sie auf die Uhr sah.

»Fragen Sie sich eigentlich manchmal, ob wir das wirklich tun sollten?« sagte er.

»Jetzt nicht sprechen.«

Nach einer Weile legte sie ihm die Finger ans Handgelenk und maß ihm dort den Puls. Danach zog sie den Druckmesser von der Wand, legte ihn ihm um den Arm und maß seinen Blutdruck – alles in tiefem Schweigen.

»Gut«, sagte sie, als sie fertig war.

»Gut«, sagte er.

»Ob wir was tun sollten?«

Es war typisch für sie, ein unterbrochenes oder vergessenes Gespräch plötzlich weiterzuführen. Sie vergaß kaum etwas von dem, was McCaleb zu ihr sagte. Bonnie Fox war eine kleine Frau, etwa in McCalebs Alter, mit frühzeitig ergrautem kurzem Haar. Weil er für eine größere Person entworfen war, reichte ihr der Laborkittel fast bis zu den Fußgelenken. Auf die Brusttasche war eine Umrißdarstellung des Kardiopulmonalbereichs gestickt, ihr Spezialgebiet als Chirurgin. Bei ihren Treffen war sie immer sehr nüchtern und sachlich. Sie strahlte sowohl Zuversicht als auch Mitgefühl aus, eine Mischung, die McCaleb bei Ärzten selten angetroffen hatte – und er hatte in den letzten Jahren mit vielen zu tun gehabt. Er erwiderte die Zuversicht und das Mitgefühl. Er mochte sie und vertraute ihr. Anfangs hatte ihn noch leichtes Unbehagen beschlichen bei dem Gedanken, daß er sein Leben eines Tages in die Hände dieser Frau legen würde. Aber dieses Unbehagen war rasch verflogen und bereitete ihm inzwischen nur noch Schuldgefühle. Als der Zeitpunkt der Transplantation kam, war ihr lächelndes Gesicht das letzte gewesen, was er gesehen hatte, als er vor der Operation anästhesiert wurde. An diesem Punkt hatte er längst kein Unbehagen mehr verspürt. Und ihr lächelndes Gesicht war es gewesen, das ihn begrüßt hatte, als er mit einem neuen Herz und einem neuen Leben in die Welt zurückgekehrt war.

McCaleb betrachtete die Tatsache, daß sein Genesungsprozeß in den acht Wochen seit der Transplantation kein einziges Mal ins Stocken geraten war, als Beweis dafür, daß sein Vertrauen in sie gerechtfertigt war. In den drei Jahren, die vergangen waren, seit er zum erstenmal ihr Sprechzimmer betreten hatte, hatte sich zwischen ihnen eine Beziehung entwickelt, die weit über das rein Berufliche hinausging. Inzwischen waren sie gute Freunde, oder zumindest glaubte McCaleb das. Sie waren ein halbes Dutzendmal zusammen essen gewesen und hatten unzählige angeregte Unterhaltungen geführt, die sich mit so unterschiedlichen Themen wie Klonen oder den O.-J.-Simpson-Prozessen befaßten – McCaleb hatte über den Ausgang des ersten Prozesses mit ihr gewettet und hundert Dollar von ihr gewonnen, da er gemerkt hatte, daß sie ihr unerschütterliches Vertrauen in das Rechtssystem blind gemacht hatte für die rassenspezifischen Realitäten des Falls. Beim zweiten Prozeß wollte sie nicht mehr gegen ihn wetten.

Egal, um welches Thema es sich handelte – McCaleb ertappte sich in der Hälfte der Fälle dabei, daß er automatisch die Gegenposition einnahm, weil es ihm einfach Spaß machte, mit ihr zu streiten. Jetzt schickte Bonnie Fox ihrer Frage einen Blick hinterher, der zum Ausdruck brachte, daß sie zu einem weiteren Wortgefecht bereit war.

»Ob wir *das* tun sollten«, sagte er und fuhr mit der Hand durch die Luft, als wolle er das ganze Krankenhaus einschließen. »Organe rausnehmen, neue einsetzen. Manchmal komme ich mir vor wie ein moderner Frankenstein, mit Körperteilen anderer Menschen in mir.«

»Ein anderer Mensch, ein anderer Körperteil. Übertreiben Sie nicht so.«

»Aber der wichtigste Teil. Wissen Sie, als ich noch beim FBI war, mußten wir jedes Jahr auf dem Schießstand eine Prüfung ablegen. Auf Zielscheiben schießen, wissen Sie. Und dabei war es immer das beste, aufs Herz zu zielen. Der Kreis ums Herz zählt auf diesen Schießscheiben mehr als der Kopf. Er heißt Zehnerring. Dafür bekommt man die meisten Punkte.«

»Also, wenn das wieder auf die Frage Spielen-wir-da-nicht-Gott rausläuft, möchte ich eigentlich meinen, diesen Punkt hätten wir längst abgehakt.« Sie schüttelte den Kopf, lächelte und sah ihn ein paar Sekunden forschend an. Schließlich verflog das Lächeln.

»Also, wo drückt der Schuh?«

»Ich weiß nicht. Ich glaube, ich habe ein schlechtes Gewissen.«

»Weswegen? Daß Sie leben?«

»Ich weiß nicht.«

»Machen Sie sich nicht lächerlich. Auch das haben wir schon zur Genüge durchgekaut. Für die Schuldgefühle der Überlebenden habe ich keine Zeit. Sehen Sie sich doch mal die Wahlmöglichkeiten an. Die Sache ist doch ganz einfach. Auf der einen Seite haben Sie das Leben, auf der anderen den Tod. Was gibt es da groß zu überlegen? Und wo soll da vor allem ein Grund sein, ein schlechtes Gewissen zu haben?«

Er hob zum Zeichen seiner Kapitulation die Hände. Sie brachte die Dinge immer auf den Punkt.

»Typisch«, sagte sie, nicht bereit, ihn so einfach davonkommen zu lassen. »Da warten Sie fast zwei Jahre auf ein Herz und machen es so spannend, daß Sie es um ein Haar nicht schaffen, und jetzt fragen Sie sich, ob wir es Ihnen überhaupt hätten einpflanzen sollen. Also, was ist los, Terry? Ich habe wirklich keine Zeit, um solche hirnrissigen Diskussionen zu führen.«

Er sah sie an. Sie hatte ein unheimliches Talent entwickelt, ihn zu durchschauen. Das war etwas, was alle wirklich guten FBI-Agenten und Polizisten, die er kannte, gehabt hatten. Nach kurzem Zögern beschloß er, ihr zu sagen, was ihn beschäftigte.

»Wahrscheinlich möchte ich nur wissen, wie es kommt, daß Sie mir nicht erzählt haben, daß die Frau, deren Herz ich bekommen habe, ermordet wurde.«

Sie fiel sichtlich aus allen Wolken. Der Schock über seine Behauptung war ihr deutlich anzusehen.

»Ermordet? Was soll das heißen?«

»Sie wurde ermordet.«

»Wie?«

»Das weiß ich nicht genau. Sie wurde bei einem Raubüberfall auf einen Laden oben im Valley ermordet. Kopfschuß. Sie starb, und ich bekam ihr Herz.«

»Eigentlich dürften Sie nichts über Ihren Spender wissen. Woher wissen Sie das?«

»Weil am Samstag ihre Schwester bei mir war. Sie hat mir alles erzählt … Das ändert einiges, oder nicht?«

Bonnie Fox setzte sich auf das Krankenhausbett und beugte sich über ihn. Über ihr Gesicht legte sich ein strenger Ausdruck.

»Zuallererst: Ich hatte keine Ahnung, woher Ihr Herz kam. Das erfahren wir nie. Es kam von BOPRA. Alles, was wir gesagt bekamen, war, daß ein Organ mit passendem Blutbild für einen Empfänger verfügbar wäre, den wir ganz oben auf unserer Liste stehen hätten. Das waren Sie. Sie wissen, wie das bei BOPRA gehandhabt wird. Sie haben sich bei der Beratung den Film angesehen. Wir erhalten nur sehr begrenzte Informationen, weil es so für alle am besten ist. Ich habe Ihnen alles erzählt, was wir wußten. Eine Frau, sechsundzwanzig Jahre alt, wenn ich mich richtig erinnere. Optimaler Gesundheitszustand, optimale Blutgruppe, optimaler Spender. Das war alles.«

»Dann tut es mir leid. Ich dachte, Sie wüßten vielleicht mehr und hätten es mir verschwiegen.«

»Ich wußte es nicht. Wir wußten es nicht. Aber wenn *wir* nicht wußten, woher und von wem es kam, woher wußte dann die Schwester, an wen und wohin es ging? Wie hat sie Sie gefunden? Vielleicht steckt da irgendein Schwindel dahinter, den sie –«

»Nein. Sie ist es. Ich bin ganz sicher.«

»Woher wollen Sie das wissen?«

»Der Zeitungsartikel letzte Woche, diese ›Was-wurde-aus …‹-Kolumne im Lokalteil der *Times*. Darin stand, daß ich das Herz am neunten Februar bekam und lange darauf warten mußte, weil ich eine seltene Blutgruppe habe. Das las die Schwester und zog ihre Schlüsse daraus. Sie wußte, wann ihre Schwester gestorben war, sie wußte, daß ihr Herz gespendet wurde, und sie wußte, daß sie ebenfalls eine seltene Blutgruppe hatte. Sie arbeitet in der Notaufnahme oben im Holy Cross als Krankenschwester und ist zu dem Schluß gekommen, daß ich es war.«

»Das heißt trotzdem nicht, daß Sie das Herz ihrer Schwester –«

»Sie hatte auch den Brief, den ich geschrieben habe.«

»Was für einen Brief?«

»Den Brief, den jeder hinterher schreibt. Den anonymen Dank, den man der Familie seines Spenders ausspricht. Den das Krankenhaus verschickt. Sie hatte meinen. Ich hab' ihn mir angesehen, und es war meiner. Ich weiß noch, was ich geschrieben habe.«

»So etwas dürfte eigentlich nicht passieren, Terry. Was will sie? Geld?«

»Nein, kein Geld. Verstehen Sie denn nicht? Sie möchte, daß ich rausfinde, wer es war. Wer ihre Schwester umgebracht hat. Die Cops haben den Fall nicht gelöst. Inzwischen sind zwei Monate vergangen, und niemand ist festgenommen worden. Sie weiß, sie haben aufgegeben. Dann liest sie in der Zeitung diesen Bericht über mich und was ich mal beim FBI gemacht habe. Sie kriegt raus, daß ich das Herz ihrer Schwester habe, und denkt, vielleicht gelingt mir, wozu die Polizei offensichtlich nicht in der Lage ist. Vielleicht kann ich den Fall lösen. Sie ist am Samstag eine Stunde im Jachthafen von San Pedro rumgelaufen, um mein Boot zu finden. Alles, was sie hatte, war der Name meines Boots, den sie aus der Zeitung hatte. Sie hat nach mir gesucht.«

»Das darf doch nicht wahr sein. Sagen Sie mir den Namen dieser Frau, und ich –«

»Nein. Ich möchte nicht, daß Sie irgend etwas gegen sie unternehmen. Stellen Sie sich vor, Sie wären sie und hätten Ihre Schwester sehr gern gemocht. Dann würden Sie doch genauso handeln.«

Mit großen Augen erhob sich Bonnie Fox vom Bett.

»Sie haben doch nicht etwa vor, das tatsächlich zu tun!«

Das war weniger eine Frage als eine Feststellung, ein ärztlicher Befehl. Er antwortete nicht, und das allein war Antwort genug. Er konnte sehen, wie sich ihr Gesicht wieder zornig umwölkte.

»Hören Sie mir mal gut zu. Sie sind nicht in der Verfassung, so etwas zu tun. Sie haben gerade sechzig Tage ein neues Herz, und jetzt möchten Sie losziehen und Detektiv spielen?«

»Ich denke doch nur darüber nach, okay? Ich habe ihr gesagt, ich denke darüber nach. Ich kenne die Risiken. Ich weiß auch, daß ich kein FBI-Agent mehr bin. Es wäre etwas völlig anderes.«

Ärgerlich verschränkte Bonnie Fox ihre dünnen Arme über der Brust.

»Über so etwas sollten Sie nicht mal nachdenken. Als Ihre Ärztin verbiete ich Ihnen, das zu tun. Das ist ein Befehl.«

Dann änderte sich der Tonfall ihrer Stimme und wurde weicher.

»Sie müssen vor dem Geschenk, das Sie erhalten haben, Achtung zeigen, Terry. Vor dieser zweiten Chance.«

»Bloß geht diese Achtung in zwei Richtungen. Wenn ich ihr Herz nicht hätte, wäre ich jetzt tot. Ich bin ihr was schuldig. Es ist doch so, daß –«

»Sie sind ihr oder ihrer Familie nicht mehr schuldig als diesen Brief, den Sie uns für Sie haben abschicken lassen. Das ist alles. Sie wäre tot, und zwar völlig unabhängig davon, ob Sie oder irgend jemand anderer ihr Herz bekommen hätte. Da täuschen Sie sich.«

Er gab ihr zwar durch ein Nicken zu verstehen, daß er ihren Standpunkt begriff, aber zufriedengeben konnte er sich damit trotzdem nicht. Bloß weil etwas im Kopf einen Sinn ergab, hieß das noch lange nicht, daß es das auch im Bauch tat. Sie las seine Gedanken.

»Aber?«

»Ich weiß nicht. Es ist nur, daß ich immer dachte, wenn ich mal rausfände, wie es passiert ist, würde sich herausstellen, es war ein Unfall. Das ist, worauf ich mich vorbereitet habe. Das ist, was sie einem bei der Beratung sagen, und das haben sogar Sie mir erzählt, als wir anfingen. Daß es in neunundneunzig von hundert Fällen ein Unfall ist, der zu einer tödlichen Kopfverletzung geführt hat. Ein Verkehrsunfall oder jemand fällt die Treppe runter oder stürzt mit dem Motorrad. Aber das hier ist etwas völlig anderes. Das ändert einiges.«

»Das sagen Sie schon die ganze Zeit. Was soll es schon groß ändern? Das Herz ist nur ein Organ – eine biologische Pumpe. Es bleibt das gleiche, egal wie sein ursprünglicher Besitzer gestorben ist.«

»Mit einem Unfall könnte ich leben. Als ich in dem Wissen, jemand müßte sterben, damit ich weiterleben könnte, auf ein neues Herz wartete, stellte ich mich innerlich darauf ein, mich damit abzufinden, wenn es ein Unfall wäre. Bei einem Unfall ist es, als wäre es Schicksal oder so was. Aber bei einem Mord ... bei einem Mord ist böse Absicht mit im Spiel. Dann ist es kein Zufall mehr. Das heißt also, ich bin der Nutznießer einer bösen Tat, Frau Doktor, und das ist es, was sich geändert hat.«

Bonnie Fox schwieg eine Weile. Sie schob die Hände in die Taschen ihres Kittels. McCaleb dachte, daß sie seinen Standpunkt langsam zu verstehen begann.

»Das ist, worum sich lange Zeit mein ganzes Leben gedreht hat«, fügte er ruhig hinzu. »Ich spürte das Böse auf. Das war mein Job. Und ich war gut darin, aber auf lange Sicht war es besser als ich. Es hat mich besiegt. Ich denke – nein, ich weiß –, das ist es, was mein Herz geschafft hat. Aber jetzt ist es so, als hätte das alles nichts zu bedeuten, denn hier bin ich, ich habe dieses neue Herz, ein neues Leben, eine zweite Chance, wie Sie es nennen, und der einzige Grund, weshalb ich es habe, ist diese böse, verabscheuungswürdige Tat, die jemand begangen hat.«

Er atmete tief aus, bevor er fortfuhr:

»Sie ging in diesen Laden, um für ihren Sohn Süßigkeiten zu kaufen, und am Ende war sie ... Das ist einfach etwas anderes. Auch wenn ich es nicht erklären kann.«

»Das ergibt alles nicht sonderlich viel Sinn.«

»Es fällt mir schwer, es in Worte zu fassen. Ich weiß nur, was ich fühle. Und das ergibt für mich einen Sinn.«

In Bonnie Fox' Miene machte sich Resignation breit.

»Schauen Sie, ich weiß, was Sie tun möchten. Sie möchten dieser Frau helfen. Aber dazu sind Sie noch nicht in der Lage. Körperlich auf gar keinen Fall. Und psychisch? Dem nach zu schließen, was Sie gerade gesagt haben, sind Sie meiner Meinung nach nicht mal in der Lage, einen Autounfall zu bearbeiten. Erinnern Sie sich noch, was ich Ihnen über die Balance zwischen körperlicher und geistiger Gesundheit gesagt habe? Die eine zehrt von der anderen. Und ich mache mir Sorgen – was im Moment in Ihrem Kopf vor sich geht, könnte Ihren körperlichen Genesungsprozeß beeinträchtigen.«

»Ich verstehe.«

»Nein, ich glaube nicht, daß Sie das tun. Sie spielen hier mit Ihrem Leben. Wenn hier irgendwelche Probleme auftreten, wenn Sie eine Infektion oder eine Abstoßungsreaktion bekommen, werden wir Ihnen nicht helfen können, Terry. Zweiundzwanzig Monate haben wir auf das Herz gewartet, das Sie jetzt haben. Glauben Sie etwa, wenn Sie das hier ruinieren, taucht gleich das nächste mit einem passenden Blutbild auf? Machen Sie sich da mal bloß keine Illusionen. Ich habe hier auf dem Gang einen Patienten an der Maschine hängen. Er wartet auf ein Herz, das nicht kommt. So könnte es Ihnen auch gehen, Terry. Das ist Ihre einzige Chance. Vermasseln Sie sie nicht!«

Sie langte über das Bett und legte ihre Hand auf seine Brust. Es erinnerte ihn an das, was Graciela Rivers getan hatte. Er konnte ihre Wärme spüren.

»Sagen Sie dieser Frau nein. Helfen Sie sich selbst, und sagen Sie ihr nein.«

3

Der Mond war wie ein Ballon, der von Kindern, die mit Stöcken nach ihm stießen, am Fliegen gehalten wurde. Die Masten Dutzender von Segelbooten ragten unter ihm hoch, bereit, ihn vor dem Fallen zu bewahren. McCaleb beobachtete ihn so lange am schwarzen Himmel, bis er schließlich entkam, indem er irgendwo draußen über Catalina hinter die Wolken schlüpfte. Nicht das schlechteste Versteck, dachte McCaleb, als er auf die leere Kaffeetasse in seiner Hand hinabsah. Er vermißte es, am Ende eines Tages nicht mehr mit einem eiskalten Bier in der einen Hand und einer Zigarette in der anderen im Heck sitzen zu können. Bloß waren Zigaretten ein Teil seines Problems gewesen und mittlerweile endgültig passé. Und es würde noch ein paar Monate dauern, bis die medikamentöse Therapie so weit zurückgeschraubt wurde, um Platz für ein Quentchen Alkohol zu schaffen. Wenn er zur Zeit auch nur ein Bier trank, konnte er das bekommen, was Bonnie Fox einen tödlichen Kater nannte.

McCaleb stand auf und ging in die Kajüte. Zuerst versuchte er am Kombüsentisch zu sitzen, aber bald stand er wieder auf, schaltete den Fernseher an und zappte durch die Programme, ohne wirklich zu registrieren, was auf dem Bildschirm zu sehen war. Er machte ihn wieder aus und wandte sich dem Durcheinander auf dem Kartentisch zu, merkte aber, daß es auch dort nichts für ihn gab. Er wanderte in der Kajüte herum und suchte nach etwas, das ihn von seinen Gedanken ablenken könnte. Aber es gab nichts.

Er stieg die Treppe hinunter. Er nahm das Fieberthermometer aus dem Arzneischrank, schüttelte es und steckte es sich unter die Zunge. Es war eins dieser altmodischen Quecksilberthermometer. Das elektronische Thermometer mit Digitalanzeige, das er im Krankenhaus bekommen hatte, lag immer noch in seiner Verpackung im Schrank. Aus irgendeinem Grund traute er ihm nicht.

Während er sich im Spiegel betrachtete, zog er den Kragen seines Hemds beiseite und untersuchte die kleine Wunde von der Biopsie an diesem Morgen. Sie kam nie dazu, richtig zu heilen. Er hatte schon so viele Biopsien bekommen, daß der Einschnitt jedesmal gerade von frischer Haut überzogen war, wenn er wieder geöffnet und der Katheter erneut in die Arterie geschoben wurde. Er wußte, der Einschnitt würde genauso wie die dreiunddreißig Zentimeter lange Narbe auf seiner Brust zu einem dauerhaften Kennzeichen werden. Während er sich selbst ansah, wanderten seine Gedanken zu seinem Vater weiter. Er erinnerte sich an die dauerhaften Kennzeichen, die Tätowierungen, die am Hals des alten Mannes geblieben waren. Koordinaten einer Bestrahlungsschlacht, die nur dem Zweck gedient hatte, das Unvermeidliche hinauszuschieben.

Die Körpertemperatur war normal. Er säuberte das Thermometer und legte es zurück, dann nahm er das Klemmbrett mit der Temperaturtabelle vom Handtuchhaken, trug Datum und Uhrzeit ein und machte zum Zeichen, daß keine Veränderung eingetreten war, in der letzten Spalte, unter TEMPERATUR, einen weiteren Strich.

Nachdem er das Brett wieder aufgehängt hatte, beugte er sich vor, um seine Augen im Spiegel zu betrachten. Grün mit grauen Sprenkeln, die Hornhaut mit feinen roten Rissen. Er trat zurück und zog das Hemd aus. Der Spiegel war klein, aber er konnte die Narbe trotzdem noch sehen, weißlich rosa und dick, häßlich. Das tat er oft: sich begutachten. Der Grund dafür war, daß er sich nicht damit abfinden konnte, wie sein Körper jetzt aussah und daß er ihn total im Stich gelassen hatte. Kardiomyopathie. Bonnie Fox hatte ihm erklärt, es sei ein Virus gewesen, das möglicherweise schon Jahre in seinen Herzwänden gelauert hatte, nur um durch irgendeinen Zufall freigesetzt und vom Streß genährt zu werden. Die Erklärung war ihm ein schwacher Trost. Sie änderte nichts an dem Gefühl, daß der Mann, der er einmal gewesen war, für immer der Vergangenheit angehörte. Manchmal, wenn er sich ansah, war es, als sähe er einen Fremden vor sich, jemanden, den das Leben niedergeschlagen und verwundbar gemacht hatte.

Nachdem er sein Hemd wieder angezogen hatte, ging er in die Bugkabine. Es war ein dreieckiger Raum, dessen seitliche Begrenzungen dem Verlauf des Bugs folgten. Backbord befand sich ein Stockbett und steuerbord eine Reihe von Lagerfächern. Das untere Bett hatte er zu einem Schreibtisch umfunktioniert, im oberen lagerte er Kartons mit alten FBI-Akten. Auf die Seiten der Schachteln waren die Namen der Ermittlungsverfahren geschrieben: POET, CODE, TIERKREIS, VOLLMOND und BREMMER. Auf zwei der Schachteln stand VERSCHIEDENE UNSUB. Vor seinem Ausscheiden hatte McCaleb die meisten seiner Akten kopiert. Es war gegen die Vorschriften, aber niemand hatte ihn daran gehindert. Die Akten in den Schachteln stammten von verschiedenen Fällen, offenen und abgeschlossenen. Einige füllten einen ganzen Karton, einige waren so dünn, daß sie noch Platz für andere ließen. Er war nicht sicher, warum er alles kopiert hatte. Seit seinem Ausscheiden hatte er keine einzige dieser Schachteln geöffnet. Aber phasenweise hatte er mit dem Gedanken gespielt, ein Buch zu schreiben oder zu den offenen Fällen vielleicht sogar weitere Ermittlungen anzustellen. Vor allem gefiel ihm jedoch die Vorstellung, die Akten als greifbaren Beleg oder Beweis dafür zu haben, was er mit dieser Phase seines Lebens angestellt hatte.

McCaleb setzte sich an den Schreibtisch und machte die Wandlampe an. Einen Moment lang fiel sein Blick auf die FBI-Dienstmarke, die er sechzehn Jahre getragen hatte. Jetzt hing sie, in Lucite gegossen, über dem Schreibtisch an der Wand. Daneben war ein Foto eines jungen Mädchens mit einer Zahnspange festgesteckt, das in die Kamera lächelte. Es war vor vielen Jahren aus einem Jahrbuch kopiert worden. Die Erinnerung ließ McCaleb stirnrunzelnd den Blick abwenden und auf das Durcheinander auf seinem Schreibtisch senken.

Dort lagen eine Handvoll Rechnungen und Quittungen herum, ein Ziehharmonikaordner mit ärztlichen Unterlagen, ein Stapel meistens leerer brauner Umschläge, drei Reklamezettel konkurrierender Trockendockfirmen und die Hafenordnung der Cabrillo Marina. Sein offen daliegendes Scheckheft wartete darauf, benutzt zu werden, aber er konnte sich nicht zu so etwas Trivialem durchringen wie Rechnungen zu bezahlen. Nicht jetzt. Er war rastlos, aber nicht, weil es an Dingen fehlte, die ihn beschäftigten. Er mußte ständig an Graciela Rivers' Besuch denken und an die plötzliche Veränderung, die er in ihm ausgelöst hatte.

Er stöberte in dem Durcheinander auf dem Schreibtisch, bis er den Zeitungsausschnitt fand, der die Frau zu seinem Boot geführt hatte. Er hatte den Artikel am Tag seines Erscheinens gelesen, ausgeschnitten und dann zu vergessen versucht. Aber das war ihm nicht gelungen. Der Bericht hatte eine nicht abreißende Prozession von Opfern zu seinem Boot gelockt. Die Mutter, deren halbwüchsige Tochter unten in Redondo tot und verstümmelt am Strand gefunden worden war; die Eltern, deren Sohn in einem Apartment in West Hollywood erhängt worden war; der junge Ehemann, dessen Frau nach einem Streifzug durch die Clubs am Sunset Strip nicht mehr aufgetaucht war. Und da waren noch andere gewesen. Alle Zombies, fast gelähmt vor Schmerz und Enttäuschung über ihren betrogenen Glauben an einen Gott, der solche Dinge nicht zuließ. McCaleb konnte sie nicht trösten, konnte ihnen nicht helfen. Er schickte sie wieder fort.

Zu dem Zeitungsinterview hatte er sich nur bereit erklärt, weil er der Journalistin etwas schuldig war. Als er noch beim FBI gewesen war, hatte sich Keisha Russell ihm gegenüber immer anständig verhalten. Sie gehörte zu der Sorte Journalisten, die nicht nur nahmen, sondern auch manchmal gaben. Vor einem Monat hatte sie ihn auf dem Boot angerufen, um ihre Schulden einzufordern. Sie hatte den Auftrag erhalten, etwas für die jeden Sonntag erscheinende »Was-wurde-aus …«-Kolumne zu schreiben. Da sie ein Jahr zuvor einen Bericht über McCalebs Warten auf ein neues Herz geschrieben hatte, wollte sie jetzt, da die Transplantation endlich hatte durchgeführt werden können, einen Folgeartikel veröffentlichen. Da er wußte, der Bericht würde das Ende des zurückgezogenen Lebens bedeuten, das er inzwischen führte, hätte McCaleb ihre Bitte am liebsten abgelehnt, aber Keisha Russell hatte ihn an die vielen Gelegenheiten erinnert, in denen sie ihm geholfen hatte – indem sie, je nachdem, was McCaleb für das beste gehalten hatte, Einzelheiten eines Ermittlungsverfahrens entweder zurückgehalten oder in eine Meldung hatte einfließen lassen. McCaleb hatte das Gefühl gehabt, keine Wahl zu haben. Er zahlte seine Schulden immer zurück.

An dem Tag, als der Artikel erschien, hatte ihn McCaleb als offizielle Bestätigung dafür gesehen, daß er nun endgültig zum alten Eisen gehörte. Gegenstand dieser Kolumne waren normalerweise ehemalige Karrierepolitiker, die von der politischen Bühne abgetreten waren, oder Leute, deren fünfzehn Minuten Ruhm schon lange verblaßt waren. Ab und zu wurde auch ein ehemaliger Fernsehstar vorgestellt, der jetzt Grundstücke verkaufte oder Maler geworden war, weil er darin seine wahre künstlerische Berufung entdeckt hatte.

Er faltete den Ausschnitt auseinander und las ihn erneut.

Neues Herz und neues Leben
für ehemaligen FBI-Agenten
Von Keisha Russell
REDAKTIONSMITGLIED DER *TIMES*

Es ist noch nicht allzu lange her, daß Terrell McCalebs Gesicht aus den abendlichen Nachrichtensendungen über Los Angeles kaum mehr wegzudenken war und die Lokalzeitungen immer Platz fanden für seine Statements. Diese Medienpräsenz war jedoch weder für ihn noch für die Stadt erfreulich.

McCaleb, seines Zeichens FBI-Agent, war bei der Fahndung nach der Handvoll Serienmörder, die Los Angeles und die Westküste in den letzten zehn Jahren heimgesucht haben, das Aushängeschild des Bureau.

Als Mitglied der Fahndungshilfeeinheit des FBI unterstützte McCaleb die örtliche Polizei bei ihren Ermittlungen. Versiert im Umgang mit den Medien und immer zitierbar, stand er oft im Rampenlicht – was ihm bei den örtlichen Polizeibehörden und bei seinen Vorgesetzten in Quantico, Va., nicht nur Freunde schuf.

Aber nun sind schon mehr als zwei Jahre vergangen, ohne daß er auch nur einen Leuchtpunkt auf dem Radarschirm der Öffentlichkeit hinterlassen hätte. Neuerdings trägt McCaleb kein Abzeichen und keine Waffe mehr. Seinen Aussagen zufolge besitzt er nicht einmal mehr einen dunkelblauen FBI-Standardanzug.

Statt dessen trägt er mittlerweile meistens alte Bluejeans und zerrissene T-Shirts und ist damit beschäftigt, sein 42 Fuß langes Fischerboot *The Following Sea* in Schuß zu bringen. McCaleb, 46, wurde in Los Angeles geboren, wuchs in Avalon auf Catalina Island auf und lebt gegenwärtig in einem der Jachthäfen von San Pedro auf seinem Boot, will aber demnächst nach Avalon Harbor umziehen.

Nach seiner Herztransplantation, so McCaleb, gilt sein Interesse gänzlich anderen Dingen, als Serienmörder und Sexualverbrecher zu jagen. Er sei zwar während seiner Tätigkeit für das FBI im wahrsten Sinne des Wortes mit ganzem Herzen bei der Sache gewesen – laut Aussagen seiner Ärzte wurde sein Herz durch ein von extremem Streß ausgelöstes Virus lebensbedrohlich geschwächt –, aber er trauere dieser Zeit nicht nach.

»Eine so einschneidende Erfahrung verändert einen nicht nur in körperlicher Hinsicht«, erklärte er dazu letzte Woche in einem Interview. »Sie rückt die Dinge wieder in die richtige Perspektive. Mit einem Mal scheint die Zeit beim FBI sehr weit zurückzuliegen. Für mich beginnt jetzt ein völlig neues Leben. Ich weiß noch nicht genau, was ich damit anfangen werde, aber ich mache mir keine großen Sorgen. Irgend etwas finde ich bestimmt.«

Fast hätte McCaleb die Chance für diesen Neuanfang jedoch nicht bekommen. Da er eine Blutgruppe hat, die bei weniger als einem Prozent der amerikanischen Bevölkerung auftritt, mußte er fast zwei Jahre auf ein geeignetes Spenderherz warten.

»Er hat es wirklich bis auf den letzten Moment rausgezogen«, sagte Dr. Bonnie Fox, die Chirurgin, die die Transplantation vornahm. »Hätten wir noch viel länger warten müssen, wäre wahrscheinlich jede Hilfe für ihn zu spät gekommen, oder er wäre zu sehr geschwächt gewesen, um sich einem so schweren Eingriff zu unterziehen.«

Inzwischen wurde McCaleb aus dem Krankenhaus entlassen und ist acht Wochen nach der Operation auch schon wieder körperlich aktiv. Seinen Aussagen zufolge denkt er nur noch ab und zu an die nervenaufreibenden Ermittlungen, die ihn einmal beschäftigten.

Die Liste der Fälle des ehemaligen Agenten liest sich wie das Who's who einer makabren Ruhmeshalle des Verbrechens. Unter den Fällen, mit denen er sich hier befaßte, waren der Nightstalker und der Poet; außerdem spielte er eine entscheidende Rolle bei der Jagd nach dem Code-Killer, dem Sunset Strip Strangler und Luther Hatch, der nach seiner Festnahme wegen seiner Besuche an den Gräbern seiner Opfer den Namen Friedhofsmann erhielt.

Ursprünglich war McCaleb im FBI-Hauptquartier in Quantico mehrere Jahre lang mit der Erstellung von Psychogrammen befaßt. Dabei spezialisierte er sich auf Fälle an der Westküste und wurde oft nach Los Angeles eingeflogen, um die lokalen Polizeibehörden bei ihren Ermittlungen zu unterstützen. Schließlich beschlossen die Leiter seiner Einheit, an der Westküste eine Zweigstelle einzurichten, worauf McCaleb in seine Geburtsstadt Los Angeles zurückkehrte, um künftig von der FBI-Außendienststelle in Westwood zu operieren. Dank dieser Maßnahme befand er sich nun bei zahlreichen Ermittlungsverfahren, bei denen das FBI hinzugezogen wurde, mehr oder weniger vor Ort.

Nicht alle diese Ermittlungen verliefen erfolgreich, und schließlich forderte der enorme Streß seinen Tribut. Als er eines Abends noch spät in seinem Büro arbeitete, erlitt McCaleb einen Herzinfarkt. Er wurde von einem Hausmeister gefunden, der ihm dadurch das Leben rettete. Die Ärzte stellten fest, daß McCaleb an fortgeschrittener Kardiomyopathie – einem Erschlaffen der Herzmuskeln – litt, und meldeten ihn für eine Transplantation an. Während er auf seine Operation wartete, versetzte ihn das FBI wegen Arbeitsunfähigkeit in den Ruhestand.

Er tauschte seinen FBI-Pager gegen einen Krankenhaus-Pager ein, der schließlich am 9. Februar ertönte: Ein Spenderherz mit einer passenden Blutgruppe war verfügbar. Nach einer sechsstündigen Operation im Cedars-Sinai Hospital schlug das Spenderherz in McCalebs Brust.

McCaleb ist sich noch nicht im klaren darüber, was er mit seinem neuen Leben anfangen wird – außer mit seinem Boot zum Fischen rauszufahren. Er hat verschiedene Angebote von ehemaligen FBI-Agenten und Polizisten, als Privatdetektiv oder Sicherheitsberater mit ihnen zusammenzuarbeiten. Aber vorläufig gilt sein Interesse vor allem der Renovierung der *Following Sea*, eines zwanzig Jahre alten Sportfischerboots, das er von seinem Vater geerbt hat. Nach sechs Jahren völliger Vernachlässigung erfreut sich das Boot mittlerweile McCalebs uneingeschränkter Aufmerksamkeit.

»Im Augenblick bin ich ganz zufrieden damit, alles etwas langsamer anzugehen«, sagt er selbst. »Ich lasse die Dinge einfach auf mich zukommen.«

Er hat wenig Grund zu klagen, aber wie alle Detektive und Fischer im Ruhestand trauert McCaleb denen nach, die ihm entkommen sind. »Ich finde es schade, daß ich nicht alle Fälle lösen konnte. Es hat mich schrecklich gewurmt, wenn jemand davonkam. Und es wurmt mich immer noch.«

Einen Moment lang betrachtete McCaleb das Foto, das dem Bericht beigefügt war. Es war eine alte Porträtaufnahme, die sie schon während seiner Zeit beim FBI häufig verwendet hatten. Seine Augen blickten darauf herausfordernd in die Kamera.

Als Keisha Russell vorbeigekommen war, um den Bericht über ihn zu schreiben, hatte sie einen Fotografen mitgebracht. Aber McCaleb wollte sie keine neue Aufnahme machen lassen. Er bat sie, eins der alten Fotos zu verwenden. Er wollte nicht, daß jemand sah, wie er jetzt aussah.

Nicht, daß man einen großen Unterschied gemerkt hätte, wenn er nicht gerade kein Hemd angehabt hätte. Er war etwa fünfzehn Kilo leichter, aber das war es nicht, was er verbergen wollte. Es waren die Augen. Er hatte nicht mehr diesen Blick – nicht mehr diese Augen mit der Durchschlagskraft von Geschossen. Er wollte niemanden sehen lassen, daß er das verloren hatte.

Er faltete den Zeitungsausschnitt zusammen und legte ihn beiseite. Er trommelte eine Weile mit den Fingern auf den Schreibtisch, während er über alles mögliche nachdachte, und sah dann zu dem stählernen Papierdorn neben dem Telefon. Die Nummer, die ihm Graciela Rivers gegeben hatte, war mit Bleistift auf das Stück Papier gekritzelt, das ganz oben auf den aufgespießten Zetteln steckte.

Als er noch Agent war, verfügte er über ein unerschöpfliches Reservoir an Wut auf die Männer, die er jagte. Er hatte aus erster Hand mitbekommen, was sie getan hatten, und er wollte sie für die schrecklichen Manifestationen ihrer Phantasien zahlen lassen. Blutschulden hatten mit Blut bezahlt zu werden. Das war der Grund, warum die Agenten der Serienmördereinheit des FBI ihre Tätigkeit als »Blutarbeit« bezeichneten. Anders ließ es sich nicht beschreiben. Und deshalb ließ es ihm keine Ruhe, wenn einer nicht zahlte. Wenn einer davonkam.

Jetzt ließ ihm keine Ruhe, was Gloria Torres zugestoßen war. Er war am Leben, weil sie vom Bösen dahingerafft worden war. Graciela hatte ihm die Geschichte erzählt. Gloria hatte aus keinem anderen Grund sterben müssen, als daß sie zwischen jemandem und einer Registrierkasse gestanden hatte. Es war ein belangloser, idiotischer und entsetzlicher Grund zu sterben. Irgendwie fühlte sich McCaleb dadurch in die Pflicht genommen. Ihr und ihrem Sohn gegenüber, Graciela gegenüber, sogar sich selbst gegenüber.

Er nahm den Hörer ab und wählte die auf den Zettel gekritzelte Nummer. Es war spät, aber er wollte nicht warten und glaubte auch nicht, daß sie wollte, daß er wartete. Schon nach dem ersten Läuten meldete sie sich mit einem Flüstern.

»Miß Rivers?«

»Ja.«

»Hier spricht Terry McCaleb. Sie sind bei mir –«

»Ja.«

»Störe ich gerade?«

»Nein.«

»Gut, dann hören Sie. Ich wollte Ihnen sagen, daß ich, äh, über die ganze Sache nachgedacht habe, und ich hatte Ihnen versprochen, auf jeden Fall anzurufen, egal wie ich mich entscheiden würde.«

»Ja.«

In diesem einen Wort schwang ein hoffnungsvoller Ton mit. Er rührte sein Herz an.

»Also, ich denke folgendes. Meine, äh, meine Fähigkeiten, wie Sie sie wahrscheinlich nennen würden, also, sie sind eigentlich für diese Art von Verbrechen gar nicht geeignet. Nach dem, was Sie mir über Ihre Schwester erzählt haben, handelt es sich hier um einen Willkürakt mit einem finanziellen Motiv. Ein Raubüberfall. Wissen Sie, das ist etwas völlig anderes als die Fälle, die ich beim FBI bearbeitet habe, die Serienmorde.«

»Ich verstehe.«

Der hoffnungsvolle Ton verflog.

»Nein, damit will ich nicht sagen, daß ich nicht – wissen Sie, daß ich nicht interessiert bin. Ich rufe an, weil ich morgen zur Polizei gehe und mich mal kundig machen werde. Aber –«

»Danke.«

»– ich weiß nicht, ob dabei viel herauskommen wird. Das ist es, was ich Ihnen sagen möchte. Ich möchte nicht, daß Sie sich irgendwelche Hoffnungen machen, darum geht es mir. So etwas ... Ich weiß nicht.«

»Ich verstehe. Danke, daß Sie wenigstens bereit sind, das zu tun. Niemand –«

»Also, ich werde mir das mal näher ansehen«, schnitt er ihr das Wort ab. Er wollte nicht, daß sie ihm zuviel dankte. »Ich weiß nicht, inwieweit mir die Polizei von L. A. hilft oder mit mir kooperiert, aber ich werde tun, was ich kann. Zumindest soviel bin ich Ihrer Schwester schuldig. Einen Versuch.«

Sie schwieg weiter, und er sagte ihr, er bräuchte einige zusätzliche Angaben über ihre Schwester sowie die Namen der LAPD-Detectives, die den Fall bearbeiteten. Sie sprachen noch etwa zehn Minuten, und als er sich alles, was er wissen mußte, in einem kleinen Notizbuch notiert hatte, kroch ein unbehagliches Schweigen durch die Leitung.

»Tja«, sagte er schließlich. »Das wär's, glaube ich, fürs erste. Ich rufe Sie an, wenn ich weitere Fragen habe oder wenn sonst etwas ansteht.«

»Nochmals vielen Dank.«

»Irgend etwas sagt mir, daß ich Ihnen danken sollte. Ich bin froh, daß ich in der Lage bin, das zu tun. Ich hoffe nur, es nützt etwas.«

»Oh, das wird es bestimmt. Sie haben ihr Herz. Sie wird Sie führen.«

»Ja«, sagte er zögernd, ohne recht zu verstehen, was sie meinte oder warum er ihr zustimmte. »Ich rufe Sie an, wenn ich kann.«

Nachdem er aufgelegt hatte, starrte er eine Weile das Telefon an und dachte dabei über ihren letzten Satz nach. Dann faltete er wieder den Zeitungsausschnitt mit seinem Foto auseinander. Er studierte lange die Augen.

Schließlich faltete er den Zeitungsausschnitt zusammen und versteckte ihn unter dem Papierkram auf dem Schreibtisch. Er blickte zu dem Mädchen mit der Zahnspange hoch, und nach einer Weile nickte er. Dann machte er das Licht aus.

4

Als McCaleb noch beim FBI war, nannten die Agenten, mit denen er zusammenarbeitete, diese Phase den ›schweren Tango‹. Damit war das raffinierte Balzen mit den örtlichen Polizeibehörden gemeint. Es war eine Sache des Selbstbewußtseins und der Revierverteidigung. Ein Hund pißt nicht in den Hof eines anderen Hundes. Nicht ohne Erlaubnis.

Man fand bei der Mordkommission keinen Detective, der kein gesundes Selbstbewußtsein hatte. Das war Grundvoraussetzung für diesen Job. Um ihn machen zu können, mußte man sich absolut sicher sein, daß man den Anforderungen gewachsen war und daß man besser, schlauer, stärker, gerissener, geschickter und geduldiger war als sein Gegenspieler. Man mußte schlicht und einfach wissen, daß man gewinnen würde. Und wenn man in dieser Hinsicht irgendwelche Zweifel hatte, ließ man es lieber sein und kümmerte sich um Einbrüche oder machte Streifendienst oder sonst was.

Das Problem war, daß dieses Selbstbewußtsein häufig soweit ging, daß manche Detectives die Einstellung, die sie ihren Widersachern gegenüber hatten, auch denen gegenüber an den Tag legten, die ihnen helfen wollten – Kollegen, insbesondere FBI-Agenten. Kein Polizist, der in einem Mordfall nicht mehr weiterkommt, läßt sich gern sagen, daß vielleicht jemand anders – schon gar nicht ein FBIler aus Quantico – ihm helfen oder die Sache besser machen könnte. McCaleb hatte die Erfahrung gemacht, daß es kein Cop, der irgendwann aufgab und einen Fall zu den Akten legte, gern sah, wenn ihn irgend jemand wieder hervorholte und ihn, den Cop, dumm dastehen ließ, indem er den Fall löste. Als FBI-Agent war McCaleb fast nie vom zuständigen Detective zu einem Fall hinzugezogen oder um Rat gefragt worden. Das war immer die Idee von dessen Vorgesetztem gewesen. Vorgesetzte kümmerten sich nicht um den verletzten Stolz oder das angeknackste Selbstbewußtsein ihrer Leute. Vorgesetzte interessierten nur gelöste Fälle und verbesserte Statistiken. Und deshalb wurde schließlich das FBI verständigt, worauf McCaleb anrückte und erst mal den üblichen Tanz mit dem zuständigen Detective absolvierte. Manchmal war es der geschmeidige Tanz eingespielter Partner. Aber häufiger war es ein schwerer Tango. Da wurde auf Zehen getreten und auf Gefühlen herumgetrampelt. In mehr als einem Fall hatte sich McCaleb des Verdachts nicht erwehren können, daß ihm der Detective, mit dem er zusammenarbeitete, Informationen vorenthielt oder sich diebisch freute, wenn er nichts dazu beitragen konnte, einen Verdächtigen zu identifizieren oder einen Fall zu lösen. Das war einfach Teil der kleinkarierten Revierkämpfe unter Gesetzeshütern. Vielleicht auch mal an das Opfer oder an dessen Familie zu denken war da oft nicht drin. Das war ein Luxus, den man sich selten leistete.

McCaleb war sicher, mit dem LAPD stand ihm ein schwerer Tango bevor. Da spielte es auch keine Rolle, daß sie bei ihren Ermittlungen im Fall Gloria Torres offensichtlich nicht mehr weiterkamen und deshalb Hilfe brauchen konnten. Zuallererst mußte das eigene Revier verteidigt werden. Und um die Sache noch schlimmer zu machen – er war nicht mal mehr beim FBI. Er tanzte gewissermaßen splitternackt an, ohne Dienstmarke. Alles, was er dabei hatte, als er am Dienstag morgen um halb acht in der West Valley Division eintraf, waren sein Lederbeutel und eine Schachtel Doughnuts. Er würde den schweren Tango ohne Musik tanzen müssen.

McCaleb hatte sich für diesen Zeitpunkt entschieden, weil er wußte, daß die meisten Detectives früh anfingen, damit sie früh aufhören konnten. Um diese Zeit hatte er am ehesten eine Chance, die zwei, die den Fall Gloria Torres bearbeiteten, in ihrem Büro anzutreffen. Graciela hatte ihm ihre Namen gegeben. Arrango und Walters. McCaleb kannte sie nicht, aber ihren Vorgesetzten, Lt. Dan Buskirk, hatte er vor einigen Jahren in Zusammenhang mit dem Code-Killer-Fall kennengelernt. Allerdings war ihre Bekanntschaft nur oberflächlich. McCaleb wußte nicht, was Buskirk von ihm hielt. Dennoch hielt er es für das beste, sich ans Protokoll zu halten und bei Buskirk anzufangen, um sich dann hoffentlich bis zu Arrango und Walters vorarbeiten zu können.

Die West Valley Division befand sich in der Owensmouth Street in Reseda, was ein eigenartiger Standort für eine Polizeistation zu sein schien. Die meisten LAPD-Stationen befanden sich in gefährlichen Gegenden, in denen eine besonders starke Polizeipräsenz nötig war. Um sich gegen Schüsse aus vorbeifahrenden Autos zu schützen, waren vor den Eingängen sogar Betonmauern hochgezogen worden. Aber im West Valley war das anders. Hier gab es keine Barrieren. Die Station lag in einer Mittelschichtwohngegend. Auf der einen Seite befand sich eine Bibliothek, auf der anderen ein Park, und davor gab es jede Menge Parkplätze am Straßenrand. Auf der gegenüberliegenden Seite war die Straße von typischen San-Fernando-Valley-Ranchhäusern gesäumt.

Nachdem ihn das Taxi vor dem Gebäude abgesetzt hatte, betrat McCaleb die Eingangshalle, ging lässig salutierend an dem uniformierten Beamten hinter dem Schalter vorbei und steuerte, ohne zu zögern, auf den nach links führenden Gang zu. Weil die meisten Polizeistationen der Stadt nach dem gleichen Schema angelegt waren, wußte er, daß dort die Detectives ihre Büros hatten.

Der Uniformierte hielt ihn nicht auf, und das ermutigte McCaleb. Vielleicht lag es auch nur an der Schachtel Doughnuts, aber er führte es lieber darauf zurück, daß er es zumindest noch zum Teil rüberbrachte – das selbstsichere Auftreten eines Mannes, der eine Waffe und eine Dienstmarke trug. Er trug keines von beidem.

Beim Betreten des Büros der Detectives kam er an einen weiteren Schalter. Wenn er sich dagegendrückte und darüberbeugte, konnte er auf der linken Seite durch das Glasfenster des kleinen Büros sehen, von dem er wußte, daß es dem Detective Lieutenant gehörte. Es war leer.

»Kann ich Ihnen helfen?«

McCaleb richtete sich auf und sah den jungen Detective an, der von einem Schreibtisch auf den Schalter zukam. Wahrscheinlich ein Neuer, der für den Schalterdienst eingeteilt war. Normalerweise übernahmen das alte Männer aus der Gegend, die sich dafür freiwillig zur Verfügung stellten, oder Polizisten, die wegen einer Verletzung oder Disziplinarmaßnahme für leichten Dienst eingeteilt waren.

»Ich hatte eigentlich gehofft, Lieutenant Buskirk anzutreffen. Ist er hier?«

»Er ist bei einer Besprechung im Valley Bureau. Kann ich Ihnen vielleicht weiterhelfen?«

Das hieß, Buskirk war in Van Nuys, in der Zentrale für das gesamte Valley. McCalebs Plan, bei ihm zu beginnen, war also hinfällig. Jetzt mußte er entweder auf Buskirk warten oder gehen und später wiederkommen. Aber wohin gehen? In die Bibliothek? Nicht einmal einen zu Fuß erreichbaren Coffee Shop gab es in der Nähe. Er beschloß, sein Glück mit Arrango und Walters zu versuchen. Er wollte nicht aus dem Tritt kommen.

»Und was ist mit Arrango und Walters von der Mordkommission?«

Der Detective sah auf eine Plastiktafel an der Wand, an deren linkem Rand lauter Namen untereinanderstanden. Neben jedem Namen befanden sich mehrere Kästchen zum Ankreuzen, in denen ANWESEND und ABWESEND sowie URLAUB und GERICHT stand. Aber hinter den Namen Arrango und Walters waren keine Kreuzchen.

»Ich sehe mal nach«, sagte der Mann. »Ihr Name?«

»Mein Name ist McCaleb, aber der wird ihnen nichts sagen. Sagen Sie ihnen, es geht um den Fall Gloria Torres.«

Der Detective ging zu seinem Schreibtisch zurück und drückte drei Tasten auf dem Telefon. Er flüsterte in den Hörer. An diesem Punkt wurde McCaleb klar, daß er für diesen Mann dieses spezielle Auftreten nicht mehr rüberbrachte. Nach einer halben Minute war das Gespräch beendet, und der Detective machte sich nicht die Mühe, noch einmal von seinem Schreibtisch aufzustehen.

»Wieder zurück, den Gang runter, erste Tür rechts.«

McCaleb nickte, nahm die Schachtel mit Doughnuts von der Theke und folgte den Anweisungen. Als er die Tür erreichte, klemmte er sich den Lederbeutel unter den Arm, um sie öffnen zu können. Aber sie ging von selbst auf, als er die Hand danach ausstreckte. Ein Mann in weißem Hemd und Krawatte stand da. Seine Waffe steckte unter seinem rechten Arm in einem Schulterholster. Ein schlechtes Zeichen. Detectives benutzten ihre Waffe nur selten. Die von der Mordkommission sogar noch weniger als andere. Jedesmal wenn McCaleb einen Detective der Mordkommission mit einem Schulterholster sah anstatt mit einem bequemeren Gürtelclip, wußte er, er hatte es mit einem Selbstbewußtsein der ganz besonderen Art zu tun. Fast hätte er einen lauten Seufzer von sich gegeben.

»Mr. McCaleb?«

»Ja.«

»Ich bin Eddie Arrango. Was kann ich für Sie tun? Unser Mann am Empfang sagt, Sie sind wegen Gloria Torres hier.«

Nachdem McCaleb die Schachtel mit Doughnuts umständlich in die linke Hand genommen hatte, schüttelte er Arrango die Hand.

»Richtig.«

Er war ein großer Mann, allerdings mehr in der Horizontalen als in der Vertikalen. Latino, dichtes schwarzes Haar, leicht grau meliert. Mitte Vierzig, kräftig gebaut, keine Wampe über dem Gürtel. Das gehörte zum Schulterholster. Er füllte die ganze Tür aus und machte keine Anstalten, den Besucher nach drinnen zu bitten.

»Könnten wir uns vielleicht irgendwo unterhalten?«

»Worüber?«

»Ich werde mich mit dem Mord befassen.«

Soviel zum Thema Finesse, dachte McCaleb.

»Ach du Scheiße«, sagte Arrango.

Er schüttelte ärgerlich den Kopf, blickte kurz hinter sich und dann wieder auf McCaleb.

»Also schön, bringen wir's hinter uns. Sie haben ungefähr zehn Minuten Zeit, bevor ich Sie wieder vor die Tür setze.«

Damit drehte er sich um, und McCaleb folgte ihm in einen Raum voll mit Schreibtischen und Detectives. Ein paar sahen von ihrer Arbeit zu McCaleb, dem Eindringling, auf, aber die meisten machten sich nicht die Mühe. Arrango schnippte mit den Fingern, um die Aufmerksamkeit eines Detective an einem der Schreibtische an der hinteren Wand auf sich zu lenken. Der Mann telefonierte gerade, blickte aber auf und sah Arrangos Zeichen. Er nickte und hielt einen Finger hoch. Arrango führte McCaleb in ein Vernehmungszimmer mit einem kleinen, an der Wand stehenden Tisch und drei Stühlen. Es war kleiner als eine Gefängniszelle. Er schloß die Tür.

»Nehmen Sie Platz. Mein Partner kommt gleich.«

McCaleb setzte sich auf den Stuhl gegenüber dem Tisch. Das hieß, daß Arrango wahrscheinlich den Stuhl rechts von McCaleb nehmen würde, da er sonst gezwungen gewesen wäre, sich hinter ihm durchzuzwängen, um zu dem Stuhl links von ihm zu kommen. McCaleb wollte ihn rechts von sich haben. Das war eigentlich ein unbedeutendes Detail, an das er sich aber als Agent immer gehalten hatte. Am besten sieht man zu, daß sich die Person, mit der man spricht, immer rechts von einem befindet. Das heißt, der Betreffende sieht einen von links an und setzt die Seite seines Gehirns ein, die weniger kritisch und wertend ist. Diesen Tip hatte er von einem Psychologen aus Quantico bei einem Seminar über Hypnose- und Verhörtechniken bekommen. McCaleb war nicht sicher, ob es wirklich etwas nützte, aber er versuchte sich jeden noch so kleinen Vorteil zunutze zu machen. Und er dachte, bei Arrango könnte das nötig werden.

»Möchten Sie einen Doughnut?« fragte er, als sich Arrango auf den Stuhl rechts von ihm setzte.

»Nein, ich will keinen von Ihren Doughnuts. Ich will nur, daß Sie möglichst schnell wieder hier verschwinden. Es ist die Schwester, stimmt's? Sie arbeiten für die verdammte Schwester. Zeigen Sie mal Ihren Wisch. Kaum zu glauben, daß sie ihr Geld für einen –«

»Ich habe keine Lizenz, wenn es das ist, was Sie meinen.«

Arrango trommelte mit den Fingern auf den zerkratzten Tisch, als er darüber nachdachte.

»Mein Gott, eine Hitze ist das hier drinnen. Wir sollten wirklich öfter mal lüften.«

Arrango war ein schlechter Schauspieler. Er sagte den Spruch herunter, als läse er ihn von einer Tafel ab. Er stand auf, verstellte das Thermostat neben der Tür und setzte sich wieder. McCaleb wußte, daß er gerade ein Tonbandgerät und eine Videokamera eingeschaltet hatte, die hinter dem Gitter des Lüftungsschachts über der Tür versteckt waren.

»Zunächst mal, Sie sagen also, Sie stellen im Mordfall Gloria Torres Ermittlungen an, ist das richtig?«

»Richtig angefangen habe ich noch nicht. Ich wollte vorher noch mit Ihnen reden.«

»Aber Sie arbeiten für die Schwester des Opfers?«

»Graciela Rivers hat mich gebeten, mich der Sache anzunehmen, ja.«

»Und Sie haben keine Lizenz, um im Staat Kalifornien als Privatdetektiv tätig zu werden, ist das richtig?«

»Das ist richtig.«

Die Tür ging auf, und der Mann, dem Arrango vorher ein Zeichen gegeben hatte, kam herein. Ohne sich umzudrehen oder ihn anzusehen, hob Arrango die Hand, um seinem Partner zu signalisieren, er solle ihn nicht unterbrechen. Der Mann, von dem McCaleb annahm, daß er Walters war, verschränkte die Arme und lehnte sich neben der Tür an die Wand.

»Ist Ihnen klar, Sir, daß es in diesem Staat eine Straftat ist, ohne Lizenz als Privatdetektiv zu operieren? Ich könnte Sie auf der Stelle wegen einer Gesetzesübertretung verhaften.«

»Es ist gesetzwidrig, ganz zu schweigen davon, daß es moralisch nicht vertretbar ist, Geld dafür zu nehmen, ohne eine gültige Lizenz privat Ermittlungen anzustellen. Ja, dessen bin ich mir bewußt.«

»Moment mal. Wollen Sie mir vielleicht erzählen, Sie machen es umsonst?«

»Ganz recht. Als ein Freund der Familie.«

McCaleb bekam dieses Theater langsam satt. Er wollte endlich darauf zu sprechen kommen, weswegen er hier war.

»Hören Sie, könnten wir diesen Quatsch mal lassen und das Tonband und die Kamera abstellen und uns einfach nur ein paar Minuten unterhalten? Außerdem, Ihr Partner lehnt sich gegen das Mikrophon. Es nimmt sowieso nichts auf.«

Walters sprang im selben Moment vom Thermostat weg, in dem Arrango sich umdrehte und sah, daß McCaleb recht hatte.

»Warum hast du mir nichts gesagt?« fuhr Walters seinen Partner an.

»Halt doch die Klappe.«

»Hey, nehmt euch 'nen Doughnut, Jungs«, sagte McCaleb. »Ich will euch doch nur helfen.«

Immer noch etwas durcheinander, wandte sich Arrango wieder McCaleb zu. »Woher wußten Sie das mit dem Tonband?«

»Weil das in jedem Polizeirevier der Stadt so ist. Und ich war schon in den meisten. Ich war beim FBI. Darum weiß ich das.«

»Beim FBI?« fragte Walters.

»Pensionierter FBI-Agent. Graciela Rivers ist eine Bekannte. Sie bat mich, der Sache mal nachzugehen, und das tue ich jetzt. Ich möchte ihr helfen.«

»Wie heißen Sie?« fragte Walters.

Weil er telefoniert hatte, bekam er anscheinend alles zu spät mit. McCaleb stand auf, reichte ihm die Hand und stellte sich vor, während Walters sie schüttelte. Dennis Walters war jünger als Arrango. Blasse weiße Haut, schlanke Figur. Seine Kleidung saß weit und lose und deutete darauf hin, daß seine Garderobe nach einem drastischen Gewichtsverlust nicht auf den neuesten Stand gebracht worden war. Soweit McCaleb sehen konnte, trug er überhaupt kein Holster. Wahrscheinlich bewahrte er seine Waffe in seiner Aktentasche auf, bis er sich dienstlich auf den Weg machte. Ein Cop nach McCalebs Geschmack. Walters wußte, es war nicht die Waffe, die den Mann ausmachte. Sein Partner wußte das nicht.

»Ich kenne Sie.« Er zeigte mit dem Finger auf McCaleb. »Sie sind dieser Typ. Dieser Serienmördertyp.«

»Was quatschst du da?« fragte Arrango.

»Du weiß schon, einer dieser Typen, die diese Psychogramme erstellen. Die Serienmördereinheit. Er ist der, den sie permanent hier stationiert haben, weil sich die meisten Irren hier rumtreiben. Er hat den Sunset-Strip-Würger gemacht – wen sonst noch ... Den Code Killer, diese Friedhofstype, eine ganze Reihe von Fällen hier.«

Er richtete seine Aufmerksamkeit wieder auf McCaleb.

»Stimmt doch, oder?«

McCaleb nickte. Walters schnippte mit den Fingern.

»Hab' ich nicht erst kürzlich was über Sie gelesen? In der *Times*, stimmt's?«

Wieder nickte McCaleb.

»In der ›Was-wurde-aus ...‹-Kolumne. Vorletzten Sonntag.«

»Ganz genau. Richtig. Sie haben ein neues Herz bekommen, stimmt's?«

McCaleb nickte. Er wußte, Vertrautheit schuf die Basis für ein unverkrampftes Verhältnis. Irgendwann würden sie schon zur Sache kommen. Walters blieb hinter Arrango stehen, aber McCaleb sah seinen Blick zu der Schachtel auf dem Tisch wandern.

»Wollen Sie einen Doughnut, Detective? Wäre wirklich schade, wenn sie schlecht würden. Ich habe noch nicht gefrühstückt, aber ich werde nur einen essen, wenn Sie mir Gesellschaft leisten.«

»Da sage ich nicht nein«, sagte Walters.

Als er vortrat und die Schachtel aufmachte, sah er gespannt seinen Partner an. Arrangos Miene war wie aus Stein. Walters nahm einen glasierten Doughnut heraus. McCaleb nahm einen mit Zimtzucker, und schließlich wurde auch

Arrango schwach und nahm sich widerstrebend einen mit Puderzucker. Sie aßen eine Weile schweigend, bevor McCaleb in sein Sportsakko griff und den Packen Servietten herauszog, die er bei Winchell's eingesteckt hatte. Er warf sie auf den Tisch, und jeder nahm eine.

»Ist die Rente vom FBI so knapp, daß Sie als Privatdetektiv arbeiten müssen, hm?« fragte Walters mit vollem Mund.

»Ich bin kein Privatdetektiv. Die Schwester ist eine Bekannte von mir. Wie bereits gesagt, ich bekomme kein Geld.«

»Eine Bekannte?« sagte Arrango. »Das ist jetzt schon das zweite Mal, daß Sie das sagen. Woher genau kennen Sie sie?«

»Ich lebe unten am Hafen auf einem Boot. Ich habe sie eines Tages im Jachthafen kennengelernt. Sie steht auf Boote. Wir kamen ins Gespräch. Sie bekam raus, was ich mal beim FBI getan habe, und bat mich, mich der Sache anzunehmen. Was gibt's daran auszusetzen?«

Er wußte nicht genau, warum er die Wahrheit bis an den Rand einer Lüge verschleierte. Abgesehen davon, daß ihm Arrango spontan unsympathisch war, wollte er die wahren Hintergründe seiner Beziehung zu Gloria Torres und Graciela Rivers lieber nicht verraten.

»Also, wissen Sie«, sagte Arrango, »ich weiß zwar nicht, was sie Ihnen alles erzählt hat, aber hier handelt es sich um einen ganz normalen Ladenüberfall, Mr. FBI-Agent. Das war nicht Charlie Manson oder Ted Bundy oder dieser Jeffrey Dahmer. Um das zu checken, muß man kein Genie sein. Das war irgendein Penner mit einer Maske und einer Knarre und dem richtigen Verhältnis von Mumm und Hirn, der das alles dazu benutzt hat, um sich ein paar Dollar zu verdienen. Das ist also nichts, was Sie früher gemacht haben, damit wir uns da nicht falsch verstehen.«

»Das ist mir durchaus bewußt«, sagte McCaleb. »Aber ich habe ihr versprochen, der Sache nachzugehen. Diese Geschichte liegt jetzt, wie lange, zwei Monate zurück? Deshalb dachte ich, Sie hätten vielleicht nichts gegen ein zusätzliches Paar Augen einzuwenden, zumal es sich hier um einen Fall handelt, auf den Sie wahrscheinlich nicht mehr allzu viel Zeit verwenden.«

Walters biß an.

»Unser Team hat in der Zwischenzeit vier Fälle aufgehalst bekommen«, sagte er, »und Eddie hatte die letzten zwei

Wochen in Van Nuys einen Prozeß. Was also Rivers angeht, ist der Fall –«

»Noch aktiv«, schnitt Arrango seinem Partner das Wort ab.

McCaleb sah von Walters zu Arrango.

»Klar ... Sicher.«

»Und wir haben es uns zur Regel gemacht, bei aktiven Fällen keine Amateure hinzuzuziehen.«

»Amateure?«

»Sie haben keine Dienstmarke, keine Lizenz, und das heißt für mich Amateur.«

McCaleb sah über die Beleidigung hinweg. Er vermutete, Arrango wollte ihn nur auf die Probe stellen. Er ließ nicht locker.

»Das ist eine dieser Regeln, auf die man zurückgreift, wenn es einem in den Kram paßt. Aber uns hier ist doch allen klar, daß ich Ihnen unter Umständen helfen könnte. Dazu sollten Sie vielleicht zuallererst wissen, daß ich nicht hier bin, um Sie vorzuführen. Ganz und gar nicht. Wenn ich etwas herausfinde, sind Sie die ersten, die es erfahren. Verdächtige, Anhaltspunkte und so weiter. Kriegen Sie alles. Ich möchte nur ein bißchen Kooperation von Ihrer Seite, mehr nicht.«

»Und wie stellen Sie sich diese Kooperation genau vor?« fragte Arrango. »Wie mein Partner, der zuviel redet, bereits gesagt hat, haben wir hier ziemlich zu tun.«

»Kopieren Sie mir den Untersuchungsbericht. Außerdem ein Video, wenn Sie eins haben. Ich bin gut mit Tatorten. Das war sozusagen meine Spezialität. Könnte sein, daß ich Ihnen da weiterhelfen kann. Kopieren Sie mir einfach, was Sie haben, und ich lasse Sie in Ruhe.«

»Alles, was Sie damit sagen, ist doch nur, Sie denken, wir haben Scheiße gebaut. Daß die Lösung im Untersuchungsbericht steht und nur drauf wartet, Ihnen in die Augen zu springen, weil Sie vom FBI sind und die Typen vom FBI soviel schlauer sind als wir.«

McCaleb lachte und schüttelte den Kopf. Langsam gelangte er zu der Überzeugung, er hätte, als er das Macholholster sah, lieber gleich den Rückzug antreten sollen. Er versuchte es noch einmal.

»Nein, das will ich damit überhaupt nicht sagen. Ich weiß nicht, ob Sie was übersehen haben oder nicht. Ich habe oft mit dem LAPD zusammengearbeitet. Wenn ich wetten müßte, würde ich wetten, Sie haben nichts übersehen. Ich sage lediglich, daß ich Graciela Rivers versprochen habe, mich der Sache anzunehmen. Übrigens, ruft sie oft hier an?«

»Die Schwester? Zu oft. Tagaus, tagein, und jedesmal sage ich ihr das gleiche. Keine Verdächtigen, keine Anhaltspunkte.«

»Sie warten drauf, daß irgend etwas passiert, daß wieder Leben in die Sache kommt, richtig?«

»Schon möglich.«

»Also, dann sähe ich hier zumindest eine Möglichkeit für Sie, sie loszuwerden. Wenn ich gesehen habe, was Sie haben, und dann zu ihr gehe und ihr sage, daß Sie hier getan haben, was Sie konnten, gibt sie vielleicht Ruhe. Mir glaubt sie es nämlich, weil sie mich kennt.«

Keiner von beiden sagte etwas.

»Was haben Sie schon zu verlieren?« fuhr McCaleb fort.

»Das müßten wir auf jeden Fall vorher mit dem Lieutenant klären«, sagte Arrango. »Vorschriften hin oder her, wir können nicht einfach ohne seine Erlaubnis Kopien von Ermittlungsunterlagen rausrücken. Was das angeht, haben Sie übrigens einen Fehler gemacht, Chef. Bevor Sie zu uns gekommen sind, hätten Sie lieber zu ihm gehen sollen. Sie wissen doch, wie so was läuft. Sie haben sich nicht ans Protokoll gehalten.«

»Das ist mir durchaus klar. Ich habe nach ihm gefragt, als ich hier ankam, aber es hieß, er ist im Valley Bureau.«

»Ja, schon, aber er müßte bald zurück sein«, sagte Arrango und sah auf seine Uhr. »Wissen Sie was? Sie meinen also, Sie sind gut mit Tatorten?«

»Ja. Wenn Sie ein Video haben, würde ich es mir gern ansehen.«

Arrango drehte sich zu Walters um und zwinkerte ihm zu, dann wandte er sich wieder McCaleb zu.

»Wir haben was Besseres als ein Video vom Tatort. Wir haben die Tat selber.«

Er schob seinen Stuhl zurück und stand auf.

»Kommen Sie«, sagte er. »Und nehmen Sie Ihre Doughnuts mit.«

5

Arrango ging zu einem der dicht aneinanderstehenden Schreibtische im Bereitschaftsraum und nahm eine Videokassette aus einer Schublade. Dann führte er sie aus dem Bereitschaftsraum der Mordkommission, den Gang hinunter und durch die Türklappe in der Theke des Büros der Detectives. McCaleb war klar, daß sie zu Buskirks immer noch leerem Büro unterwegs waren. Er ließ die Doughnuts auf der Theke stehen und folgte den anderen nach drinnen.

In einer Ecke des Raums stand ein hoher Stahlschrank auf Rädern, ein Möbel, wie man es aus Klassenzimmern und Konferenzsälen kannte. Arrango öffnete seine zwei Türen, hinter denen ein Fernseher und ein Videorecorder zum Vorschein kamen. Er machte beide Geräte an und legte die Kassette ein.

»Dann schauen Sie sich das mal an«, sagte er zu McCaleb, ohne ihn anzusehen. »Und vielleicht können Sie uns hinterher was erzählen, was wir noch nicht wissen. Dann können wir ja sehen, ob wir beim Lieutenant ein gutes Wort für Sie einlegen.«

McCaleb stellte sich so hin, daß er den Fernseher direkt vor sich hatte. Arrango drückte die Starttaste, und wenig später erschien ein Schwarzweißbild auf dem Bildschirm des Fernsehers. Aus dem Blickwinkel einer unter der Decke angebrachten Überwachungskamera sah McCaleb das Innere eines Minimarkts. Das Objektiv war auf den Bereich vor dem Ladentisch gerichtet, unter dessen Glasplatte Zigarren, Wegwerfkameras, Batterien und ähnliche Artikel zu sehen waren. Am unteren Bildschirmrand waren Datum und Uhrzeit eingeblendet.

Ein paar Momente war der Bildausschnitt leer, und dann kam in der linken unteren Ecke der grauhaarige Kopf des Verkäufers ins Bild, als dieser sich über die Registrierkasse beugte.

»Das ist Chan Ho Kang, der Besitzer.« Arrango tappte mit dem Finger auf den Bildschirm und hinterließ einen Flecken Doughnutfett darauf. »Er verbringt gerade seine letzten paar Sekunden auf diesem Planeten.«

Kang hatte die Schublade offen. Er brach an der Ecke des Kassengehäuses eine Rolle Vierteldollars auf und schüttete die Münzen in das entsprechende Fach der Schublade. Gerade als er sie zuschob, trat eine Frau in den Bildausschnitt. Eine Kundin. Von dem Foto, das Graciela Rivers ihm auf dem Boot gezeigt hatte, erkannte McCaleb sie sofort.

Lächelnd trat Gloria Torres auf den Ladentisch zu und legte zwei Riegel Hershey's auf die Glasplatte. Dann zog sie ihre Handtasche hoch, öffnete sie und nahm ihre Geldbörse heraus. Mr. Kang drückte währenddessen ein paar Tasten der Registrierkasse.

Plötzlich blickte Gloria, das Geld bereits in der Hand, auf, und eine andere Gestalt trat ins Bild. Es war ein Mann in einem schwarzen Overall, dessen Gesicht hinter einer schwarzen Skimaske verborgen war. Er stellte sich, von Gloria unbemerkt, hinter sie. Sie lächelte immer noch. McCaleb sah auf die eingeblendete Uhrzeit, die auf 22:41:39 stand, und richtete dann sein Augenmerk wieder auf das, was im Laden passierte. Es war ein eigenartiges Gefühl, das Geschehen in dieser unwirklichen Schwarzweißstille zu verfolgen. Der Mann mit der Skimaske legte ihr von hinten die rechte Hand auf die rechte Schulter, führte mit einer gleichmäßigen Bewegung der linken Hand die Mündung der Faustfeuerwaffe an ihre linke Schläfe und drückte ohne Zögern ab.

»Badda-BUMM!« sagte Arrango.

McCalebs Brustkorb zog sich zusammen wie eine Faust, als er beobachtete, wie die Kugel in ihren Schädel eindrang und an den Ein- und Austrittstellen auf beiden Seiten ihres Kopfs eine blutige Gischt hervorspritzte.

»Hat wahrscheinlich gar nichts davon mitgekriegt«, sagte Walters ruhig.

Gloria flog gegen den Ladentisch, prallte zurück und fiel gegen den Maskierten, der seinen rechten Arm um ihre Brust legte und sie wie einen Schild vor sich hielt. Dann trat er zurück, hob seine linke Hand und gab einen Schuß auf Mr. Kang ab. Irgendwo am Körper getroffen, wurde der Ladeninhaber rückwärts gegen die Wand geschleudert, prallte wieder nach vorn und krachte mit dem Oberkörper mit solcher Wucht auf den Ladentisch, daß die Glasplatte zerbrach. Seine Arme zuckten über den Ladentisch, und seine Hände grapschten nach einem Halt, als drohe er in einen Abgrund zu stürzen. Schließlich ließ er los, und sein Körper sackte hinter dem Ladentisch zu Boden.

Der Maskierte ließ Gloria los, und ihr Oberkörper fiel aus dem Bildausschnitt der Videokamera. Das einzige, was danach noch von ihr zu sehen war, waren ihre Beine und ihre Hand, die den Eindruck erweckte, als tastete sie den Boden ab. Der maskierte Mann trat an den Ladentisch, beugte sich rasch darüber und sah auf den am Boden liegenden Mr. Kang hinab, der aus einem Fach unter dem Ladentisch hektisch Packen von braunen Papiertüten herausriß. Der Maskierte beobachtete Kang so lange, bis sein Arm mit einem schwarzen Revolver in der Hand zum Vorschein kam, und schoß ihm dann, bevor er die Waffe heben konnte, ungerührt mitten ins Gesicht.

Der Maskierte griff nach einer Patronenhülse, die davongeflogen und neben Kangs Arm liegengeblieben war. Er richtete sich auf, langte über den Ladentisch und nahm die Scheine aus der offenen Schublade der Registrierkasse. Er sah zu der Kamera hoch. Trotz der Maske war zu erkennen, daß der Mann zwinkerte und etwas zu der Kamera sagte. Dann verschwand er rasch nach links aus dem Bildausschnitt.

»Jetzt hebt er die zwei anderen Hülsen auf«, sagte Walters.

»Ton hat die Kamera keinen, oder?« fragte McCaleb.

»Nein«, sagte Walters. »Was der Kerl gesagt hat, hat er zu sich selbst gesagt.«

»Und es gab nur eine Kamera im Laden?«

»Nur eine. Kang war sehr knauserig. Hat man uns jedenfalls gesagt.«

Während sie weiter auf den Bildschirm blickten, kam der Maskierte auf dem Weg nach draußen noch einmal durch den Bildausschnitt.

McCaleb, der trotz seiner Erfahrung schockiert war über die extreme Brutalität, starrte ausdruckslos auf den Fernseher. Zwei Leben ausgelöscht, und das für den Inhalt einer Ladenkasse.

»In *Bitte lächeln!* kriegen Sie so was nicht zu sehen«, sagte Arrango.

Mit Cops wie Arrango hatte McCaleb jahrelang zu tun gehabt. Sie taten so, als könnte ihnen nichts etwas anhaben. Sie konnten sich die schlimmsten Tatorte ansehen und Witze darüber machen. Das war Teil ihrer Überlebensstrategie. Handle und rede so, als ließe es dich kalt, und du hast einen Schutzschild. So kann dir nichts passieren.

»Kann ich es noch mal sehen?« fragte McCaleb. »Und könnten Sie es diesmal langsamer abspielen?«

»Immer mit der Ruhe«, sagte Walters. »Es ist noch nicht vorbei.«

»Was?«

»Jetzt müßte gleich der Barmherzige Samuel reinkommen.«

»Der Barmherzige Samuel?«

»Barmherziger Samariter. Ein Mexikaner. Kommt in den Laden, findet die beiden und versucht zu helfen. Die Frau hat er am Leben gehalten, aber für Kang konnte er nichts mehr tun. Anschließend geht er zu dem Münztelefon raus und ruft – da ist er.«

McCaleb sah wieder auf den Bildschirm. Die eingeblendete Zeit stand auf 22:42:55, als ein dunkelhaariger, dunkelhäutiger Mann in Jeans und T-Shirt ins Bild kam. Zunächst blieb er am rechten Bildschirmrand zögernd stehen – vermutlich, um Gloria Torres anzusehen. Dann trat er an den Ladentisch und schaute dahinter. Kang lag in einer Blutlache auf dem Boden. In seiner Brust und in seinem Gesicht waren große, häßliche Schußwunden. Seine Augen waren offen und starr. Er war eindeutig tot. Der Barmherzige Samariter wandte sich wieder Gloria zu. Er kniete nieder und beugte sich vermutlich über ihren Oberkörper, der außerhalb des Bildausschnitts war. Aber fast im selben Augenblick kam er wieder hoch und verschwand aus dem Bild.

»Er hat in den Regalen nach Verbandsmaterial gesucht«, sagte Arrango. »Hat ihr den Kopf schließlich mit Abdeckband und einem Kotex verbunden. Einer Extragröße.«

Der Barmherzige Samariter kam zurück und machte sich an Gloria zu schaffen, was aber alles außerhalb des Bildausschnitts geschah.

»Die Kamera bekam ihn nie so richtig ins Bild«, sagte Arrango. »Und er ist auch nicht geblieben. Hat draußen vor dem Laden noch die Notrufzentrale angerufen und ist verduftet.«

»Hat er sich auch später nicht gemeldet?«

»Nein. Wir haben sogar in den Fernsehnachrichten einen Aufruf gemacht. Sie wissen schon, eine Aufforderung, er möchte sich bitte melden, weil er vielleicht etwas gesehen hat, was uns bei den Ermittlungen weiterhelfen könnte. Aber nichts. Der Kerl hat sich in Luft aufgelöst.«

»Eigenartig.«

Inzwischen richtete sich der Mann auf dem Bildschirm wieder auf. Er hatte der Kamera immer noch den Rücken zugekehrt. Als er aus dem Bildausschnitt ging, blickte er kurz nach links, so daß sein Gesicht einen Moment im Profil zu sehen war. Er hatte einen dunklen Schnurrbart. Dann verschwand er aus dem Bild.

»Ruft er jetzt die Polizei an?« fragte McCaleb.

»Neun-eins-eins«, sagte Walters. »Er sagte ›Krankenwagen‹, und sie haben ihn zur Feuerwehr durchgestellt.«

»Warum hat sich der Typ nicht gemeldet?«

»Dafür haben wir sogar eine Theorie«, sagte Arrango.

»Dürfte ich die auch erfahren?«

»Die Stimme auf dem Notrufband hatte einen Akzent«, sagte Walters. »Latino. Wir nehmen an, der Kerl war ein Illegaler. Er ist nicht geblieben, weil er Angst hatte, wir würden es rausfinden, wenn wir mit ihm reden, und ihn ausweisen.«

McCaleb nickte. Das war einleuchtend, vor allem in L. A., wo es Hunderttausende illegaler Einwanderer gab, die den Behörden aus dem Weg zu gehen versuchten.

»Wir haben in den Mexikanervierteln Flugblätter verteilt und auf Channel Thirty-four Durchsagen geschaltet«, fuhr Walters fort. »Wir haben ihm zugesichert, er wird nicht abgeschoben, wenn er sich meldet und uns erzählt, was er gesehen hat. Es hat sich aber niemand gemeldet. Das passiert in diesen Vierteln ziemlich oft. Mein Gott, da, wo die herkommen, haben sie mehr Schiß vor den Cops als vor irgendwelchen Kriminellen.«

»Zu dumm«, sagte McCaleb. »Er war schon so früh am Tatort, daß er ohne weiteres den Wagen des Täters gesehen haben könnte und vielleicht sogar die Autonummer weiß.«

»Durchaus möglich«, sagte Walters. »Aber wenn er die Autonummer weiß, hat er es nicht für nötig gehalten, sie uns auf Band zu sprechen. Nur eine ziemlich vage Beschreibung des Wagens hat er uns gegeben – ›schwarzer Wagen, wie ein Lieferwagen‹, das waren seine Worte. Aber bevor ihn das Mädchen fragen konnte, ob er die Autonummer hätte, hatte er bereits aufgehängt.«

»Können wir es uns noch mal ansehen?« fragte McCaleb.

»Klar, warum nicht?« sagte Arrango.

Er spulte das Band zurück, und wortlos sahen sie es sich noch einmal an; nur drückte Arrango diesmal auf ZEITLUPE, als die Schüsse fielen. McCalebs Blick blieb die ganze Zeit, die der maskierte Täter im Bild war, auf ihn geheftet. Die Maske verbarg zwar seinen Gesichtsausdruck, aber seine Augen waren phasenweise deutlich zu sehen. Brutale Augen, die keine Regung zeigten, als er zwei Menschen erschoß. Da es sich um eine Schwarzweißaufnahme handelte, war ihre Farbe nicht zu erkennen.

»Gütiger Gott«, sagte McCaleb, als das Band zu Ende war.

Arrango nahm die Kassette heraus und schaltete die Geräte aus. Er drehte sich um und sah McCaleb an.

»Na, dann mal los«, sagte er. »Sie sind der Experte. Helfen Sie uns weiter.«

Der herausfordernde Unterton war unüberhörbar. Spuck's aus oder halt's Maul. Sie waren wieder beim Hahnenkampf angelangt.

»Ich müßte erst mal in Ruhe nachdenken, mir vielleicht das Video noch ein paarmal ansehen.«

»Typisch«, brummte Arrango geringschätzig.

»Nur eins kann ich Ihnen jetzt schon sagen«, erklärte McCaleb und sah nur Arrango an. »Der hat das nicht zum erstenmal gemacht.«

Er deutete auf den dunklen Fernsehschirm.

»Kein Zögern, keine Panik, die rasche Durchführung – der sichere Umgang mit der Waffe und die Geistesgegenwart, die Hülsen aufzuheben. Dieser Kerl hat so was schon mal getan. Das war nicht das erste Mal. Und wahrscheinlich auch nicht das letzte. Und … er war vorher schon mal in dem Laden. Er wußte, es gab dort eine Kamera – darum die Maske. Ich meine, es ist natürlich richtig, daß es in vielen dieser Läden Überwachungskameras gibt, aber er sah direkt zu ihr hoch. Er wußte, *wo* sie war. Das heißt, er war vorher schon mal dort. Entweder ist er aus der Gegend, oder er hat sich den Laden vorher näher angesehen.«

Arrango grinste, und Walters sah rasch von McCaleb zu seinem Partner. Er wollte etwas sagen, doch Arrango hob die Hand, um ihn am Reden zu hindern. An diesem Punkt wurde McCaleb klar, daß das, was er gerade gesagt hatte, stimmte und daß sie es bereits wußten.

»Also?« fragte er. »Wieviel andere Überfälle?«

Doch Arrango hielt nur in einer abwehrenden Geste die Hände hoch. »Das wär's fürs erste. Wir werden mit dem Lieutenant reden und geben Ihnen dann Bescheid.«

»Was soll der Quatsch?« McCaleb verlor nun doch die Geduld. »Warum zeigen Sie mir das Video und machen dann Schluß? Geben Sie mir eine Chance! Ich kann Ihnen vielleicht helfen. Was haben Sie schon zu verlieren?«

»Oh, daß Sie uns helfen können, daran habe ich nicht den geringsten Zweifel. Aber uns sind die Hände gebunden. Lassen Sie uns mit dem Lieutenant reden, und wir melden uns wieder bei Ihnen.«

Er winkte alle aus dem Raum. Einen Moment überlegte McCaleb, ob er sich weigern sollte zu gehen, besann sich aber rasch eines Besseren. Gefolgt von Arrango und Walters, ging er nach draußen.

»Wann werde ich von Ihnen hören?«

»Sobald wir wissen, was wir für Sie tun können«, sagte Arrango. »Geben Sie mir Ihre Nummer, dann melden wir uns.«

6

McCaleb stand vor dem Eingang der Polizeistation und wartete auf das Taxi. Innerlich kochte er vor Wut, daß er sich von Arrango so hatte vorführen lassen. Typen wie Arrango fuhren darauf ab, jemandem etwas hinzuhalten und es dann wegzuziehen. Mit Leuten wie ihm hatte McCaleb zeit seines Lebens zu tun gehabt – auf beiden Seiten des Gesetzes.

Aber es gab nichts, was er dagegen tun konnte. Im Moment war Arrango am Drücker. McCaleb rechnete nicht damit, noch einmal etwas von ihm zu hören. Er wußte, daß er ihn anrufen müßte, um eine Antwort zu bekommen. So lief das nun mal. McCaleb beschloß, mit seinem Anruf bis zum nächsten Morgen zu warten.

Als das Taxi kam, setzte sich McCaleb hinter dem Fahrer auf den Rücksitz. Das war die beste Möglichkeit, jede Unterhaltung bereits im Keim zu ersticken. Er sah nach dem Namen auf der Lizenz am Armaturenbrett und stellte fest, daß er russisch und unaussprechbar war. Er zog das kleine Notizbuch aus seinem Beutel und nannte dem Fahrer die Adresse des Sherman Market in Canoga Park. Sie fuhren auf dem Reseda Boulevard nach Norden und dann auf dem Sherman Way nach Westen, bis sie zu dem Minimarkt nicht weit von der Kreuzung mit der Winnetka Avenue kamen.

Das Taxi fuhr auf den Parkplatz vor dem kleinen Laden. Das Gebäude war nichtssagend, unscheinbar, die Glasscheiben mit knallbunten Verkaufsschildern vollgekleistert. Es sah aus wie tausend andere Minimärkte in der Stadt. Außer daß jemand auf die Idee gekommen war, es könnte sich lohnen, ihn auszurauben und zu diesem Zweck zwei Menschen zu töten. Bevor er ausstieg, studierte McCaleb die Schilder auf den Fenstern. Sie versperrten die Sicht ins Innere. Er wußte, das war wahrscheinlich der Grund, warum sich der Maskierte für diesen Laden entschieden hatte. Selbst wenn gerade ein Autofahrer vorbeigekommen wäre, hätte er nicht sehen können, was im Innern vor sich ging.

Schließlich öffnete McCaleb die Tür und stieg aus. Er blieb kurz am Fahrerfenster stehen und bat den Mann zu warten. Als er den Laden betrat, hörte er über der Tür eine Glocke klingeln. Der Ladentisch mit der Registrierkasse, der in dem Video zu sehen gewesen war, befand sich an der Rückwand, direkt gegenüber dem Eingang. Die alte Frau hinter dem Ladentisch wich zurück. Sie sah McCaleb aufmerksam an, und sie wirkte verängstigt. Sie war eine Asiatin. McCaleb ahnte, wer sie war.

Er sah sich um, als wäre er nicht nur gekommen, um Maulaffen feilzuhalten, und entdeckte die Regale mit Süßigkeiten. Er nahm einen Hershey-Riegel und ging damit zum Ladentisch. Als er ihn auf die Glasplatte legte, merkte er, daß sie immer noch zerbrochen war. In diesem Moment kam ihm zu Bewußtsein, daß er an derselben Stelle stand, an der Glory Torres gestanden und Mr. Kang angelächelt hatte. Mit einem gequälten Gesichtsausdruck sah er zu der alten Frau auf und nickte.

»Sonst noch was?«

»Nein, das ist alles.«

Sie tippte es ein, und er zahlte. Er beobachtete ihre stokkenden Bewegungen. Sie wußte, er war nicht aus der Gegend und kein Stammkunde. Ihr war noch immer nicht ganz wohl bei der Sache. Und wahrscheinlich würde sich daran auch nichts ändern.

Als sie ihm das Wechselgeld herausgab, fiel McCaleb auf, daß die Uhr an ihrem Handgelenk ein breites schwarzes Gummiarmband und ein großes Display hatte. Es war eine Männeruhr, die ihr zartes, zerbrechlich wirkendes Handgelenk noch schmaler erscheinen ließ. Er hatte diese Uhr schon einmal gesehen. Sie war in dem Überwachungsvideo an Kangs Handgelenk gewesen. McCaleb erinnerte sich, daß ihm die Uhr aufgefallen war, als sich Kang schwer verletzt am Ladentisch festzuhalten versucht hatte und schließlich zu Boden gerutscht war.

»Sind Sie Mrs. Kang?« fragte McCaleb.

Sie sah von der Registrierkasse zu ihm auf.

»Ja. Ich Sie kennen?«

»Nein. Es ist nur ... Ich habe gehört, was hier passiert ist. Ihrem Mann. Mein Beileid.«

Sie nickte. »Ja, danke.« Und dann, als bräuchte sie eine

Erklärung oder Balsam für ihre Wunden, fügte sie hinzu: »Der einzige Weg, Böse fernzuhalten, ist nicht aufschließen. Aber das geht nicht. Wir müssen schließlich Geld verdienen.«

Jetzt nickte McCaleb. Vermutlich war das etwas, was ihr Mann ihr gesagt hatte, als sie ihre Bedenken geäußert hatte, in einer so gewalttätigen Stadt ein Geschäft aufzumachen.

Er dankte ihr und ging. Als er die Tür öffnete, ertönte wieder die Klingel. Er stieg in das Taxi und nahm noch einmal die Fassade des Ladens in Augenschein. Er wurde nicht schlau aus dem Ganzen. Warum ausgerechnet dieser Laden? Er dachte an das Video. An die Hand des Maskierten, wie sie nach dem Geld griff. Viel konnte er nicht erbeutet haben. McCaleb wünschte sich, er wüßte mehr über das Verbrechen, mehr Einzelheiten.

Da fiel ihm das Münztelefon in die Augen, das rechts von den Fenstern des Ladens an der Außenwand angebracht war. Von hier hatte der Barmherzige Samariter vermutlich angerufen. Er fragte sich, ob es nach Fingerabdrücken untersucht worden war, nachdem klargeworden war, daß er sich nicht melden würde. Wahrscheinlich nicht. Außerdem wäre es bis dahin schon zu spät gewesen. Und gebracht hätte es höchstwahrscheinlich auch nichts.

»Wohin?« fragte der Fahrer, dessen Akzent sogar in diesen zwei Silben hörbar wurde.

McCaleb beugte sich vor, um dem Mann die Adresse zu nennen, überlegte es sich dann aber doch anders. Er trommelte mit den Fingern auf den Plastikrücken des Vordersitzes und dachte kurz nach.

»Lassen Sie die Uhr weiterlaufen. Ich muß noch ein paar Anrufe machen.«

Er stieg wieder aus, ging auf das Münztelefon zu und holte sein Notizbuch heraus. Er schlug eine Nummer nach und ließ das Gespräch von seiner Kreditkarte abbuchen. Es meldete sich sofort jemand.

»*Times*, Russell.«

»Sagten Sie *Times* oder *Slimes*?«

»Sehr witzig, wer ist dran?«

»Keisha, hier ist Terry McCaleb.«

»Hallo, wie geht's?«

»Danke, gut. Ich wollte Ihnen für diesen Bericht danken. An sich hätte ich früher anrufen sollen. Aber er war wirklich okay.«

»Das finde ich klasse. Sonst ruft nie jemand bei mir an, um sich für etwas zu bedanken.«

»Freuen Sie sich nicht zu früh. Ich rufe nämlich auch an, weil ich Sie um einen Gefallen bitten möchte. Haben Sie Ihren Computer an?«

»Sie verstehen es aber wirklich, einem alles zu vermiesen. Ja, mein Computer ist an. Was gibt's?«

»Also, ich suche nach etwas, weiß aber nicht, wie ich es finden kann. Glauben Sie, Sie könnten eine von diesen Stichwortsuchen für mich machen? Ich bin an Meldungen über einen bewaffneten Räuber interessiert, der Leute erschießt.«

Sie lachte. »Mehr nicht? Wissen Sie eigentlich, wie oft bei Überfällen Leute erschossen werden? Wir sind hier in L. A., falls Sie das vergessen haben sollten.«

»Ja, ich weiß, das war dumm von mir. Okay, wie wär's, wenn Sie dem noch hinzufügen: mit einer *Skimaske*. Und vielleicht gehen Sie nur achtzehn Monate zurück. Glauben Sie, das engt das Ganze etwas ein?«

»Vielleicht.«

Er hörte, wie ihre Tastatur zu klicken begann, als sie die Datenbank für Zeitungsmeldungen aufrief. Mit der Eingabe von Schlüsselbegriffen wie *Raubüberfall*, *Skimaske* und *Schüsse* konnte sie alle Meldungen abrufen, in denen diese Wörter vorkamen.

»Was hat das übrigens zu bedeuten, Terry? Ich dachte, Sie sind im Ruhestand.«

»Bin ich auch.«

»Hört sich aber nicht so an. Das ist ja wie in den alten Zeiten. Stellen Sie irgendwelche Ermittlungen an?«

»So könnte man es nennen. Ich prüfe für eine Bekannte etwas nach, und das LAPD zeigt sich wieder mal von seiner besten Seite. Und wenn man keine Dienstmarke hat, ist es noch schlimmer.«

»Worum geht es?«

»Für eine Meldung gibt es noch nichts her, Keisha. Falls sich das jedoch ändert, sind Sie die erste, die davon erfährt.«

Sie stieß verärgert den Atem aus.

»Kommen Sie mir bloß nicht auf diese Tour. Ich meine, warum soll ich Ihnen helfen, wenn Sie mich nicht selbst entscheiden lassen, ob etwas eine Story ist oder nicht? Ich bin die Journalistin, nicht Sie.«

»Ich weiß, ich weiß. Was ich damit sagen will, ist wahrscheinlich nur, daß ich das Ganze lieber für mich behalten möchte, bis ich in der Sache etwas klarer sehe. Aber dann sage ich es Ihnen sofort. Ehrenwort, sobald sich etwas abzeichnet. Vermutlich kommt nichts dabei heraus, aber ich gebe Ihnen so oder so Bescheid. Haben Sie schon was gefunden?«

»Ja«, sagte sie betont vorwurfsvoll. »Sechs Treffer in den letzten achtzehn Monaten.«

»Sechs? Und um was handelt es sich dabei?«

»Sechs Meldungen. Ich lese Ihnen die Überschriften vor, und Sie sagen mir, ob ich Ihnen die dazugehörigen Meldungen aufrufen soll.«

»Okay.«

»Okay, dann mal los. ›Zwei Menschen bei Raubüberfall erschossen.‹ Dann hätten wir: ›Mann an Geldautomat erschossen und ausgeraubt.‹ Und dann: ›Deputies bitten um Hilfe bei Überfall auf Geldautomat.‹ Bei den nächsten drei scheint es sich um ein und denselben Fall zu handeln. Die Überschriften sind: ›Ladeninhaber und Kundin bei Raubüberfall erschossen‹, ›Zweites Opfer stirbt; sie war *Times*-Angestellte‹ – na, so was, das habe ich gar nicht mitbekommen, muß ich selber nachlesen –, und die letzte lautet: ›Polizei sucht Barmherzigen Samariter.‹ Das sind die sechs.«

McCaleb dachte kurz nach. Sechs Meldungen, drei verschiedene Verbrechen. »Könnten Sie die ersten drei aufrufen und mir vorlesen, wenn sie nicht zu lang sind?«

»Sicher.«

Er hörte, wie ihre Tastatur zu klicken begann. Sein Blick wanderte an dem Taxi vorbei auf den Sherman Way hinaus. Es war eine vierspurige, stark befahrene Straße – sogar nachts. Er fragte sich, ob Arrango und Walters außer dem Barmherzigen Samariter irgendwelche anderen Zeugen hatten auftreiben können, die vielleicht die Flucht des maskierten Räubers mitbekommen hatten.

McCalebs Blicke wanderten auf die andere Straßenseite, wo er auf dem Parkplatz eines Einkaufszentrums einen Mann in einem Auto sitzen sah. Im selben Moment, in dem ihn McCaleb bemerkte, hob der Mann eine Zeitung, und sein Gesicht war nicht mehr zu sehen. McCaleb nahm den Wagen in Augenschein. Es war eine ziemlich alte Kiste, ein ausländisches Fabrikat, was ihn rasch wieder von der Vermutung abbrachte, Arrango ließe ihn beschatten. Er verwarf sie vollends, als Keisha Russell die Zeitungsmeldung von ihrem Computerbildschirm abzulesen begann.

»Okay, die erste erschien am achten Oktober letzten Jahres. Sie ist ganz kurz. ›Wie ein Sprecher der Polizei von Inglewood bekanntgab, wurden am Donnerstag ein Mann und seine Frau von einem bewaffneten Räuber angeschossen und verletzt. Der Täter konnte anschließend von einer Gruppe Passanten überwältigt und festgehalten werden. Das Ehepaar war um elf Uhr den Manchester Boulevard entlanggegangen, als ein Mann mit einer Skimaske auf es zukam und –‹«

»Der Kerl wurde gefaßt?«

»Steht hier jedenfalls.«

»Okay, der kommt schon mal nicht in Frage. Ich suche ungelöste Fälle.«

»Okay, die nächste Meldung erschien am Freitag, den siebzehnten Januar. Die Überschrift lautet: ›Mann an Geldautomat erschossen und ausgeraubt.‹ Ohne Angabe des Verfassers. Wieder eine kurze: ›Mittwoch abend wurde ein Mann aus Lancaster erschossen, als er von einem Geldautomaten Geld abhob. Deputies des Sheriffs von Los Angeles County sprechen von einem sinnlosen Mord. Der unbekannte Täter schoß James Cordell, dreißig, einmal in den Kopf und floh mit den dreihundert Dollar, die dieser eben abgehoben hatte. Der tödliche Schuß fiel gegen zweiundzwanzig Uhr vor einer Zweigstelle der Regional State Bank im Achthunderterblock der Lancaster Road. Laut Aussagen von Sheriff's Detective Jaye Winston wurde ein Teil des Überfalls von der Überwachungskamera des Geldautomaten aufgezeichnet. Was auf dem Video, so Winston weiter, von dem Mörder zu sehen sei, reiche jedoch nicht zu seiner Identifizierung aus. Darauf sei nur erkennbar gewesen, daß er eine dunkle Strickskimaske getragen habe. Laut Aussagen Winstons gehe jedoch aus dem Video eindeutig hervor, daß Cordell keinerlei Widerstand geleistet noch sich geweigert habe, das Geld herauszugeben. »Es war ein absolut kaltblütiger Mord«, erklärte Winston. »Dieser Kerl kam einfach anspaziert, erschoß das Opfer und nahm das Geld. Das war eiskalt und brutal. Diesem Kerl war alles egal. Er wollte nur das Geld.« Cordell, der vor dem gut beleuchteten Geldautomaten zusammengebrochen war, wurde erst ungefähr fünfzehn Minuten später von einem anderen Bankkunden entdeckt. Rettungssanitäter konnten bei ihrem Eintreffen am Tatort nur noch seinen Tod feststellen.‹ Okay, das wäre der zweite. Sind Sie bereit für den nächsten?«

»Ich bin bereit.«

McCaleb hatte sich verschiedene Einzelheiten der Meldung in sein Notizbuch notiert. Den Namen *Winston* unterstrich er dreimal. Er kannte Jaye Winston. Und er glaubte, daß Jaye Winston bereit wäre, ihm zu helfen – jedenfalls mehr als Arrango und Walters. Mit Jaye Winston müßte er keinen schweren Tango tanzen. McCaleb hatte das Gefühl, endlich voranzukommen.

Keisha Russell begann die nächste Meldung vorzulesen.

»Okay, noch mal dieselbe Geschichte. Keine Autorenangabe. Sie ist kurz und erschien zwei Tage später. ›Laut Aussagen der Deputies gibt es keine Verdächtigen für den Raubmord an einem Mann aus Lancaster, der Geld von einem Geldautomaten abhob. Detective Jaye Winston erklärte, die Polizei wolle mit jedem Autofahrer oder Passanten sprechen, der am Mittwoch abend um zweiundzwanzig Uhr zwanzig im fraglichen Bereich des Achthunderterblocks der Lancaster Road war und den maskierten Räuber vielleicht vor oder nach dem tödlichen Schuß gesehen hat. James Cordell, dreißig, wurde von dem bewaffneten Räuber, der eine Skimaske trug, einmal in den Kopf geschossen. Er erlag noch am Ort des Überfalls seinen Verletzungen. Der Räuber entkam mit dreihundert Dollar. Obwohl der Überfall von der Überwachungskamera der Regional State Bank zum Teil festgehalten wurde, war es der Polizei aufgrund der Maske, die der Täter trug, nicht möglich, ihn zu identifizieren. »Aber er kann sie nicht ständig aufgehabt haben«, äußerte sich Winston bezüglich der Maske. »Zum Beispiel trug er sie sicher nicht, als er zu Fuß oder im Auto an den Tatort kam. Es muß Leute geben, die diesen Mann gesehen haben, und mit diesen Leuten würden wir gern sprechen.«‹ Okay, hier ist Schluß.«

Bei der zweiten Meldung hatte sich McCaleb keine Notizen gemacht. Aber da er noch über das, was Keisha vorgelesen hatte, nachdachte, sagte er zunächst nichts.

»Terry? Sind Sie noch dran?«

»Ja. Entschuldigung.«

»Hilft Ihnen irgendwas von dem weiter?«

»Ich glaube schon. Vielleicht.«

»Und Sie wollen mir immer noch nicht sagen, worum es geht?«

»Noch nicht, Keisha, aber vielen Dank. Sie erfahren es als erste.«

Er hängte auf und zog die Visitenkarte, die ihm Arrango gegeben hatte, aus seiner Hemdtasche. Er beschloß, nicht auf Arrangos Anruf oder bis zum nächsten Tag zu warten. Unabhängig davon, ob das LAPD mit ihm kooperieren wollte oder nicht, hatte er inzwischen einen Anhaltspunkt, dem er nachgehen konnte. Während er wartete, daß jemand abnahm, sah er über die Straße. Das Auto mit dem Zeitung lesenden Mann war weg.

Nach sechsmaligem Läuten nahm jemand ab, und er wurde mit Arrango verbunden. McCaleb fragte, ob Buskirk schon zurück sei.

»Schlechte Nachrichten, Amigo«, sagte Arrango. »Zurück ist der Lieutenant schon, aber er will nicht, daß wir unsere Unterlagen an Sie rausrücken.«

»Ja? Wieso?« McCaleb versuchte sich seinen Ärger nicht anmerken zu lassen.

»Also, eigentlich habe ich ihn gar nicht richtig gefragt, aber ich glaube, er war ziemlich angefressen, daß Sie nicht erst bei ihm waren. Aber das hab' ich Ihnen ja bereits gesagt. Sie hätten den Dienstweg einhalten sollen.«

»Das war nur nicht so einfach, weil er heute morgen nicht da war. Und außerdem habe ich Ihnen gesagt, daß ich erst nach ihm gefragt habe. Haben Sie ihm das gesagt?«

»Ja, hab' ich. Ich glaube, er war schlecht gelaunt, weil er gerade aus der Valley-Zentrale kam. Wahrscheinlich haben sie ihm wegen irgendwas den Marsch geblasen, und deshalb hat er dann mir den Marsch geblasen. So ist das eben manchmal. Die ganze Nahrungskette runter. Aber sehen Sie's doch mal so: Sie haben Glück gehabt, daß wir Ihnen überhaupt das Video gezeigt haben. Das war doch schon mal ein Anfang. Und eigentlich hätten wir nicht mal das tun dürfen.«

»Toller Anfang. Wissen Sie, angesichts dieses ganzen bürokratischen Hickhacks ist es wirklich ein Wunder, daß überhaupt noch ein paar Fälle gelöst werden. Ich dachte immer, in dieser Hinsicht wäre das FBI einsame Spitze. Aber anscheinend ist es überall das gleiche.«

»Hören Sie, mit Ihrer Scheiße können Sie uns gestohlen bleiben. Davon haben wir hier nämlich den Teller sowieso schon bis oben voll. Anscheinend denkt mein Boß, ich hab' Sie hier eingeladen, und jetzt ist er sauer auf mich. Darauf kann ich gut verzichten. Wenn Sie unbedingt beleidigt abziehen wollen, ist das Ihr Problem. Hauptsache, Sie ziehen ab.«

»Bin bereits weg, Arrango. Sie werden nichts mehr von mir hören, bis ich Ihren maskierten Räuber habe. Ich werde Ihnen diesen Kerl anbringen.«

Schon als er es sagte, wußte McCaleb, daß das hochgradiger Blödsinn war. Aber seit dem neunten Februar war ihm zunehmend deutlicher bewußt geworden, daß er für Idioten keinerlei Verständnis mehr hatte.

Arrango lachte sarkastisch und sagte: »Sehr gut. Ich warte auf Sie.«

Er hängte auf.

7

McCaleb hielt dem Taxifahrer einen Finger hoch und machte noch einen Anruf. Zuerst dachte er an Jaye Winston, beschloß dann aber, noch zu warten. Statt dessen rief er Graciela Rivers unter der Nummer an, die sie ihm für das Schwesternzimmer in der Notaufnahme des Holy Cross Medical Center gegeben hatte. Obwohl er ihr erklärte, noch nicht viel erreicht zu haben, war sie einverstanden, sich zu einem frühen Mittagessen mit ihm zu treffen. Er sagte, sie solle um halb zwölf im Wartezimmer der Notaufnahme nach ihm Ausschau halten.

Das Krankenhaus lag in einem Teil des Valley, der Mission Hills hieß. Auf der Fahrt dorthin sah McCaleb aus dem Fenster auf die vorbeiziehende Szenerie hinaus. Es waren vorwiegend Einkaufszentren und Tankstellen. Der Fahrer war zum Freeway 405 unterwegs, um nach Norden zu fahren.

McCalebs Kenntnisse über das Valley rührten ausschließlich von Fällen her. Es waren zwar viele gewesen, aber die meisten hatte er nur anhand von schriftlichen Berichten, Fotos und Videoaufnahmen bearbeitet. Die Leichenfundstellen am Rand von Freeways oder in den Hügeln, welche an die Northern Flats grenzten. Der Code Killer hatte viermal im Valley zugeschlagen, bevor er sich in Luft aufgelöst hatte wie der Morgendunst über dem Meer.

»Sind Sie Polizei?«

McCaleb wandte sich vom Fenster ab und sah über den Vordersitz in den Rückspiegel. Der Blick des Fahrers war auf ihn gerichtet.

»Was?«

»Sind Sie Polizist oder was?«

McCaleb schüttelte den Kopf. »Nein, bin ich nicht.«

Er sah wieder aus dem Fenster. Das Taxi arbeitete sich inzwischen eine Freewayauffahrt hinauf. Sie kamen an einer

Frau mit einem Schild vorbei, auf dem sie um Geld bat. Noch ein Opfer, das darauf wartete, wieder zum Opfer gemacht zu werden.

Im Wartezimmer saß er auf einem Plastikstuhl einer verletzten Frau und ihrem Mann gegenüber. Die Frau hatte innere Schmerzen und hielt sich den Bauch. Zum Schutz der schmerzenden Stelle hatte sie sich weit vornübergebeugt. Ihr Mann war sehr um sie besorgt; er fragte sie immer wieder, wie es ihr ging, und erkundigte sich am Informationsfenster mehrere Male, wann sie endlich drankäme. Zweimal hörte McCaleb allerdings auch, wie er sie ruhig fragte: »Was willst du ihnen erzählen?«

Und jedesmal wandte die Frau das Gesicht ab.

Um Viertel vor zwölf kam Graciela Rivers durch die Doppeltür der Notaufnahmestation. Weil sie nur eine Stunde Zeit hatte, schlug sie vor, in die Krankenhauscafeteria zu gehen. McCaleb, dessen Lust am Essen nach der Transplantation noch immer nicht zurückgekehrt war, hatte nichts dagegen. Im Moment war es ihm egal, ob er im Krankenhaus aß oder im Jozu auf der Melrose. An den meisten Tagen spielte es für ihn keine Rolle, was er aß, und manchmal vergaß er sogar ganz, etwas zu essen, bis ihn schwache Kopfschmerzen daran erinnerten, daß er neue Energie tanken mußte.

Die Cafeteria war fast leer. Sie trugen ihre Tabletts zu einem Fenstertisch, von dem man auf eine riesige grüne Rasenfläche hinaussah, die ein großes weißes Kreuz umgab.

»Das ist für mich die einzige Gelegenheit, Tageslicht zu sehen«, sagte Graciela. »In der Notaufnahme gibt es keine Fenster. Deshalb versuche ich immer, einen Fensterplatz zu bekommen.«

McCaleb nickte zum Zeichen, daß er verstand.

»Als ich noch in Quantico arbeitete, was schon ziemlich lange her ist, waren unsere Büros unter der Erde. Im Keller. Keine Fenster, immer feucht, im Winter sogar dann eiskalt, wenn die Heizung an war. Ich sah nie die Sonne. Nach einer Weile macht einem das ganz schön zu schaffen.«

»Sind Sie deshalb hierhergekommen?«

»Nein. Das hatte andere Gründe. Aber ich nahm an, ich würde endlich ein Büro mit Fenster bekommen. Ich hatte mich getäuscht. Sie haben mich im FO in eine Besenkammer gesteckt. Im siebzehnten Stock, aber ohne Fenster. Ich glaube, deshalb lebe ich jetzt auf dem Boot. Weil ich gern etwas Himmel sehe.«

»Was ist ein FO?«

»Ach so, Entschuldigung. Das Field Office, die Außendienststelle. Es war in Westwood. In dem großen Gebäude neben dem Veteranenfriedhof.«

Sie nickte.

»Sind Sie eigentlich wirklich auf Catalina Island aufgewachsen, wie in der Zeitung stand?«

»Bis ich sechzehn war. Dann lebte ich bei meiner Mutter in Chicago ... Schon komisch, als ich auf der Insel aufwuchs, wollte ich die ganze Zeit weg von dort. Und jetzt versuche ich die ganze Zeit, wieder dorthin zurückzukommen.«

»Was werden Sie dort machen?«

»Keine Ahnung. Ich habe dort drüben von meinem Vater einen Liegeplatz geerbt. Vielleicht mache ich überhaupt nichts. Vielleicht werfe ich einfach meine Angel aus und sitze mit einem Bier in der Hand in der Sonne.«

Er lächelte, und sie lächelte zurück.

»Warum gehen Sie nicht schon jetzt rüber, wenn Sie bereits einen Liegeplatz haben?«

»Das Boot ist noch nicht soweit. Und ich auch nicht.«

Sie nickte.

»Gehörte das Boot Ihrem Vater?«

Ein weiteres Detail aus der Zeitung. Offensichtlich hatte er Keisha Russell zuviel über sich erzählt. Er mochte es nicht, wenn andere Leute so einfach so viel über ihn herausbekommen konnten.

»Er hat darauf gelebt. Als er starb, ging es an mich. Ich ließ es jahrelang im Trockendock vor sich hin gammeln. Deshalb muß ich jetzt erst mal eine Menge Arbeit reinstecken.«

»Ist der Name von ihm oder von Ihnen?«

»Von ihm.«

Sie runzelte die Stirn und kniff die Augen zusammen, als hätte sie auf etwas Saures gebissen.

»Warum hat er es *The Following Sea* genannt und nicht nur *Following Sea*? Das *The* vor dem *Following Sea* ergibt doch keinen Sinn.«

»Doch, ergibt es schon. Der Name bezieht sich nämlich nicht auf den Vorgang, der See zu folgen. Es gibt auch etwas,

was man als *die* folgende See oder *eine* folgende See bezeichnet.«

»Ach so. Und was ist das?«

»Mit See kann auch eine Welle gemeint sein. Wissen Sie, so, wie man zum Beispiel im Wetterbericht für Surfer hört, daß die Seen zwischen einem und eineinhalb Metern hoch sind.«

»Ach ja, stimmt.«

»Sehen Sie! Und die folgende See ist die, auf die man ganz besonders achten muß. Es ist die, die von achtern auf ein Boot zukommt. Man sieht sie nicht kommen. Sie läuft von achtern über einen weg und läßt einen vollaufen, absaufen. Darum heißt es, wenn die Seen von hinten kommen, gibt es nur eins: Man muß schneller sein als sie. Immer vor ihnen bleiben. Mein Vater hat das Boot so genannt, um sich daran zu erinnern, immer einen Blick über die Schulter zu werfen. Das war etwas, was er mir immer wieder eingeschärft hat, als ich groß wurde. Sogar als ich in die Stadt ging.«

»In die Stadt?«

»Als ich die Insel verließ. Er schärfte mir ein, immer auf die folgende See zu achten, sogar an Land.«

Sie lächelte.

»Jetzt, wo ich diese Geschichte kenne, gefällt mir der Name. Fehlt Ihnen Ihr Vater?«

Er nickte, sagte aber nichts weiter. Die Unterhaltung kam zum Erliegen, und sie begannen, ihre Sandwiches zu essen. McCaleb hatte nicht eingeplant, sich zum Gegenstand der Besprechung zu machen. Nach ein paar Bissen begann er, ihr vom ergebnislosen Verlauf des Vormittags zu berichten. Er erzählte ihr nicht, daß er die Ermordung ihrer Schwester auf Video gesehen hatte, aber er erzählte ihr von seiner auf Arrangos Äußerungen basierenden Vermutung, daß der Mörder ihrer Schwester und des Ladenbesitzers noch mindestens ein weiteres Verbrechen begangen hatte. Er erzählte ihr weiter von seiner Annahme, daß dieses andere Verbrechen möglicherweise der Geldautomatenüberfall war, über den ihm Keisha Russell eine Zeitungsmeldung vorgelesen hatte.

»Was werden Sie als nächstes tun?« fragte sie, als er fertig war.

»Mich aufs Ohr legen.«

Sie sah ihn neugierig an.

»Ich bin fix und fertig. Es ist schon eine Ewigkeit her, daß ich soviel rumgelaufen bin und soviel nachgedacht habe. Ich fahre zu meinem Boot zurück und ruhe mich ein bißchen aus. Morgen mache ich dann weiter.«

»Das tut mir leid.«

»Nein, tut es Ihnen nicht«, sagte er lächelnd. »Sie haben jemanden gesucht, der einen Grund hat, sich auf diese Sache einzulassen. Ich habe einen Grund, und ich habe mich darauf eingelassen, aber ich muß es erst mal langsam angehen. Gerade Sie als Krankenschwester werden das sicher verstehen.«

»Aber sicher. Ich möchte auf keinen Fall, daß Sie sich überanstrengen. Das würde Glorys Tod noch ...«

»Schon klar.«

Sie schwiegen eine Weile, bevor er das Gespräch wieder fortführte.

»Übrigens haben Sie das LAPD ganz richtig eingeschätzt. Ich glaube, sie treten im Moment auf der Stelle und warten einfach ab, daß etwas passiert – wahrscheinlich, daß dieser Kerl noch mal zuschlägt. Jedenfalls arbeiten sie nicht an dem Fall. Sie legen ihn so lange auf Eis, bis etwas passiert, was ihn wieder heiß macht.«

Sie schüttelte den Kopf. »Sie tun zwar nichts mehr, wollen aber auch nicht, daß Sie sich der Sache annehmen. Wirklich super.«

»Das typische Platzhirschgehabe eben. So läuft dieses Spiel nun mal.«

»Bloß ist das hier kein Spiel.«

»Ich weiß.«

Er wünschte, er hätte ein besseres Wort gewählt.

»Was können Sie dann überhaupt tun?«

»Also, morgen früh, wenn ich wieder fit bin, werde ich im Sheriff's Department mal wegen dieses anderen Falls anfragen, wegen dem, der meiner Meinung nach mit diesem hier zusammenhängt. Ich kenne die Ermittlerin, die ihn bearbeitet. Jaye Winston. Wir haben vor langer Zeit mal gemeinsam an einem Fall gearbeitet. Wir kamen ganz gut miteinander aus, und deswegen hoffe ich, daß ich bei ihr einen Fuß in die Tür bekomme. Zumindest ein Stück weiter als beim LAPD.«

Sie nickte zwar, aber es gelang ihr nicht besonders gut, ihre Enttäuschung zu verbergen.

»Graciela«, sagte er, »ich weiß nicht, wie Sie sich das eigentlich vorgestellt haben. Jedenfalls ist es nicht realistisch zu erwarten, daß einfach jemand ankommt und den Fall sozusagen im Handumdrehen löst. So etwas gibt es höchstens im Kino. Aber das hier ist die harte Realität. Solange ich beim FBI war, wurden alle Fälle wegen irgendeines winzigen Details gelöst, wegen irgendeiner Kleinigkeit, die übersehen oder zunächst für unwichtig gehalten worden war. Aber dann stellt sich mit einem Mal heraus, daß sie der Schlüssel zu der ganzen Sache ist. Nur dauert es manchmal etwas, bis man an den Punkt kommt, an dem man dieses winzige Detail findet.«

»Ich weiß. Ich weiß. Ich finde es nur frustrierend, daß nicht schon früher mehr unternommen wurde.«

»Ja, als das ...«

Er wollte sagen: als das Blut noch frisch war.

»Was?«

»Nichts. Es ist nur so, daß die meisten Fälle um so schwerer zu lösen sind, je mehr Zeit seit der Tat verstrichen ist.«

Er wußte, er half ihr nicht, wenn er ihr reinen Wein einschenkte. Andererseits wollte er, daß sie auf sein eventuelles Scheitern vorbereitet wäre. Er war zwar mal gut gewesen, aber so gut auch wieder nicht. Ihm war inzwischen klargeworden, daß er Graciela durch seine Einwilligung, den Fall zu übernehmen, nur der Möglichkeit aussetzte, bitter enttäuscht zu werden. Sein egoistischer Traum von Erlösung würde sich für sie lediglich als eine weitere Dosis rauher Wirklichkeit entpuppen.

»Diesen Männern war es einfach egal«, sagte sie.

Er betrachtete ihre niedergeschlagenen Augen. Er wußte, sie meinte Arrango und Walters.

»Nun, mir ist es nicht egal.«

Sie aßen stumm zu Ende. Nachdem McCaleb seinen Teller beiseite geschoben hatte, beobachtete er, wie sie aus dem Fenster sah. Selbst in ihrem weißen Kunstfaserkittel und mit ihrem zurückgesteckten Haar rührte Graciela Rivers etwas in ihm an. Sie hatte eine bestimmte Art von Traurigkeit an sich, die er irgendwie zu lindern wünschte. Er fragte sich, ob sie sie auch schon gehabt hatte, bevor ihre Schwester gestorben war. Die meisten Menschen haben sie von Geburt an. McCaleb hatte diese Traurigkeit sogar schon in den Gesichtern von Babys bemerkt – sie war bereits dagewesen. Der

Verlauf ihres Lebens schien die Traurigkeit, die diesen Menschen bereits innewohnte, nur zu bestätigen.

»Ist sie hier gestorben?« fragte er.

Sie nickte und sah ihn wieder an.

»Erst wurde sie nach Northridge gebracht, und nachdem sich dort ihr Zustand genügend stabilisiert hatte, wurde sie hierher verlegt. Ich war hier, als es mit ihr zu Ende ging. Ich war bei ihr.«

Er schüttelte den Kopf.

»Das war sicher sehr schwer für Sie.«

»In der Notaufnahme sehe ich jeden Tag Menschen sterben. Um es nicht an uns ranzulassen, machen wir sogar unsere Witze darüber. Aber wenn es die eigene ... Seitdem mache ich keine Witze mehr darüber.«

Er beobachtete ihr Gesicht, als sie es abschüttelte, einen Gang zulegte und davonrauschte, weg aus der Gefahrenzone. Manche Leute haben diesen fünften Gang, in den sie schalten können, um irgendwo wegzukommen.

»Erzählen Sie mir von ihr«, bat er sie.

»Wie meinen Sie das?«

»Deshalb bin ich eigentlich hergekommen. Erzählen Sie mir einfach etwas über sie. Es wird mir helfen. Je besser das Bild ist, das ich mir von ihr machen kann, desto eher komme ich in dieser Sache voran.«

Sie blieb einen Moment still und überlegte mit nachdenklich gespitztem Mund, wie sie in wenigen Worten zusammenfassen könnte, was das Wesen ihrer Schwester ausgemacht hatte.

»Haben Sie eine Küche auf Ihrem Boot?« fragte sie schließlich unvermittelt.

»Wie bitte?«

»Eine Küche? Haben Sie eine auf Ihrem Boot?«

»Äh, eigentlich sagt man dazu Kombüse.«

»Dann eben eine Kombüse. Ist sie groß genug, um ein richtiges Essen zu kochen?«

»Klar. Warum wollen Sie das wissen?«

»Möchten Sie etwas über meine Schwester erfahren?«

»Ja.«

»Dann müssen Sie ihren Sohn kennenlernen. Alles, was an meiner Schwester gut war, lebt in Raymond fort. Es genügt, wenn Sie ihn kennen.«

McCaleb nickte langsam, als er verstand.

»Was halten Sie davon, wenn ich heute abend mit Raymond zu Ihnen aufs Boot komme und wir Ihnen ein Abendessen machen? Ich habe ihm bereits von Ihnen und dem Boot erzählt. Er möchte es gern sehen.«

Nach kurzem Nachdenken sagte McCaleb: »Wissen Sie was – wie wär's, wenn wir damit bis morgen warten? Dann kann ich Ihnen auch gleich erzählen, was bei meinem Besuch im Sheriff's Department herausgekommen ist. Vielleicht habe ich dann schon Erfreulicheres zu berichten.«

»Gut, dann bis morgen.«

»Und das Abendessen lassen Sie mal meine Sorge sein. Darum kümmere ich mich.«

»So war das eigentlich nicht gedacht. Eigentlich wollte ich –«

»Ich weiß, ich weiß. Aber sparen Sie sich das doch für einen Abend bei Ihnen zu Hause auf. Morgen kommen Sie zu mir, und ums Abendessen kümmere ich mich, okay?«

»Okay.« Sie hatte die Stirn noch immer gerunzelt, merkte aber, daß er sich nicht umstimmen ließ. Dann lächelte sie. »Wir kommen.«

In südlicher Richtung hatte auf dem Freeway 405 sehr dichter Verkehr geherrscht, weshalb ihn das Taxi erst nach zwei Uhr am Jachthafen von San Pedro absetzte. Das Taxi hatte keine Klimaanlage gehabt, und er hatte von der Mischung aus Freewayabgasen und dem Körpergeruch des Fahrers leichte Kopfschmerzen bekommen.

Nachdem er die Kajüte betreten hatte, fragte er seinen Anrufbeantworter ab. Die einzige Nachricht darauf war, daß jemand aufgehängt hatte. Da er sich heute wesentlich mehr zugemutet hatte als sonst, fühlte er sich ziemlich angeschlagen. Sein Rücken und seine Beinmuskeln schmerzten. Er ging in den Bug, um seine Temperatur zu messen. Aber er hatte kein Fieber. Auch Blutdruck und Puls waren normal. Nachdem er die Werte in die Tabelle eingetragen hatte, ging er in seine Schlafkabine, zog sich aus und schlüpfte in das ungemachte Bett.

Trotz aller Erschöpfung konnte er nicht schlafen. Während er hellwach in seiner Koje lag, gingen ihm die Ereignisse des Tages und die Bilder aus dem Video durch den

Kopf. Nachdem er sich eine Stunde herumgequält hatte, stand er auf und stieg in die Kajüte hinauf. Er holte das Notizbuch aus seinem Sakko, das er über einen Stuhl gehängt hatte, und las die Notizen durch, die er sich früher gemacht hatte. Etwas Besonderes war nicht dabei, aber es hatte etwas Tröstliches, mit Aufzeichnungen über seine Nachforschungen begonnen zu haben.

Auf einer neuen Seite notierte er sich ein paar weitere Gedanken über das Video und eine Reihe von Fragen, die er am nächsten Tag mit Jaye Winston klären wollte. Da die Ermittler den Zusammenhang zwischen den Fällen sicher bemerkt hatten, wollte er wissen, wie konkret dieser Zusammenhang war und ob der Täter die dreihundert Dollar, die er James Cordell geraubt hatte, wirklich dem Opfer entwendet oder aus dem Geldausgabefach des Geldautomaten genommen hatte.

Als er merkte, daß er Hunger hatte, legte er das Notizbuch beiseite. Er stand auf, verrührte drei Eiweiß in einer Pfanne, mischte etwas Tabasco-Soße und Salsa darunter und machte sich ein Sandwich mit weißem Toast. Nach zwei Bissen gab er etwas mehr Tabasco darauf.

Nachdem er die Kombüse saubergemacht hatte, spürte er, wie er endlich müde wurde. Er wußte, jetzt konnte er schlafen. Er duschte kurz, maß noch einmal die Temperatur und nahm die abendliche Ration Medikamente. Im Spiegel sah er, daß er, obwohl er sich erst am Morgen rasiert hatte, Stoppeln wie von einem Zweitagebart im Gesicht hatte. Es war eine Nebenwirkung eines der zahlreichen Mittel, die er nahm. Prednison verringerte die Gefahr einer Organabstoßung und regte gleichzeitig den Haarwuchs an. Er mußte über sein Aussehen lachen und dachte, er hätte Bonnie Fox gestern sagen sollen, er fühle sich wie ein Werwolf und nicht wie Frankenstein. Er brachte die Monster durcheinander. Er legte sich schlafen.

Er träumte in Schwarzweiß. Vor der Operation war das nicht so gewesen, aber jetzt immer. Er wußte nicht, was es bedeutete. Als er Dr. Fox davon erzählt hatte, hatte sie nur mit den Achseln gezuckt.

Er träumte, er war in dem Minimarkt. Er war einer der Akteure in dem Video, das ihm Arrango und Walters gezeigt hatten. Er stand am Ladentisch und lächelte Chan Ho Kang an. Der Ladeninhaber lächelte unfreundlich zurück und sagte etwas.

»Wie bitte?« fragte McCaleb.

»Sie verdienen es nicht«, sagte Mr. Kang.

McCaleb blickte auf seinen Einkauf auf dem Ladentisch hinab, aber bevor er sehen konnte, was es war, spürte er den kalten Ring aus Stahl an seiner Schläfe. Er drehte sich rasch herum, und da war der Maskierte mit einer Schußwaffe vor ihm. Auf die Art, wie Wissen und Logik Träume begleiten, wußte McCaleb, daß der Mann hinter der Maske lächelte. Er senkte die Waffe und feuerte auf McCalebs Brust. Die Kugel traf den Zehnerring – den Kreis ums Herz. Die Kugel fuhr durch McCaleb hindurch, als wäre er eine Zielscheibe aus Papier. Trotzdem riß ihn die Wucht des Einschlags einen Schritt nach hinten, und dann begann er in Zeitlupe zu Boden zu fallen. Er spürte keinen Schmerz, nur ein Gefühl der Erleichterung. Als er im Fallen den Mörder ansah, erkannte er die Augen, die durch die Maske blickten. Es waren seine eigenen Augen. Dann kam das Zwinkern.

Und er fiel und fiel immer weiter.

8

Das ferne Donnern leerer Frachtcontainer, die im nahen Port of Los Angeles von einem Schiff geladen wurden, weckte McCaleb vor Morgengrauen. Er lag mit geschlossenen Augen, aber völlig wach im Bett und stellte sich den Vorgang vor. Wie der Kran den Container von der Größe eines Sattelaufliegers elegant vom Deck des Schiffs und auf den Ladehof schwang und wie dann der Mann am Boden das Zeichen zum Ausklinken zu früh gab und der riesige Stahlkasten den letzten Meter fiel und mit einem Krachen wie der Überschallknall eines Flugzeugs auf dem Boden landete. In McCalebs Vorstellung lachte der Mann am Boden jedesmal.

»Blöde Arschlöcher«, brummte McCaleb, als er endlich aufgab weiterzuschlafen und sich aufsetzte. Es war das dritte Mal in einem Monat, daß das passiert war.

Er sah auf die Uhr und stellte fest, daß er über zehn Stunden geschlafen hatte. Er tappte langsam in den Bug und duschte. Nachdem er sich abgetrocknet hatte, maß er wie jeden Morgen Temperatur, Puls und Blutdruck und nahm die übliche Ration an Pillen und Tropfen zu sich. Er trug alles in die Tabelle ein, und dann holte er seinen Rasierapparat heraus. Er wollte sich gerade Rasierschaum ins Gesicht streichen, doch dann sah er in den Spiegel und sagte: »Scheiß drauf.«

Damit er ordentlich aussah, rasierte er sich den Hals, beließ es aber dabei. Er hatte keine Lust mehr, sich den Rest seines Lebens oder so lang, wie er Prednison nehmen mußte, zwei- oder dreimal täglich zu rasieren. Er hatte sich noch nie einen Bart stehenlassen. Das hätte man beim FBI nicht geduldet.

Nach dem Anziehen nahm er ein großes Glas Orangensaft, sein Adreßbuch und das Mobiltelefon mit aufs Heck hinaus und machte es sich, während im Osten die Sonne aufging, im Angelstuhl bequem. Er trank immer wieder einen Schluck Saft und sah ständig auf die Uhr, während er wartete, daß es Viertel nach sieben würde. Das war, nahm er an, die beste Zeit, um Jaye Winston anzurufen.

Die Mordkommission des Sheriff's Department befand sich in Whittier auf der anderen Seite des County. Von dort aus wurden alle Mordfälle bearbeitet, die im nichteingegliederten Los Angeles County und in all jenen Städten passierten, die das Sheriff's Department mit sämtlichen in ihrem Verwaltungsbereich anfallenden polizeilichen Aufgaben beauftragt hatten. Eine dieser Städte war Palmdale, wo James Cordell ermordet worden war.

Weil die Mordkommission so weit entfernt war, hielt es McCaleb für unsinnig, eine Stunde lang mit dem Taxi nach Whittier rauszufahren, ohne zu wissen, ob Jaye Winston überhaupt da wäre, wenn er dort aufkreuzte. Daher hielt er in diesem Fall einen frühen Anruf für besser als einen Überraschungsbesuch mit einer Schachtel Doughnuts.

»Diese blöden Arschlöcher.«

McCaleb drehte den Kopf und sah einen seiner Nachbarn, Buddy Lockridge, in der Plicht seines Segelboots stehen, einer zweiundvierzig Fuß langen Hunter namens *Double-Down*, die drei Liegeplätze weiter lag. Buddy Lockridge hatte eine Tasse dampfenden Kaffees in der Hand. Er war im Bademantel, und auf einer Seite standen ihm die Haare vom Kopf hoch. McCaleb brauchte ihn nicht zu fragen, wer mit den Arschlöchern gemeint war.

»Allerdings«, sagte er. »Nicht gerade die schönste Art, den Tag zu beginnen.«

»Die Sache ist die«, sagte Buddy, »eigentlich dürften die das gar nicht die ganze Nacht durch tun. Eine Riesensauerei ist das. Der Krach muß doch von hier bis Long Beach zu hören sein.«

McCaleb nickte nur.

»Ich habe schon mit den Leuten im Büro des Hafenmeisters drüben gesprochen. Weißt du, ich habe ihnen gesagt, sie sollen bei der Hafenbehörde Beschwerde einlegen, aber die tun natürlich einen Dreck. Ich überlege schon, ob ich nicht anfangen soll, Unterschriften zu sammeln. Würdest du unterschreiben?«

»Auf jeden Fall.«

McCaleb sah auf seine Uhr.

»Ich weiß, du hältst das für reine Zeitverschwendung.«

»Nein. Ich weiß nur nicht, ob es was bringt. Im Hafen herrscht rund um die Uhr Betrieb. Die werden kaum aufhören, nachts Schiffe zu entladen, bloß weil ihnen ein paar Leute, die im Jachthafen auf ihren Booten wohnen, eine Unterschriftenliste vorlegen.«

»Ja, ich weiß. Diese Arschlöcher ... Wenn bloß mal einem von diesen Trotteln so ein Container auf den Kopf fallen würde. Dann würden sie es vielleicht mal schnallen.«

Lockridge war eine Kairatte, ein in die Jahre gekommener Surfer und Strandfreak, der auf seinem Boot ein sparsames, unaufwendiges Leben führte und sich hauptsächlich mit dem Geld über die Runden brachte, das er mit allen möglichen im Jachthafen anfallenden Gelegenheitsjobs verdiente wie Boot-Sitten und Rumpfabkratzen. Kennengelernt hatten sich die beiden vor einem Jahr, kurz nachdem Lockridge im Jachthafen einen Liegeplatz angemietet hatte. McCaleb war mitten in der Nacht von einem Mundharmonikakonzert wach geworden. Als er aufstand und nachsehen ging, führte ihn das Geräusch zu Lockridge, der betrunken in der Plicht der *Double-Down* lag und zu einer Begleitung, die nur er in seinem Kopfhörer hörte, Mundharmonika spielte. Trotz McCalebs Beschwerde an diesem Abend freundeten sich die beiden langsam an. Das lag vor allem daran, daß es in diesem Bereich des Jachthafens sonst niemanden gab, der an Bord seines Boots wohnte. Jeder von beiden war der einzige Full-time-Nachbar des anderen. Als McCaleb im Krankenhaus war, hatte Buddy auf die *Following Sea* aufgepaßt. Weil er wußte, daß McCaleb nicht Auto fahren durfte, bot er ihm außerdem oft an, ihn zum Lebensmittelladen oder zu einem Einkaufszentrum in der Nähe mitzunehmen. Umgekehrt lud McCaleb Lockridge jede Woche oder so zum Abendessen ein. Dann unterhielten sie sich in der Regel über ihre gemeinsame Liebe zum Blues oder über die Frage, ob nun Segelboote besser waren oder Motorboote. Manchmal holten sie auch die Schachteln mit McCalebs alten Akten hervor und lösten einige der Fälle theoretisch. Lockridge hörte McCalebs Geschichten über das FBI und seine Fälle fasziniert zu.

»Ich muß einen Anruf machen, Bud«, rief McCaleb. »Wir unterhalten uns später.«

»Klar. Bloß nichts anbrennen lassen.«

Er winkte und verschwand in der Kajüte seines Boots. McCaleb zuckte die Achseln, schlug Jaye Winstons Nummer in seinem Adreßbuch nach und wählte sie. Er kam in wenigen Sekunden zu ihr durch.

»Jaye, hier ist Terry McCaleb. Können Sie sich noch an mich erinnern?«

Nach einem Moment sagte sie: »Aber sicher. Wie geht's, Terry? Hab' gehört, Sie haben eine neue Pumpe gekriegt.«

»Ja, und ich komme auch ganz gut damit klar. Und wie geht's bei Ihnen so?«

»Das alte Lied.«

»Hm, hätten Sie vielleicht ein paar Minuten für mich Zeit, wenn ich heute morgen zu Ihnen rauskäme? Sie haben einen Fall, über den ich gern mit Ihnen sprechen würde.«

»Arbeiten Sie jetzt auf privater Basis, Terry?«

»Nein. Nur ein Gefallen, den ich einem Bekannten tue.«

»Welcher ist es? Fall, meine ich.«

»James Cordell. Der Überfall auf diesen Geldautomaten. Am zweiundzwanzigsten Januar.«

Jaye Winston gab einen Laut von sich, der sich wie *hmmph* anhörte, sagte aber nichts weiter.

»Was?« fragte McCaleb.

»Komisch. Obwohl ich diesen Fall schon einige Zeit auf Eis gelegt habe, sind Sie in den letzten zwei Tagen schon der zweite, der deswegen anruft.«

Scheiße, dachte McCaleb. Er wußte, wer der andere Anrufer war.

»Keisha Russell von der *Times*?«

»Ja.«

»Daran bin ich schuld. Ich habe sie nach den Zeitungsmeldungen über Cordell gefragt. Aber ich habe ihr nicht gesagt, warum. Deshalb hat sie bei Ihnen angerufen. Um ein bißchen auf den Busch zu klopfen.«

»Das dachte ich mir auch. Ich habe mich dumm gestellt. Und wer ist nun dieser Bekannte, der Sie dazu überredet hat?«

McCaleb erzählte ihr, wie er gebeten worden war, sich des Mordfalls Gloria Torres anzunehmen, und wie er schließlich auf den Fall Cordell gestoßen war. Er gab zu, daß er vom LAPD keine Hilfe erhielt und Jaye Winston seine einzige

Alternative war. Daß sein neues Herz Gloria Torres gehört hatte, behielt er für sich.

»Habe ich also richtig vermutet?« fragte er am Ende. »Hängen sie zusammen?«

Nach anfänglichem Zögern bestätigte ihm Jaye Winston schließlich seine Vermutung. Außerdem sagte sie ihm, sie kämen im Moment in dem Fall nicht weiter und warteten weitere Entwicklungen ab.

»Hören Sie, Jaye, ich will ganz offen zu Ihnen sein. Mir liegt daran, daß ich zu Ihnen rauskommen und mir die Untersuchungsberichte ansehen darf, und was Sie mir sonst noch über den Fall zeigen, damit ich hinterher zu Graciela Rivers gehen und ihr sagen kann, daß alles, was in dieser Sache getan werden konnte, getan wurde oder getan wird. Ich will hier keineswegs den Helden spielen oder jemanden vorführen.«

Jaye Winston sagte nichts.

»Was meinen Sie?« fragte McCaleb schließlich. »Hätten Sie heute etwas Zeit?«

»Nicht viel. Können Sie einen Moment warten?«

»Sicher.«

McCaleb wurde eine Minute auf die Warteschleife gelegt. Er ging auf Deck herum und blickte auf das dunkle Wasser hinab, in dem sein Boot schwamm.

»Terry?«

»Ja.«

»Hören Sie, ich habe um elf im CCB in der Stadt eine Verhandlung. Das heißt, ich muß hier spätestens um zehn los. Können Sie vorher noch rauskommen?«

»Sicher. Wie wär's mit neun oder Viertel nach neun?«

»Das ginge.«

»Okay, und danke.«

»Hören Sie, Terry, ich tue das, weil ich Ihnen einen Gefallen schuldig bin. Aber wir haben hier nichts für Sie. Das ist nur irgendein Dreckskerl mit einer Knarre. Ein typischer Fall von Drei-Versuche-Scheiße, mehr nicht.«

»Was meinen Sie damit?«

»Ich habe hier noch einen anderen Anrufer in der Leitung. Wir reden weiter, wenn Sie hier sind.«

Bevor McCaleb sich auf den Weg machte, kletterte er auf den Anleger und ging zur *Double-Down*. Das Boot war der

Schandfleck des Jachthafens. Lockridge hatte mehr Besitztümer, als sein Boot fassen konnte. Er hatte seine drei Surfboards, seine zwei Fahrräder und sein Zodiac-Schlauchboot auf Deck gelagert, weshalb die *Double-Down* aussah wie ein schwimmender Flohmarkt.

Die Luke war noch offen, aber McCaleb sah und hörte keinerlei Lebenszeichen von Lockridge. Er rief und wartete. Im Jachthafen galt es als unhöflich, ungebeten an Bord eines Boots zu kommen.

Schließlich tauchten Buddy Lockridges Kopf und Schultern in der Luke auf. Er war inzwischen gekämmt und angezogen.

»Buddy, hast du heute schon was vor?«

»Wie soll ich das verstehen? Das gleiche wie immer. Nichts. Oder was dachtest du? Daß ich zu Kinko's gehe, um meinen Lebenslauf auf den neuesten Stand zu bringen?«

»Also, hör mal, ich bräuchte die nächsten paar Tage einen Fahrer, vielleicht auch länger. Wenn du Lust hast, kannst du den Job haben. Ich zahle zehn Dollar die Stunde plus Essen. Allerdings solltest du dir besser ein Buch oder sonst was mitnehmen, weil du dabei wahrscheinlich ziemlich viel rumsitzen und auf mich warten mußt.«

Buddy stieg ganz in die Plicht hoch.

»Wo mußt du hin?«

»Nach Whittier raus. Ich muß in einer Viertelstunde los. Wie es dann weitergeht, weiß ich nicht.«

»Ist das so eine Art Ermittlungsverfahren?«

McCaleb konnte die wachsende Erregung in Buddys Augen sehen. Er verbrachte viel Zeit damit, Krimis zu lesen, und erzählte McCaleb oft ihre Handlung. Aber das war mal ein Krimi im richtigen Leben.

»Ja, ich gehe da für jemanden einer Sache nach. Aber ich brauche keinen Partner, Buddy, nur einen Fahrer.«

»Völlig okay. Ich bin dabei. Nehmen wir deinen Wagen oder meinen?«

»Wenn wir deinen nehmen, zahle ich das Benzin. Wenn wir meinen Cherokee nehmen, setze ich mich nach hinten. Er hat nämlich auch auf der Beifahrerseite einen Airbag. Das überlasse ich dir. Für mich ist beides okay.«

Bonnie Fox hatte McCaleb das Autofahren mindestens bis zum neunten Monat verboten. Sein Brustkorb mußte sich noch vollständig schließen. Die Haut war zwar verheilt, aber unter der vernarbten Oberfläche war das Sternum noch offen. Ein Zusammenprall mit einem Lenkrad oder auch nur einem Airbag hätte selbst bei niedriger Geschwindigkeit tödliche Folgen.

»Also, ich mag zwar den Cherokee«, sagte Buddy Lockridge, »aber nehmen wir trotzdem lieber meinen. Mit dir auf dem Rücksitz käme ich mir zu sehr wie ein Chauffeur vor.«

9

Im Sommer 1993 wurde im Antelope Valley im Norden des Los Angeles County in einem großen Sandsteinmassiv mit dem Namen Vasquez Rocks die Leiche einer Frau gefunden. Die Leiche hatte dort schon mehrere Tage gelegen und war bereits so stark verwest, daß nicht mehr festzustellen war, ob sie vergewaltigt worden war. Aber man nahm es an. Die Leiche war bekleidet, aber sie hatte den Slip verkehrt herum an, und die Bluse war falsch zugeknöpft – ein eindeutiges Zeichen, daß sich die Frau nicht selbst angezogen hatte oder dies höchstens unter extremem Streß getan hatte. Wie bei den meisten Sexualverbrechen war die Todesursache manuelle Strangulation.

Die Ermittlungen im Vasquez-Rocks-Mord leitete Sheriff's Detective Jaye Winston. Als der Fall nicht mit einer Festnahme abgeschlossen werden konnte, stellte sich Jaye Winston auf ein langwierigeres Verfahren ein. Sie war zwar ehrgeizig, aber keineswegs übertrieben selbstbewußt, und so war eins der ersten Dinge, die sie tat, sich an das FBI zu wenden. Ihre Bitte um Hilfe wurde an die Serienmördereinheit weitergeleitet, und sie reichte für das Violent Criminal Apprehension Program (Projekt zur Ergreifung von Gewaltverbrechern) eine Fallübersicht ein.

Durch diese VICAP-Übersicht kam McCaleb zum erstenmal mit Jaye Winston in Kontakt. Das Material, das sie nach Quantico geschickt hatte, wurde an McCalebs Besenkammerbüro in der Außendienststelle Los Angeles weitergeleitet. In bester bürokratischer Tradition wurde das Material zunächst quer durchs ganze Land geschickt, nur um dann zur weiteren Bearbeitung mehr oder weniger wieder an seinen Herkunftsort zurückexpediert zu werden.

Mit Hilfe der VICAP-Datenbank – in der die achtzig Fragen umfassende Fallübersicht über einen bestimmten Mord mit den in der Datenbank gespeicherten Fällen verglichen wird – und nach sorgfältigem Studium des Tatorts und der

Autopsiefotos konnte McCaleb den Vasquez-Rocks-Fall mit einem Mord in Verbindung bringen, der ein Jahr zuvor in der Nähe des Sepulveda Pass im Los Angeles County begangen worden war. Die Mordmethode, die bekleidet am Straßenrand liegengelassene Leiche sowie verschiedene andere Details und Feinheiten – es stimmte alles überein. McCaleb vertrat die Ansicht, sie hätten es im Großraum L. A. wieder mal mit einem Serienmörder zu tun. In beiden Fällen stellte sich heraus, daß die Frauen schon zwei oder drei Tage vor ihrer Ermordung vermißt worden waren. Das hieß, der Mörder hatte sie in dieser Zeit gefangengehalten, möglicherweise um seine grausigen Phantasien an ihnen auszuleben.

Die beiden Fälle miteinander in Verbindung zu bringen war nur der erste Schritt gewesen, der schließlich zur Identifizierung und Festnahme des Mörders hätte führen müssen. Bloß gab es nichts, womit sie hätten weitermachen können. McCaleb gab vor allem zu denken, wieviel Zeit zwischen den zwei Morden verstrichen war. Das Unbekannte Subjekt, wie der Mörder in FBI-Dokumenten formell genannt wurde, hatte elf Monate verstreichen lassen, bevor ihn sein Trieb wieder übermannte und er die zweite Frau entführte, um seine Phantasien an ihr abzureagieren. In McCalebs Augen hieß das nichts anderes, als daß dieses Erlebnis eine derart nachhaltige Wirkung auf die Psyche des Mörders hatte, daß seine Phantasien praktisch fast ein Jahr lang davon leben beziehungsweise zehren konnten. Die Serienmordstatistiken des FBI legten die Vermutung nahe, daß dieser Zeitraum von Mal zu Mal kürzer würde und der Mörder sich das nächste Opfer früher suchen würde.

McCaleb erstellte Jaye Winston zwar ein Psychogramm des Täters, aber ihnen war beiden klar, daß es keine große Hilfe war. Männlich, weiß, zwischen zwanzig und dreißig Jahre alt, mit niedriger beruflicher Qualifikation und dementsprechenden Lebensverhältnissen. In der Vorgeschichte des Unbekannten Subjekts mußte es bereits Sexualdelikte oder Fälle von abnormem Verhalten gegeben haben. Falls diese Vorgeschichte auch längere Gefängnisaufenthalte beinhaltete, konnte dies die im Psychogramm ausgewiesene Altersspanne des Subjekts nach oben hin vergrößern.

Es war das alte Lied. Die VICAP-Psychogramme waren zwar in der Regel auf den Punkt genau, führten aber selten zur Festnahme eines Verdächtigen. Das Psychogramm, das Jaye Winston erhalten hatte, traf auf Hunderte, wenn nicht Tausende von Männern im Großraum Los Angeles zu. Nachdem sie jedem Ansatzpunkt nachgegangen war, blieb ihr nichts anderes mehr zu tun übrig, als zu warten. McCaleb machte sich einen Vermerk in seinem Kalender und wandte sich anderen Fällen zu.

Im März des folgenden Jahres – acht Monate nach dem letzten Mord – stieß McCaleb auf den Vermerk, holte die Akte noch einmal hervor und rief Jaye Winston an. Bei ihr hatte sich nicht viel Neues getan. Sie hatte immer noch keine Anhaltspunkte oder Verdächtigen. McCaleb riet ihr, die Fundstellen der Leichen und die Gräber der zwei Opfer überwachen zu lassen. Als Grund dafür gab er ihr an, der Mörder nähere sich dem Ende seines Zyklus. Seine Phantasien bräuchten allmählich wieder frische Nahrung. Sein Bedürfnis, das Gefühl von Macht und Überlegenheit über einen anderen Menschen neu zu beleben, würde immer stärker und somit zunehmend schwerer zu kontrollieren für ihn. Die Tatsache, daß der unbekannte Täter seine Opfer nach den ersten zwei Morden offensichtlich wieder angezogen hatte, war eindeutig ein Zeichen dafür, daß in seinem Innern ein heftiger Kampf tobte. Ein Teil seiner Persönlichkeit schämte sich dessen, was er getan hatte – er versuchte unbewußt, es zu verbergen, indem er den Opfern die Kleider wieder anzog. Das deutete darauf hin, daß sich der Mörder ab dem neunten Monat des neuen Zyklus in einem heftigen inneren Widerstreit befinden würde. Das Bedürfnis, seine Phantasien wieder auszuleben, und die Scham, die er hinterher darüber empfinden würde, waren die zwei Seiten in einem erbitterten Machtkampf. Eine Möglichkeit, seinen Tötungstrieb vorübergehend zu bremsen, wäre gewesen, die Stätten seiner bisherigen Verbrechen aufzusuchen, um seinen Phantasien auf diese Weise noch einmal neuen Brennstoff zu verschaffen. McCalebs äußerte die Vermutung, der Mörder würde an die Fundorte der Leichen zurückkehren oder ihre Gräber besuchen. Das würde ihn seinen Opfern näherbringen und ihm dabei helfen, den Zeitpunkt, an dem er wieder töten mußte, hinauszuschieben.

Zunächst sträubte sich Jaye Winston, nur auf die Vermutung eines FBI-Agenten hin mehrere Orte gleichzeitig überwachen zu lassen. Aber McCaleb hatte bereits für sich selbst und zwei weitere Agenten grünes Licht für eine solche Observierung erhalten. Außerdem appellierte er an Winstons beruflichen Ehrgeiz, indem er ihr klarmachte, daß sie sich, wenn sie es nicht täte, später immer fragen würde, ob die Observierung etwas gebracht hätte, und das vor allem dann, wenn der unbekannte Täter wieder zuschlüge. Nach diesem eindringlichen Appell an ihr Gewissen ging Jaye Winston zu ihrem Lieutenant und zu den zuständigen Leuten beim LAPD, worauf von allen drei Behörden ein Observierungsteam zusammengestellt wurde. Bei der Planung dieser Operation stellte Winston fest, daß zufällig beide Mordopfer, nur hundert Meter voneinander entfernt, im selben Friedhof in Glendale begraben waren. Als McCaleb davon erfuhr, sagte er voraus, daß das Unbekannte Subjekt, wenn es sich zeigte, dies auf dem Friedhof tun würde.

Er hatte recht. In der fünften Nacht der Überwachungsoperation beobachteten McCaleb, Winston und zwei andere Detectives, in einem Mausoleum versteckt, von dem man beide Gräber sehen konnte, wie ein Mann in einem Lieferwagen vor dem Friedhof hielt, ausstieg und über das abgeschlossene Tor kletterte. Dann ging der Mann, der etwas unter den Arm geklemmt hatte, zum Grab des ersten Opfers, blieb zehn Minuten reglos davor stehen und suchte dann das Grab des zweiten Opfers auf. Aus seinem Verhalten ging deutlich hervor, daß er über die Lage der Gräber bestens im Bild war. Am zweiten Grab angekommen, breitete er einen Schlafsack darauf aus und ließ sich, mit dem Rücken gegen den Grabstein gelehnt, darauf nieder. Die Polizisten schritten nicht ein, sondern hielten den Friedhofsbesuch nur mit einer Nachtsicht-Videokamera fest. Nach einer Weile öffnete der Mann seine Hose und begann zu masturbieren.

Bevor er zum Lieferwagen zurückkehrte, war der Mann mit Hilfe seiner Autonummer bereits als ein gewisser Luther Hatch identifiziert, ein achtunddreißigjähriger Gärtner aus North Hollywood, der vor vier Jahren aus dem Folsom Prison entlassen worden war, wo er wegen Vergewaltigung eine neunjährige Gefängnisstrafe verbüßt hatte.

Das Subjekt war nicht mehr unbekannt. Hatch wurde der Tat dringend verdächtigt. Zog man seine Zeit im Gefängnis von seinem Alter ab, paßte er perfekt in das Bild, das in dem

Psychogramm entworfen worden war. Nachdem er drei Wochen lang rund um die Uhr observiert worden war, darunter auch bei zwei weiteren Besuchen auf dem Friedhof in Glendale, schritt die Polizei schließlich ein, als er eines Nachts versuchte, eine aus der Sherman Oaks Galleria kommende junge Frau in seinen Lieferwagen zu zerren. Im Lieferwagen fanden die Beamten Isolierband sowie mehrere gut einen Meter lange Stücke Wäscheleine. Nach Ausstellung eines Durchsuchungsbefehls nahmen die Ermittler sowohl das Innere des Lieferwagens als auch Hatchs Wohnung auseinander. Die Haare, Fäden und getrockneten Körperflüssigkeiten, die dabei gefunden wurden, konnten später mit Hilfe einer DNS-Analyse und anderer wissenschaftlicher Verfahren mit den zwei Mordopfern in Verbindung gebracht werden. Somit reihte sich Hatch, der von den lokalen Medien bald den Beinamen »Friedhofsmann« erhielt, in das Pantheon der Serienmörder ein, die eine ungeheure Faszination auf die Öffentlichkeit ausüben.

Dank McCalebs Erfahrung und Riecher war es Jaye Winston gelungen, den Fall zu lösen. Es war einer der Fahndungserfolge, über die in Los Angeles und Quantico immer noch gesprochen wurde. Am Abend nach Hatchs Verhaftung gingen die Mitglieder des Observierungsteams in eine Bar, um ihren Erfolg zu feiern. Als der Lärm einmal kurz abflaute, wandte sich Jaye Winston an der Bar McCaleb zu und sagte: »Dafür bin ich Ihnen was schuldig. Wir alle stehen in Ihrer Schuld.«

Buddy Lockridge hatte sich für seinen Job als Terry McCalebs Fahrer angezogen, als hätte er vor, einen Nachtclub am Sunset Strip unsicher zu machen. Er war von Kopf bis Fuß in Schwarz gekleidet. Sogar eine schwarze Lederaktentasche hatte er bei sich. McCaleb stand auf dem Anleger neben der *Double-Down* und starrte sein Outfit lange wortlos an.

»Was ist denn?«

»Nichts. Gehen wir.«

»Ist irgendwas daran nicht okay?«

»Doch, doch, völlig in Ordnung. Ich hatte nur nicht damit gerechnet, daß du dich so in Schale werfen würdest, bloß um den ganzen Tag im Auto zu sitzen. Meinst du nicht, das wird ein bißchen unbequem?«

»Überhaupt nicht.«

»Dann laß uns mal.«

Lockridges Wagen war ein sieben Jahre alter Ford Taurus, silbern und gut gepflegt. Auf der Fahrt nach Whittier versuchte er dreimal herauszufinden, worüber McCaleb Nachforschungen anstellte, aber er biß jedesmal auf Granit. Schließlich gelang es McCaleb, die Zielrichtung seiner Fragen abzulenken, indem er ihre alte Debatte über die Vorzüge von Segelbooten gegenüber Motorbooten neu entfachte. Sie erreichten das Sheriff's Department Star Center in etwas mehr als einer Stunde. Lockridge steuerte den Taurus in eine Lücke auf dem Besucherparkplatz und stellte den Motor ab.

»Ich weiß nicht, wie lang es dauern wird«, sagte McCaleb. »Hoffentlich hast du was zu lesen oder eine deiner Mundharmonikas dabei.«

»Soll ich wirklich nicht mit reinkommen?«

»Hör zu, Bud, vielleicht war das doch keine so gute Idee. Ich brauche keinen Partner. Alles, was ich brauche, ist jemand, der mich fährt. Ich habe gestern über hundert Dollar für Taxis ausgegeben. Da dachte ich, ich gebe das Geld lieber dir, aber wenn du mir ständig Fragen stellst und –«

»Schon gut, schon gut«, unterbrach ihn Lockridge und hob die Hände. »Ich bleibe schön brav hier sitzen und lese mein Buch. Keine Fragen mehr.«

»Gut. Bis dann.«

McCaleb betrat rechtzeitig zu seinem Termin das Büro der Mordkommission, und Jaye Winston wartete am Empfang bereits auf ihn. Sie war eine schlanke, attraktive Frau, die ein paar Jahre älter als McCaleb war. Sie hatte glattes, halblanges blondes Haar und trug ein blaues Kostüm mit einer weißen Bluse. McCaleb hatte sie seit dem Abend, an dem sie vor fast fünf Jahren Luther Hatchs Festnahme gefeiert hatten, nicht mehr gesehen. Sie schüttelten sich die Hände, und Jaye Winston führte McCaleb in einen Besprechungsraum mit einem ovalen Tisch und sechs Stühlen. An einer Wand stand einer kleinerer Tisch mit einer Kaffeemaschine darauf. Der Raum war leer. Auf dem Tisch lagen ein hoher Stapel Unterlagen und vier Videokassetten.

»Möchten Sie eine Tasse Kaffee?« fragte Jaye Winston.

»Nein, danke.«

»Dann fangen wir am besten gleich an. Ich habe noch zwanzig Minuten.«

Sie setzten sich einander gegenüber an den Tisch. Jaye Winston deutete auf den Packen mit Papieren und die Videokassetten.

»Dürfen Sie alles mitnehmen. Nach Ihrem Anruf heute morgen habe ich alles kopieren lassen.«

»Im Ernst? Vielen Dank.«

McCaleb zog alles mit beiden Händen zu sich heran, als räumte er den Gewinn von einem Spieltisch ab.

»Ich habe Arrango drüben in L. A. angerufen«, fuhr Jaye Winston fort. »Er meinte, ich sollte nicht mit Ihnen zusammenarbeiten, aber ich sagte ihm, Sie wären der beste Agent, mit dem ich je zu tun hatte, und daß ich Ihnen einen Gefallen schuldig bin. Er ist sauer, aber er wird drüber wegkommen.«

»Sind da die L. A.-Unterlagen auch dabei?«

»Ja, wir haben uns gegenseitig alles kopiert. Jetzt habe ich zwar schon ein paar Wochen nichts mehr von Arrango bekommen, aber das liegt wahrscheinlich daran, daß es nichts Neues gegeben hat. Es ist also, glaube ich, alles auf dem neuesten Stand. Das Problem ist nur, wir haben zwar einen Haufen Papier und Videoaufnahmen, aber bisher hat es noch zu nichts geführt.«

McCaleb teilte die Papiere in zwei Hälften und begann sie zu überfliegen. Es wurde rasch ersichtlich, daß zwei Drittel davon von Ermittlern des Sheriff's Department stammten und der Rest vom LAPD. Er deutete auf die Videokassetten.

»Was ist da drauf?«

»Beide Tatorte und beide Morde. Arrango hat gesagt, den Überfall auf den Laden hätte er Ihnen bereits gezeigt.«

»Ja.«

»Tja, auf unserem ist sogar noch weniger zu sehen. Der Täter kommt nur ein paar Sekunden ins Bild. Gerade lange genug, um erkennen zu können, daß er eine Skimaske trägt. Aber wenn Sie wollen, können Sie es sich gern ansehen.«

»Auf Ihrem Video – nimmt der Kerl da das Geld dem Opfer ab, oder holt er es aus dem Automaten?«

»Aus dem Automaten. Warum?«

»Vielleicht kann ich das dazu benutzen, nötigenfalls das FBI einzuschalten. Juristisch gesehen bedeutet es, das Geld wurde der Bank geraubt, nicht dem Opfer. Und das wird auf Bundesebene geahndet.«

Jaye Winston nickte.

»Und wie haben Sie den Zusammenhang zwischen den zwei Fällen hergestellt? Durch einen ballistischen Vergleich?« Da McCaleb wußte, daß ihre Zeit begrenzt war, versuchte er soviel wie möglich aus ihr herauszubekommen.

Sie nickte.

»Ich hatte den Fall bereits ein paar Wochen auf meinem Schreibtisch rumliegen, bis ich eines Tages beim Zeitunglesen auf eine Meldung über den anderen stieß. Hörte sich nach demselben Täter an. Ich rief in L. A. an, und wir setzten uns zusammen. Sie brauchen sich nur die Videos anzusehen, Terry. Es besteht überhaupt kein Zweifel. Dieselbe Methode, dieselbe Waffe, derselbe Kerl. Die ballistischen Untersuchungen haben nur bestätigt, was wir bereits wußten.«

McCaleb nickte. »Ich frage mich nur, warum der Typ das Messing eingesammelt hat, wo er doch wußte, das Blei war noch da? Was für Munition hat er benutzt?«

»Neun Millimeter. Federals. Vollmantelgeschosse. Die Hülsen hat er einfach aus Gewohnheit aufgehoben. In meinem Fall war es ein glatter Durchschuß. Wir mußten die Kugel aus einer Betonwand pulen. Wahrscheinlich dachte – oder hoffte – er, sie wäre für einen ballistischen Vergleich zu stark verformt. Also hob er, wie es sich für einen braven Schützen gehört, die Messinghülse auf.«

McCaleb nickte. Er konnte den Abscheu vor dem Mann, hinter dem sie her waren, in ihrer Stimme mitschwingen hören.

»Aber an sich spielt es keine Rolle«, fuhr sie fort. »Sehen Sie sich, wie bereits gesagt, die Videos an. Hier haben wir es mit ein und demselben Kerl zu tun. Um das zu wissen, braucht man keine Ballistik.«

»Sind Sie oder das LAPD der Sache noch weiter nachgegangen?«

»Wie meinen Sie das? Ob wir das Material an Feuerwaffen und Ballistik geschickt haben?«

»Ja. Wer hat das Beweismaterial?«

»Wir. In L. A. haben sie etwas mehr Fälle zu bearbeiten als wir hier. Daher haben wir uns, weil unser Fall der erste war, darauf geeinigt, das gesamte Beweismaterial hier zu behalten. Ich habe bei F und B die üblichen Untersuchungen machen lassen, Sie wissen schon, nach ähnlichen Fällen suchen und so weiter. Kam aber nichts dabei raus. Sieht so aus, als gäbe es nur diese zwei Fälle. Vorerst.«

McCaleb überlegte, ob er ihr vom DRUGFIRE-Computer des FBI erzählen sollte, hielt dann aber den Zeitpunkt für verfrüht. Er wollte sich erst die Videos und die polizeilichen Untersuchungsberichte ansehen, bevor er ihr Vorschläge machte, was sie tun sollte.

Er merkte, daß sie auf die Uhr sah.

»Bearbeiten Sie den Fall ganz allein?« fragte er.

»Inzwischen ja. Ursprünglich bekam ich noch Dan Sistrunk als Partner zugeteilt. Kennen Sie Dan?«

»Äh, war er einer der Männer, die damals in dieser Nacht im Mausoleum dabei waren?«

»Genau, bei der Hatch-Observierung. Er war dabei. Wie gesagt, zunächst haben wir den Fall gemeinsam bearbeitet, doch dann sind andere Dinge passiert. Andere Fälle. Und jetzt gehört er mir ganz allein. So ein Glück, was?«

McCaleb nickte und grinste. Er kannte das. Wenn ein Fall vom Team nicht rasch gelöst wurde, blieb einer darauf sitzen.

»Werden Sie Ärger kriegen, wenn Sie mir dieses Material geben?«

»Nein. Der Captain weiß, was Sie im Fall Lisa Mondrian für uns getan haben.«

Lisa Mondrian war die Frau, deren Leiche in Vasquez Rocks gefunden worden war. McCaleb fand es ungewöhnlich, daß Jaye Winston sie beim Namen nannte. Ungewöhnlich deshalb, weil die meisten Polizisten, die er kannte, die Opfer zu depersonalisieren versuchten. So konnten sie besser damit leben.

»Der Captain war damals noch der Lieutenant«, fuhr Jaye Winston fort. »Er weiß, daß wir Ihnen einen Gefallen schuldig sind. Ich habe ihm davon erzählt, und er hat gesagt, ich soll Ihnen den ganzen Kram geben. Ich fände es nur schöner, wenn wir Ihnen mit was anderem einen Gefallen tun könnten als mit dem da. Ich weiß nicht, ob Sie damit viel anfangen können. Wir haben uns jedenfalls aufs Warten verlegt.«

Mit anderen Worten: Sie warteten darauf, daß der maskierte Täter wieder zuschlug und hoffentlich einen Fehler machte. Leider war oft frisches Blut nötig, um alte Morde zu lösen.

Jaye Winston runzelte die Stirn. »Wir kriegen immer mehr solcher Fälle, seit sie in Sacramento diese Drei-Versuche-

Regelung eingeführt haben. Ich weiß nicht, ob Sie es noch mitbekommen haben, nachdem Sie ja inzwischen im Ruhestand sind. Aber das neue Gesetz besagt, drei Verurteilungen wegen eines Schwerverbrechens – und man kann der Welt ade sagen. Automatisch lebenslänglich ohne Bewährung.«

»Ja, das habe ich mitbekommen.«

»Also, bei einigen dieser Arschlöcher hat diese Regelung nur bewirkt, daß sie vorsichtiger geworden sind. Wenn die jetzt einen Überfall machen, putzen sie sicherheitshalber auch noch gleich alle Zeugen weg. Die Drei-Versuche-Regelung sollte vermutlich zur Abschreckung dienen. Aber wenn Sie mich fragen, hat das alles nur zur Folge, daß jetzt eine Menge Leute auf ähnliche Weise umgebracht werden wie James Cordell oder diese zwei in dem Laden.«

»Sie meinen, das ist der Grund, warum dieser Kerl so brutal vorgeht?«

»Sieht jedenfalls ganz so aus. Sie haben doch eins der Videos gesehen. Dieses Schwein hat keinen Moment gezögert. Schon bevor er da reinmarschierte, wußte er ganz genau, was er tun würde. Der wollte keine Zeugen. Und das ist die Spur, der ich folge. Wenn ich mal etwas übrige Zeit habe, gehe ich die Akten nach Kerlen durch, die schon zwei oder mehr Überfälle auf dem Kerbholz haben. Ich glaube, der Mann mit der Skimaske ist einer von ihnen. Er hat früher mal Raubüberfälle begangen. Inzwischen begeht er Raubmorde. Natürliche Evolution.«

»Und? Schon Glück gehabt?«

»Mit den Akten? Nein. Aber entweder finde ich ihn, oder er findet mich. Das ist nicht der Typ, der plötzlich anständig wird. Und wenn man bedenkt, daß er für ein paar hundert Dollar jemanden erschießt, dann hat er beschlossen, auf keinen Fall mehr in den Bau zurückzukehren. Soviel steht fest. Er wird es wieder tun. Eigentlich wundert mich nur, daß er nicht schon wieder zugeschlagen hat – seit dem letzten Mal sind bereits zwei Monate vergangen. Aber vielleicht macht er beim nächsten Mal einen Fehler, und wir kriegen ihn. Früher oder später schnappen wir ihn auf jeden Fall. Jede Wette. Mein Opfer hatte eine Frau und zwei kleine Töchter. Ich kriege den Scheißkerl, der das getan hat.«

McCaleb nickte. Er mochte ihr von Entrüstung geschürtes Engagement. Das war ein meilenweiter Unterschied zu

Arrangos Einstellung. Er begann, die Unterlagen und Videokassetten zusammenzupacken, und versprach ihr, sie anzurufen, sobald er sich das Material angesehen hätte. Er wies sie darauf hin, daß es ein paar Tage dauern könnte.

»Nur keine Hektik«, sagte sie. »Egal, was Sie herausfinden, wir können es brauchen.«

Als McCaleb zum Taurus zurückkam, saß Buddy Lockridge, die Beine auf dem Vordersitz ausgestreckt, mit dem Rücken gegen die Fahrertür gelehnt. Er las ein Buch, das er im Schoß liegen hatte, und übte dazu auf einer Mundharmonika ein Bluesriff. McCaleb öffnete die Beifahrertür und wartete, daß er die Beine runternahm. Als er schließlich einstieg, stellte er fest, daß Lockridge ein Buch mit dem Titel *Inspector Imanishi Investigates* las.

»Das ging aber schnell«, sagte Buddy.

»Ja, es gab nicht viel zu sagen.«

Er legte die Unterlagen und Videokassetten zwischen seinen Beinen auf den Boden.

»Was ist das?«

»Nur ein paar Sachen, die ich mir ansehen muß.«

Lockridge beugte sich vor und sah auf das oberste Blatt. Es war ein Untersuchungsbericht. »James Cordell«, las er laut ab. »Wer ist das?«

»Buddy, langsam fange ich wirklich an zu glauben –«

»Ich weiß, ich weiß.«

Er verstand den Wink, richtete sich auf und startete den Motor. Er stellte keine weiteren Fragen mehr über die Dokumente.

»So, und wo soll's jetzt hingehen?«

»Jetzt fahren wir einfach nach Hause. Nach San Pedro.«

»Ich dachte, du hättest gesagt, du bräuchtest mich ein paar Tage. Ich stelle wirklich keine Fragen mehr, Ehrenwort.«

In seiner Stimme schwang ein Anflug von Entrüstung mit.

»Doch nicht deswegen. Ich brauche dich noch weiter. Aber im Moment muß ich zurück und mir diese Sachen da ansehen.«

Niedergeschlagen warf Buddy das Buch auf das Armaturenbrett, ließ die Mundharmonika in das Türfach fallen und fuhr los.

10

In der Kajüte gab es mehr natürliches Licht als in der Bürokabine unter Deck. Deshalb beschloß McCaleb, dort zu arbeiten. Außerdem hatte er oben in einem Schrank einen Fernseher und einen Videorecorder eingebaut. Er räumte den Kombüsentisch frei, wischte ihn mit einem Schwamm und einem Papiertuch sauber und legte dann die Unterlagen darauf, die Jaye Winston ihm gegeben hatte. Zum Schluß holte er aus der Schublade des Kartentischs einen Block und einen gespitzten Bleistift.

Er hielt es für das beste, das Material in chronologischer Reihenfolge durchzugehen. Das hieß, zuerst kam der Fall Cordell an die Reihe. Er nahm den Packen mit Unterlagen, suchte die Berichte über den Mord an Gloria Torres heraus und legte sie beiseite. Dann ordnete er das, was noch übrig war, in mehrere kleinere Stapel: Ergebnisse der ersten Ermittlungen und der Beweisaufnahme; Vernehmungsprotokolle; Spuren, die zu nichts führten; Vermischtes; Faktenblätter; wöchentliche Zusammenfassungen.

Als er noch für das FBI gearbeitet hatte, hatte er zuerst immer seinen Schreibtisch leergeräumt und dann das gesamte Material über den ihm zugeteilten Fall darauf ausgebreitet. Die Fälle kamen von Polizeidienststellen aus dem ganzen Westen Amerikas. Manche schickten dicke Pakete, andere nur dünne Ordner. Aber immer verlangte er Videoaufnahmen vom Tatort. Egal, wie groß oder klein diese Pakete waren, es ging in ihnen immer um dasselbe. McCaleb war gleichzeitig fasziniert und angewidert. Er wurde wütend und rachsüchtig, wenn er zu lesen begann, allein in seinem kleinen Büro, seine Jacke am Türhaken, seine Waffe in der Schublade. Er konnte dann alles ausblenden bis auf das, was er vor sich hatte. Seine besten Leistungen erzielte er am Schreibtisch. Als Außendienstagent war er bestenfalls Durchschnitt. Aber am Schreibtisch war er besser als die meisten. Und insgeheim war es für ihn immer mit einem ganz speziellen Kitzel verbunden, wenn er eins dieser Pakete öffnete und die Jagd nach einem neuen Monster begann. Diesen Kitzel verspürte er auch jetzt, als er zu lesen begann.

James Cordell hatte es im Leben zu einigem gebracht. Er hatte eine Familie, ein schönes Zuhause, Autos, Gesundheit und einen Job, der soviel abwarf, daß seine Frau ihren zwei Töchtern eine Vollzeitmutter sein konnte. Er war Ingenieur bei einer Privatfirma, die im Auftrag des Staats den baulichen Zustand der Aquädukte überwachte, über die das Schmelzwasser aus den Bergen im Landesinnern in die Reservoirs geleitet wurde, die das südliche Kalifornien mit Wasser versorgten. Er wohnte in Lancaster im Nordosten des Los Angeles County, von wo er mit dem Auto binnen eineinhalb Stunden jeden beliebigen Punkt an der Küste erreichen konnte. Am Abend des zweiundzwanzigsten Januar befand er sich nach einem langen Arbeitstag, an dem er den durch Long Pine führenden Abschnitt des Betonaquädukts inspiziert hatte, auf dem Heimweg. Es war Zahltag, und er hielt an der Zweigstelle der Regional State Bank, die eine Meile von seinem Haus entfernt lag. Sein Gehalt war automatisch auf sein Konto überwiesen worden, und er brauchte Geld. Aber er wurde in den Kopf geschossen und lag bereits halb tot vor dem Geldautomaten, bevor der Automat damit fertig war, sein Geld auszuspucken. Es sollte sein Mörder sein, der die nagelneuen Zwanziger an sich nahm, als sie aus dem Automaten kamen.

Als erstes fiel McCaleb beim Lesen des polizeilichen Untersuchungsberichts auf, daß die Medien eine bereinigte Fassung erhalten hatten. Die Darstellung des Tathergangs in der *Times*-Meldung, die ihm Keisha Russell am Vortag vorgelesen hatte, deckte sich nicht ganz mit den Fakten im Polizeibericht. In der Zeitungsmeldung hatte es geheißen, Cordells Leiche sei fünfzehn Minuten nach dem Überfall gefunden worden. Dem Polizeibericht zufolge war Cordell jedoch fast unmittelbar nach der Tat von einem anderen Geldautomatenkunden entdeckt worden, der gerade in dem Moment auf den Bankparkplatz fuhr, als ein anderes Fahrzeug – wahrscheinlich das des Täters – davonbrauste. Der Zeuge, dessen Name mit James Noone angegeben wurde, hatte über sein Autotelefon unverzüglich Hilfe angefordert.

Da der Anruf über eine Mobilfunkleitstelle eingegangen war, bekam die Telefonistin in der Notrufzentrale den Standort des Anrufers nicht automatisch angezeigt. Sie mußte diese Information auf die altmodische Weise, nämlich von Hand, festhalten und schaffte es, zwei Ziffern der von Noone angegebenen Adresse zu vertauschen, als sie einen Rettungswagen verständigte. In seiner Aussage erklärte Noone, er habe hilflos mit ansehen müssen, wie ein Rettungswagen auf dem Weg zu einer sieben Straßen weiter liegenden Adresse an ihm vorbeigerast sei. Er mußte noch einmal anrufen und das Ganze einer anderen Telefonistin wieder von vorne erklären, worauf der Rettungswagen umgeleitet wurde. Aber als er am Tatort eintraf, war Cordell bereits tot.

Es fiel McCaleb schwer, sich lediglich anhand des vorläufigen Untersuchungsberichts ein Urteil darüber zu bilden, ob das verspätete Eintreffen des Rettungswagens irgendwelche Konsequenzen gehabt hatte. Cordell hatte eine schwere Kopfverletzung erlitten. Selbst wenn die Rettungssanitäter zehn Minuten früher am Tatort eingetroffen wären, hätte das wahrscheinlich nichts mehr an der Sache geändert. Es war sehr unwahrscheinlich, daß sein Leben noch hätte gerettet werden können.

Trotzdem war das genau eine dieser Pannen, auf die sich die Medien mit wahrer Begeisterung stürzten. Deshalb hatte jemand im Sheriff's Department – vermutlich Jaye Winstons Vorgesetzter – beschlossen, diese Information unter Verschluß zu halten.

Die Panne war eine Begleiterscheinung, die für McCaleb von geringem Belang war. Was dagegen sein Interesse weckte, war der Umstand, daß es zumindest einen partiellen Zeugen sowie eine Fahrzeugbeschreibung gab. Noone gab an, fast von einem entgegenkommenden Fahrzeug gerammt worden zu sein, als er auf den Parkplatz der Bank fuhr. Seinen Angaben zufolge handelte es sich dabei um einen schwarzen Jeep Cherokee mit der neuen, stärker abgerundeten Karosserie. Den Fahrer, den er als einen Weißen mit grauem Haar oder einer grauen Mütze beschrieb, hatte Noone nur Sekundenbruchteile zu Gesicht bekommen.

Weitere Zeugen waren in der Bestandsaufnahme nicht aufgeführt. Bevor er sich die ergänzenden Berichte und den Obduktionsbefund vornahm, wollte sich McCaleb die Videos ansehen. Er schaltete den Fernseher und den Videorecorder ein und legte als erstes das Video von der Überwachungskamera des Geldautomaten ein.

Wie in dem Video aus dem Sherman Market waren am unteren Bildrand Datum und Uhrzeit eingeblendet. Die Kamera war mit einem Fischaugenobjektiv ausgestattet, das alles perspektivisch verzerrt wiedergab. Ein Mann, von dem McCaleb annahm, daß es James Cordell war, kam ins Bild und schob seine Kreditkarte in den Automaten. Sein Gesicht war sehr dicht vor dem Objektiv und verdeckte den Blick auf fast alles andere. Das war ein Planungsfehler – es sei denn, die Kamera diente nicht so sehr dem Zweck, Überfälle aufzuzeichnen, als vielmehr die Gesichter von Scheckbetrügern festzuhalten, die gestohlene oder gefälschte Scheckkarten benutzten.

Beim Eingeben der Geheimnummer hielt Cordell plötzlich inne und blickte über seine rechte Schulter. Sein Kopf folgte dabei etwas, das sich hinter ihm vorbeibewegte – der Cherokee, der auf den Parkplatz fuhr. Während er die Nummer zu Ende eintippte, nahm seine Miene einen besorgten Ausdruck an. Niemand benutzt nachts gern einen Geldautomaten, selbst wenn dieser gut beleuchtet ist und in einem Viertel mit niedriger Kriminalitätsrate liegt. Der einzige Automat, den McCaleb benutzte, befand sich in einem 24 Stunden geöffneten Supermarkt, in dem die ständige Gegenwart von Menschen Sicherheit und Abschreckung garantierte. Cordell sah sich nervös über seine linke Schulter um, nickte jemandem außerhalb des Bildausschnitts zu und wandte sich dann wieder dem Automaten zu. Nichts an der Person, die er angesehen hatte, hatte ihn noch stärker beunruhigt. Offensichtlich hatte sich der Mann die Maske noch nicht übergestreift. Obwohl Cordell nach außen hin gefaßt wirkte, sah er nun auf den Geldausgabeschlitz hinab und wiederholte dazu vermutlich unablässig das stumme Mantra *Mach schon! Mach schon!*

Dann tauchte fast sofort die Schußwaffe im Bild auf. Sie kam über Cordells Schulter nach oben und hatte kaum seine linke Schläfe geküßt, als der Abzug gedrückt und James

Cordells Leben ausgelöscht wurde. Ein Schwall Blut spritzte auf das Objektiv, und Cordell wurde nach rechts vorne geschleudert, vermutlich gegen die Wand neben dem Geldautomaten. Dann fiel er rücklings zu Boden.

Fast im selben Moment kam der maskierte Räuber ins Bild und packte die Geldscheine, die sich durch den Ausgabeschlitz schoben. An dieser Stelle hielt McCaleb das Video an. Der maskierte Täter war nun ganz auf dem Bildschirm zu sehen. Er trug denselben dunklen Overall und dieselbe Maske wie der Täter auf dem Video von Gloria Torres' Ermordung. Wie Jaye Winston ganz richtig bemerkt hatte, waren die ballistischen Vergleiche überflüssig. Sie dienten nur als wissenschaftliche Bestätigung für etwas, das Jaye Winston wußte und das inzwischen auch McCaleb wußte. Es war derselbe Mann. Dieselbe Kleidung, dieselbe Vorgehensweise, dieselben eiskalten Augen hinter der Maske.

Er drückte wieder auf die Taste, und das Video lief weiter. Der Maskierte nahm die Scheine aus dem Schlitz. Dabei schien er etwas zu sagen, aber im Gegensatz zu den Aufnahmen aus dem Sherman Market war sein Gesicht nicht der Kamera zugewandt. Diesmal war es, als spräche er mit sich selbst.

Der Maskierte entfernte sich rasch nach links aus dem Bild und bückte sich, um etwas, das nicht zu sehen war, aufzuheben. Die Patronenhülse. Dann huschte er noch einmal nach rechts durch den Bildausschnitt und verschwand endgültig. McCaleb sah noch eine Weile weiter zu. Die einzige Gestalt im Bild war Cordell, der vor dem Geldautomaten reglos auf dem Boden lag. Das einzige, was sich bewegte, war die größer werdende Blutlache um seinen Kopf. Immer nach unten strebend, floß das Blut in eine Fuge im Pflaster und bewegte sich in einer geraden Linie auf den Bordstein zu.

Eine Minute verging, und dann trat ein Mann ins Bild und beugte sich über Cordell. James Noone. Er war untersetzt, hatte eine Glatze und trug eine dünnrandige Brille. Er faßte dem Verwundeten an den Hals, dann sah er sich um, wahrscheinlich, um sich zu vergewissern, daß ihm keine Gefahr drohte. Schließlich sprang er auf und verschwand, vermutlich um mit seinem Autotelefon den Anruf zu machen. Es verging eine weitere halbe Minute, bis Noone ins Bild zurückkehrte, um auf den Rettungswagen zu warten. Währenddessen wanderte sein Kopf unablässig von einer Seite auf die andere. Offensichtlich fürchtete er, der Täter – falls dieser gar nicht der Fahrer des davonbrausenden Wagens gewesen war – könnte noch in der Nähe sein. Schließlich wurde seine Aufmerksamkeit in Richtung Straße gelenkt. Sein Mund öffnete sich zu einem stummen Schrei, und er fuchtelte mit hocherhobenen Armen durch die Luft. Das war vermutlich der Moment, in dem er den Rettungswagen vorbeirasen sah. Danach sprang er auf und verschwand wieder aus dem Bild.

Ein paar Augenblicke später machte das Bild einen Sprung. McCaleb sah auf die eingeblendete Zeit und stellte fest, daß es sieben Minuten später war. Neben Cordell tauchten zwei Rettungssanitäter auf und machten sich rasch an die Arbeit. Sie überprüften seinen Puls und seine Pupillenreaktion. Sie rissen sein Hemd auf, und einer der Rettungssanitäter hörte mit einem Stethoskop seine Brust ab. Ein dritter näherte sich mit einer fahrbaren Bahre. Aber einer der ersten beiden Sanitäter sah ihn kopfschüttelnd an. Cordell war tot.

Wenige Augenblicke später wurde der Bildschirm dunkel.

Nachdem er einen Moment, fast in Reverenz vor dem Toten, innegehalten hatte, legte McCaleb das Tatortvideo ein. Es war offensichtlich mit einer Handkamera aufgenommen worden und begann mit ein paar Einstellungen auf das Gelände der Bank und die Straße. Auf dem Bankparkplatz standen zwei Autos. Einer davon war ein staubiger weißer Chevy Suburban, der so groß war, daß er den kleineren Wagen dahinter verdeckte. McCaleb nahm an, der Suburban gehörte Cordell. Er war groß und robust, bedeckt mit dem Staub der Berg- und Wüstenstraßen entlang des Aquädukts. Der andere Wagen gehörte vermutlich dem Zeugen, James Noone.

Dann kam der Geldautomat ins Bild, und zuletzt fuhr die Kamera nach unten, auf den blutigen Gehsteig davor. Cordells Leiche lag an der Stelle, wo die Rettungssanitäter sie gefunden und liegengelassen hatten. Sie war nicht zugedeckt. Das Hemd des Toten war offen, die blasse Brust bloß.

In den folgenden paar Minuten sprang die Kamera zu den verschiedenen Phasen der Spurensicherung. Zuerst vermaß und fotografierte ein Kriminalbeamter den Tatort, dann untersuchten Ermittler des Leichenbeschauers die Leiche, packten sie in einen Leichensack aus Plastik und schafften sie auf einer fahrbaren Bahre fort. Zum Schluß rückte wieder der Detective an, um den Tatort mit einem Spezialisten noch einmal gründlicher nach Beweisstücken und Fingerabdrücken abzusuchen. In diesem Abschnitt des Videos war auch zu sehen, wie der Kriminalist mit einem kleinen Metalldorn die Kugel aus der Wand neben dem Geldautomaten pulte.

Zu guter Letzt kam eine Dreingabe, mit der McCaleb nicht gerechnet hatte. Der Mann, der die Kamera bediente, zeichnete James Noones erste Schilderung seiner Beobachtungen auf. Der Zeuge war an den Rand des Bankgrundstücks geführt worden, wo er neben einem öffentlichen Fernsprecher gerade mit einem uniformierten Deputy sprach, als der Kameramann auf ihn zukam. Noone war etwa fünfunddreißig. Im Vergleich zu dem Deputy wirkte er klein und gedrungen. Er hatte inzwischen eine Baseballmütze auf. Er war erregt, noch aufgewühlt von dem, was er beobachtet hatte, und anscheinend frustriert über die Panne mit dem Rettungswagen. Die Kamera war mitten in der Unterhaltung eingeschaltet worden.

»Damit will ich doch nur sagen, daß er vielleicht noch eine Chance gehabt hätte.«

»Ja, Sir, das ist mir durchaus klar. Und ich bin auch sicher, daß das einer der Punkte ist, denen wir noch nachgehen werden.«

»Ich finde, also, ich glaube, es sollte unbedingt geklärt werden, wie es möglich ist – Und die Sache ist ja, wir sind hier nur – wie weit? – eine halbe Meile vom nächsten Krankenhaus entfernt.«

»Das ist uns durchaus bewußt, Mr. Noone«, sagte der Deputy geduldig. »Aber wenn wir jetzt vielleicht zum nächsten Punkt übergehen könnten. Könnten Sie mir sagen, ob Ihnen etwas aufgefallen ist, bevor Sie die Leiche entdeckt haben? Irgend etwas Ungewöhnliches?«

»Ja, ich habe den Kerl gesehen. Zumindest glaube ich das.«

»Welchen Kerl?«

»Den Räuber. Ich habe das Fluchtauto gesehen.«

»Könnten Sie es beschreiben, Sir?«

»Sicher. Ein schwarzer Cherokee. Das neue Modell. Nicht eine von diesen Kisten, die aussehen wie eine Schuhschachtel.«

Der Deputy machte ein verdutztes Gesicht, aber McCaleb war sofort klar, daß Noone einen Grand Cherokee meinte. Er hatte selbst einen.

»Ich fuhr gerade auf den Parkplatz, da kam er hier rausgeschossen«, sagte Noone. »Um ein Haar hätte mich der Kerl gerammt. Ein richtiges Arschloch. Ich hupe ihn noch ordentlich an, und dann steige ich aus und sehe den Mann hier liegen. Ich sofort zu meinem Wagen, um mit dem Autotelefon anzurufen, und dann bauen die so eine Scheiße.«

»Ich weiß, Sir. Aber könnten Sie vielleicht etwas auf Ihre Wortwahl achten? Das könnte eines Tages vor Gericht abgespielt werden.«

»Ach so. Entschuldigung.«

»Könnten wir noch mal auf den Wagen zurückkommen? Haben Sie zufällig das Nummernschild gesehen?«

»Darauf habe ich in diesem Moment nicht geachtet.«

»Wie viele Personen waren in dem Wagen?«

»Eine, glaube ich. Der Fahrer.«

»Ein Mann oder eine Frau?«

»Ein Mann.«

»Könnten Sie ihn mir beschreiben?«

»So genau habe ich eigentlich nicht auf ihn geachtet. Ich war vor allem damit beschäftigt, diesem Irren auszuweichen.«

»Weiß? Schwarz? Asiate?«

»Oh, er war weiß. Da bin ich ziemlich sicher. Aber wiedererkennen würde ich den Kerl auf keinen Fall.«

»Was hatte er für eine Haarfarbe?«

»Grau.«

»Grau?«

Der Deputy schien überrascht. Ein alter Raubmörder. Das schien er ungewöhnlich zu finden.

»Ich glaube schon«, sagte Noone. »Es ging alles sehr schnell. Sicher bin ich jedenfalls nicht.«

»Hatte er eine Mütze auf?«

»Ja, es könnte auch eine Mütze gewesen sein.«

»Wie meinen Sie das? Die grauen Haare?«

»Ja, graue Mütze, graue Haare. Könnte beides gewesen sein.«

»Okay, sonst noch was? Trug er eine Brille?«

»Äh, daran kann ich mich entweder nicht erinnern, oder ich habe es nicht gesehen. Ich habe eigentlich überhaupt nicht auf diesen Irren geachtet, wissen Sie. Außerdem hatte der Wagen getönte Scheiben. Richtig sehen konnte ich den Kerl nur von vorne, durch die Windschutzscheibe, und von dort habe ich ihn nur ganz kurz gesehen. Als er direkt auf mich zukam.«

»Okay, Mr. Noone. Sie haben uns sehr geholfen. Wir werden Sie noch um eine formelle Aussage bitten müssen, und dann werden auch die Detectives mit Ihnen sprechen wollen. Ich hoffe, das bereitet Ihnen nicht allzu große Unannehmlichkeiten.«

»Doch, aber was will man in so einem Fall schon machen? Ich möchte helfen. Ich habe *versucht* zu helfen. Das geht schon in Ordnung.«

»Danke, Sir. Ich lasse Sie von einem Deputy auf die Polizeistation in Palmdale bringen. Dort werden die Detectives mit Ihnen sprechen. Sie werden so schnell wie möglich zu Ihnen kommen, und ich werde dafür sorgen, daß sie sich klar darüber sind, daß Sie nach Hause wollen.«

»Na schön, okay. Was ist mit meinen Wagen?«

»Wenn Sie dort fertig sind, wird Sie jemand wieder hierherfahren.«

An dieser Stelle war die Kassette zu Ende. McCaleb nahm sie heraus und dachte darüber nach, was er bisher gesehen und gehört und gelesen hatte. Er fand es eigenartig, daß das Sheriff's Department das Detail mit dem schwarzen Cherokee nicht an die Medien weitergegeben hatte. Das war etwas, wonach er Jaye Winston fragen mußte. Er machte sich auf dem Block, auf den er seine Fragen geschrieben hatte, eine Notiz und ging dann die restlichen Berichte über Cordell durch.

Die Liste der am Tatort gefundenen Beweismittel bestand aus einer einzigen, fast leeren Seite. Sie beschränkte sich auf die aus der Wand entfernte Kugel, ein halbes Dutzend Fingerabdrücke, die vom Geldautomaten abgenommen worden waren, und Reifenspuren, die möglicherweise vom

Wagen des Täters stammten. Das Video aus der Überwachungskamera des Geldautomaten war ebenfalls aufgeführt.

An die Liste geheftet waren Fotokopien eines Fotos des Reifenprofilabdrucks und eines Standbilds des Überwachungsvideos, auf dem die Waffe in der Hand des maskierten Täters zu sehen war. In einem ergänzenden Laborbericht hieß es, nach Meinung des Technikers habe sich der Reifenabdruck schon mindestens ein paar Tage auf dem Asphalt befunden und sei deshalb für die Ermittlungen ohne Bedeutung.

Ein Ballistikbericht identifizierte das Geschoß als ein leicht plattgedrücktes Neun-Millimeter-Federal-VMG. An den Bericht war eine Fotokopie einer gezeichneten Draufsicht des Schädels geheftet, die aus dem Obduktionsbefund stammte. Darin war der Verlauf der Kugel durch Cordells Hirn eingezeichnet. Sie war vor der linken Schläfe eingedrungen, dann in einer geraden Linie durch den Stirnlappen getrudelt und im rechten Schläfenbereich wieder ausgetreten. Der Durchschußkanal der trudelnden Kugel hatte etwa zwei Zentimeter Durchmesser. Als McCaleb das las, wurde ihm bewußt, daß es wahrscheinlich gut gewesen war, daß die Rettungssanitäter zu spät gekommen waren. Wäre es ihnen gelungen, Cordell zu retten, hätte er wahrscheinlich den Rest seines Lebens in einer dieser Zombie-Kliniken verbracht, in denen die Patienten nur noch mit Maschinen am Leben gehalten wurden.

Der Ballistikbericht enthielt auch ein vergrößertes Foto der Schußwaffe. Obwohl ein Großteil der Waffe durch die in einem Handschuh steckende Hand des Täters verborgen war, hatten Waffenexperten sie als eine Heckler & Koch P7 identifiziert, eine Neun-Millimeter-Pistole mit zehn Zentimeter langem Lauf und Nickeloberfläche.

Den Waffentyp fand McCaleb etwas verwunderlich. Die HK P7 war eine ziemlich teure Waffe, die regulär etwa tausend Dollar kostete und daher bei solchen Verbrechen äußerst selten in Erscheinung trat. Vermutlich hatte dieser Umstand Jaye Winston zu der Annahme geführt, daß die Waffe bei einem früheren Überfall oder Einbruch in den Besitz des Täters gelangt war. McCaleb sah die restlichen ergänzenden Berichte durch, und wie nicht anders zu erwarten, hatte Jaye Winston sämtliche Berichte aus dem County zusammengetragen, in denen eine HK P7, auf die diese Beschreibung zutraf, als gestohlen gemeldet worden war. Es sah jedoch nicht so aus, als hätte sie diese Spur weiter verfolgt. Obwohl viele Waffendiebstähle nicht angezeigt wurden, weil die Besitzer oft keinen Waffenschein für die gestohlene Waffe hatten, ging McCaleb, wie das vor ihm zweifellos auch schon Jaye Winston getan hatte, die Liste der gemeldeten Diebstähle durch. Es waren in den letzten zwei Jahren ohnehin nur fünf gewesen, und es war auch kein Name und keine Adresse darunter, die ihn aufhorchen ließen. Bei allen fünf Einbrüchen, die Jaye Winston zusammengetragen hatte, handelte es sich um ungeklärte Fälle, in denen es nicht einmal Verdächtige gab. Diese Spur führte also nicht weiter.

Nach der Liste mit den Einbrüchen kam ein Bericht, in dem alle schwarzen Grand Cherokees aufgeführt waren, die während des vergangenen Jahres im Großraum L.A. gestohlen worden waren. Offensichtlich stellte für Jaye Winston auch das Fahrzeug des Täters einen Widerspruch in sich dar – ein teures Auto in einem, ökonomisch gesehen, wenig profitablen Verbrechen. Das legte auch in McCalebs Augen den Schluß nahe, daß das Fahrzeug gestohlen war. Die Liste führte vierundzwanzig Cherokees auf, enthielt aber keine Hinweise auf irgendwelche weiterführenden Nachforschungen. Möglicherweise war Jaye Winston auf eine andere Erklärungsmöglichkeit gestoßen, nachdem sie den Überfall mit dem Fall Torres in Verbindung gebracht hatte. Der Beschreibung des Barmherzigen Samariters zufolge hätte nämlich auch das Fluchtfahrzeug, das bei dem Überfall auf den Sherman Market Verwendung gefunden hatte, ein Cherokee gewesen sein können. Da sich demzufolge der Täter des Wagens nach dem ersten Überfall offensichtlich gar nicht entledigt hatte, war er unter Umständen doch nicht gestohlen gewesen.

Als nächstes kam der Obduktionsbefund, dessen Seiten McCaleb nur rasch überflog. Aus Erfahrung wußte er, daß sich neunzig Prozent eines Obduktionsbefunds mit der minutiösen Beschreibung der Vorgehensweise, mit den Besonderheiten der inneren Organe des Opfers und mit dessen Gesundheitszustand zum Zeitpunkt seines Todes befaßten. In den meisten Fällen war es nur die Zusammenfassung, die für McCaleb von Belang war. Aber im Fall Cordell war sogar dieser Teil des Obduktionsbefunds unwichtig, weil der Fall klar war. Trotzdem suchte McCaleb die Zusammenfassung und nickte, als er las, was er bereits wußte. Die massive Schädigung des Gehirns hatte wenige Minuten nach dem Schuß zu Cordells Tod geführt.

Er legte den Obduktionsbefund beiseite. Der nächste Stoß mit Berichten befaßte sich mit Jaye Winstons Drei-Versuche-Theorie. In der Annahme, der Täter sei ein ehemaliger Häftling, dem bei einer weiteren Verurteilung eine lebenslängliche Haftstrafe ohne Bewährung drohte, war Jaye Winston zu den Bewährungsbehörden in Van Nuys und Lancaster gegangen und hatte sich dort die Akten aller auf Bewährung freigelassenen Räuber herausgesucht, die weiß waren und mindestens zweimal wegen eines Schwerverbrechens verurteilt worden waren, also Männer, die infolge der neuen Drei-Versuche-Regelung bei einer nochmaligen Verhaftung mit einer lebenslänglichen Haftstrafe rechnen mußten. Davon gab es bei den zwei Bewährungsbehörden, die den Tatorten der beiden Raubmorde geographisch am nächsten lagen, insgesamt einundachtzig Kandidaten.

Die Namen auf dieser Liste hatten Jaye Winston und ihre Kollegen in den Wochen nach den beiden Raubmorden nach und nach überprüft. Den Berichten zufolge hatten sie fast jedem der Männer auf der Liste einen Besuch abgestattet. Nur sieben von den einundachtzig waren nicht aufzufinden gewesen. Das deutete darauf hin, daß sie entweder gegen die Bewährungsauflagen verstoßen und das Gebiet verlassen hatten oder sich insgeheim weiter dort aufhielten und aller Wahrscheinlichkeit nach weitere Raubüberfälle, wenn nicht sogar Morde verübten. Die Daten dieser Männer wurden landesweit an alle ermittlungsbehördlichen Computernetworks weitergeleitet. Bei den Männern, die auffindbar gewesen waren, ergaben erste Vernehmungen und Nachforschungen, daß fast neunzig Prozent ein Alibi hatten und für die Morde nicht in Frage kamen. Die verbleibenden acht konnten mittels anderer ermittlungstechnischer Verfahren ausgeschlossen werden – hauptsächlich, weil ihre Körpermaße nicht mit denen des maskierten Täters auf dem Video übereinstimmten.

Sah man einmal von den sieben untergetauchten Männern auf der Liste ab, waren auch die Ermittlungen auf der Drei-Versuche-Schiene zum Erliegen gekommen. Offensichtlich hoffte Jaye Winston, einer dieser sieben Männer könnte eines Tages auftauchen und mit den Raubmorden in Verbindung gebracht werden.

McCaleb wandte sich den restlichen Cordell-Berichten zu. Darunter befanden sich unter anderem die Protokolle zweier weiterer Vernehmungen James Noones im Star Center. Seine Darstellung wich nicht von seinen früheren Schilderungen des Hergangs ab, und seine Erinnerung an den Fahrer des Cherokee wurde nicht besser.

Des weiteren gab es eine Skizze vom Tatort und vier Vernehmungsprotokolle von Fahrern eines schwarzen Cherokee, die bei Verkehrskontrollen angehalten worden waren. Sie waren binnen einer Stunde nach dem Geldautomatenüberfall kontrolliert worden, nachdem sämtliche Deputies in Lancaster und Palmdale per Funk verständigt worden waren, daß der Täter einen schwarzen Cherokee gefahren hatte. Die Personendaten der einzelnen Fahrer waren in den Computer eingegeben worden, und als sich herausstellte, daß nichts gegen sie vorlag, hatte man sie wieder fahren lassen. Die Berichte wurden an Jaye Winston weitergeleitet.

Das letzte Dokument, das McCaleb las, war der jüngste zusammenfassende Bericht, den Jaye Winston verfaßt hatte. Er war knapp und sachlich.

»Gegenwärtig keine neuen Anhaltspunkte oder Verdächtige. Der ermittelnde Beamte wartet im Augenblick auf zusätzliche Informationen, die zur Identifizierung eines Verdächtigen führen könnten.«

Jaye Winston war mit ihrem Latein am Ende. Sie konnte nur noch warten. Sie brauchte frisches Blut.

McCaleb trommelte mit den Fingern auf den Tisch und dachte über alles, was er gerade gelesen hatte, nach. Er hatte nichts an Jaye Winstons Vorgehen auszusetzen, aber er versuchte etwas zu finden, was sie übersehen hatte und was noch getan werden könnte. Ihm gefiel ihre Drei-Versuche-Theorie, und er teilte ihre Enttäuschung, aus der Liste mit einundachtzig Personen keinen Verdächtigen bekommen zu haben. Allerdings erschien es ihm etwas eigenartig, daß die meisten Männer ein Alibi hatten vorweisen können.

Wie war es möglich, daß so viele Scheißkerle mit zwei Verurteilungen auf dem Kerbholz genauestens nachweisen konnten, wo sie sich an zwei verschiedenen Abenden zu einem bestimmten Zeitpunkt aufgehalten hatten? Als er noch Fälle bearbeitet hatte, hatte er keinem Alibi getraut. Dafür hatte er zu gut gewußt, daß für ein Alibi nur ein Lügner nötig war.

Plötzlich kam ihm ein Gedanke. Er beendete seinen Fingertrommelwirbel und fächerte den Stapel mit Cordell-Berichten auf dem Tisch vor sich auf. Er brauchte die Unterlagen nicht noch einmal durchzusehen, weil er wußte, daß das, was er suchte, nicht darin enthalten war. Ihm war aufgefallen, daß Jaye Winston ihre verschiedenen Theorien einander nicht unter geographischen Gesichtspunkten gegenübergestellt hatte.

Er stand auf und ging von Bord. Buddy Lockridge saß in der Plicht seines Boots und nähte einen Riß in seinem Neoprenanzug, als McCaleb auf ihn zuging.

»Hast du etwa einen Job?«

»Ein Typ drüben vom Millionärskai möchte, daß ich ihm seine Bertram abkratze. Das ist die Sechzig-Fuß-Jacht da drüben. Aber wenn ich dich wo hinfahren soll, kann ich das auch später machen. Der Typ ist sowieso nur ein Wochenende im Monat hier.«

»Nein. Ich wollte nur wissen, ob du vielleicht einen Straßenatlas hast. Meiner ist im Auto, und ich habe keine Lust, extra die Plane abzumachen, um ihn zu holen.«

»Ja, klar.«

Lockridge langte in seine Hosentasche, fischte die Autoschlüssel heraus und warf sie McCaleb zu. Auf dem Weg zu Lockridges Taurus sah McCaleb zum Millionärskai hinüber. Das war der Teil der Cabrillo Marina, wo die Liegebuchten doppelt so breit und lang waren, um auch dem Umfang der größeren Jachten gerecht zu werden. Er machte die Bertram 60 aus. Sie war ein schönes Boot. Und er wußte, sie hatte ihren Besitzer, der sie wahrscheinlich nicht öfter als einmal im Monat benutzte, gut und gern eineinhalb Millionen gekostet.

Nachdem er den Straßenatlas aus Lockridges Wagen geholt und die Schlüssel zurückgebracht hatte, kehrte McCaleb auf sein Boot zurück und machte sich an die

Arbeit. Zuerst nahm er sich die Berichte über Diebstähle von Cherokees und Pistolen vom Typ HK P7 vor. Er teilte jedem angezeigten Diebstahl eine Nummer zu und trug ihn dann mit Hilfe der angegebenen Adresse auf der entsprechenden Seite des Straßenatlas ein. Dann nahm er sich die Liste der Drei-Versuche-Verdächtigen vor und trug die Wohnungen und Arbeitsstellen jedes einzelnen in den Atlas ein. Zum Schluß zeichnete er die Schauplätze der Raubüberfälle ein.

Dafür brauchte er fast eine Stunde. Doch als er fertig war, überkam ihn so etwas wie zaghafte Erregung. Ein Name von der Liste der 81 stach in bezug auf den Sherman-Market-Überfall und den Diebstahl einer HK P7 eindeutig als geographisch relevant hervor.

Mikail Bolotov, so der Name des Mannes, war ein dreißigjähriger russischer Emigrant, der in kalifornischen Gefängnissen bereits zwei Haftstrafen wegen bewaffneten Raubüberfalls verbüßt hatte. Bolotov lebte und wohnte in Canoga Park. Seine Wohnung lag in einer Seitenstraße der DeSoto, auf Höhe des Sherman Way, etwa eine Meile von dem Mini-Markt entfernt, in dem Gloria Torres und Chan Ho Kang ermordet worden waren. Er arbeitete in einer Uhrenfabrik in der Winnetka, nur acht Blocks südlich und zwei Blocks östlich von dem Laden. Schließlich, und das war es, was McCalebs Herz schneller schlagen ließ, befand sich die Arbeitsstelle des Russen nur vier Blocks von einem Haus in Canoga Park entfernt, aus dem im Dezember bei einem Einbruch eine HK P7 entwendet worden war. Dem Einbruchsbericht entnahm McCaleb, daß der Einbrecher einige der Geschenke unter dem Weihnachtsbaum entwendet hatte, darunter eine neue HK P7, die der Hausbesitzer für seine Frau als Geschenk verpackt hatte – das ideale Weihnachtsgeschenk für L. A. Der Einbrecher hatte keine Fingerabdrücke oder sonstige Spuren hinterlassen.

McCaleb las die gesamten Bewährungsunterlagen und den Bericht des Ermittlers. Bolotov hatte zwar ein langes Vorstrafenregister, aber es bestand kein Verdacht auf Mord. Außerdem war er seit seiner Haftentlassung vor drei Jahren nicht mehr mit dem Gesetz in Konflikt gekommen. Er erschien regelmäßig zu seinen Bewährungsterminen und machte nach außen hin den Eindruck, als sei er auf den schmalen und steinigen Weg der Tugend zurückgekehrt.

Bolotov war von zwei Ermittlern des Sheriff's Department namens Ritenbaugh und Aguilar an seinem Arbeitsplatz zu der Sache Cordell vernommen worden. Diese Vernehmung war zwei Wochen nach dem Geldautomatenüberfall, aber fast drei Wochen vor den Sherman-Market-Morden erfolgt. Außerdem, schien es, hatte Jaye Winston zu diesem Zeitpunkt die Berichte über die HK-P7-Diebstähle noch nicht herausgesucht. Das war, nahm McCaleb an, der Grund, weshalb die geographische Signifikanz von Bolotovs Wohnsitz übersehen worden war.

Bei der Vernehmung hatten Bolotovs Angaben offensichtlich keinen Verdacht erregt, und sein Arbeitgeber hatte ihm mit seiner Aussage, Bolotov habe am Abend von James Cordells Ermordung von vierzehn bis zweiundzwanzig Uhr Schicht gehabt, zu einem Alibi verholfen. Er zeigte den Ermittlern die Gehaltsbelege und die Stechkarten, auf denen die geleisteten Arbeitsstunden registriert waren. Das hatte Ritenbaugh und Aguilar genügt. Cordell war gegen 22 Uhr 10 gestorben. Es wäre für Bolotov schlichtweg unmöglich gewesen, in zehn Minuten von Canoga Park nach Lancaster zu kommen – selbst wenn er einen Hubschrauber benutzt hätte. Ritenbaugh und Aguilar hatten sich den nächsten Namen auf der Liste der Drei-Versuche-Kandidaten vorgenommen.

»Blödsinn«, sagte McCaleb laut.

Ihn hatte das Jagdfieber gepackt. Bolotov war eine Spur, der unbedingt noch einmal nachgegangen werden mußte – unabhängig davon, was der Chef des Russen oder seine Gehaltsunterlagen sagten. Der Mann war von Berufs wegen Räuber, nicht Uhrmacher. Seine geographische Nähe zu Schlüsselstellen des Ermittlungsverfahrens erforderte eine gründlichere Überprüfung. McCaleb hatte das Gefühl, doch noch etwas erreicht zu haben, womit er zu Jaye Winston zurückkommen konnte.

Er machte sich rasch ein paar Notizen auf seinem Block und legte ihn dann beiseite. Die bisher getane Arbeit hatte ihn sehr angestrengt, und er spürte das dumpfe Pochen aufkommender Kopfschmerzen. Ein Blick auf die Uhr verriet ihm, daß die Zeit wie im Flug vergangen war. Es war bereits zwei Uhr nachmittags. Er wußte, er sollte etwas essen, aber er hatte keinen Appetit. Statt dessen beschloß er, ein wenig zu schlafen, und ging nach unten in die Kabine.

11

Nach einem einstündigen Mittagsschlaf, während dessen er, soweit er sich erinnern konnte, nichts geträumt hatte, fühlte sich McCaleb wieder wesentlich frischer. Er machte sich zwei Scheiben Weißbrot mit Streichkäse, öffnete eine Dose Cola und kehrte damit an den Kombüsentisch zurück, um sich den Fall Gloria Torres vorzunehmen.

Er begann mit dem Überwachungsvideo aus dem Sherman Market. Obwohl er es bereits im Beisein Arrangos und Walters' zweimal gesehen hatte, beschloß er, es sich noch einmal anzusehen. Er legte die Kassette ein und spielte sie mit normaler Geschwindigkeit ab, dann stellte er, was von seinem Sandwich übrig war, in die Spüle. Er brachte nichts mehr hinunter. Seine Eingeweide waren völlig verkrampft.

Er spulte das Band zurück und spielte es noch einmal ab, diesmal in Zeitlupe. Glorias Bewegungen wirkten lockerlässig. Fast fühlte sich McCaleb versucht, ihr Lächeln zu erwidern. Er fragte sich, woran sie dachte. Galt das Lächeln Mr. Kang? McCaleb bezweifelte es. Es war ein in sich gekehrtes Lächeln. Ein Lächeln über etwas, das sich in ihrem Innern abspielte. Er vermutete, daß sie an ihren Sohn dachte, und wußte mit einem Mal, daß sie in ihrem letzten bewußt wahrgenommenen Moment wenigstens glücklich gewesen war.

Das Video brachte ihn auf keine neuen Ideen, sondern schürte nur von neuem seine Wut auf den maskierten Räuber. Als nächstes legte er das Tatort-Video ein und sah sich die Dokumentierung, Vermessung und Quantifizierung des Blutbads an. Glorias Leiche war natürlich nicht mehr da, und dank des Barmherzigen Samariters befand sich an der Stelle, wo sie zu Boden gefallen war, kaum Blut. Nur die verkrümmte Leiche des Ladeninhabers lag noch, ganz von Blut umgeben, hinter dem Ladentisch. Das erinnerte McCaleb an die alte Frau, die er am Tag zuvor im Laden gesehen hatte. Sie hatte an derselben Stelle gestanden, wo ihr Mann erschossen worden war. So etwas erforderte eine sehr spezielle Art von Mut, eine Art, von der McCaleb nicht dachte, daß er sie hatte.

Nachdem er den Videorecorder ausgeschaltet hatte, nahm er sich den Stoß mit Berichten vor. Arrango und Walters hatten nicht soviel Papier produziert wie Jaye Winston. McCaleb versuchte zwar, dem keine tiefere Bedeutung beizumessen, aber es wollte ihm nicht gelingen. Die Erfahrung hatte ihn gelehrt, daß der Umfang eines Untersuchungsberichts nicht nur die Gründlichkeit der Ermittlungen widerspiegelte, sondern auch das Engagement der Ermittler. McCaleb glaubte an die Existenz eines heiligen Bandes zwischen dem Opfer und dem Ermittler. Das stand für alle Polizisten, die Mordfälle bearbeiteten, außer Frage. Einige ließen es sich sehr zu Herzen gehen. Andere weniger, einfach aus Gründen des psychischen Überlebens. Aber da war es bei allen. Dabei spielte es keine Rolle, ob man religiös war, ob man glaubte, daß die Seelen der Verstorbenen über einen wachten. Selbst wenn man glaubte, mit dem letzten Atemzug sei alles zu Ende, sprach man dennoch für die Toten. Es war der eigene Name, der mit dem letzten Atemzug gehaucht wurde. Aber nur man selbst hörte ihn. Nur man selbst kannte ihn. Kein anderes Verbrechen ging mit einem solchen Abkommen einher.

Die dicken Obduktionsbefunde von Gloria Torres und Kang legte McCaleb beiseite, um sie erst zum Schluß zu lesen. Wie im Fall Cordells wußte er, die Obduktionen würden über das Offensichtliche hinaus wenig hilfreiche Details beisteuern. Er ging rasch den vorläufigen Untersuchungsbericht durch und kam dann zu einem dünnen Stoß mit den Vernehmungsprotokollen der Zeugen. Es waren Aussagen von Menschen, von denen jeder einen kleinen Teil vom Ganzen hatte: ein Tankstellenangestellter, eine vorbeifahrende Autofahrerin, eine Arbeitskollegin Glorias aus der Druckerei der *Times*. Darüber hinaus gab es Ermittlungszusammenfassungen, ergänzende Berichte, Faktenbögen, Tatortskizzen, Ballistikberichte und eine chronologische Auflistung der Fahrten und Anrufe, welche die zuständigen Detectives gemacht hatten. Ganz unten in diesem Stoß befand sich ein Transkript des Anrufs des nie identifizierten Barmherzigen Samariters, der kurz nach den tödlichen

Schüssen in den Laden gekommen war und Gloria das Leben zu retten versucht hatte. Das Transkript gab die Worte eines Mannes wieder, der beim Melden des Überfalls mit der englischen Sprache zu kämpfen hatte. Aber als ihm die Telefonistin anbot, ihn mit einer Spanisch sprechenden Kollegin zu verbinden, lehnte er ab.

ANRUFER:	Ich muß weg. Ich gehe jetzt. Das Mädchen ist schwer verletzt. Der Mann, er weggelaufen. Er weggefahren. Ein schwarzes Auto, wie ein Lieferwagen.
TELEFONISTIN:	Sir, bitte bleiben Sie dran … Sir? Sir?

Das war's. Weg war er. Er hatte zwar kurz das Fahrzeug erwähnt, aber eine Beschreibung des Verdächtigen hatte er nicht durchgegeben.

Auf das Transkript des Anrufs folgte ein Ballistikbericht, in dem die Kugeln, die bei der Operation Gloria Torres' und bei der Obduktion Chan Ho Kangs entfernt worden waren, als Neun-Millimeter-Federal-Vollmantelgeschosse identifiziert wurden. Die Analyse eines Standfotos aus dem Überwachungsvideo ergab, daß die Tatwaffe auch in diesem Fall eine HK P7 war.

Nach Durchsicht der restlichen Berichte merkte McCaleb, daß im Untersuchungsbericht eine Zeitlinie fehlte. Im Gegensatz zum Fall Cordell, wo es nur einen Zeugen gegeben hatte, gab es im Fall Rivers mehrere zweitrangige Zeugen und zeitliche Fixpunkte. Offensichtlich hatten sich die Detectives nicht hingesetzt und alle diese Angaben zu einer Zeitlinie zusammengestellt. Sie hatten die Abfolge der einzelnen Ereignisse, die den Vorfall als Ganzes ausmachten, nicht rekonstruiert.

McCaleb setzte sich zurück und dachte eine Weile darüber nach. Warum gab es keine? Wäre so eine Zeitlinie, welche die genaue Abfolge der Ereignisse wiedergab, überhaupt von Nutzen? Zunächst vermutlich nicht, entschied er. Bei der Identifizierung des Mörders wäre sie keine Hilfe. Und das war, zumindest zunächst, das einzige, worauf es ankam. Trotzdem hätte später, sozusagen wenn sich der Staub gelegt hatte, eine sequentielle Analyse des Vorfalls vorgenommen werden müssen. McCaleb hatte Ermittlern, die ihm ihre Fälle zuschickten, immer wieder geraten, eine

Zeitlinie zu erstellen. Zum einen konnte sich das als hilfreich dabei erweisen, Alibis anzufechten und Löcher in Zeugenaussagen zu finden, zum anderen verhalf es dem Ermittler zu einem besseren Überblick über das, was tatsächlich passiert war.

McCaleb war sich deutlich bewußt, daß er leicht reden hatte. Arrango und Walters hatten nicht das Privileg gehabt, zwei Monate nach vollbrachter Tat in einen Fall einzusteigen. Vielleicht hatten sie da einfach nicht mehr an eine Zeitlinie gedacht. Sie hatten sich mit anderen Problemen und anderen Fällen herumschlagen müssen.

Er stand auf und ging in die Kombüse, um die Kaffeemaschine anzustellen. Obwohl er erst neunzig Minuten wach war, fühlte er sich schon wieder müde. Seit der Transplantation hatte er kaum mehr Kaffee getrunken. Dr. Fox hatte ihm dringend davon abgeraten, und in den Fällen, in denen er ihren Rat in den Wind geschlagen und trotzdem eine Tasse getrunken hatte, hatte er manchmal ein seltsames Flattern in der Brust gespürt. Doch jetzt wollte er wach bleiben und seine Arbeit zu Ende bringen. Er ging das Risiko ein.

Als der Kaffee fertig war, schenkte er sich eine Tasse ein, bügelte sie dann jedoch mit Milch und Zucker nieder. Er setzte sich wieder und machte sich stumme Vorhaltungen, daß er nach Gründen suchte, Arrango und Walters zu entschuldigen. Sie hätten sich die Zeit nehmen sollen, den Fall gründlich zu bearbeiten. McCaleb war wütend auf sich, weil er einen anderen Maßstab angelegt hatte.

Er nahm den Notizblock und begann die Zeugenaussagen noch einmal durchzulesen. Er notierte sich die entscheidenden Zeitangaben sowie eine kurze Zusammenfassung dessen, was jeder einzelne Zeuge zu dem Fall beigesteuert hatte. Dann stellte er dem die verschiedenen Zeitangaben aus den anderen Berichten gegenüber. Dafür brauchte er eine Stunde, während der er sich, ohne sich etwas dabei zu denken, dreimal Kaffee nachschenkte. Als er fertig war, hatte er auf zwei Seiten des Blocks eine Zeitlinie zusammengestellt. Als er sich das Endergebnis ansah, stellte er fest, daß die Abfolge mit Ausnahme einiger weniger Punkte ungenau und voller massiver Widersprüche, um nicht zu sagen Unmöglichkeiten war.

22:01 - Ende der Spätschicht, Druckerei der *Los Angeles Times* in Chatsworth. Gloria betätigt die Stechuhr.

22:10 ungefähr - Gloria verläßt mit Arbeitskollegin Annette Stapleton das Gebäude. Sie unterhalten sich etwa fünf Minuten auf dem Parkplatz. Gloria fährt in ihrem blauen Honda Civic weg.

22:29 - Gloria an der Chevron-Tankstelle an der Winnetka in Roscoe. Tankt für 14,40 Dollar, zahlt mit Kreditkarte. Angestellter Connor Davis erinnert sich an Gloria als eine Stammkundin, die sich oft nach Sportergebnissen erkundigte, weil er im Radio meistens ein Spiel laufen hatte. Zeitangabe stützt sich auf Kreditkartenausdruck.

22:40 bis 22:43 ungefähr - Ellen Taaffe fährt mit offenen Fenstern in östlicher Richtung den Sherman Way entlang und hört einen Knall, als sie am Sherman Market vorbeikommt. Schaut hin, bemerkt nichts Ungewöhnliches. Zwei Autos auf dem Parkplatz. Wegen der Plakate mit Sonderangeboten in den Fenstern ist es nicht möglich, ins Innere zu sehen. Während sie hinschaut, hört sie einen zweiten Knall, bemerkt aber wieder nichts Ungewöhnliches. Laut Taaffe ertönten die Geräusche zu Beginn der KFWB-Nachrichten, die um 22 Uhr 40 begannen.

22:41:03 - unbekannte männliche Person mit spanischem Akzent ruft in der Notrufzentrale an, sagt, daß im Sherman Market eine Frau angeschossen wurde und Hilfe braucht. Bleibt nicht, bis die Polizei eintrifft. Illegaler Einwanderer?

22:41:37 - Gloria Torres wird erschossen, laut Timer der Überwachungskamera des Ladens.

22:42:55 - Barmherziger Samariter betritt Laden und hilft Gloria, laut Timer der Überwachungskamera.

22:43:21 - Ellen Taaffe ruft über ihr Autotelefon Notrufzentrale an, um Geräusch von Schüssen zu melden. Bekommt gesagt, Schüsse wurden bereits gemeldet. Ihr Name und ihre Telefonnummer werden an Mordkommission weitergeleitet.

22:47 - Rettungswagen trifft ein, bringt Gloria Torres ins Northridge Medical Center. Bei Chan Ho Kang kann nur noch der Tod festgestellt werden.

22:49 - Erstes Eintreffen der Polizei am Tatort.

Er las alles noch einmal. Er wußte, Mordermittlungen waren eine ungenaue Wissenschaft, aber die Zeitlinie bereitete ihm Kopfzerbrechen. Im ersten Ermittlungsbericht der Mordkommission hatten die Detectives die sechzig Sekunden zwischen 22:40 und 22:41 als den Zeitraum festgesetzt, in dem die Schüsse gefallen waren. Bei der Festsetzung dieses Zeitraums hatten sich die Detectives auf die Zeitangabe gestützt, von der sie wußten, daß sie absolut genau und zuverlässig war: das Zeitlog in der Notrufzentrale der Polizei. Der erste Anruf, mit dem die Schüsse gemeldet wurden, nämlich der des Barmherzigen Samariters, ging um 22:41:03 in der Notrufzentrale ein. Diese Zeitangabe sowie die Aussage der Autofahrerin Ellen Taaffe, die die Schüsse kurz nach dem Beginn der KFWB-Nachrichten gehört hatte, führten zu dem Schluß, daß die Schüsse nach 22:40, aber vor 22:41:03 gefallen sein mußten, als der Anruf des Barmherzigen Samariters eingegangen war.

Dieser zeitliche Rahmen stand natürlich in Widerspruch zu der Uhrzeit von 22:41:37, welche die Uhr der Überwachungskamera als Zeitpunkt des ersten Schusses angab.

In der Hoffnung, einen Eintrag übersehen zu haben, in dem diese Diskrepanz erklärt wurde, ging McCaleb das ganze Material noch einmal durch. Er fand jedoch nichts. Mit den Fingern auf den Tisch trommelnd, dachte er eine Weile darüber nach. Als er schließlich auf die Uhr sah, stellte er fest, daß es fast fünf war. Ziemlich unwahrscheinlich, daß noch einer der Detectives da war.

Er studierte die Zeitlinie, die er angelegt hatte, noch einmal und suchte nach einer Erklärung für diese Unstimmigkeit. Sein Blick blieb auf dem zweiten Anruf haften, der in der Notrufzentrale eingegangen war. Ellen Taaffe, die die Schüsse im Vorbeifahren gehört hatte, hatte um 22:43:21 von ihrem Autotelefon angerufen, um die Schüsse zu melden, und bekam gesagt, sie seien bereits gemeldet worden.

Darüber dachte er nach. Aufgrund der Tatsache, daß sie die Schüsse zu Beginn der Nachrichten gehört hatte, hatten die Detectives die Minute zwischen 22:40 und 22:41 als den Zeitraum festgesetzt, in dem die Schüsse gefallen waren. Doch als Ellen Taaffe in der Notrufzentrale anrief, wußte man dort bereits von den Schüssen. Warum hatte sie mehr als zwei Minuten gewartet, bis sie den Anruf gemacht hatte? Und war sie jemals gefragt worden, ob sie den Barmherzigen Samariter gesehen hatte?

Rasch blätterte McCaleb in dem Stoß mit Berichten, bis er die Zeugenaussage Ellen Taaffes fand. Sie umfaßte eine Seite und war auf ein Formularblatt mit einem fünf Zentimeter hohen Personendatenfeld am oberen Rand getippt. In ihrer Zeugenaussage stand nichts darüber, wie lange sie nach den Schüssen gewartet hatte, bis sie die Notrufzentrale angerufen hatte. Es hieß dort lediglich, sie glaube, zwei Autos vor dem Laden stehen gesehen zu haben, könne aber nicht sagen, um welche Wagentypen es sich dabei gehandelt oder ob jemand darin gesessen habe.

Er sah auf das Kästchen mit den Personendaten. Dort stand, daß Ellen Taaffe fünfunddreißig Jahre alt und verheiratet war. Sie wohnte in Northridge und war leitende Angestellte einer Headhunter-Agentur. Als sie die Schüsse hörte, war sie gerade von einem Kino an der Topanga Plaza nach Hause gefahren. In dem Feld waren auch ihre Privat- und ihre Büronummer angegeben. McCaleb ging zum Telefon und wählte die Büronummer. Eine Sekretärin meldete sich, korrigierte seine Aussprache von *Taaffe* und sagte, sie sei gerade im Gehen begriffen.

»Hier Ellen Taaffe«, sagte eine Stimme, die den Namen auf *waif* reimte.

»Ja, guten Tag, Mrs. Taaffe. Sie kennen mich nicht. Mein Name ist McCaleb. Ich ermittle in dem Raubüberfall vor zwei Monaten am Sherman Way. Sie wissen schon, als Sie die Schüsse gehört und der Polizei gemeldet haben.«

Sie ließ ihren Atem auf eine Weise entweichen, aus der er schloß, daß sie nicht begeistert über den Anruf war.

»Das verstehe ich nicht – ich habe doch bereits mit der Polizei gesprochen. Sind Sie von der Polizei?«

»Nein, ich ... ich arbeite für die Angehörigen der Frau, die damals erschossen wurde. Kommt mein Anruf gerade ungelegen?«

»Ja, ich wollte gerade nach Hause fahren. Ich möchte nicht in den Berufsverkehr kommen und ... und ehrlich gesagt, weiß ich auch nicht, was ich Ihnen noch erzählen könnte. Ich habe der Polizei bereits alles erzählt.«

»Es dauert nur eine Minute. Nur ein paar kurze Fragen. Diese Frau hatte einen kleinen Sohn. Ich versuche nur, den Kerl zu schnappen, der sie umgebracht hat.«

Er hörte wieder ihren Atem entweichen.

»Na schön, ich werde sehen, was ich tun kann. Was wollen Sie wissen?«

»Okay. Nachdem Sie die Schüsse gehört hatten, wie lange warteten Sie da in etwa, bis Sie mit Ihrem Autotelefon in der Notrufzentrale anriefen?«

»Ich habe nicht gewartet. Ich habe sofort angerufen. Ich bin sozusagen mit Schußwaffen groß geworden. Mein Vater war bei der Polizei, und er hat mich manchmal auf den Schießstand mitgenommen. Ich wußte, was ich gehört hatte, waren Schüsse. Ich habe sofort angerufen.«

»Also, ich habe hier die polizeilichen Unterlagen vor mir liegen, und in denen steht, Sie dachten, Sie hätten die Schüsse gegen zehn Uhr vierzig gehört, hätten sie aber erst um zehn Uhr dreiundvierzig gemeldet. Mir ist nicht –«

»Was nicht in diesen Unterlagen steht, ist, daß ich zunächst nur eine Bandansage dranbekam. Ich habe sofort angerufen, bekam aber eine Bandansage dran. Alle Notrufleitungen waren besetzt, und ich wurde auf eine Warteschleife gelegt. Wie lange, weiß ich nicht. Jedenfalls fand ich das ziemlich ärgerlich. Und als ich schließlich jemanden dranbekam, hieß es, sie wüßten bereits von den Schüssen.«

»Wie lange, glauben Sie, mußten Sie warten, bis Sie durchgestellt wurden?«

»Ich sagte doch eben, ich bin nicht sicher. Vielleicht eine Minute. Vielleicht länger, vielleicht kürzer. Keine Ahnung.«

»Okay. In dem Bericht steht, Sie hörten einen Schuß und sahen aus dem Wagenfenster auf den Laden. Dann hörten Sie einen weiteren Schuß. Sie sahen zwei Autos auf dem Parkplatz. Die nächste Frage ist: Haben Sie vor dem Laden jemanden gesehen?«

»Nein. Da war niemand. Das habe ich bereits der Polizei gesagt.«

»Da im Laden ja Licht brannte, hätten Sie eigentlich sehen können, ob jemand in den Autos saß.«

»Wenn in einem der beiden Autos jemand war, kann ich mich nicht erinnern, ihn gesehen zu haben.«

»War eins der Autos ein Geländefahrzeug, zum Beispiel ein Cherokee?«

»Das weiß ich nicht. Auch das hat mich die Polizei gefragt. Aber ich habe mehr auf den Laden als auf die Autos geachtet.«

»Würden Sie sagen, sie hatten eine helle oder eine dunkle Farbe?«

»Das weiß ich wirklich nicht. Das habe ich Ihnen doch schon gesagt, und ich bin das alles auch schon mit der Polizei durchgegangen. Sie haben alles –«

»Haben Sie einen dritten Schuß gehört?«

»Einen dritten? Nein, nur zwei.«

»Es fielen aber drei Schüsse. Demnach wissen Sie nicht, ob Sie die ersten oder die letzten zwei Schüsse gehört haben.«

»Richtig.«

Darüber dachte er kurz nach, bevor er entschied, daß es wahrscheinlich unmöglich war festzustellen, ob sie die ersten oder die letzten zwei Schüsse gehört hatte.

»Mrs. Taaffe, das war's bereits. Vielen Dank für Ihre Hilfe, und entschuldigen Sie bitte die Störung.«

Das kurze Gespräch beantwortete zwar seine Frage, warum ihr Anruf erst so spät in der Notrufzentrale eingegangen war, aber die Diskrepanz zwischen dem Anruf des Barmherzigen Samariters und der Zeitangabe auf dem Video der Überwachungskamera blieb weiterhin bestehen. McCaleb sah noch einmal auf die Uhr. Inzwischen war es fünf vorbei. Sicher waren die Detectives bereits alle gegangen, aber er beschloß, es trotzdem zu versuchen.

Als er in der West Valley Division anrief, teilte man ihm zu seiner Überraschung mit, daß sowohl Arrango als auch

Walters noch da seien. Als er gefragt wurde, wen von beiden er sprechen wolle, beschloß er, es mit Walters zu versuchen, weil dieser am Tag zuvor ein gewisses Verständnis für seine Situation gezeigt hatte. Walters nahm nach dem dritten Läuten ab.

»Hier Terry McCaleb … die Sache Gloria Torres.«

»Sicher, sicher.«

»Wahrscheinlich haben Sie gehört, daß ich von Winston draußen im Sheriff's Department die ganzen Unterlagen gekriegt habe.«

»Ja, wir sind darüber nicht gerade begeistert. Von der *Slimes* haben wir deswegen auch schon einen Anruf bekommen. Irgendeine Reporterin. Das war nicht so toll. Ich weiß nicht, mit wem Sie schon alles gesprochen –«

»Tut mir leid, aber Ihr Partner ließ mir gar keine andere Wahl, als mir meine Informationen woanders zu besorgen. Aber machen Sie sich wegen der *Times* mal keine Sorgen. Sie werden auf der Story sitzenbleiben, weil es nämlich keine Story gibt. Jedenfalls im Moment nicht.«

»So sollte es besser auch bleiben. Übrigens, ich hab' hier gerade ziemlich viel zu tun. Was haben Sie?«

»Haben Sie einen Fall?«

»Ja. Hier draußen im Big Valley sterben sie gerade weg wie die Fliegen.«

»Also, dann will ich Sie nicht lange aufhalten. Ich habe nur eine Frage, und vielleicht können Sie mir helfen.«

McCaleb wartete. Walters sagte nichts. Er wirkte anders als am Tag zuvor. McCaleb fragte sich, ob Arrango in der Nähe saß und zuhörte. Er beschloß, es weiter zu versuchen.

»Ich habe nur eine Frage wegen der zeitlichen Abfolge. Dem Video aus dem Laden zufolge fiel der erste Schuß um« – er warf einen Blick auf seine Zeitlinie – »mal sehen, zweiundzwanzig Uhr einundvierzig und sieben Sekunden. Dem gegenüber stehen allerdings die Aufzeichnungen aus der Notrufzentrale, und hier heißt es, der Anruf des Barmherzigen Samuel ging zweiundzwanzig-einundvierzig-null-drei ein. Wissen Sie, was ich meine? Wie kann der Kerl vierunddreißig Sekunden, bevor der erste Schuß fiel, angerufen haben?«

»Ganz einfach, die Uhr der Kamera ging nicht richtig. Sie ging vor.«

»Ach so, klar«, sagte McCaleb, als wäre ihm diese Möglichkeit noch nicht in den Sinn gekommen. »Haben Sie das auch nachgeprüft?«

»Das hat mein Partner gemacht.«

»Tatsächlich? In den Unterlagen habe ich darüber aber nichts gefunden.«

»Hören Sie, er hat bei der Sicherheitsfirma angerufen und nachgefragt – kein Bericht, okay? Der Typ, der die Anlage eingebaut hat, hat das vor mehr als einem Jahr gemacht – unmittelbar nachdem Mr. Kang das erste Mal überfallen worden war. Eddie hat mit dem Typ gesprochen. Er hat damals die Kamerauhr nach seiner Armbanduhr gestellt und war seitdem nicht mehr dort. Er hat Mr. Kang gezeigt, wie er die Kamerauhr stellen kann, wenn es mal zu einem Stromausfall kommt oder so was.«

»Okay«, sagte McCaleb, ohne zu wissen, wohin das Ganze führen würde.

»Letztlich kann man also überhaupt nichts sagen. Ist nun die ursprüngliche Zeit zu sehen, die der Techniker damals nach seiner Uhr eingestellt hat, oder hat sie der alte Mann selbst ein paarmal nachgestellt? So oder so tut es nichts zur Sache. Wir können uns nicht darauf verlassen, weil sie bloß nach der Armbanduhr von jemand gestellt wurde. Vielleicht ging die Uhr des Betreffenden vor, vielleicht ging die Kamerauhr jede Woche um ein paar Sekunden vor. Wer kann das schon sagen? Fest steht nur, daß auf die Zeitangabe kein Verlaß ist. Aber auf die Uhr der Notrufzentrale können wir uns hundertprozentig verlassen. Das ist die Zeit, von der wir wissen, daß sie stimmt, und das ist auch die Zeit, nach der wir uns gerichtet haben.«

McCaleb schwieg. Das schien Walters als eine Art Urteil aufzufassen.

»Schauen Sie«, sagte er, »die Kamerauhr ist doch nur ein Detail, das nichts zu bedeuten hat. Wenn wir uns über jede Einzelheit, die nicht ganz stimmig ist, den Kopf zerbrechen würden, säßen wir immer noch an unserem ersten Fall. Ich habe hier zu tun, Mann – was haben Sie sonst noch?«

»Das war's schon, schätze ich. Aber die Uhr der Überwachungskamera selbst haben Sie nicht überprüft? Ich meine, Sie haben sie nicht mit der Uhr der Notrufzentrale verglichen?«

»Nein. Wir sind zwar ein paar Tage später noch mal rausgefahren, aber die hatten in der Zwischenzeit einen Stromausfall gehabt – eine Weile waren in ganz Santa Ana die Lichter ausgegangen. Mit der Zeit, die sie anzeigte, war also nichts mehr anzufangen.«

»Zu dumm.«

»Ja, zu dumm. Ich muß hier jetzt weitermachen. Lassen Sie wieder von sich hören. Wenn Sie was haben, rufen Sie uns vor Winston an, wenn Sie nicht wollen, daß wir beleidigt sind. Klar?«

»Ich rufe Sie an.«

Walters legte auf. McCaleb stellte das Telefon auf den Tisch und sah es noch eine Weile an. Dabei überlegte er, was er als nächstes tun sollte. Er zog eine Niete nach der anderen. Aber er hatte es schon immer so gehalten, daß er noch einmal zum Anfang zurückging, wenn er nicht mehr weiterkam. Und der Anfang war meistens gleichbedeutend mit dem Tatort. Aber in diesem Fall war es anders. Hier konnte er zur Tat selbst zurückgehen.

Er schob die Kassette mit den Sherman-Market-Morden wieder in den Videorecorder und sah sich die Videoaufzeichnung noch einmal in Zeitlupe an. Er hielt die Tischkante so fest umklammert, daß seine Knöchel und Fingergelenke zu schmerzen begannen. Erst beim dritten Ansehen bemerkte er etwas, was er bisher übersehen hatte, obwohl es die ganze Zeit dagewesen war.

Chan Ho Kangs Armbanduhr. Die Uhr, die jetzt seine Frau trug. Sie war auf dem Video zu sehen, als sich Kang verzweifelt am Ladentisch festzuhalten versuchte.

McCaleb probierte mehrere Minuten herum und spulte das Band immer wieder vor und zurück, bis er schließlich die Stelle gefunden hatte, an der man die Uhr seiner Meinung nach am besten sehen konnte. Er bekam zwar das Display deutlich ins Bild, aber die digitale Zeitanzeige selbst hatte die oben an der Wand angebrachte Kamera nicht mehr erfaßt. Die LED-Ziffern auf der Uhr – die Zeit – waren nicht zu erkennen.

Er starrte auf das Standbild und überlegte, ob er dem nachgehen sollte. Wenn er die Zeit auf der Uhr ablesen könnte, wäre er unter Umständen in der Lage, den Zeitpunkt der Schüsse mit Hilfe der Zeitangaben der Kamera-

und der Notrufuhr zu triangulieren. Auf diese Weise konnte er vielleicht einen strittigen Punkt klären. Aber brachte es ihn weiter? In einem hatte Walters recht gehabt: Es gab immer Einzelheiten, die nicht zusammenpaßten. Strittige Punkte. Und McCaleb war nicht sicher, ob dieser hier die Zeit wert war, die nötig wäre, ihn zu klären.

Plötzlich wurde er in seinen Überlegungen gestört. Da er nun schon einige Zeit auf einem Boot lebte, hatte er zu erkennen gelernt, ob ein Schaukeln durch die Heckwelle eines auslaufenden Bootes verursacht wurde oder durch das Gewicht einer an Bord kommenden Person. McCaleb spürte, wie sich das Boot leicht auf die Seite neigte, und sah sofort hinter sich und durch die Schiebetür nach draußen. Graciela Rivers war aufs Deck gestiegen und drehte sich gerade um, um einem kleinen Jungen an Bord zu helfen. Raymond. Abendessen. Er hatte es völlig vergessen.

»Scheiße.« Er schaltete schnell den Videorecorder aus und stand auf, um nach draußen zu gehen und sie zu begrüßen.

12

»Sie haben es vergessen, stimmt's?«

Auf ihren Lippen lag ein ungezwungenes Lächeln.

»Nein – das heißt, die letzten fünf Stunden habe ich es gewissermaßen vergessen. Ich war ganz in das Material vertieft, das ich gerade durchsehe. Eigentlich wollte ich zum Supermarkt gehen und –«

»Ist ja nicht weiter tragisch. Wir können auch ein andermal –«

»Nein, nein, auf gar keinen Fall. Wir werden zusammen zu Abend essen. Ist das Raymond?«

»Ach so, ja.«

Graciela drehte sich zu dem Jungen um, der schüchtern hinter ihr im Heck stand. Er wirkte klein für sein Alter, mit dunklen Haaren und Augen und brauner Haut. Er trug Shorts und ein gestreiftes Hemd, und in einer Hand hatte er einen Pullover.

»Raymond, das ist Mr. McCaleb. Der Mann, von dem ich dir erzählt habe. Das ist sein Boot. Er wohnt darauf.«

McCaleb trat vor und beugte sich mit ausgestreckter Hand nach unten. Der Junge hatte ein Polizeiauto in der rechten Hand und mußte es in die andere nehmen. Dann ergriff er zaghaft McCalebs Hand und schüttelte sie. McCaleb überkam eine unerklärliche Traurigkeit, als er dem Jungen gegenüberstand.

»Du kannst ruhig Terry zu mir sagen«, sagte McCaleb. »Schön, dich kennenzulernen, Raymond. Ich habe schon viel von dir gehört.«

»Kann man mit diesem Boot fischen?«

»Klar kann man das. Wenn du willst, nehme ich dich mal mit raus.«

»Das wäre schön.«

McCaleb richtete sich auf und lächelte Graciela an. Sie sah bezaubernd aus. Sie trug ein leichtes Sommerkleid, ähnlich dem, das sie angehabt hatte, als sie zum erstenmal zu ihm gekommen war. Es war eins von der Sorte, das der Wind, der vom Wasser hereinkam, mühelos gegen ihren Körper drückte. Auch sie hatte einen Pullover dabei. McCaleb war in Shorts, Sandalen und einem T-Shirt mit der Aufschrift *Robicheaux's Dock & Baitshop*. Er fühlte sich ein wenig unwohl.

»Wissen Sie was«, sagte er, »dort drüben, über dem Bootsbedarfladen, ist ein nettes Restaurant. Das Essen ist gut, und man hat einen tollen Blick auf den Sonnenuntergang. Gehen wir doch dort essen.«

»Gern«, sagte Graciela.

»Ich muß mich nur noch schnell umziehen – und, Raymond, ich habe eine Idee. Wir werfen vom Heck gleich mal eine Angel aus, und während ich nach drinnen gehe und Graciela ein paar Sachen zeige, an denen ich gerade arbeite, siehst du, ob du was fängst!«

Die Miene des Jungen hellte sich auf.

»Okay.«

»Gut, dann hole ich dir gleich mal eine Angel.«

Damit ließ McCaleb seine beiden Besucher auf Deck zurück und ging nach drinnen. In der Kajüte nahm er seine leichteste Rute aus dem Hochschrank, ging zum Angelkasten unter dem Kartentisch, und holte ein Vorfach heraus, an dem bereits Blei und ein Achterhaken befestigt waren. Er brachte das Vorfach an der Leine an und ging dann zum Kühlschrank in der Kombüse, in dem er etwas tiefgefrorenen Tintenfisch hatte. Mit einem scharfen Messer schnitt er ein Stück davon ab und spießte es auf den Haken.

Dann kehrte er mit der Rute auf Deck zurück und drückte sie Raymond in die Hand. Er ging hinter dem Jungen in die Knie, führte die Arme von hinten um ihn herum und brachte ihm kurz bei, wie er den Köder in die Mitte des Fahrwassers auswerfen mußte. Dann erklärte er ihm, wie er den Finger an der Leine behalten und auf ein Zupfen achten mußte.

»Glaubst du, du schaffst das auch alleine?« fragte er nach Beendigung der Blitzlektion.

»Mhm. Gibt es hier bei den Booten überhaupt Fische?«

»Klar. Ich habe eben genau da, wo deine Leine ist, einen Schwarm Schafsköpfe vorbeischwimmen sehen.«

»Schafsköpfe?«

»Ja, das sind Fische mit gelben Streifen. Eigentlich heißen sie Schafskopfbrassen. Man kann manchmal welche vorbeischwimmen sehen. Du mußt nur nach ihnen Ausschau halten.«

»Okay.«

»Soweit alles klar? Kann ich dann schnell reingehen und deiner Mutter was zu trinken einschenken?«

»Sie ist nicht meine Mutter.«

»Ach ja, stimmt – entschuldige, Raymond. Ich habe natürlich Graciela gemeint. Aber du kommst hier klar?«

»Sicher.«

»Gut. Und wenn einer angebissen hat, rufst du einfach. Und fängst zu kurbeln an!«

Er pikste dem Jungen mit dem Finger in die Seite und fuhr dann an seinen Rippen damit hoch. So hatte das sein Vater immer bei ihm gemacht, wenn er eine Angelrute hielt und seine Seiten ungeschützt waren. Raymond wich kichernd vor ihm zurück, ließ aber die Stelle, wo die Leine im dunklen Wasser verschwand, nicht einen Moment aus den Augen.

Graciela folgte McCaleb in die Kajüte, und er schob die Tür zu, damit der Junge sie nicht hören konnte. Sein Gesicht mußte wegen des Versprechers von vorhin immer noch rot sein. Noch bevor er dazu kam, sich zu entschuldigen, merkte sie, was in ihm vorging.

»Ist doch nicht so schlimm. Das wird jetzt häufiger vorkommen.«

Er nickte.

»Wird er jetzt ganz bei Ihnen leben?«

»Ja. Ich bin der einzige Mensch, den er noch hat, aber das macht nichts. Er kennt mich seit seiner Geburt. Wenn er nach seiner Mutter auch noch mich verlöre – ich glaube, das würde er nicht verkraften. Ich möchte, daß er bei mir bleibt.«

»Wo ist sein Vater?«

Sie zuckte mit den Achseln. »Irgendwo.«

McCaleb nickte und beschloß, keine weiteren Fragen zu diesem Thema mehr zu stellen.

»Bei Ihnen hat er es bestimmt gut«, sagte er. »Möchten Sie ein Glas Wein?«

»*Das* wäre toll.«

»Rot oder weiß?«

»Was Sie trinken.«

»Ich darf im Moment noch nichts trinken. Erst in ein paar Monaten wieder.«

»Ach so, dann brauchen Sie für mich nicht extra eine Flasche aufzumachen. Ich kann auch –«

»Bitte, ich möchte es aber. Wie wär's mit einem Roten? Ich habe einen guten Roten, und wenn ich ihn aufmache, kann ich ihn wenigstens riechen.«

Sie lächelte.

»Ich weiß noch, Glory war auch so, als sie schwanger war. Sie saß dann immer neben mir und sagte, sie wollte nur den Wein riechen, den ich trank.«

Ihr Lächeln wurde traurig.

»Sie muß ein guter Mensch gewesen sein«, sagte McCaleb. »Das merkt man an dem Jungen. Das wollten Sie mir doch zeigen.«

Sie nickte. Er ging in die Kombüse und holte eine Flasche Rotwein aus dem Regal. Es war ein Sanford Pinot noir, einer seiner Lieblingsweine. Während er ihn aufmachte, kam sie an die Theke. Er konnte das zarte Aroma ihres Parfums riechen. Vanille, dachte er. Es erregte ihn. Nicht so sehr, weil er ihr so nahe war, sondern aufgrund des Gefühls, daß nach langem Schlaf etwas in ihm erwachte.

»Haben Sie Kinder?« fragte sie dann.

»Ich? Nein.«

»Waren Sie mal verheiratet?«

»Ja. Einmal.«

Er schenkte ihr ein Glas ein und beobachtete, wie sie davon probierte. Sie lächelte und nickte.

»Er ist gut. Wie lange ist das schon her?«

»Was? Daß ich verheiratet war? Warten Sie mal, ich habe vor etwa zehn Jahren geheiratet. Gehalten hat es drei Jahre. Sie war Agentin, und wir arbeiteten beide in Quantico. Und dann, als unsere Ehe in die Brüche ging und wir uns scheiden ließen, mußten wir weiter miteinander arbeiten, und das … Ich weiß nicht, wir bekamen es eigentlich ganz gut hin, aber toll war es trotzdem nicht, wissen Sie? Etwa zur gleichen Zeit wurde mein Dad hier draußen krank. Deshalb machte ich in meiner Dienststelle den Vorschlag, permanent jemanden hier zu stationieren. Ich verkaufte es ihnen als eine Maßnahme zur Kostensenkung. Schließlich flog ich ja sowieso ständig hierher. Nicht nur ich, viele von uns. Ich schlug vor, sie sollten hier eine kleine Außendienststelle oder so was einrichten und etwas von dem Geld sparen. Sie waren einverstanden, und ich habe den Job bekommen.«

Graciela nickte, drehte sich um und sah durch die Schiebetür nach Raymond. Er starrte wie gebannt ins Wasser, dahin, wo er hoffte, daß die Fische wären.

»Und Sie?« fragte McCaleb. »Waren Sie mal verheiratet?«

»Auch einmal.«

»Kinder?«

»Nein.«

Sie sah immer noch zu Raymond hinaus. Auf ihren Lippen lag immer noch ein Lächeln, das jedoch im Verlauf der Unterhaltung etwas Angespanntes bekommen hatte. McCaleb hätte gern mehr über sie gewußt, beschloß aber, nicht weiter in sie zu dringen.

»Übrigens haben Sie das vorhin sehr geschickt angestellt mit ihm.« Sie deutete mit dem Kopf zu Raymond hinaus. »Man muß immer den richtigen Mittelweg finden. Einerseits muß man ihnen etwas beibringen, und zugleich muß man ihnen auch die Möglichkeit lassen, selbst etwas herauszubekommen. Das haben Sie wirklich gut gemacht.«

Sie sah ihn an, aber er hob nur die Schultern, als wollte er sagen, es wäre Glück gewesen. Er nahm ihr Glas und hielt es sich unter die Nase, um das Bouquet zu riechen, dann gab er es ihr wieder zurück. Schließlich schenkte er sich den letzten Rest Kaffee ein und gab Milch und Zucker dazu. Sie stießen mit Tasse und Glas an und tranken. Sie sagte, sie möge den Wein. Er sagte, sein Kaffee schmecke wie Teer.

»Sie müssen entschuldigen«, sagte sie. »Ich komme mir komisch vor, Ihnen hier was vorzutrinken.«

»Das brauchen Sie wirklich nicht. Es freut mich, daß er Ihnen schmeckt.«

Dann füllte plötzlich Stille die Kajüte. Ihr Blick fiel auf die Akten und Videokassetten auf dem Kombüsentisch.

»Was wollten Sie mir zeigen?«

»Äh, nichts Spezielles. Ich wollte nur nicht vor Raymond darüber sprechen.«

Er sah nach dem Jungen. Der kam prima zurecht. Seine Aufmerksamkeit war immer noch ganz auf die Angelschnur gerichtet, die die hereinkommende Flut durchschnitt. McCaleb hoffte, er würde etwas fangen, hielt es aber für unwahrscheinlich. Unter der schönen Oberfläche war das Wasser des Jachthafens mit Schadstoffen belastet. Jeder Fisch, der da unten überlebte, war ein Gründler mit der Zähigkeit einer Kakerlake.

Er sah wieder Graciela an.

»Ich wollte Ihnen sagen, daß ich mich heute morgen mit dieser Ermittlerin vom Sheriff's Department getroffen habe. Sie hat sich nicht so blöd angestellt wie diese Typen vom LAPD.«

»Wer ist sie?«

»Sie heißt Jaye Winston. Sie ist gut. Wir haben früher mal zusammengearbeitet. Jedenfalls hat sie mir Kopien sämtlicher Unterlagen gegeben, die es über die beiden Fälle gibt. Und mit deren Durchsicht habe ich heute den ganzen Tag verbracht. Es ist eine Menge Material.«

»Und?«

Er faßte die wesentlichen Punkte, so gut es ging, zusammen und versuchte, ihr die Details, die ihre Schwester betrafen, möglichst schonend beizubringen. Er sagte ihr nicht, daß er ein Video von der Ermordung ihrer Schwester auf dem Boot hatte.

»Beim FBI nannten wir das ›alles abdecken‹«, schloß er seine Ausführungen. »Damit war gemeint, daß man nichts unversucht ließ, nichts dem Zufall überließ. Zusammenfassend läßt sich sagen, daß bei den Ermittlungen über den Mord an Ihrer Schwester nicht alles abgedeckt wurde, aber gleichzeitig ist mir bei dem, was getan *wurde,* auch nichts aufgefallen, was mir gleich wie ein klaffendes Loch in die Augen gesprungen wäre. Es wurden ein paar Fehler gemacht, einige Schlüsse vielleicht auch schon gezogen, bevor alle Fakten bekannt waren, was aber nicht heißt, daß sie deswegen gleich falsch sein müssen. Die Ermittlungen waren gründlich genug.«

»Gründlich genug«, wiederholte sie und senkte den Blick. McCaleb wurde bewußt, daß er sich nicht sehr glücklich ausgedrückt hatte.

»Ich wollte sagen –«

»Dieser Kerl kommt also ungestraft davon.« Das war eine Feststellung. »Wahrscheinlich hätte ich wissen müssen, daß Sie mir das sagen würden.«

»Nun, das sage ich Ihnen doch gar nicht. Zumindest Jaye Winston vom Sheriff's Department verfolgt die Sache noch aktiv. Und ich bin auch noch lange nicht fertig, Graciela. Davon kann gar keine Rede sein. Auch ich habe ein Interesse an der Sache.«

»Ich weiß. Ich will Ihnen auch gar keine Vorwürfe machen. Das ist bestimmt nicht Ihre Schuld. Aber ich bin einfach frustriert.«

»Das kann ich gut verstehen. Aber versuchen Sie, erst mal wieder auf andere Gedanken zu kommen. Deshalb würde ich vorschlagen, wir gehen jetzt schön essen und unterhalten uns später weiter.«

»Okay.«

»Gehen Sie doch schon mal zu Raymond raus. Ich möchte mich noch umziehen.«

Nachdem er in ein sauberes Paar Dockers und ein gelbes Hawaiihemd mit fliegenden Ananasscheiben darauf geschlüpft war, ging er mit ihnen am Kai entlang zu dem Restaurant. Er hatte Raymonds Leine nicht eingespult, sondern die Angel nur in eine der Dollbordhalterungen gesteckt und dem Jungen gesagt, sie würden nachsehen, wenn sie zurückkamen.

Im Restaurant setzten sie sich so, daß Graciela und Raymond die Sonne sehen konnten, die gerade über dem Wald aus Segelbootmasten unterzugehen begann. Graciela und McCaleb bestellten gegrillten Schwertfisch, während Raymond sich für Fish and Chips entschied. McCaleb versuchte zwar wiederholte Male, Raymond in das Gespräch einzubeziehen, hatte aber die meiste Zeit keinen Erfolg. Er und Graciela unterhielten sich hauptsächlich über die Unterschiede zwischen dem Leben auf einem Boot und in einem Haus. McCaleb erzählte Graciela, wie friedlich und entspannend es war, auf dem Wasser zu sein.

»Und noch besser ist es, wenn man da draußen ist«, sagte er und deutete auf den Pazifik hinaus.

»Wie lange dauert es noch, bis Sie Ihr Boot fertig haben?« fragte Graciela.

»Nicht mehr lange. Sobald ich den zweiten Motor wieder zusammengebaut habe, kann es losgehen. Alles andere ist Kosmetik. Das kann ich machen, wenn ich gerade Zeit habe.«

Nach dem Essen, auf dem Rückweg, ging Raymond, in der einen Hand eine Tüte Eis, in der anderen eine Taschenlampe, auf der Kaimauer schnell vor ihnen her. Inzwischen hatte er seinen blauen Pullover an, und sein Kopf drehte sich hierhin und dorthin, als er mit der Taschenlampe nach Winkerkrabben jagte, die die Mauern hochkletterten. Inzwischen war fast alles Licht aus dem Himmel gewichen. Wenn sie zum Boot zurückkamen, wäre es für Graciela und Raymond Zeit zu gehen. McCaleb fand, daß sie ihm jetzt schon fehlten.

Als der Junge weit genug vor ihnen war, kam Graciela noch einmal auf den Fall zu sprechen.

»Was können Sie im Moment sonst noch tun?«

»Was den Fall angeht? Zum Beispiel habe ich einen Anhaltspunkt, dem ich nachgehen möchte, etwas, das sie übersehen haben könnten.«

»Was?«

Er schilderte ihr, wie er das Faktenmaterial unter geographischen Gesichtspunkten verglichen hatte und dabei auf Mikail Bolotov gestoßen war. Als er jedoch merkte, wie aufgeregt sie daraufhin wurde, dämpfte er ihren Enthusiasmus sofort.

»Der Mann hat ein Alibi. Es ist zwar ein Anhaltspunkt, aber er muß nicht unbedingt weiterführen.«

Er ging zum nächsten Punkt über.

»Außerdem habe ich vor, mich an das FBI zu wenden, damit sie sich mit der Ballistik näher befassen.«

»Wozu das?«

»Dieser Kerl könnte diese Nummer auch schon woanders abgezogen haben. Er benutzt eine extrem teure Waffe. Der Umstand, daß er sie nach dem ersten Überfall nicht hat verschwinden lassen, deutet darauf hin, daß er an ihr hängt und sie deshalb zuvor schon woanders benutzt haben könnte. Wir haben ja in den Geschossen einiges an ballistischem Material. Und vielleicht können sie beim FBI etwas damit anfangen, wenn ich sie ihnen zur Untersuchung vorlege.«

Als sie sich dazu nicht äußerte, fragte er sich, ob ihr gesunder Menschenverstand ihr sagte, daß das wenig Aussicht auf Erfolg versprach.

»Ich habe auch vor, einige der Zeugen noch einmal aufzusuchen und sie auf etwas andere Art zu befragen. Vor allem den Mann, der einen Teil des Überfalls oben in der Wüste mitbekommen hat. Und dazu bedarf es etwas raffinierterer Methoden. Das heißt nicht, daß ich Jaye Winston zu nahe treten oder ihr in irgendeiner Weise das Gefühl vermitteln möchte, sie hätte nicht gründlich gearbeitet. Aber ich würde mich trotzdem gern mal selbst mit dem Mann unterhalten. Er ist der beste Zeuge. Deshalb würde ich gern mit ihm sprechen und dann vielleicht noch mit ein paar von den Zeugen, die mitbekommen haben, wie Ihre Schwester ... Sie wissen schon.«

»Ich wußte gar nicht, daß es Zeugen gab. Waren denn noch Leute in dem Laden?«

»Nein, damit meinte ich keine direkten Augenzeugen. Aber da war zum Beispiel eine Frau, die am Laden vorbeifuhr und die Schüsse hörte. Und dann sind in den Berichten auch ein paar Kollegen Ihrer Schwester erwähnt, mit denen sie an besagtem Abend in der Druckerei gearbeitet hat. Mit diesen Leuten würde ich einfach gern noch mal selbst sprechen, um zu sehen, ob ihnen in der Zwischenzeit noch etwas Neues zu diesem Abend eingefallen ist.«

»Darum könnte ich mich kümmern, wenn Sie wollen. Ich kenne die meisten ihrer Freunde.«

»Gut.«

Sie gingen eine Weile schweigend weiter. Raymond war immer noch ein gutes Stück vor ihnen. Schließlich ergriff Graciela das Wort.

»Würden Sie mir vielleicht einen Gefallen tun?«

»Sicher.«

»Glory ging immer zu einer Frau, die ganz in der Nähe bei uns wohnt. Mrs. Otero. Sie hat auch auf Raymond aufgepaßt, wenn ich mal nicht konnte. Aber manchmal ging Glory auch allein hin und sprach mit ihr über ihre Probleme. Ich dachte nur, ob Sie vielleicht mal mit ihr sprechen könnten.«

»Äh ... ich ... Soll ich das so verstehen, daß Sie denken, diese Frau könnte etwas über die ganze Geschichte wissen, oder soll ich sie, äh, gewissermaßen trösten?«

»Möglicherweise kann sie Ihnen helfen.«

»Wie sollte sie mir ...«

Auf einmal dämmerte es ihm.

»Ist diese Frau eine Hellseherin?«

»Eine Spiritistin. Glory hat fest daran geglaubt. Mrs. Otero behauptete, mit den Engeln in Verbindung treten zu können, und Glory glaubte ihr. Und da sie mich anrief und sagte, sie möchte mit mir sprechen, dachte ich … Ich weiß auch nicht, vielleicht wollen Sie ja mitkommen.«

»Ich weiß nicht. An so was glaube ich einfach nicht, Graciela. Ich wüßte nicht, was ich mit ihr reden sollte.«

Sie sah ihn bloß an, und es schmerzte ihn, daß er Mißbilligung in ihren Augen zu lesen glaubte.

»Graciela … Ich habe zu viele schlimme Dinge und böse Menschen gesehen, um an so etwas zu glauben. Wie kann es da draußen oder da droben Engel geben, wenn Menschen Dinge tun, wie sie sie hier unten tun?«

Sie sagte immer noch nichts, und er wußte, ihr Schweigen war ein Urteil.

»Was halten Sie davon – ich denke darüber nach und gebe Ihnen dann Bescheid?«

»In Ordnung«, sagte sie schließlich.

»Nehmen Sie mir das bitte nicht übel.«

»Schauen Sie, es tut mir wirklich leid. Ich habe Sie da reingezogen, und jetzt mache ich Ihnen so viele Umstände. Ich weiß nicht, was ich mir dabei gedacht habe. Wahrscheinlich dachte ich einfach, Sie würden …«

»Machen Sie sich deswegen keine Gedanken. Inzwischen tue ich das alles genausosehr für mich wie für Sie. Ja? Sie dürfen bloß die Hoffnung nicht aufgeben. Wie gesagt, es gibt immer noch ein paar Dinge, die ich tun kann, und Jaye Winston legt den Fall auch nicht einfach zu den Akten. Lassen Sie mir ein paar Tage Zeit. Wenn ich dann noch immer nicht weitergekommen bin, können wir ja eventuell immer noch zu Mrs. Otero gehen. Einverstanden?«

Sie nickte, aber er merkte, sie war enttäuscht.

»Sie war wirklich eine tolle Frau«, sagte sie nach einer Weile. »Nach Raymonds Geburt war sie plötzlich wie ausgewechselt. Auf einmal bekam sie ihr Leben auf die Reihe. Sie zog bei mir ein und setzte ganz klare Prioritäten. Sie fing an, vormittags am Cal State zu studieren. Deshalb arbeitete sie immer nachts. Sie war wirklich clever. Sie wollte bei der Zeitung bleiben. Aber als Journalistin.«

Er nickte, sagte aber nichts. Er spürte, es tat ihr gut, von ihrer Schwester zu erzählen.

»Sie wäre bestimmt eine gute Journalistin geworden. Glaube ich jedenfalls. Ich meine, sehen Sie doch nur mal, wie engagiert sie war. Nach den Unruhen fuhr sie nach South-Central, um bei den Aufräumarbeiten zu helfen. Nach dem Erdbeben kam sie ins Krankenhaus, um die Leute in der Notaufnahme zu trösten und ihnen gut zuzureden. Sie war Organspenderin. Sie hat Blut gespendet – jedesmal wenn ein Krankenhaus anrief, sie bräuchten Blut, fuhr sie hin. Sie hatte diese extrem seltene Blutgruppe ... und sie war überhaupt ein Mensch, wie es sie ganz selten gibt. Manchmal wünsche ich mir wirklich, wir könnten die Plätze tauschen und ich wäre an ihrer Stelle in diesen Laden gegangen.«

Er legte ihr tröstend den Arm um die Schulter.

»Jetzt hören Sie aber mal! Was ist zum Beispiel mit den Leuten, denen Sie im Krankenhaus helfen? Oder nehmen Sie Raymond. Sie sind bestimmt sehr gut zu ihm. Deshalb ist es völlig sinnlos, sich zu fragen, wer es mehr verdient hätte oder ob Sie die Plätze hätten tauschen sollen. Was ihr passiert ist, hätte niemandem passieren dürfen.«

»Ich weiß nur, für Raymond wäre es besser, er hätte nicht mich, sondern seine richtige Mutter.«

Dagegen ließ sich schwerlich etwas sagen. Er nahm seine Hand von ihrer Schulter und legte sie ihr in den Nacken. Sie weinte zwar nicht, aber sie sah so aus, als würde sie jeden Augenblick anfangen. Er wollte sie trösten, aber er wußte, es gab nur eine Möglichkeit, das zu tun.

Sie hatten fast den Anleger erreicht, an dem sein Boot lag. Raymond wartete am Tor, das wie üblich ein paar Zentimeter offenstand. Der Schließmechanismus war so verrostet, daß es nicht mehr automatisch zuging.

»Wir müssen jetzt los«, sagte Graciela, als sie den Jungen erreichten. »Es ist schon spät, und du mußt morgen in die Schule.«

»Und was ist mit der Angel?« protestierte Raymond.

»Darum kümmert sich Mr. McCaleb. Und jetzt bedank dich mal fürs Angeln und das Abendessen und das Eis.«

Raymond streckte seine kleine Hand aus, und McCaleb schüttelte sie. Sie war kalt und klebrig.

»Sag ruhig Terry zu mir. Und hör zu, wir werden demnächst mal richtig fischen! Sobald ich das Boot repariert habe. Dann fahren wir damit raus und fangen einen richtig dicken Fisch. Ich weiß da eine Stelle auf der anderen Seite von Catalina. Um diese Jahreszeit gibt es dort jede Menge Kalikofische. Das machen wir, okay?«

Raymond nickte stumm, als dächte er, daraus würde nie etwas. Einen Moment lang machte das McCaleb sehr traurig. Er sah Graciela an.

»Wie wär's mit Samstag? Das Boot ist dann zwar noch nicht fertig, aber Sie beide könnten am Morgen herkommen, und wir könnten auf die Mole angeln gehen. Wenn Sie wollen, können Sie auch über Nacht bleiben. Auf dem Boot ist jede Menge Platz.«

»Ja!« rief Raymond.

»Na ja«, sagte Graciela, »mal sehen, ob ich es einrichten kann.«

McCaleb nickte. Ihm wurde klar, daß er gerade einen Fehler gemacht hatte. Graciela öffnete die Beifahrertür ihres Golf Cabrio, und der Junge stieg ein. Nachdem sie die Tür geschlossen hatte, kam sie zu McCaleb herum.

»Entschuldigen Sie bitte«, sagte er leise. »Diesen Vorschlag hätte ich in seiner Gegenwart lieber nicht machen sollen.«

»Nein, nein, das macht nichts. Ich hätte auch Lust, aber es kann sein, daß ich verschiedenes umlegen muß. Deshalb kann ich noch nicht zusagen. Oder müssen Sie es jetzt schon sicher wissen?«

»Nein, überhaupt nicht. Geben Sie mir einfach Bescheid.«

Sie kam einen Schritt auf ihn zu und gab ihm die Hand.

»Vielen Dank für den netten Abend. Er ist fast immer ziemlich still, aber ich glaube, es hat ihm trotzdem gut gefallen. Und mir sowieso.«

McCaleb schüttelte ihr die Hand, und dann beugte sie sich vor, hob den Kopf und küßte ihn auf die Wange. Als sie zurücktrat, hielt sie sich die Hand an die Lippen.

»Sie haben vielleicht Stoppeln«, sagte sie lächelnd. »Lassen Sie sich einen Bart stehen?«

»Weiß ich noch nicht.«

Aus irgendeinem Grund brachte sie das zum Lachen. Sie

ging um den Wagen, und er folgte ihr, um ihr die Tür aufzuhalten. Als sie eingestiegen war, sah sie zu ihm hoch.

»Wissen Sie«, sagte sie, »Sie sollten an sie glauben.«

Er sah zu ihr hinab.

»An Engel, meinen Sie?«

Sie nickte. Er nickte zurück. Sie startete den Wagen und fuhr los.

Zurück auf dem Boot, ging er zuerst nach achtern. Die Angelrute steckte immer noch in der Halterung, und die Leine war immer noch im Wasser, wo Raymond sie ausgeworfen hatte. Doch als er die Leine einzog, merkte McCaleb, daß kein Zug drauf war. Als sie schließlich aus dem Wasser kam, waren zwar noch der Haken und das Blei dran, aber kein Köder. Irgend etwas da unten hatte ihn abgefressen.

13

Donnerstag morgen war McCaleb schon früh auf, ohne daß die Stauer im Hafen etwas damit zu tun hatten. Das Koffein vom Vortag war ohne Unterlaß durch seine Adern geströmt und hatte ihn nicht einschlafen lassen. Es schürte beunruhigende Gedanken an die Ermittlungen, an unterschiedliche Auffassungen über Engel und an Graciela und den Jungen. Schließlich gab er den Versuch einzuschlafen auf und wartete mit offenen Augen, daß das erste Tageslicht durch die Jalousien drang.

Bis sechs Uhr hatte er geduscht, seine Temperatur und den Blutdruck gemessen und seine Pillen eingenommen. Er nahm den Packen mit Ermittlungsberichten wieder mit nach oben in die Kajüte, machte die Kaffeemaschine an und aß eine Schale Müsli. Zwischendurch sah er immer wieder auf die Uhr und überlegte, ob er Vernon Carruthers anrufen sollte, bevor er mit Jaye Winston gesprochen hatte.

Jaye Winston war um diese Zeit noch nicht in ihrem Büro. Aber im FBI-Hauptquartier in Washington, D. C., wo es bereits drei Stunden später war, war McCalebs Freund Vernon Carruthers sicher schon an seinem Platz in der FAT-Abteilung des Labors. McCaleb wußte, daß er eigentlich nicht mit Carruthers sprechen sollte, solange ihm Jaye Winston nicht grünes Licht gegeben hatte. Es war ihr Fall. Aber die drei Stunden Zeitunterschied zwischen L. A. und Washington machten ihn unruhig. Im Grunde seines Wesens war McCaleb ein ungeduldiger Mensch. Der Wunsch, etwas in Gang zu bringen und keine Zeit zu verlieren, ließ ihm keine Ruhe.

Nachdem er die Schale ausgespült und in die Spüle gestellt hatte, sah er wieder einmal auf die Uhr und beschloß, nicht länger zu warten. Er holte sein Adreßbuch heraus und rief Carruthers unter seiner Durchwahlnummer an. Er nahm nach dem ersten Läuten ab.

»Vernon, hier spricht Terry.«

»Terrell McCaleb! Bist du hier in der Stadt?«

»Nein, immer noch in L. A. Wie geht's dir, Mann?«

»Wie geht's *dir*? Ich meine, hast ja lange nichts von dir hören lassen.«

»Ich weiß, ich weiß. Aber ich kann nicht klagen. Danke für die Karten, die du mir ins Krankenhaus geschrieben hast. Sag auch Marie vielen Dank von mir. Das war wirklich nett von euch. Mir ist auch klar, ich hätte mal anrufen oder schreiben sollen. Entschuldige bitte.«

»Weißt du, wir haben dich anzurufen versucht, aber deine Nummer war nicht rauszubekommen, und im FO wußte anscheinend auch niemand deine neue Nummer. Nicht mal Kate wußte was. Sie wußte nur, daß du deine Wohnung in Westwood aufgegeben hast. Jemand anders im FO meinte, du würdest jetzt auf einem Boot leben. Du hast dich wirklich ganz schön rar gemacht.«

»Na ja, ich dachte, für eine Weile wäre es so das beste. Weißt du, bis ich wieder einigermaßen mobil bin und so. Aber generell geht es mir gut. Und dir?«

»Könnte schlechter sein. Kommst du demnächst mal hierher? Du weißt ja, wir halten dir das Zimmer immer noch frei. Hab' es noch niemandem aus Quantico vermietet. Würde ich auch nie tun.«

McCaleb lachte und sagte ihm, leider habe er derzeit nicht vor, an die Ostküste zu fahren. Er kannte Carruthers nahezu zwölf Jahre. McCaleb hatte in Quantico gearbeitet, und Carruthers war bei der Abteilung für Schußwaffen und Werkzeugspuren oben in Washington, D. C., gewesen, aber wie es der Zufall wollte, hatten die beiden häufig dieselben Fälle bearbeitet. Jedesmal wenn Carruthers zu einer Besprechung nach Quantico gekommen war, hatten ihn McCaleb und seine damalige Frau Kate in ihrem freien Schlafzimmer untergebracht. Das war auf jeden Fall besser gewesen als die spartanischen Unterkünfte in der Akademie. Umgekehrt hatten Carruthers und seine Frau Marie McCaleb bei seinen Besuchen in Washington immer im ehemaligen Zimmer ihres Sohnes schlafen lassen. Er war schon Jahre zuvor mit zwölf an Leukämie gestorben. Carruthers hatte darauf bestanden, sich auf diese Weise zu revanchieren, auch wenn es für McCaleb bedeutete, daß er auf ein anständiges, vom FBI bezahltes Zimmer im Hilton am Dupont Circle verzichten mußte. Anfänglich war sich McCaleb wie ein Eindringling vorgekommen, wenn er im Zimmer des Jungen schlief. Aber Vernon und Marie hatten ihn sehr herzlich aufgenommen. Und an die gute Südstaatenküche und die nette Gesellschaft kam das Hilton nicht annähernd heran.

»Wie gesagt, jederzeit«, sagte Carruthers lachend. »Jederzeit.«

»Das ist nett von dir, danke.«

»Also, meiner Schätzung nach ist es bei euch kaum Tag. Wieso rufst du schon so früh an?«

»Äh, wegen was Dienstlichem.«

»Was Dienstliches? Du? Dabei wollte ich dich gerade fragen, wie es sich so lebt als Frührentner. Wohnst du tatsächlich auf einem verdammten Boot?«

»Ja, ich lebe auf einem Boot. Aber nach einem neuen Job habe ich mich noch nicht umgesehen.«

»Und was steht dann an?«

McCaleb erzählte ihm die Geschichte, einschließlich des Details, daß er Gloria Torres' Herz bekommen hatte. Anders als bei den anderen Beteiligten wollte er in Carruthers Fall, daß er die ganze Wahrheit erfuhr. Er wußte, er konnte ihm vertrauen, und er wußte auch, er würde seine besondere Verbundenheit mit dem Opfer verstehen. Carruthers hatte ein sehr ausgeprägtes Einfühlungsvermögen für Opfer, vor allem für die jungen. Die schmerzliche Erfahrung, seinen Sohn langsam sterben zu sehen, hatte ihren Niederschlag in einem beruflichen Engagement gefunden, das selbst das der besten Außendienstagenten übertraf, die McCaleb gekannt hatte.

Er war gerade mitten in seinen Ausführungen, als das Donnern eines Containers, der gerade von einem Frachter gehievt wurde, durch den Jachthafen dröhnte.

Carruthers fragte, was das für ein Lärm sei, und McCaleb erklärte es ihm, während er mit dem Telefon in die Bugkabine ging und die Tür schloß, um den Lärm soweit wie möglich auszublenden.

»Du willst also, daß ich mir mal eine dieser Kugeln ansehe?« fragte Carruthers, als McCaleb fertig war. »Ich weiß nicht. In diesem Sheriff's Department, da haben sie doch gute Leute.«

»Ich weiß. Ich zweifle auch nicht an ihrer Kompetenz. Ich möchte das Ganze einfach mal aus einem neuen Blickwinkel betrachtet haben, und ganz besonders möchte ich, daß du, wenn möglich, ein Laserprofil in den Computer eingibst. Man kann nie wissen. Vielleicht werden wir ja fündig. Ich habe da einfach so ein Gefühl.«

»Du und deine Gefühle. An die kann ich mich noch gut erinnern. Aber schön – von wem kriege ich das Material? Von ihnen oder von dir?«

»Ich werde es auf die elegante Tour versuchen. Mal sehen, ob ich das Sheriff's Department dazu überreden kann, dir den ganzen Kram zu schicken. Ich möchte nicht, daß du es unter der Hand machst. Aber wenn es geht, wäre ich dir dankbar, wenn du das Verfahren beschleunigen könntest. Dieser Kerl ist ein Wiederholungstäter. Möglicherweise retten wir jemandem das Leben, wenn wir ihm rechtzeitig auf die Spur kommen.«

Carruthers schwieg eine Weile, und McCaleb vermutete, er ließ sich seinen Terminplan durch den Kopf gehen.

»Laß mal sehen. Heute ist Donnerstag. Ich brauche es bis allerspätestens Dienstag morgen, aber lieber Montag, damit ich Zeit habe, um es gründlich zu machen. Nächsten Mittwoch muß ich nach Kansas City fliegen, um dort vor Gericht auszusagen. Ein Mafiaprozeß. Sie rechnen damit, daß ich den Rest der Woche dort bleiben muß. Wenn es also schnell gehen soll, solltest *du* es mir zuschicken. Wenn du das tust, nehme ich es mir sofort vor.«

»Wird das keinen Ärger geben?«

»Natürlich gibt es Ärger. Ich bin sowieso schon zwei Monate im Rückstand, aber das ist ja nichts Neues. Schick mir einfach das Material, und ich kümmere mich drum.«

»Ich sorge dafür, daß du es bekommst. So oder so. Spätestens bis Montag.«

»Okay.«

»Ach, noch eine letzte Sache. Schreib dir meine Nummer auf. Wie gesagt, trete ich hier nicht in irgendeiner offiziellen Funktion auf. Eigentlich müßte alles über das Sheriff's Department laufen, aber ich wäre dir sehr verbunden, wenn du vorher mir Bescheid geben könntest, falls du auf irgend etwas Interessantes stößt.«

»Kein Problem«, sagte er, ohne zu zögern. »Gib mir deine Nummer. *Und* die Adresse. Die will Marie bestimmt haben. Wegen der Weihnachtskarten.«

Nachdem ihm McCaleb die gewünschten Informationen gegeben hatte, räusperte sich Carruthers. »Hast du übrigens in letzter Zeit mal mit Kate gesprochen?«

»Sie hat ein paar Tage nach der Transplantation im Krankenhaus angerufen. Aber ich war damals noch gar nicht richtig da. Wir haben uns nicht lange unterhalten.«

»Hmmm. Also, du solltest sie vielleicht anrufen und ihr sagen, daß bei dir alles okay ist.«

»Ich weiß nicht recht. Wie geht es ihr?«

»Ganz gut, glaube ich. Jedenfalls ist mir nichts Gegenteiliges zu Ohren gekommen. Du solltest sie anrufen.«

»Ich glaube, es ist besser, die Sache einfach auf sich beruhen zu lassen. Wir sind geschieden, oder hast du das vergessen?«

»Wie du meinst. Das mußt du selbst wissen. Ich schicke ihr eine E-mail, nur damit sie weiß, daß du noch unter den Lebenden weilst.«

Nachdem sie noch ein paar Minuten persönliche Neuigkeiten ausgetauscht hatten, machten sie Schluß, und McCaleb ging in die Kajüte, um Kaffee zu holen. Weil er keine Milch mehr hatte, trank er ihn schwarz. Er wußte zwar, daß er damit das Schicksal herausforderte, aber er mußte in Fahrt bleiben. Wenn alles so lief, wie er hoffte, würde er fast den ganzen Tag unterwegs sein.

Inzwischen war es fast sieben und bald Zeit, Jaye Winston anzurufen. Er trat aufs Deck hinaus, um den Morgen zu inspizieren. Vom Meer war dichter, dicker Morgendunst hereingezogen, der den anderen Booten etwas Geisterhaftes verlieh. Es würde ein paar Stunden dauern, bis er weggebrannt war und die Sonne durchkam. Er sah zu Buddy Lockridges Boot hinüber, aber dort rührte sich noch nichts.

Um 7 Uhr 10 setzte er sich mit seinem Block an den Kajütentisch und tippte Jaye Winstons Nummer in das schnurlose Telefon ein. Er erwischte sie gerade in dem Moment, in dem sie sich an ihren Schreibtisch setzte.

»Bin grade zur Tür reingekommen«, sagte sie. »Eigentlich hatte ich erwartet, erst mal ein paar Tage nichts von Ihnen zu hören. War schließlich eine Menge Material, was ich Ihnen gestern mitgegeben habe.«

»Allerdings. Aber sobald ich angefangen hatte, konnte ich nicht mehr aufhören.«

»Und? Was sagen Sie dazu?«

McCaleb war klar, daß sie wissen wollte, was er von ihren Ermittlungen hielt, und ein Urteil von ihm erwartete.

»Ich finde, Sie haben nichts unversucht gelassen, aber etwas anderes hätte ich eigentlich auch nicht von Ihnen erwartet. Ich finde sehr gut, wie Sie in diesem Fall vorgegangen sind, Jaye. Durchgehend. Von meiner Seite keine Beschwerden.«

»Aber?«

»Aber ich hätte ein paar Fragen, die ich mir aufgeschrieben habe, falls Sie gerade ein paar Minuten Zeit haben. Vielleicht auch ein paar Vorschläge, falls Sie welche wollen. Möglicherweise sogar den einen oder anderen Anhaltspunkt.«

Jaye Winston lachte wohlwollend.

»Ihr FBI-Leute habt doch immer Fragen, immer Vorschläge, immer neue Anhaltspunkte.«

»Hey, ich bin nicht mehr beim FBI.«

»Schon. Aber vermutlich geht einem das in Fleisch und Blut über. Schießen Sie los.«

McCaleb überflog die Notizen, die er sich am Tag zuvor gemacht hatte und kam sofort auf Mikail Bolotov zu sprechen.

»Zuallererst, Ritenbaugh und Aguilar – kennen Sie die beiden näher?«

»Nein, überhaupt nicht. Sie gehören gar nicht zur Mordkommission. Der Captain hat sie eine Woche lang vom Einbruchsdezernat abgezogen. Das war, als wir die Liste mit den Drei-Versuche-Kandidaten durchgeackert haben. Was ist mit ihnen?«

»Na ja, ich glaube, einer der Männer, den sie von der Liste gestrichen haben, sollte vielleicht etwas gründlicher überprüft werden.«

»Wer?«

»Mikail Bolotov.«

McCaleb hörte das Rascheln von Papier, als Jaye Winston nach dem Bericht von Ritenbaugh und Aguilar suchte.

»Ach, da ist er ja. Was stört Sie an ihm? Sieht doch nach einem soliden Alibi aus.«

»Haben Sie mal was von geographischen Querverbindungen gehört?«

»Wie bitte?«

Er erklärte ihr das Prinzip und erzählte ihr, was er getan hatte und wie es ihn zu Bolotov geführt hatte. Außerdem erklärte er ihr, daß Bolotov vor dem Überfall auf den Sherman Market vernommen worden war, weshalb der geographische Zusammenhang zwischen der Lage von Bolotovs Wohnung und Arbeitsplatz einerseits und den Minimarkt-Morden und dem Diebstahl einer HK P7 andererseits noch nicht zu erkennen gewesen war. Als er mit seinen Ausführungen zu Ende war, gab ihm Jaye Winston zwar recht, daß der Russe noch einmal überprüft werden müßte, aber sie war darüber nicht annähernd so begeistert wie McCaleb.

»Wie bereits gesagt, ich kenne die beiden nicht. Ich würde also auch nicht die Hand für sie ins Feuer legen. Aber ich nehme mal an, sie sind keine blutigen Anfänger. Demnach müßten sie eine solche Vernehmung durchaus im Griff haben und das Alibi entsprechend überprüfen können.«

McCaleb sagte nichts.

»Hören Sie, ich muß diese Woche ins Gericht. Ich kann diesen Kerl nicht noch mal selbst überprüfen.«

»Aber ich.«

Jetzt war sie diejenige, die nichts sagte.

»Ich werde ganz brav sein«, sagte McCaleb. »Nur ein bißchen improvisieren sozusagen.«

»Also, ich weiß nicht, Terry. Sie sind jetzt ein ganz normaler Bürger. Das könnte etwas zu weit gehen.«

»Sie können es sich ja noch überlegen. Ich habe nämlich noch was, worüber ich mit Ihnen sprechen möchte.«

»Schön. Was noch?«

McCaleb wußte, wenn sie im Lauf des Gesprächs Bolotov nicht noch mal erwähnte, käme das einer inoffiziellen Erlaubnis gleich, den Russen zu überprüfen. Sie wollte lediglich nicht sanktionieren, was er tat.

Er blickte wieder auf seinen Notizblock. Bei der nächsten Frage mußte er vorsichtig sein. Er mußte die entscheidenden Fragen entsprechend vorbereiten und Jaye Winston behutsam auf sie hinführen, damit sie nicht dachte, er würde alles hinterfragen.

»Äh, zuerst, ich habe hier im Fall Cordell nichts über die Scheckkarte gesehen. Ich weiß, das Geld hat der Täter genommen. Aber hat er auch die Karte genommen?«

»Nein. Sie war im Automaten. Er hatte sie zwar wieder herausgegeben, aber als niemand sie nahm, zog sie der Automat automatisch ein. Das ist ein eingebauter Sicherheitsmechanismus, damit sie kein anderer an sich nehmen kann, falls jemand seine Karte vergißt.«

McCaleb nickte und machte neben dieser Frage ein Häkchen auf seinen Block.

»Okay. Als nächstes habe ich eine Frage zu dem Cherokee. Wieso haben Sie das nicht an die Medien weitergegeben?«

»Haben wir doch, aber nicht sofort. Am ersten Tag waren wir noch damit beschäftigt, alles auszuwerten, und gaben es nicht in die erste Presseerklärung. Ich war mir nicht sicher, ob wir es bekanntgeben sollten. Wenn es dieser Kerl nämlich gelesen hätte, hätte er den Wagen einfach irgendwo stehenlassen. Ein paar Tage später, als sich nichts Neues mehr ergab und wir nicht mehr weiterkamen, gab ich eine weitere Presseerklärung heraus, und darin wurde der Cherokee erwähnt. Das Problem war nur, Cordell war inzwischen längst Schnee von gestern, und niemand interessierte sich mehr dafür. Eine kleine Wochenzeitung oben in der Wüste war die einzige Zeitung, die es brachte. Ich weiß, das war ein Fehler. Wahrscheinlich hätte ich alles in die erste Presseerklärung reingeben sollen.«

»Nicht unbedingt«, sagte McCaleb und machte einen weiteren Haken auf dem Block. »Ich kann Ihre Argumentation durchaus nachvollziehen.«

Er las die Notizen auf dem Block durch.

»Nur noch ein paar Punkte … Auf beiden Videos sagt der Täter etwas – nach den Schüssen. Er spricht entweder mit sich selbst oder zur Kamera. Darüber fand ich nichts vermerkt. Wurde etwas unternommen, um –«

»Hier bei uns arbeitet jemand, dessen Bruder taub ist. Er hat ihm die Videos vorgespielt, um zu sehen, ob er mit Lippenlesen etwas rauskriegen könnte. Er war sich nicht sicher, nur beim ersten – beim Geldautomatenvideo – glaubte er, der Kerl sagte: ›Vergiß die Karte nicht‹, als er das Geld nahm. Auf dem anderen Video war er sich weniger sicher. Er dachte, er könnte entweder das gleiche gesagt haben oder etwas in Richtung: ›Vergiß die Hülse nicht‹. Das vorletzte Wort war in beiden Fällen am schwersten zu verstehen. Wahrscheinlich habe ich keinen Ergänzungsbericht mehr geschrieben. Ihnen entgeht aber auch gar nichts, wie?«

»Andauernd. Hätte dieser Lippenleser auch Russisch verstanden, wenn dieser Typ russisch gesprochen hat?«

»Wie bitte? Ach so, Sie meinen, wenn es Bolotov war. Nein, ich kann mir nicht vorstellen, daß sein Bruder Russisch kann.«

McCaleb notierte sich, was der Täter gesagt haben könnte. Dann trommelte er mit dem Stift auf den Block und überlegte, ob er jetzt seinen Vorstoß wagen sollte.

»Sonst noch was?« fragte Jaye Winston schließlich.

Er fand, das war nicht der richtige Moment, um Carruthers ins Spiel zu bringen. Zumindest nicht direkt.

»Die Waffe«, sagte er.

»Ich weiß. Gefällt mir auch nicht. Die P7 ist nicht gerade die Standardbewaffnung für einen gewöhnlichen Gelegenheitsverbrecher. Sie muß gestohlen gewesen sein. Wie Sie sicher gesehen haben, habe ich alle Meldungen über gestohlene Waffen dieses Typs herausgesucht. Aber wie alles andere brachte mich auch das nicht weiter. Fehlanzeige.«

»Ich halte es trotzdem für eine gute Theorie«, sagte McCaleb. »Bis zu einem gewissen Punkt. Mir gefällt nicht, daß er die Waffe nach dem ersten Mord behalten hat. Falls sie gestohlen war, müßte er sie eigentlich zehn Minuten nach dem Überfall auf Cordell so weit wie nur irgend möglich weggeworfen haben, um dann loszugehen und sich für den nächsten Job eine neue zu stehlen.«

»Das würde ich nicht unbedingt sagen«, widersprach ihm Jaye Winston, und McCaleb stellte sich vor, wie sie den Kopf schüttelte. »Ich sehe da keine zwingende Notwendigkeit. Meiner Meinung nach könnte er die Waffe genausogut behalten haben, weil er wußte, wie teuer sie ist. Und vor allem dürfen Sie nicht vergessen, daß es ein glatter Durchschuß war. Vielleicht dachte er, die Kugel würde nicht gefunden oder sie würde, wenn sie – was ja tatsächlich der Fall war – gegen die Wand prallte, zu stark deformiert, um sich noch für einen Vergleich zu eignen. Und vergessen Sie nicht:

Er hat die Hülsen aufgehoben. Möglicherweise glaubte er also, er könnte die Waffe noch einmal verwenden.«

»Da könnten Sie recht haben.«

Sie machten eine Verschnaufpause, und eine Weile sagte keiner von beiden etwas. McCaleb hatte noch zwei Punkte auf seiner Liste.

»Das nächste«, begann er vorsichtig. »Die Geschosse.«

»Was soll mit ihnen sein?«

»Sie sagten gestern, Sie hätten das ballistische Material für beide Fälle.«

»Richtig. Ist alles in der Asservatenkammer. Worauf wollen Sie hinaus?«

»Haben Sie mal was vom DRUGFIRE-Computer des FBI gehört?«

»Nein.«

»Er könnte uns weiterhelfen. Beziehungsweise Ihnen. Es ist zwar ziemlich unwahrscheinlich, aber einen Versuch wäre es wert.«

»Und worum handelt es sich dabei?«

McCaleb erklärte es ihr. DRUGFIRE war ein FBI-Computerprogramm, das ähnlich aufgebaut war wie die Datenbank für Fingerabdrücke. Entwickelt wurde es von FBI-Technikern Anfang der achtziger Jahre, als die Kokainkriege, die in den meisten amerikanischen Städten, insbesondere Miami, ausbrachen, landesweit zu einem drastischen Ansteigen der Mordrate führten. Die meisten dieser Morde wurden mit Schußwaffen verübt. Daraufhin entwickelte das FBI auf der Suche nach einer Möglichkeit, landesweit nach zusammenhängenden Morden und Mördern fahnden zu können, das DRUGFIRE-Programm. Die unverwechselbaren Besonderheiten der Drallspuren auf den bei Drogenmorden verwendeten Geschossen wurden von einem Laser gelesen, für die elektronische Datenverarbeitung kodiert und in einer Datenbank gespeichert. Das Programm war ähnlich aufgebaut wie die Fingerabdruck-Datenbanken, die Polizeibehörden in ganz Amerika benutzten. Es ermöglichte den raschen Vergleich kodierter Geschoßprofile.

Mit der wachsenden Zahl der ballistischen Details, die in ihr gespeichert wurden, wurde die Datenbank immer umfangreicher. Auch das Programm, das die alte Bezeichnung DRUGFIRE beibehielt, war erweitert worden und diente inzwischen zur Erfassung aller Fälle, die an das FBI weitergeleitet wurden. Ob es sich nun um einen Mafiamord in Las Vegas, einen Bandenkrieg in South Los Angeles oder einen Serienmord in Fort Lauderdale handelte – jedes Geschoß, das man zur Analyse an das FBI einschickte, wurde in die Datenbank aufgenommen, so daß nach mehr als einem Jahrzehnt Tausende von Geschossen darin gespeichert waren.

»Ich muß ständig an diesen Kerl denken«, fuhr McCaleb fort. »Er hängt an dieser Waffe. Ganz gleich, aus welchem Grund er das alles tut, und unabhängig davon, ob er sie gestohlen hat oder nicht, ist das der einzige Fehler, den er bisher gemacht hat. Das hat mich auf die Idee gebracht, wir könnten ihn vielleicht mit anderen Morden in Verbindung bringen. Wenn ich mir auf den Videos ansehe, wie der Kerl vorgeht, kann ich mir nicht vorstellen, daß der Mord an Cordell das erste Mal war, daß er jemanden umgelegt hat. Er hat schon vorher eine Waffe benutzt – vielleicht sogar diese spezielle Waffe.«

»Aber ich habe Ihnen doch gesagt, wir haben sie auf irgendwelche Ähnlichkeiten überprüft. Über die Ballistik kam nichts dabei heraus. Wir haben auch jede Menge Fernschreiben und eine Anfrage an den National Crime Index Computer rausgelassen. Überall Fehlanzeige.«

»Das ist mir durchaus klar. Aber das Vorgehen dieses Kerls könnte sich entwickeln, verändern. Vielleicht ist das, was er mit dieser Waffe in, sagen wir mal, Phoenix getan hat, nicht dasselbe, was er hier damit gemacht hat. Ich will damit nur sagen, die Möglichkeit besteht, daß der Kerl von irgendwo anders nach Los Angeles gekommen ist. Und wenn es sich so verhält, hat er diese Waffe wahrscheinlich schon an diesem anderen Ort benutzt. Und wenn wir Glück haben, sind diese Daten im FBI-Computer gespeichert.«

»Vielleicht.«

Jaye Winston dachte eine Weile stumm über seinen Vorschlag nach. Die Chancen, daß bei einem DRUGFIRE-Check etwas herauskam, waren äußerst gering, und Jaye Winston war clever genug, um das zu wissen. Wenn sie sich trotzdem darauf einließ, zöge sie nicht nur das FBI hinzu; es käme auch dem Eingeständnis gleich, daß sie sich von McCaleb, einem Außenstehenden ohne jeden offiziellen Status, beraten ließ.

»Was halten Sie davon?« fragte McCaleb schließlich. »Sie brauchen ihnen nur eine Kugel zu schicken. Sie haben – wieviel? – vier von den zwei Überfällen.«

»Ich weiß nicht. Ich bin nicht gerade begeistert von der Idee, unser Material nach Washington zu schicken. Und ich kann mir auch nicht vorstellen, daß die Kollegen in L. A. begeistert wären.«

»In L. A. brauchen sie gar nichts davon zu erfahren. Schließlich bewahren Sie das Beweismaterial auf. Wenn Sie wollen, können Sie dem FBI eine Kugel schicken. Und sie könnte nach einer Woche wieder aus Washington zurück sein. Arrango würde also gar nicht erfahren, daß sie weg war. Ich habe bereits mit jemandem gesprochen, den ich in der Abteilung für Schußwaffen und Werkzeugspuren kenne. Er hat mir versprochen, uns schnell dazwischenzuschieben, wenn wir ihm Material schicken.«

McCaleb schloß die Augen. Wenn es einen Punkt gab, an dem sie richtig wütend werden konnte, dann war er jetzt gekommen.

»Haben Sie ihm bereits gesagt, daß wir mitmachen würden?« fragte sie mit einem gereizten Unterton.

»Nein, habe ich nicht. Ich habe ihm lediglich gesagt, ich hätte es hier mit einer Ermittlerin zu tun, die sehr gründlich und engagiert wäre und vermutlich nichts unversucht lassen würde.«

»Meine Güte, wo habe ich das nur schon mal gehört?«

McCaleb lächelte.

»Und da ist noch etwas«, fuhr er fort. »Selbst wenn wir sonst kein Glück haben, hätten wir zumindest die Waffe im Computer. Irgendwann paßt sie ja vielleicht doch irgendwo rein.«

Darüber dachte sie kurz nach. McCaleb war sicher, sie in die Ecke getrieben zu haben. Wie damals, als es darum gegangen war, ob sie auf dem Friedhof nach Luther Hatch Ausschau halten sollten. Entweder ging sie darauf ein, oder sie würde sich immer fragen müssen, ob sie sich nicht eine Chance hatte entgehen lassen.

»Okay, okay«, sagte sie schließlich. »Ich werde mit dem Captain darüber sprechen. Ich werde ihm sagen, ich möchte es tun. Wenn er einverstanden ist, schicke ich eine Probe. Eine Kugel – mehr nicht.«

»Mehr ist nicht nötig.«

Daraufhin machte ihr McCaleb noch klar, daß Carruthers die Kugel bis Dienstag morgen brauchte, und schärfte ihr ein, so bald wie möglich mit dem Captain zu sprechen. Das wurde mit weiterem Schweigen quittiert.

»Ich kann nur sagen, es ist einen Versuch wert, Jaye«, fügte er zur Unterstreichung des Gesagten hinzu.

»Ich weiß. Es ist nur, daß ... ach, nichts. Geben Sie mir den Namen und die Nummer Ihres Bekannten.«

McCaleb ballte seine freie Hand zur Faust und boxte damit in die Luft. Es tat nichts zur Sache, wie gering die Erfolgsaussichten waren. Hauptsache, sie ließen es auf einen Versuch ankommen. Es war ein gutes Gefühl, etwas zu unternehmen.

Nachdem er Jaye Winston Carruthers' Durchwahl und Adresse gegeben hatte, fragte sie, ob es noch etwas gäbe, worüber McCaleb sprechen wollte. Er sah auf seinen Block, aber worüber er sprechen wollte, stand dort nicht.

»Da ist noch eine letzte Sache, wegen der Sie wahrscheinlich Probleme kriegen werden«, sagte er.

»O nein«, stöhnte Jaye Winston. »Geschieht mir recht, an einem Gerichtstag ans Telefon zu gehen. Also, raus mit der Sprache, McCaleb. Was ist es?«

»James Noone.«

»Der Zeuge? Was ist mit ihm?«

»Er hat den Täter gesehen. Er hat den Wagen des Täters gesehen.«

»Na und? Was es uns genützt hat, sehen Sie ja selbst. Es gibt in Südkalifornien ja auch nur etwa hunderttausend solcher Cherokees, und den Fahrer selbst hat er so schlecht gesehen, daß er nicht mal sagen kann, ob er eine Mütze aufhatte oder nicht. Da kann man eigentlich nur noch mit Mühe von einem Zeugen sprechen.«

»Aber er hat ihn gesehen. Und das in einer extremen Streßsituation. Je stärker der Streß, desto tiefer der Eindruck. Noone wäre ideal.«

»Ideal wofür?«

»Um unter Hypnose auszusagen.«

14

Buddy Lockridge stellte den Taurus auf dem Parkplatz von Video Graphic Consultants in der La Brea Avenue in Hollywood ab. Für seinen zweiten Einsatz als McCalebs Fahrer hatte er sich nicht mehr so schick gemacht. Diesmal trug er Seglershorts und ein Hawaiihemd mit Ukulelen und Hula-Mädchen auf meerblauem Untergrund. McCaleb sagte ihm, er nehme nicht an, daß es lang dauern werde, und stieg aus.

VGC war eine Firma, deren Dienste vorwiegend von der Unterhaltungsindustrie in Anspruch genommen wurden. Sie vermietete neben professionellem Videoequipment auch Schnitt- und Tonstudios für Videobearbeitung. Der größte Teil ihres Kundenstamms setzte sich aus Pornofilmern zusammen, die fast ausschließlich auf Video arbeiteten. Daneben konnte VGC jedoch auch mit einem von Hollywoods besten Studios für Videoeffekte und Bildbearbeitung aufwarten.

McCaleb war schon einmal bei VGC gewesen, als er in der Bankenabteilung des Field Office hatte aushelfen müssen. Das war einer der Nachteile seiner Versetzung von Quantico in die Außendienststelle gewesen; er war praktisch dem Befehl des Special Agent unterstellt, der das Field Office leitete. Und wenn der dachte, in der Abteilung für Serienmorde gäbe es gerade nicht so viel zu tun – kam das wirklich mal vor? –, schnappte er sich McCaleb und setzte ihn auf einen anderen Fall an, und in der Regel handelte es sich dabei um etwas, was McCaleb für nebensächlich hielt.

Bei seinem ersten Besuch bei VGC hatte er das Video einer Überwachungskamera einer Wells-Fargo-Zweigstelle in Beverly Hills dabeigehabt. Die Bank war von mehreren maskierten Männern überfallen worden, die mit 363 000 Dollar entkommen konnten. Es war der vierte Banküberfall der Bande in zwölf Tagen. Der einzige Anhaltspunkt, den die FBI-Agenten hatten, befand sich auf dem Video. Als einer der Bankräuber den Arm über den Schalter streckte, um den Beutel zu packen, den die Kassiererin gerade mit Bargeld vollgestopft hatte, verfing sich sein Ärmel an der Kante der marmornen Schalterplatte und wurde ein Stück zurückgeschoben. Der Räuber zog zwar den Ärmel schnell wieder nach vorne, aber für den Bruchteil einer Sekunde wurden auf der Innenseite seines Unterarms die Umrisse einer Tätowierung sichtbar. Das Bild war körnig und von einer zehn Meter entfernten Kamera aufgenommen worden. Nachdem ein Techniker im Labor des Field Office erklärt hatte, er könne nichts damit anfangen, beschloß man, das Video nicht nach Washington zu schicken, da es dort erst in einem Monat analysiert worden wäre, und die Bankräuber schlugen alle drei Tage zu. Außerdem wirkten sie auf den Videos ziemlich nervös, als ob nicht mehr viel fehlte, daß sie von ihren Waffen Gebrauch machten. Es galt also, keine Zeit zu verlieren.

McCaleb brachte das Video zu Video Graphics Consultants. Ein VGC-Techniker vergrößerte das fragliche Bild aus dem Video mittels Pixel-Nachbearbeitung innerhalb eines Tages so stark, daß die Tätowierung erkennbar wurde. Sie zeigte einen fliegenden Falken, der in einer Klaue ein Gewehr, in der anderen eine Sichel hielt.

Die Tätowierung führte zur Lösung des Falls. Eine Beschreibung und eine Fotokopie davon wurden per Fernschreiben und Fax an sechzig FBI-Außendienststellen in ganz Amerika verschickt. Daraufhin leitete ein Supervisor im Field Office in Butte die Unterlagen an die kleinere Dienststelle in Cœur d'Alene, Idaho, weiter, wo sich ein Agent erinnerte, dieses Emblem auf einer Flagge vor dem Haus eines Mitglieds einer Gruppe regierungsfeindlicher Extremisten gesehen zu haben. Die Organisation hatte vor kurzem wegen umfangreicher Grundstückskäufe außerhalb der Stadt den Verdacht des FBI erregt und war vorübergehend überwacht worden. Der Supervisor der Dienststelle konnte dem Field Office in Los Angeles eine Liste mit den Namen und Sozialversicherungsnummern der Mitglieder zur Verfügung stellen, worauf Agenten mit der Überprüfung aller Hotels begannen und nach kurzem im Airport Hilton auf sieben Mitglieder der Gruppe stießen. Die Gruppe wurde observiert und am folgenden Tag bei einem Überfall auf eine Bank in Willowbrook beobachtet. Rings um das Gebäude waren dreißig Agenten postiert, bereit, beim ersten Anzeichen von Gewaltanwendung die Bank zu stürmen. Dazu kam es jedoch nicht. Anschließend folgten die Agenten den Bankräubern in ihr Hotel, wo sie von Kollegen, die sich als Zimmerkellner und Hotelpersonal ausgaben, in ihren Zimmern festgenommen wurden. Einer der Bankräuber kooperierte schließlich mit den Agenten und gab zu, daß die Gruppe Banken ausgeraubt hatte, um weitere Grundstücks-käufe in Idaho zu finanzieren. Die Organisation brauchte das Land, damit ihre Mitglieder das Armageddon, das laut Aussagen ihres Anführers über die Vereinigten Staaten hereinbrechen würde, unbeschadet überleben könnten.

Jetzt war McCaleb wieder bei VGC. Als er das Foyer betrat, stellte er fest, daß das Dankesschreiben mit dem Siegel des FBI, das er nach dem erfolgreich abgeschlossenen Ermittlungsverfahren an die Geschäftsleitung geschickt hatte, hinter der Empfangsdame gerahmt an der Wand hing. Er beugte sich so weit über den Schalter, bis er den Namen des Mannes lesen konnte, an den er es gerichtet hatte.

»Kann ich Ihnen helfen?« fragte die Empfangsdame.

McCaleb deutete auf den Brief und sagte: »Ich würde gern mit Tony Banks sprechen.«

Sie fragte McCaleb nach seinem Namen, der ihr allerdings nichts zu sagen schien, obwohl er auf dem Brief stand, der über ihr an der Wand hing, und telefonierte kurz. Wenig später erschien ein Mann, in dem McCaleb Tony Banks wiedererkannte. Banks selbst konnte sich jedoch erst wieder an McCaleb erinnern, als dieser ihm die Geschichte von dem Bankraubvideo zu erzählen begann.

»Ach ja, richtig, jetzt erinnere ich mich wieder. Sie haben diesen Brief geschrieben.«

Er deutete auf das gerahmte Dankesschreiben.

»Das war ich.«

»Was kann ich für Sie tun? Wieder ein Banküberfall?«

Er blickte auf die Videokassette, die McCaleb in der Hand hielt.

»Äh, nein, hier handelt es sich um einen anderen Fall. Ich wollte wissen, ob Sie sich dieses Video mal ansehen könnten. Es ist etwas drauf, von dem ich gern wüßte, ob man vielleicht noch mehr davon sichtbar machen kann.«

Der Studiotechniker führte McCaleb einen mit grauem Teppichboden ausgelegten Gang hinunter. Von seinem ersten Besuch wußte McCaleb, daß die Türen, an denen sie vorbeikamen, in Schneideräume führten. Das Geschäft ging gut. An allen Türen war ein BESETZT-Zeichen. Hinter einer drangen gedämpfte Lustschreie hervor. Banks sah über seine Schulter zu ihm zurück und verdrehte die Augen.

»Nicht, daß Sie denken, die sind echt«, sagte er. »Da wird gerade ein Video geschnitten.«

McCaleb nickte. Das gleiche hatte ihm Banks erklärt, als er das erste Mal hier gewesen war.

Banks öffnete die letzte Tür. Er steckte kurz den Kopf hinein, um sich zu vergewissern, daß der Raum leer war, dann trat er zurück und winkte McCaleb nach drinnen. Es gab zwei Stühle, die vor einem Schneidegerät mit zwei 75-cm-Monitoren standen. Banks schaltete die Geräte ein und drückte auf eine Taste, worauf sich der linke Kassettenschacht öffnete.

»Was Sie gleich sehen werden, ist ziemlich drastisch«, sagte McCaleb. »Jemand wird erschossen. Wenn Sie wollen, können Sie rausgehen, und ich halte das Band an der Stelle an, die ich mir näher ansehen möchte.«

Banks dachte kurz über den Vorschlag nach. Er war ein magerer, etwa dreißigjähriger Mann mit schlaffem Haar, so blond gefärbt, daß es fast weiß war. Oben war es lang, an den Seiten rasiert. Ein Hollywood-Haarschnitt.

»Ich habe schon einige drastische Szenen gesehen«, sagte er. »Schieben Sie's rein.«

»Aber so was noch nicht, glaube ich. Echte Brutalität ist was anderes als irgendwelche Filmszenen.«

»Schieben Sie's rein.«

McCaleb schob die Kassette in den Schacht, und Banks begann sie abzuspielen. McCaleb hörte, wie dem Mann der Atem stockte, als Gloria Torres von hinten gepackt wurde, die Pistole an die Schläfe gedrückt bekam und erschossen wurde. McCaleb streckte die Hand aus und legte sie auf die Pause-Taste. Genau nachdem Chan Ho Kang niedergeschossen worden und vom Ladentisch gerutscht war, drückte er darauf und hielt das Bild an. Dann bewegte er das Band mit einem Rädchen ein paarmal langsam vor und zurück, bis er genau die Stelle hatte, die er haben wollte. Er sah Banks an. Der Techniker sah aus, als wäre ihm gerade das volle Ausmaß menschlicher Schlechtigkeit vor Augen geführt worden.

»Alles okay?«

»Das ist ja grauenvoll.«

»Ja. Das ist es.«

»Wie kann ich Ihnen helfen?«

McCaleb nahm einen Stift aus seiner Hemdtasche, deutete auf den Bildschirm und tippte auf Kangs Armbanduhr.

»Die Uhr?«

»Ja. Ich möchte wissen, ob es möglich ist, dieses Bild so stark zu vergrößern oder sonst etwas damit anzustellen, daß man die Uhrzeit ablesen kann. Ich möchte wissen, wie spät es an dieser Stelle des Videos war.«

»Die Uhrzeit? Und was ist damit?«

Er deutete auf die eingeblendete Uhrzeit am unteren Bildrand.

»Diese Zeitangabe ist nicht zuverlässig. Deshalb brauche ich die auf der Uhr.«

Banks beugte sich vor und begann an den Knöpfen zu drehen, mit denen sich Schärfe und Bildgröße regulieren ließen.

»Das ist nicht das Original«, sagte er.

»Die Kassette? Nein. Warum?«

»Sie läßt sich nicht besonders gut nachbearbeiten. Könnten Sie das Original besorgen?«

»Ich glaube nicht.«

McCaleb sah auf den Bildschirm. Banks hatte das Bild schärfer und größer gemacht. Inzwischen zeigte der Bildausschnitt nur noch Kangs Oberkörper und seinen ausgestreckten Arm. Die Uhr selbst war weiterhin nur eine verschwommene graue Fläche.

»Also, das einzige, was ich tun kann, wenn Sie mir die Kassette dalassen wollen, ist, ein bißchen damit rumprobieren und sie unter Umständen einem der Jungs im Labor geben. Vielleicht läßt sie sich ein wenig verbessern, mit Pixel-Nachbearbeitung noch etwas schärfer machen. Aber mit diesen Geräten hier ist das leider alles, was ich machen kann.«

»Glauben Sie, es ist einen Versuch wert? Auch wenn wir das Original nicht bekommen? Könnte es klappen?«

»Das weiß ich nicht, aber einen Versuch ist es wert. Zum Teil haben die hinten im Labor ganz schön irre Sachen drauf. Sie sind hinter ihm her, stimmt's? Hinter diesem Mann auf dem Video?«

Er deutete auf den Bildschirm, obwohl der Maskierte im Moment nicht darauf zu sehen war.

»Ja, ich bin hinter ihm her.«

»Dann sehen wir mal, was sich machen läßt. Können Sie mir das dalassen?«

»Sicher. Das heißt… äh, könnten Sie es noch mal für mich überspielen, damit ich auch eine Kopie habe? Kann sein, daß ich es noch jemand anders zeigen muß.«

»Klar. Ich hole nur schnell eine Kassette.«

Banks stand auf und verließ den Raum. McCaleb blieb sitzen und starrte auf den Bildschirm. Er hatte beobachtet, wie Banks das Gerät bediente. Er spulte das Band zurück und vergrößerte ein Bild, auf dem der maskierte Täter zu sehen war. Es half nicht viel. Er drückte kurz auf den Schnellvorlauf und hielt das Band bei einer Nahaufnahme von Glorias Gesicht an. Es hatte etwas Indiskretes, jemandem in so einem Augenblick so nahe zu sein und zuzusehen, wie dem Betreffenden das Leben genommen wurde. Glorias Gesicht war von links im Profil zu sehen, und das eine Auge, das er sehen konnte, war noch offen.

McCaleb bemerkte die drei Ohrringe in ihrem linken Ohr. Einer davon war ein Ohrstecker, eine kleine silberne Mondsichel. Der nächste, ein Stück tiefer auf der Krümmung der Ohrmuschel, war ein kleiner Ring, von dem er annahm, daß er aus Silber war, und vom Ohrläppchen selbst baumelte ein Kruzifix. Er wußte, bei jungen Frauen war es zur Zeit Mode, zumindest an einem Ohr mehrere Ringe zu tragen.

Während er weiter auf Banks wartete, spielte er noch einmal an den Knöpfen herum und spulte das Band bis zu der Stelle zurück, an der Gloria ins Bild kam und von rechts zu sehen war. An ihrem rechten Ohr entdeckte er nur einen Stecker, eine zweite Mondsichel.

Banks kam mit einer Kassette zurück und schob sie rasch in den zweiten Schacht. Gleichzeitig spulte er das erste Band zurück. Er brauchte etwa dreißig Sekunden, um eine High-Speed-Kopie zu machen. Er nahm die Kassette heraus, steckte sie in eine Box und gab sie McCaleb.

»Danke«, sagte McCaleb. »Bis wann, glauben Sie, kommt jemand dazu, sich das Video anzusehen?«

»Wir haben zur Zeit ziemlich viel zu tun. Aber ich sehe mir mal den Auftragsplan an. Vielleicht können wir es ja irgendwo dazwischenschieben. Vielleicht schon morgen oder am Samstag. Ist das okay?«

»Sicher. Und vielen Dank, Tony, das ist wirklich nett von Ihnen.«

»Alles halb so wild. Ich weiß nicht, ob ich Ihre Karte noch habe. Möchten Sie, daß ich Sie anrufe?«

In diesem Moment beschloß McCaleb, den Schwindel aufrechtzuerhalten. Er sagte Banks nicht, daß er nicht mehr für das FBI arbeitete. Er dachte, Banks würde sich etwas mehr beeilen, wenn er glaubte, es wäre für das FBI.

»Wissen Sie was – ich gebe Ihnen meine Privatnummer. Wenn Sie anrufen und ich nicht drangehe, sprechen Sie mir einfach eine Nachricht auf Band, und ich rufe Sie dann umgehend zurück.«

»Gern. Ich hoffe nur, wir können Ihnen auch wirklich helfen.«

»Ich auch. Und noch was, Tony. Seien Sie bitte so gut und zeigen Sie das Video niemandem, der es nicht unbedingt sehen muß.«

»Natürlich«, versicherte ihm der Techniker leicht errötend. McCaleb wurde bewußt, daß er Banks entweder mit einer Bitte gekränkt hatte, die er nicht hätte auszusprechen brauchen, oder daß er sie gerade in dem Moment ausgesprochen hatte, in dem Banks überlegte, wem er die Kassette vorspielen könnte. McCaleb vermutete, letzteres war der Fall.

McCaleb gab ihm seine Nummer, schüttelte ihm die Hand und ging allein zum Ausgang zurück. Als er an der Tür vorbeikam, aus der die simulierten Lustschreie gekommen waren, stellte er fest, daß dahinter inzwischen Stille herrschte.

Als McCaleb die Tür des Taurus öffnete, hörte er, daß das Radio lief. Lockridge hatte für den Fall, daß ein Stück kam, das sich zum Mitspielen eignete, eine Mundharmonika im Schoß liegen. Er klappte ein Buch mit dem Titel *Death of a Tenor Man* zu. Die Seite, die er eingeknickt hatte, befand sich etwa in der Mitte.

»Was ist mit Inspektor Fujigama passiert?«

»Was?«

»Das Buch, das du gestern gelesen hast.«

»*Inspector Imanishi Investigates*. Ich hab's aus.«

»Dann eben Imanishi. Du liest ganz schön schnell.«

»Gute Bücher lesen sich schnell. Liest du Krimis?«

»Warum sollte ich irgendwelches erfundene Zeug lesen, wo ich doch in der Realität schon genug davon gesehen habe und es nicht ertragen kann?«

Buddy startete den Wagen. Er mußte den Zündschlüssel zweimal herumdrehen, bevor der Motor ansprang.

»Das ist doch eine völlig andere Welt. Alles hat seine Ordnung, Gut und Böse sind klar voneinander abgegrenzt, den Bösewicht ereilt immer seine gerechte Strafe, der Held steht am Schluß als Sieger da, und alles löst sich in Wohlgefallen auf. Das beste Gegenmittel gegen die rauhe Wirklichkeit.«

»Hört sich ziemlich langweilig an.«

»Nein, es ist einfach beruhigend. Wo soll's jetzt hingehen?«

15

Nach dem Mittagessen im Musso and Frank's, einem Lokal, das McCaleb sehr mochte, in dem er aber schon zwei Jahre nicht mehr gewesen war, fuhren sie von Hollywood ins Valley und trafen Viertel vor zwei vor dem Gebäude ein, in dem sich die Firma Deltona Clocks befand. Bevor sie am Morgen vom Jachthafen losgefahren waren, hatte McCaleb dort angerufen und in Erfahrung gebracht, daß Mikail Bolotov immer noch von zwei bis zehn Schicht hatte.

Deltona Clocks befand sich in einem großen hallenartigen Bau mit einem kleinen Showroom und Laden vorne dran. Nachdem Lockridge vor dem Laden geparkt hatte, griff McCaleb in den Lederbeutel auf dem Boden, nahm seine Waffe heraus und befestigte das Segeltuchholster, in dem sie sich befand, an seinem Gürtel.

»Hey, was soll denn das geben?« fragte Lockridge, als er die Waffe sah.

»Keine Sorge. Sie ist mehr ein Requisit als sonst irgendwas.«

Als nächstes zog McCaleb einen gut zwei Zentimeter dicken Packen Ermittlungsunterlagen heraus und vergewisserte sich, daß der Bericht über das Gespräch mit Bolotov und seinem Arbeitgeber, einem gewissen Arnold Toliver, obenauf lag. Es konnte losgehen. Er sah zu Lockridge hinüber.

»Dann bleib mal schön brav hier sitzen.«

Diesmal bot ihm Buddy nicht an mitzukommen, als er aus dem Taurus stieg. Vielleicht sollte er öfter eine Waffe tragen.

Im Laden waren keine Kunden. Es waren billige Uhren in allen erdenklichen Größen ausgestellt. Die meisten hatten etwas sehr Nüchternes. Man konnte sie sich eher in einem Klassenzimmer oder Ersatzteillager vorstellen als in einer Wohnung. An der Rückwand des Raums, hinter dem Ladentisch, hingen acht identische Uhren, die die Uhrzeit in acht verschiedenen Städten der Welt anzeigten. Hinter dem

Ladentisch saß auf einem Klappstuhl eine junge Frau. McCaleb fragte sich, wie langsam ohne Kundschaft und inmitten all dieser Uhren die Zeit für sie vergehen mußte.

»Wo finde ich Mr. Toliver?« fragte er, als er auf den Ladentisch zuging.

»Arnold oder Randy?«

»Arnold.«

»Da muß ich erst anrufen. Von welcher Firma sind Sie?«

»Ich bin nicht hier, um Uhren zu kaufen. Ich führe eine Nachuntersuchung zu einem Gespräch mit dem Sheriff's Department am dritten Februar durch.«

Er legte den Packen mit Unterlagen auf den Ladentisch, damit sie sehen konnte, daß es sich dabei um offizielle Dokumente handelte. Dann hob er die Hände und legte sie so an die Hüften, daß sein Sportsakko aufging und die Waffe zum Vorschein kam. Er beobachtete ihre Augen, als sie sie sah. Sie nahm den Hörer eines Telefons ab, das auf dem Ladentisch stand, und wählte eine dreistellige Nummer.

»Arnie, hier ist Wendy. Da ist ein Mann vom Sheriff's Department. Wegen irgendwelcher Ermittlungen oder so.«

McCaleb verbesserte sie nicht. Er hatte sie nicht belogen, und was die Frage anging, wer er war und für wen er arbeitete, würde er sie auch nicht belügen. Wenn sie allerdings falsche Schlußfolgerungen ziehen wollte, sah er es nicht als seine Aufgabe an, sie eines Besseren zu belehren. Nachdem sie eine Weile in den Hörer gelauscht hatte, sah Wendy zu McCaleb auf.

»Was für Ermittlungen?«

McCaleb deutete mit dem Kopf auf das Telefon und streckte die Hand aus. Die junge Frau zögerte ein wenig, reichte ihm dann aber den Hörer.

»Mr. Toliver?« sagte er. »Hier spricht Terry McCaleb. Vor etwa zwei Monaten haben Sie mit zwei Detectives vom Sheriff's Department namens Ritenbaugh und Aguilar über Mikail Bolotov gesprochen, einen Ihrer Angestellten. Können Sie sich daran noch erinnern?«

Nach langem Zögern gab Toliver zu, daß er das konnte.

»Nun, inzwischen ermittle ich in dieser Angelegenheit. Ritenbaugh und Aguilar haben einen anderen Fall übernommen. Ich müßte Ihnen noch ein paar zusätzliche Fragen stellen. Könnte ich noch mal mit Ihnen sprechen?«

Wieder ein Zögern.

»Also … wir sind hier im Moment sehr beschäftigt. Ich –«

»Es dauert nicht lange, Sir. Vergessen Sie nicht, es handelt sich um einen Mordfall. Da werden Sie uns doch hoffentlich weiterhelfen.«

»Also, ich nehme an …«

»Sie nehmen was an?«

»Na ja, kommen Sie einfach durch. Das Mädchen erklärt Ihnen, wie Sie mich finden.«

Drei Minuten später hatte McCaleb mehrere Reihen von Montage- und Verpackungsbänken passiert und das hintere Ende des Gebäudes erreicht, wo sich neben einer Laderampe ein kleines Büro befand, zu dem eine kleine Treppe hinaufführte. Neben der Tür befand sich ein Fenster, das es Toliver ermöglichte, sowohl auf die Werkbänke wie auf die Laderampe hinauszusehen. Auf dem Weg durch die Fertigungshalle hatte McCaleb verschiedene Unterhaltungen von Angestellten aufgeschnappt. In drei Fällen waren sie in einer Sprache geführt worden, die er für Russisch hielt.

Als McCaleb die Tür des Büros öffnete, legte der Mann, der vermutlich Toliver war, den Hörer auf und winkte ihn nach drinnen. Er war ein magerer Mann in den Sechzigern mit brauner, ledriger Haut und einem Kranz aus weißen Haaren um den kahlen Schädel. In seiner Hemdtasche hatte er ein Plastiketui, in dem alle möglichen Stifte steckten.

»Ich habe nicht viel Zeit«, sagte er. »Hier wird gerade ein Lkw beladen, der gleich rausgeht.«

»Kein Problem.« McCaleb blickte auf den obersten Bericht seines Packens mit Unterlagen. »Vor zwei Monaten haben Sie den Detectives Ritenbaugh und Aguilar gegenüber ausgesagt, daß Mikail Bolotov am Abend des zweiundzwanzigsten Januar hier gearbeitet hat.«

»Richtig. Ich kann mich noch erinnern. Daran hat sich nichts geändert.«

»Sind Sie sicher, Mr. Toliver?«

»Was soll das heißen, ob ich sicher bin? Klar bin ich sicher. Ich habe es damals extra nachgesehen. Es stand in den Unterlagen. Ich habe die Stechkarte rausgesucht.«

»Heißt das, Ihre Aussage stützt sich auf das, was Sie Ihren Unterlagen entnommen haben, oder haben Sie Bolotov an besagtem Abend tatsächlich arbeiten sehen?«

»Er war hier. Daran konnte ich mich erinnern. Mikail hat nie gefehlt.«

»Und Sie können sich auch erinnern, daß er bis zehn gearbeitet hat?«

»Seine Stechkarte zeigte an, er –«

»Ich spreche nicht von der Stechkarte. Ich spreche davon, ob Sie sich erinnern können, daß er bis zehn geblieben ist?«

Toliver antwortete nicht. McCaleb blickte durch das Fenster auf die Werkbankreihen hinaus. »Sie beschäftigen eine Menge Leute, Mr. Toliver. Wie viele davon arbeiten in der Spätschicht?«

»Im Moment achtundachtzig.«

»Und damals?«

»Etwa genauso viele. Worum geht's?«

»Es geht darum, daß Sie diesem Mann nur aufgrund seiner Stechkarte zu einem Alibi verholfen haben. Halten Sie es für möglich, daß Bolotov unbemerkt früher gegangen ist und sich von einem Freund mit der Stechkarte hat abmelden lassen?«

Wieder gab Toliver keine Antwort.

»Lassen wir Bolotov vorerst. Hatten Sie dieses Problem früher schon mal? Sie wissen schon, daß jemand für einen Kollegen die Stechkarte einsteckte und auf diese Weise die Firma betrog?«

»Wir sind jetzt sechzehn Jahre im Geschäft. So was kommt immer wieder mal vor.«

»Okay.« McCaleb nickte. »Und könnte das auch bei Bolotov so gewesen sein? Oder stehen Sie jeden Abend neben der Stechuhr und passen auf, daß niemand zwei Stechkarten einsteckt?«

»Das ist nicht auszuschließen. Wir stehen nicht an der Stechuhr. An den meisten Abenden schließt mein Sohn ab. Ich bin um diese Zeit schon zu Hause. Er kümmert sich um alles.«

Ganz kurz hielt McCaleb den Atem an und spürte, wie die Erregung, die er bis jetzt im Zaum gehalten hatte, stärker wurde. Wenn Toliver diese Antwort vor Gericht gäbe, wäre Bolotovs Alibi keinen Pfifferling mehr wert.

»Ihr Sohn, ist das Randy?«

»Ja, Randy.«

»Könnte ich kurz mit ihm sprechen?«

»Er ist in Mexiko. Wir haben in Mexicali einen zweiten Betrieb. Da ist er jeden Monat eine Woche unten. Er kommt erst nächste Woche wieder zurück.«

»Könnten wir ihn vielleicht telefonisch erreichen?«

»Versuchen könnte ich es, aber wahrscheinlich ist er in der Fertigungshalle. Deshalb fährt er da ja auch immer runter. Um dafür zu sorgen, daß es bei der Fertigung keine Probleme gibt. Außerdem, wie sollte er sich an einen Abend vor drei Monaten erinnern? Wir machen hier Uhren, Detective. Jeden Abend die gleichen Uhren. Und am nächsten Tag verschicken wir sie. Da ist ein Abend wie der andere.«

McCaleb wandte sich ab und sah wieder aus dem Fenster. Dabei stellte er fest, daß verschiedene Arbeiter ihre Plätze verließen und andere sie einnahmen. Er beobachtete den Schichtwechsel, bis er Bolotov zu entdecken glaubte. In den Unterlagen war kein Foto, nur eine kurze Personenbeschreibung gewesen. Aber der Mann, den McCaleb ins Auge faßte, trug ein schwarzes T-Shirt, dessen Ärmel sich straff um seine kräftigen, tätowierten Arme spannten. Die Tätowierungen hatten alle die gleiche Farbe – Gefängnisblau. Es mußte Bolotov sein.

»Das ist er doch, oder nicht?«

Er deutete mit dem Kopf auf den Mann, der inzwischen an einer Werkbank Platz genommen hatte. Wie es aussah, war es Bolotovs Aufgabe, die fertigen Uhrwerke in ein Plastikgehäuse einzusetzen und dann in einen vierrädrigen Karren zu schichten.

»Welcher?«

Toliver hatte sich neben McCaleb ans Fenster gestellt.

»Der mit den Tätowierungen.«

»Ja.«

McCaleb nickte und dachte kurz nach.

»Haben Sie Ritenbaugh und Aguilar gesagt, daß sich das Alibi, das Sie diesem Mann verschafft haben, auf die Angaben in Ihren Gehaltsunterlagen und auf den Stechkarten stützt und nicht auf das, was Sie oder Ihr Sohn an jenem Abend tatsächlich gesehen haben?«

»Ja, das habe ich ihnen gesagt. Und sie meinten, schön, und sind gegangen. Und damit hatte es sich. Und jetzt kommen Sie noch mal mit Ihren Fragen an. Das hätte Ihnen ruhig etwas früher einfallen dürfen. Nach zwei oder drei

Wochen hätte sich mein Sohn sicher wesentlich besser erinnern können als nach drei Monaten.«

Einen Moment dachte McCaleb schweigend über Ritenbaugh und Aguilar nach. Wahrscheinlich hatten sie eine Liste mit fünfundzwanzig Namen gehabt, die sie in der Woche, in der sie für den Fall abgezogen worden waren, hatten abhaken müssen. Es war Schlamperei, aber er konnte verstehen, wie es dazu gekommen war.

»Hören Sie, ich muß jetzt auf die Rampe raus«, sagte Toliver. »Wollen Sie warten, bis ich zurückkomme, oder was?«

»Wissen Sie was – schicken Sie doch bei dieser Gelegenheit Bolotov hier rein! Ich würde gern mit ihm sprechen.«

»Hier rein?«

»Wenn es Ihnen nichts ausmacht, Mr. Toliver. Sie wollen uns doch sicher helfen und weiter mit uns kooperieren, oder nicht?«

Um Tolivers unausgesprochenen Einwand abzuschmettern, sah er ihn nur an.

»Meinetwegen.« Toliver warf in einer ärgerlichen Geste die Hände hoch und ging zur Tür. »Aber brauchen Sie nicht den ganzen Tag.«

»Ach, Mr. Toliver?«

Toliver blieb an der Tür stehen und sah sich zu ihm um.

»Ich habe vorhin da draußen ziemlich viel russisch sprechen hören. Wo bekommen Sie die Russen her?«

»Sie sind gute Arbeiter, und sie beschweren sich nicht. Und die miese Bezahlung macht ihnen auch nichts aus. Wenn wir neue Leute einstellen, annoncieren wir in der russischen Zeitung.«

Damit ging er nach draußen und ließ die Tür hinter sich offen. McCaleb zog die zwei Stühle vor dem Schreibtisch auseinander und drehte sie so, daß sie sich in etwa anderthalb Metern Abstand gegenüberstanden. Dann setzte er sich auf den, der näher bei der Tür stand, und wartete. Nach kurzem Überlegen, wie er bei der Vernehmung vorgehen sollte, beschloß er, Bolotov hart anzupacken. Er wollte etwas aus ihm herauskitzeln, irgendeine Reaktion, anhand deren er sich einen Eindruck von dem Mann verschaffen konnte.

Er spürte, daß noch jemand im Raum war, und sah zur Tür. Dort stand der Mann, von dem er angenommen hatte, er sei Bolotov. Er war etwa eins fünfundsiebzig groß, hatte schwarzes Haar und blasse Haut. Aber die gewaltigen Muskeln und die Tätowierungen – um einen Arm wand sich eine Schlange, den anderen überzog ein Spinnennetz – machten seine Arme zur Hauptattraktion seiner äußeren Erscheinung. McCaleb deutete auf den freien Stuhl.

»Nehmen Sie Platz.«

Ohne Zögern ging Bolotov zu dem Stuhl und setzte sich. McCaleb stellte fest, daß sich das Spinnennetz anscheinend unter dem Hemd des Russen fortsetzte und dann auf beiden Seiten des Halses wieder herauskam. Unmittelbar unter seinem rechten Ohr hockte eine Spinne in dem Netz.

»Worum geht's?«

»Um das gleiche wie letztes Mal, Bolotov. Mein Name ist McCaleb. Um den Abend des zweiundzwanzigsten Januar. Erzählen Sie mir darüber.«

»Ich habe ihnen schon gesagen. Ich arbeite hier diesen Abend. Ich bin nicht der, den Sie suchen.«

»Das haben Sie gesagt. Aber inzwischen sieht die Sache etwas anders aus. Wir wissen jetzt Dinge, die wir damals nicht wußten.«

»Was für Dinge?«

McCaleb stand auf, schloß die Tür und nahm wieder Platz. Das war nur Show, ein Unterstreichen seiner Überlegenheit. Um Bolotov etwas zu denken zu geben.

»Was für Dinge?« fragte er noch einmal.

»Der Einbruch zum Beispiel, in dem Haus drüben in der Mason, nur ein paar Blocks von hier. Sie wissen schon, mit dem Weihnachtsbaum und den ganzen Geschenken. Von da haben Sie doch die Waffe, oder nicht, Bolotov?«

»Nein, mit so was habe ich nichts mehr zu tun.«

»Unsinn. Sie sind dort eingebrochen und haben diese tolle neue Pistole mitgenommen. Und dann haben Sie beschlossen, sie auszuprobieren. Sie haben Sie oben in Lancaster benutzt und dann noch einmal hier, in dem Minimarkt gleich um die Ecke. Sie sind ein Killer, Bolotov. Ein Killer.«

Der Russe blieb reglos sitzen, aber McCaleb konnte sehen, wie sich sein Bizeps spannte und die Kunstwerke auf seinen Armen besser zur Geltung brachte. Er bohrte weiter.

»Was ist mit dem siebten Februar? Haben Sie für diesen Abend auch ein Alibi?«

»Ich weiß nicht, was an diesem Abend war. Ich muß –«

»Sie sind an diesem Abend in den Sherman Market marschiert und haben zwei Menschen umgebracht. Das müßten Sie eigentlich wissen.«

Plötzlich stand Bolotov auf.

»Wer sind Sie? Sie sind kein Cop.«

McCaleb blieb sitzen. Er blickte bloß zu ihm hoch und hoffte, seine Überraschung wäre ihm nicht anzumerken.

»Cops sind immer zu zweit. Wer sind Sie?«

»Ich bin der, der Sie zur Strecke bringt. Sie haben es getan, Bolotov, und ich werde es beweisen.«

»Wa–«

In diesem Moment ertönte ein wütendes Klopfen, und McCaleb drehte sich automatisch um. Das war ein winziger Fehler, aber mehr brauchte Bolotov nicht. Aus dem Augenwinkel sah McCaleb etwas Schwarzes auf sich zuschießen. Instinktiv begann er die Arme hochzureißen, um seine Brust zu schützen. Aber er war nicht schnell genug. Der Russe prallte mit seinem ganzen Gewicht gegen ihn, und er fiel mitsamt dem Stuhl, auf dem er saß, um.

Während Toliver, oder wer es sonst war, weiter aufgebracht an die Tür klopfte, drückte Bolotov McCaleb auf den Boden nieder und durchsuchte seine Taschen. Er fand die Waffe, riß sie vom Gürtel und schleuderte sie durch den Raum. Schließlich fand er in der Innentasche von McCalebs Sportsakko seine Brieftasche. Er zerriß die Tasche, als er sie herauszog, und öffnete sie.

»Keine Dienstmarke. Sehen Sie, kein Cop.«

Er las den Namen vom Führerschein ab, der hinter einem Plastikfenster der Brieftasche steckte.

»Terr ... ell ... Mäck ... Cau ... leb.«

Dann las Bolotov die Adresse ab. Zu McCalebs Erleichterung war es die Adresse des Hafenmeisterbüros, wo er ein Postfach hatte.

»Vielleicht komme ich Sie mal besuchen, ja?«

McCaleb gab keine Antwort und rührte sich nicht. Er wußte, es bestand keine Aussicht, den Mann zu überwältigen. Während er noch über seine Lage nachdachte, ließ Bolotov die Brieftasche auf seine Brust fallen und sprang auf. Er riß den Stuhl unter McCaleb hervor und hob ihn über seinen Kopf. McCaleb nahm die Arme hoch, um sein Gesicht und seinen Kopf zu schützen, merkte aber im selben Moment, daß er seine Brust ungedeckt ließ.

Dann hörte er das Klirren von Glas und sah zwischen seinen Armen hindurch, wie der Stuhl durch das Fenster des Büros segelte und Bolotov ihm folgte. Scheinbar mühelos sprang der Russe mit einem mächtigen Satz durch die Öffnung und auf den Boden der Fabrikhalle hinab. Und war verschwunden.

McCaleb legte die Arme vor die Brust, zog die Knie hoch und wälzte sich auf die Seite. Dann legte er eine Hand flach auf seinen Brustkorb, um nach seinem Herzschlag zu tasten. Nach zwei tiefen Atemzügen erhob er sich langsam auf die Knie und stand schließlich ganz auf. Das Klopfen an der Tür ging weiter. Außerdem wurde es inzwischen von Tolivers hektischen Aufforderungen begleitet, die Tür zu öffnen.

McCaleb streckte die Hand aus, um sie aufzumachen. Im selben Augenblick überkam ihn heftiger Schwindel. Es war, als glitte er in das Tal einer Drei-Meter-Welle hinab. Toliver stürmte in das Büro und begann auf ihn einzuschreien, aber McCaleb verstand kein einziges Wort. Er legte seine Hände flach auf den Boden, schloß die Augen und versuchte, sich wieder zu fangen.

»Scheiße«, war alles, was er zu flüstern schaffte.

Buddy Lockridge sprang aus dem Taurus, als er McCaleb auf sich zukommen sah. Er rannte um die Kühlerhaube des Wagens herum und kam auf McCalebs Seite.

»Mein Gott, was ist passiert?«

»Nichts. Ich habe einen Fehler gemacht, mehr nicht.«

»Du siehst aus wie ausgekotzt.«

»Ich bin aber schon wieder ganz okay. Fahren wir.«

Lockridge machte ihm die Tür auf, dann ging er auf die Fahrerseite und stieg ein.

»Fehlt dir auch wirklich nichts?«

»Jetzt fahr schon endlich.«

»Wohin?«

»Sieh zu, daß du ein Telefon findest.«

Er deutete auf das Jack-In-The-Box-Restaurant nebenan. Neben einem der Eingänge war ein Münztelefon an der Wand. McCaleb stieg aus und ging langsam auf das Telefon zu. Dabei hielt er den Blick bewußt immer vor sich auf das

Pflaster gerichtet, um nicht noch einmal einen Schwindelanfall zu bekommen.

Er wählte Jaye Winstons Durchwahlnummer. Er hatte sich darauf eingestellt, ihr eine Nachricht zu hinterlassen, aber sie nahm sofort selbst ab.

»Hier Terry. Ich dachte, Sie hätten einen Gerichtstermin.«

»Habe ich auch, aber jetzt ist Mittagspause. Um zwei muß ich wieder zurück sein. Ich wollte Sie gerade anrufen.«

»Wieso?«

»Weil wir es machen.«

»Was?«

»Mr. Noone hypnotisieren. Der Captain war einverstanden, und ich habe Mr. Noone angerufen. Er sagte, klar. Nur will er es gleich heute abend machen, weil er verreist – zurück nach Vegas, schätze ich. Er kommt um sechs hierher. Bis dahin schaffen Sie es doch, oder?«

»Ich werde dasein.«

»Dann wäre hier also soweit alles klar. Warum rufen Sie an?«

McCaleb zögerte. Was er ihr zu erzählen hatte, warf möglicherweise die Pläne für den Abend über den Haufen, aber er wußte, er durfte es nicht hinausschieben.

»Können Sie bis heute abend ein Foto von Bolotov beschaffen?«

»Ich habe bereits eines. Wollen Sie es Noone zeigen?«

»Ja. Ich habe Bolotov gerade einen kurzen Besuch abgestattet, aber er war nicht sonderlich begeistert.«

»Was ist passiert?«

»Bevor ich ihm drei Fragen stellen konnte, stürzte er sich auf mich und machte sich aus dem Staub.«

»Soll das ein Witz sein?«

»Leider nein.«

»Was ist mit seinem Alibi?«

»Ungefähr so löchrig wie ein Schweizer Käse.«

McCaleb schilderte ihr kurz seine Gespräche mit Toliver und Bolotov. Er sagte ihr, sie solle einen Haftbefehl für Bolotov rausgehen lassen.

»Wieso? Haben Sie oder Toliver Anzeige erstattet?«

»Ich nicht, aber Toliver will ihn wegen des Fensters anzeigen.«

»Na schön, ich lasse einen Haftbefehl raus. Bei Ihnen alles in Ordnung? Sie hören sich etwas angeschlagen an.«

»Bei mir ist alles okay. Ändert das was an der Sache? Oder bleibt es nach wie vor bei heute abend?«

»Was mich angeht, bleibt es dabei.«

»Gut. Dann bis später.«

»Hören Sie, Terry, versteifen Sie sich nicht zu sehr auf Bolotov, ja?«

»Aber er macht doch keinen schlechten Eindruck.«

»Ich weiß nicht. Lancaster ist ziemlich weit weg von da, wo Bolotov lebt. Vergessen Sie nicht, der Mann war im Gefängnis. Was er mit Ihnen gemacht hat, könnte er auch ganz unabhängig davon gemacht haben, ob er mit dieser Sache etwas zu tun hat oder nicht. Wenn er es nicht war, hat er irgendwas anderes ausgefressen.«

»Kann schon sein. Trotzdem gefällt mir der Kerl.«

»Na ja, vielleicht nimmt uns ja Noone die ganze Arbeit ab und pickt ihn uns aus einem Sechserpack heraus.«

»So gefallen Sie mir schon viel besser.«

Nachdem er aufgehängt hatte, schaffte es McCaleb ohne Probleme zum Taurus zurück. Sobald er auf dem Beifahrersitz Platz genommen hatte, kramte er die Reiseapotheke, die er immer dabei hatte, aus seinem Lederbeutel auf dem Boden. Sie enthielt Medikamente für einen Tag und etwa ein Dutzend Wegwerfthermometer, sogenannte Temp-Strips. Er zog von einem die Papierhülle ab und steckte es sich in den Mund. Während er wartete, gab er Lockridge durch Zeichen zu verstehen, er solle den Wagen starten. Sobald der Motor angesprungen war, streckte McCaleb die Hand nach den Reglern der Klimaanlage aus und stellte sie an.

»Möchtest du frische Luft?« fragte Lockridge.

McCaleb nickte, und Lockridge stellte die Lüftung höher.

Nach drei Minuten nahm McCaleb den Streifen heraus und las die Temperatur ab. Wie ein langer Splitter stach ihm die Angst ins Herz, als er auf den dünnen roten Strich sah, der über 38° geklettert war.

»Fahren wir nach Hause!«

»Bist du sicher?«

»Ja. Zum Hafen zurück.«

Als Lockridge den Wagen in Richtung Süden zum Freeway 101 steuerte, drehte McCaleb die Lüftung auf seiner

Seite voll auf, so daß ihm die kühle Luft direkt ins Gesicht blies. Er machte noch einen Temp-Strip auf und steckte ihn sich unter die Zunge. Er versuchte sich zu beruhigen, indem er im Radio KFWB anmachte und auf die vorbeiziehende Stadtlandschaft hinaussah. Zwei Minuten später war seine Temperatur zwar nicht mehr ganz so hoch, aber er hatte immer noch leichtes Fieber. Seine Angst ließ etwas nach, und seine Kehle entkrampfte sich. Kopfschüttelnd schlug er mit den Handflächen auf das Armaturenbrett ein und redete sich dabei ein, das Fieber sei nur eine vorübergehende Unregelmäßigkeit. Bisher war alles glatt gelaufen. Deshalb konnte dieser Temperaturanstieg keine andere Ursache haben, als daß ihm bei dem Handgemenge mit Bolotov etwas zu heiß geworden war.

Er beschloß, zum Boot zurückzufahren, ein Aspirin zu nehmen und sich eine Weile hinzulegen, bevor er sich auf die Sitzung mit James Noone vorbereitete. Die Alternative war, Bonnie Fox anzurufen. Ein solcher Anruf hätte allerdings mit Sicherheit zur Folge, daß er mehrere Tage zur Untersuchung und Beobachtung ins Krankenhaus müßte. Fox war in allem, was sie tat, genauso gründlich, wie McCaleb das auch von sich gern glaubte. Sie würde ihn ohne Zögern einliefern lassen. Und dann könnte er mindestens eine Woche lang im Cedars das Bett hüten. Dadurch würde er auf jeden Fall seine Chance mit Noone verpassen, und zudem verlöre er den Schwung, der im Moment das einzige war, was er bei dieser Ermittlung auf seiner Seite hatte.

16

Uneingeweihte – und dazu zählten viele Cops und FBI-Agenten, mit denen McCaleb im Lauf der Jahre zusammengearbeitet hatte – betrachteten Hypnose häufig als eine Art Hokuspokus, sozusagen den letzten Strohhalm, an den man sich klammerte, bevor man einen Hellseher zu Rate zog. Sie galt als sicheres Zeichen dafür, daß ein Ermittlungsverfahren in einer Sackgasse steckte oder fehlgeschlagen war. McCaleb war jedoch fest davon überzeugt, daß dem nicht so war. Er hielt Hypnose für eine zuverlässige Methode, die Tiefen des menschlichen Geistes auszuloten. In den Fällen, in denen er gesehen oder gehört hatte, daß sie versagte, hatte dies in der Regel am Hypnotiseur und nicht an der Methode gelegen.

Es hatte McCaleb überrascht, als ihm Jaye Winston erklärte, sie sei dafür, Noone unter Hypnose noch einmal zu befragen. Sie hatte ihm erzählt, während der wöchentlichen Mordkommissionstreffen sei des öfteren der Vorschlag gemacht worden, es mit Hypnose zu versuchen, wenn die Rede auf die festgefahrenen Ermittlungen im Fall Cordell gekommen sei. Aber dann hatte man es aus zwei Gründen doch nicht getan, wobei den Ausschlag der erste gab. Bis in die frühen achtziger Jahre hatte die Polizei oft auf Hypnose zurückgegriffen, doch dann hatte Kaliforniens Supreme Court verfügt, daß Zeugen, deren Gedächtnis durch Hypnose auf die Sprünge geholfen worden war, in einem Strafprozeß nicht mehr aussagen durften. Das hieß, die Ermittler sahen sich jedesmal, wenn sie einen Zeugen unter Hypnose befragen wollten, vor die Frage gestellt, ob der Gewinn, den sie sich davon versprachen, den Umstand aufwog, daß sie die betreffende Person vor Gericht nicht mehr als Zeugen verwenden konnten. Aufgrund dieses Dilemmas hatte man im Fall Cordell auf den Einsatz von Hypnose verzichtet, weil Jaye Winston und ihr Captain ihren einzigen Zeugen nicht hatten verlieren wollen.

Der zweite Grund war, daß das Sheriff's Department nach der Entscheidung des Supreme Court keine Ermittler mehr in der Anwendung von Hypnose ausgebildet hatte. Das hatte in den mehr als fünfzehn Jahren seit dieser Entscheidung eine natürliche Ausdünnung der Detectives zur Folge gehabt, die diese Technik beherrschten. Es gab im Sheriff's Department niemanden mehr, der Noone hypnotisieren konnte, so daß ein Hypnotherapeut hätte hinzugezogen werden müssen. Das hätte die Sache weiter kompliziert und Geld gekostet.

Als McCaleb jedoch Jaye Winston erzählte, daß er beim FBI mehr als zehn Jahre lang mit Hypnose gearbeitet hatte und dazu bereit wäre, war sie von dieser Idee noch mehr angetan. Wenige Stunden später hatte sie die Sitzung genehmigen lassen und einen Termin festgesetzt.

McCaleb traf eine halbe Stunde zu früh im Sheriff's Star Center ein. Er sagte Lockridge, es werde einige Zeit dauern, und riet ihm, in der Zwischenzeit etwas essen zu gehen.

Nach seinem Nachmittagsschläfchen war seine Temperatur soweit zurückgegangen, daß sie nur noch ein Zehntelgrad zu hoch war. Er fühlte sich ausgeruht und fit, aber auch aufgeregt angesichts der Möglichkeit, aus James Noones Gedächtnis eine konkrete Spur auszugraben und etwas zutage zu fördern, was sie weiterbrächte.

Jaye Winston, die ihn am Empfang abholte, redete auf dem Weg ins Büro des Captain die ganze Zeit hastig auf ihn ein.

»Ich habe einen Haftbefehl für Bolotov rausgelassen. Außerdem habe ich einen Streifenwagen zu seiner Wohnung geschickt. Er war allerdings schon weg. Er ist abgehauen. Offensichtlich haben Sie bei ihm einen wunden Punkt berührt.«

»Ja. Vielleicht, als ich ihn einen Mörder nannte.«

»Ich bin zwar immer noch nicht überzeugt, aber was Besseres haben wir im Moment nicht. Wie nicht anders zu erwarten, ist Arrango nicht gerade begeistert über Ihren Alleingang. Allerdings muß ich auch gestehen, ich habe ihm nicht erzählt, daß wir vorher darüber gesprochen haben. Er denkt, Sie hätten auf eigene Faust gehandelt.«

»Machen Sie sich deswegen mal keine Sorgen. Was Arrango denkt, ist mir egal.«

»Machen Sie sich wegen Bolotov Sorgen? Sie sagten doch, er hat Ihre Adresse.«

»Nein. Nur den Jachthafen, aber nicht das Boot. Da kann er lange suchen.«

Sie öffnete die Tür und ließ McCaleb zuerst eintreten. In dem engen Büro warteten drei Männer und eine Frau. Arrango und Walters vom LAPD kannte McCaleb bereits. Captain Al Hitchens und die Zeichnerin Donna Gross wurden ihm von Jaye Winston vorgestellt. Die Zeichnerin hielt sich bereit, um gegebenenfalls ein Phantombild des Verdächtigen zu zeichnen, wenn Noone Bolotov nicht ohnehin als Täter identifizieren konnte.

»Gut, daß Sie etwas früher gekommen sind«, sagte Hitchens. »Mr. Noone ist bereits hier. Am besten, wir fangen gleich an.«

McCaleb nickte und sah die anderen im Raum an. Arrango hatte das Grinsen eines Ungläubigen im Gesicht. Zwischen seinen angespannten Lippen stand ein Zahnstocher hervor.

»Wir sind zu viele Leute«, sagte McCaleb. »Zuviel Ablenkung. Der Zeuge muß sich soweit wie möglich entspannen. Vor einem so großen Publikum kann er das nicht.«

»Wir kommen nicht alle mit«, sagte Hitchens. »Ich möchte, daß nur Sie und Jaye im Vernehmungsraum sind. Wenn nötig, können Sie noch Donna hinzuziehen. Wir werden das Ganze auf Video aufnehmen, und wir werden in diesem Zimmer einen Bildschirm aufstellen, damit wir von hier zusehen können. Ist das in Ordnung?«

Er deutete auf ein Fernsehgerät, das auf einem Wagen in der Ecke stand. Auf dem Bildschirm war ein Mann zu sehen, der mit verschränkten Armen an einem Tisch saß. Noone. Obwohl er eine Baseballmütze aufhatte, erkannte ihn McCaleb von den Polizei- und Überwachungsvideos.

»Wunderbar.«

McCaleb sah Jaye Winston an.

»Haben Sie einen Sechserpack mit Bolotov vorbereitet?«

»Ja. Die Fotos sind auf meinem Schreibtisch. Wir zeigen sie ihm zuerst. Vielleicht haben wir ja Glück. Wenn er ihn identifizieren kann, erübrigt sich die Hypnosesitzung, und wir können ihn uns für den Prozeß aufsparen.«

McCaleb nickte.

»Wäre wirklich schön gewesen«, begann Arrango, »wenn wir Noone die Bilder gezeigt hätten, bevor der Vogel ausgeflogen ist.«

Er sah McCaleb an. Der hätte zwar durchaus eine Antwort auf Lager gehabt, behielt sie aber lieber für sich. Statt dessen fragte er: »Irgendwas Bestimmtes, was ich ihn fragen soll?«

Arrango sah seinen Partner an und zwinkerte.

»Ja, nach dem Kennzeichen des Fluchtfahrzeugs. Das wäre echt klasse.«

Er setzte ein strahlendes Lächeln auf, so daß der Zahnstocher von seiner Oberlippe steil nach oben stand. McCaleb lächelte zurück.

»Wäre nicht das erste Mal. Ein Vergewaltigungsopfer hat mir mal in aller Ausführlichkeit die Tätowierung auf dem Arm des Täters beschrieben. Vor der Hypnose konnte sie sich nicht mal erinnern, daß er überhaupt eine Tätowierung hatte.«

»Gut, dann machen Sie es noch mal. Besorgen Sie uns die Autonummer. Oder eine Tätowierung. Von denen hat Ihr Freund Bolotov ja genug.«

Der herausfordernde Unterton war nicht zu überhören. Wie es schien, mußte Arrango unbedingt alles persönlich nehmen, gerade so, als wäre McCalebs Wunsch, einen Serienmörder zu fassen, in gewisser Weise ein Ausdruck der Mißachtung seiner Person. Es war lächerlich, aber McCaleb hatte ihn allein aufgrund der Tatsache provoziert, daß er sich in den Fall eingeschaltet hatte.

»Okay, Leute«, ging Hitchens dazwischen, um die Animositäten zu unterbinden. »Wir lassen es einfach auf einen Versuch ankommen, mehr nicht. Und einen Versuch ist die Sache allemal wert. Vielleicht kommt etwas dabei heraus, vielleicht auch nicht.«

»Nur daß uns der Kerl vor Gericht flötengeht«, sagte Arrango.

»Vor welchem Gericht?« sagte McCaleb. »Mit dem, was Sie bisher haben, können Sie doch nie vor Gericht gehen. Das ist Ihre letzte Chance, Arrango. Ich bin Ihre letzte Chance.«

Arrango sprang auf. Nicht, um sich auf McCaleb zu stürzen, sondern um seine nächsten Worte zu unterstreichen.

»Jetzt hören Sie mal, Sie Arsch, ich muß mir von keinem ausgemusterten FBI-Mann sagen lassen, wie ich –«

»Okay, okay, das reicht«, sagte Hitchens und stand ebenfalls auf. »Wir machen das jetzt, und wir machen es sofort. Jaye, warum gehen Sie nicht schon mit Terry in das Vernehmungszimmer und fangen an. Wir warten hier.«

Jaye Winston führte McCaleb zur Tür hinaus. Der blickte über seine Schulter zu Arrango zurück, der vor Wut einen roten Kopf bekommen hatte. Donna Gross, die hinter Arrango saß, lächelte still in sich hinein. Offensichtlich hatte sie das Gockelgehabe amüsiert.

McCaleb schüttelte betreten den Kopf, als er mit Jaye Winston im Bereitschaftsraum an den Reihen leerer Schreibtische entlangging. »Tut mir leid, daß ich mich eben so habe gehenlassen.«

»Ach was. Der Kerl ist ein Arschloch. Früher oder später wäre das sowieso passiert.«

Nachdem Jaye Winston kurz an ihrem Schreibtisch haltgemacht hatte, um den Ordner mit den Fotos für die Gegenüberstellung mitzunehmen, gingen sie einen Gang hinunter. Schließlich blieb sie vor einer geschlossenen Tür stehen. Sie legte ihre Hand auf den Knauf, aber bevor sie ihn herumdrehte, sah sie noch einmal zu McCaleb zurück.

»Okay. Irgendwas, worauf ich besonders achten muß?«

»Entscheidend ist, daß nur ich rede, sobald die Sitzung begonnen hat, und daß ich verbal nur mit ihm kommuniziere. So bringt er nicht durcheinander, mit wem ich spreche. Wenn also wir beide etwas zu besprechen haben, tauschen wir entweder Zettel aus oder zeigen auf die Tür. Dann können wir uns notfalls hier draußen treffen.«

»Gut. Fehlt Ihnen auch nichts? Sie sehen verheerend aus.«

»Mir geht's prima.«

Sie öffnete die Tür, und James Noone sah vom Tisch auf.

»Mr. Noone, das ist Terry McCaleb, der Hypnoseexperte, von dem ich Ihnen erzählt habe. Er war früher für das FBI tätig. Er wird jetzt versuchen, ob er in dieser Sache irgendwie mit Ihnen weiterkommt.«

McCaleb lächelte und schüttelte Noone die Hand.

»Freut mich, Sie kennenzulernen, Mr. Noone. Das Ganze dürfte nicht lang dauern und müßte eine entspannende Wirkung auf Sie haben. Ist es Ihnen recht, wenn ich Sie James nenne?«

»Aber sicher.«

McCaleb sah sich kurz im Raum um, dann nahm er den Tisch und die Stühle in Augenschein. Bei diesen handelte es sich um typische Einheitsmodelle mit einem Zentimeter Schaumgummipolsterung auf der Sitzfläche. Er sah Jaye Winston an.

»Jaye, glauben Sie, wir könnten einen bequemeren Stuhl für James bekommen? Einen mit Armlehnen vielleicht? Wie der, auf dem Captain Hitchens saß?«

»Sicher. Einen Moment.«

»Ach, noch was. Eine Schere bräuchte ich auch.«

Jaye Winston sah ihn fragend an, verließ aber wortlos den Raum. McCaleb sah sich prüfend um. An der Decke war eine Reihe von Leuchtstoffröhren angebracht. Sonst gab es keine Lichtquellen. Das grelle Licht der Deckenbeleuchtung wurde durch das verspiegelte Fenster an der linken Wand noch verstärkt. Er wußte, hinter der Scheibe war die Videokamera aufgebaut. Noone mußte also so sitzen bleiben, daß er ihr zugewandt war.

»Würde es Ihnen was ausmachen«, sagte er zu Noone, »wenn ich mal eben auf den Tisch klettere, um an diese Lampen ranzukommen?«

»Nur zu.«

McCaleb benutzte einen Stuhl als Trittleiter, um auf den Tisch zu steigen und von dort zu den Leuchtstoffröhren hochzufassen. Um nicht noch einmal einen Schwindelanfall zu bekommen, bewegte er sich langsam. Er entfernte die Verkleidung und begann die langen Leuchtstoffröhren herauszunehmen und zu Noone hinabzureichen. Damit dieser sich in seiner Gegenwart möglichst wohl fühlte, verwickelte er ihn in ein oberflächliches Gespräch.

»Ich habe gehört, Sie müssen nach Las Vegas? Beruflich oder zum Spielen?«

»Äh, in erster Linie beruflich.«

»Was machen Sie denn?«

»Software. Ich entwickle ein neues Abrechnungs- und Sicherungsprogramm für das El Rio. Aber wir sind noch damit beschäftigt, die Fehler auszumerzen. Die Probeläufe werden sich bestimmt noch die ganze nächste Woche oder so hinziehen.«

»Eine Woche in Las Vegas? Mann, in dieser Zeit könnte ich dort eine Menge Geld verlieren.«

»Ich spiele nicht.«

»Gut für Sie.«

Inzwischen hatte McCaleb drei der vier Röhren herausgenommen, so daß der Raum in gedämpftes Licht getaucht war. Er hoffte, es würde für die Videoaufnahme noch reichen. Als er vom Tisch stieg, kam Jaye Winston mit einem Stuhl zurück, der genau wie der aussah, auf dem Hitchens gesessen hatte.

»Haben Sie den vom Captain?«

»Ein besserer Stuhl war nirgendwo aufzutreiben.«

»Gut.«

Er sah zum Spiegel und zwinkerte der Kamera dahinter zu. Als er jedoch die dunklen Ringe unter seinen Augen bemerkte, sah er rasch weg.

Jaye Winston griff in die Tasche ihres Blazers und zog vorsichtig eine Schere heraus. McCaleb nahm sie, legte sie auf den Tisch und schob diesen unter den Spiegel an die Wand. Dann nahm er den Stuhl des Captain und stellte ihn an die gegenüberliegende Wand. Die zwei anderen Stühle stellte er dem Stuhl des Captain gegenüber, aber so weit auseinander, daß sie der Kamera den Blick auf Noone nicht verstellten. Er bat Noone, sich auf den Stuhl des Captain zu setzen, dann nahmen er und Jaye Winston auf den restlichen Stühlen Platz. McCaleb sah auf die Uhr. Es war zehn vor sechs.

»Okay«, begann er. »Wir versuchen, schnell zu machen und Sie nicht unnötig aufzuhalten, James. Zuallererst, haben Sie irgendwelche Fragen zu dem, was wir hier mit Ihnen vorhaben?«

Noone dachte einen Moment nach, bevor er sagte: »Also, eigentlich weiß ich so gut wie nichts über Hypnose. Was genau wird dabei mit mir passieren?«

»Gar nichts wird mit Ihnen passieren. Hypnose ist lediglich ein veränderter Bewußtseinszustand. Was wir von Ihnen wollen, ist, daß Sie mehrere Stadien fortschreitender Entspannung durchlaufen, bis Sie an einen Punkt kommen, an dem Sie sich mühelos in den einzelnen Bereichen Ihres Bewußtseins bewegen können, um Teile der dort gespeicherten Informationen hervorzuholen. So ungefähr, als würden Sie in Ihrem Rolodex blättern und die Karte raussuchen, die Sie brauchen.«

McCaleb wartete, aber Noone stellte keine weitere Frage mehr.

»Fangen wir doch gleich mit einer Übung an. Ich würde Sie bitten, den Kopf leicht nach hinten zu legen und nach oben zu blicken. Versuchen Sie, die Augen so weit nach oben zu drehen, wie es geht. Vielleicht sollten Sie dazu erst mal Ihre Brille abnehmen.«

Noone nahm die Brille ab, klappte sie zusammen und steckte sie ein. Dann legte er den Kopf in den Nacken und drehte die Augen nach oben. McCaleb beobachtete ihn dabei. Er konnte sie so weit nach oben drehen, daß unter jeder Iris etwa ein halber Zentimeter weißer Hornhaut zu sehen war. Das war ein guter Indikator, daß ein Patient für Hypnose empfänglich war.

»Okay, das genügt. Jetzt hätte ich gerne, daß Sie sich einfach entspannen, wenn Sie können. Atmen Sie in langen, tiefen Zügen, und erzählen Sie uns, woran Sie sich von dem Vorfall am Abend des einundzwanzigsten Januar noch erinnern können. Schildern Sie einfach, was Sie von dem, was Sie gesehen haben, noch in Erinnerung haben.«

In den nächsten zehn Minuten erzählte Noone, wie er Zeuge der Endphase des Überfalls auf den Geldautomaten in Lancaster wurde. Seine Schilderung unterschied sich nicht von den Darstellungen des Vorfalls, die er bei seinen früheren Vernehmungen gegeben hatte. Soweit McCaleb das feststellen konnte, fügte er weder neue Einzelheiten hinzu, noch schien er etwas von seinen früheren Angaben wegzulassen. Diesen ungewöhnlichen Umstand fand McCaleb ermutigend. Nach zwei Monaten begannen die Erinnerungen der meisten Zeugen zu verblassen. Sie vergaßen Einzelheiten. Die Tatsache, daß sich der Programmierer an jedes Detail erinnern konnte, bestärkte McCaleb in der Hoffnung, seine verschütteten Erinnerungen möchten ebenso präzise sein. Als Noone seine Schilderung beendet hatte, nickte McCaleb Jaye Winston zu, worauf diese sich vorbeugte und Noone den Sechserpack-Ordner gab.

»James, würden Sie jetzt bitte diesen Ordner öffnen und sich die Fotos ansehen. Und dann sagen Sie uns bitte, ob einer dieser Männer der Mann ist, den Sie damals wegfahren sahen.«

Noone setzte seine Brille wieder auf und griff nach dem Ordner.

»Ich weiß nicht. Ich habe ihn wirklich nicht –«

»Ich weiß«, sagte Jaye Winston. »Aber sehen Sie sich die Fotos trotzdem mal an.«

Noone öffnete den Ordner. Er enthielt ein Stück Pappe, aus dem zwei Reihen von jeweils drei Rechtecken ausgeschnitten waren. In den Öffnungen befanden sich die Fotos von sechs Männern. Bolotovs Foto war das dritte in der oberen Reihe. Noones Blick wanderte von Foto zu Foto, und schließlich schüttelte er den Kopf.

»Tut mir leid. Ich habe ihn nicht gesehen.«

»Das macht überhaupt nichts«, sagte McCaleb rasch, bevor Jaye Winston etwas sagen konnte, was Noone als Kritik hätte auffassen können. »Dann machen wir am besten gleich weiter.«

Er nahm den Ordner wieder an sich und legte ihn auf den Tisch. »Erzählen Sie uns doch mal, was Sie machen, um sich zu entspannen, James.«

Noone sah ihn verständnislos an.

»Wann fühlen Sie sich am wohlsten? Wie können Sie am besten relaxen? Ich zum Beispiel arbeite an meinem Boot herum oder gehe fischen. Dabei ist es mir völlig egal, ob ich was fange. Ich finde es einfach schön, eine Leine ins Wasser hängen zu lassen. Wie ist das bei Ihnen, James? Spielen Sie gern Basketball? Oder Golf? Was?«

»Äh, ich weiß nicht. Vielleicht könnte man sagen, ich sitze gern am Computer.«

»Aber das entspannt Sie doch geistig nicht, oder, James? Ich meine damit nichts, bei dem Sie viel denken müssen. Ich meine, was machen Sie, wenn Sie einfach abschalten wollen? Wenn Sie alles vergessen und an nichts mehr denken wollen?«

»Also … ich weiß nicht. Ich bin gern am Strand. Es gibt da eine Stelle, die ich kenne. Da geh' ich hin.«

»Wie sieht's dort aus?«

»Der Sand ist ganz weiß, und der Strand ist sehr breit. Man kann sich ein Pferd mieten und unter den Klippen am Wasser entlangreiten. Die Wellen haben die Felsen unterspült; sie sind wie ein Überhang. Die Leute setzen sich darunter, um im Schatten zu sein.«

»Okay, sehr gut. Wirklich gut, James. Jetzt schließen Sie bitte die Augen, legen die Hände in den Schoß und stellen sich diese Stelle vor. Malen Sie sich in Gedanken aus, wie Sie diesen Strand entlanggehen. Entspannen Sie sich einfach, und gehen Sie diesen Strand entlang.«

Darauf blieb McCaleb eine halbe Minute still und beobachtete lediglich Noones Gesicht. Die Haut um seine Augenwinkel begann sich zu entspannen, und dann führte McCaleb eine Reihe von sensorischen Übungen mit ihm durch, bei denen er ihm sagte, er solle sich ganz darauf konzentrieren, wie sich seine Socken an seinen Füßen anfühlten, seine Hände auf dem Stoff seiner Hose, die Brille auf seinem Nasenrücken und sogar das Haar – was davon noch übrig war – auf seinem Kopf.

Nach ein paar Minuten ging McCaleb zu Muskelentspannungsübungen über. Er forderte Noone auf, seine Zehen so fest wie möglich zu krümmen, sie dann so zu halten und dann loszulassen.

Auf diese Weise machte er der Reihe nach alle Muskelpartien durch, wobei die Stelle, auf die Noone seine Aufmerksamkeit richten sollte, langsam immer weiter nach oben wanderte. Zum Schluß fing McCaleb wieder bei den Zehen an und arbeitete sich noch einmal nach oben vor. Diese Übung diente dem Zweck, die Muskeln zu ermüden und den Geist empfänglicher dafür zu machen, sich in einen Zustand der Entspannung und der Ruhe versetzen zu lassen. McCaleb stellte fest, daß Noone in langen, tiefen Zügen atmete. Es lief sehr gut. Er sah auf seine Uhr. Es war halb sieben.

»Okay, James, jetzt halten Sie bitte, ohne die Augen zu öffnen, Ihre linke Hand vor Ihr Gesicht. Halten Sie sie in etwa dreißig Zentimetern Abstand vor Ihr Gesicht.«

Noone kam seiner Aufforderung nach, und McCaleb ließ ihn den Arm eine gute Minute so halten. Gleichzeitig forderte er ihn dazu auf, sich zu entspannen und seine Gedanken auf den Strand zu richten, den er entlangging.

»So, und jetzt führen Sie Ihre Hand ganz langsam auf Ihr Gesicht zu. Ganz langsam.«

Noones Hand begann sich auf seine Nase zuzubewegen.

»Okay, noch langsamer«, sagte McCaleb, langsamer und leiser als zuvor. »So ist es gut, James. Ganz langsam. Und wenn Ihre Hand Ihr Gesicht berührt, sind Sie vollkommen entspannt und an dem Punkt, an dem Sie in einen Zustand tiefer Hypnose sinken.«

Danach sagte er nichts mehr und beobachtete nur noch, wie Noones Hand langsam tiefer sank, bis seine Handfläche schließlich seine Nasenspitze berührte. Im Augenblick des Zusammentreffens neigte sich sein Kopf nach vorn, und seine Schultern sackten nach unten. Seine Hand fiel in seinen Schoß. McCaleb sah zu Jaye Winston hinüber. Sie zog die Augenbrauen hoch und nickte. McCaleb wußte, sie waren noch lange nicht am Ziel, aber es sah gut aus. Er beschloß, einen kleinen Test zu machen.

»James, Sie sind jetzt total entspannt, total ruhig. Sie sind so entspannt, daß Ihre Arme federleicht sind. Sie wiegen überhaupt nichts.«

Er beobachtete Noone sehr genau, aber er bewegte sich nicht. Das war gut.

»So, nun nehme ich einen Ballon, der mit Helium gefüllt ist, und binde die Schnur an Ihre linke Hand. Ich binde ihn jetzt fest. So, der Ballon ist an Ihrem Handgelenk festgebunden, James, und jetzt lasse ich ihn los.«

Sofort begann Noones Arm sich zu heben, bis er nach oben zeigte, so hoch, daß seine Hand höher als sein Kopf war. McCaleb beobachtete ihn bloß. Auch nach einer halben Minute zeigte Noones Arm noch keine Anzeichen von Ermüdung.

»So, James, ich habe hier eine Schere, und damit schneide ich jetzt die Schnur durch.«

McCaleb griff hinter sich und nahm die Schere vom Tisch. Er öffnete sie und ließ sie über der imaginären Schnur abrupt zuschnappen. Noones Arm fiel in seinen Schoß zurück. McCaleb sah zu Jaye Winston hinüber und nickte.

»Gut, James, Sie sind vollkommen entspannt. Nichts belastet Sie mehr. Jetzt stellen Sie sich bitte vor, daß Sie diesen Strand entlanggehen und zu einem Garten kommen. Der Garten ist grün und üppig und schön und voller Blumen, und die Vögel singen. Es ist sehr friedlich und idyllisch. Sie waren noch nie an einem so friedlichen Ort. Und jetzt... gehen Sie durch den Garten und kommen zu einem kleinen

Gebäude mit einer Reihe von Türen. Es sind Lifttüren, James. Sie sind aus Holz, mit einem goldenen Rand außen herum, und sie sind schön. Alles hier ist schön.

Die Türen öffnen sich, James, und Sie betreten den Lift, weil Sie wissen, er bringt Sie nach unten, in Ihr spezielles Zimmer. In ein Zimmer, das sonst niemand betreten kann. Nur Sie können in dieses Zimmer, und Sie fühlen sich vollkommen wohl, wenn Sie dort sind.«

McCaleb stand auf und stellte sich in etwa einem Meter Abstand vor Noone. Nichts an ihm deutete darauf hin, daß er sich seiner Nähe bewußt war.

»Die Liftknöpfe zeigen an, daß Sie sich auf Nummer zehn befinden, aber Sie müssen zu Ihrem Zimmer auf Nummer eins hinab. Sie drücken auf den Knopf, James, und der Lift fährt nach unten. Und mit jedem Stockwerk, das Sie tiefer kommen, fühlen Sie sich entspannter.«

McCaleb hob den Arm und hielt ihn, parallel zum Boden, etwa dreißig Zentimeter vor Noones Gesicht. Dann begann er ihn vor seinem Gesicht zu heben, führte ihn hinter seinem Kopf nach unten und wieder vor sein Gesicht, um ihn erneut zu heben. Die Veränderungen, die diese Bewegung in dem Licht hervorrief, das auf Noones Augenlider fiel, würden seinen Eindruck, in die Tiefe zu sinken, noch verstärken.

»Sie fahren nach unten, James. Immer tiefer und tiefer. Jetzt sind Sie im neunten Stock … jetzt im achten und jetzt kommt der siebte … Sie fahren immer weiter nach unten und entspannen sich immer mehr. Das war gerade der sechste Stock … und jetzt der fünfte … vier … drei … zwei … und eins … Jetzt geht die Tür auf, und Sie betreten Ihr spezielles Zimmer. Sie sind da, James, und Sie sind vollkommen entspannt.«

McCaleb kehrte zu seinem Stuhl zurück. Dann sagte er Noone, daß er sein Zimmer betreten solle und daß dort der bequemste Sessel der Welt für ihn bereitstehe. Er sagte ihm, er solle sich setzen und einfach in den Stuhl schmelzen. Er sagte ihm, er solle sich ein Stück Butter vorstellen, das auf ganz kleiner Flamme in einer Bratpfanne schmolz.

»Ohne zu brutzeln. Es zerläuft einfach ganz, ganz langsam. Das sind Sie, James. Sie schmelzen einfach in Ihren Sessel.«

Er wartete ein paar Augenblicke, bevor er ihn auf das Fernsehgerät hinwies, das direkt vor ihm stand.

»Sie haben die Fernbedienung in der Hand. Und es handelt sich hier um einen ganz besonderen Fernseher mit einer ganz besonderen Fernbedienung. Auf diesem Fernseher können Sie alles ansehen, was Sie wollen. Sie können den Film vor- und zurückspulen, näher ranfahren oder weiter weggehen. Egal, was Sie machen wollen, Sie können es tun. Und jetzt stellen Sie ihn an, James. Und was wir uns jetzt auf diesem Fernseher ansehen werden, ist das, was Sie am Abend des zweiundzwanzigsten Februar gesehen haben, als Sie zu der Bank in Lancaster fuhren, um etwas Geld abzuheben.«

Er wartete einen Moment.

»Stellen Sie den Fernseher jetzt an, James. Ist er an?«

»Ja«, sagte Noone, seit einer halben Stunde sein erstes Wort.

»Okay, gut. Dann gehen wir zu diesem Abend zurück, James. Und jetzt erzählen Sie uns, was Sie gesehen haben.«

17

James Noone erzählte die Geschichte, als säßen McCaleb und Jaye Winston mit ihm in seinem Auto, wenn nicht sogar in seinem Kopf.

»Ich mache den Blinker raus und biege ab. Da kommt er angeschossen! Bremst! Fährt mir – fast hätte er mich gerammt, dieses Arschloch! Ich hätte –«

Noone hob den linken Arm, machte eine Faust und reckte seinen Mittelfinger in die Höhe, eine hilflose Geste, die dem Fahrer des Wagens galt, der an ihm vorbeigeschossen war. McCaleb studierte in diesem Moment aufmerksam sein Gesicht und bemerkte die raschen Augenbewegungen hinter seinen geschlossenen Lidern. Das war einer der Indikatoren, nach denen er immer Ausschau hielt, ein Zeichen dafür, daß sich Noone in tiefer Trance befand.

»Jetzt ist er weg, und ich fahre auf den Parkplatz. Ich sehe, ich sehe den Mann. Da ist ein Mann auf dem Boden. Unter dem Licht. Vor dem Geldautomaten. Er liegt – ich steige aus und sehe nach ... Da ist Blut. Er ist angeschossen worden – jemand hat auf ihn geschossen. Äh, äh, ich muß jemanden holen – am besten, ich laufe zu meinem Wagen zurück, zum Telefon. Damit kann ich anrufen, Hilfe holen. Er ist niedergeschossen worden. Da ist Blut auf dem ... Es ist überall.«

»Okay, James, okay«, unterbrach ihn McCaleb an dieser Stelle zum erstenmal. »Das war sehr gut. Jetzt möchte ich, daß Sie folgendes tun: Sie nehmen Ihre Fernbedienung und spulen bis zu der Stelle zurück, an der Sie den Wagen aus dem Parkplatz der Bank kommen sehen. Könnten Sie das tun?«

»Ja.«

»Okay, sind Sie da?«

»Ja.«

»Gut, und jetzt starten Sie den Film wieder, nur lassen Sie ihn diesmal in Zeitlupe ablaufen. Ganz langsam, damit Sie alles sehen können. Spielen Sie ihn ab?«

»Ja.«

»Gut, und wenn Sie den besten Blick auf den Wagen haben, der auf Sie zukommt, halten Sie bitte an.«

McCaleb wartete.

»Ja, ich habe es.«

»Okay, gut. Können Sie uns sagen, was für ein Wagen es ist?«

»Ja. Ein schwarzer Cherokee. Ziemlich staubig.«

»Können Sie uns sagen, welches Baujahr?«

»Nein. Aber es ist ein neueres Modell. Ein Grand Cherokee.«

»Können Sie die Seite des Cherokee sehen?«

»Ja.«

»Wieviel Türen?«

Das war ein kleiner Test, um sich zu vergewissern, daß Noone wirklich schilderte, was er gesehen hatte, und nicht, was er nur gehört hatte. McCaleb konnte sich erinnern, daß der Deputy, der Noone als erster vernommen hatte, auf einem der Videos zu ihm gesagt hatte, das modernere Styling des Cherokee deute darauf hin, daß es sich um ein Grand-Cherokee-Modell handelte. McCaleb wollte die Richtigkeit der Fahrzeugbeschreibung noch einmal überprüfen, und er wußte, daß es den Grand Cherokee nur als Viertürer gab.

»Äh, zwei auf der Seite«, sagte Noone. »Es ist ein Viertürer.«

»Gut. Jetzt gehen Sie nach vorn. Können Sie irgendwelche Beschädigungen an dem Wagen erkennen. Irgendwelche Beulen oder Kratzer?«

»Nein.«

»Hat der Wagen irgendwelche Streifen?«

»Hm, nein.«

»Was ist mit der Stoßstange? Können Sie die vordere Stoßstange sehen?«

»Ja.«

»Gut. Jetzt nehmen Sie bitte Ihre Fernbedienung und fahren an die Stoßstange ran. Können Sie das Nummernschild sehen?«

»Nein.«

»Warum nicht?«

»Es ist verdeckt.«

»Wodurch ist es verdeckt?«

»Äh, durch ein T-Shirt. Es ist um die Stoßstange gewickelt und verdeckt das Nummernschild. Sieht jedenfalls aus wie ein T-Shirt.«

Als McCaleb zu Jaye Winston hinübersah, konnte er ihre Enttäuschung sehen. Er gab jedoch nicht auf.

»Gut, James, jetzt nehmen Sie die Fernbedienung und fahren nach oben, so daß Sie in den Wagen reinsehen können. Ist das möglich?«

»Okay.«

»Wieviel Leute sitzen in dem Cherokee?«

»Einer. Der Fahrer.«

»Gut, fahren Sie näher an ihn ran. Sagen Sie mir, was Sie sehen.«

»Es geht nicht richtig.«

»Warum nicht? Was ist los?«

»Die Lichter. Er hat das Fernlicht an. Es blendet zu stark, ich kann nichts –«

»Okay, James, dann bitte ich Sie jetzt, die Fernbedienung zu nehmen und vor- und zurückzuspulen. So lange, bis Sie den Fahrer am besten sehen können. Sagen Sie mir Bescheid, wenn Sie soweit sind.«

McCaleb sah wieder zu Jaye Winston hinüber, und sie schaute mit hochgezogenen Augenbrauen zurück. Ihnen war beiden klar, daß sich nun gleich herausstellen würde, ob sich die Sache gelohnt hatte oder nicht.

»Okay«, sagte Noone.

»Gut, Sie sehen den Fahrer.«

»Ja.«

»Sagen Sie uns, wie er aussieht. Welche Hautfarbe hat er?«

»Er ist weiß, aber er hat eine Mütze auf, und der Schirm ist weit unten. Er hat den Kopf gesenkt, und der Mützenschirm verdeckt sein Gesicht.«

»Sein ganzes Gesicht?«

»Nein. Den Mund kann ich sehen.«

»Hat er einen Bart oder Schnurrbart?«

»Nein.«

»Können Sie seine Zähne sehen?«

»Nein, sein Mund ist zu.«

»Können Sie seine Augen sehen?«

»Nein. Sie werden von der Mütze verdeckt.«

McCaleb setzte sich zurück und ließ frustriert den Atem entweichen. Es war zum Haareausraufen. Noone war das ideale Versuchsobjekt. Er befand sich in tiefer Trance, und doch konnten sie von ihm nicht bekommen, was sie brauchten: einen direkten Blick auf den Täter.

»Okay, sind Sie sicher, daß das die Stelle ist, wo Sie ihn am besten sehen können?«

»Ja, ganz sicher.«

»Können Sie etwas von seinem Haar sehen?«

»Ja.«

»Welche Farbe hat es?«

»Dunkel. Dunkelbraun oder vielleicht auch schwarz.«

»Wie lang? Können Sie das erkennen?«

»Es sieht kurz aus.«

»Und die Mütze? Beschreiben Sie die Mütze.«

»Es ist eine Baseballmütze, und sie ist grau. Ein verwaschenes Grau.«

»Gut. Ist irgendwas auf der Mütze? Ein Schriftzug oder ein Mannschaftsabzeichen?«

»Ein Muster, eine Art Symbol.«

»Können Sie es beschreiben?«

»Es sieht aus wie mehrere Buchstaben übereinander.«

»Welche Buchstaben?«

»Es sieht aus wie ein C mit einem Strich durch. Eine Eins oder ein großes I oder ein kleines L. Und dann ist noch ein Kreis – das heißt, ein Oval – um das Ganze herum.«

McCaleb schwieg eine Weile und dachte nach.

»James«, sagte er schließlich. »Wenn ich Ihnen etwas zum Zeichnen gebe, glauben Sie, Sie können die Augen öffnen und dieses Symbol für uns zeichnen?«

»Ja.«

»Okay, dann öffnen Sie bitte die Augen.«

McCaleb stand auf. Jaye Winston hatte auf dem Block, den sie auf einem Klemmbrett befestigt hatte, bereits zu einer leeren Seite weitergeblättert. McCaleb nahm ihn und ihren Stift und gab beides Noone.

Noone hatte die Augen offen und starrte beim Zeichnen ausdruckslos auf das Papier. Dann gab er ihn zurück. Das Zeichen sah so aus, wie er es beschrieben hatte: eine senkrechte Linie, die ein großes C in der Mitte durchschnitt. Und umgeben war das Ganze von einem Oval. McCaleb gab den Block Jaye Winston zurück, die ihn kurz vor das verspiegelte Fenster hielt, damit die anderen ihn auf dem Bildschirm sehen konnten.

»Okay, James, das war sehr gut. Jetzt schließen Sie die Augen wieder und sehen sich wieder das Bild des Fahrers an. Haben Sie es?«

»Ja.«

»Können Sie eins seiner Ohren sehen?«

»Eins. Sein rechtes.«

»Ist daran irgend etwas Ungewöhnliches?«

»Nein.«

»Kein Ohrring?«

»Nein.«

»Und unter seinen Ohren? Sein Hals? Können Sie seinen Hals sehen?«

»Ja.«

»Fällt Ihnen dort etwas auf? Was sehen Sie?«

»Äh, nichts. Äh, seinen Hals. Nur seinen Hals.«

»Die rechte Seite?«

»Ja, die rechte.«

»Hat er keine Tätowierung am Hals?«

»Nein. Keine Tätowierung.«

Wieder atmete McCaleb geräuschvoll aus. Nachdem er fast den ganzen Tag damit verbracht hatte, Bolotov als Verdächtigen aufzubauen, hatte er ihn eben sehr wirkungsvoll wieder als solchen ausgeschieden.

»Okay«, fuhr er resigniert fort. »Was ist mit seinen Händen? Können Sie seine Hände sehen?«

»Am Lenkrad. Sie halten das Lenkrad.«

»Fällt Ihnen irgend etwas daran auf? Irgend etwas an seinen Fingern?«

»Nein.«

»Keine Ringe?«

»Nein.«

»Trägt er eine Uhr?«

»Eine Uhr, ja.«

»Was für eine?«

»Das kann ich nicht sehen. Ich sehe nur das Band.«

»Was ist es für ein Band? Welche Farbe hat es?«

»Es ist schwarz.«

»An welchem Handgelenk trägt er sie? Am linken oder am rechten?«

»Am ... rechten. An seinem rechten.«

»Gut. Können Sie etwas von seiner Kleidung sehen und beschreiben?«

»Nur sein Hemd. Es ist dunkel. Ein dunkelblaues Sweatshirt.«

McCaleb überlegte, was er noch fragen könnte. Die Enttäuschung, mit keinem einzigen brauchbaren Anhaltspunkt aufwarten zu können, hatte ihn aus dem Konzept gebracht. Schließlich fiel ihm etwas ein, was er übersehen hatte.

»Die Windschutzscheibe, James. Sind irgendwelche Aufkleber oder sonst was drauf?«

»Hm, nein. Ich sehe keine.«

»Gut, und was ist mit dem Rückspiegel? Ist da etwas? Etwas, das daran hängt oder festgesteckt ist?«

»Ich sehe nichts.«

McCaleb sank in sich zusammen. Es war eine einzige Katastrophe. Sie hatten diesen Mann als potentiellen Zeugen verloren und einen potentiellen Verdächtigen ausgeschieden, und alles, was dabei herausgekommen war, war eine detaillierte Beschreibung einer Baseballmütze und eines schrammenlosen Cherokee. Er wußte, ihre letzte Chance bestand darin, Noone bis zu der Stelle vorspulen zu lassen, wo er dem davonjagenden Cherokee einen letzten Blick hinterherwarf, aber wenn das vordere Nummernschild verdeckt gewesen war, traf dies wahrscheinlich auch auf das hintere zu.

»Okay, James, jetzt gehen wir mal zu der Stelle weiter, wo der Cherokee an Ihnen vorbei ist und Sie diesem Kerl den Stinkefinger zeigen.«

»Okay.«

»Fahren Sie an das Nummernschild ran. Können Sie es sehen?«

»Es ist verdeckt.«

»Womit?«

»Mit einem Handtuch oder einem T-Shirt. Ich kann es nicht erkennen. Genau wie das vordere.«

»Gehen Sie wieder etwas weiter weg. Fällt Ihnen am Heck des Wagens sonst irgendwas auf?«

»Hm, nein.«

»Irgendwelche Aufkleber an der Stoßstange? Oder vielleicht der Name eines Autohändlers an der Hecktür?«

»Nein, nichts dergleichen.«

»Irgendwas auf den Fenstern? Irgendwelche Aufkleber?«

McCaleb hörte die Verzweiflung in seiner Stimme.

»Nein, nichts.«

McCaleb sah Jaye Winston an und schüttelte den Kopf.

»Sonst irgendwas?«

Jaye Winston schüttelte den Kopf.

»Wirklich nicht?«

Sie schüttelte wieder den Kopf. McCaleb wandte seine Aufmerksamkeit wieder Noone zu, aber er wurde das Gefühl nicht mehr los, daß das Ganze ein Schlag ins Wasser gewesen war.

»James, ich würde Sie bitten, in den nächsten Tagen noch mal darüber nachzudenken, was Sie am Abend des zweiundzwanzigsten Januar gesehen haben. Und wenn Ihnen noch irgend etwas dazu einfällt, wenn Sie sich an irgendwelche anderen Einzelheiten erinnern können, rufen Sie bitte Detective Winston an, ja?«

»Okay.«

»Gut. Jetzt werde ich rückwärts von fünf bis eins zählen, und während ich das tue, werden Sie spüren, wie wieder Leben in Ihren Körper kommt und Sie immer wacher werden, bis Sie, wenn ich eins sage, ganz wach sind. Sie werden sich sehr ausgeruht und frisch fühlen, so, als hätten Sie gerade acht Stunden geschlafen. Sie werden wach bleiben, bis Sie in Las Vegas eintreffen, aber wenn Sie heute nacht zu Bett gehen, werden Sie problemlos einschlafen können. Ist das okay so?«

»Ja.«

McCaleb holte ihn aus der Trance, und Noone sah Jaye Winston erwartungsvoll an.

»Da wären Sie wieder«, sagte McCaleb. »Wie fühlen Sie sich?«

»Großartig, würde ich sagen. Wie war ich?«

»Sie waren sehr gut. Können Sie sich noch erinnern, worüber wir gesprochen haben?«

»Ja, ich glaube schon.«

»Gut. So sollte es auch sein. Und denken Sie bitte dran: Wenn Ihnen noch irgend etwas einfällt, rufen Sie Detective Winston an.«

»In Ordnung.«

»Tja, dann wollen wir Sie nicht mehr länger aufhalten. Sie haben noch eine lange Fahrt vor sich.«

»Kein Problem. Ich dachte nicht, daß ich hier vor sieben fertig würde. Sie haben mir sogar zu einem kleinen Vorsprung verholfen.«

McCaleb sah auf seine Uhr und dann wieder zu Noone zurück.

»Es ist fast halb acht.«

»Was?«

Noone sah auf seine Uhr und machte ein überraschtes Gesicht.

»Unter Hypnose verliert man häufig jedes Zeitgefühl«, sagte McCaleb.

»Ich dachte, das Ganze hätte höchstens zehn Minuten gedauert.«

»Das ist ganz normal. Das nennt man zeitliche Desorientierung.«

McCaleb stand auf und schüttelte Noone die Hand, und dann ging Jaye Winston mit Noone aus dem Raum. McCaleb setzte sich wieder und verschränkte die Hände über dem Kopf. Er war fix und fertig und wünschte sich, *er* fühlte sich, als hätte er gerade acht Stunden geschlafen.

Die Tür des Vernehmungsraums ging auf, und Captain Hitchens kam herein. Sein verdrießlicher Gesichtsausdruck war unschwer zu deuten.

»Und, was denken Sie?« fragte er, als er sich neben der Schere auf den Tisch setzte.

»Das gleiche wie Sie. Ein Schuß in den Ofen. Wir haben zwar eine bessere Beschreibung des Wagens, aber das engt die Zahl allenfalls auf etwa zehntausend ein. Und wir haben die Mütze, von denen es vielleicht sogar noch mehr gibt.«

»Cleveland Indians?«

»Wie bitte? Ach so, das CI? Könnte sein, aber ich glaube, die haben einen kleinen Indianer auf ihren Mützen.«

»Ach ja, stimmt. Tja … und was ist mit Molotov?«

»Bolotov.«

»Egal, wie der Kerl heißt – schätze, den können wir jetzt vergessen.«

»Sieht ganz so aus.«

Hitchens klatschte in die Hände, und nach ein paar Momenten unbehaglichen Schweigens kam Jaye Winston zurück und stand mit den Händen in den Taschen ihres Blazers da.

»Wo sind Arrango und Walters?« fragte McCaleb.

»Schon gegangen«, sagte sie. »Sie waren nicht sonderlich beeindruckt.«

McCaleb stand wieder auf und bat Hitchens, vom Tisch aufzustehen, damit er ihn an seinen alten Platz zurückstellen und die Leuchtstoffröhren wieder anbringen könnte. Hitchens sagte ihm, das sei nicht nötig, er habe genug getan – was nach McCalebs Meinung in mehr als nur einem Sinn aufzufassen war.

»Dann werde ich mal wieder gehen«, sagte er. Doch dann wies er auf den Spiegel und fügte hinzu: »Glauben Sie, ich könnte bei Gelegenheit eine Kopie des Bands oder ein Transkript bekommen? Ich würde es mir gern noch mal ansehen. Vielleicht komme ich dabei noch auf ein paar Ideen für eine Nachuntersuchung.«

»Also, Jaye kann Ihnen gern eine Kopie machen. Wir haben hier ein Überspielgerät. Aber was eine Nachuntersuchung angeht, sehe ich dafür keine große Notwendigkeit. Der Zeuge hat das Gesicht des Täters eindeutig nicht gesehen, und die Kennzeichen waren verdeckt. Mehr gibt es dazu eigentlich nicht mehr zu sagen.«

McCaleb antwortete nicht. Danach verließen sie alle den Raum. Hitchens schob seinen Stuhl in sein Büro zurück, und Jaye Winston führte McCaleb in den Videoraum. Sie nahm eine unbespielte Kassette aus einem Regal und schob sie in einen Videorecorder, der an das Gerät angeschlossen war, das die Hypnosesitzung aufgezeichnet hatte.

»Ich finde trotzdem, daß es die Sache wert war«, sagte McCaleb, als sie auf die entsprechenden Tasten drückte, um das Band zu überspielen.

»Auf jeden Fall. Ich bin nur enttäuscht, daß nichts dabei rausgekommen ist und daß wir den Russen verloren haben, aber nicht, weil wir es getan haben. Was der Captain denkt, weiß ich nicht, und diese zwei Typen vom LAPD sind mir egal. So sehe ich die Sache.«

McCaleb nickte. Es war nett von ihr, es so hinzustellen und ihm keine Vorwürfe zu machen. Schließlich hatte er darauf gedrängt, es mit Hypnose zu versuchen, und es war nichts dabei rausgekommen. Sie hätte ihm die ganze Schuld in die Schuhe schieben können.

»Also, wenn Ihnen Hitchens Ärger macht, schieben Sie ruhig alles auf mich. Sagen Sie ihm, es war allein meine Schuld.«

Jaye Winston antwortete nicht. Sie nahm die überspielte Kassette aus dem Videorecorder, steckte sie in die Hülle und gab sie McCaleb.

»Ich begleite Sie noch zum Ausgang«, bot sie ihm an.

»Danke, das ist nicht nötig. Ich finde allein raus.«

»Na, also dann, Terry, melden Sie sich mal wieder.«

»Mache ich.« Sie waren bereits auf dem Gang, als McCaleb noch etwas einfiel. »Ach, haben Sie eigentlich mit dem Captain über diese DRUGFIRE-Geschichte gesprochen?«

»Ach so, ja, wir machen es. Morgen geht mit FedEx ein Päckchen los. Ich habe Ihren Bekannten in Washington schon angerufen, daß es unterwegs ist.«

»Super. Haben Sie es Arrango erzählt?«

Jaye Winston schüttelte stirnrunzelnd den Kopf.

»Ich habe den Eindruck, Arrango ist an allem, was von Ihnen kommt, prinzipiell nicht interessiert. Ich habe ihm nichts gesagt.«

McCaleb nickte, warf ihr einen Salut zu und ging zum Ausgang. Als er auf der Suche nach Buddy Lockridges Taurus über den Parkplatz ging, tauchte plötzlich ein anderer Wagen an seiner Seite auf, von dessen Beifahrersitz Arrango zu ihm hochstarrte.

McCaleb wappnete sich innerlich gegen die Häme des LAPD-Detective über den erfolglosen Verlauf der Sitzung.

»Was ist?« fragte er, ohne stehenzubleiben.

Der Wagen fuhr weiter langsam neben ihm her.

»Nichts«, sagte Arrango. »Ich wollte Ihnen nur sagen, daß das wirklich eine klasse Vorstellung eben war da drinnen. Einsame Spitze. Morgen werden wir gleich als erstes ein Fernschreiben wegen des Uhrarmbands rauslassen.«

»Sehr witzig, Arrango.«

»Nur um Sie daran zu erinnern, daß uns Ihre kleine Vorstellung da drinnen einen Zeugen und einen Verdächtigen gekostet hat, der wahrscheinlich nie ein Verdächtiger hätte sein dürfen. Und gebracht hat das Ganze einen feuchten Dreck.«

»Wir haben mehr, als wir zuvor hatten ... Ich habe nie behauptet, der Typ würde uns die Adresse des Täters sagen.«

»Klar, aber wenigstens wissen wir schon, was das CI auf der Mütze heißt. Complete Idiots – komplette Idioten. Dafür hält uns der Täter wahrscheinlich.«

»Wenn er das tut, hat er das auch schon vor heute abend getan.«

Darauf wußte Arrango keine Antwort.

»Wissen Sie«, sagte McCaleb. »Sie sollten lieber an Ihre Zeugin denken. Ellen Taaffe.«

»Sollen wir die etwa auch noch hypnotisieren?«

»Ganz richtig.«

Arrango knurrte Walters an, er solle anhalten. Dann riß er die Tür auf, sprang aus dem Wagen und stürzte auf McCaleb zu, bis ihre Gesichter nur noch wenige Zentimeter voneinander entfernt waren. Jedenfalls so nahe, daß McCaleb seinen Atem riechen konnte. Er nahm an, der Detective hatte immer einen Flachmann mit Bourbon im Handschuhfach.

»Jetzt hören Sie mir mal zu, Sie FBI-Pfeife. Lassen Sie die Finger von meinen Zeugen! Lassen Sie die Finger von meinem Fall!«

Er wich nicht zurück, als er fertig war. Er blieb stehen, wo er stand, und seine Whiskeyfahne brannte auf McCalebs Nase. McCaleb lächelte und nickte langsam, als wäre er gerade in den Besitz eines großen Geheimnisses gelangt.

»Sie haben Schiß, stimmt's? Sie haben Schiß, ich könnte diesen Fall lösen. Ihnen geht es überhaupt nicht um den Fall als solchen oder um die Menschen, die dabei getötet oder verletzt wurden. Sie wollen bloß nicht, daß ich etwas schaffe, was Sie nicht geschafft haben.«

McCaleb wartete auf eine Antwort, aber Arrango sagte nichts.

»Dann haben Sie ruhig weiter Schiß, Arrango.«

»Ja? Weil Sie diesen Fall lösen?«

In dem künstlichen Lachen, mit dem er das sagte, steckte wesentlich mehr Gehässigkeit als Humor.

»Nein, weil ich Ihnen jetzt ein kleines Geheimnis verrate«, sagte McCaleb. »Wissen Sie, wer Gloria Torres ist? Das Opfer, das Ihnen scheißegal ist? Ich habe ihr Herz.«

McCaleb tippte auf seine Brust und sah ihn an.

»Ich habe ihr Herz. Ich lebe, weil sie tot ist. Und deshalb liegt mir eine Menge an dieser Geschichte. Ihre Gefühle sind mir herzlich egal, Arrango. Es kümmert mich einen Dreck, ob Sie sich auf den Schlips getreten fühlen. Sie sind ein Arschloch, aber meinetwegen, seien Sie ruhig ein Arschloch. Damit kann ich leben. Aber ich werde keine Ruhe geben, bis wir diesen Kerl haben. Und dabei ist mir völlig egal, ob Sie ihn schnappen oder ich oder sonst jemand. Jedenfalls werde ich bis zum Schluß am Ball bleiben.«

Eine Weile starrten sie sich bloß an, dann hob McCaleb die rechte Hand und schob Arrango gelassen beiseite.

»Ich muß jetzt los, Arrango. Bis bald.«

18

Er träumte von Dunkelheit. Von einer Dunkelheit, die sich in sich bewegte, wie Blut in Wasser. Und an ihrem Rand flitzten unablässig Bilder vorbei, die schon wieder weg waren, bevor er sie ins Auge fassen konnte.

Dreimal wurde er während der Nacht von einem inneren Alarm geweckt, und jedesmal setzte er sich so rasch auf, daß ihm schwindlig wurde. Doch wenn er dann dasaß und lauschte, war nichts zu hören außer dem Geräusch des Winds in den Masten des Jachthafens. Schließlich stand er auf, durchsuchte das Boot und hielt draußen im Jachthafen nach Bolotov Ausschau, obwohl er es für unwahrscheinlich hielt, daß der Russe auftauchen würde. Anschließend ging er auf die Toilette und maß Fieber, Puls und Blutdruck. Jedesmal die üblichen Werte. Und schließlich kehrte er wieder in die dunklen Gewässer des gleichen nicht zu entschlüsselnden Traums zurück.

Freitag morgen weckte ihn um neun Uhr das Telefon. Es war Jaye Winston.

»Sind Sie wach?«

»Ja. Brauche heute nur etwas Zeit, um in die Gänge zu kommen. Was gibt's?«

»Was es gibt, ist, daß Arrango eben angerufen und mir etwas erzählt hat, was mir wirklich Sorgen macht.«

»Ach ja? Und was wäre das?«

»Er hat mir erzählt, von wem Sie Ihr neues Herz haben.«

McCaleb strich sich mit einer Hand übers Gesicht. Er hatte völlig vergessen, daß er es Arrango erzählt hatte.

»Warum macht Ihnen das Sorgen, Jaye?«

»Weil ich es lieber gesehen hätte, wenn Sie mir alles erzählt hätten. Ich mag keine Geheimnisse, Terry. Dieses Arschloch ruft an und läßt *mich* wie ein Arschloch dastehen, weil ich als letzte davon erfahre.«

»Was soll es für einen Unterschied machen, ob Sie das nun wissen oder nicht?«

»Weil es eine Art Interessenkonflikt ist, oder etwa nicht?«

»Nein. Ein Konflikt ist das nicht. Wenn Sie mich fragen, ist es eher ein Motivationsschub. Es hat zur Folge, daß ich diesen Kerl sogar noch dringender fassen möchte als Sie. Ist da noch was anderes, was Ihnen Sorgen macht? Das mit Noone vielleicht?«

»Nein, damit hat das nichts zu tun. Wie ich Ihnen gestern abend gesagt habe, stehe ich voll dazu. Auch wenn der Captain heute morgen deswegen schon rumgestänkert hat, finde ich nach wie vor, wir mußten es tun.«

»Gut. Das finde ich auch.«

Danach trat zögerndes Schweigen ein. McCaleb dachte immer noch, es gäbe etwas anderes, was sie loswerden wollte, und wartete deshalb.

»Hören Sie«, sagte Jaye Winston schließlich. »Machen Sie bloß keine Alleingänge auf eigene Faust, ja?«

»Wie meinen Sie das?«

»So genau weiß ich das selbst nicht. Ich habe einfach keine Ahnung, was Sie vorhaben. Und ich möchte mir nicht ständig Sorgen machen müssen, was Sie wegen Ihres ›Motivationsschubs‹, wie Sie es nennen, vielleicht noch alles anstellen.«

»Ich verstehe. Aber das steht überhaupt nicht zur Debatte, Jaye. Nach wie vor gilt: Wenn ich etwas rausfinde, geht es sofort an Sie. Dabei bleibt es auch weiterhin.«

»Na gut.«

»Also dann.«

Er wollte schon auflegen, als er noch einmal ihre Stimme hörte.

»Übrigens, die Kugel ist heute früh an Ihren Bekannten rausgegangen. Wenn er samstags arbeitet, kriegt er sie morgen. Wenn nicht, am Montag.«

»Gut.«

»Sie geben mir doch Bescheid, wenn er was rausfindet, oder?«

»Er wird Ihnen zuerst Bescheid geben. Sie haben das Päckchen geschickt.«

»Das glauben Sie doch selbst nicht, Terry. Er ist Ihr Bekannter, er wird Sie anrufen. Ich kann nur hoffen, daß er sich danach möglichst bald auch bei mir meldet.«

»Ich werde dafür sorgen, daß er das tut.«

Noch einmal hörte er ihre Stimme, als er gerade auflegen wollte.

»Was haben Sie heute vor?«

Darüber hatte er sich noch keine Gedanken gemacht.

»Also … das weiß ich nicht. Ich bin mir nicht sicher, wie ich weitermachen soll. Am liebsten würde ich die Zeugen in der Sache Gloria Torres noch mal befragen, aber Arrango hat mir ziemlich massiv gedroht, falls ich mich in ihre Nähe wagen sollte.«

»Was bleibt dann noch?«

»Keine Ahnung. Ich hatte eigentlich vor, heute auf dem Boot zu bleiben, vielleicht die Untersuchungsberichte und die Videos noch mal durchzugehen. Mal sehen, ob irgendwas dabei herauskommt. Bei der ersten Durchsicht war ich schnell, aber nicht gründlich.«

»Hört sich nach einem ziemlich langweiligen Tag an. Fast so schlimm, wie meiner werden wird.«

»Wieder ein Gerichtstermin?«

»Schön wär's. Freitags wird immer pausiert. Das heißt, ich kann den ganzen Tag irgendwelchen Papierkram erledigen, der sich in letzter Zeit angesammelt hat. Und damit sollte ich lieber bald anfangen. Wir hören voneinander, Terry. Und vergessen Sie nicht, was Sie gesagt haben! Wenn Sie was Neues haben, rufen Sie als erstes mich an.«

»Auf jeden Fall.«

Schließlich legte sie doch auf, und er ließ sich, das Telefon gegen den Bauch gedrückt, aufs Bett zurückplumpsen. Nachdem er ein paar Minuten lang versucht hatte, sich an die Träume der vergangenen Nacht zu erinnern, hob er das Telefon und rief die Auskunft an, um sich die Nummer der Notaufnahme des Holy Cross geben zu lassen.

Nachdem er dort angerufen und nach Graciela Rivers gefragt hatte, mußte er fast eine Minute warten, bis sie an den Apparat kam. Sie hörte sich angespannt und kurz angebunden an. Offensichtlich hatte er in einem ungünstigen Moment angerufen. Fast hätte er wieder aufgelegt, aber vermutlich wäre sie darauf gekommen, daß er es war.

»Hallo?«

»Es tut mir leid. Ich habe Sie wohl gerade in einem ungünstigen Moment erwischt.«

»Wer ist am Apparat?«

»Terry.«

»Ach, Terry, hallo. Nein, es geht gerade ohne weiteres. Ich dachte nur, es könnte was mit Raymond sein. Normalerweise werde ich nämlich hier nicht angerufen.«

»Dann entschuldigen Sie bitte, daß ich Sie erschreckt habe.«

»Das macht doch nichts. Fehlt Ihnen was? Sie hören sich so verändert an. Ich habe Ihre Stimme gar nicht erkannt.«

Sie lachte gezwungen ins Telefon. Vermutlich war es ihr peinlich, daß sie seine Stimme nicht erkannt hatte.

»Ich liege auf dem Rücken«, sagte er. »Haben Sie das schon mal gemacht, wenn Sie sich krank gemeldet haben? Dann hört man sich nämlich an, als wäre man wirklich krank.«

Diesmal war ihr Lachen echt.

»Nein, hab' ich noch nie gemacht. Aber ich werd's mir merken.«

»Unbedingt. Ist ein guter Tip. Sollten Sie auf jeden Fall mal ausprobieren.«

»Und was gibt's? Wie läuft's?«

»Also, was den Fall angeht, nicht so gut. Gestern dachte ich, wir hätten was, aber dann ist doch nichts dabei rausgekommen. Heute werde ich erst mal wieder alles neu überdenken müssen.«

»Okay.«

»Ich rufe an, weil ich schon mal wegen morgen fragen wollte. Sie wissen schon, ob Sie eventuell mit Raymond vorbeikommen, damit ich ihn zu den Felsen mit rausnehmen kann.«

»Zu den Felsen?«

»Auf die Mole. Da draußen gibt's eine Menge Fische. Ich mache fast jeden Morgen einen Spaziergang da raus, und es sind immer Angler da.«

»Wenn Sie's genau wissen wollen, liegt mir Raymond ständig damit in den Ohren, seit wir vorgestern bei Ihnen waren. Deshalb wollte ich eigentlich schon kommen. Falls es Ihnen noch paßt.«

Der Gedanke an Bolotov ließ McCaleb zögern, und er überlegte, ob möglicherweise Gefahr von ihm drohte. Aber er wollte Graciela und den Jungen sehen. Er hatte das Bedürfnis, sie zu sehen.

»Hört sich an, als sollten wir es lieber verschieben«, sagte sie schließlich.

»Nein«, sagte er. Der Geist Bolotovs verschwand aus seinem Kopf. »Ich habe nur kurz nachgedacht. Ich möchte, daß Sie kommen. Es wird bestimmt schön. Und ich könnte das Essen machen, das ich eigentlich schon beim letzten Mal kochen wollte.«

»Dann gerne.«

»Und Sie sollten auch beide über Nacht bleiben. Genügend Platz ist auf dem Boot auf jeden Fall. Zwei Kabinen. Und der Kajütentisch läßt sich zu einem dritten Bett ausklappen.«

»Mal sehen. Eigentlich möchte ich dafür sorgen, daß Raymonds Leben ein paar Konstanten hat. Und dazu gehört auch sein eigenes Bett.«

»Ich verstehe.«

Sie sprachen noch eine Weile über die Vorbereitungen und verblieben schließlich dabei, daß Graciela am nächsten Morgen mit Raymond aufs Boot kommen würde. Nachdem er aufgelegt hatte, blieb er weiter mit dem Telefon auf dem Bauch im Bett liegen. Seine Gedanken drehten sich um Graciela. Er war gern mit ihr zusammen, und der Gedanke, den ganzen Samstag mit ihr zu verbringen, entlockte ihm ein Lächeln. Dann schlich sich Bolotov wieder in seine Gedanken. Nachdem er alle Eventualitäten sorgfältig abgewogen hatte, entschied McCaleb, daß der Russe keine Gefahr darstellte. Die meisten Drohungen wurden nie in die Tat umgesetzt. Selbst wenn Bolotov dies versuchen sollte, wäre es nicht einfach für ihn, die *Following Sea* zu finden. Und nicht zuletzt wurde der Russe der Morde gar nicht mehr verdächtigt.

Diese Gedanken führten zur nächsten Frage: Wenn er nichts damit zu tun hatte, warum war er dann abgehauen? McCaleb dachte an Jaye Winstons Erklärung vom Abend zuvor. Bolotov war nicht der maskierte Räuber, aber er hatte vermutlich etwas anderes ausgefressen. Deshalb war er abgehauen.

Statt sich weiter den Kopf über den Russen zu zerbrechen, wälzte sich McCaleb aus dem Bett und stand endlich auf.

Nachdem er eine Tasse Kaffee getrunken hatte, ging McCaleb ins Büro hinunter und holte alle Berichte und Videokassetten nach oben in die Kajüte. Dann öffnete er die

Schiebetür, um das Boot durchzulüften, setzte sich wieder und sah sich der Reihe nach alle Videokassetten an.

Als er sich zwanzig Minuten später gerade zum drittenmal hintereinander die Ermordung Gloria Torres' ansah, hörte er Buddy Lockridges Stimme hinter sich.

»Was ist das denn?«

McCaleb drehte sich um und sah Lockridge in der offenen Kajütentür stehen. Er hatte ihn nicht an Bord kommen gespürt. Er griff nach der Fernbedienung und schaltete den Fernseher aus.

»Eine Videokassette. Was willst du denn hier?«

»Mich zum Dienst melden.«

McCaleb sah ihn verständnislos an.

»Du hast gestern gesagt, du bräuchtest mich heute morgen.«

»Ach so, stimmt. Also, ich glaube nicht, daß ich – ich werde heute, glaube ich, nur hier arbeiten. Bist du hier, falls sich später noch was ergeben sollte?«

»Wahrscheinlich.«

»Gut, danke.«

McCaleb wartete, daß er ging, aber Lockridge stand bloß da.

»Was ist?«

»Ist es das, woran du arbeitest?« Lockridge deutete auf den Fernseher.

»Ja, Buddy. Aber ich darf nicht mit dir darüber sprechen. Es ist eine Privatangelegenheit.«

»Klar.«

»Was gibt es dann noch?«

»Äh, also, wann ist Zahltag?«

»Zahltag? Was soll das – ach so, du meinst, für dich? Wann du willst. Brauchst du Geld?«

»Schon. Ich könnte heute welches gebrauchen.«

McCaleb ging zur Kombüsentheke, auf der er seine Brieftasche und die Schlüssel liegen hatte. Während er die Brieftasche öffnete, rechnete er im Kopf aus, daß er Buddy Lockridges Dienste insgesamt acht Stunden in Anspruch genommen hatte. Er nahm sechs Zwanziger heraus und gab sie ihm. Lockridge fächerte die Scheine auf und sagte, das sei zuviel.

»Ein Teil davon ist fürs Benzin«, erklärte ihm McCaleb.

»Und der Rest ist dafür, daß du hier rumgehangen und dich bereit gehalten hast. Ist das okay so?«

»Für mich schon. Danke, Terror.«

McCaleb lächelte. So nannte ihn Lockridge seit dem Abend, an dem sie sich kennengelernt hatten und McCaleb wegen des Mundharmonikalärms so wütend gewesen war.

Danach ging Lockridge endlich, und McCaleb machte sich wieder an die Arbeit. Da er beim Ansehen der Videokassetten nichts Signifikantes entdeckte, wandte er sich den schriftlichen Unterlagen zu. Da hier die Zeit, die er zum Durchlesen brauchte, keine Rolle spielte, versuchte er jedes Detail auf jeder Seite aufzunehmen.

Er fing hinten an und begann mit dem Fall Kang-Torres. Aber er stieß beim Durchgehen der Untersuchungsberichte und Zusammenfassungen auch diesmal wieder nur auf die Unstimmigkeiten in der Zeitlinie, die er schon früher festgestellt hatte. Trotz seiner Abneigung gegen Arrangos Persönlichkeit und Walters' Selbstgefälligkeit konnte er nichts finden, was nicht stimmte oder übersehen worden war.

Schließlich kam er zum Obduktionsbefund und den grobkörnigen Fotokopien der Fotos von Gloria Torres' Leiche. Letztere hatte er sich bisher noch nicht angesehen. Mit gutem Grund. Er hatte alle Verbrechensopfer in Form ihrer Leichenfotos in Erinnerung behalten. Er sah sie tot, nicht lebendig. Er sah, was ihnen angetan worden war. Beim ersten Durchlesen des Mordbuchs hatte er entschieden, daß er die Fotos von Gloria nicht sehen mußte. Das war nicht, was er über sie wissen wollte oder mußte.

Doch jetzt, wo er nach jedem Strohhalm griff, sah er sich die Fotos an. Wegen der schlechten Qualität der Kopien, auf denen die Details nur verschwommen zu erkennen waren, wurde die Wirkung etwas abgeschwächt. Er blätterte sie rasch durch und kehrte dann zum ersten zurück. Es war vor der Obduktion aufgenommen worden und zeigte Glorias nackten Körper auf einem Stahltisch. Ein langer Schnitt, den der Chirurg gemacht hatte, der ihre Organe entnommen hatte, lief zwischen ihren Brüsten hindurch die Bauchdecke hinab. McCaleb, der das Foto mit beiden Händen hielt, betrachtete ihren geschundenen Körper mit einer Mischung aus Traurigkeit und heftigen Gewissensbissen.

Das Klingeln des Telefons ließ ihn hochschrecken. Er packte den Hörer, bevor es noch einmal läuten konnte.

»Ja?«

»Terry? Hier Dr. Fox.«

Aus unerklärlichen Gründen drehte McCaleb das Foto auf dem Tisch um.

»Sind Sie dran?«

»Ja, hallo, wie geht's Ihnen?«

»Gut. Und Ihnen?«

»Ebenfalls gut, Doc.«

»Was machen Sie jetzt?«

»Was ich jetzt mache? Ich sitze hier rum.«

»Terry, Sie wissen genau, was ich meine. Wie haben Sie sich wegen der Bitte dieser Frau entschieden? Der Schwester?«

»Ich, äh ...« Er drehte das Foto wieder um und sah es an. »Ich bin zu der Überzeugung gelangt, daß ich mich der Sache annehmen muß.«

Sie sagte zwar nichts, aber er stellte sich vor, wie sie an ihrem Schreibtisch saß und kopfschüttelnd die Augen schloß.

»Tut mir leid«, sagte er.

»Mir auch«, sagte sie. »Terry, ich glaube nicht, daß Sie sich der Risiken bewußt sind, die damit verbunden sind.«

»Das glaube ich schon, Frau Doktor. Außerdem glaube ich nicht, daß ich eine andere Wahl habe.«

»Die habe ich dann, glaube ich, auch nicht mehr.«

»Wie meinen Sie das?«

»Damit meine ich, daß ich, wenn Sie das wirklich tun zu müssen glauben, nicht mehr länger Ihre Ärztin sein kann. Offensichtlich geben Sie nichts auf meinen Rat und halten es nicht für nötig, meine Anweisungen zu befolgen. Sie stellen Ihr Vorhaben über Ihre Gesundheit. Wenn Sie das tun, möchte ich keine Verantwortung mehr für Sie übernehmen.«

»Heißt das, Sie feuern mich, Doc?«

Er lachte gezwungen.

»Das ist kein Witz. Vielleicht ist genau das Ihr Problem. Sie glauben, daß das nur ein Witz ist, daß Sie unbesiegbar sind.«

»Nein, unbesiegbar fühle ich mich ganz sicher nicht.«

»Ihre Worte und Ihre Taten stimmen nicht so recht überein. Am Montag werde ich einen meiner Assistenten bitten, Ihre Unterlagen zusammenzustellen und Ihnen zwei oder drei Kardiologen herauszusuchen, an die ich Sie überweisen kann.«

McCaleb schloß die Augen.

»Hören Sie, Doc, ich … ich weiß nicht, was ich sagen soll. Wir sind doch schon so lange zusammen. Fühlen Sie da nicht eine gewisse Verpflichtung, diese Sache bis zum Ende durchzuziehen?«

»Das gilt für Sie genauso wie für mich. Wenn ich bis Montag nichts von Ihnen höre, muß ich davon ausgehen, daß Sie diese Sache durchziehen. Ich werde Ihre Unterlagen hier für Sie bereithalten.«

Sie hängte auf. McCaleb saß da und hielt den Hörer weiter an sein Ohr, bis das Freizeichen loszublöken begann.

McCaleb stand auf und ging nach draußen. Vom Cockpit ließ er den Blick über den Jachthafen und den Parkplatz wandern. Weder von Buddy Lockridge noch von sonst jemandem war eine Spur zu sehen. Kein Lüftchen regte sich. Er beugte sich über das Heck und sah aufs Wasser hinab. Es war zu dunkel, um auf den Grund sehen zu können. Er spuckte ins Wasser und entledigte sich damit auch der Bedenken, die er wegen Dr. Fox' Ultimatum hatte. Er beschloß, fest zu bleiben.

Als er in die Kajüte zurückkehrte, lag das Foto immer noch auf dem Tisch und wartete auf ihn. Er nahm es und betrachtete es noch einmal. Diesmal wanderte sein Blick den Körper hinauf zum Gesicht. Auf den Augen befand sich eine Art Paste, und dann fiel ihm ein, daß neben den inneren Organen vermutlich auch ihre Augen entfernt worden waren.

Er bemerkte die drei kleinen Perforationen entlang des linken Ohrmuschelrands und im Ohrläppchen. Im rechten Ohrläppchen befand sich nur eine.

Er wollte das Foto schon beiseitelegen, als ihm einfiel, daß er kurz zuvor eine Aufstellung der Gegenstände gelesen hatte, die dem Opfer im Krankenhaus abgenommen und dann der Polizei ausgehändigt worden waren.

Um sich zu vergewissern, daß alle Einzelheiten stimmten, suchte er aus dem Stoß schriftlicher Dokumente die Aufstellung mit den persönlichen Dingen des Opfers heraus. Mit dem Finger fuhr er die Liste mit Kleidungsstücken hinab, bis er zum Abschnitt mit den Schmuckgegenständen kam.

SCHMUCK

1. Timex-Uhr
2. Drei Ohrringe (2 Mondsicheln, ein Silberreif)
3. Zwei Ringe (Geburtsstein, Silber)

Darüber dachte er lange nach, denn er erinnerte sich, auf dem Video von Gloria Torres' Ermordung deutlich gesehen zu haben, daß sie insgesamt vier Ohrringe getragen hatte. Am linken Ohr den Ring, die Mondsichel und das hängende Kruzifix und am rechten Ohr nur eine Mondsichel. Diese Beobachtung stimmte nicht mit den Angaben auf der Liste überein, die nur drei Ohrringe aufführte und damit auch in Widerspruch zu den vier Ohrlöchern stand, die auf dem Foto aus dem Obduktionsbefund deutlich zu sehen waren.

Er wandte sich dem Fernseher zu, um sich das Video noch einmal anzusehen, tat es dann aber doch nicht. Er war sich ganz sicher. Er hatte sich das Kruzifix nicht eingebildet. Aus irgendeinem Grund war es nicht aufgeführt.

Eine Unstimmigkeit. Während er mit den Fingern auf die Liste klopfte, versuchte er sich darüber klarzuwerden, ob es sich dabei um ein beachtenswertes Detail handelte oder nicht. Was war aus dem Kruzifixohrring geworden? Warum stand er nicht auf der Liste?

Er sah auf die Uhr und stellte fest, daß es zehn nach zwölf war. Graciela war jetzt beim Mittagessen. Er rief im Krankenhaus an und ließ sich mit der Cafeteria verbinden. Dann bat er die Frau, die dort ans Telefon kam, ob sie zu der Krankenschwester an einem der Fenstertische gehen und ihr etwas bestellen könne. Als die Frau zunächst zögerte, beschrieb ihr McCaleb Graciela und nannte ihr ihren Namen. Widerstrebend fragte die Frau am Telefon, was sie ihr ausrichten solle.

»Sagen Sie ihr nur, sie soll so schnell wie möglich Dr. McCaleb anrufen.«

Etwa fünf Minuten später rief sie zurück.

»Dr. McCaleb?«

»Entschuldigen Sie, aber ich wollte sichergehen, daß sie es Ihnen auch wirklich ausrichtet.«

»Was gibt's?«

»Also, ich gehe gerade noch mal die Unterlagen zu dem Fall durch und bin hier auf eine Unstimmigkeit gestoßen. In der Besitzaufstellung steht, daß Ihrer Schwester nach der Einlieferung ins Krankenhaus zwei Ohrringe in Form einer Mondsichel und einer in Form eines Rings aus den Ohren entfernt wurden.«

»Richtig. Das mußten sie wegen der Computertomographie machen. Sie wollten sich den Verlauf der Schußwunde ansehen.«

»Okay, was wurde aus dem Kruzifixohrring, den sie im linken Ohr trug? In der Besitzaufstellung steht nichts –«

»Sie trug ihn an diesem Abend nicht. Darüber habe ich mich auch schon gewundert. Als ob es ihr Unglück gebracht hätte, weil das nämlich ihr Lieblingsohrring war. Sie trug ihn normalerweise jeden Tag.«

»Eine Art Talisman«, sagte McCaleb. »Aber wie kommen Sie darauf, sie hätte ihn an diesem Abend nicht getragen?«

»Weil er nicht bei ihren Sachen war, als die Polizei sie mir aushändigte – Sie wissen schon, ihre Uhr und ihre Ringe und Ohrringe. Offensichtlich hatte sie ihn nicht getragen.«

»Sind Sie sicher? Auf dem Video trug sie ihn nämlich.«

»Auf welchem Video?«

»Aus dem Laden.«

Sie schwieg einen Moment.

»Nein, das kann nicht sein. Ich fand ihn später in ihrer Schmuckschatulle. Ich gab ihn den Leuten im Bestattungsinstitut, damit sie ihn ihr, Sie wissen schon, für das Begräbnis dranmachen konnten.«

Jetzt war McCaleb eine Weile still, und dann zog er seine Schlüsse.

»Aber sie hatte doch sicher zwei davon? Ich weiß zwar nicht, ob das auch auf Kruzifixe zutrifft, aber kauft man Ohrringe nicht paarweise?«

»Ach so, da haben Sie natürlich recht. Daran habe ich gar nicht gedacht.«

»Der, den Sie gefunden haben, war also der zweite?«

Er spürte, wie sich etwas in ihm regte. Obwohl er es lange nicht mehr gehabt hatte, erkannte er das Gefühl sofort.

»Wahrscheinlich ...«, sagte Graciela. »Aber wenn sie an diesem Abend den anderen trug, was ist dann aus ihm geworden?«

»Das ist es, was ich herausfinden möchte.«

»Könnte das denn etwas zu bedeuten haben?«

Er schwieg eine Weile und überlegte, wie er darauf antworten sollte. Schließlich entschied er, daß seine Vermutung im Moment noch zu sehr auf Spekulationen beruhte, um ihr davon zu erzählen.

»Es ist nur eine Unstimmigkeit, die geklärt werden sollte. Ach, nur noch eine Frage. War es einer dieser Ohrringe, die man einfach nur durchs Ohrloch steckt, oder hatte er eine Schließe, damit er nicht abfallen konnte?«

Während sie antwortete, durchsuchte McCaleb seine Unterlagen nach dem Bericht der Rettungssanitäter. Er fuhr mit dem Finger über die Verwaltungsdaten auf dem Formular, bis er die Dienstnummer und die Namen der zwei Sanitäter fand, die Gloria behandelt und ins Krankenhaus gebracht hatten.

»Okay, ich muß jetzt los«, sagte er schließlich.

»Bleibt es bei morgen?«

»Sicher. Ähm, Terry?«

»Ja?«

»Haben Sie das Video aus dem Laden gesehen? Ich meine, alles? Haben Sie gesehen, wie Glory ...?«

»Ja«, sagte er ruhig. »Das ließ sich leider nicht vermeiden.«

»Hatte sie ... hatte sie Angst?«

»Nein, Graciela. Es ging alles sehr schnell. Sie hat gar nicht mitbekommen, was mit ihr geschah.«

»Wahrscheinlich ist das auch gut so.«

»Das denke ich auch ... Hören Sie, glauben Sie, Sie kommen klar?«

»Sicher.«

»Na, dann gut. Wir sehen uns also morgen.«

Die Rettungssanitäter, die Gloria gefahren hatten, waren in der Feuerwache 76 stationiert. Als McCaleb dort anrief, teilte man ihm mit, das Team, das am Abend des 22. Januar Dienst gehabt hatte, hätte bis Sonntag frei. Der zuständige Captain versicherte ihm jedoch, daß laut Vorschrift sämtliche persönlichen Gegenstände, die bei sogenannten »Verbrechenstransporten« auf einer Bahre liegenblieben oder in einem Krankenwagen gefunden wurden, an die Polizei weitergeleitet werden mußten. Das hieß, wenn dies nach dem Transport von Gloria Torres der Fall gewesen wäre, müßte der Untersuchungsbericht einen Eintrag über nachgereichtes Eigentum des Opfers enthalten haben. Das war jedoch nicht der Fall. Der Verbleib des Kruzifixohrrings blieb also ungeklärt.

Der zweite Widerspruch, den McCaleb neben dem Herzen eines anderen Menschen in sich herumtrug, war die unterschwellige Überzeugung, daß er der Falsche war, den man gerettet hatte. Es hätte jemand anders sein sollen. In den Tagen und Wochen, bevor er Glorys Herz erhalten hatte, war er auf das Ende vorbereitet gewesen. Er hatte sich damit abgefunden, daß es so sein mußte. An einen Gott zu glauben hatte er schon lange aufgehört – die gräßlichen Dinge, die er gesehen und dokumentiert hatte, hatten seine Glaubensvorräte nach und nach aufgezehrt, bis schließlich als einziges, woran er unumstößlich glaubte, die Überzeugung geblieben war, daß das Böse im Menschen keine Grenzen kannte. Und in jenen scheinbar letzten Tagen, in denen sein eigenes Herz dahinwelkte und seine letzten Takte schlug, klammerte er sich nicht verzweifelt an seinen verlorenen Glauben, damit dieser ihm als Schutzschild diente oder seine Angst vor dem Unbekannten linderte, sondern fand sich mit dem Ende, mit seiner eigenen Vergänglichkeit ab. Er war bereit.

Es fiel ihm nicht schwer. Solange er beim FBI gewesen war, war er von einem extrem starken Sendungsbewußtsein angetrieben und verzehrt worden. Und wenn er dieser seiner Berufung folgte und Erfolg hatte, hatte er die Gewißheit, etwas bewirken zu können. Besser als jeder Herzspezialist konnte er so manches Leben vor einem grauenvollen Ende bewahren. Er kämpfte gegen die schlimmsten Manifestationen des Bösen, gegen die bösartigsten Krebsgeschwüre, und dieser Kampf, so qualvoll und zermürbend er auch sein mochte, gab seinem Leben einen Sinn.

Damit war jedoch in dem Moment Schluß gewesen, in dem ihn sein Herz im Stich ließ und er in seinem Büro im Field Office zu Boden stürzte, fest davon überzeugt, in die Brust gestochen worden zu sein. Und daran hatte sich auch nichts mehr geändert, als zwei Jahre später sein Pager ertönte und ihm mitgeteilt wurde, sie hätten ein Herz für ihn.

Er hatte zwar ein neues Herz, aber es sah nicht so aus, als bekäme er damit auch ein neues Leben. Er war ein Mann auf einem Boot, das nie auslief. Daran konnten auch die Gemeinplätze über eine zweite Chance nichts ändern, die er einer Journalistin gegenüber von sich gegeben hatte. Dieses Dasein reichte McCaleb nicht aus. Das war der innere Zwiespalt, der in ihm herrschte, als Graciela Rivers vom Anleger herab auf sein Boot und in sein Leben getreten war.

Die Aufgabe, mit der sie ihn betraut hatte, war eine Möglichkeit gewesen, diesem Kampf in seinem Innern auszuweichen. Aber jetzt war plötzlich alles anders. Der fehlende Kruzifixohrring rief etwas wach, das tief in ihm geschlummert hatte. Dank seiner langen Berufserfahrung hatte er einen untrüglichen Instinkt für das Böse. Er kannte seine Zeichen.

Und das war eines davon.

19

McCaleb war in dieser Woche so oft in der Mordkommission des Sheriff's Department gewesen, daß er am Eingang ohne Anruf oder Begleitung durchgewinkt wurde. Jaye Winston saß an ihrem Schreibtisch und war gerade damit beschäftigt, einen dünnen Stoß Dokumente zu lochen und auf die Zinken eines offenen Hefters zu stecken. Sie ließ ihn zuschnappen und sah zu ihrem Besucher auf.

»Ziehen Sie jetzt hier ein?«

»Sieht fast so aus. Sind Sie mit Ihrem Schreibkram nachgekommen?«

»Statt vier Monate bin ich jetzt nur noch zwei im Rückstand. Was gibt's? Ich hatte nicht damit gerechnet, Sie heute zu sehen.«

»Sind Sie immer noch sauer, weil ich Ihnen diese Sache verschwiegen habe?«

»Ach was, das ist Schnee von gestern.«

Sie lehnte sich in ihren Stuhl zurück, sah ihn prüfend an und wartete auf eine Erklärung für sein Erscheinen.

»Ich bin auf etwas gestoßen, dem man vielleicht nachgehen sollte«, sagte er.

»Hat das wieder was mit Bolotov zu tun?«

»Nein, was Neues.«

»Aber kommen Sie mir nicht schon wieder mit einem falschen Alarm, McCaleb.«

Sie lächelte.

»Keine Sorge.«

»Dann reden Sie.«

Er legte die Handflächen auf den Schreibtisch und beugte sich vor, so daß er in vertraulichem Ton mit ihr sprechen konnte. Im Büro der Mordkommission waren noch jede Menge Kollegen Jaye Winstons, die an ihren Schreibtischen saßen und vor dem Wochenende verschiedenes erledigen wollten.

»Arrango und Walters haben etwas übersehen«, sagte McCaleb. »Ich beim ersten Durchlesen übrigens auch. Aber heute morgen, als ich mir die Videos und die schriftlichen Unterlagen noch mal ansah, wurde ich darauf aufmerksam. Es ist etwas, das wir unbedingt ernst nehmen sollten. Ich glaube, dadurch ändert sich einiges.«

Jaye Winston zog die Stirn in Falten und sah ihn ernst an.

»Jetzt machen Sie's nicht so spannend. Was haben sie übersehen?«

»Das möchte ich Ihnen lieber zeigen als sagen.« Er griff nach unten, öffnete seinen Lederbeutel, zog die Kopie des Überwachungsvideos heraus und hielt sie hoch. »Können wir uns das irgendwo ansehen?«

»Schätze schon.«

Jaye Winston stand auf und führte ihn zum Videoraum. Sie schaltete die Geräte ein, und nachdem sie mit einem kurzen Blick auf die Kassette festgestellt hatte, daß es nicht eine von denen war, die sie McCaleb am Mittwoch gegeben hatte, legte sie sie ein.

»Was ist das für eine?«

»Es ist das Überwachungsvideo aus dem Laden.«

»Nicht die Kassette, die ich Ihnen gegeben habe?«

»Eine Kopie. Die andere sieht sich jemand für mich an.«

»Was soll das heißen? Wer?«

»Ein Techniker, mit dem ich mal zusammengearbeitet habe, als ich noch beim FBI war. Ich will mir nur ein paar Einstellungen vergrößern lassen. Nichts Besonderes.«

»Und was wollen Sie mir jetzt zeigen?«

Sie hatte das Überwachungsvideo angestellt.

»Wo ist die Standbildtaste?«

Jaye Winston deutete auf eine Taste des Bedienfelds, und McCaleb hielt den Finger darüber, um den richtigen Moment abzupassen. Auf dem Bildschirm trat Gloria Torres an den Ladentisch und lächelte Kang an. Dann kamen der maskierte Täter und der Schuß, der ihren Oberkörper nach vorn über den Ladentisch schleuderte. McCaleb hielt das Band an und zeigte mit einem Stift aus seiner Tasche auf Glorias linkes Ohr.

»Das Bild ist ziemlich unscharf, aber auf einer Vergrößerung kann man erkennen, daß sie an diesem Ohr drei Ohrringe hat.« Er tippte mit dem Stift auf die einzelnen Stellen des Ohres und fügte hinzu: »Eine Mondsichel an einem Stecker, ein Ring und ein Kruzifix, das vom Ohrläppchen hängt.«

»Na schön. So richtig sehen kann ich es eigentlich nicht, aber ich will Ihnen mal glauben.«

McCaleb drückte noch einmal auf die Standbildtaste, und das Band lief weiter. Er hielt es an der Stelle wieder an, an der Glorias Körper zurückschnellte und ihr Kopf sich nach links drehte.

»Hier, das rechte Ohr.« McCaleb deutete wieder mit dem Stift darauf. »Die passende Mondsichel.«

»Okay, und was soll damit sein?«

Er ignorierte ihre Frage und drückte wieder auf die Taste. Gloria prallte zurück, gegen den maskierten Räuber. Der hielt sie nun vor seinen Körper und feuerte auf Mr. Kang, während er gleichzeitig einen Schritt nach hinten machte, so daß er aus dem Bildausschnitt verschwand, und Gloria zu Boden ließ.

»Das Opfer wird außerhalb des Bildausschnitts niedergelassen.«

»Was? Wollen Sie damit etwa sagen, das war Absicht?«

»Ganz genau.«

»Warum?«

Er öffnete noch einmal seinen Beutel, zog die Besitzaufstellung heraus und reichte sie Jaye Winston.

»Das ist die Aufstellung der persönlichen Dinge des Opfers. Sie wurde im Krankenhaus gemacht. Vergessen Sie nicht, sie war noch am Leben. Sie haben ihr ihre Sachen abgenommen und einem Streifenpolizisten gegeben. Das hier ist seine Aufstellung. Was finden Sie darauf nicht?«

Jaye Winston überflog die Seite.

»Keine Ahnung. Es ist nur eine Liste der – das Kruzifix?«

»Richtig. Es steht nicht drauf. Er hat es genommen.«

»Wer? Einer der Streifenpolizisten?«

»Nein. Der Maskierte. Der Maskierte hat den Ohrring genommen.«

Jaye Winston machte ein verdutztes Gesicht. Sie konnte ihm nicht folgen. Sie hatte nicht die gleichen Erfahrungen gemacht, nicht die gleichen Dinge gesehen wie er. Sie begriff nicht, was es bedeutete.

»Moment mal«, sagte sie. »Woher wollen Sie wissen, daß er den Ohrring genommen hat? Er könnte sich doch von selbst gelöst haben und verlorengegangen sein.«

»Nein. Ich habe mit der Schwester des Opfers gesprochen, und ich habe mit dem Krankenhaus und den Rettungssanitätern gesprochen.«

Er wußte, er übertrieb das Ausmaß seiner Nachforschungen in diesem Punkt, aber er mußte Jaye Winston festnageln. Er durfte ihr keinen Ausweg lassen und auch keine Möglichkeit, zu einem anderen Schluß zu gelangen als er.

»Laut Aussagen von Gloria Torres' Schwester hatte der Ohrring einen Sicherheitsverschluß. Daher ist es sehr unwahrscheinlich, daß er sich von selbst gelöst hat. Und selbst wenn, die Rettungssanitäter haben ihn weder auf der Bahre noch im Krankenwagen gefunden, und im Krankenhaus ist er auch nicht aufgetaucht. Er hat ihn genommen, Jaye. Der Maskierte. Außerdem, wenn er sich wirklich gelöst hätte, trotz des Sicherheitsverschlusses, dann wäre es vermutlich in dem Moment passiert, in dem er den Schuß abgab. Sie haben selbst gesehen, mit welcher Wucht ihr Kopf zur Seite gerissen wurde. Wenn der Ohrring also von selbst abgegangen wäre, dann in diesem Moment. Nur war dem nicht so. Er wurde ihr abgenommen.«

»Na gut, meinetwegen. Und was ist, wenn er ihn tatsächlich genommen hat? Damit sage ich keineswegs, daß ich das glaube – aber was hat es Ihrer Meinung nach zu bedeuten?«

»Es bedeutet, die ganze Sache stellt sich in einem völlig anderen Licht dar. Es bedeutet, daß wir es hier nicht mit einem Raubüberfall zu tun haben. Sie war nicht einfach irgend jemand, der zur falschen Zeit am falschen Ort war. Es bedeutet, der Täter hatte es ganz gezielt auf sie abgesehen.«

»Jetzt machen Sie aber mal einen Punkt! Sie war ... Was bezwecken Sie damit? Wollen Sie aus diesem Kerl einen Serienmörder machen oder was?«

»Ich will keineswegs etwas aus ihm machen. Es ist nur das, was es ist. Und schon die ganze Zeit gewesen ist. Nur hat es keiner von euch – von uns, meine ich – gesehen.«

Jaye Winston wandte sich von ihm ab und ging kopfschüttelnd in die Ecke des Raums. Dann drehte sie sich wieder zu ihm um.

»Okay, dann erklären Sie mir mal, was Sie hier sehen. Weil ich es nämlich einfach nicht sehe. Ich täte nichts lieber, als zum LAPD zu gehen und diesen zwei Trotteln zu sagen, daß sie Scheiße gebaut haben. Aber ich sehe einfach nicht, was Sie sehen.«

»Okay, fangen wir am besten mit dem Ohrring selbst an. Wie gesagt, habe ich mit der Schwester gesprochen. Sie sagte, Glory Torres trug diesen speziellen Ohrring jeden Tag. Mit den anderen spielte sie rum, tauschte sie aus, kombinierte sie mal so, mal so. Aber nicht das Kruzifix. Das trug sie immer. Jeden Tag. Es hat die naheliegenden religiösen Konnotationen, aber in Ermangelung eines besseren Ausdrucks möchte ich auch sagen, es war eine Art Glücksbringer. Okay? Können Sie mir soweit folgen?«

»Soweit, ja.«

»Okay, und jetzt gehen wir mal davon aus, der Maskierte hat ihn genommen. Wie bereits gesagt, ich habe mich im Krankenhaus und bei der Feuerwehr erkundigt, aber er ist nirgendwo aufgetaucht. Darum lassen Sie uns davon ausgehen, daß er ihn genommen hat.«

Er breitete die Hände aus und hielt sie in einer abwartenden Geste hoch. Mit einem widerstrebenden Nicken erklärte Jaye Winston ihre Zustimmung.

»Dann betrachten wir es mal unter zwei Gesichtspunkten: Wie? Und warum? Die erste Frage läßt sich ganz einfach beantworten. Denken Sie an das Video. Er schoß sie in den Kopf und ließ sie gegen den Ladentisch fallen und dann, nachdem sie von dort zurückgeprallt war, außerhalb des Bildausschnitts zu Boden sinken. Jetzt konnte er ihr den Ohrring abnehmen, ohne gesehen zu werden.«

»Dabei vergessen Sie nur eins.«

»Was?«

»Den Barmherzigen Samariter. Er hat ihr den Kopf verbunden. Vielleicht hat er ihn genommen.«

»An diese Möglichkeit habe ich auch gedacht. Sie ist jedenfalls nicht auszuschließen. Aber es ist wesentlich unwahrscheinlicher, als daß es der maskierte Täter war. Der Barmherzige Samariter nimmt bei dem Ganzen nur eine Randstellung ein. Warum sollte er ihn genommen haben?«

»Keine Ahnung. Warum der Maskierte?«

»Also, wie gesagt, das ist die Frage. Aber sehen Sie sich einmal den Gegenstand an, der weggenommen wurde. Ein religiöses Symbol, ein Glücksbringer. Sie trug ihn täglich. Er war gewissermaßen ihr persönliches Erkennungszeichen, dessen ideeller Wert wesentlich größer war als der materielle.«

Er wartete einen Moment. Bisher hatte er sie mürbe gemacht. Jetzt gab er ihr endgültig den Rest. Jaye Winston setzte sich zwar erbittert zur Wehr, aber McCaleb hatte nie aus den Augen verloren, was für eine fähige Polizistin sie war. Sie würde einsehen, was er sagte. Er war sicher, sie überzeugen zu können.

»Jeder, der Gloria kannte, hätte gewußt, welche Bedeutung der Ohrring für sie hatte. Aber auch jemand, der sie ein paar Tage oder länger beobachtet hätte, könnte es mitbekommen haben.«

»Sie meinen, jemand hat ihr nachgestellt?«

McCaleb nickte. »In der Akquisitionsphase. Er beobachtet sie. Lernt ihre Gewohnheiten kennen, legt sich einen Plan zurecht. Außerdem hält er nach etwas Ausschau. Nach einem Souvenir. Einem Erinnerungsstück, das er ihr abnehmen kann.«

»Der Ohrring.«

Er nickte wieder. Ohne McCaleb anzusehen, begann Jaye Winston in dem kleinen Raum auf und ab zu gehen.

»Darüber muß ich erst mal in Ruhe nachdenken. Ich muß ... Gehen wir doch irgendwohin, wo wir uns ungestört unterhalten können.«

Sie wartete nicht auf eine Antwort. Sie öffnete die Tür und verließ den Raum. McCaleb nahm rasch die Kassette heraus, packte sie in seinen Beutel und folgte ihr. Jaye Winston führte ihn zu dem Besprechungszimmer, in dem sie sich das erste Mal, als McCaleb sie wegen des Falls aufgesucht hatte, unterhalten hatten. Der Raum war leer, aber es roch darin wie in einem McDonald's. Jaye Winston schnüffelte kurz herum, fand den Mülleimer des Anstoßes unter dem Tisch und beförderte ihn auf den Gang hinaus.

»Eigentlich darf man hier drinnen nichts essen«, sagte sie, als sie die Tür schloß und sich setzte.

McCaleb nahm ihr gegenüber Platz.

»Also schön, und was ist mit meinem Opfer? Wie paßt James Cordell da rein? Zuallererst, er ist ein Mann. Das andere Opfer ist eine Frau. Und – es kam zu keinerlei sexuellen Handlungen. Die Frau wurde nicht angefaßt.«

»Das spielt alles keine Rolle«, sagte McCaleb rasch. Mit

dieser Frage hatte er gerechnet. Während ihn Buddy Lockridge vom Jachthafen hierhergefahren hatte, hatte er nichts anderes getan, als über die Fragen und die möglichen Antworten darauf nachzudenken. »Wenn mich nicht alles täuscht, fällt das hier unter die Sparte Machtgefühlsmord, wie wir es nannten. Generell handelt es sich dabei um einen Täter, der es tut, weil er ungestraft davonkommen kann. Das macht den besonderen Reiz für ihn aus. Es ist seine Art, den Behörden eins auszuwischen. Er überträgt seine Probleme mit einer bestimmten Situation – das kann sein Job oder sein Selbstwertgefühl sein, Frauen allgemein oder ganz speziell seine Mutter, irgendwas – auf die Polizei. Auf die Ermittler. Indem er sie an der Nase herumführt, verschafft er seinem Selbstbewußtsein den Kick, den es braucht. Es verhilft ihm zu einer Art Machtgefühl. Wobei das durchaus auch sexuelle Macht sein kann, selbst wenn das eigentliche Verbrechen keine erkennbaren sexuellen Elemente aufweist. Können Sie sich noch an den Code Killer erinnern? Oder an Berkowitz, den Son-of-Sam-Killer in New York?«

»Natürlich.«

»Bei den beiden war es das gleiche. Obwohl bei keinem ihrer Verbrechen sexuelle Elemente erkennbar waren, drehte sich das Ganze um nichts anderes als Sex. Nehmen Sie zum Beispiel Berkowitz. Er erschoß Leute – Männer wie Frauen – und rannte weg. Aber Tage später kam er zurück und masturbierte am Tatort. Ähnliches nahmen wir auch vom Code Killer an, aber wenn dem so gewesen sein sollte, haben es unsere Observierungsteams nicht mitbekommen. Ich will damit sagen, daß es nicht augenfällig sein muß, Jaye; das ist alles. Es sind nicht immer die offenkundigen Irren, die ihren Namen in anderer Leute Haut ritzen.«

Aus Angst, an ihr vorbeizureden, beobachtete McCaleb Jaye Winston sehr genau. Doch sie schien seinen Ausführungen folgen zu können.

»Aber es ist nicht nur das allein«, fuhr McCaleb fort. »Es spielt noch etwas anderes mit hinein. Er fährt auch auf die Kamera ab.«

»Sie meinen, es gefällt ihm, daß wir ihm dabei zusehen?«

McCaleb nickte.

»Das ist ein neuer Aspekt. Ich glaube, er will die Kamera dabeihaben. Er will, daß seine Arbeit und seine Leistungen aufgezeichnet, gesehen und bewundert werden. Es erhöht sein Risiko, aber gleichzeitig auch sein Machtgefühl. Den Lohn. Was macht er also, um so eine Situation herbeizuführen? Ich glaube, er sucht sich ein Opfer aus – er sucht sich ganz gezielt ein Opfer aus –, und dann beobachtet er es, bis er seinen Tagesablauf kennt und weiß, wann dieser es an Orte führt, wo es eine Kamera gibt. Der Geldautomat, der Minimarkt. Er will die Kamera. Er spricht mit ihr. Er zwinkert ihr zu. Die Kamera steht für Sie – den Ermittler. Er spricht mit Ihnen, und das törnt ihn an.«

»Vielleicht sucht er sich das Opfer doch nicht aus«, sagte Jaye Winston. »Vielleicht ist es ihm völlig egal. Vielleicht geht es ihm nur um die Kamera. Wie Berkowitz. Ihm war völlig egal, auf wen er schoß. Ihm ging es nur ums Schießen.«

»Aber Berkowitz nahm sich keine Erinnerungsstücke.«

»Den Ohrring, meinen Sie?«

McCaleb nickte. »Sehen Sie, das verleiht dem Ganzen eine persönliche Note. Ich glaube, die Opfer wurden ganz gezielt ausgesucht.«

»Das beruht alles auf Spekulationen, stimmt's?«

»Nicht alles. Ich weiß nicht, wie er sie ausgesucht hat oder warum. Aber ich habe natürlich ausgiebig darüber nachgedacht, ja. Die ganzen eineinhalb Stunden, die wir hier raus gebraucht haben. Wir hatten ziemlich viel Verkehr.«

»Wir?«

»Ich habe einen Fahrer. Ich darf noch nicht fahren.«

Sie sagte nichts. McCaleb wünschte, er hätte den Fahrer nicht erwähnt. Es verriet eine Schwäche.

»Wir müssen noch mal von vorn anfangen«, fuhr er fort. »Wir dachten nämlich, diese Leute wären willkürlich ausgesucht worden. Wir dachten, nicht die Opfer wären bewußt ausgewählt worden, sondern die Tatorte. Aber ich glaube, es ist anders rum. Die Opfer wurden ausgesucht. Er hatte es ganz gezielt auf sie abgesehen. Er hat sie aus einem ganz bestimmten Grund ausgesucht, beschattet und beobachtet. Wir müssen uns ihr jeweiliges persönliches Umfeld vornehmen. Es muß irgendeine Überschneidung geben. Eine Gemeinsamkeit. Eine Person, einen Ort… einen bestimmten Moment – irgend etwas, das sie entweder untereinander verbindet oder mit unserem unbekannten Täter. Wir finden –«

»Moment, Moment.«

McCaleb hielt inne. Er merkte, daß er vor Erregung immer lauter gesprochen hatte.

»Welches Erinnerungsstück wurde James Cordell abgenommen? Wollen Sie etwa behaupten, das Geld, das der Täter aus dem Geldautomaten genommen hat, war eine Art Andenken?«

»Ich weiß zwar nicht, was er Cordell zur Erinnerung an ihn weggenommen hat, aber das Geld war es nicht. Das war nur Teil des Pseudo-Überfalls. Das Geld hatte für das Opfer keinen besonderen persönlichen Wert. Außerdem hat er es aus dem Automaten genommen, nicht von Cordell.«

»Lassen Sie sich da nicht zu etwas vorschnellen Schlüssen hinreißen?«

»Nein. Ich bin sicher, irgend etwas hat er ihm weggenommen.«

»Das hätten wir gesehen. Wir haben alles auf Video.«

»Bei Gloria Torres hat auch niemand etwas gemerkt, und das war auch auf Video.«

Jaye Winston drehte sich auf ihrem Stuhl herum.

»Ich weiß nicht. Mir erscheint das Ganze immer noch – Darf ich Sie mal was fragen? Und nehmen Sie es bitte nicht zu persönlich. Aber wäre es nicht möglich, daß Sie einfach nur nach etwas suchen, wonach Sie früher immer gesucht haben, als Sie noch beim FBI waren?«

»Sie meinen, ich spinne mir das alles nur zusammen? Weil ich gewissermaßen zu dem zurück will, was ich früher gemacht habe, und das auf diese Weise zu erreichen versuche?«

Jaye Winston hob die Schultern. Sie wollte es nicht aussprechen.

»Ich habe mir das nicht aus den Fingern gesogen, Jaye. Es ist schlicht und einfach eine Tatsache. Es ist genau das, was es ist. Sicher, der Ohrring könnte auch etwas anderes bedeuten. Und er könnte auch überhaupt nichts bedeuten. Aber wenn es auf dieser Welt etwas gibt, wovon ich etwas verstehe, dann von so etwas. Von dieser Sorte Menschen. Mit denen kenne ich mich aus. Ich weiß, wie sie denken, und ich weiß, wie sie handeln. Und hier spüre ich es, Jaye. Das Böse. Es ist hier.«

Als Jaye Winston ihn mit einem etwas eigenartigen Blick bedachte, dachte McCaleb, er hätte vielleicht nicht so leidenschaftlich auf ihre Zweifel reagieren sollen.

»Cordells Wagen, der Chevy Suburban, war auf dem Video nicht zu sehen. Wurde er nach Fingerabdrücken abgesucht? In den Unterlagen, die Sie mir gegeben haben, habe ich jedenfalls nichts dergleichen –«

»Nein, wurde er nicht. Cordell hatte seine Brieftasche auf dem Sitz liegengelassen und nur seine Scheckkarte zum Geldautomaten mitgenommen. Wäre der Täter in seinem Wagen gewesen, hätte er die Brieftasche mitgenommen. Und weil sie noch dalag, hielten wir es nicht für nötig.«

McCaleb schüttelte den Kopf. »Sie betrachten es immer noch aus der Raubüberfallperspektive. Den Wagen nicht zu untersuchen wäre vollkommen in Ordnung gewesen – wenn es ein richtiger Raubüberfall gewesen wäre. Aber was ist, wenn es keiner war? Dann hätte er sicher nicht etwas so Auffälliges wie die Brieftasche aus dem Wagen genommen.«

»Was dann?«

»Keine Ahnung. Etwas anderes. Cordell war viel mit seinem Wagen unterwegs. Fuhr damit den ganzen Tag die Aquädukte ab. Muß wie ein zweites Zuhause für ihn gewesen sein. In seinem Wagen könnten also alle möglichen Gegenstände persönlicher Natur gewesen sein, die der Täter an sich genommen haben könnte. Fotos, irgendwelche Gegenstände, die am Rückspiegel hingen, vielleicht ein Fahrtenbuch, irgendwas. Wo ist der Wagen? Machen Sie mir eine Freude und sagen Sie, er ist immer noch beschlagnahmt.«

»Sie haben Nerven! Wir haben ihn der Frau wenige Tage nach der Tat überstellt.«

»Wahrscheinlich ist er inzwischen gründlich saubergemacht und verkauft.«

»Das nicht. Das letzte Mal, als ich mit Cordells Frau sprach – was erst vor ein paar Wochen war –, sagte sie irgendwas in der Richtung, sie wüßte nicht, was sie mit dem Suburban anfangen sollte. Erstens wäre er zu groß für sie, und außerdem macht sie schon sein Anblick völlig fertig. Genau so hat sie es zwar nicht ausgedrückt, aber Sie wissen schon, was ich meine.«

McCaleb spürte plötzlich ein Prickeln im Bauch.

»Fahren wir doch rauf zu ihr und sehen uns den Suburban an und reden mit ihr! Dann zeigt sich vielleicht, ob etwas aus dem Wagen genommen wurde.«

»*Falls* etwas genommen wurde ...«

Jaye Winston runzelte die Stirn. McCaleb wußte, worauf sie sich da einließ. Sie hatte auch so schon genug Ärger mit ihrem Captain, der nach den Fiaskos mit der Hypnosesitzung und Bolotov wahrscheinlich dachte, sie ließe sich zu leicht von einem Außenstehenden beeinflussen. Sie wäre kaum bereit, mit McCalebs neuer Theorie zu ihrem Vorgesetzten zu gehen, solange sie nicht sicher war, daß sie tatsächlich Hand und Fuß hatte. Und McCaleb wußte, daß es dazu nie kommen würde. So einfach lagen die Dinge nie.

»Was werden Sie jetzt machen?« fragte er. »Ich sitze gewissermaßen schon im Auto, bereit, sofort loszufahren. Steigen Sie mit ein, oder bleiben Sie auf dem Bürgersteig stehen?«

Ihm war bewußt geworden, daß er nicht durch derlei Rücksichtnahmen eingeschränkt wurde und auch nicht durch einen Job, eine Rolle, seine eigene Trägheit oder sonst etwas. Er konnte einfach losfahren, egal ob Jaye Winston nun einstieg oder nicht. Offensichtlich war ihr das gleiche klargeworden.

»Nein«, sagte sie. »Die Frage ist, was *Sie* tun werden. Sie sind derjenige, der sich nicht mit diesem ganzen Mist hier herumschlagen muß wie ich. Seit dieser Hypnosegeschichte ist Hitchens –«

»Wissen Sie was, Jaye? Das interessiert mich alles nicht. Mich interessiert nur eins: diesen Kerl zu finden. Darum mache ich Ihnen folgenden Vorschlag: Sie halten sich da einfach raus und lassen mir ein paar Tage Zeit, bis ich mit irgendwas ankomme. Ich werde in die Wüste hochfahren und mit Cordells Frau sprechen und mir den Wagen ansehen. Ich werde etwas finden, womit Sie zum Captain gehen können. Wenn nicht, können Sie meine Theorie als gestorben betrachten. Dann sind Sie mich los, und ich werde Sie nicht mehr belästigen.«

»Es ist keineswegs so, daß Sie mich belästi–«

»Sie wissen, was ich meine. Sie müssen vor Gericht, haben andere Fälle. Da können Sie gut darauf verzichten, einen alten Fall neu aufrollen zu müssen. Ich weiß, wie das ist. Vielleicht war es etwas voreilig, schon heute herzukommen. Ich hätte einfach in die Wüste fahren und die Witwe besuchen sollen. Aber nachdem es nun mal Ihr Fall ist und Sie mich wie ein menschliches Wesen behandelt haben, wollte ich Sie erst fragen. Und jetzt geben Sie mir Ihren Segen und ein bißchen Zeit, und ich fahre allein dorthin. Ich gebe Ihnen Bescheid, wenn ich was rausfinde.«

Jaye Winston antwortete lange nichts; dann nickte sie schließlich.

»Okay, meinen Segen haben Sie.«

20

Von Whittier nahmen Lockridge und McCaleb eine ganze Reihe verschiedener Freeways, bis sie den Antelope Valley Freeway erreichten, der in den äußersten Nordosten des County führte. Die meiste Zeit fuhr Lockridge nur mit einer Hand am Steuer, mit der anderen hielt er sich eine Mundharmonika an die Lippen. Das vermittelte McCaleb nicht unbedingt ein Gefühl von Sicherheit, aber es unterband das oberflächliche Gequatsche.

Als sie an den Vasquez Rocks vorbeikamen, studierte McCaleb die Felsformation sehr genau und fand schließlich die Stelle, an der die Leiche gefunden worden war, die zu seiner Bekanntschaft mit Jaye Winston geführt hatte. Im Nachmittagslicht sah das wild zerklüftete Felsmassiv, das durch eine tektonische Verwerfung entstanden war, sehr beeindruckend aus. Die tiefstehende Sonne fiel in einem sehr flachen Winkel auf die Felswände und tauchte die Spalten in tiefes Dunkel. Sie sahen zugleich schön und bedrohlich aus. Er fragte sich, ob es das war, was Luther Hatch zu ihnen hingezogen hatte.

»Warst du schon mal hier, in den Vasquez Rocks?« fragte Buddy, nachdem er sich die Mundharmonika zwischen die Beine geklemmt hatte.

»Ja.«

»Tolle Gegend. Sie ist nach einem mexikanischen Banditen benannt, der sich vor rund hundert Jahren nach einem Banküberfall in den Felsspalten hier draußen verkrochen hat. Wegen der vielen Versteckmöglichkeiten, die es da drinnen gibt, haben sie ihn nie gefunden, und er wurde zur Legende.«

McCaleb nickte. Die Geschichte gefiel ihm. Wie anders im Vergleich damit die Geschichten waren, die er mit bestimmten Orten verband! Darin ging es immer um Leichen und Blut. Keine Legenden. Keine Helden.

Da sie im Vorfeld der aus der Stadt kommenden Welle aus Berufs- und Wochenendverkehr gut vorankamen, trafen sie schon kurz nach fünf in Lancaster ein. Auf der Suche nach dem Haus, in dem James Cordell gelebt hatte, fuhren sie durch eine Wohngegend, die sich Desert Flower Estates nannte. McCaleb sah zwar jede Menge Wüste, aber herzlich wenig Blumen oder Häuser, die seiner Vorstellung von einem Herrschaftssitz entsprachen. Das Areal, in dem sie standen, war so flach und an den meisten Tagen auch so heiß wie eine Bratpfanne. Die Häuser waren im spanischen Kolonialstil erbaut, mit roten Ziegeldächern und Rundbogenfenstern und dazu passenden Türen auf der Vorderseite. Es gab im Antelope Valley Dutzende solcher neuer Wohnsiedlungen. Die Häuser waren groß und sahen ganz passabel aus. Gekauft wurden sie vorwiegend von Familien, die den hohen Lebenshaltungskosten, der Kriminalität und den Menschenmassen von Los Angeles entkommen wollten.

Anscheinend hatte der Bauträger von Desert Flower Estates den Käufern drei verschiedene Haustypen angeboten. McCaleb stellte während der Fahrt durch die Siedlung fest, daß ungefähr jedes dritte Haus gleich aussah, und manchmal waren sogar zwei direkt benachbarte identisch. Das erinnerte ihn an einige der nach dem Zweiten Weltkrieg erbauten Siedlungen im San Fernando Valley.

Die Vorstellung, in einem der Häuser, an denen er vorbeikam, leben zu müssen, deprimierte ihn. Aber das lag nicht daran, wie es hier aussah. Es lag an der Entfernung vom Pazifik und dem Gefühl der Erneuerung, das ihm das Meer vermittelte. Er wußte, in so einer Umgebung ginge er in kürzester Zeit ein. Er würde vertrocknen und weggeweht werden wie die Steppenläuferbüsche, an denen sie in den Straßen immer wieder vorbeikamen.

»Hier ist es«, sagte Buddy.

Er deutete auf die Nummer auf einem Briefkasten, und McCaleb nickte. Sie hielten an. Der weiße Chevy Suburban, den McCaleb aus dem Tatortvideo kannte, stand unter einem Basketballkorb in der Einfahrt. Eine Hälfte der offenen Garage nahm ein Kombi ein, die andere war vollgestellt mit Fahrrädern und Schachteln, einer Werkbank und anderem Gerümpel. An der Rückwand der Garage lehnte ein Surfbrett. Es war ein altes Longboard, das McCaleb auf den Gedanken brachte, daß vielleicht auch James Cordell früher etwas vom Meer gewußt hatte.

»Ich weiß nicht, wie lang es dauern wird«, sagte er zu Buddy Lockridge.

»Hier draußen dürfte es auf die Dauer ziemlich heiß werden. Kann ich vielleicht ausnahmsweise mit reinkommen? Ich sage auch kein Wort.«

»Es kühlt schon langsam ab, Buddy. Aber wenn es dir trotzdem zu heiß wird, mach einfach die Klimaanlage an. Fahr ein bißchen rum. Sicher gibt es hier irgendwo ein paar Kids, die Limonade verkaufen.«

Bevor es zu einer Diskussion kommen konnte, war er bereits ausgestiegen. Er wollte Lockridge auf keinen Fall in die Ermittlungen einbeziehen und eine Amateurveranstaltung daraus machen. Auf dem Weg die Einfahrt hinauf blieb er stehen und sah in den Suburban. Die Ladefläche war voller Werkzeug, und auf den Vordersitzen lag alles mögliche herum. Er spürte wieder dieses Prickeln. Vielleicht hatte er Glück. Es sah aus, als wäre der Wagen die ganze Zeit nicht angerührt worden.

James Cordells Witwe hieß mit Vornamen Amelia. Das wußte McCaleb aus den Untersuchungsberichten. Bevor er die Haustür erreichte, öffnete ihm eine Frau, von der er annahm, daß sie es war. Um es ihm etwas leichter zu machen, hatte Jaye Winston ihm zugesagt, sie vorher anzurufen.

»Mrs. Cordell?«

»Ja?«

»Ich bin Terry McCaleb. Hat Detective Winston Sie angerufen?«

»Ja, das hat sie.«

»Komme ich gerade ungelegen?«

»Nein, nein, kommen Sie ruhig rein.« Sie war klein, mit braunem Haar und einem schmalen Gesicht. Ihre Nase war rot, und McCaleb nahm an, daß sie entweder erkältet war oder geweint hatte. Er fragte sich, ob Jaye Winstons Anruf wieder alles in ihr aufgerührt hatte.

Sie führte ihn in das ordentlich aufgeräumte Wohnzimmer, wo sie sich aufs Sofa setzte, während er ihr gegenüber auf einem Sessel Platz nahm. Auf dem Couchtisch zwischen ihnen war eine Box mit Papiertaschentüchern. Aus einem anderen Raum kam das Geräusch eines Fernsehers. Es hörte sich an, als liefe ein Zeichentrickfilm.

»Ist das Ihr Partner draußen im Wagen?« fragte sie.
»Äh, nein, mein Fahrer.«
»Möchte er vielleicht reinkommen? Da draußen könnte es ziemlich heiß werden.«
»Nein, das geht schon in Ordnung so.«
»Sind Sie Privatdetektiv?«
»Technisch gesehen, nein. Ich bin ein Freund der Familie der Frau, die in Canoga Park umgebracht wurde. Ich weiß nicht, was Ihnen Detective Winston erzählt hat, aber ich war mal beim FBI und habe deshalb Erfahrung mit solchen Dingen. Wie Sie wahrscheinlich wissen, sind das Sheriff's Department und das LAPD in den letzten Wochen bei ihren Ermittlungen nicht mehr, äh, viel weitergekommen. Ich versuche, alles zu tun, um zu helfen.«
Sie nickte.
»Zuallererst möchte ich Ihnen mein Beileid aussprechen für das, was Ihrem Mann und Ihrer Familie widerfahren ist.«
Sie runzelte die Stirn und nickte.
»Ich weiß, es tut für Sie nichts zur Sache, was ein Fremder denkt, aber Sie haben mein ganzes Mitgefühl. Nach allem, was ich in den Unterlagen des Sheriff's Department gelesen habe, war James ein guter Mensch.«
Sie lächelte und sagte: »Danke. Es ist nur komisch zu hören, wie jemand ihn James nennt. Alle sagten immer nur Jim oder Jimmy zu ihm. Und Sie haben recht, er war ein guter Mensch.«
McCaleb nickte.
»Was haben Sie für Fragen an mich, Mr. McCaleb? Ich weiß wirklich nichts über das, was passiert ist. Darum war ich etwas verwundert über Jayes Anruf.«
»Nun, als erstes ...« Er langte zu seinem Beutel hinab, öffnete ihn und nahm die Polaroidaufnahme heraus, die Graciela ihm gegeben hatte, als sie zum erstenmal auf sein Boot gekommen war. Er reichte es Amelia Cordell über den Tisch hinweg. »Könnten Sie sich das mal ansehen und mir sagen, ob Sie diese Frau kennen oder ob Ihr Mann sie gekannt haben könnte.«
Sie nahm das Foto und sah es an. Ihr Miene war ernst, und ihre Augen machten kleine Bewegungen, so, als studierte sie jedes einzelne Detail der Aufnahme. Schließlich schüttelte sie den Kopf.

»Nein, ich glaube nicht. Ist sie die Frau, die …«

»Ja, sie war das Opfer des zweiten Raubüberfalls.«

»Ist das ihr Sohn?«

»Ja.«

»Das verstehe ich nicht. Wieso sollte mein Mann diese Frau gekannt haben? Wollen Sie damit andeuten, sie könnten ein –«

»Nein. Nein, das will ich damit ganz und gar nicht andeuten, Mrs. Cordell. Ich versuche nur, alle Möglichkeiten … Sehen Sie, ich will ganz offen zu Ihnen sein, Mrs. Cordell. Die Ermittlungen haben inzwischen verschiedenes ergeben, was möglicherweise – und ich betone: *möglicherweise* – darauf hindeutet, daß manches nicht so ist, wie es auf den ersten Blick aussieht.«

»Wie soll ich das verstehen?«

»Daß es sich *möglicherweise* gar nicht um einen Raubüberfall handelte. Oder zumindest nicht ausschließlich.«

Einen Augenblick sah sie ihn verständnislos an, und McCaleb merkte, sie faßte es immer noch falsch auf.

»Mrs. Cordell, ich möchte auf gar keinen Fall andeuten, daß Ihr Mann und diese Frau so etwas wie ein Verhältnis hatten. Was ich sagen will, ist, daß Ihr Mann und diese Frau irgendwann, irgendwo den Weg ihres Mörders gekreuzt haben. Wie Sie sehen, *besteht* also eine Verbindung. Aber es ist eine Verbindung zwischen den Opfern und dem Täter. Es ist anzunehmen, daß Ihr Mann und die anderen Opfer bei unterschiedlichen Gelegenheiten mit dem Täter in Berührung kamen, aber ich möchte alle Eventualitäten abdecken, und das ist auch der Grund, weshalb ich Ihnen das Foto zeige. Sie sind also sicher, daß Sie sie nicht kennen?«

»Ja, ganz sicher.«

»Könnte Ihr Mann einen Grund gehabt haben, sich in den Wochen vor seiner Ermordung in Canoga Park aufzuhalten?«

»Nicht, daß ich wüßte.«

»Könnte er etwas mit der *Los Angeles Times* zu tun gehabt haben? Oder genauer, könnte er einen Anlaß gehabt haben, die Druckerei der Zeitung in Chatsworth aufzusuchen?« Wieder war ihre Antwort nein.

»Hatte er in der Firma irgendwelche Probleme? Irgend etwas, worüber er vielleicht mit einem Journalisten sprechen wollte?«

»An was denken Sie da?«

»Keine Ahnung.«

»War sie Journalistin?«

»Nein, aber da, wo sie arbeitete, waren Journalisten. Vielleicht kamen sie dort mit dem Täter in Berührung.«

»Also, das glaube ich an sich nicht. Wenn Jimmy sich über etwas Sorgen gemacht hätte, hätte er es mir erzählt. Das tat er immer.«

»Gut. Ich verstehe.«

In den nächsten fünfzehn Minuten befragte McCaleb sie über den Tagesablauf ihres Mannes und seine Unternehmungen in den Wochen vor seiner Ermordung. Er schrieb drei Seiten mit Notizen voll, obwohl sie ihm schon im Moment des Niederschreibens als wenig hilfreich erschienen. Jimmy Cordell erweckte den Eindruck eines Mannes, der hart gearbeitet und den größten Teil seiner Freizeit mit seiner Familie verbracht hatte. In den Wochen vor seinem Tod hatte er ausschließlich an Abschnitten des Aquädukts gearbeitet, die sich in der Mitte des Staates befanden, und seine Frau glaubte nicht, daß er jemals in den Süden gekommen war. Sie glaubte nicht, daß er seit Weihnachten einmal im Valley oder in anderen Teilen der Stadt gewesen war.

McCaleb klappte sein Notizbuch zu.

»Ich bin Ihnen sehr dankbar für Ihre Hilfe, Mrs. Cordell. Als letztes wollte ich Sie noch fragen, ob irgend etwas von den Sachen Ihres Mannes gefehlt hat.«

»Von seinen Sachen? Wie meinen Sie das?«

Amelia Cordell führte McCaleb zum Suburban hinaus. Über die Kleider und den Schmuck ihres Mannes hatten sie bereits gesprochen. Es hatte nichts gefehlt, versicherte sie ihm, wie das auch das Geldautomatenvideo zu bestätigen schien. Blieb nur noch der Suburban.

»Und es war wirklich niemand drin?« fragte McCaleb, als er den Wagen aufschloß.

»Ich habe ihn vom Sheriff's Department nach Hause gefahren. Das war übrigens das einzige Mal, daß ich damit gefahren bin. Jimmy hat ihn nur für die Arbeit gekauft. Er sagte, wenn wir anfingen, ihn privat zu nutzen, könnte er ihn nicht vollständig abschreiben. Außerdem nehme ich ihn nicht, weil er mir zu hoch ist, um ständig aus- und einzusteigen.«

McCaleb nickte und beugte sich durch die offene Fahrertür in den Wagen. Der Rücksitz war nach vorne umgeklappt, und die Ladefläche war voll mit Vermessungsinstrumenten, einem zusammenlegbaren Zeichentisch und Werkzeug. Damit hielt sich McCaleb nicht lange auf. Lauter Arbeitsgeräte, nichts Persönliches.

Er wandte sich dem vorderen Bereich des Fahrzeugs zu. Alles war von einer Patina aus Straßenstaub überzogen. Cordell mußte mit offenen Fenstern in der Wüste herumgefahren sein. Als McCaleb mit einem Finger die Tasche an der Tür aufzog, sah er, daß sie vollgestopft war mit Benzinquittungen und einem kleinen Spiralblock, in den Cordell Kilometerzahlen, Daten und Fahrtziele eingetragen hatte. McCaleb nahm den Notizblock heraus und blätterte ihn durch, um nachzusehen, ob irgendwelche Fahrten ins West Valley, insbesondere nach Chatsworth oder Canoga Park eingetragen waren. Das war nicht der Fall. Anscheinend hatte Amelia Cordell recht gehabt.

Er klappte die Sonnenblende auf der Fahrerseite herunter und fand dahinter zwei Landkarten. McCaleb nahm sie und breitete sie auf der Kühlerhaube aus. Eine davon war eine Straßenkarte Mittelkaliforniens, die andere war eine Generalstabskarte, in der der Aquädukt und seine zahlreichen Zufahrtsstraßen eingezeichnet waren. McCaleb suchte nach ungewöhnlichen Vermerken, die Cordell auf den Karten gemacht haben könnte, aber es gab keine. Er legte sie wieder zusammen und steckte sie an ihren Platz zurück.

Dann setzte er sich auf den Fahrersitz und sah sich im Wageninnern um. Als sein Blick auf den Rückspiegel fiel, fragte er Amelia Cordell, ob ihr Mann etwas daran hängen gehabt hatte, irgendwelchen Krimskrams oder sonst etwas. Sie sagte, sie könne sich an nichts erinnern.

McCaleb untersuchte das Handschuhfach und die Mittelkonsole. Dort waren weitere Zettel und Papiere sowie verschiedene Kassetten für das Autoradio, eine Reihe von Filzschreibern und Drehbleistiften und ein Packen geöffneter Post. Cordell hatte Country-music gemocht. Es schien nichts zu fehlen. Nichts stach ihm in die Augen.

»Wissen Sie, ob er irgendeinen speziellen Stift hatte, an dem er besonders hing? Einen besonderen Stift, den er mal geschenkt bekommen hatte, oder sonst etwas in der Art?«

»Ich glaube nicht. Nicht, daß ich wüßte.«

McCaleb entfernte das Gummi von dem Packen mit Briefen und sah sich die Umschläge an. Wie es aussah, waren es dienstliche Schreiben, Ankündigungen von Besprechungen oder Hinweise auf Schäden an dem Aquädukt, den Cordell inspizierte. McCaleb machte das Gummi wieder um die Briefe und legte sie ins Handschuhfach zurück. Amelia Cordell sah ihm stumm dabei zu.

In einem offenen Fach zwischen den Sitzen befanden sich ein Pager und eine Sonnenbrille. Als Cordell an dem Geldautomaten gehalten hatte, war es dunkel gewesen. Das erklärte, warum er die Sonnenbrille nicht aufgehabt hatte, aber nicht den Piepser.

»Mrs. Cordell, wissen Sie, warum sein Pager hier ist? Wie kommt es, daß er ihn nicht eingesteckt hatte?«

Sie überlegte einen Moment, bevor sie sagte: »Bei längeren Fahrten hatte er ihn normalerweise nicht am Gürtel. Er fand ihn unbequem. Er meinte, er würde ihn in die Nieren drücken. Deshalb vergaß er ihn manchmal. Ließ ihn im Wagen liegen und bekam einen Anruf nicht mit. Deshalb weiß ich das.«

McCaleb nickte. Während er dasaß und überlegte, was er als nächstes nachsehen sollte, ging plötzlich die Beifahrertür auf, und Buddy Lockridge streckte den Kopf herein.

»Was ist?«

McCaleb mußte die Augen zusammenkneifen, um ihn anzusehen, weil die Sonne über Buddys Schulter in den Wagen fiel.

»Ich bin jeden Moment fertig, Buddy. Warte doch im Auto auf mich.«

»Ich kriege langsam Blasen am Arsch.« Er sah an McCaleb vorbei und nickte Amelia Cordell zu. »Entschuldigung, Ma'am.«

McCaleb ärgerte sich zwar über die Einmischung, stellte Lockridge Amelia Cordell aber trotzdem als seinen Mitarbeiter vor.

»Und was suchen wir nun eigentlich?« fragte Buddy.

»Wir? Ich suche etwas, das nicht hier ist. Warum wartest du nicht noch so lange im Auto?«

»Ach so, du meinst etwas, das weggenommen worden sein könnte.«

Er klappte die Beifahrersonnenblende nach unten. McCaleb hatte bereits nachgesehen und nichts gefunden.

»Ich hab's, Buddy. Warum gehst du nicht –«

»Was war da vorher, ein Foto?«

Lockridge deutete auf das Armaturenbrett. McCaleb sah auf den Punkt, auf den er zeigte, konnte aber nichts erkennen.

»Was meinst du?«

»Da. Siehst du den Staub? Sieht aus wie die Umrisse von einem Foto oder so was. Vielleicht hatte er da immer einen Parkausweis stecken.«

McCaleb sah noch einmal hin, konnte aber immer noch nicht erkennen, worauf Lockridge zeigte oder was er meinte. Er lehnte sich nach rechts, zu Buddy hinüber, und drehte dann den Kopf herum, um auf das Armaturenbrett zu schauen.

Jetzt sah er es.

Auf der durchsichtigen Plastikscheibe vor dem Tacho und den anderen Anzeigen hatte sich eine Staubschicht gebildet. Nur in einer Ecke der Scheibe zeichnete sich ein scharf umrissenes Rechteck ab, auf dem sich kein Staub befand. Bis vor kurzem mußte dort etwas an die Abdeckung gesteckt gewesen sein. McCaleb merkte, welches Glück er gehabt hatte. Er selbst hätte es wahrscheinlich nie entdeckt. Es war nur zu erkennen, wenn man von der Beifahrerseite auf die Stelle sah und die Sonne in einem sehr flachen Winkel darauf fiel.

»Mrs. Cordell«, sagte McCaleb, »könnten Sie mal auf die andere Seite gehen und sich das durch die andere Tür ansehen?«

Er wartete. Buddy Lockridge trat zur Seite, damit sie in den Wagen sehen konnte. McCaleb deutete auf die Umrißlinie auf der Plastikabdeckung. Das Rechteck maß etwa neun mal dreizehn Zentimeter.

»Hatte Ihr Mann an dieser Stelle ein Foto von Ihnen oder den Kindern?«

Sie schüttelte langsam den Kopf.

»Also, das weiß ich wirklich nicht. Er hatte zwar Fotos, aber ich habe keine Ahnung, wo er sie hatte. Es könnte sein, aber ich weiß es nicht. Mit dem Suburban bin ich nie gefahren. Wir haben immer den Kombi genommen – selbst wenn

Jim und ich allein was unternahmen. Wie gesagt, er war mir zum Einsteigen immer zu hoch.«

McCaleb nickte.

»Gibt es vielleicht einen Arbeitskollegen, der das wissen könnte; jemand, der mit ihm zur Arbeit oder zum Mittagessen fuhr oder sonst etwas in der Art?«

Als sie auf dem Antelope Valley Freeway in die Stadt zurückfuhren, passierten sie auf den Fahrspuren der Gegenseite eine scheinbar endlose Blechkolonne. Pendler auf dem Heimweg oder Ausflügler, die übers Wochenende die Stadt verließen. McCaleb nahm kaum Notiz davon. Er war ganz in Gedanken versunken. Sogar Buddy Lockridge hörte er erst, nachdem der sich zweimal wiederholt hatte.

»Entschuldige, was hast du gerade gesagt?«

»Ich habe gesagt, ich schätze, ich habe dir eben ziemlich geholfen, als ich das gesehen habe.«

»Das hast du, Buddy. Ich hätte es wahrscheinlich nicht entdeckt. Trotzdem wäre es mir lieber, du wärst im Wagen geblieben. Fahren ist alles, wofür ich dich bezahle.«

McCaleb machte mit beiden Händen eine Geste, die sich auf den Wagen bezog.

»Ja, schon, bloß wenn ich im Auto sitzen geblieben wäre, könntest du immer noch in der Kiste da draußen rumkriechen.«

»Das werden wir jetzt wohl nie mehr erfahren.«

»Willst du mir denn nicht wenigstens sagen, was du rausgefunden hast?«

»Nichts, Buddy. Ich habe nichts herausgefunden.«

Er hatte gelogen. Amelia Cordell hatte ihn wieder mit nach drinnen genommen, damit er von dort in der Firma ihres Mannes anrufen konnte. Buddy war zum Auto zurückgeschickt worden, um dort zu warten. Im Haus sprach McCaleb mit James Cordells Chef, der ihm die Namen und Telefonnummern der Aquäduktinspektoren gab, mit denen Cordell Anfang Januar zusammengearbeitet haben könnte. Darauf rief McCaleb in der Aquäduktinspektion Lone Pine an und sprach mit Maggie Mason, die zu diesen Inspektoren gehörte. Sie sagte, sie sei in der Woche vor Cordells Ermordung zweimal mit ihm mittags essen gewesen. Beide Male sei Cordell gefahren.

Um keine Suggestivfrage zu stellen, fragte McCaleb nur, ob ihr am Armaturenbrett des Suburban irgendein persönlicher Gegenstand aufgefallen sei. Darauf erklärte Maggie Mason ohne Zögern, am Armaturenbrett habe ein Foto von Cordells Familie gesteckt. Sie sagte, sie habe sich sogar rübergebeugt, um es sich anzusehen. Sie konnte sich erinnern, daß es eine Aufnahme von Cordells Frau mit ihren zwei kleinen Töchtern im Schoß gewesen war.

Und nun, auf dem Weg nach Hause, spürte McCaleb, wie sich eine Mischung aus wachsender Besorgnis und Erregung in ihm breitmachte. Irgendwo da draußen war jemand, der Gloria Torres' Ohrring und James Cordells Familienfoto hatte. Inzwischen wußte er, daß sich die Bösartigkeit dieser zwei Morde in der Gestalt eines Mannes verdichtete, der nicht aus Geldgier tötete und auch nicht aus Angst oder um sich an seinen Opfern zu rächen. Diese Bösartigkeit ging wesentlich weiter. Dieser Mann tötete aus Freude am Töten und um eine Wahnvorstellung zu verwirklichen, die wie ein Virus sein Hirn infiziert hatte.

Das Böse war überall. Das wußte McCaleb besser als die meisten. Aber er wußte auch, daß man ihm nicht in abstrakter Form entgegentreten konnte. Es mußte aus Fleisch und Blut sein, mußte menschliche Gestalt annehmen, um gejagt und vernichtet werden zu können. Soweit war McCaleb jetzt. Er spürte, wie eine unbändige Wut in ihm aufstieg. Und eine schreckliche Freude.

21

Der dichte Samstagmorgendunst, der vom Meer hereinzog, fühlte sich an wie eine zarte Hand in seinem Nacken. McCaleb war schon vor sieben Uhr aufgestanden, damit er im Waschraum im Gemeinschaftsbau des Jachthafens mehrere Maschinen gleichzeitig benutzen und die ganze Bettwäsche auf einmal waschen konnte. Anschließend machte er auf dem Boot sauber und bereitete alles für seine Übernachtungsgäste vor. Allerdings stellte er dabei fest, daß es ihm schwerfiel, sich auf die Arbeit zu konzentrieren.

Als er am Abend zuvor aus der Wüste zurückgekommen war, hatte er noch mit Jaye Winston telefoniert, und als er ihr von dem fehlenden Foto in Cordells Suburban erzählte, mußte sie zähneknirschend zugeben, daß er möglicherweise einen brauchbaren neuen Anhaltspunkt entdeckt hatte. Eine Stunde später rief sie ihn noch einmal an, um ihm zu sagen, daß für Montag morgen acht Uhr im Star Center eine Besprechung angesetzt sei, an der neben ihr und ihrem Captain auch einige andere Detectives des Sheriff's Department teilnehmen würden. Sowie Arrango und Walters. Sowie Maggie Griffin vom FBI. Maggie Griffin war die Agentin, die McCalebs VICAP-Platz im L. A. Field Office übernommen hatte. McCaleb wußte nur, welchen Ruf sie hatte, und der war gut.

Das war auch das Problem. Montag morgen würde McCaleb gleich als erstes auf dem »heißen Stuhl« sitzen und sich einem scharfen Kreuzverhör unterziehen lassen müssen. Die meisten, wenn nicht sogar alle Teilnehmer der Besprechung wären Nichtgläubige. Aber statt sich auf diesen Termin vorzubereiten oder weitere Nachforschungen anzustellen, wollte McCaleb mit einer Frau und einem kleinen Jungen auf die Mole fischen gehen. Das lag ihm schwer im Magen, und er überlegte ständig, ob er den Besuch von Graciela und Raymond absagen sollte. Zum Schluß tat er es doch nicht. Es war zwar durchaus richtig, daß er mit Graciela sprechen mußte, aber in erster Linie, wurde ihm bewußt, wollte er einfach mit ihr zusammensein. Und das war es, was die zwei Stränge seiner Gewissensbisse zur Deckung brachte: die Schuldgefühle, daß er die Ermittlungen vernachlässigte, und die Schuldgefühle, daß er eine Frau begehrte, die ihn um Hilfe gebeten hatte.

Als er mit der Wäsche und dem Aufräumen fertig war, ging er ins Marina Center und kaufte im Lebensmittelladen die Zutaten für das Abendessen. Im Angel-Shop kaufte er neben einem Behälter mit lebenden Ködern, Krabben und Tintenfischen, eine kleine Angelrute mit Rolle, die er Raymond schenken wollte. Zurück auf dem Boot, steckte er die Rute in eine der Dollbordhalterungen und kippte die Ködertiere in den Senkkasten. Dann ging er in die Kombüse und räumte die Lebensmitteleinkäufe ein.

Um zehn Uhr war er fertig, und das Boot war bereit. Da auf dem Parkplatz noch nichts von Gracielas Cabrio zu sehen war, beschloß er zu Buddy Lockridge rüberzugehen und schon mal vorzufühlen, ob er Montag morgen Zeit hatte. Zuerst ging er jedoch zum Tor und machte es einen Spaltbreit auf, damit Graciela und der Junge in den Jachthafen konnten. Dann machte er sich auf den Weg zu Lockridges Boot.

Nach alter Jachthafensitte stieg McCaleb nicht an Bord der *Double-Down*. Statt dessen rief er nach Lockridge und blieb auf dem Anleger stehen. Da die Luke des Boots offen war, wußte er, daß Lockridge bereits wach sein mußte. Nach einer halben Minute erschien Buddys zerzaustes Haar in der Öffnung, gefolgt von seinem zerknitterten Gesicht. McCaleb nahm an, daß er einen beträchtlichen Teil der Nacht mit Trinken zugebracht hatte.

»Terry, ahoi.«

»Ahoi. Alles klar?«

»Aber sicher. Was gibt's? Mußt du irgendwohin?«

»Nein, heute nicht. Aber ich bräuchte dich Montag morgen ziemlich früh. Kannst du mich zum Star Center rausfahren? Wir müßten schon so um sieben los.«

Buddy dachte kurz nach, ob sich das mit seinem vollen Terminplan vereinbaren ließe, und nickte.

»Geht in Ordnung.«

»Glaubst du auch, du kannst fahren?«

»Und ob. Was gibt's im Star Center?«

»Nur eine Besprechung. Aber ich muß rechtzeitig dasein.«

»Mach dir da mal keine Sorgen. Wir fahren um sieben los. Ich stelle den Wecker.«

»Gut, und noch was. Halt ein bißchen die Augen offen hier.«

»Du meinst, wegen des Kerls aus der Uhrenfabrik?«

»Genau. Ich kann mir zwar nicht vorstellen, daß er hier auftaucht, aber man kann nie wissen. Er hat beide Arme tätowiert. Und er hat ziemlich kräftige Arme. Du erkennst ihn bestimmt, wenn du ihn siehst.«

»Ich werde die Augen offenhalten. Sieht so aus, als würdest du gerade Besuch bekommen.«

McCaleb merkte, daß Lockridge an ihm vorbeisah. Er drehte sich um und blickte zur *Following Sea* zurück. Graciela stand im Heck. Sie hob Raymond aufs Deck hinab.

»Ich muß los, Buddy. Dann bis Montag.«

Graciela trug verwaschene Bluejeans und ein Dodgers-Sweatshirt. Das Haar hatte sie unter einer dazu passenden Baseballmütze hochgesteckt. Sie hatte einen Matchsack über der Schulter und eine Einkaufstüte in der Hand. Raymond trug Bluejeans, einen Kings-Eishockeysweater und auf dem Kopf ebenfalls eine Baseballmütze. Außerdem hatte er ein Spielzeugfeuerwehrauto und ein altes Kuscheltier dabei, das für McCaleb nach einem Lämmchen aussah.

Graciela umarmte er zaghaft, Raymond schüttelte er die Hand, nachdem sich der Junge sein Kuscheltier unter den anderen Arm geklemmt hatte.

»Schön, daß ihr da seid«, sagte er. »Na, wie sieht's aus, Raymond? Fangen wir heute ein paar Fische?«

Anscheinend war der Junge zu schüchtern, um zu antworten. Erst als ihn Graciela an der Schulter anstieß, nickte er zustimmend.

McCaleb nahm die Sachen der beiden, führte sie in das Boot und holte den Rundgang durch alle Räume nach, den er bei ihrem ersten Besuch noch nicht gemacht hatte. Unterwegs stellte er die Einkaufstüte in die Kombüse und legte den Matchsack in der größeren der beiden Kabinen aufs Bett. Er sagte Graciela, das sei ihr Zimmer und das Bettzeug sei frisch gewaschen. Anschließend zeigte er Raymond die Koje in der vorderen Kabine. Da McCaleb die meisten Aktenschachteln unter den Schreibtisch geschoben hatte, bot der Raum genügend Platz für den Jungen. Das Bett hatte ein Geländer, so daß er nicht herausfallen konnte. Als ihm McCaleb erklärte, daß man dazu Koje sagte, machte der Junge ein verständnisloses Gesicht.

»So sagt man auf einem Boot zu einem Bett, Raymond«, erklärte ihm McCaleb. »Und die Toilette nennt man Pütz.«

»Wieso?«

»Das weiß ich, ehrlich gesagt, selbst nicht.«

Er führte sie in die Pütz und zeigte ihnen, wie man das Pedal für die Spülung bediente. Als er merkte, wie Graciela auf die Temperaturtabelle an der Wand sah, erklärte er ihr, worum es sich dabei handelte. Sie legte den Finger auf das Kästchen vom Donnerstag.

»Hatten Sie da Fieber?«

»Nur ein bißchen Temperatur. Es ging gleich wieder runter.«

»Was meinte Ihr Arzt dazu?«

»Ich habe es ihr noch nicht erzählt. Inzwischen ist meine Temperatur wieder auf dem alten Stand, und ich bin völlig okay.«

Sie sah ihn mit einer Mischung aus Besorgnis und, wie er fand, Ärger an. In diesem Moment wurde ihm bewußt, wie wichtig es wahrscheinlich für sie war, daß er am Leben blieb. Sie wollte nicht, daß das letzte Geschenk ihrer Schwester umsonst wäre.

»Machen Sie sich mal keine Sorgen«, beruhigte er sie. »Es geht mir blendend. Ich war an diesem Tag nur ein bißchen viel unterwegs. Ein ausgiebiger Mittagsschlaf, und ich hatte kein Fieber mehr. Seitdem hat sich mein Zustand wieder normalisiert.«

Er deutete auf die Striche in der Tabelle, die auf den einmaligen Eintrag mit erhöhter Temperatur folgten. Raymond zupfte an seinem Hosenbein und fragte: »Wo schläfst du denn?«

McCaleb warf einen kurzen Blick auf Graciela und wandte sich dann rasch zur Treppe, damit sie nicht sah, wie er rot wurde.

»Komm mit hoch, dann zeige ich es dir.«

Oben in der Kajüte erklärte er Raymond, wie sich der Kombüsentisch in ein Bett umwandeln ließ. Der Junge schien zufrieden.

»Dann wollen wir mal sehen, was ihr mitgebracht habt.« McCaleb begann die Einkaufstüte auszupacken und die Sachen wegzuräumen. Sie hatten sich darauf geeinigt, daß Graciela sich ums Mittagessen kümmern und er das Abendessen machen würde. Sie war in einem Deli gewesen, und wie es aussah, würde es U-Boot-Sandwiches geben.

»Woher wußten Sie, daß ich auf U-Boote stehe?« fragte er.

»Überhaupt nicht«, sagte Graciela. »Aber es sind Raymonds Lieblingssandwiches.«

McCaleb pikste Raymond mit dem Finger in die Rippen, und der Junge wich kichernd zurück.

»Hast du Lust, mit auf Deck zu kommen und mir mit dem Angelzeug zu helfen, während Graciela hier das Mittagessen macht? Die Fische warten schon auf uns!«

»Super!«

Als er den Jungen nach draußen schob, drehte er sich zwinkernd zu Graciela um. Oben auf Deck gab er Raymond die Angelrute, die er für ihn gekauft hatte. Als der Junge merkte, daß er die Rute behalten durfte, umklammerte er sie, als wäre sie ein Seil, das ihm von einer Rettungsmannschaft zugeworfen wurde. McCaleb stimmte es jedoch eher traurig. Er fragte sich, ob es wohl im Leben des Jungen jemals einen Mann gegeben hatte.

Als McCaleb aufblickte, sah er Graciela in der offenen Tür der Kajüte stehen. Auch über ihrem Gesicht lag ein trauriger Zug, obwohl sie ihn und den Jungen anlächelte. McCaleb fand, daß sie sich von solchen Emotionen losreißen mußten.

»Okay«, sagte er. »Köder. Am besten, wir nehmen einen ganzen Eimer davon mit, weil ich so ein Gefühl habe, daß die heute da draußen beißen werden wie verrückt.«

Er holte den Kübel und den Kescher aus dem Abteil neben dem Senkkasten und zeigte Raymond, wie er die Ködertiere mit dem Kescher aus dem Senkkasten holen mußte. Nachdem er ein paar Kescher voll Krabben und Tintenfische in den Eimer geleert hatte, ließ er Raymond allein weitermachen, während er selbst nach drinnen ging, um seinen Angelkasten und zwei weitere Ruten für sich und Graciela zu holen.

In der Kajüte, außer Hörweite des Jungen, kam Graciela auf ihn zu und umarmte ihn.

»Das war sehr nett von Ihnen«, sagte sie.

Er sah ihr ein paar Momente in die Augen, bevor er etwas erwiderte.

»Ich glaube fast, es tut mir mehr gut als ihm.«

»Er ist furchtbar aufgeregt«, sagte sie. »Ich kann es richtig spüren. Er kann es gar nicht erwarten, einen Fisch zu fangen. Ich hoffe nur, es beißt auch einer an.«

Sie gingen auf dem Hauptkai des Jachthafens an den Läden und am Restaurant vorbei zu einem Parkplatz, hinter dem das Hauptfahrwasser zu den Jachthäfen der Stadt lag. Von dort führte ein Schotterweg zur Mündung des Fahrwassers und zum Wellenbrecher hinaus, einer Steinmole, die sich etwa hundert Meter in den Pazifik hinaus krümmte. Vorsichtig stiegen sie von einem mächtigen Granitbrocken zum nächsten, bis sie etwa die Mitte der Mole erreicht hatten.

»Raymond, das ist mein Geheimplatz. Ich finde, hier sollten wir es versuchen.«

Als niemand Einspruch erhob, stellte McCaleb seine Sachen ab und machte sich daran, alles zum Angeln bereitzumachen. Die Felsen waren noch naß vom nächtlichen Ansturm der hohen Brecher. McCaleb hatte Handtücher mitgebracht und suchte ein paar flache Felsen, auf denen man gut sitzen konnte. Er breitete die Handtücher aus und sagte Graciela und Raymond, wo sie sich hinsetzen sollten. Er öffnete den Angelkasten, nahm die Tube mit Sonnenschutzmittel heraus und gab sie Graciela. Dann machte er sich daran, Köder an den Haken zu befestigen. An Raymonds Rute machte er einen Tintenfisch, weil er das für den besten Köder hielt und weil er wollte, daß der Junge den ersten Fisch fing.

Fünfzehn Minuten später hatten sie drei Angeln ausgeworfen. McCaleb hatte dem Jungen beigebracht, wie man die Angel auswarf und den Tintenfisch mit offener Rolle in der Strömung schwimmen ließ.

»Was werde ich fangen?« fragte der Junge, als der Köder weit draußen im Wasser trieb.

»Keine Ahnung, Raymond. Da draußen gibt's eine Menge Fische.«

McCaleb setzte sich auf einen Felsen direkt neben dem, auf dem Graciela saß. Der Junge war zu aufgeregt, um stillzusitzen und zu warten. Ungeduldig hüpfte er mit seiner Rute von Fels zu Fels.

»Schade, daß ich meinen Fotoapparat nicht dabeihabe«, flüsterte Graciela.

»Nächstes Mal«, sagte McCaleb. »Sehen Sie?«

Er deutete über das Wasser zum Horizont, wo man erkennen konnte, wie sich in der Ferne die bläuliche Silhouette einer Insel aus dem Dunst erhob.

»Catalina?«

»Ja.«

»Es ist verrückt, aber ich kann mir einfach nicht vorstellen, daß Sie mal auf einer Insel gelebt haben.«

»Habe ich aber.«

»Wie hat es Ihre Eltern dorthin verschlagen?«

»Sie waren aus Chicago. Mein Vater war Baseballspieler. Eines Tages – im Frühjahr einundfünfzig – zeigten die Cubs Interesse an ihm. Sie kamen zum Frühjahrstraining immer nach Catalina. Den Wrigleys, denen die Cubs gehörten, gehörte auch der größte Teil der Insel. Deshalb kamen sie immer hierher.

Mein Vater und meine Mutter hatten sich auf der High School kennengelernt. Sie heirateten, und dann erhielt er von den Cubs eine Chance. Er spielte Shortstop und Second Baseman. Jedenfalls kam er nach Catalina, schaffte es aber nicht ins Team. Aber auf der Insel gefiel es ihm ungeheuer gut. Er bekam einen Job und arbeitete für die Wrigleys. Und ließ meine Mutter nachkommen.«

Eigentlich hatte er vorgehabt, die Geschichte hier enden zu lassen, aber sie wollte mehr wissen.

»Dann kamen Sie.«

»Ein paar Jahre später.«

»Aber Ihre Eltern sind nicht geblieben?«

»Meine Mutter nicht. Sie fand die Insel schrecklich. Sie blieb zehn Jahre, und dann hatte sie die Nase voll. Manche Leute bekommen dort richtig Platzangst ... Wie dem auch sei, meine Eltern trennten sich. Mein Vater blieb, und er wollte mich behalten. Ich blieb bei ihm. Meine Mutter ging nach Chicago zurück.«

Sie nickte.

»Was hat Ihr Vater für die Wrigleys getan?«

»Alles mögliche. Er arbeitete auf ihrer Ranch, dann arbeitete er oben beim Haus. Im Hafen hatten sie eine dreiundsechzig Fuß lange Chris Craft. Er bekam einen Job als Matrose, und nach und nach arbeitete er sich zum Skipper hoch. Schließlich legte er sich ein eigenes Boot zu und vermietete es. Und bei der freiwilligen Feuerwehr war er auch.«

Er lächelte, und sie lächelte zurück.

»Und *The Following Sea* war sein Boot?«

»Sein Boot, sein Haus, seine Firma, alles. Die Wrigleys finanzierten es ihm. Er lebte ungefähr zwölf Jahre auf dem Boot. Bis er so krank wurde, daß sie ihn – das heißt, ich war derjenige, der ihn in die Stadt ins Krankenhaus brachte. Er starb hier drüben. In Long Beach.«

»Das war sicher hart für Sie.«

»Das ist schon lange her.«

»Nicht für Sie.«

Er sah sie an.

»Wissen Sie, irgendwann kommt der Punkt, an dem jeder merkt, daß es zu Ende geht. Er wußte, er hatte keine Chance mehr, und er wollte nur noch zurück. Zu seinem Boot. Auf die Insel. Aber ich wollte es nicht. Ich wollte nichts unversucht lassen und alles ausprobieren, was es auf dem Gebiet der medizinischen Forschung Neues gab. Und außerdem, wenn er wieder auf die Insel zurück wäre, wäre es für mich enorm aufwendig gewesen, ihn zu besuchen. Ich hätte die Fähre nehmen müssen. Ich brachte ihn dazu, im Krankenhaus zu bleiben. Er starb ganz allein in seinem Zimmer. Ich war wegen eines Falls gerade unten in San Diego.«

McCaleb sah aufs Meer hinaus. Er konnte eine Fähre auf die Insel zufahren sehen.

»Ich wünsche mir nur, ich hätte auf ihn gehört.«

Graciela legte ihm die Hand auf den Unterarm.

»Es hat keinen Sinn, sich mit so etwas herumzuquälen.«

Er sah zu Raymond hinüber. Der Junge hatte sich beruhigt und stand inzwischen still da und blickte auf seine Rolle hinab, von der zügig Schnur ablief. McCaleb wurde sofort klar, daß ein Tintenfisch nicht so viel Zug drauf haben konnte.

»Hey, Moment mal, Raymond! Ich glaube, bei dir hat was angebissen.«

Er legte seine Rute nieder und ging zu dem Jungen. Nachdem er den Bügel der Rolle umgelegt hatte, konnte die Leine nicht mehr weiter auslaufen. Darauf wurde die Rute sofort so heftig nach unten gezogen, daß sie dem Jungen fast aus den Händen rutschte. McCaleb griff danach und hielt sie wieder hoch.

»Du hast einen am Haken!«

»Hey! Ich hab' einen! Ich hab' einen!«

»Vergiß nicht, was ich dir gesagt habe, Raymond. Rute anheben, kurbeln. Anheben, kurbeln. Ich helfe dir mit der Angel, bis wir diesen Burschen mürbe gemacht haben. Fühlt sich nach einem ziemlichen Brocken an. Kommst du klar?«

»Ja!«

Das Anheben der Rute mußte vor allem McCaleb übernehmen, als sie den Fisch einzuziehen begannen. Gleichzeitig wies McCaleb Graciela an, die anderen Leinen einzukurbeln, damit sie sich nicht mit der von Raymond verhedderten. McCaleb und der Junge drillten den Fisch etwa zehn Minuten. McCaleb spürte an der Rute, wie der Fisch langsam müde wurde. Schließlich konnte er die Rute Raymond geben, damit er das letzte Stück Leine selbst einkurbelte.

Währenddessen streifte sich McCaleb ein Paar Handschuhe aus dem Angelkasten über und kletterte über die Felsen zum Wasser hinunter. Dort konnte er den silbrigen Fisch wenige Zentimeter unter der Oberfläche erschöpft gegen die Leine ankämpfen sehen. McCaleb kniete sich auf den Felsen – machte sich dabei Hose und Schuhe naß – und beugte sich vor, bis er die Leine zu fassen bekam. Dann zog er den Fisch zu sich heran, mit dem Maul nach oben. Mit der anderen Hand griff er ins Wasser und packte den Fisch direkt vor der Rückenflosse am Schwanz. So riß er ihn aus dem Wasser und kletterte damit über die Felsen zu Raymond hoch.

In der Sonne schimmerte der Fisch wie poliertes Metall.

»Ein Barrakuda, Raymond«, sagte er und hielt den Fisch hoch. »Sieh dir mal diese Zähne an.«

22

Der Tag war gut verlaufen. Raymond hatte zwei Barrakudas und einen Barsch gefangen. Der größte und aufregendste war der erste Fisch gewesen, auch wenn der zweite angebissen hatte, als sie gerade beim Mittagessen waren, und fast die unbeaufsichtigte Angel ins Wasser gezogen hätte. Als sie am Spätnachmittag aufs Boot zurückkamen, brachte Graciela Raymond in seine Kabine, damit er sich eine Weile hinlegte. McCaleb spritzte in der Zwischenzeit mit dem Heckschlauch die Angelausrüstung ab. Als Graciela an Deck zurückkam und sie allein waren – sie hatten auf zwei Stühlen Platz genommen –, überkam ihn plötzlich ein ganz starkes Bedürfnis, einfach nur dazusitzen und in Ruhe ein kaltes Bier zu trinken.

»Das war richtig schön«, sagte Graciela über den Ausflug auf die Mole.

»Das freut mich. Glauben Sie, Sie bleiben zum Abendessen?«

»Sicher. Er möchte auch bleiben. Er ist ganz verrückt auf Boote. Und ich glaube, er möchte morgen noch mal angeln gehen. Da haben Sie was angestellt.«

McCaleb nickte und dachte an die bevorstehende Nacht. Dann vergingen ein paar Minuten in unverkrampftem Schweigen, während deren sie die anderen Aktivitäten im Jachthafen beobachteten. Samstags war immer einiges los. McCalebs Augen waren ständig in Bewegung. Da er Gäste hatte, war er noch mehr vor dem Russen auf der Hut, obwohl er zu der Überzeugung gelangt war, die Chancen, daß Bolotov auftauchte, seien gleich null. Wenn der Russe ihm etwas antun wollte, hätte er es schon tun können, als er ihn in Tolivers Büro überwältigt hatte. Aber mit Bolotov drängte sich auch der Fall wieder in sein Bewußtsein. Ihm fiel eine Frage ein, die er Graciela hatte stellen wollen.

»Da ist etwas, was ich Sie noch fragen wollte«, sagte er. »Sie sind vergangenen Samstag zum erstenmal hierhergekommen. Aber der Artikel über mich war schon eine Woche vorher erschienen. Warum haben Sie eine Woche gewartet?«

»Das lag daran, daß ich den Artikel gar nicht gesehen hatte. Ein Arbeitskollege Glorys rief an und sagte, er hätte ihn gelesen und sich gefragt, ob, Sie wissen schon, Sie nicht derjenige sein könnten, der ihr Herz bekommen hat. Darauf ging ich in die Bibliothek und las den Artikel selbst. Und am nächsten Tag kam ich sofort hierher.«

Er nickte. Sie fand, nun wäre sie an der Reihe, Fragen zu stellen.

»Diese Schachteln da unten.«

»Welche Schachteln?«

»Die unter dem Schreibtisch verstaut sind. Sind das Ihre Fälle?«

»Ja, das sind alte Akten.«

»Einige der Namen darauf kamen mir bekannt vor. Ein paar davon wurden in dem Artikel erwähnt. Luther Hatch, an ihn kann ich mich erinnern. Und der Code Killer. Warum haben sie ihn so genannt?«

»Weil er uns – falls es ein Er war – alle möglichen Nachrichten hinterließ oder zuschickte, auf denen unten immer dieselbe Zahl stand.«

»Was hat sie bedeutet?«

»Das haben wir nie herausgefunden. Selbst unsere besten Leute und die Dechiffrierspezialisten der National Security Agency konnten den Code nicht knacken. Ich persönlich war der Ansicht, es bedeutete überhaupt nichts. Es war gar kein Code. Es war nur eine weitere Masche des UnSub, uns zu ärgern, uns an der Nase herumzuführen… neun-null-drei, vier-sieben-zwei, fünf-sechs-acht.«

»Ist das der Code?«

»Das ist die Zahl. Wie gesagt, ich glaube nicht, daß es ein Code war.«

»Haben sie das auch in Washington gedacht?«

»Nein. Sie haben nie aufgegeben. Sie waren ganz sicher, daß es etwas bedeutete. Sie dachten, es wäre vielleicht die Sozialversicherungsnummer dieses Kerls. Sie wissen schon, durchgemischt. Sie ließen den Computer jede mögliche Kombination ausdrucken und besorgten sich dann von der Sozialversicherung alle Namen. Tausende davon. Sie haben sie alle durch den Computer geschickt.«

»Um nach was zu suchen?«

»Vorstrafenregister, Psychogrammübereinstimmungen ... Alles ein Schuß in den Ofen. Das UnSub war nicht auf der Liste.«

»Was bedeutet UnSub?«

»Unbekanntes Subjekt. So haben wir alle genannt, bis wir sie schnappten. Den Code Killer haben wir nie gefaßt.«

McCaleb hörte die leisen Töne einer Mundharmonika und sah zur *Double-Down* hinüber. Lockridge übte unter Deck ›Spoonful‹.

»War das der einzige Fall, wo Ihnen das passiert ist?«

»Meinen Sie, wo der Täter nicht gefaßt wurde? Nein. Leider sind mir eine ganze Menge durch die Lappen gegangen. Aber speziell der Code-Killer-Fall nahm sehr persönliche Züge an. Er schickte mir Briefe. Aus irgendeinem Grund hatte er was gegen mich.«

»Was tat er den Leuten an, die er ...«

»Der Code Killer war sehr ungewöhnlich. Er tötete auf alle möglichen Arten und nach keinem erkennbaren Schema. Männer, Frauen, sogar ein kleines Kind. Er erschoß, erstach, erwürgte. Es gab nichts, wo man ansetzen konnte.«

»Woher wußten Sie dann überhaupt, daß er es war?«

»Weil er es uns sagte. In den Briefen und durch den am Tatort zurückgelassenen Code. Dazu müssen Sie wissen, daß die Opfer als Person überhaupt keine Rolle für ihn spielten. Sie dienten ihm nur als Mittel zum Zweck, um seine Macht zu demonstrieren und es den Behörden unter die Nase zu reiben. Er hatte einen Behördenkomplex. Es gab noch einen anderen Serienmörder mit so einem Komplex, den Poeten. Er machte vor ein paar Jahren ganz Amerika unsicher.«

»Ich weiß. Er hat auch hier in L. A. zugeschlagen, oder nicht?«

»Ja. Auch er hatte einen Behördenkomplex. Sobald man nämlich einmal das Grundmuster aufgedeckt hat, das den Phantasien und Methoden solcher Serientäter zugrunde liegt, sind sich viele von ihnen sehr ähnlich. Der Poet fuhr vor allem darauf ab, uns an der Nase herumzuführen. Mit dem Code Killer verhielt es sich genauso. Er ließ keine Gelegenheit aus, den Cops eins auszuwischen.«

»Und dann hörte er einfach auf?«

»Entweder ist er gestorben oder wegen was anderem ins Gefängnis gekommen. Oder er ist woanders hingezogen und hat, allerdings mit einer anderen Masche, wieder von vorn angefangen. Aber im Grunde ist das etwas, was diese Kerle nicht einfach abstellen können.«

»Und was haben Sie im Fall Luther Hatch getan?«

»Nur meine Arbeit. Aber finden Sie nicht auch, daß wir lieber über was anderes sprechen sollten.«

»Entschuldigung.«

»Das macht doch nichts. Es ist nur ... Ich weiß nicht, ich mag diese alten Geschichten einfach nicht.«

Er hatte über ihre Schwester und die jüngsten Entwicklungen mit ihr sprechen wollen, aber dies schien nun nicht mehr der richtige Zeitpunkt dafür. Er ließ die Gelegenheit verstreichen.

Zum Abendessen grillte McCaleb Hamburger und Barrakudasteaks. Raymond schien zunächst begeistert, den Fisch zu essen, den er selbst gefangen hatte, aber dann schmeckte ihm der Barrakuda doch nicht. Auch Graciela mochte ihn nicht, während ihn McCaleb nicht übel fand.

Nach dem Essen machten sie einen Spaziergang zum Eiscremeladen und einen Einkaufsbummel im Cabrillo Way. Als sie wieder zum Boot zurückkamen, war es dunkel. Im Jachthafen war wieder Ruhe eingekehrt. Raymond bekam die schlechte Nachricht von Graciela mitgeteilt.

»Es ist schon spät, Raymond, und ich möchte, daß du jetzt schlafen gehst«, brachte sie ihm behutsam bei. »Wenn du brav bist, darfst du morgen, bevor wir fahren, noch mal angeln gehen.«

Der Junge sah McCaleb an, wobei nicht klar war, ob er nun eine Bestätigung oder einen Einspruch von ihm erwartete.

»Sie hat recht, Raymond«, sagte er. »Morgen früh gehen wir wieder auf die Mole und fangen noch ein paar Fische. Okay?«

Der Junge fügte sich, wenn auch quengelnd, in sein Schicksal, und Graciela brachte ihn in seine Kabine. Sein letzter Wunsch war, seine Angelrute mitnehmen zu dürfen. Dagegen hatte niemand etwas einzuwenden. McCaleb hatte den Haken an einer der Ösen befestigt.

McCaleb hatte zwei Heizlüfter auf dem Boot, die er nun in ihren beiden Kabinen aufstellte. Nachts, wußte er, konnte es an Bord empfindlich kalt werden, egal wieviel Decken man hatte.

»Und was werden Sie machen?« fragte ihn Graciela.

»Ich komme schon zurecht. Ich nehme meinen Schlafsack. Da habe ich es wahrscheinlich wärmer als Sie beide.«

»Bestimmt?«

»Bestimmt.«

Damit ging er nach oben, um auf Graciela zu warten. Er schenkte den letzten Rest von dem Sanford Pinot noir, den er bei ihrem letzten Besuch aufgemacht hatte, in ihr Glas.

Damit und mit einer Dose Cola ging er in die Plicht hinaus. Sie kam zehn Minuten später nach.

»Es wird kalt hier draußen«, sagte sie.

»Ja. Glauben Sie, er hat es warm genug mit dem Heizlüfter?«

»Ja, auf jeden Fall. Er lag noch kaum im Bett, da war er schon eingeschlafen.«

Er reichte ihr das Weinglas, und sie stieß damit gegen seine Cola.

»Danke«, sagte sie. »Für ihn war das heute ein herrlicher Tag.«

»Das freut mich.«

Er stieß mit seiner Cola gegen ihr Glas. Ihm war klar, irgendwann mußte er mit ihr über die Ermittlungen sprechen, aber er wollte die schöne Stimmung nicht zerstören. Wieder einmal schob er es auf.

»Wer ist das Mädchen auf diesem Foto über Ihrem Schreibtisch?«

»Welches Mädchen?«

»Es sieht aus wie ein Foto aus einem High-School-Jahrbuch oder so. Es hängt über dem Schreibtisch in Raymonds Zimmer.«

»Ach so … das ist … das ist nur jemand, den ich immer in Erinnerung behalten möchte. Jemand, der gestorben ist.«

»Meinen Sie einen Fall? Oder jemand, den Sie kannten?«

»Einen Fall.«

»Der Code Killer?«

»Nein, viel früher.«

»Wie hieß sie?«

»Aubrey-Lynn.«

»Was ist passiert?«

»Etwas, das niemandem passieren sollte. Aber darüber möchte ich im Moment nicht sprechen.«

»Okay. Entschuldigung.«

»Das macht nichts. Ich hätte es ohnehin abmachen sollen, bevor Raymond kam.«

McCaleb schlüpfte nicht in seinen Schlafsack. Er breitete ihn nur über sich und lag, die Hände im Nacken verschränkt, da. Eigentlich hätte er müde sein müssen, aber er war es nicht. Ihm gingen die unterschiedlichsten Gedanken durch den Kopf, von sehr fleischlichen bis hin zu sehr beunruhigenden. Der Heizlüfter in der Kabine des Jungen ließ ihm keine Ruhe. Obwohl er wußte, daß er völlig ungefährlich war, machte er sich deswegen Sorgen. Auch das Gespräch vom heutigen Nachmittag kam ihm wieder hoch, in Gestalt einer Kette von Erinnerungen, die um seinen Vater in seinem Krankenhausbett kreisten. Wieder einmal wünschte er sich, er hätte seinen Vater zum Sterben nach Hause gebracht. Er erinnerte sich, wie er nach der Trauerfeier in Descanso Beach mit dem Boot um Catalina Island herumfuhr und die Asche nach und nach ins Meer streute, bis er einmal ganz um die Insel herum war.

Doch diese Erinnerungen und Sorgen sollten ihn nur von seinen Gedanken an Graciela ablenken. Nachdem sie auf Aubrey-Lynn Showitz zu sprechen gekommen war, hatte der Abend mit einem leichten Mißton geendet. Die Erinnerung an sie hatte McCalebs Stimmung umschlagen lassen, und er war mit einem Mal sehr wortkarg geworden. Er war bezaubert von Graciela. Er begehrte sie und hatte gehofft, der Abend würde mit ihnen beiden zusammen enden. Aber er hatte die schrecklichen Erinnerungen eindringen lassen, und das hatte ihm die Stimmung verdorben.

Er spürte, wie sich das Boot in der hereinkommenden Flut behutsam hob und senkte. In der Hoffnung, dadurch die bösen Geister vertreiben zu können, atmete er laut aus. Er veränderte auf der dünnen Unterlage seine Haltung. In der Mitte seines provisorischen Betts verlief eine Naht, und er fand keine bequeme Lage. Er überlegte, ob er aufstehen und ein Glas Orangensaft trinken sollte, aber er fürchtete, dann wäre am Morgen nicht mehr genug für Raymond und Graciela da.

Am Ende beschloß er, nach unten zu gehen und Temperatur und Blutdruck zu messen. Eine bewährte Methode, um die Zeit totzuschlagen. Es würde ihn eine Weile beschäftigen und vielleicht auch so müde machen, daß er endlich schlafen konnte.

Für den Fall, daß Raymond nachts auf die Toilette mußte, hatte er in die Steckdose über dem Waschbecken ein Nachtlicht gesteckt. Er hatte die Deckenlampe nicht angemacht und stand mit dem Thermometer unter der Zunge in dem schwachen Licht. Während er sein schattenhaftes Spiegelbild betrachtete, stellte er fest, daß die Ringe unter seinen Augen stärker hervortraten.

Um das Thermometer ablesen zu können, mußte er sich über das Waschbecken beugen und es ganz nah ans Licht halten. Es sah so aus, als hätte er leichte Temperatur. Er nahm das Klemmbrett vom Haken und trug Datum und Uhrzeit sowie 37,4 statt eines Strichs ein. Als er das Klemmbrett wieder aufhängte, hörte er, wie auf der anderen Seite des Gangs die Tür der Hauptkabine aufging.

Er hatte die Tür der Pütz nicht geschlossen. Er warf einen Blick nach draußen und sah Graciela um die Türkante spähen. Er konnte ihr Gesicht und ihre bloße linke Schulter und ihren Arm sehen. Der Rest ihres Körpers war hinter der Tür verborgen.

»Alles in Ordnung?« flüsterte sie.

»Ja. Und bei Ihnen?«

»Auch. Was machen Sie da?«

»Ich konnte nicht schlafen. Darum habe ich Fieber gemessen.«

»Haben Sie denn Fieber?«

»Nein ... alles bestens.«

Er nickte, als er das sagte. Ihm kam zu Bewußtsein, daß er nur seine Boxershorts anhatte. Er verschränkte die Arme und hob eine Hand, um sich das Kinn zu reiben, aber in Wirklichkeit wollte er nur die häßliche Narbe auf seiner Brust verdecken.

Einen Moment sahen sie sich schweigend an. McCaleb merkte, er hatte seine Hand zu lange an sein Kinn gehalten.

Er ließ die Arme an seine Seiten hinabsinken und beobachtete, wie Gracielas Blick auf seine Brust fiel.

»Graciela …«

Er sprach nicht weiter. Sie hatte langsam die Tür geöffnet, und er konnte sehen, daß sie ein an den Hüften hoch ausgeschnittenes Nachthemd aus rosa Seide trug. Sie sah wunderschön darin aus. Einen Moment standen sie bloß da und sahen sich an. Graciela hielt sich immer noch an der Tür fest, als bräuchte sie wegen der leichten Bewegungen des Boots einen Halt. Dann machte sie einen Schritt auf den Gang hinaus, und er machte einen Schritt auf sie zu. Er streckte die Hand aus und fuhr damit behutsam an ihrer Seite hoch und dann nach hinten auf ihren Rücken. Mit der anderen Hand streichelte er ihre Kehle und ließ sie dann an ihren Nacken gleiten. Er zog sie an sich.

»Darfst du das?« flüsterte sie, mit ihrem Gesicht ganz dicht an seinem Hals.

»Nichts kann mich aufhalten«, flüsterte er zurück.

Sie zogen sich in die Kabine zurück und schlossen die Tür. Er ließ seine Shorts auf dem Boden liegen und stieg mit ihr aufs Bett, während sie ihr Nachthemd aufknöpfte. Das Laken und die Decke hatten bereits ihren Geruch, den Vanilleduft, der ihm schon früher aufgefallen war. Er beugte sich über sie, und sie zog ihn zu einem langen Kuß auf sich hinab. Er glitt mit dem Gesicht tiefer und küßte ihre Brüste. Seine Nase fand die Stelle unterhalb ihres Halses, wo sie das Parfum auf ihre Haut aufgetragen hatte. Der intensive moschusartige Vanilleduft erfaßte ihn, und er brachte seine Lippen wieder hoch zu den ihren.

Graciela schob ihre Hand zwischen ihre Körper und hielt ihre warme Handfläche an seine Brust. Als er spürte, wie sie sich am ganzen Körper verkrampfte, öffnete er die Augen. Sie sagte flüsternd: »Warte. Terry, warte.«

Er hielt inne und stützte sich auf einem Arm auf.

»Was ist?« hauchte er.

»Ich finde … Irgendwie erscheint es mir nicht … richtig. Entschuldige bitte.«

»Was soll nicht richtig sein?«

»Ich weiß nicht.«

Sie drehte sich unter ihm zur Seite, so daß ihm keine andere Wahl blieb, als von ihr zu rutschen.

»Graciela?«

»Es liegt nicht an dir, Terry. Es liegt an mir. Ich... ich möchte einfach nichts überstürzen. Ich möchte erst noch über verschiedenes nachdenken.«

Sie lag auf der Seite, von ihm abgewandt.

»Ist es wegen deiner Schwester? Weil ich ihr –«

»Nein, das ist es nicht... Das heißt, vielleicht ein bißchen. Ich finde einfach, wir sollten uns noch etwas mehr Gedanken darüber machen.«

Sie faßte über ihre Schulter und streichelte seine Wange.

»Es tut mir leid. Ich weiß, es war nicht richtig, dich reinzubitten und mich dann so zu verhalten.«

»Schon gut. Ich möchte auf keinen Fall, daß du etwas tust, was du später bereuen könntest. Ich gehe wieder nach oben.«

Er schickte sich an, zum Fußende des Betts zu rutschen, aber sie packte ihn am Arm.

»Nein, geh nicht. Noch nicht. Bleib noch bei mir. Ich möchte nicht, daß du schon gehst.«

Er schob sich wieder das Bett hinauf und legte den Kopf neben ihrem auf das Kissen. Es war ein eigenartiges Gefühl. Obwohl sie ihn eindeutig zurückgewiesen hatte, fühlte er sich dadurch nicht verletzt. Er spürte, irgendwann würde der richtige Augenblick für sie kommen, und er konnte warten. McCaleb begann sich zu fragen, wie lange er bei ihr bleiben könnte, bevor er zu seinem Schlafsack zurück müßte.

»Erzähl mir von dem Mädchen«, sagte sie.

»Was?« erwiderte er verwirrt.

»Das Mädchen auf dem Jahrbuchfoto über deinem Schreibtisch.«

»Das ist keine schöne Geschichte, Graciela. Warum willst du sie unbedingt hören?«

»Weil ich dich kennenlernen will.«

Das war alles, was sie sagte. Aber McCaleb verstand. Er wußte, wenn sie ein Liebespaar werden wollten, mußten sie sich ihre Geheimnisse anvertrauen. Das war Teil des Rituals. Er erinnerte sich daran, wie ihm vor Jahren die Frau, die später seine Frau werden sollte, in der Nacht, als sie zum erstenmal miteinander geschlafen hatten, erzählte, daß sie als Kind sexuell mißbraucht worden war. Der Umstand, daß sie ihm ein so sorgsam gehütetes Geheimnis anvertraute, hatte ihn tiefer berührt als der eigentliche Geschlechtsakt. Obwohl sie schon lange nicht mehr verheiratet waren, behielt er diesen Moment immer noch in liebevoller Erinnerung.

»Der Hergang wurde anhand von Zeugenaussagen und Indizien rekonstruiert«, begann er. »Und mit Hilfe des Videos.«

»Was für ein Video.«

»Dazu komme ich noch. Es war in Florida, und zwar bevor ich hierher versetzt wurde. Eine ganze Familie ... entführt. Mutter, Vater, zwei Töchter. Die Familie Showitz. Aubrey-Lynn, das Mädchen auf dem Foto, sie war die jüngste.«

»Wie alt?«

»Sie war im Urlaub gerade fünfzehn geworden. Sie waren aus dem Mittelwesten, aus einem kleinen Ort in Ohio. Und es war ihr erster gemeinsamer Urlaub. Sie hatten nicht viel Geld. Der Vater hatte eine kleine Autowerkstatt – unter seinen Fingernägeln war noch Wagenschmiere, als sie ihn fanden.«

McCaleb stieß ein kurzes, gepreßtes Lachen aus – die Art von Lachen, die anzeigt, daß etwas gar nicht komisch ist, obwohl man sich wünscht, es wäre so.

»Sie versuchten also auch im Urlaub möglichst Kosten zu sparen, und sie sahen sich Disney World an und was sonst noch dazugehört, und schließlich kamen sie nach Fort Lauderdale runter, wo sie in einem schäbigen kleinen Motel am I-95 Freeway übernachteten. Sie hatten das Zimmer schon von Ohio aus gebucht, in dem Glauben, es läge am Meer, weil es Sea Breeze hieß.«

Seine Stimme stockte. Er hatte die Geschichte noch nie laut erzählt. Jede Einzelheit davon war schmerzlich und tat ihm innerlich weh.

»Sie beschlossen, trotzdem zu bleiben, als sie dort ankamen. Sie wollten nur zwei Tage in Fort Lauderdale bleiben, und außerdem hätten sie auf die Anzahlung verzichten müssen, wenn sie in ein Hotel am Strand umgezogen wären. Also blieben sie. Und am ersten Abend entdeckt eins der Mädchen auf dem Parkplatz einen Pick-up mit einem Anhänger mit einem Propellerboot drauf. Weißt du, was ein Propellerboot ist?«

»Mit so einem Propeller wie ein Flugzeug hinten drauf, wie sie in den Sümpfen dort unten verwendet werden?«

»Genau. In den Everglades.«

»Ich habe welche in CNN gesehen, als dieses Flugzeug in den Sümpfen abstürzte und verschwand.«

»Genau so ein Ding. Aber dieses Mädchen und ihre Familie hatten noch nie eines gesehen, außer vielleicht im Fernsehen oder in einer Zeitschrift, und deshalb sahen sie es sich näher an. Und zufällig kommt der Mann, dem es gehört, gerade vorbei. Er kommt mit ihnen ins Gespräch und bietet ihnen an, sie auf seinem Propellerboot mitzunehmen, wenn sie wollen.«

Graciela vergrub ihr Gesicht in seiner Halsbeuge und drückte eine Hand auf seine Brust. Sie ahnte, wohin diese Geschichte führen würde.

»Sie sagten sofort begeistert zu. Ich meine, sie waren aus einer Kleinstadt in Ohio mit nur einer High-School. Sie hatten keine Ahnung, wie es auf der Welt zugeht. Also sagten sie ja und nahmen die Einladung dieses Mannes – dieses Fremden – an.«

»Und er brachte sie um?«

»Alle.« McCaleb nickte im Dunkeln. »Sie fuhren mit ihm los und kamen nie mehr zurück. Der Vater wurde als erster gefunden. Seine Leiche wurde ein paar Nächte später von einem Froschfänger gefunden, der das Gras absuchte. Die Stelle war nicht allzu weit von einer Rampe entfernt, an der sie diese Boote ins Wasser lassen. Er hatte ihn einmal in den Hinterkopf geschossen und über Bord geworfen.«

»Und die Mädchen?«

»Die Sheriffs aus der Gegend brauchten ein paar Tage, um den Vater zu identifizieren und mit dem Sea Breeze in Verbindung zu bringen. Als sie dort keine Spur von der Frau und den Mädchen fanden und feststellten, daß sie auch nicht zu Hause in Ohio waren, fingen die Sheriffs an, die Glades mit Hubschraubern und Propellerbooten abzusuchen. Die anderen drei Leichen fanden sie etwa sechs Meilen weiter draußen. Wo sonst keine Menschenseele hinkommt. Eine Stelle, welche die Einheimischen Devil's Keep nennen. Dort waren die Leichen. Er hatte sich an allen dreien vergangen. Dann band er jeder einen Betonstein ans Bein und warf sie ins Wasser. Sie waren noch am Leben. Sie sind ertrunken.«

»O Gott …«

»Gott muß an diesem Tag gerade woanders gewesen sein. Die Verwesungsgase ließen die Leichen schließlich an die Oberfläche steigen, trotz der Betonsteine.«

Nach langem Schweigen fuhr er fort:

»Etwa zu diesem Zeitpunkt wurde das FBI hinzugezogen, und ich wurde mit einem Kollegen namens Walling nach Florida runtergeschickt. Wir hatten nicht viele Ansatzpunkte. Wir erstellten ein Psychogramm – wir wußten, es war jemand, der sich in den Glades sehr gut auskannte. Größtenteils ist das Wasser dort höchstens einen Meter tief, egal wo man ist. Aber die Frauen waren an einer tiefen Stelle ins Wasser geworfen worden. Er wollte eindeutig nicht, daß sie gefunden würden. Er muß diese Stelle gekannt haben. Devil's Keep. Es war wie eine Senkgrube oder ein Meteoritenkrater. Um diese Stelle zu kennen, muß er vorher schon mal da draußen gewesen sein.«

McCaleb starrte durch das Dunkel an die Decke, aber was er sah, war seine eigene grauenhafte Version dessen, was sich am Devil's Keep abgespielt hatte. Es war eine Vision, die immer darauf lauerte, aus den dunkelsten Winkeln seines Gedächtnisses in sein Bewußtsein einzudringen.

»Er hatte sie ausgezogen, ihnen den Schmuck weggenommen, alles, womit sie hätten identifiziert werden können. Aber in Aubrey-Lynns Faust, als sie ihr die Finger aufbogen, war eine silberne Halskette mit einem Kruzifix. Irgendwie war es ihr gelungen, es vor ihm zu verbergen und zu behalten. Wahrscheinlich betete sie bis zum Schluß zu ihrem Gott.«

McCaleb dachte über die Geschichte und ihre nachhaltige Wirkung auf ihn nach. Ihre Resonanz durchdrang auch nach all diesen Jahren noch sein ganzes Leben. Wie die hereinkommende Flut, die das Boot fast rhythmisch hob und senkte. Die Geschichte war immer präsent. Er wußte, er brauchte das Foto nicht wie ein Heiligenbildchen über seinem Schreibtisch aufzuhängen. Er würde das Gesicht dieses Mädchens nie vergessen. Er wußte, mit dem Gesicht dieses Mädchens hatte sein Herz zu sterben begonnen.

»Haben sie diesen Mann gefaßt?« fragte Graciela.

Sie hatte die Geschichte gerade zum erstenmal gehört, und schon wollte sie wissen, daß jemand für das gräßliche Verbrechen gebüßt hatte, daß es eine Auflösung gefunden hatte. Im Gegensatz zu McCaleb verstand sie nicht, daß das keine Rolle spielte. Daß es für eine Geschichte wie diese nie eine Auflösung gab.

»Nein. Er wurde nicht gefaßt. Sie haben jeden Gast im Melderegister des Sea Breeze überprüft. Bis auf einen Mann, den sie nicht finden konnten. Er hatte sich unter dem Namen Earl Hanford eingetragen, aber der Name war falsch. Hier endete die Spur ... bis er das Video schickte.«

Ein Augenblick der Stille verstrich.

»Die Kassette war an den leitenden Ermittler des Sheriffs adressiert. Die Showitz' hatten eine Videokamera. Sie hatten sie auf den Propellerbootausflug mitgenommen. Die Kassette beginnt mit jeder Menge glücklicher Momente und lächelnder Gesichter. Disney World, der Strand, dann einige Aufnahmen aus den Glades. Dann begann der Mörder zu filmen ... alles. Damit wir ihn nicht identifizieren konnten, hatte er sich eine schwarze Kapuze übergezogen. Auch vom Boot war nie genügend zu sehen, um seine Identifizierung zu ermöglichen. Er wußte genau, was er tat.«

»Hast du es dir angesehen?«

McCaleb nickte. Er löste sich von Graciela und setzte sich mit dem Rücken zu ihr auf die Bettkante.

»Er hatte ein Gewehr. Sie machten, was er wollte. Alles mögliche ... die zwei Schwestern ... zusammen. Andere Dinge. Und er brachte sie trotzdem um. Er – ach verdammt ...«

Er schüttelte den Kopf und rieb sich mit den Händen heftig das Gesicht. Er spürte ihre warme Hand auf seinem Rücken.

»Die Betonsteine, die er ihnen an die Beine gebunden hatte, waren nicht schwer genug, um sie sofort runterzuziehen. Sie schlugen verzweifelt um sich, weißt du, an der Oberfläche. Er sah zu und nahm es auf. Es erregte ihn. Er masturbierte, während er zusah, wie sie ertranken.«

Er hörte Graciela leise weinen. Er legte sich wieder hin und legte den Arm um sie.

»Das Video war das letzte, was wir von ihm gehört haben«, sagte er. »Er ist irgendwo da draußen. Noch so jemand.«

Unschlüssig, ob sie ihn sehen konnte, sah er sie im Dunkeln an.

»Das war die Geschichte.«

»Es muß schrecklich sein, ständig so etwas mit sich herumtragen zu müssen.«

»Das mußt du jetzt auch.«

Sie rieb sich die Tränen aus den Augen.

»Das war, als du aufgehört hast, an Engel zu glauben, oder?«

Er nickte.

Etwa eine Stunde vor Morgengrauen stand McCaleb auf und kehrte in sein unbequemes Bett in der Kajüte zurück. Bis zu diesem Moment hatten sie die Nacht damit verbracht, sich flüsternd zu unterhalten und sich in den Armen zu halten und zu küssen, ohne jedoch miteinander zu schlafen. Zurück in seinem Schlafsack, konnte er immer noch nicht einschlafen. Er mußte ständig an bestimmte Momente der Stunden denken, die er gerade mit Graciela verbracht hatte, an ihre warmen Hände auf seiner Haut, an ihre weichen Brüste an seinen Lippen, an den Geschmack ihrer Lippen. Und in den Momenten, in denen seine Gedanken von diesen sinnlichen Erinnerungen abschweiften, dachte er auch an die Geschichte, die er ihr erzählt hatte, und wie sie darauf reagiert hatte.

Am Morgen sprachen sie nicht über das, was in der Kabine geschehen oder was dort gesprochen worden war, nicht einmal dann, als Raymond in die Plicht hinausgegangen war, um in den Senkkasten zu sehen, und sie nicht hören konnte. Graciela tat so, als hätte es kein nächtliches Beisammensein gegeben, und McCaleb verhielt sich entsprechend. Das erste, worauf er zu sprechen kam, während er drei Portionen Rührei für sie machte, war der Fall.

»Könntest du bitte etwas für mich tun, wenn du heute nach Hause kommst?« fragte er, nachdem er sich mit einem Blick über die Schulter vergewissert hatte, daß Raymond noch draußen war. »Ich möchte, daß du über deine Schwester nachdenkst und alles aufschreibst, was dir über ihre Gewohnheiten einfällt. Damit meine ich Orte, die sie häufig aufsuchte, Freunde, mit denen sie sich traf. Alles, was dir einfällt, was sie seit Jahresbeginn bis zu dem Abend, an dem sie in diesen Laden ging, getan hat. Außerdem möchte ich mit ihren Freunden und ihrem Chef bei der *Times* sprechen. Es ist vielleicht besser, wenn du das übernimmst.«

»In Ordnung. Wieso das auf einmal?«

»Weil sich der Fall plötzlich in einem anderen Licht darstellt. Weißt du noch, wie ich dich nach dem Ohrring gefragt habe?«

McCaleb erzählte ihr von seiner Vermutung, daß der maskierte Täter den Ohrring genommen hatte. Er erzählte ihr auch, daß er am Freitag herausgefunden hatte, daß dem Opfer des ersten Raubmords ebenfalls ein persönlicher Gegenstand entwendet worden war.

»Was?«

»Ein Foto von seiner Frau und seinen Kindern.«

»Und was hat das deiner Meinung nach zu bedeuten?«

»Daß es sich hier möglicherweise gar nicht um Raubüberfälle handelte. Daß sich dieser Kerl den Mann am Geldautomaten und dann deine Schwester aus einem anderen Grund ausgesucht hat. Es besteht die Möglichkeit, daß sie vorher schon einmal etwas mit ihm zu tun hatten. Weißt du, daß sich ihre Wege schon früher mal gekreuzt haben. Das ist der Grund, weshalb ich dich darum bitte. Die Frau des ersten Opfers schreibt mir ebenfalls alles auf, was ihr in dieser Hinsicht zu ihrem Mann einfällt. Dann sehe ich mir eure Aufzeichnungen daraufhin an, ob es irgendwelche Querverbindungen zwischen ihnen gibt.«

Graciela verschränkte die Arme und lehnte sich gegen die Kombüsentheke.

»Meinst du, sie könnten diesem Mann etwas getan haben, was ihn dazu veranlaßt hat?«

»Nein. Ich glaube, daß sie ihm bei irgendeiner Gelegenheit begegnet sind und aus irgendeinem Grund seine Aufmerksamkeit auf sich gezogen haben. Das kann durchaus etwas vollkommen Belangloses gewesen sein. Ich glaube, wir haben es hier mit einem Psychopathen zu tun. Deshalb läßt sich nicht sagen, was ihm an ihr aufgefallen ist. Warum er unter den neun Millionen Menschen, die in diesem County leben, ausgerechnet deine Schwester und James Cordell ausgesucht hat.«

Sie schüttelte ungläubig den Kopf.

»Was meint die Polizei dazu?«

»Ich glaube nicht, daß das LAPD schon etwas davon weiß. Und die Ermittlerin des Sheriff's Department ist nicht sicher, ob sie es so sehen soll wie ich. Darüber werden wir uns alle morgen früh unterhalten.«

»Und was ist mit dem Mann?«

»Mit welchem Mann?«

»Dem Ladenbesitzer. Vielleicht ging es in Wirklichkeit nur um ihn. Vielleicht hatte Glory überhaupt nichts mit der ganzen Sache zu tun.«

McCaleb schüttelte den Kopf. »Nein. Wenn der Maskierte es auf ihn abgesehen hätte, wäre er einfach, wenn gerade niemand dagewesen wäre, in den Laden marschiert und hätte ihn erschossen. Er hatte es auf deine Schwester abgesehen. Und auf diesen Mann aus Lancaster. Zwischen ihnen besteht eine Verbindung. Die müssen wir finden.«

McCaleb griff in die Gesäßtasche seiner Jeans und zog ein Foto heraus, das Amelia Cordell ihm gegeben hatte. Es war eine Nahaufnahme James Cordells, der mit einem strahlenden Lächeln in die Kamera blickte. Er zeigte das Foto Graciela.

»Kennst du diesen Mann? Könnte ihn deine Schwester gekannt haben?«

Sie nahm ihm das Foto aus der Hand und betrachtete es aufmerksam. Doch dann schüttelte sie nur den Kopf.

»Nicht, daß ich wüßte. Ist er … der Mann aus Lancaster?«

McCaleb nickte und nahm das Foto zurück. Er steckte es wieder ein und bat Graciela, Raymond zum Frühstück zu holen. Sie war bereits an der Schiebetür, als er sie zurückhielt.

»Graciela, vertraust du mir?«

Sie blickte zu ihm zurück.

»Natürlich.«

»Dann mußt du mir auch in diesem Punkt vertrauen. Wenn sie mir beim LAPD und beim Sheriff's Department nicht glauben, ist mir das egal. Ich weiß, was ich weiß. Und ich werde dieser Sache weiter nachgehen, ob mit ihnen oder ohne sie.«

Sie nickte und wandte sich wieder der Tür und dem Jungen draußen im Heck zu.

23

Im Bereitschaftsraum im Sheriff's Star Center wimmelte es von Detectives, als McCaleb Montag morgen um acht Uhr zur Tür hereinkam. Allerdings gab ihm die Rezeptionistin, die ihn noch vor drei Tagen allein in die Mordkommission hatte gehen lassen, zu verstehen, er müsse auf den Captain warten. Das wunderte McCaleb, aber bevor er nach dem Grund fragen konnte, machte sie bereits einen Anruf. Kaum hatte sie aufgelegt, sah McCaleb Captain Hitchens aus dem Besprechungszimmer kommen, in dem er am Freitag mit Jaye Winston gesessen hatte. Der Captain schloß die Tür hinter sich und kam auf ihn zu. McCaleb stellte fest, daß die Jalousien der gläsernen Trennwand des Besprechungszimmers heruntergezogen und geschlossen waren. Hitchens winkte ihm zu, ihm zu folgen.

»Terry, kommen Sie mal mit nach hinten.«

McCaleb folgte Hitchens in sein Büro, wo dieser ihn aufforderte, Platz zu nehmen. McCaleb schwante angesichts der übertrieben zuvorkommenden Behandlung nichts Gutes. Hitchens setzte sich hinter seinen Schreibtisch, verschränkte die Arme und stützte sich mit einem Lächeln auf den Lippen auf die Kalenderschreibunterlage.

»Wo haben Sie denn die ganze Zeit gesteckt?«

McCaleb sah auf die Uhr.

»Wie meinen Sie das? Jaye Winston hat das Treffen für acht Uhr angesetzt. Jetzt ist es zwei Minuten nach.«

»Ich meine, Samstag und Sonntag. Jaye hat Sie ständig zu erreichen versucht.«

McCaleb wußte sofort, was passiert war. Am Samstag, als er im Boot saubergemacht hatte, hatte er das Telefon und den Anrufbeantworter in den Schrank neben dem Kartentisch gestellt. Und dann hatte er vergessen, es wieder herauszunehmen. Darum hatte er die Anrufe und die Nachrichten, die auf seinem Anrufbeantworter eingegangen waren, während er draußen auf der Mole beim Angeln gewesen war, an beiden Tagen nicht mitbekommen. Telefon und Anrufbeantworter waren immer noch im Schrank.

»So was Blödes«, sagte er zu Hitchens. »Ich habe meinen Anrufbeantworter nicht abgehört.«

»Wir haben jedenfalls versucht, Sie anzurufen. Hätte Ihnen die Fahrt hier raus erspart.«

»Ist das Treffen abgesagt? Ich dachte, Jaye wollte –«

»Das Treffen ist nicht abgesagt, Terry. Es ist nur so, daß sich verschiedenes ergeben hat, und deshalb halten wir es für besser, wenn wir die Ermittlungen ohne Komplikationen von außen durchführen.«

McCaleb sah ihn lange an.

»Komplikationen? Meinen Sie, wegen der Herztransplantation? Hat Ihnen Jaye davon erzählt?«

»Das brauchte sie mir nicht zu erzählen. Aber es gibt verschiedene Gründe. Schauen Sie, Sie sind hier angekommen und haben einiges in Bewegung gebracht. Sie haben uns eine Reihe von Dingen gegeben, konkrete Anhaltspunkte, denen wir nachgehen können. Genau das werden wir nun tun, und wir werden bei unseren Ermittlungen sehr gewissenhaft vorgehen, aber gleichzeitig muß ich an diesem Punkt, was Ihre Beteiligung angeht, eine Grenze ziehen. Tut mir leid.«

Mit irgend etwas hält der Kerl hinter dem Busch, dachte McCaleb, während der Captain sprach. Irgend etwas ging hier vor, das er nicht verstand oder zumindest nicht wußte. Konkrete Anhaltspunkte, hatte Hitchens gesagt. Plötzlich dämmerte es McCaleb. Wenn Jaye Winston am Wochenende nicht zu ihm durchgekommen war, dann war das auch Vernon Carruthers aus Washington, D. C., nicht gelungen.

»Hat mein Bekannter in der Abteilung für Schußwaffen und Werkzeugspuren was rausgefunden?«

Hitchens hielt ihm seine erhobenen Handflächen entgegen. »Darüber werden wir hier nicht sprechen. Wie gesagt, wir sind Ihnen sehr dankbar für Ihre Hilfe, aber überlassen Sie bitte von nun an alles Weitere uns. Wir werden Sie über die weiteren Entwicklungen auf dem laufenden halten, und wenn es Erfreuliches zu berichten gibt, wird Ihr Anteil in unseren Unterlagen und in den Medien gebührend gewürdigt werden.«

»Ich will nicht gewürdigt werden. Ich will bei dieser Sache mitmachen.«

»Tut mir leid, aber von jetzt an übernehmen wir das allein.«
»Und Jaye ist damit einverstanden?«

»Ob sie einverstanden ist oder nicht, tut nichts zur Sache. Wenn mich nicht alles täuscht, bin immer noch ich Leiter der Mordkommission und nicht Jaye Winston.«

In seinem Ton schwang genügend Ärger mit, um McCaleb zu dem Schluß gelangen zu lassen, daß Jaye Winston nicht einer Meinung mit Hitchens gewesen war. Das war gut zu wissen. Möglicherweise würde er sie brauchen. Während er Hitchens durchdringend anstarrte, wurde McCaleb klar, daß er nicht einfach brav zu seinem Boot zurückfahren und die Sache auf sich beruhen lassen würde. Auf gar keinen Fall. Der Captain war zweifellos clever genug, um sich dessen ebenfalls bewußt zu sein.

»Ich weiß, was Sie denken. Und ich kann Ihnen nur den guten Rat geben, sich nicht selbst in Schwierigkeiten zu bringen. Sollten Sie uns nämlich bei unseren Ermittlungen in irgendeiner Weise in die Quere kommen, kriegen Sie gewaltigen Ärger.«

McCaleb nickte.

»Das sind klare Worte.«

»Ich habe Sie gewarnt.«

McCaleb bat Lockridge, ein wenig auf dem Besucherparkplatz herumzufahren. Eigentlich wollte er auf schnellstem Weg zu einem Telefon, aber zuerst wollte er sehen, ob er nicht herausbekommen konnte, wer sich in dem Besprechungszimmer aufhielt, aus dem Hitchens gekommen war. Ihm war klar, daß Jaye Winston dort gewesen war und wahrscheinlich auch Arrango und Walters. Aber wenn er richtig vermutete und Vernon Carruthers mit Hilfe des DRUGFIRE-Laserprogramms ein ballistisches Gegenstück gefunden hatte, mußte außer Maggie Griffin noch jemand vom FBI in dem Besprechungszimmer sein.

Während sie langsam an den geparkten Autos vorbeifuhren, faßte McCaleb das hintere Seitenfenster auf der Fahrerseite jedes Wagens ins Auge. In der dritten Reihe fand er schließlich, was er suchte.

»Halt mal an, Bud«, sagte er.

Sie kamen hinter einem metallicblauen Ford LTD zu stehen. Der verräterische Strichcodeaufkleber war am hinteren

Seitenfenster angebracht. Es war ein FBI-Wagen. Damit er auch nach Dienstschluß noch in die Garage kam, las an der Einfahrt zur Tiefgarage des Federal Building in Westwood ein Laserauge den Strichcode ab und ließ das Stahltor hochgehen.

McCaleb stieg aus und ging auf den Wagen zu. Er hatte keine anderen äußeren Markierungen, die ihm geholfen hätten, den Agenten zu identifizieren, der ihn gefahren hatte. Aber der Betreffende hatte es ihm leichtgemacht. Da er auf dem Weg zu der Besprechung nach Osten, auf die aufgehende Sonne zu, gefahren war, hatte er die Sonnenblende heruntergeklappt und unten gelassen. McCaleb kannte keinen FBI-Agenten, der die seinem Wagen zugeteilte Benzinkarte ihrer leichten Erreichbarkeit wegen nicht an der Sonnenblende feststeckte. Da war auch dieser Agent keine Ausnahme. McCaleb notierte sich die Nummer der Benzinkarte und kehrte zu Lockridges Taurus zurück.

»Was war mit dem Wagen?« fragte Buddy.

»Nichts. Fahren wir.«

»Wohin?«

»Zur nächsten Telefonzelle.«

»Hätte ich mir eigentlich denken können.«

Fünf Minuten später kamen sie zu einer Tankstelle, an deren Seitenwand fünf Münztelefone angebracht waren. Lockridge hielt neben den Telefonen, ließ, um mithören zu können, das Fenster herunter und stellte den Motor ab. Bevor McCaleb ausstieg, zog er seine Brieftasche heraus und gab ihm einen Zwanzigdollarschein.

»Tank mal voll. Wir müssen, glaube ich, wieder in die Wüste hoch.«

»Scheiße.«

»Du hast doch gesagt, du hättest den ganzen Tag Zeit.«

»Hab' ich auch, aber wer fährt schon gern in die Wüste. Gibt es denn keine Spuren, die mal zum Strand führen, Herrgott noch mal?«

McCaleb lachte bloß und stieg mit seinem Adreßbuch aus.

Er ging zu einem der Münzapparate, rief die Außendienststelle in Westwood an und ließ sich in die Tiefgarage durchstellen. Nach zwölfmaligem Läuten nahm jemand ab.

»G'rage.«

»Ja, wer ist dran?«

»Ruf's.«

»Ach ja, klar.« McCaleb erinnerte sich an den Mann. »Rufus, hier ist Convey aus dem vierzehnten Stock. Ich hätte da eine Frage, die Sie mir vielleicht beantworten können.«

»Klar. Schießen Sie los.«

Offensichtlich hatte die Vertrautheit, die McCaleb in seine Stimme gelegt hatte, ihren Zweck erfüllt. Er erinnerte sich, daß sich Rufus nicht gerade durch Intelligenz ausgezeichnet hatte. Das zeigte sich am schlechten Zustand des FBI-Wagenparks.

»Ich habe hier oben eine Benzinkarte gefunden, die eigentlich in einen Wagen da unten gehört. Wer hat Karte Nummer einundachtzig? Könnten Sie das für mich nachsehen?«

»Äh ... einunachzich?«

»Ja, Ruf, einundachtzig.«

Darauf trat eine Weile Stille ein, während der Garagenwärter vermutlich in einer Liste nachsah.

»Äh, also, das wäre Misser Spence. Das is' seine Karte.«

McCaleb reagierte nicht. Gilbert Spencer war der zweithöchste Agent in Los Angeles. Ungeachtet seines Rangs hatte McCaleb von seinen Fähigkeiten als Ermittler nie viel gehalten. Aber die Tatsache, daß er sich mit Jaye Winston und ihrem Captain und Gott weiß wem noch alles im Star Center traf, war ein gewaltiger Schock für ihn. Langsam begann er besser zu verstehen, warum er vor die Tür gesetzt worden war.

»Hallo?«

»Ach so, ja, Rufus, und vielen Dank auch. Das war einundachtzig, richtig?«

»Ja. Das is' der Wagen von Agent Spence.«

»Okay, ich werde ihm die Karte geben.«

»Ich weiß nicht. Im Moment ist sein Wagen grade nicht hier.«

»Gut, kein Problem, Rufus. Und noch mal vielen Dank.«

McCaleb hängte auf und nahm sofort wieder ab. Mit seiner Telefonkarte rief er Vernon Carruthers in Washington an. Dort war es gerade Mittagszeit, und er hoffte, er würde ihn noch erreichen.

»Hier Vernon.«

McCaleb gab einen tiefen Seufzer von sich.

»Ich bin's, Terry.«

»Mann, wo hast du die ganze Zeit gesteckt? Ich habe Samstag versucht, dir schon vorher Bescheid zu geben, und du brauchst zwei Tage, um zurückzurufen.«

»Ich weiß, ich weiß. Hab' Scheiße gebaut. Aber soviel ich höre, hast du was.«

»Das kannst du laut sagen.«

»Was, Vernon, was?«

»Ich muß vorsichtig sein. Wenn mich nicht alles täuscht, sind diese Informationen nur einem begrenzten Personenkreis zugänglich, und du gehörst –«

»– nicht dazu. Ja, ich weiß. Das habe ich bereits gemerkt. Aber das hier ist mein Baby, Vernon, und keiner schaukelt es ohne mich. Drum erzähl mal schön, was du Wichtiges rausgefunden hast, daß der stellvertretende Special Agent für Los Angeles wahrscheinlich zum erstenmal in diesem Jahr sein kleines Zimmer verlassen hat und sich in die große, weite Welt hinauswagt.«

»Keine Sorge, ich erzähl's dir schon. Schließlich habe ich meine fünfundzwanzig Jahre schon rum. Was wollen sie da noch mit mir machen? Mich rausschmeißen und mir doppelte Zeugenhonorare zahlen, damit ich in den Fällen, die ich noch anstehen habe, aussage?«

»Dann laß endlich die Katze aus dem Sack!«

»Also, diesmal hast du wirklich einen Volltreffer gelandet. Ich habe das Geschoß, das mir diese Winston geschickt hat, gelasert und eine dreiundachtzigprozentige Übereinstimmung mit einem ziemlich großen Fragment gekriegt, das sie letzten November aus dem Kopf eines gewissen Donald Kenyon geholt haben. Deswegen sind sie bei euch an der Westküste so aus dem Häuschen.«

McCaleb stieß einen Pfiff aus.

»Hey, nicht genau in mein Ohr, Mann«, protestierte Carruthers.

»Entschuldige. War es ein Federal VMG – das von Kenyon?«

»Nein, das war ein Splittergeschoß. Eine Devastator. Weißt du, was das ist?«

»Klar. So ein Ding, das Reagan damals vor dem Hilton abgekriegt hat, oder nicht?«

»Genau. Mit einer kleinen Ladung in der Spitze. Damit es das Geschoß zerfetzt. War aber bei Ronnie nicht der Fall. Da hat er wirklich Glück gehabt. Was man von Kenyon nicht behaupten kann.«

McCaleb überlegte, was das bedeuten könnte. Dieselbe HK P7 war bei drei Morden benutzt worden: Kenyon, Cordell und Torres. Allerdings hatte sich die Munition zwischen Kenyon und Cordell geändert, von einem Splittergeschoß zu einer Hardball. Warum?

»Und nicht vergessen«, fuhr Carruthers fort. »Du weißt das nicht von mir.«

»Schon klar. Aber noch etwas würde ich gern wissen. Als du die Übereinstimmung hattest, was hast du da gemacht? Bist du zu Lewin gegangen, oder hast du selbst ein bißchen nachgeforscht?«

Joel Lewin war auf dem Papier Carruthers' Boß.

»Du willst also wissen, ob ich was habe, das ich dir schicken kann, habe ich recht?«

»Ganz richtig. Ich brauche alles, was du mir schicken kannst.«

»Schon unterwegs. Habe es Samstag mit Expreß abgeschickt, bevor hier die Kacke am Dampfen war. Habe alles ausgedruckt, was im Computer war. Du kriegst unser ganzes Material. Müßte heute oder morgen dasein. Aber dafür darfst du mich auch mal mit deinem Boot zum Angeln mit rausnehmen, Mann.«

»Auf jeden Fall.«

»Und du hast nichts von dem ganzen Kram von mir gekriegt.«

»Das versteht sich doch von selbst, Vernon. Das brauchst du mir doch nicht extra zu sagen.«

»Ich weiß, aber so ist mir trotzdem wohler bei der Sache.«

»Was hast du sonst noch für mich?«

»Das wär's eigentlich. Die Sache wurde mir aus der Hand genommen. Lewin hat sich das Ganze unter den Nagel gerissen, und von da ging's gleich nach ganz oben weiter. Ich mußte ihnen sagen, warum ich es vorrangig behandelt habe. Deshalb wissen sie, daß du deine Finger im Spiel hast. Aber warum, habe ich ihnen nicht gesagt.«

McCaleb machte sich stumme Vorhaltungen, daß er bei der Begegnung mit Arrango nach der Hypnosesitzung die

Beherrschung verloren hatte. Hätte er nicht die wahren Beweggründe für sein Interesse an den Ermittlungen verraten, wäre er vielleicht immer noch an ihnen beteiligt. Carruthers hatte sein Geheimnis für sich behalten, aber Arrango nicht.

»Bist du noch dran, Terry?«

»Ja. Hör zu, wenn dir sonst noch was über diese Sache zu Ohren kommt, gib mir sofort Bescheid.«

»Jederzeit, Mann. Aber geh gefälligst ans Telefon! Und mach keine Dummheiten.«

»Mach' ich doch nie.«

Als McCaleb auflegte und sich umdrehte, stieß er fast mit Buddy Lockridge zusammen.

»Jetzt hör aber mal, Buddy, ein bißchen Platz mußt du mir schon noch lassen! Fahren wir.«

Sie gingen auf den Wagen zu, der immer noch an einer der Zapfsäulen stand.

»In die Wüste?«

»Ja. Ich muß Mrs. Cordell noch mal besuchen. Mal sehen, ob sie noch mit mir spricht.«

»Warum sollte sie das nicht – schon gut, du brauchst nicht zu antworten. Ich bin bloß der Fahrer.«

»Jetzt hast du's kapiert.«

Auf der Fahrt in die Wüste rauf orgelte Buddy auf einer B-Harmonika herum, während sich McCaleb mit verschiedenen Selbsthypnosetechniken zu entspannen versuchte, um sich besser erinnern zu können, was er über den Fall Donald Kenyon wußte. Es war die letzte in einer, wie es schien, langen Reihe von Schlappen gewesen, die das FBI in den letzten Jahren hatte einstecken müssen.

Kenyon war Präsident von Washington Guaranty gewesen, einer auf Bundesebene abgesicherten Bank mit Zweigstellen in den Counties Los Angeles, Orange und San Diego. Kenyon war ein mit allen Wassern gewaschener Senkrechtstarter, der sich bei kapitalkräftigen Investoren mit Insider-Börsentips lieb Kind machte, bis er im schockierend jugendlichen Alter von neunundzwanzig Jahren Präsident der Bank war. Porträts über ihn erschienen in jedem Wirtschaftsmagazin. Er war ein Mann, der bei seinen Investoren und Angestellten nicht weniger Vertrauen und Zuversicht weckte als bei den Medien, und dies in einem Maß, das es ihm ermöglichte, in den drei Jahren, in denen er Präsident von Washington Guaranty war, mittels Scheinkrediten stattliche fünfunddreißig Millionen Dollar an diverse Scheinfirmen abzuzweigen, ohne daß auch nur ein Mensch Verdacht schöpfte. Erst als die Bank so gründlich geschröpft war, daß sie bankrott ging, und Kenyon untertauchte, merkten alle, Rechnungsprüfer und sonstige Kontrollinstanzen eingeschlossen, was Sache war.

Der Fall hatte die Medien Monate, wenn nicht sogar Jahre beschäftigt, erinnerte sich McCaleb. Berichte über Pensionäre, die vor dem Nichts standen, Berichte über Unternehmen, die infolge des Konkurses eingegangen waren, Berichte über Kenyon, der angeblich in Paris, Zürich, Tahiti und an verschiedenen anderen Orten gesehen worden war.

Fünf Jahre nach seinem Untertauchen wurde Kenyon von einer Spezialeinheit des FBI in Costa Rica aufgespürt, wo er in einem luxuriösen Herrschaftssitz mit zwei Swimmingpools, zwei Tennisplätzen, einem festangestellten Fitneßtrainer und einem Gestüt residierte. Der Dieb, inzwischen 36, wurde an die Vereinigten Staaten ausgeliefert, wo er vor einem Bundesgericht in Los Angeles unter Anklage gestellt werden sollte.

Während Kenyon in Untersuchungshaft auf seinen Prozeß wartete, setzte sich eine auf die Wiederbeschaffung von Vermögenswerten spezialisierte FBI-Einheit auf seine Fährte und versuchte sechs Monate lang, das Geld aufzuspüren. Aber es tauchten nicht einmal zwei Millionen Dollar auf.

Man stand vor einem Rätsel. Kenyon führte zu seiner Verteidigung an, er habe das Geld nicht, weil er es nicht genommen, sondern nur unter massiven Todesdrohungen – gegen sich und seine Familie – weitergeleitet habe. Er ließ durch seine Anwälte verlauten, er sei erpreßt worden, Firmen zu gründen, ihnen von Washington Guaranty Kredite in Millionenhöhe zu gewähren und diese Gelder dann an den Erpresser weiterzuleiten. Doch obwohl ihm eine langjährige Haftstrafe in einem Bundesgefängnis drohte, weigerte sich Kenyon beharrlich, den Erpresser zu nennen, der das Geld bekommen hatte.

Das nahmen ihm die Ermittler und Ankläger der Bundesbehörden nicht ab. Unter Berufung auf den aufwendigen

Lebensstil, den er sowohl als Präsident von Washington Guaranty als auch auf der Flucht gepflegt hatte, sowie auf den Umstand, daß sich in Costa Rica ein Teil des Geldes – wenn auch nicht annähernd alles – eindeutig in seinem Besitz befunden hatte, beschlossen sie, ausschließlich gegen Kenyon Anklage zu erheben.

Nach einem viermonatigen Prozeß vor einem Bundesgericht, dessen Zuschauerränge Tag für Tag dicht mit Betroffenen besetzt waren, die beim Zusammenbruch von Washington Guaranty ihre gesamten Ersparnisse verloren hatten, wurde Kenyon des schweren Betrugs für schuldig befunden und von U.S. District Judge Dorothy Windsor zu achtundvierzig Jahren Gefängnis verurteilt.

Was dann passierte, resultierte in einer weiteren Blamage für das FBI.

Nach der Urteilsverkündung gab Richterin Windsor einem Antrag der Verteidigung statt, Kenyon zu erlauben, sich im Kreis seiner Familie noch eine Weile auf den Antritt seiner Haftstrafe vorzubereiten, während seine Anwälte die Einleitung eines Berufungsverfahrens vorbereiteten. Entgegen dem energischen Einspruch der Anklage gab die Richterin Kenyon sechzig Tage Zeit, um seine Angelegenheiten zu regeln. Danach hatte er sich unabhängig davon, ob nun ein Revisionsantrag eingereicht worden war oder nicht, im Gefängnis zu melden. Des weiteren verfügte Richterin Windsor, Kenyon habe während dieser Zeit zur Verhinderung eines weiteren Fluchtversuchs eine Überwachungsmanschette um sein Fußgelenk zu tragen.

Solche Maßnahmen sind nach einer Verurteilung keineswegs unüblich. Unüblich sind sie nur, wenn der Verurteilte schon einmal seine Bereitschaft unter Beweis gestellt hat, sich dem Zugriff der Behörden zu entziehen und aus dem Land zu fliehen.

Ob es nun allerdings Kenyon irgendwie gelungen war, einen Bundesrichter dahingehend zu beeinflussen, eine solche Entscheidung zu treffen, und ob er geplant hatte, erneut unterzutauchen, sollte für immer ungeklärt bleiben. Am Dienstag nach Thanksgiving, dem einundzwanzigsten Tag von Kenyons zweimonatigem Haftaufschub, drang jemand in das Haus ein, das er am Maple Drive in Beverly Hills gemietet hatte. Da seine Frau gerade ihre beiden Kinder zur

Schule brachte, war Kenyon allein zu Hause. Der Eindringling überraschte Kenyon in der Küche und zwang ihn mit vorgehaltener Waffe, in die marmorgeflieste Diele des Hauses zu gehen. Dort erschoß er Kenyon in dem Moment, in dem seine Frau auf der kreisrunden Auffahrt vor dem Haus hielt. Der Mörder entkam durch den Hinterausgang und über den schmalen Durchgang, der hinter den Villen am Maple Drive verlief.

Bis auf die Fahndung nach dem Mörder hätte die Geschichte hier enden oder bestenfalls mit der gepflegten Langeweile einer sich im Nichts verlierenden Spur weiter dahinplätschern können, wäre Kenyon nicht vom FBI widerrechtlich observiert worden. Unter anderem waren in seinem Haus, in seinen Autos und im Büro seines Anwalts Abhörvorrichtungen angebracht worden, und zu dem Zeitpunkt, als er erschossen wurde, war zwei Straßen weiter ein Lieferwagen mit vier FBI-Agenten geparkt gewesen. Der Mord war aufgezeichnet worden.

Ungeachtet ihrer widerrechtlichen Anwesenheit rasten die Agenten sofort zum Haus des Ermordeten und nahmen die Verfolgung des Täters auf. Doch der Killer entkam, während Kenyon ins Cedars-Sinai-Krankenhaus gebracht wurde, wo nur noch sein Tod festgestellt werden konnte.

Die fehlenden Millionen, wegen deren Veruntreuung Kenyon verurteilt worden war, tauchten nie mehr auf. Dieser Umstand geriet jedoch völlig in Vergessenheit, sobald bekannt wurde, welche Rolle das FBI bei dem Vorfall gespielt hatte. Nicht nur, daß man das Bureau wegen der Durchführung eines gesetzwidrigen Lauschangriffs heftig anprangerte – es wurde auch viel Häme über ihm ausgegossen. Da war direkt vor der Nase des FBI ein Mord passiert, und es war ihm nicht einmal gelungen, den Mörder zu fassen, geschweige denn, die Ermordung Kenyons zu verhindern.

Das alles hatte McCaleb nur aus der Ferne mitbekommen. Er war damals schon nicht mehr beim FBI gewesen und hatte sich zum Zeitpunkt von Kenyons Ermordung auf seinen eigenen Tod vorbereitet. Aber er hatte die Affäre in der *Times* verfolgt, die sich bei dieser Geschichte immer auf dem neuesten Stand der Dinge befand. Er konnte sich erinnern, daß Berichten der Zeitung zufolge die beteiligten Agenten degradiert wurden und einige Politiker in Washington, D.C., nach einem Kongreßhearing über die illegalen Machenschaften des FBI verlangten. Um das Maß vollzumachen, strengte Kenyons Witwe auch noch einen Prozeß wegen Verletzung der Privatsphäre an und verklagte das FBI auf mehrere Millionen Schadenersatz.

McCaleb mußte nun die Frage beantworten, ob der Mann, der im November Kenyon ermordet hatte, derselbe Mann war, der zwei beziehungsweise drei Monate später James Cordell und Gloria Torres erschossen hatte. Und wenn es sich dabei um denselben Mann handelte: Worin bestand die Verbindung des Präsidenten einer bankrotten Bank mit einem Bauingenieur und einer Angestellten einer Zeitungsdruckerei?

Irgendwann blickte McCaleb auf und nahm zum erstenmal nach langem wieder Notiz von seiner Umgebung. Die Vasquez Rocks lagen bereits ein gutes Stück hinter ihnen. Bis zu Amelia Cordells Haus waren es nur noch wenige Minuten.

24

Wie versprochen, hatte Amelia Cordell am Wochenende ihr Gedächtnis durchforstet und vier Seiten mit all dem vollgeschrieben, woran sie sich von den Fahrten ihres Mannes in den zwei Monaten vor seinem Tod am 17. Januar erinnern konnte. Bei McCalebs Eintreffen hatte sie bereits alles auf dem Couchtisch bereitliegen.

»Vielen Dank, daß Sie sich soviel Mühe gemacht haben«, sagte er zu ihr.

»Vielleicht hilft es Ihnen ja weiter. Das hoffe ich zumindest.«

»Ich auch.«

Er nickte und saß einen Moment schweigend da.

»Ähm, übrigens, haben Sie in letzter Zeit was von Jaye Winston oder sonst jemandem vom Sheriff's Department gehört?«

»Nein, seit Freitag, als Jaye anrief, um mir zu sagen, es wäre okay, wenn ich mit Ihnen rede, nicht.«

McCaleb nickte. Er war gerührt, daß Jaye Winston nicht angerufen hatte, um diese Erlaubnis rückgängig zu machen. Auch das bestärkte ihn in der Annahme, daß sie nicht einverstanden war mit der Entscheidung des Captain, ihn von den Ermittlungen auszuschließen.

»Und auch sonst niemand?«

»Nein … wer zum Beispiel?«

»Ich weiß nicht. Ich würde nur gern wissen, ob sie bei der Polizei den Hinweisen, die ich ihnen gegeben habe, auch wirklich nachgehen.«

McCaleb beschloß, lieber das Thema zu wechseln.

»Mrs. Cordell, hatte Ihr Mann zu Hause ein Büro?«

»Ja, er hatte ein kleines Arbeitszimmer, das er dafür benutzte. Warum?«

»Dürfte ich mich dort vielleicht mal umsehen?«

»Aber sicher, gern. Obwohl ich nicht weiß, was Sie dort finden wollen. Er hat dort nur seine Unterlagen aus der Firma aufbewahrt und unseren Finanzkram erledigt.«

»Also, wenn Sie zum Beispiel Kreditkartenbelege für die Monate Dezember und Januar hätten, könnte ich rekonstruieren, wo er sich zu bestimmten Zeitpunkten aufgehalten hat.«

»Ich weiß nicht, ob ich Ihnen unsere Kreditkartenunterlagen einfach so mitgeben möchte.«

»Nun, was das angeht, kann ich Ihnen versichern, daß mich nur die Orte interessieren, an denen die Käufe getätigt wurden, und eventuell noch die erworbenen Gegenstände. Aber nicht Ihre Kreditkartennummern.«

»Ich weiß, entschuldigen Sie bitte. Das war dumm von mir. Sie sind der einzige, dem noch an etwas an Jim gelegen zu sein scheint. Warum bin ich da ausgerechnet Ihnen gegenüber mißtrauisch?«

McCaleb bekam ein schlechtes Gewissen, weil er nicht ganz ehrlich zu Amelia Cordell war und ihr verschwieg, daß er keinen offiziellen Status mehr hatte. Er stand auf, damit sie zum nächsten Punkt übergehen konnten und er nicht mehr darüber nachdenken mußte.

Das Büro war klein und diente hauptsächlich als Abstellraum für Skiausrüstungen und Pappschachteln. Aber eine Seite der Kammer wurde fast ganz von einem Schreibtisch mit zwei Schubladen und zwei Aktenschüben eingenommen.

»Sie müssen entschuldigen, wie es hier aussieht. Ich muß mich erst noch daran gewöhnen, die Finanzen selbst zu erledigen. Das hat Jim immer gemacht.«

»Das macht doch nichts. Ist es Ihnen recht, wenn ich mich einfach mal setze und alles durchsehe?«

»Sicher, selbstverständlich.«

»Äh, könnte ich vielleicht ein Glas Wasser haben?«

»Natürlich. Ich bringe Ihnen eines.«

Sie ging in Richtung Tür, blieb aber noch einmal stehen.

»Eigentlich wollen Sie gar kein Wasser, oder? Sie möchten nur allein sein und daß ich Ihnen nicht bei allem auf die Finger sehe.«

Mit einem leichten Lächeln sah McCaleb auf den abgetretenen grünen Teppichboden.

»Ich werde Ihnen trotzdem ein Glas Wasser bringen. Aber dann lasse ich Sie allein.«

»Danke, Mrs. Cordell.«

»Sie können mich gern Amelia nennen.«

»Amelia.«

McCaleb verbrachte die nächste halbe Stunde damit, die Schubladen und die Papiere auf dem Schreibtisch durchzusehen. Er ging zügig vor, denn er wußte, in seinem Postfach im Büro des Hafenmeisters wartete wahrscheinlich bereits Carruthers' Päckchen auf ihn.

McCaleb machte sich auf dem Block, den auch Amelia Cordell benutzt hatte, Notizen und legte die Dokumente und Kreditkartenunterlagen, die er mitnehmen wollte, um sie sich später anzusehen, auf einen Haufen zusammen. Außerdem erstellte er eine Liste all der Dinge, die er mitnehmen wollte, damit Amelia Cordell einen Beleg dafür hatte.

Zum Schluß nahm er sich einen der Aktenschuber vor. Er war fast leer und war von Cordell zum Ablegen von Arbeits-, Versicherungs- und Planungsunterlagen benutzt worden. Ein dicker Ordner mit der Aufschrift KRANKENVERSICHERUNG enthielt Arztrechnungen, die bis zur Geburt seiner Töchter und der Behandlung eines Beinbruchs zurückreichten. Die Adresse eines der behandelnden Ärzte war in Vail, Colorado, woraus McCaleb schloß, daß es sich vermutlich um einen Skiunfall gehandelt hatte.

Dann gab es einen schwarzen Hefter mit einem schönen Lederschonbezug. Er enthielt Schriftstücke zur Nachlaßregelung der Cordells. McCaleb entdeckte nichts Ungewöhnliches in ihnen. Beide Eheleute hatten sich gegenseitig als Begünstigte eingesetzt, und für den Fall, daß beide Elternteile gleichzeitig sterben sollten, sollten die Kinder alles erben. McCaleb hielt sich nicht lange damit auf.

Der letzte Ordner, den er sich vornahm, trug die simple Aufschrift ARBEIT und enthielt alle möglichen Unterlagen, darunter auch Leistungsbewertungen und zahlreiche innerbetriebliche Mitteilungen. McCaleb überflog die Leistungsbewertungen und stellte fest, daß Cordells Arbeitgeber offensichtlich große Stücke auf ihn gehalten hatten. McCaleb notierte sich die Namen einiger Vorgesetzter, um später mit ihnen sprechen zu können. Zum Schluß überflog er die übrige Korrespondenz, aber es war nichts dabei, was ihn interessierte. Da waren Kopien von Firmenrundschreiben sowie Bestätigungen, daß Cordell die jährliche Blutspendefahrt seiner Firma organisierte und freiwillig an einem Projekt mitarbeitete, das an Thanksgiving kostenlose Mahlzeiten an Bedürftige verteilte. In einem zwei Jahre alten Brief eines Vorgesetzten wurde Cordell dafür belobigt, den Unfallopfern eines Frontalzusammenstoßes in Lone Pine geholfen zu haben. Genauere Einzelheiten darüber, was Cordell getan hatte, enthielt der Brief nicht. McCaleb packte die Briefe und Beurteilungen wieder in den Ordner und legte ihn in das Schubfach zurück.

Dann stand er auf und sah sich im Raum um. Es gab nichts, was sein Interesse auf sich zog. Dann bemerkte er ein gerahmtes Foto auf dem Schreibtisch. Es zeigte die Familie Cordell. McCaleb nahm es und betrachtete es eine Weile. Während ihm bewußt wurde, was diese Kugel alles zerstört hatte, mußte er unwillkürlich an Raymond und Graciela denken. Er stellte sich ein Foto vor, auf dem die beiden und er selbst abgebildet waren, lächelnd.

Er ging mit dem leeren Wasserglas in die Küche und stellte es auf die Theke. Dann betrat er das Wohnzimmer, wo Amelia Cordell im selben Sessel saß wie zuvor. Sie saß bloß da. Der Fernseher lief nicht, und sie hatte weder ein Buch noch eine Zeitung in den Händen. Wie es schien, starrte sie nur auf die Glasplatte des Couchtisches. McCaleb blieb im Durchgang zur Küche stehen.

»Mrs. Cordell?«

Ohne den Kopf zu bewegen, richtete sie die Augen auf ihn.

»Ja?«

»Ich bin jetzt fertig.«

Er trat in den Raum und legte die Liste auf den Tisch.

»Das sind die Dinge, die ich mitnehme. In ein paar Tagen bekommen Sie alles wieder zurück. Entweder schicke ich es Ihnen mit der Post, oder ich bringe es persönlich vorbei.«

Ihr Augen waren jetzt auf die Liste gerichtet und versuchten sie aus einem Meter Entfernung zu lesen.

»Haben Sie gefunden, was Sie brauchen?«

»Das kann ich noch nicht sagen. Bei diesen Dingen weiß man nie, was wichtig ist, bis es plötzlich wichtig wird, wenn Sie wissen, was ich meine.«

»Nicht ganz.«

»Damit meine ich ... Details. Ich suche nach dem entscheidenden Detail. Als ich noch klein war, spielten wir immer ein Spiel. Ich weiß nicht mehr, wie es hieß, aber vielleicht gibt es dieses Spiel auch heute noch. Es besteht aus einer aufrechtstehenden durchsichtigen Plastikröhre mit einer Menge Löcher in der Mitte, durch die lauter Plastikstifte gesteckt sind, und diese Stifte halten eine Handvoll Murmeln, die man von oben in die Röhre füllt. Bei dem Spiel geht es nun darum, einen Stift herauszuziehen, ohne daß eine Murmel runterfällt. Aber es schien immer einen Stift zu geben, bei dem die ganze Ladung erdrutschartig runterkam, wenn man ihn rauszog. Und das ist, wonach ich suche. Ich habe jede Menge Details, und jetzt suche ich nach dem, das so einen Erdrutsch auslöst, wenn man es rauszieht. Das Problem ist nur, man kann nicht sagen, welches es ist, solange man nicht zu ziehen anfängt.«

Sie sah ihn ausdruckslos an, genauso, wie sie den Tisch angestarrt hatte.

»Also, ich glaube, ich habe Ihre Zeit sowieso schon viel zu lange in Anspruch genommen. Deshalb werde ich jetzt mal lieber wieder gehen, und wie gesagt, Sie bekommen alles wieder zurück. Und falls ich sonst noch Fragen habe, rufe ich Sie an. Meine Nummer steht auf dem Zettel, auf dem ich Ihnen alles aufgeschrieben habe – falls Ihnen noch etwas einfällt oder ich irgend etwas für Sie tun kann.«

McCaleb nickte, und sie sagte auf Wiedersehen. Er hatte sich bereits zum Gehen gewandt, als ihm noch etwas einfiel. Er drehte sich wieder um.

»Ach, fast hätte ich es vergessen. In einem der Ordner war ein Brief, in dem Ihr Mann belobigt wurde, weil er bei einem Unfall oben in der Nähe von Lone Pine geholfen hatte. Können Sie sich daran noch erinnern?«

»Natürlich. Das war vor zwei Jahren, im November.«

»Wissen Sie noch, was damals passiert ist?«

»Nur, daß Jimmy auf dem Heimweg zufällig an der Unfallstelle vorbeikam. Es war gerade erst passiert, und überall lagen Menschen und Trümmer herum. Er hat über sein Handy einen Krankenwagen angefordert und angehalten, um die Leute zu trösten. Ein kleiner Junge starb direkt in seinen Armen. Das hat ihm ziemlich zu schaffen gemacht.«

McCaleb nickte.

»Das war typisch für ihn, Mr. McCaleb.«

McCaleb konnte nur wieder nicken.

McCaleb mußte zehn Minuten in der Einfahrt warten, bis Buddy Lockridge endlich aufkreuzte. Er hatte ein Howlin'-Wolf-Tape laufen. Ziemlich laut. McCaleb drehte es leiser, nachdem er eingestiegen war.

»Wo warst du?«

»Bin ein bißchen rumgefahren. Wo soll's jetzt hingehen?«

»Jedenfalls habe ich ganz schön lang hier rumgestanden. Zurück zum Jachthafen.«

Buddy wendete und fuhr zum Freeway zurück.

»Aber du hast doch gesagt, ich bräuchte nicht die ganze Zeit im Wagen rumzusitzen. Du hast gesagt, ich soll ein bißchen rumfahren. Woher soll ich wissen, wie lang du brauchst, wenn du es mir nicht sagst?«

Er hatte recht, aber McCaleb war trotzdem noch verärgert. Er entschuldigte sich nicht.

»Wenn sich diese Sache noch länger hinzieht, sollte ich mir vielleicht ein Handy für dich zulegen.«

»Wenn sich das noch viel länger hinzieht, möchte ich eine Gehaltserhöhung.«

McCaleb antwortete nicht. Lockridge drehte das Band wieder lauter und zog eine Harmonika aus der Türtasche. Er begann ›Wang Dang Doodle‹ mitzuspielen. McCaleb sah aus dem Fenster und dachte an Amelia Cordell, und wie eine Kugel zwei Leben zerstört hatte.

25

In McCalebs Postfach wartete bereits das Päckchen von Carruthers. Es war so dick wie ein Telefonbuch. Er nahm es mit auf sein Boot, öffnete es und verteilte die Dokumente auf dem Kajütentisch. Er fand die jüngste Zusammenfassung der Kenyon-Ermittlungen und begann zu lesen. Er hielt es für das beste, sich erst über die jüngsten Entwicklungen zu informieren, bevor er ganz von vorn zu lesen begann.

Die Ermittlungen im Mordfall Donald Kenyon wurden vom FBI und von der Polizei von Beverly Hills gemeinsam geführt. Aber der Fall war längst auf Eis gelegt worden. Die zuständigen FBI-Agenten, zwei Angehörige der Sonderermittlungseinheit in Los Angeles namens Nevins und Uhlig, waren in ihrem letzten, im Dezember eingereichten Bericht zu der Überzeugung gelangt, daß Kenyon aller Wahrscheinlichkeit nach von einem Auftragsmörder exekutiert worden war. Was den Mörder anging, gab es zwei Theorien. Die erste war, daß eins der zweitausend Opfer der Bankpleite mit Kenyons Urteil nicht einverstanden gewesen war oder befürchtet hatte, Kenyon könnte sich dem Zugriff der Behörden erneut entziehen, weshalb er einen professionellen Killer mit seiner Beseitigung beauftragt hatte. Theorie Nummer zwei besagte, der Mörder hatte in den Diensten des stillen Teilhabers gestanden, von dem Kenyon während des Prozesses behauptet hatte, er habe ihn gezwungen, Washington Guaranty zu schröpfen. Die Identität dieses Teilhabers, dessen Namen Kenyon um keinen Preis hatte nennen wollen, blieb dem letzten Untersuchungsbericht zufolge für das FBI auch weiterhin ein Rätsel.

McCaleb fand die Erwähnung von Theorie Nummer zwei insofern interessant, als sie darauf hindeutete, daß das FBI Kenyons Behauptung, er sei von einem Dritten zu der Veruntreuung der Gelder gezwungen worden, Glauben zu schenken begann. Während Kenyons Prozeß war diese Behauptung von der Anklage noch als lächerlich abgetan und der angebliche Hintermann als Kenyons Phantom bezeichnet worden. Doch hier war ein FBI-Papier, das andeutete, dieses Phantom könnte vielleicht doch existieren.

Nevins und Uhlig schlossen den zusammenfassenden Bericht mit einem kurzen Psychogramm des unbekannten Subjekts ab, das den Mord in Auftrag gegeben hatte. Das Psychogramm paßte zu beiden Theorien: Der Auftraggeber war wohlhabend und in der Lage, seine Spur zu verwischen und unerkannt zu bleiben; außerdem hatte er Beziehungen zum traditionellen organisierten Verbrechen, wenn er nicht sogar dazugehörte.

Neben dem Bericht, der Kenyons Phantom Leben einhauchte, fand McCaleb auch die Vermutung interessant, der Auftraggeber, und damit auch der Täter, könnte aus den Reihen des traditionellen organisierten Verbrechens stammen. Im FBI-Jargon war traditionelles organisiertes Verbrechen gleichbedeutend mit der Mafia. Obwohl die Mafia ihre Fühler überallhin ausgestreckt hatte, war ihr Einfluß im südlichen Kalifornien eher begrenzt. In dieser Region gab es zwar ein beträchtliches Maß an organisiertem Verbrechen, aber verantwortlich waren dafür nicht die traditionellen Kinogangster. Im südlichen Kalifornien trieben wahrscheinlich mehr asiatische oder russische Gangster ihr Unwesen als ihre italienischen Pendants.

McCaleb ordnete die Dokumente in chronologischer Reihenfolge und kehrte zum Anfang zurück. Bei den meisten handelte es sich um Routinezusammenfassungen und Ergänzungen zu bestimmten Aspekten des Falls, die an Vorgesetzte in Washington weitergeleitet wurden. Beim raschen Überfliegen dieser Dokumente stieß er auch auf einen Bericht über die Aktivitäten des Observierungsteams am Morgen des Mordes, den er mit großem Interesse las.

Zum Zeitpunkt von Kenyons Ermordung waren vier Agenten im Observierungswagen gewesen. Es war während des Schichtwechsels passiert, an einem Dienstagmorgen um acht Uhr. Zwei Agenten, die zum Dienst erschienen, zwei, die sich bereit machten, nach Hause zu gehen. Der Agent, der die Wanzen abhörte, nahm den Kopfhörer ab und gab ihn seiner Ablösung. Die Ablösung war jedoch ein ausgesprochener Pingel, der behauptete, beim Austausch der Kopfhörer einmal von einem Kollegen Läuse bekommen zu haben. Deshalb machte er sich ungeachtet der spitzen Bemerkungen der drei anderen Agenten erst einmal daran, seinen eigenen Satz Schaumgummipolster am Kopfhörer anzubringen und diesen mit einem Desinfektionsmittel zu besprühen. Als er sich den Kopfhörer schließlich aufgesetzt hatte, hörte er fast eine Minute lang Stille, dann einen leisen Wortwechsel und schließlich einen Schuß. Weil in der Diele von Kenyons Haus keine Abhörvorrichtungen angebracht worden waren, war alles nur gedämpft zu hören. Man war nämlich davon ausgegangen, daß Kenyon, falls er Fluchtpläne schmieden sollte, dies nicht an der Haustür tun würde. Daher waren nur in den Wohnbereichen des Hauses Wanzen angebracht worden.

Die abgelösten Agenten waren noch nicht gegangen und flachsten im Lieferwagen herum. Als der Agent am Kopfhörer den Schuß hörte, schrie er sofort, sie sollten still sein, und während er weiter angespannt lauschte, setzte sich ein anderer Agent einen zweiten Kopfhörer auf. Darauf hörten sie beide, wie jemand in Kenyons Haus in der Nähe eines der Mikrophone ganz deutlich den Satz sagte: »Vergiß die Canoli nicht.«

Die zwei Agenten an den Kopfhörern sahen sich an und waren sich sofort klar, daß es nicht Kenyon gewesen war, der diesen Satz gesagt hatte. Sie entschieden, daß es sich um einen Notfall handelte, und rannten, ohne sich länger um ihre Tarnung zu kümmern, zu Kenyons Haus, wo sie wenige Momente nach Donna Kenyon eintrafen, die ihren Mann mit blutüberströmtem Kopf auf dem Marmorboden der Diele liegend vorgefunden hatte. Nachdem sie vom FBI und der lokalen Polizei Verstärkung angefordert und einen Krankenwagen gerufen hatten, durchsuchten sie das Haus und dessen nähere Umgebung. Vom Täter fehlte jede Spur.

McCaleb nahm sich das Transkript der letzten Bandaufnahme aus Kenyons Haus vor. Obwohl die Aufnahme im FBI-Labor elektronisch nachbearbeitet worden war, war nicht jedes Wort zu verstehen. Neben den Geräuschen, welche die Töchter beim Frühstück machten, waren die üblichen morgendlichen Wortwechsel zwischen Kenyon, seiner

Frau und den Mädchen zu hören. Dann, um 7 Uhr 40, verließen die Mädchen und ihre Mutter das Haus.

Das Transkript vermerkte neun Minuten Schweigen, bevor Kenyon seinen Anwalt Stanley LaGrossa anrief.

LAGROSSA:	Ja?
KENYON:	Ich bin's, Donald.
LAGROSSA:	Hallo, Donald.
KENYON:	Bleibt es dabei?
LAGROSSA:	Ja, wenn es Ihnen immer noch ernst damit ist.
KENYON:	Natürlich. Dann bis gleich in Ihrer Kanzlei.
LAGROSSA:	Die Risiken kennen Sie ja. Bis gleich.

Es vergingen weitere acht Minuten, und dann wurde im Haus eine neue, unbekannte Stimme aufgenommen. Je nachdem, ob sich Kenyon und der Unbekannte auf ihrem Weg durch das Haus innerhalb oder außerhalb der Reichweite der Abhörvorrichtungen befunden hatten, waren immer nur Bruchstücke ihres knappen Wortwechsels aufgezeichnet worden. Offensichtlich hatte das Gespräch während des verzögerten Kopfhörertauschs im FBI-Observierungswagen stattgefunden.

KENYON:	Was soll –
UNBEKANNT:	Halt's Maul! Tu, was ich sage, und deiner Familie passiert nichts, kapiert?
KENYON:	Sie können hier nicht einfach reinkommen und –
UNBEKANNT:	Maul halten, hab' ich gesagt! Los. Da lang.
KENYON:	Tun Sie meiner Familie nichts. Bitte, ich …
UNBEKANNT:	(unverständlich)
KENYON:	… so etwas tun. Das würde ich auf keinen Fall, und das weiß er auch. Ich verstehe das nicht. Er …
UNBEKANNT:	Halt's Maul. Ist mir doch egal.
KENYON:	(unverständlich)
UNBEKANNT:	(unverständlich)

Der Bericht verzeichnete wieder zwei Minuten Stille und dann den letzten Wortwechsel.

UNBEKANNT:	Los, sieh mal nach, wer …
KENYON:	Nicht … Sie hat nichts damit zu tun. Sie …

Dann ertönte ein Schuß. Und wenige Augenblicke später nahm im Arbeitszimmer, in dem es eine Tür nach hinten raus gab, Mikrophon 4 die letzten Worte des Unbekannten auf.

UNBEKANNT: Vergiß die Canoli nicht.

Wie sich herausstellte, war die Tür zum Arbeitszimmer offen. Sie war Teil des Fluchtwegs des Mörders gewesen.

Fasziniert von dem Umstand, die letzten Momente und Worte eines Menschen vor sich zu haben, las McCaleb das Transkript noch einmal. Am liebsten hätte er natürlich eine Bandaufnahme gehabt, um sich von den Geschehnissen im Haus einen noch besseren Eindruck verschaffen zu können.

Das nächste Schriftstück, das er las, erklärte, warum die Ermittler von einer Mafiabeteiligung ausgingen. Es war ein Bericht der Dechiffrierabteilung. Zunächst war das Tonband aus Kenyons Haus zur Nachbearbeitung an das FBI-Labor eingeschickt worden. Dann wurde das Transkript an die Dechiffrierabteilung weitergeleitet. Der zuständige Bearbeiter hatte sich vor allem auf den scheinbar zusammenhangslosen letzten Satz des Mörders konzentriert, den dieser gesprochen hatte, nachdem er Kenyon bereits erschossen hatte. Der Satz – »Vergiß die Canoli nicht« – wurde in den Computer eingegeben, um festzustellen, ob er zu einem bekannten Code paßte, in früheren FBI-Berichten auftauchte oder auf irgendwelche literarischen, filmischen oder sonstigen Quellen zurückging. Es gab eine direkte Übereinstimmung.

In dem Film *Der Pate,* der unzählige echte Mafiosi inspiriert hat, erhält Peter Clemenza, ein Capo der Corleone-Familie, den Auftrag, einen verräterischen Soldaten der Familie nach New Jersey aufs Land hinaus mitzunehmen und umzubringen. An dem Morgen, an dem er das Haus verläßt, um den Auftrag durchzuführen, wird Clemenza von seiner Frau gebeten, in einer Bäckerei vorbeizufahren. Als der extrem dicke Clemenza zu dem Wagen hinauswatschelt, in dem der Mann wartet, den er umbringen soll, ruft ihm seine Frau hinterher: »Vergiß die Canoli nicht.«

Nun fiel auch McCaleb, der den Film sehr gern mochte, dieser Satz wieder ein. Treffender hätte sich die Einstellung dieser Filmgangster wohl kaum auf den Punkt bringen lassen können – auf der einen Seite die hemmungs- und gewissenlose Brutalität, auf der anderen Seite das Hochhalten von Werten wie Familie und Loyalität. Nun verstand er, wie man beim FBI auf die Idee gekommen war, bei Kenyons Ermordung könnte die Mafia die Hand im Spiel gehabt haben. Der Satz hatte die Unverfrorenheit und Kaltschnäuzigkeit einer Gangsterexistenz. Er konnte sich gut vorstellen, wie ihn sich ein eiskalter Killer als Signum seiner Arbeit zulegte.

»Vergiß die Canoli nicht«, sagte McCaleb laut.

Plötzlich kam ihm ein Gedanke, der ihn durchfuhr wie ein Stromstoß.

»Vergiß die Canoli nicht«, sagte er noch einmal.

Dann ging er rasch zu seinem Lederbeutel, holte die Videokassette mit James Cordells Ermordung heraus, schob sie in den Videorecorder und begann sie abzuspielen. Nachdem er sich orientiert hatte, wo auf dem Video er sich ungefähr befand, spulte er es mit der Schnellvorlauftaste bis zu der Stelle vor, an welcher der Schuß gefallen war, und drückte auf die Starttaste. Den Blick auf die Lippen des maskierten Mannes geheftet, sprach McCaleb laut mit, als dieser auf dem tonlosen Video zu sprechen begann.

»Vergiß die Canoli nicht.«

Er spulte das Band zurück und sagte es noch einmal. Seine Worte stimmten mit den Lippenbewegungen des Maskierten überein. Er war ganz sicher, daß sie dazu paßten. Mit einem Mal stand er wie unter Strom. Dieses Gefühl bekam er nur dann, wenn etwas in Gang kam. Wenn er einen Durchbruch schaffte und der verborgenen Wahrheit näherkam.

Er holte die Videokassette mit Gloria Torres' Ermordung, schob sie in den Videorecorder und verfuhr damit genauso wie mit der ersten. Auch diesmal paßten die Lippenbewegungen des Maskierten zu dem Satz. Daran gab es überhaupt keinen Zweifel.

Wieder sagte McCaleb laut: »Vergiß die Canoli nicht.«

Dann ging er zum Schrank neben dem Kartentisch und holte das Telefon heraus. Er hatte die Nachrichten, die sich übers Wochenende auf dem Anrufbeantworter angesammelt hatten, noch immer nicht abgespielt, aber im Moment war er zu überdreht dafür. Er wählte Jaye Winstons Nummer.

»Wo haben Sie gesteckt?« fragte sie. »Hören Sie eigentlich Ihren Anrufbeantworter auch mal ab? Ich versuche schon das ganze Wochenende, Sie zu erreichen, um Ihnen alles zu erklären. Es war nicht meine –«

»Ich weiß. Es war nicht Ihre Schuld. Es war die von Hitchens. Aber das ist nicht der Grund, weswegen ich anrufe. Ich weiß, was Ihnen das FBI gesagt hat. Ich weiß, was Sie haben – die Verbindung zu Donald Kenyon. Sie müssen mich wieder mit reinnehmen.«

»Das ist völlig ausgeschlossen. Hitchens meint, ich sollte nicht mal mit Ihnen sprechen. Wie soll ich Sie da wieder –«

»Ich kann Ihnen helfen.«

»Wie? Womit?«

»Beantworten Sie mir nur diese eine Frage – nur um sicherzugehen, daß ich auch alles richtig mitbekommen habe. Heute morgen kommen Gilbert Spencer und zwei Außendienstagenten – ich würde mal sagen, sie heißen Nevins und Uhlig – zu Ihnen raus und teilen Ihnen mit, daß die Kugel, die Sie nach Washington geschickt haben, mit der von Kenyon übereinstimmt. Richtig?«

»Soweit ja. Aber das ist noch keine große –«

»Ich bin noch nicht fertig. Als nächstes erzählt Spencer Ihnen, das FBI würde gern mal einen Blick in Ihren Fall und den des LAPD werfen, auch wenn es zunächst so aussieht, als bestünde abgesehen von der Tatwaffe kein Zusammenhang. Er sagt, immerhin handelt es sich bei Kenyon um einen Auftragsmord, während Sie es hier mit zwei stinknormalen Raubüberfällen zu tun haben. Und das ist noch nicht alles. Kenyon wurde mit einer Devastator erschossen, während Ihr Mann hier eine andere Munition verwendete. Federals. Das stützt die FBI-Theorie, daß sich der professionelle Killer, der Kenyon aus dem Weg räumte, seiner Waffe irgendwo entledigt hat, und dann kommt Ihr Mann daher und steckt sie ein. Und das ist auch schon die ganze Verbindung, die zwischen den beiden Fällen besteht. Liege ich soweit richtig?«

»Absolut.«

»Gut. Daraufhin bitten Sie Spencer um Informationen über den Fall Kenyon, damit Sie Ihre eigenen Querverbindungen herstellen können, aber davon ist er nicht sonderlich begeistert.«

»Er meinte, der Fall Kenyon befände sich gerade in einem – O-Ton Spencer – diffizilen Stadium, weshalb er uns gewöhnliche Polizisten lieber nur in das Allernötigste einweihen wollte.«

»Und darauf hat sich Hitchens eingelassen?«

»Voll und ganz.«

»Hat auch jemand die Canoli serviert?«

»Was?«

Die nächsten fünf Minuten verbrachte McCaleb damit, ihr die Sache mit den Canoli zu erklären. Unter anderem las er ihr dazu auch das Transkript der Tonbandaufnahmen aus Kenyons Haus sowie die Schlußfolgerungen des Dechifrierberichts vor. Jaye Winston versicherte ihm, das seien lauter Fakten, von denen Gilbert Spencer bei ihrem morgendlichen Treffen nichts erwähnt habe. Etwas anderes hätte McCaleb auch gar nicht erwartet. Er war selbst beim FBI gewesen und wußte, wie das lief. Wenn es irgendwie ging, bootete man die lokale Polizei aus und erklärte, von nun an würde sich das FBI der Sache annehmen.

»Diese Canoli-Geschichte«, fuhr McCaleb fort, »macht also sonnenklar, daß es sich hier nicht um eine weggeworfene Waffe handelt, die unser Freund zufällig irgendwo gefunden hat. Es war in allen drei Fällen derselbe Kerl, der abgedrückt hat. Erst Kenyon, dann Cordell, dann Torres. Ich weiß allerdings nicht, ob das den FBI-Leuten schon klar war, als sie zu der Besprechung mit Ihnen anrückten. Aber wenn Sie ihnen die Akten und die Videos kopiert haben, wissen sie es inzwischen. Die Frage ist, wie passen diese drei Morde zusammen?«

Jaye Winston schwieg eine Weile, bevor sie schließlich ihrer Verwunderung Ausdruck verlieh.

»Also, ich habe keine – Vielleicht besteht ja gar kein Zusammenhang. Ich meine, wenn wir es hier, wie das FBI sagt, mit einem Auftragskiller zu tun haben, dann waren es vielleicht einfach drei verschiedene Aufträge. Wissen Sie, vielleicht besteht ja gar kein Zusammenhang zwischen diesen drei Fällen, außer daß derselbe Killer die drei Opfer in Erfüllung drei voneinander unabhängiger Aufträge aus dem Weg geräumt hat.«

McCaleb schüttelte den Kopf. »Das wäre natürlich möglich, auch wenn es mir nicht sehr plausibel scheint. Ich meine, was könnte Gloria Torres zum Opfer eines Auftragsmords gemacht haben? Sie hat in einer Zeitungsdruckerei gearbeitet.«

»Vielleicht hat sie etwas gesehen. Außerdem haben Sie doch am Freitag noch selbst gesagt, daß es zwischen den beiden Opfern, zwischen Torres und Cordell, eine Verbindung geben müßte. Vielleicht ist es ja nach wie vor so, nur daß dieses verbindende Element etwas ist, was sie wußten oder gesehen haben.«

McCaleb nickte.

»Und was ist mit den Erinnerungsstücken, den Gegenständen, die der Täter Cordell und Torres weggenommen hat?« fragte er, mehr sich selbst als Jaye Winston.

»Keine Ahnung. Vielleicht ist es ein Killer mit einem Andenkenspleen. Vielleicht sollte er seinem Auftraggeber beweisen, daß er die richtigen Leute ausgeschaltet hatte. Gibt es in den Berichten irgendeinen Hinweis, daß auch Kenyon etwas weggenommen wurde?«

»Nicht, daß ich wüßte.«

In seinem Kopf überstürzten sich die Möglichkeiten. Jaye Winstons Fragen führten ihm zu Bewußtsein, daß er sie in seiner Aufregung zu früh angerufen hatte. Er hatte noch einen Stoß Kenyon-Unterlagen vor sich liegen, die er noch nicht gelesen hatte. Vielleicht war die Verbindung, die er suchte, dort zu finden.

»Terry?«

»Ja, Entschuldigung, ich habe nur gerade nachgedacht. Hören Sie, ich rufe Sie später noch mal an. Ich muß noch verschiedenes durchsehen, und vielleicht kann ich dann –«

»Was haben Sie denn noch alles?«

»Ich glaube, ich habe alles, oder fast alles, was Spencer Ihnen nicht gesagt hat.«

»Ich nehme an, das wird Sie in der Gunst des Captain wieder gewaltig steigen lassen.«

»Aber sagen Sie ihm bitte noch nichts. Ich möchte erst noch eine Weile über alles nachdenken und rufe Sie dann an.«

»Ehrenwort?«

»Ja.«

»Dann sagen Sie es auch! Ich möchte nicht, daß Sie mich mit irgendwelchen faulen FBI-Tricks verscheißern.«

»Hey, ich bin längst pensioniert, haben Sie das schon vergessen? Ehrenwort.«

Anderthalb Stunden später war McCaleb mit der Durchsicht der FBI-Unterlagen fertig. Das Adrenalin, das ihn bisher auf Trab gehalten hatte, war verbraucht. Beim Lesen der Berichte hatte er zwar eine Menge Neues erfahren, aber nichts, was auf eine Verbindung zwischen Kenyon, Cordell und Torres hindeutete.

Der Rest der FBI-Dokumente hatte aus einem umfangreichen Ausdruck der Namen, Adressen und Kontoauszüge der zweitausend Opfer der Bankpleite bestanden. Und weder Cordell noch Torres hatten ein Sparguthaben bei Washington Guaranty gehabt.

Das FBI mußte im Fall Kenyon jeden Betroffenen der Bankpleite als Verdächtigen betrachten. Jeder Name auf der Liste der Sparguthabeninhaber war durchleuchtet und auf mögliche kriminelle Kontakte und andere Verdachtsmomente überprüft worden, welche ihn als Täter hätten in Frage kommen lassen. Bei etwa einem Dutzend Personen war dies der Fall gewesen, doch bei eingehenderer Überprüfung hatte sich herausgestellt, daß sie es nicht gewesen sein konnten.

Daraufhin verlagerte sich das Schwergewicht der Nachforschungen auf Theorie Nummer zwei, die besagte, daß Kenyons Phantom tatsächlich existierte und die Beseitigung des Mannes angeordnet hatte, der Millionen für ihn veruntreut hatte.

Diese Theorie erhielt weiteres Gewicht, als sich herausstellte, daß Kenyon im Begriff gewesen war, den Namen des Mannes zu nennen, an den er die gestohlenen Gelder weitergeleitet hatte. Laut Aussagen von Kenyons Anwalt Stanley LaGrossa hatte Kenyon beschlossen, mit den Behörden zu kooperieren, da er hoffte, die Staatsanwaltschaft würde dafür bei der Richterin, die ihn verurteilt hatte, einen Antrag auf eine Herabsetzung des Strafmaßes stellen. LaGrossa sagte aus, sie hätten sich am Morgen von Kenyons Ermordung treffen wollen, um zu besprechen, wie er, LaGrossa, bei den diesbezüglichen Verhandlungen vorgehen solle.

McCaleb blätterte rasch zurück und las noch einmal das kurze Transkript des Telefongesprächs, das Kenyon wenige

Minuten vor seiner Ermordung mit LaGrossa geführt hatte. Der kurze Wortwechsel zwischen dem Anwalt und seinem Mandanten schien LaGrossas Behauptung zu bestätigen, Kenyon sei zur Kooperation mit den Behörden bereit gewesen.

Die in einem Ergänzungsbericht zu LaGrossas Aussage dargelegte Theorie des FBI lautete, Kenyons unbekannter Partner habe grundsätzlich kein Risiko eingehen wollen und Kenyon sicherheitshalber zum Schweigen gebracht, oder aber er habe ihn aus dem Weg räumen lassen, weil er erfahren hatte, daß Kenyon mit den Behörden kooperieren wollte. In dem Ergänzungsbericht hieß es, daß Kenyon oder sein Anwalt bisher noch nicht mit einem Kooperationsangebot an das FBI oder die Staatsanwaltschaft herangetreten waren. Falls es demzufolge eine undichte Stelle gegeben hatte, durch die Kenyons Partner von dessen Vorhaben erfahren haben könnte, mußte sie in Kenyons Lager, möglicherweise bei LaGrossa selbst, zu suchen sein.

McCaleb stand auf und goß den letzten Rest des Zwei-Liter-Kartons Orangensaft, den er Samstag morgen gekauft hatte, in ein Glas. Während er trank, dachte er darüber nach, was die neuen Informationen über Kenyon insgesamt für die Ermittlungen bedeuteten. Daß sie die Dinge verschleierten, stand fest. Trotz des Adrenalinstoßes von vorhin wurde ihm jetzt bewußt, daß er mehr oder weniger wieder bei Null angelangt war, ohne ein bißchen mehr Klarheit darüber zu haben, wer Gloria Torres umgebracht hatte und warum, als zu dem Zeitpunkt, wo er das Päckchen von Carruthers geöffnet hatte.

Als er das Glas ausspülte, merkte er, daß zwei Männer auf die Anleger zukamen. Sie trugen fast identische blaue Anzüge. Jemand im Anzug fiel im Hafen sofort auf – normalerweise war es ein Krediteintreiber einer Bank, der ein Boot einzog. Aber in diesem Fall wußte McCaleb, daß es sich nicht so verhielt. Dieses Auftreten kannte er. Sie kamen seinetwegen. Anscheinend waren sie Vernon Carruthers auf die Schliche gekommen.

Rasch kehrte McCaleb an den Tisch zurück und sammelte die FBI-Dokumente ein. Dann nahm er den Stoß mit den Namen, Adressen und sonstigen Informationen über die

Bankpleite und verstaute ihn in einem der Hochschränke in der Kombüse. Die restlichen Papiere steckte er in den Lederbeutel und legte ihn in die Truhe unter dem Kartentisch.

Er schob die Kajütentür auf und trat in die Plicht hinaus, um die zwei Agenten zu begrüßen. Er betätigte die Verriegelung der Tür und zog sie hinter sich zu.

»Mr. McCaleb?« sagte der jüngere der zwei Männer. Er hatte einen Schnurrbart, was für FBI-Verhältnisse ziemlich gewagt war.

»Lassen Sie mich mal raten. Nevins und Uhlig?«

Sie schienen nicht sonderlich erfreut darüber, erkannt zu werden.

»Können wir an Bord kommen?«

»Sicher.«

Der jüngere wurde mit Nevins vorgestellt. Das Reden übernahm Uhlig, der ranghöhere Agent.

»Wenn Sie wissen, wer wir sind, wissen Sie auch, warum wir hier sind. Wir möchten nicht, daß diese Angelegenheit unerfreulichere Züge als nötig annimmt. Vor allem in Anbetracht Ihrer früheren Zugehörigkeit zum FBI. Wenn Sie uns also die gestohlenen Unterlagen aushändigen, ist der Fall für uns erledigt.«

»Moment mal.« McCaleb hob die Hände. »Gestohlene Unterlagen?«

»Mr. McCaleb«, sagte Uhlig. »Wir haben erfahren, daß Sie sich im Besitz vertraulicher FBI-Unterlagen befinden. Sie sind kein Agent mehr. Sie sollten sich nicht im Besitz dieser Unterlagen befinden. Wie gesagt, wenn Sie unbedingt Ärger bekommen wollen, können wir Ihnen gern Ärger machen. Aber eigentlich wollen wir nur die Unterlagen zurück.«

McCaleb machte einen Schritt zur Seite und setzte sich auf das Dollbord. Er überlegte, woher sie es wissen konnten, und ihm fiel wieder nur Carruthers ein. Eine andere Möglichkeit gab es nicht. Vernon mußte in Washington so in die Enge getrieben worden sein, daß er McCaleb ans Messer geliefert hatte. Aber so etwas sah seinem alten Freund gar nicht ähnlich, ganz gleich, wie sehr sie ihn unter Druck gesetzt haben mochten.

McCaleb beschloß, sich auf sein Gefühl zu verlassen und davon auszugehen, daß sie blufften. Nevins und Uhlig wußten, daß Carruthers den Laser-Ballistikvergleich auf Bitten

McCalebs durchgeführt hatte. Das war kein Geheimnis. Daraus hatten sie vermutlich gefolgert, daß Carruthers ihm auch Kopien der Computerdaten hatte zukommen lassen.

»Also, ich weiß überhaupt nicht, was Sie wollen«, sagte er schließlich. »Ich habe keine Unterlagen, weder gestohlene noch sonst welche. Da müssen Sie falsch informiert sein.«

»Woher wußten Sie dann, wer wir sind?« fragte Nevins.

»Ganz einfach. Das habe ich heute morgen rausgefunden, als Sie im Sheriff's Department angerückt sind und denen dort gesagt haben, sie sollten mich von den Ermittlungen ausschließen.«

McCaleb verschränkte die Arme und sah an den zwei Agenten vorbei zu Buddy Lockridges Boot. Buddy saß in der Plicht, nuckelte an einer Dose Bier und beobachtete den Auftritt der zwei blauen Anzüge auf der *Following Sea*.

»Tja, dann müssen wir uns, um sicherzugehen, ein wenig umsehen«, sagte Uhlig.

»Nicht ohne Durchsuchungsbefehl, und ich bezweifle, daß Sie einen haben.«

»Den brauchen wir nicht mehr, nachdem Sie uns die Erlaubnis erteilt haben, an Bord zu kommen und das Boot zu durchsuchen.«

Nevins ging auf die Kajütentür zu und versuchte sie aufzuschieben. Aber sie war verriegelt. McCaleb grinste.

»Sie kommen da nur rein, Nevins, indem Sie die Tür aufbrechen. Und wenn Sie mich fragen, wird das nicht so aussehen, als hätte ich es Ihnen erlaubt. Außerdem würden Sie so was doch sicher nicht im Beisein eines unbeteiligten Zeugen tun.«

Beide Agenten begannen sich im Jachthafen umzusehen. Schließlich entdeckten sie Lockridge, der zum Gruß seine Bierdose hochhielt. McCaleb beobachtete, wie Uhligs Kinn vor Ärger starr wurde.

»Na schön, McCaleb«, sagte der ranghöhere der beiden Agenten. »Dann behalten Sie die Unterlagen. Aber ich sage Ihnen jetzt schon, Sie Schlaumeier, kommen Sie uns nicht in die Quere! Das FBI ist gerade im Begriff, den Fall zu übernehmen, und das letzte, was uns fehlen würde, ist, daß uns irgendeine Pappfigur ohne Dienstmarke und eigenes Herz dazwischenpfuscht.«

McCaleb spürte, wie sich sein Unterkiefer verkrampfte.

»Verschwinden Sie auf der Stelle von meinem Boot.«

»Klar. Schon unterwegs.«

Beide kletterten auf den Anleger zurück. Als sie in Richtung Hafenmauer losgingen, drehte sich Nevins um und sagte: »Bis bald, Pappfigur.«

McCaleb sah ihnen die ganze Zeit hinterher, bis sie durch das Tor waren.

»Was sollte das denn?« rief Lockridge von seinem Boot herüber.

McCaleb, der immer noch den Agenten hinterhersah, machte eine abwinkende Geste.

»Nur ein paar alte Freunde, die zu Besuch gekommen sind.«

An der Ostküste war es fast acht Uhr abends. McCaleb rief Carruthers zu Hause an. Sein Freund sagte, man habe ihn bereits in die Mangel genommen.

»Ich habe ihnen gesagt: ›Also, ich habe meine Information an Lewin weitergeleitet. Ja, ich habe die Sendung auf Ersuchen von Ex-Agent McCaleb vorrangig behandelt, aber ich habe ihm keine Kopie des Berichts oder irgendwelcher anderer Berichte zukommen lassen. Wenn Sie mir nicht glauben, meinetwegen, ist mir doch egal. Mir kann nichts passieren. Wenn Sie mich loswerden wollen, bitte, dann gehe ich eben. Dann können Sie mich jedesmal bezahlen, wenn ich in einem meiner Fälle vor Gericht aussagen muß.‹ Und ich habe umfangreiche Fälle, wenn du weißt, was ich meine.«

Er sprach, als hörte ein Dritter mit. Und beim FBI konnte man nie wissen, ob das nicht tatsächlich der Fall war. McCaleb folgte seinem Beispiel.

»Hier war es genau das gleiche Theater. Sie kamen an, versuchten so zu tun, als hätte ich irgendwelche Unterlagen, die ich nicht habe, bis ich ihnen schließlich sagte, sie sollten von meinem Boot verschwinden.«

»Dann ist bei dir also alles klar.«

»Genau wie bei dir, Vernon. Ich muß jetzt Schluß machen. Paß auf die folgende See auf, Mann.«

»Wie bitte?«

»Achte auf das, was von hinten kommt.«

»Ach so. Klar. Du auch.«

Jaye Winston nahm noch während des ersten Läutens ab.

»Wo waren Sie?«

»Nevins und Uhlig haben mir gerade einen kurzen Besuch abgestattet. Haben Sie ihnen alles kopiert, was Sie mir letzte Woche kopiert haben?«

»Die Akten, die Videokassetten, Hitchens hat ihnen alles gegeben.«

»Hm. Also, dann müssen sie die Canoli-Verbindung hergestellt haben. Sie haben es auf den Fall abgesehen, Jaye. Jetzt dürfen Sie unter keinen Umständen klein beigeben.«

»Was reden Sie da? Das FBI kann sich doch nicht einfach einen Mordfall unter den Nagel reißen.«

»Sie werden schon eine Möglichkeit finden. Wegnehmen werden sie ihn Ihnen nicht, aber sie werden das Kommando übernehmen. Ich glaube, sie wissen, es gibt außer der Waffe noch etwas anderes, was die Fälle miteinander verbindet. Sie sind zwar Arschlöcher, aber sie sind clevere Arschlöcher. Ich schätze, sobald sie sich die Videos angesehen haben, die Sie ihnen gegeben haben, sind sie zum selben Schluß gelangt wie ich. Sie wissen, es ist derselbe Täter und es gibt etwas, was die drei Morde miteinander verbindet. Sie sind vorbeigekommen, um mich einzuschüchtern, mich ins Bockshorn zu jagen. Als nächste sind Sie dran.«

»Wenn die meinen, ich überlasse ihnen diesen Fall einfach, dann –«

»Die werden Sie gar nicht fragen. Die werden zu Hitchens gehen. Und wenn er nicht freiwillig den Rückzug antritt, gehen sie noch ein Stück höher die Leiter rauf. Ich war doch selbst mal bei diesem Verein, haben Sie das schon vergessen? Ich weiß, wie das läuft. Je höher man ansetzt, um so stärker die Hebelwirkung.«

»Verdammt!«

»Willkommen im Club.«

»Was werden Sie jetzt tun?«

»Ich? Morgen werde ich mich wieder an die Arbeit machen. In diesem Fall bin ich weder dem FBI noch Hitchens noch sonst jemandem Rechenschaft schuldig. Nur mir selbst.«

»Tja, könnte fast sein, daß Sie der einzige sind, der hier überhaupt noch eine Chance hat. Viel Glück!«

»Danke. Das kann ich brauchen.«

26

McCaleb kam erst gegen Ende des Tages dazu, sich die Notizen und Finanzunterlagen anzusehen, die er von Amelia Cordell mitgenommen hatte. Den Bankauszügen entnahm er rasch, daß Cordell sein Gehalt jeden Mittwoch direkt überwiesen bekam. In den drei Monaten, für die McCaleb Auszüge hatte, hatte Cordell an jedem Zahltag am Geldautomaten derselben Bankfiliale, an dem er schließlich erschossen worden war, Geld abgehoben. Damit wurde bestätigt – und das war bemerkenswert daran –, daß er sich, vergleichbar mit Gloria Torres' allabendlichem Besuch im Sherman Market, nach einem bestimmten Schema verhalten hatte, als er ermordet wurde. Das verlieh der Theorie mehr Gewicht, daß der Täter seine Opfer beobachtet hatte – in Cordells Fall mindestens eine Woche, aber wahrscheinlich sogar länger.

McCaleb ging gerade die Kreditkartenbelege durch, als er spürte, wie sich das Boot leicht auf die Seite neigte. Er blickte auf und sah Graciela ins Heck steigen. Eine angenehme Überraschung.

Er trat nach draußen. »Graciela, was machst du denn hier?«

»Hast du den Anrufbeantworter noch nicht abgehört?«

»Nein, ich – oh, ich bin immer noch nicht dazu gekommen.«

»Jedenfalls habe ich angerufen, daß ich vorbeikommen würde. Ich habe alles mögliche über Glory aufgeschrieben. Wie du mich gebeten hast.«

Fast hätte McCaleb laut aufgestöhnt. Noch mehr Papierkram. Statt dessen dankte er ihr, daß sie seiner Bitte so rasch nachgekommen war.

Er stellte fest, daß sie einen Matchsack über ihrer Schulter trug. Er nahm ihn ihr ab.

»Was ist in dem Beutel? So viel hast du ja wohl nicht geschrieben, oder?«

Sie sah ihn an und lächelte.

»Meine Sachen. Wenn du nichts dagegen hast, würde ich ganz gern wieder über Nacht bleiben.«

McCaleb spürte ein leichtes Kitzeln im Bauch, obwohl er wußte, daß dies nicht unbedingt bedeutete, daß sie miteinander schlafen würden.

»Wo ist Raymond?«

»Bei Mrs. Otero. Sie bringt ihn morgen früh auch zur Schule. Ich habe mir den Tag frei genommen.«

»Wieso?«

»Damit ich dich fahren kann.«

»Ich habe bereits jemanden, der mich fährt. Deswegen brauchst du dir doch nicht –«

»Ich weiß, aber ich möchte es gern. Außerdem habe ich bei der *Times* einen Termin mit Glorys Chef für dich vereinbart. Und ich wäre gern dabei, wenn du mit ihm sprichst.«

»Okay, du hast den Job.«

Sie lächelte, und er führte sie in die Kajüte.

Nachdem er ihren Matchsack in die Kabine hinuntergebracht und ihr aus einer frischen Flasche Rotwein ein Glas eingeschenkt hatte, setzte er sich mit ihr ins Heck und begann, die neuen Entwicklungen in dem Fall mit ihr durchzugehen. Als er ihr von Kenyon erzählte, bekam sie große Augen. Es fiel ihr sichtlich schwer zu akzeptieren, daß zwischen ihrer Schwester und dem ermordeten Betrüger ein Zusammenhang bestehen sollte.

»Ganz spontan fällt dir vermutlich nichts ein, oder?« fragte er.

»Nein. Ich habe keine Ahnung, wie sie ...«

Sie sprach den Satz nicht zu Ende.

McCaleb schüttelte den Kopf und ließ sich in seinen Liegestuhl zurücksinken. Sie öffnete ihre Handtasche und nahm das Notizbuch heraus, in dem sie die Aktivitäten ihrer Schwester aufgeschrieben hatte. Sie gingen alles durch. Nichts, was sie geschrieben hatte, stach McCaleb als signifikant in die Augen. Aber er sagte ihr, die Informationen könnten sich im weiteren Verlauf des Falles noch als nützlich erweisen.

»Schon erstaunlich, wie sehr sich alles verändert hat«, sagte er. »Vor einer Woche war es noch ein ganz normaler Raubüberfall. Mittlerweile besteht die Möglichkeit, daß das Motiv pathologischer Natur war oder daß es sich vielleicht sogar um einen Auftragsmord handelte. Die Zufallstheorie steht inzwischen nur noch an dritter Stelle.«

Graciela nahm einen Schluck Wein, bevor sie etwas sagte.

»Das macht die Sache schwieriger, oder nicht?« sagte sie schließlich leise.

»Nicht unbedingt. Es heißt nur, wir kommen der Lösung näher. Man muß für alles offen sein und alle Möglichkeiten an sich ranlassen. Und dann fängt man an auszusieben ... Aber das alles bedeutet nur, daß wir der Lösung näherkommen.«

Nachdem sie sich den Sonnenuntergang angesehen hatten, fuhr Graciela mit ihm zu einem kleinen italienischen Restaurant im Belmont-Shores-Abschnitt von Long Beach. McCaleb fand das Essen gut, und sie waren in einer der drei Sitznischen des Lokals ganz unter sich. Während des Essens hatte McCaleb das Thema zu wechseln versucht, da er spürte, daß die Wendung, welche die Ermittlungen genommen hatten, Graciela immer noch deprimierte. Er erzählte ihr ein paar faule Witze, an die er sich aus seiner Zeit beim FBI noch erinnern konnte, aber sie entlockten ihr kaum ein Lächeln.

»Muß ganz schön hart gewesen sein, als du das noch beruflich gemacht hast«, sagte sie, als sie ihren noch halbvollen Teller mit Gnocchi beiseiteschob. »Ich meine, die ganze Zeit mit solchen Leuten zu tun zu haben. Das muß ...«

Sie sprach nicht zu Ende. Er nickte bloß. Er fand nicht, daß sie da noch mal durchmußten.

»Glaubst du, du kommst eines Tages darüber weg?«

»Über den Job?«

»Nein, über das, was er bei dir bewirkt hat. Wie diese Geschichte, die du mir erzählt hast. Vom Devil's Keep. Alles, was du so erlebt hast. Wirst du darüber mal hinwegkommen?«

Er dachte eine Weile nach. Sein Gefühl sagte ihm, daß von seiner Antwort viel abhing. Sie fragte ihn nach seinem Grundvertrauen, und sie versuchte sich über etwas bei ihm klarzuwerden. Er wußte, es war wichtig, daß seine Antwort ehrlich, aber auch richtig war. Schon um seiner selbst willen mußte sie richtig sein.

»Graciela, ich kann nur sagen, daß ich hoffe, darüber hinwegzukommen. Ich möchte innerlich wieder intakt werden. Wie das genau aussehen soll, weiß ich selbst nicht so recht. Jedenfalls war ich lange Zeit leer, und ich möchte wieder ausgefüllt werden. Eigentlich ist das alles zu schwer in Worte zu fassen, um darüber sprechen zu können, aber es ist da. Ich möchte, daß du das weißt. Ich weiß nicht, ob es beantwortet, was du über mich wissen mußt. Aber ich hoffe und warte darauf, das zu bekommen, von dem ich glaube, daß du es hast.«

Er war sich nicht sicher, ob das einigermaßen verständlich war. Er rutschte um den Tisch, bis er direkt neben ihr war. Dann beugte er sich vor und küßte sie oben auf die Wange. Verdeckt vom rotkarierten Tischtuch, legte er ihr die Hand aufs Knie und strich zärtlich ihren Oberschenkel hinauf. Es war die Art von Zärtlichkeit, die sich ein Liebhaber zutrauen mochte. Doch er versuchte verzweifelt, sie festzuhalten, sie nicht zu verlieren, und zu seinen Worten hatte er nicht das rechte Zutrauen. Er mußte sie auf irgendeine Weise berühren.

»Sollen wir gehen?« fragte sie.

Er sah sie einen Moment an.

»Wohin?«

»Zurück zum Boot.«

Er nickte.

Zurück auf dem Boot, führte ihn Graciela in die Kabine und ging ohne Zögern mit ihm ins Bett. Als sie sich in einem langsamen Rhythmus bewegten, konnte McCaleb sein Herz so fest und heftig in seiner Brust schlagen spüren, daß sein Echo wie ein Pochen, das ihn unaufhaltsam vorantrieb, bis in seine Schläfen hochzudringen schien. Er war sicher, sie konnte ebenfalls spüren, wie es im Rhythmus des Lebens gegen ihre Brust klopfte.

Zum Schluß durchlief ein Schauder seinen Körper, und er preßte sein Gesicht fest in ihre Halsbeuge. Unwillkürlich entfuhr seiner Kehle ein kurzes, abgehacktes Lachen, wie ein abruptes Luftholen, und er hoffte, sie würde es für ein Husten oder Atemholen halten. Behutsam ließ er sich mit seinem ganzen Gewicht auf sie hinab und vergrub sein Gesicht in dem weichen Nest aus Haaren hinter ihrem Ohr. Sie strich mit der Hand seinen Rücken hinab und dann wieder nach oben, um sie schließlich weich und warm in seinem Nacken liegen zu lassen.

»Was ist so komisch?« fragte sie leise.

»Nichts … Ich bin nur glücklich, mehr nicht.«

Er drückte sein Gesicht fester an sie, und dann, seine Nase voll von ihrem Duft, sein Herz und sein Verstand voll Hoffnung, flüsterte er ihr ins Ohr: »Du bist diejenige, die mich zurückholt. Du bist meine große Chance.«

Sie legte ihm die Arme um den Hals und drückte ihn fest an sich. Sie sagte kein Wort.

Mitten in der Nacht wachte McCaleb auf. Er hatte geträumt, unter Wasser geschwommen zu sein, ohne zum Luftholen an die Oberfläche kommen zu müssen.

Er lag auf dem Rücken, sein Arm an Gracielas nacktem Rücken. Er spürte die Wärme der Berührung. Er überlegte, ob er sich aufrichten und über sie hinweg auf die Uhr sehen sollte, aber er wollte die Naht ihrer Berührung nicht auftrennen. Als er die Augen schloß, um in den Traum zurückzukehren, ließ ihn das unverkennbare Geräusch der Schiebetür oben in der Kajüte vollends wach werden. Er merkte, daß etwas – ein Geräusch – ihn aus dem Traum geweckt hatte. Eine Nadel aus Eis durchfuhr seine Brust, und schlagartig war er hellwach. Jemand war auf dem Boot.

Der Russe, war sein erster Gedanke. Bolotov hatte ihn gefunden und war gekommen, um seine Drohung wahr zu machen. Doch er tat diese Möglichkeit rasch wieder ab und kehrte zu seiner instinktiven Überzeugung zurück, daß der Russe nicht so dumm wäre.

Er wälzte sich an den Rand des Betts und streckte die Hand nach dem Telefon auf dem Boden aus. Er drückte die Schnellwahl für Buddy Lockridges Nummer und wartete, daß er dranging. Lockridge sollte zur *Following Sea* herübersehen und ihm sagen, ob dort irgend etwas Ungewöhnliches zu erkennen war. Unwillkürlich mußte er an Donald Kenyon denken, der mit vorgehaltener Waffe an die Eingangstür seines Hauses geführt und mit einem Splittergeschoß erschossen worden war. Außerdem kam ihm zu Bewußtsein, daß die Person, die dort oben war, höchstwahrscheinlich nicht damit rechnete, daß Graciela auf dem Boot war. Ihm wurde plötzlich klar, daß der Eindringling, ganz gleich, was in den nächsten paar Minuten geschah, auf keinen Fall in ihre Nähe kommen durfte.

Als sich Buddy Lockridge nach viermaligem Läuten noch immer nicht meldete, wußte McCaleb, daß er keine Zeit mehr verlieren durfte. Rasch stieg er aus dem Bett und schlich auf die geschlossene Tür der Kabine zu. Ein Blick auf die roten Leuchtziffern der Uhr verriet ihm, daß es zehn nach drei war.

Als er leise die Tür öffnete, dachte er an seine Waffe. Sie war in der untersten Schublade des Kartentischs. Der Eindringling war ihr näher als er und hatte sie möglicherweise schon entdeckt.

Er überlegte, ob es unter Deck etwas gab, was er als Waffe benutzen könnte, aber ihm fiel nichts ein. Inzwischen hatte er die Tür ganz geöffnet.

»Was ist?« flüsterte Graciela hinter ihm.

Er drehte sich rasch um und kam zum Bett zurück. Er legte ihr die Hand auf den Mund und flüsterte: »Es ist jemand auf dem Boot.«

Er spürte, wie sich ihr Körper unter ihm verkrampfte.

»Er weiß nicht, daß du hier bist. Deshalb möchte ich, daß du ganz leise da rübergehst und dich auf den Boden legst, bis ich dich holen komme.«

Sie rührte sich nicht.

»Mach schon, Graciela.«

Sie begann sich aufzurichten, aber nun hielt er sie fest.

»Hast du ein Gasspray oder sonst eine Art Waffe in deiner Handtasche?«

Sie schüttelte den Kopf. Er nickte und schob sie auf die Seite des Betts, die der Wand am nächsten war. Dann schlich er zur Tür zurück.

Als er leise die Treppe hinaufstieg, konnte er sehen, daß die Schiebetür halb offenstand. In der Kajüte war mehr Licht als unter Deck, und er konnte mehr erkennen. Plötzlich zeichnete sich gegen die hellere Türöffnung die Gestalt eines Mannes ab, die das schwache Licht zu reflektieren schien. McCaleb konnte nicht erkennen, ob der Eindringling ihm zugewandt war oder ober er ihm den Rücken zugekehrt hatte und auf den Jachthafen hinaussah.

McCaleb wußte, der Korkenzieher, mit dem er die Weinflasche für Graciela aufgemacht hatte, lag gleich rechts von ihm, neben der Treppe, auf der Kombüsentheke, wo er ihn problemlos erreichen konnte. Er mußte sich nur entscheiden, ob er ihn gegen jemand mit einer besseren Waffe einsetzen wollte.

Er fand, er hatte keine Wahl. Als er die oberste Stufe erreichte, beugte er sich vor, um nach dem Korkenzieher zu greifen. Die Treppe knarzte, und McCaleb sah, wie die Gestalt erstarrte. Den Überraschungseffekt hatte er verspielt.

»Keine Bewegung!« brüllte er, als er den Korkenzieher packte und auf die dunkle Gestalt zustürzte.

Der Eindringling huschte zur Tür, zwängte sich seitlich durch die Öffnung und zog sie mit einer Hand hinter sich zu. Sie wieder aufzubekommen, kostete McCaleb mehrere Sekunden, so daß der Eindringling bereits oben auf dem Anleger war und davonlief, bevor McCaleb überhaupt aus der Kajüte kam.

Obwohl er instinktiv wußte, daß er den Eindringling nicht mehr einholen würde, sprang er auf den Anleger und rannte ihm nach. Seine Haut zog sich von der kühlen Nachtluft zusammen, und das rauhe Holz der Planken schmerzte unter seinen nackten Sohlen.

Als er die abschüssige Zufahrt hinaufstürmte, hörte er einen Wagen anspringen. Er riß das Tor auf und rannte auf den Parkplatz. Im selben Moment schleuderte ein Wagen mit quietschenden Reifen durch die Einfahrt und brauste davon. McCaleb spähte ihm hinterher, aber um die Nummer erkennen zu können, war er bereits zu weit entfernt.

»Scheiße!«

Er schloß die Augen und hob die Hand und kniff sich in den Nasensattel. Das war eine Selbsthypnosetechnik, die es ihm ermöglichen sollte, sich möglichst viele der Einzelheiten von dem, was er gerade gesehen hatte, einzuprägen. Rotes Auto, klein, ausländisches Modell, ausgeleierte Federung … Irgendwie kam ihm der Wagen bekannt vor. Aber er konnte ihn nicht einordnen.

Als ihm übel wurde und sein Herz einen Gang zurück zu schalten schien, beugte er sich vor, stützte die Hände auf die Knie und konzentrierte sich ganz darauf, in langen, tiefen Zügen zu atmen. Schließlich spürte er, wie sein Herz wieder langsamer zu schlagen begann.

Er merkte, wie Licht auf seine geschlossenen Lider fiel. Er öffnete die Augen und blickte in den Lichtstrahl einer näherkommenden Taschenlampe. Es war der Sicherheitsbeamte des Jachthafens, der auf seinem Golfcart angefahren kam.

»Mr. McCaleb?« kam hinter dem Licht eine Stimme hervor. »Sind Sie das?«

Erst jetzt merkte McCaleb, daß er nackt war.

Nichts fehlte, nichts war verändert. Zumindest, soweit McCaleb das feststellen konnte. Alles schien an seinem gewohnten Platz. Der Inhalt seines Lederbeutels, den er auf dem Kombüsentisch gelassen hatte, schien genau so, wie er ihn in Erinnerung hatte. Auch der dicke Packen Unterlagen, den er in den Kombüsenschrank geschoben hatte, war da, wo er ihn gelassen hatte. McCaleb untersuchte die Schiebetür und entdeckte Kratzer von einem Schraubenzieher. Er wußte, wie einfach es war, eine Schiebetür mit einem Schraubenzieher aufzustemmen. Er wußte auch, daß das Geräusch, das dabei entstand, außerhalb des Gebäudes immer lauter war als innerhalb. Er hatte Glück gehabt. Anscheinend hatte ihn das Geräusch oder irgend etwas anderes geweckt.

Im Beisein Shel Newbies, des Sicherheitsbeamten, überprüfte McCaleb sämtliche Schubladen und Schränke in der Kajüte und entdeckte nichts, was fehlte.

»Was ist mit unten?« fragte Newbie.

»Dafür hatte er nicht genügend Zeit«, sagte McCaleb. »Ich habe ihn bereits beim Öffnen der Tür gehört. Vermutlich habe ich ihn verjagt, bevor er dazu kam, das zu tun, weswegen er gekommen ist.«

McCaleb schwieg eine Weile und überlegte, ob der Eindringling möglicherweise gar nicht gekommen war, um etwas zu stehlen. Er dachte wieder an Bolotov, verwarf diese Möglichkeit aber schnell. Der Brustkorb der Gestalt, die sich seitwärts durch die halboffene Schiebetür gezwängt hatte, war zu schmal und dünn gewesen, als daß es der Russe hätte sein können.

»Kann ich hochkommen? Ich könnte Kaffee machen.«

McCaleb drehte sich zur Treppe um, wo Graciela stand. Als er in die Kajüte zurückgekommen war, um sich anzuziehen, hatte er ihr gesagt, es sei besser, wenn sie unter Deck bliebe. Doch da war sie, in ihrem rosa Nachthemd und einer weiten grauen Trainingshose, die sie aus seinem Kleiderschrank genommen hatte. Ihr Haar war ein wenig zerzaust, und sie sah unglaublich sexy aus. Er sah sie einen Moment schweigend an, bevor er schließlich antwortete.

»Also, eigentlich sind wir hier schon so gut wie fertig, oder nicht?«

»Soll ich in der Pacific Division anrufen?« fragte Newbie.

McCaleb schüttelte den Kopf.

»Wahrscheinlich war es nur irgendein kleiner Ganove, der mein Loran oder den Kompaß klauen wollte«, sagte er, obwohl er es nicht glaubte. »Ich möchte die Polizei lieber raushalten. Sonst kommen wir die ganze Nacht nicht mehr zum Schlafen.«

»Wirklich nicht?«

»Nein. Aber vielen Dank für Ihre Hilfe, Shel! Das war wirklich nett.«

»Keine Ursache. Dann werde ich mal wieder gehen. Einen Bericht muß ich aber auf jeden Fall schreiben. Am Morgen werden sie bestimmt einen Bericht für das LAPD machen wollen.«

»Klar, kein Problem. Ich habe bloß keine Lust, die ganze Nacht aufzubleiben, bis sie endlich vorbeikommen. Dieser Sprint eben hat mich ganz schön geschafft. Aber morgen können Sie das gern machen.«

»Na schön, wie Sie meinen.«

Newbie salutierte und ging. McCaleb wartete eine Weile, bevor er Graciela ansah, die immer noch im Treppenschacht stand.

»Bei dir alles okay?«

»Ja. Ich hatte nur ein bißchen Angst.«

»Geh schon mal wieder nach unten. Ich komme gleich nach.«

Sie ging in die Kabine zurück. McCaleb schloß die Schiebetür und probierte, ob das Schloß noch funktionierte. Das war der Fall. Er griff in das Stangengestell über ihm, nahm den hölzernen Gaffelgriff herunter und keilte die Tür damit zu. Das würde für den Rest der Nacht genügen. Aber ihm war klar, daß er sich über die Sicherheit des Boots Gedanken machen mußte.

Als er mit der Tür fertig war und sich an Bord einigermaßen sicher glaubte, blickte er auf seine bloßen Füße auf dem Berberteppich der Kajüte hinab. Bei dieser Gelegenheit merkte er zum erstenmal, daß der Teppich feucht war. Dann fiel ihm ein, wie die Lichter des Hafens vom Körper des Eindringlings reflektiert worden waren, als er an der Tür stand.

27

McCaleb saß fast die ganze Fahrt zur *Times*-Druckerei still auf dem Beifahrersitz von Gracielas Volkswagen. Wie ein Anker, der sich über sandigen Grund bewegte, streiften seine Gedanken über die Ereignisse der letzten Nacht. Sosehr er auch nach einem Widerstand suchte, fand er nichts, woran er sich festhalten konnte.

Nachdem er die feuchte Stelle auf dem Teppich entdeckt hatte, war er noch einmal den Fluchtweg des Eindringlings zum Parkplatz abgegangen und hatte festgestellt, daß die Planken des Anlegers ebenfalls feucht waren. Es war eine kühle, trockene Nacht gewesen und noch zu früh für den Morgentau. Der Eindringling war eindeutig naß gewesen, als er in das Boot eingebrochen war. Das Schimmern des Lichts auf seinem Körper legte den Verdacht nahe, daß er einen Neoprenanzug getragen hatte. Die Frage, die McCaleb nicht beantworten konnte, lautete: *Warum?*

Bevor sie losgefahren waren, war McCaleb zu Buddy Lockridges Boot gegangen, um zu sehen, ob sein Nachbar da war. Zerzaust wie immer, saß Buddy in der Plicht seines Bootes und las ein Buch mit dem Titel *Böse Buben*. Als ihn McCaleb fragte, ob er die Nacht auf dem Boot verbracht hatte, bejahte er das. Auf die Frage, warum er nicht ans Telefon gegangen sei, behauptete Buddy steif und fest, es habe nicht geklingelt. Dabei beließ es McCaleb und erklärte sich das Ganze damit, daß Lockridge entweder so hinüber gewesen war, daß er das Läuten nicht gehört hatte, oder daß er versehentlich die falsche Schnellwahltaste gedrückt hatte.

Er sagte Lockridge, er brauche ihn heute zwar nicht als Fahrer, wolle ihn statt dessen aber als Taucher anheuern.

»Soll ich den Rumpf abkratzen?«

»Nein. Ich möchte, daß du den Rumpf absuchst. Und den Grund. Und sämtliche Liegeplätze in der Nähe des Boots.«

»Absuchen? Wonach?«

»Das weiß ich nicht. Aber wenn du es siehst, weißt du es.«

»Wie du meinst. Ich hab' mir nur beim Reparieren der Bertram meinen Taucheranzug wieder aufgerissen. Aber sobald ich ihn genäht habe, komme ich rüber und sehe nach.«

»Danke. Setz es mir auf die Rechnung.«

»Wird gemacht. Ach, übrigens, fährt dich in Zukunft immer deine Freundin?«

Er sah an McCaleb vorbei auf Graciela, die im Heck der *Following Sea* stand. McCaleb drehte sich nach ihr um und wandte sich dann wieder Lockridge zu.

»Nein, Buddy. Nur heute. Sie muß mich ein paar Leuten vorstellen. Ist das okay?«

»Klar ist es okay.«

Im Auto trank McCaleb aus der Kaffeetasse, die er mitgenommen hatte, und sah aus dem Fenster. Ihn beschäftigte immer noch die Frage, warum Lockridge nicht auf seinen Hilferuf reagiert hatte. Sie fuhren gerade auf dem Sepulveda Pass über die Santa Monica Mountains. Der größte Teil des Verkehrs auf dem 405 ging in die andere Richtung.

»Worüber denkst du nach?« fragte Graciela.

»Über letzte Nacht, schätze ich. Ich versuche rauszufinden, was das Ganze sollte. Buddy wird heute unter dem Boot tauchen. Vielleicht findet er ja raus, was der Kerl gemacht hat.«

»Willst du diesen Typ von der *Times* denn überhaupt noch sehen? Wir könnten den Termin auch verlegen.«

»Nein, wir sind doch schon unterwegs. Es kann auf keinen Fall schaden, mit möglichst vielen Leuten zu sprechen. Wir wissen noch immer nicht, was diese Geschichte gestern zu bedeuten hat. Und solange wir das nicht tun, sollten wir einfach weitermachen wie bisher.«

»Hört sich ganz vernünftig an. Er meinte übrigens, wir könnten auch mit einigen ihrer Kollegen aus der Druckerei sprechen.«

McCaleb nickte und griff zu seinem Lederbeutel auf dem Boden hinab. Er war dick geworden von all den Dokumenten und Videokassetten, die er gesammelt hatte. Er hatte beschlossen, nichts auf dem Boot zu lassen. Außerdem trug zum Gewicht des Beutels inzwischen auch seine Waffe bei, eine Sig-Sauer P-228. Er hatte sie seit seinem Ausscheiden beim FBI nicht mehr getragen, doch als Graciela unter die Dusche gegangen war, hatte er sie aus der Schublade geholt und mit einem vollen Magazin geladen. Es war allerdings noch keine Kugel in der Kammer – was diese Sicherheitsmaßnahme anging, hielt er es immer noch wie in seiner Zeit beim FBI. Dann hatte er den Medizinbeutel herausgenommen, um Platz für die Waffe zu schaffen. Er wollte auf jeden Fall wieder auf dem Boot zurück sein, bevor es Zeit wurde, seine Medikamente zu nehmen.

Er wühlte in den Papieren in seinem Beutel, bis er den Notizblock fand. Er schlug die Seite auf, auf der sich die Zeitlinie befand, die er anhand des Untersuchungsberichts des LAPD rekonstruiert hatte. Nach kurzem Lesen fand er, was er suchte.

»Annette Stapleton«, sagte er.

»Was ist mit ihr?«

»Kennst du sie? Ich möchte mit ihr sprechen.«

»Sie war mit Glory befreundet. Sie kam mal vorbei, um Raymond kennenzulernen. Und dann war sie beim Begräbnis. Woher kennst du sie?«

»Ihr Name steht in den LAPD-Unterlagen. Sie hat sich an besagtem Abend auf dem Parkplatz mit deiner Schwester unterhalten. Ich möchte einfach mal mit ihr sprechen. Zum Beispiel, ob sich deine Schwester wegen irgend etwas Sorgen gemacht hat. Die Polizei hat sich für Annette Stapleton nicht viel Zeit genommen. Schließlich sahen sie deine Schwester von Anfang an als zufälliges Opfer eines Raubüberfalls.«

»Diese Schwachköpfe.«

»Ach, ich weiß nicht. Eigentlich kann man es ihnen kaum zum Vorwurf machen. Sie haben eine Unmenge von Fällen zu bearbeiten, und dieser sah genau nach dem aus, wonach er aussehen sollte.«

»Trotzdem ist das keine Entschuldigung.«

McCaleb beließ es dabei und sagte nichts mehr, zumal er keine große Veranlassung sah, Arrango und Walters zu verteidigen. Er wandte sich wieder dem Vorfall von vergangener Nacht zu und gelangte schließlich zumindest zu der einen konkreten Schlußfolgerung, daß er offensichtlich mit seinen Nachforschungen genügend Wellen geschlagen hatte, um jemanden zu einer Reaktion zu veranlassen, selbst wenn er nicht wußte, worin diese Reaktion nun genau bestand.

Sie kamen zehn Minuten vor ihrem Termin mit Glorys Chef, Clint Neff, in der Druckerei der *L. A. Times* an. Das große Gelände befand sich in Chatsworth in der Nordwestecke von Los Angeles, an der Kreuzung von Winnetka und Prairie. Die Gegend war geprägt von eleganten Bürogebäuden, Lagerhäusern und Wohnsiedlungen der gehobenen Mittelschicht. Das Druckereigebäude sah aus, als wäre es aus getöntem Glas und weißem Plastik. Sie hielten an einem Pförtnerhäuschen, wo der uniformierte Sicherheitsbeamte den Schlagbaum erst hochließ, nachdem er sich ihren Termin telefonisch hatte bestätigen lassen. Bevor sie aus dem Wagen stiegen, holte McCaleb den Notizblock aus seinem Beutel, um ihn mit nach drinnen zu nehmen. Der Beutel selbst war zu sperrig geworden, um mitgeschleppt zu werden. Bevor sie losgingen, vergewisserte er sich, daß Graciela den Wagen abgeschlossen hatte.

Durch eine automatische Schiebetür traten sie in eine zwei Stockwerke hohe Eingangshalle aus schwarzem Marmor und Terrakottafliesen. Ihre Schritte hallten auf dem Boden. Die Atmosphäre war kalt und streng – und damit der Berichterstattung der Zeitung über die Stadt nicht unähnlich, wie manche Kritiker sagen würden.

Ein weißhaariger Mann in blauem Hemd und dazu passender Hose kam ihnen aus einem Gang entgegen und begrüßte sie. Schon bevor er dazu kam, sich vorzustellen, wies ihn der ovale Aufnäher über der Brusttasche seines Hemds als Clint Neff aus. Um den Hals hatte er ein Paar Gehörschützer hängen, wie sie auch vom Bodenpersonal auf Flughäfen getragen wurden. Graciela stellte sich und McCaleb vor.

»Miß Rivers«, begann Neff. »Ich kann nur sagen, uns tut das hier allen schrecklich leid. Ihre Schwester war so eine nette Frau und in jeder Hinsicht eine gute Kollegin.«

»Danke. Das war sie wirklich.«

»Wenn Sie wollen, können wir gern nach hinten gehen und uns kurz unterhalten. Ich werde versuchen, Ihnen zu helfen, so gut ich kann.«

Er führte sie den Gang hinunter, aus dem er gerade gekommen war, und drehte sich im Gehen immer wieder um, um sich mit ihnen zu unterhalten.

»Vermutlich wissen Sie bereits von Ihrer Schwester, daß wir hier neben der Valley-Ausgabe der Zeitung auch die meisten Beilagen drucken, die allen Ausgaben beigefügt werden. Sie wissen schon, das Fernsehprogramm und was es da noch so alles gibt.«

»Ja, ich weiß«, sagte Graciela.

»Wissen Sie, ich weiß wirklich nicht, was Sie sich davon versprechen. Jedenfalls habe ich einigen Mitarbeitern gesagt, daß Sie mit ihnen reden wollen. Sie haben nichts dagegen.«

Sie erreichten eine Treppe und stiegen sie hinauf.

»Hat Annette Stapleton noch die Nachtschicht?« fragte McCaleb.

»Äh … nein.« Neff war vom Treppensteigen außer Atem. »Nettie … Nach dieser Geschichte mit Glory bekam sie es etwas mit der Angst zu tun, was ich ihr, ehrlich gesagt, auch nicht verdenken kann. Nicht nach so was. Deshalb hat sie sich für die Tagschicht einteilen lassen.«

Neff ging einen weiteren Gang hinunter, auf eine Flügeltür zu.

»Ist sie heute hier?«

»Natürlich. Sie können gern mit ihr reden, wenn Sie – das einzige, worum ich Sie bitten muß, ist, daß Sie mit diesen Leuten sprechen, wenn sie Pause haben. Nettie zum Beispiel. Sie macht um halb elf Pause, und vielleicht sind wir ja bis dahin fertig, damit Sie dann mit ihr sprechen können.«

»Kein Problem«, sagte McCaleb.

Nachdem sie schweigend ein paar Schritte weitergegangen waren, drehte sich Neff um und sah McCaleb an.

»Sie waren also beim FBI, stimmt das?«

»Ja.«

»Muß ziemlich spannend gewesen sein.«

»Manchmal.«

»Wieso haben Sie dann aufgehört? Sie sehen noch ziemlich jung aus.«

»Wahrscheinlich wurde es ein bißchen zu spannend.«

McCaleb sah Graciela an und zwinkerte. Sie lächelte. Weitere Fragen zu seiner Person blieben McCaleb wegen des Lärms aus der Druckerei erspart. Sie erreichten die dicke Flügeltür. Sie dämmten kaum das Röhren der Rotationsmaschinen auf der anderen Seite. Aus einem Spender an der

Wand neben der Tür zog Neff zwei Paar in Plastik verschweißte Schaumgummiohrstöpsel und reichte sie McCaleb und Graciela.

»Machen Sie sich die lieber rein, wenn wir hier durchgehen. Im Moment sind alle Maschinen in Betrieb. Wir drucken gerade die Buchrezensionen. Eins Komma zwei Millionen Exemplare. Diese Stöpsel reduzieren den Lärm um etwa dreißig Dezibel. Aber Sie können sich trotzdem nicht denken hören.«

Während McCaleb und Graciela die Tüten aufrissen und sich die Stöpsel in die Ohren steckten, zog Neff seinen Gehörschutz hoch und rückte ihn zurecht. Er öffnete eine Türhälfte, und sie gingen an den Rotationsmaschinen entlang. Der sensorische Eindruck war ebensosehr spürbar wie hörbar. Der Boden zitterte, als wären sie in ein Erdbeben geraten. Die Ohrstöpsel dämpften das schrille Gewinsel der Rotationsmaschinen nur geringfügig. Ein dumpfes Stampfen sorgte für die entsprechende Baßbegleitung. Neff führte sie durch eine Tür, die in einen Raum führte, in dem die Angestellten offensichtlich Pause machten. Dort gab es lange Eßtische und eine Reihe von Verkaufsautomaten. Die freien Wandflächen nahmen Korkanschlagbretter mit Betriebs- und Gewerkschaftsmeldungen sowie Sicherheitsanweisungen ein. Der Lärm ließ merklich nach, als die Tür zuschwang. Sie durchquerten den Raum und gingen durch eine weitere Tür, hinter der sich Neffs kleines Büro befand. Als Neff seinen Gehörschützer wieder auf seinen Hals herabzog, nahmen McCaleb und Graciela ihre Ohrstöpsel heraus.

»Werfen Sie sie lieber noch nicht weg«, riet ihnen Neff. »Zum Ausgang müssen Sie wieder denselben Weg zurück, den Sie gekommen sind. Je nachdem, wann das ist, laufen die Maschinen da draußen wieder auf Hochtouren.«

McCaleb holte die Plastiktüte aus seiner Hosentasche und steckte die Stöpsel hinein. Neff nahm hinter seinem Schreibtisch Platz und deutete auf die zwei Stühle davor. Der Plastiküberzug der Sitzfläche von McCalebs Stuhl war voll Druckerschwärze. Er zögerte.

»Keine Angst«, sagte Neff. »Das ist längst getrocknet.«

In den nächsten fünfzehn Minuten, die sie mit Neff über Gloria Torres sprachen, erfuhren sie wenig Neues, was sie in irgendeiner Weise weiterbrachte. Es wurde zwar klar, daß

Neff Glory gemocht hatte, aber es war auch klar, daß sein Verhältnis zu ihr nicht über den üblichen Vorgesetzten-Angestellten-Rahmen hinausgegangen war. Es war vorwiegend arbeitsbezogen gewesen, und sie hatten wenig über persönliche Dinge gesprochen. Auf die Frage, ob er von etwas wüßte, was Glory belastet haben könnte, schüttelte Neff nur den Kopf und äußerte sein Bedauern darüber, ihnen nicht mehr helfen zu können. Irgendwelche Auseinandersetzungen mit Kollegen? Wieder ein Kopfschütteln.

Völlig unvermittelt fragte McCaleb, ob er James Cordell kannte.

»Wer soll das sein?« fragte Neff.

»Und Donald Kenyon?«

»Wer, dieser Banker?« Neff lächelte. »Klar kenne ich den. Aus dem Country Club. War ein guter Freund von mir. Genau wie Milken und dieser andere Typ, Boesky.«

McCaleb lächelte ebenfalls und nickte. Es war offensichtlich, daß Neff keine große Hilfe war. Er wandte sich in Gedanken anderen Dingen zu, und Graciela fragte Neff nach Glorys Freunden. McCaleb dachte an den mit Druckerschwärze verschmierten Stuhl, auf dem er saß. Er wußte, woher die Druckerschwärze kam. Wahrscheinlich war jeder, der vor ihm hier gesessen hatte, jemand gewesen, der aus der Druckerei hereingerufen worden war. Deshalb trugen sie alle die marineblauen Uniformen. Damit die Druckerschwärze nicht so gut zu sehen war.

Plötzlich kam ihm ein Gedanke. Glory war auf dem Heimweg von der Arbeit ermordet worden. Aber sie hatte keine Arbeitskleidung getragen. Sie hatte sich umgezogen. Hier. Aber im LAPD-Bericht stand nichts davon, daß die Detectives Arbeitskleidung in ihrem Auto gefunden oder ihr Spind untersucht hatten.

»Entschuldigung.« McCaleb unterbrach Neff, der Graciela gerade erzählte, wie geschickt Glory mit dem Gabelstapler gewesen war, mit dem die schweren Papierrollen in die Rotationsmaschinen gehievt wurden. »Gibt es hier einen Umkleideraum? Hatte Glory ein Spind?«

»Sicher haben wir einen Umkleideraum. Wer steigt schon mit den Klamotten voll Druckerschwärze in sein Auto? Wir haben hier alle –«

»Wurde Glorys Spind schon ausgeräumt?«

Neff setzte sich zurück und dachte nach.

»Wissen Sie, wir haben hier mal wieder einen Einstellungsstopp. Bisher haben wir noch keine Genehmigung, Ersatz für Glory zu suchen. Und nachdem wir noch niemanden für sie eingestellt haben, bezweifle ich, daß ihr Spind ausgeräumt worden ist.«

McCaleb schöpfte neue Hoffnung. Vielleicht brachte sie das weiter.

»Gibt es dafür einen Schlüssel? Könnten wir es uns mal ansehen?«

»Äh, sicher, ich denke schon. Dazu müßte ich mir allerdings den Hauptschlüssel besorgen.«

Neff verließ sein Büro, um den Hauptschlüssel zu holen und Nettie Stapleton zu suchen. Da sich Glorys Spind offensichtlich im Frauenumkleideraum befand, hatte Neff vorgeschlagen, Nettie solle Graciela dorthin begleiten, damit sie sich das Spind ansehen könnte. McCaleb würde mit Neff auf dem Flur warten müssen. Davon war McCaleb nicht begeistert. Er glaubte nicht, daß Graciela in der Lage wäre, das Spind mit derselben Gründlichkeit zu untersuchen, wie er einen Tatort oder die Videoaufnahmen von einem Tatort studierte. Außerdem hatte er aufgrund seiner Erfahrung einen besseren Blick für Feinheiten.

Wenig später kam Neff mit Nettie Stapleton zurück, die sich noch an Graciela erinnern konnte und ihr mit sichtlichem Mitgefühl kondolierte. Dann machte sich Neff mit der ganzen Mannschaft auf den Weg zu den Umkleideräumen. McCaleb wollte schon fragen, ob er nicht doch mit hineinkommen dürfte, wenn der Umkleideraum leer wäre. Aber als sie sich der Tür des Damenumkleideraums näherten, war das Geräusch laufender Duschen zu hören. Ihm war klar, daß er draußen bleiben müßte.

Da McCaleb keine Fragen und auch keine Gesprächsthemen mehr einfielen, während er mit Neff auf dem Gang wartete, schlenderte er, um einer oberflächlichen Unterhaltung oder allzu persönlichen Fragen aus dem Weg zu gehen, auf die Anschlagtafeln zu, die an der Wand zwischen den Umkleideraumtüren angebracht waren, und tat so, als läse er die Anschläge.

Vier Minuten vergingen in völligem Schweigen. McCaleb hatte sich von einem Schwarzen Brett zum nächsten vorgearbeitet. Als Graciela und Nettie schließlich wieder nach draußen kamen, starrte er gerade auf ein Plakat, auf dem ein großer Tropfen abgebildet war, der zur Hälfte rot ausgemalt war. Das zeigte an, daß die Angestellten bei einer gerade laufenden Blutspendeaktion bisher die Hälfte ihres Solls erfüllt hatten.

Graciela kam auf ihn zu und sagte: »Nichts. Nur ein paar Kleider, ein Fläschchen Parfum und ihre Kopfhörer. Und an der Tür hingen vier Fotos von Raymond und eins von mir.«

»Kopfhörer?«

»Diese Ohrenschützer meine ich. Aber sonst nichts.«

»Was für Kleider?«

McCaleb starrte beim Sprechen immer noch auf das Plakat.

»Zwei frische Uniformen, ein Oberteil von zu Hause und eine Jeans.«

»Hast du in allen Taschen nachgesehen?«

»Ja. Nichts.«

Und auf einmal kam es ihm. Die Erkenntnis traf ihn mit der Wucht eines panzerbrechenden Geschosses. Er beugte sich vor und stützte sich mit der Hand am Schwarzen Brett ab.

»Terry, was hast du?« fragte Graciela. »Ist irgendwas?«

Er antwortete nicht. In seinem Kopf überstürzten sich die Gedanken. Graciela legte ihm die Hand auf die Stirn, um zu fühlen, ob er Fieber hatte. Er wischte sie beiseite.

»Nein, das ist es nicht«, sagte er.

»Gibt es irgendein Problem«, schaltete sich Neff ein.

»Nein«, sagte McCaleb, eine Spur zu laut. »Wir müssen nur los. Ich muß zum Wagen.«

»Ist wirklich alles in Ordnung?«

»Ja«, sagte McCaleb, wieder zu laut. »Entschuldigen Sie bitte, aber mir fehlt nichts. Wir müssen bloß los.«

McCaleb nickte Annette Stapleton dankend zu und ging den Gang hinunter, in die Richtung, wo er die Eingangshalle vermutete. Graciela folgte ihm, und Neff rief ihnen nach, sie sollten bei der ersten Möglichkeit nach links gehen.

28

»Was sollte das denn auf einmal? Was ist los?«

McCaleb ging rasch auf den Wagen zu. Er hatte das Gefühl, nur durch die Beibehaltung seines bisherigen Tempos verhindern zu können, daß sein wachsendes Entsetzen ganz von ihm Besitz ergriff. Graciela mußte im Laufschritt neben ihm hertraben.

»Das Blut.«

»Das Blut?«

»Beide haben Blut gespendet. Deine Schwester und Cordell. Es war die ganze Zeit vor meiner – ich sah das Plakat, und plötzlich fiel mir ein, daß ich in Cordells Haus einen Brief gesehen hatte… und dann wußte ich es einfach. Hast du deine Schlüssel?«

»Jetzt beruhige dich erst mal, Terry. Beruhige dich.«

Als er widerstrebend langsamer zu gehen begann, kam sie an seine Seite und kramte die Autoschlüssel aus ihrer Handtasche.

»Jetzt sag mir erst mal, wovon du überhaupt redest.«

»Schließ den Wagen auf, dann zeige ich es dir.«

Sie erreichten das Auto. Sie schloß die Beifahrertür auf und ging auf die andere Seite. McCaleb stieg ein und langte über den Fahrersitz, um ihr die Tür aufzumachen. Dann beugte er sich vor, und begann den Beutel auf dem Boden zu durchwühlen. Er war so vollgestopft mit Papieren, daß er erst die Waffe herausnehmen und auf den Boden legen mußte, um die Dokumente durchsehen zu können. Graciela stieg in den Wagen und sah ihm dabei zu.

»Du kannst schon losfahren«, sagte er, ohne von seiner Beschäftigung aufzusehen.

»Was machst du da?«

Er zog Cordells Obduktionsbefund heraus.

»Ich suche – Mist, das ist nur der vorläufige Befund.«

Um sicherzugehen, blätterte er die Unterlagen durch. Sie waren unvollständig.

»Keine Toxikologie, kein Blut.«

Er steckte den Obduktionsbefund und dann die Waffe in den Beutel zurück. Er richtete sich auf.

»Wir müssen ein Telefon finden. Ich rufe seine Frau an.«

Graciela startete den Wagen.

»Gut«, sagte sie. »Wir – wir fahren zu mir. Aber du mußt mir auch sagen, woran du gerade denkst, Terry.«

»Okay, aber laß mir erst einen Moment Zeit zum Nachdenken.«

Er versuchte das Chaos in seinem Kopf in den Griff zu bekommen und den gedanklichen Sprung zu analysieren, den er gerade gemacht hatte.

»Ich spreche vom Zusammenhang«, fuhr er schließlich fort. »Von dem verbindenden Element.«

»Was für ein verbindendes Element?«

»Was haben wir übersehen? Was haben wir gesucht? Die Verbindung zwischen den Fällen. Zuerst war das einzige verbindende Element die Willkürlichkeit der Tat. Das dachten zumindest die Cops. Das ist auch, was ich zunächst dachte, als ich mich mit dem Fall zu beschäftigen begann. Wir hatten die Opfer von zwei Raubüberfällen – zwischen denen kein Zusammenhang bestand außer dem Täter und der Tatsache, daß sich der Weg der Opfer zufällig mit seinem gekreuzt hatte. Wir sind hier in L. A., so etwas passiert hier ständig. Das ist die Hauptstadt der willkürlichen Gewalt, oder nicht?«

Graciela bog in den Sherman Way. Bis zu ihr nach Hause waren es nur noch wenige Minuten.

»Richtig.«

»Falsch. Weil wir ein paar neue Erkenntnisse gewonnen haben. Wir stellen fest, der Täter nimmt seinen Opfern einen persönlichen Gegenstand ab, und das deutet darauf hin, daß es sich hier nicht nur um ein rein zufälliges Aufeinandertreffen von Täter und Opfer handeln kann. Es deutet auf eine engere Beziehung hin – auf ein Aussuchen, Belauern und bewußtes Töten jedes einzelnen Opfers.«

McCaleb hielt inne. Sie kamen am Sherman Market vorbei und sahen im Fahren beide wortlos auf das Geschäft. McCaleb wartete eine Weile, bevor er weitersprach.

»Dann bekommen wir mit einem Mal einen neuen Ansatzpunkt, eine weitere Schicht der Zwiebel wird entfernt. Wir bekommen den ballistischen Vergleich, und auf einmal sieht die Sache ganz anders aus. Jetzt haben wir einen weiteren Mord, und außerdem sieht es so aus, als gingen alle drei Morde auf das Konto eines Profis, eines Auftragskillers. Warum? Was könnte das verbindende Element zwischen deiner Schwester, James Cordell und Donald Kenyon sein?«

Graciela antwortete nicht. Inzwischen näherte sie sich der Alabama und ordnete sich zum Linksabbiegen ein.

»Blut«, fuhr er fort. »Blut muß das verbindende Element sein.«

Sie bog in die Einfahrt ihres Hauses ein. Sie stellte den Motor ab.

»Blut«, sagte sie.

McCaleb blickte starr nach vorn auf das geschlossene Garagentor. Und während sich seiner endgültig das Entsetzen bemächtigte, sprach er langsam weiter.

»Die ganze Zeit habe ich mich gefragt: ›Was hat sie gesehen, was hat sie gewußt? Wem ist sie in die Quere gekommen, daß sie sterben mußte?‹ Weißt du, ich habe mir ein Bild von ihrem Leben verschafft und mir ein Urteil über sie gebildet. Ich kam zu der Überzeugung, daß sie nichts hatte, was ihr jemand hätte nehmen wollen. Der Grund mußte also woanders zu suchen sein. Aber ich kam nicht drauf. Ich kam einfach nicht drauf. Deine Schwester war eine gute Mutter, eine gute Schwester, eine gute Kollegin und Freundin. Aber die eine Sache, die sie hatte und die sie fast einzigartig machte, war ihr Blut. Das machte das, was sie hatte, so extrem wertvoll … für eine bestimmte Person.«

Er wartete einen Moment. Er sah sie immer noch nicht an.

»Zum Beispiel für jemanden wie mich.«

Er hörte den Atem aus ihrem Körper entweichen, und er hatte ein Gefühl, als wäre es die Hoffnung, die ihn im selben Moment verließ. Seine Hoffnung auf Erlösung.

»Du sagst also, sie wurde wegen ihrer Organe … ausgesucht? Du siehst dir in der Druckerei ein Plakat an und kannst das sagen?«

Endlich wandte er sich ihr zu.

»Ich wußte es einfach. Mehr nicht.«

Er öffnete die Tür.

»Wir rufen Mrs. Cordell an. Sie kann uns die Blutgruppe ihres Mannes sagen. Sie wird AB, CMV negativ sein. Absolut identisch. Dann besorgen wir uns Kenyons Blutgruppe. Es ist bestimmt die gleiche. Wetten?«

Er drehte sich auf die andere Seite, um auszusteigen.

»Das ergibt doch keinen Sinn«, entgegnete sie mit einigem Nachdruck. »Du hast doch selbst gesagt, er starb an Ort und Stelle. Vor der Bank. Sein Herz, seine Organe wurden nicht entfernt. Das ist was völlig anderes. Und Kenyon. Kenyon starb in seinem Haus.«

McCaleb stieg aus, dann bückte er sich und sah zu ihr hinein. Jetzt starrte sie durch die Windschutzscheibe nach draußen.

»Bei Cordell und Kenyon ging etwas schief«, sagte er. »Aber der Täter hat aus diesen Fehlschlägen gelernt. Bei deiner Schwester hat er es schließlich richtig hingekriegt.«

McCaleb schloß die Tür und ging auf das Haus zu. Es dauerte eine Weile, bis Graciela ihn einholte.

Im Haus ging McCaleb ins Wohnzimmer und setzte sich auf die Couch, Graciela brachte ihm das Telefon aus der Küche. Er merkte, daß er Amelia Cordells Nummer in seinem Beutel im Auto gelassen hatte. Außerdem wurde ihm bewußt, daß der Wagen nicht abgeschlossen und seine Waffe ebenfalls im Beutel war.

Als er zum Wagen ging, ließ er den Blick unauffällig über die Straße schweifen. Er hielt nach dem Auto von gestern nacht im Jachthafen Ausschau. Er entdeckte keines, das auch nur annähernd so aussah, und es standen auch keine anderen Autos am Straßenrand, in denen jemand saß.

Zurück im Haus, setzte er sich wieder auf die Couch und wählte Amelia Cordells Nummer. Währenddessen nahm Graciela in der entferntesten Ecke der Couch Platz und beobachtete ihn mit distanzierter Miene. Nach fünfmaligem Läuten meldete sich ein Anrufbeantworter. McCaleb nannte seinen Namen und seine Telefonnummer und sprach auf Band, er bräuchte so schnell wie möglich James Cordells Blutgruppe. Er machte das Telefon aus und sah Graciela an.

»Weißt du, ob sie arbeitet?« fragte sie.

»Nein, tut sie nicht. Sie könnte alles mögliche machen.«

Er stellte das Telefon wieder an und wählte seine Nummer, um seinen Anrufbeantworter abzuhören. Seit Samstag hatte er neun Anrufe gespeichert. Er hörte sich vier Nachrichten von Jaye Winston und zwei von Vernon Carruthers an, die jedoch angesichts der jüngsten Ereignisse längst überholt waren. Es war auch Gracielas Mitteilung darunter, daß sie am Montag zu ihm aufs Boot kommen wolle. Von den zwei restlichen Nachrichten war eine von Tony Banks, dem Videotechniker. Er hatte McCaleb auf Band gesprochen, daß er mit dem Video, das McCaleb ihm vorbeigebracht hatte, fertig war. Die andere Nachricht war wieder von Jaye Winston. Sie hatte am Morgen angerufen, um McCaleb mitzuteilen, daß sich seine Vorhersage bestätigt hatte. Das FBI hatte sich ganz massiv in die Untersuchung der Mordfälle eingeschaltet. Hitchens hatte sich nicht nur zu vorbehaltloser Kooperation bereit erklärt, sondern auch die Leitung der Ermittlungen an Nevins und Uhlig abgetreten. Sie war frustriert. McCaleb konnte es an ihrer Stimme hören. Aber ihm ging es genauso. Er legte auf und atmete geräuschvoll aus.

»Und was jetzt?« fragte Graciela.

»Keine Ahnung. Ich brauche für diese … diese Idee erst eine konkrete Bestätigung, bevor ich den nächsten Schritt machen kann.«

»Warum gehst du nicht zu dieser Ermittlerin des Sheriff's Department? Sie müßte doch den vollständigen Obduktionsbefund haben. Sie müßte die Blutgruppe wissen.«

»Nein.«

Mehr sagte er ihr zur Erklärung des Sachverhalts nicht. Er blickte sich im Innern des Hauses um, soweit er es von der Couch aus einsehen konnte. Es war klein, ordentlich eingerichtet und gut gepflegt. Auf dem obersten Bord eines Geschirrschranks im angrenzenden Eßzimmer war ein großes gerahmtes Foto von Gloria Torres.

»Warum willst du sie nicht anrufen?« fragte Graciela.

»Ich bin nicht sicher. Ich … ich möchte mir über verschiedenes erst noch mehr Klarheit verschaffen, bevor ich mit ihr spreche. Ich glaube, ich sollte lieber noch etwas warten und sehen, ob Mrs. Cordell zurückruft.«

»Und wie wär's, wenn du direkt im Büro des Leichenbeschauers anrufst?«

»Nein. Das brächte, glaube ich, auch nichts.«

Was er unerwähnt ließ, war der Umstand, daß für den Fall, seine Theorie erwiese sich als richtig, jeder, der von Glorys Tod profitierte, als Verdächtiger betrachtet würde.

Das galt auch für ihn. Daher wollte er keine Anfragen an eine Behörde richten, die genau das ins Rollen brächte. Zumindest nicht, solange er nicht ein paar Antworten parat hatte, die er zu seiner Verteidigung vorbringen konnte.

»Jetzt weiß ich es!« sagte Graciela plötzlich. »Der Computer im Blutlabor – wahrscheinlich kann ich es dort nachprüfen. Es sei denn, sein Name wurde schon gelöscht. Obwohl ich das bezweifle. Ich kann mich erinnern, dort mal auf den Namen eines Spenders gestoßen zu sein, der schon vier Jahre tot war, und trotzdem war er noch gespeichert.«

McCaleb wurde nicht recht schlau aus dem, was sie sagte.

»Was redest du da?« fragte er.

Sie sah auf ihre Uhr und sprang hoch.

»Ich ziehe mich nur kurz um, denn wir müssen uns beeilen. Ich erkläre dir alles unterwegs.«

Im selben Moment verschwand sie bereits im Flur, und McCaleb hörte, wie eine Schlafzimmertür geschlossen wurde.

29

Sie kamen kurz vor Mittag im Holy Cross an. Graciela stellte den Wagen auf dem vorderen Parkplatz ab, und sie betraten das Krankenhaus durch den Haupteingang. Durch die Notaufnahme wollte sie nicht gehen, weil sie dort arbeitete. Unterwegs hatte sie McCaleb erklärt, sie habe seit Glorias Tod häufig kurzfristig einen Tag frei genommen, um sich um Raymond zu kümmern. Aber dafür hätten ihre Vorgesetzten in letzter Zeit immer weniger Verständnis gezeigt. Aus diesem Grund hielt sie es nicht für klug, sich mit einem Tag Vorankündigung einen Tag frei zu nehmen und dann durch die Notaufnahme zu spazieren. Außerdem wäre das, was sie vorhatten, ein Kündigungsgrund. Je weniger Leute sie sahen, desto besser.

Sobald sie im Krankenhaus waren, verschafften ihnen Graciela, ihr Schwesternkittel und ihr bekanntes Gesicht überall Zutritt, egal wohin sie wollten. Sie war wie ein Botschafter, für den alle Schlagbäume hochgingen. Niemand hielt sie an. Niemand stellte ihnen Fragen. Es war ein paar Minuten nach zwölf, als sie schließlich mit dem Personallift in den dritten Stock hochfuhren.

Graciela hatte McCaleb ihren Plan während der Fahrt erklärt. Sie rechnete damit, daß ihnen etwa fünfzehn Minuten blieben, um ihr Vorhaben durchzuführen. Mehr war nicht drin – nur die Zeit, die die Blutvorrätekoordinatorin bräuchte, um in die Krankenhauscafeteria hinunterzufahren, ihr Mittagessen zu holen und es ins Pathologielabor hinaufzubringen. Eigentlich hatte die BVK eine Stunde Mittagspause, aber weil sie während ihrer Abwesenheit von niemandem vertreten wurde, war es auf diesem Posten üblich, das Mittagessen am Arbeitsplatz einzunehmen. Die Stelle wurde immer von einer Krankenschwester besetzt, aber weil sie in dieser Funktion nicht unmittelbar für Patienten verantwortlich war, wurde die BVK von niemandem vertreten, wenn sie Pause machte.

Wie Graciela erwartet hatte, war der BVK-Schreibtisch unbesetzt, als sie um 12 Uhr 05 das Pathologielabor betraten. McCalebs Puls begann etwas schneller zu gehen, als er die Toaster sah, die über den Bildschirm des Computers auf dem Schreibtisch schwebten. Der Schreibtisch stand allerdings mitten in einem größeren Laborraum. Etwa drei Meter weiter befand sich ein weiterer Schreibtisch, an dem eine Frau im Schwesternkittel saß. Graciela wirkte vollkommen gelassen.

»Hey, Patrice, wie läuft's?« fragte sie gutgelaunt.

Die Frau blickte von den Unterlagen auf, die sie vor sich liegen hatte, und lächelte. Sie sah McCaleb an, dann wieder Graciela.

»Graciela.« Sie zog jede Silbe in die Länge und übertrieb die lateinamerikanische Aussprache wie ein Fernsehnachrichtensprecher. »Alles wie gehabt. Und was gibt's bei dir Neues?«

»*Nada*. Wer ist die BVK und wo ist die BVK?«

»Für ein paar Tage ist es Patty Kirk. Sie ist eben nach unten, um sich ein Sandwich zu holen.«

»Hmmmmm«, machte Graciela, als dämmerte es ihr erst jetzt. »Na schön, dann werde ich eben selbst mal schnell nachsehen.«

Sie ging um den Schalter und steuerte auf den Computer zu.

»Unten in der Notaufnahme haben wir eine SBV mit einer seltenen Blutgruppe. Ich habe so ein Gefühl, daß dieser Typ so ziemlich alles braucht, was wir haben, deshalb wollte ich mal sehen, wieviel wir noch vorrätig haben.«

»Du hättest doch bloß anrufen brauchen. Dann hätte ich für dich nachgesehen.«

»Ich weiß, aber ich wollte meinem Freund Terry mal zeigen, wie das hier so läuft. Terry, das ist Patrice. Patrice, Terry. Er will an der UCLA Medizin studieren. Ich will sehen, ob ich es ihm nicht ausreden kann.«

Patrice sah McCaleb an und lächelte. Dann bekam ihr Blick etwas Taxierendes. Er wußte, was sie dachte.

»Ich weiß, ist ein bißchen spät dafür«, sagte er deshalb. »Typische Midlife-crisis-Erscheinung.«

»Würde ich auch sagen. Dann schon mal alles Gute fürs praktische Jahr. Ich habe schon Fünfundzwanzigjährige gesehen, die danach aussahen wie fünfzig.«

»Ich weiß. Aber ich werd's überleben.«

Sie lächelten sich an, und die Unterhaltung war endlich vorüber. Patrice wandte sich wieder ihren Unterlagen zu, und McCaleb sah Graciela an, die bereits vor dem Computer saß. Die Toaster waren verschwunden und der Bildschirm aktiviert. Es befand sich ein Fenster mit lauter weißen Kästchen darauf.

»Du kannst ruhig auch rumkommen«, sagte Graciela. »Patrice beißt schon nicht.«

Patrice lachte, sagte aber nichts. McCaleb ging hinter den Schalter und blieb hinter Gracielas Stuhl stehen. Sie blickte zu ihm hoch und zwinkerte, denn sie wußte, er versperrte Patrice den Blick auf sie. Er zwinkerte ebenfalls und lächelte. Sie hatte wirklich die Ruhe weg. Er sah auf seine Uhr, dann hielt er das Handgelenk so nach unten, daß sie sehen konnte, daß es inzwischen sieben nach zwölf war. Sie wandte sich dem Computer zu.

»Also, wir suchen jetzt nach Blut mit der Blutgruppe AB, ja? Deshalb gehen wir hier drauf und klicken BOPRA an. Das ist die Abkürzung für die Blood and Organ Procurement and Request Agency, die große regionale Blut- und Organbank, von der wir beliefert werden. Wie übrigens auch die meisten anderen Krankenhäuser hier in der Gegend.«

»Verstehe.«

Sie hob die Hand und fuhr mit dem Finger über ein kleines Stück Papier, das über dem Bildschirm am Monitor befestigt war. Darauf stand eine sechsstellige Zahl. McCaleb wußte, daß es sich dabei um den Zugangscode handelte. Auf der Fahrt ins Krankenhaus hatte ihm Graciela erklärt, wie leicht in das BOPRA-Programm hineinzukommen war. Der Zugangscode für den Computer wurde monatlich geändert. Im Holy Cross war die BVK-Stelle keine Vollzeitstelle, so daß die Schwestern nach dem Rotationsprinzip dafür eingeteilt wurden. Die dadurch bedingte Fluktuation erhöhte sich zusätzlich, weil Schwestern mit Erkältungen, Virusinfektionen und anderen Malaisen, die sie zwar nicht arbeitsunfähig, aber erforderlich machten, daß sie sich von den Patienten fernhielten, kurzerhand als Koordinatoren eingesetzt wurden. Aufgrund der hohen Zahl von Personen, die daher an diesem Computer arbeiteten, wurde der neue BOPRA-Code einfach jeden Monat an den Monitor geklebt. In ihren acht Jahren als Krankenschwester hatte Graciela noch an zwei anderen Krankenhäusern in Los Angeles gearbeitet. Sie konnte sich erinnern, daß es in diesen beiden anderen Krankenhäusern genauso gehandhabt worden war. BOPRA hatte ein Sicherheitssystem, das wahrscheinlich in jedem Krankenhaus, das es belieferte, umgangen wurde.

Graciela gab den Code ein und aktivierte das Modem, und McCaleb hörte, wie der Computer wählte und die Verbindung zum BOPRA-Computer hergestellt wurde.

»Jetzt werden wir mit der Datenbank verbunden«, sagte Graciela.

McCaleb sah auf die Uhr. Bestenfalls hatten sie noch acht Minuten. Auf dem Bildschirm erschienen mehrere Begrüßungsfenster, bis eine Identifizierungs- und Anfragencheckliste erschien. Graciela gab die benötigten Informationen zügig ein, und gleichzeitig erklärte sie McCaleb, was sie jeweils gerade machte.

»Jetzt gehen wir zur Blut-Page. Wir geben ein, welchen Bluttyp wir brauchen, und dann ... simsalabim, warten wir.«

Sie hielt ihre Hände vor den Bildschirm und wackelte mit den Fingern.

»Graciela, wie geht's Raymond?« fragte Patrice hinter ihnen. McCaleb drehte sich um, aber Patrice hatte ihnen weiter den Rücken zugekehrt.

»Ganz gut«, antwortete Graciela. »Ich könnte nach wie vor heulen, aber er packt es ganz gut.«

»Ah, gut. Du mußt ihn mal wieder mitbringen.«

»Gern, aber er hat jetzt immer Schule. Vielleicht in den Osterferien.«

Auf dem Bildschirm erschien eine Aufstellung der Blutvorräte mit Blutgruppe AB und in welchen Krankenhäusern und Blutbanken die einzelnen Einheiten gelagert waren. BOPRA war einerseits selbst eine Blutbank, fungierte aber gleichzeitig auch als Koordinationsstelle für kleinere Blutbanken und Krankenhäuser an der gesamten Westküste.

»Okay«, sagte Graciela. »Hieraus geht also hervor, daß wir davon einen ziemlich großen Vorrat haben. Der Doktor möchte mindestens sechs Einheiten verfügbar haben, falls unser Patient mit der schweren Brustverletzung noch zusätzlich operiert werden muß. Wir klicken also das Bestellfenster an und reservieren sechs Einheiten. Eine Reservierung gilt vierundzwanzig Stunden. Wenn sie bis morgen um diese Zeit nicht erneuert wird, ist das Blut wieder frei verfügbar.«

»Aha«, sagte McCaleb, ganz der wißbegierige Student, der er angeblich war.

»Ich darf nicht vergessen, Patty zu sagen, daß sie die Reservierung morgen verlängern soll.«

»Was wäre, wenn kein Blut verfügbar wäre?«

Graciela hatte ihm auf der Fahrt ins Krankenhaus eingeschärft, diese Frage zu stellen, falls sie nicht allein wären, wenn sie sich in den BOPRA-Computer einloggten.

»Gute Frage.« Sie begann die Maus zu bewegen. »Dann machen wir folgendes. Wir gehen zu dem Symbol mit dem Blutstropfen drauf und klicken es an. Das bringt uns in die Spenderdatei. Jetzt müssen wir wieder warten.«

Nach ein paar Sekunden begann sich der Bildschirm mit Namen, Adressen, Telefonnummern und anderen Angaben zu füllen.

»Das sind jetzt sämtlich Blutspender mit Blutgruppe AB. Hier steht, wo sie sind, wie man sie erreichen kann und wann sie zum letzten Mal Blut gespendet haben. Schließlich will man nicht ständig zur selben Person gehen. Man versucht es zu streuen, und man versucht jemanden zu finden, der entweder nicht weit vom Krankenhaus wohnt, damit er einfach vorbeikommen kann, oder in der Nähe einer Blutbank. Wir möchten es ja auch den Spendern möglichst einfach machen.«

Beim Sprechen fuhr sie mit dem Finger an den Namen entlang. Es waren ungefähr fünfundzwanzig, alle im Westen Amerikas ansässig. Beim Namen ihrer Schwester hielt sie an und tippte mit dem Fingernagel auf den Bildschirm. Dann machte sie weiter. Ihr Finger kam am unteren Bildschirmrand an, ohne auf die Namen James Cordell oder Donald Kenyon gestoßen zu sein.

McCaleb ließ vor Enttäuschung laut den Atem entweichen, aber Graciela hob den Finger, als wollte sie sagen: Immer mit der Ruhe. Sie blätterte eine Seite weiter, und eine neue Aufstellung mit etwa fünfzehn weiteren Namen erschien. Der Name James Cordell stand ganz oben auf der

Liste. Und als sie mit dem Finger weiter nach unten fuhr, stieß sie an vorletzter Stelle auf Donald Kenyon.

Diesmal stockte McCaleb der Atem, und er nickte nur. Graciela sah mit einem bestätigenden Blick zu ihm hoch. McCaleb beugte sich zum Bildschirm vor und las die Angaben hinter den Namen. Cordell hatte neun Monate kein Blut mehr gespendet, und in Kenyons Fall war es sogar über sechs Jahre her. McCaleb stellte fest, daß in der letzten Spalte hinter Cordells und Kenyons Namen ein großes S und ein Sternchen waren. Hinter den meisten anderen Namen auf der Liste stand entweder das eine oder das andere, aber nur in den wenigsten Fällen beides. McCaleb tippte auf das S auf dem Bildschirm.

»Was bedeutet dieses S?«

»Spender«, antwortete Graciela ruhig. »Es steht für Organspender. Diese Leute haben eine entsprechende Erklärung abgegeben, es in ihren Führerschein eintragen lassen und was sonst noch dazu gehört. Wenn ihnen also etwas zustößt und sie ins Krankenhaus eingeliefert werden und sterben, dürfen ihre Organe entnommen werden.«

Während sie das sagte, sah sie ihn die ganze Zeit an, und es fiel McCaleb schwer, sie ebenfalls anzusehen. Er wußte, was die Bestätigung bedeutete.

»Und das Sternchen?«

»Da muß ich erst nachsehen.«

Sie rollte den Bildschirm zurück, bis sie zu den Zeichenerklärungen am oberen Rand kam. Sie fuhr mit dem Finger über die verschiedenen Zeichen, bis sie das Sternchen fand.

»Es bedeutet CMV negativ«, sagte sie. »Die meisten Menschen haben ein ungefährliches Virus im Blut, das CMV heißt. Das ist die Abkürzung für irgendeinen langen Begriff. Etwa ein Viertel der Bevölkerung hat es nicht. Es ist etwas, das angegeben werden muß, damit das Blut von Spender und Empfänger wirklich hundertprozentig übereinstimmt.«

McCaleb nickte. Das war etwas, was er bereits wußte.

»So, das war die Lektion für heute«, sagte Graciela leise.

Sie betätigte die Maus, und McCaleb sah, wie sich der Pfeil auf das Schließen-Symbol in der rechten oberen Bildschirmecke zubewegte. Er packte ihre Hand, bevor sie es anklicken und das BOPRA-Programm schließen konnte.

Graciela sah fragend zu ihm hoch. McCaleb drehte sich zu Patrice um. Sprechen konnte er nicht. Er sah sich um und entdeckte auf dem Schalter ein Klemmbrett mit einigen Formularen, an dem mit einem Stück Schnur ein Bleistift befestigt war. Er gab Graciela ein Zeichen, deutete auf Patrice und dann auf Graciela und machte mit den Fingern eine Sprechbewegung. Dann griff er sich das Klemmbrett und begann zu schreiben.

»Ach, übrigens, Patrice, wie geht's Charlie?« fragte Graciela.

»Och, ganz gut. Er ist immer noch derselbe Idiot.«

»Hör mal, ihr kommt doch so phan*tas*tisch miteinander aus!«

»Aber klar doch, wie im siebten Himmel.«

McCaleb hielt Graciela das Klemmbrett hin. Er hatte drei Fragen aufgeschrieben.

1. *Kannst du diese Liste ausdrucken?*
2. *Kannst du die Unterlagen deiner Schwester aufrufen?*
3. *Wer bekam ihre Organe?*

Graciela hob die Schultern und artikulierte stumm die Wörter *Ich weiß nicht*. Dann wandte sie sich dem Computer zu und machte sich an die Arbeit. Zuerst druckte sie die Liste der Spender mit Blutgruppe AB aus. Zum Glück war der Computer an einen Laserdrucker angeschlossen, der fast lautlos arbeitete, so daß Patrice nichts merkte. McCaleb faltete die Liste rasch der Länge nach zusammen und steckte sie in die Innentasche seiner Jacke. Danach kehrte Graciela zum Anfangsmenü zurück und öffnete ein Fenster mit Befehlen. Sie klickte ein Symbol mit einem roten Herz an. Darauf erschien ein Fenster mit der Überschrift ORGANBESCHAFFUNGSDIENSTE und einem weiteren Fenster, in der um die Eingabe des Zugangscodes gebeten wurde. Graciela hob die Schultern, warf einen Blick auf den Zettel über dem Bildschirm und gab die Zahl darauf noch einmal ein.

Nichts.

Der Pfeil verwandelte sich in eine Eieruhr, und nichts geschah. McCaleb sah auf die Uhr. Es war 12 Uhr 15, das Ende der Frist, die sie sich selbst gesetzt hatten. Patty Kirk konnte jeden Moment zurückkommen, und dann flöge ihr Schwindel auf. Als sie ihren Coup geplant hatten, hatte Graciela nichts davon gesagt, wie sie das alles erklären wollten, wenn sie erwischt wurden.

»Ich glaube, der Computer ist abgestürzt«, sagte Graciela.

Frustriert schlug sie mit der Handfläche gegen die Seite des Monitors. McCaleb wunderte sich jedesmal von neuem, wieviel Leute dachten, das könnte etwas nützen. Er wollte ihr gerade sagen, sie solle es sein lassen, als er hörte, wie sich die Rollen von Patrices Stuhl bewegten. Als er sich umdrehte, stand sie gerade auf. Vielleicht wollte sie es auch mit dem Computer versuchen.

»Einfach abgestürzt«, sagte Graciela.

McCaleb sah zu, daß er Patrice die Sicht auf den Bildschirm weiter versperrte.

»Das macht dieser blöde Kasten doch ständig«, sagte Patrice. »Ich gehe mal eben auf eine Cola und eine Zigarette nach oben auf die Terrasse. Bis dann, Graciela.« Dann sah sie lächelnd McCaleb an und fügte hinzu: »War nett, Sie kennenzulernen.«

McCaleb lächelte. »Ganz meinerseits.«

»Tschüß, Patrice«, flötete Graciela.

Patrice ging durch die Öffnung im Schalter und auf den Gang hinaus, ohne im Vorbeigehen auf den Monitor zu sehen. Als sie weg war, sah McCaleb auf den Bildschirm, auf dem folgender Hinweis aufblinkte:

ZUGANG NUR FÜR LEVEL 1
VERSUCHEN SIE ES NOCH EINMAL

»Was heißt das?«

»Es heißt, daß ich den Code nicht habe, um in diese Datei reinzukommen. Wie spät ist es?«

»Zeit zu verschwinden. Geh raus.«

Sie klickte das Schließen-Symbol an, und McCaleb hörte, wie die Verbindung mit einem leisen Klicken unterbrochen wurde.

»Was sollte das gerade?« fragte Graciela. »Was wolltest du?«

»Erkläre ich dir gleich. Aber laß uns erst mal von hier verschwinden.«

Sie stand auf und stellte den Stuhl wieder so hin, wie sie ihn vorgefunden hatte. Dann gingen sie beide durch den Schalter. Draußen auf dem Flur bogen sie bei der ersten Gelegenheit nach rechts zum Lift ab. Sie gingen sehr schnell, wie Diebe. Eine Frau mit einer Dose Cola und einer Sandwichbox aus Styropor kam auf sie zu. Sie war noch etwa zwanzig Meter entfernt und lächelte Graciela zu.

»Scheiße«, zischte McCaleb. »Ist das –«

»Ja. Nur keine Panik.«

»Nein, halt sie auf.«

»Warum? Ist doch alles bestens!«

Er hob die Hand, um sich die Nase zu reiben und zu verhindern, daß seine Worte bis zu der näherkommenden Frau drangen.

»Der Bildschirmschoner. Normalerweise schaltet er sich erst nach einer Minute ein. Sie wird was merken.«

»Das macht doch nichts. Wir stehlen keine Regierungsgeheimnisse.«

Wie sich herausstellte, brauchte Graciela ihre Kollegin nicht aufzuhalten. Das übernahm Patty Kirk selbst.

»Graciela, was machst du denn hier?« fragte sie, noch bevor sie sie ganz erreicht hatte. »Unten in der Cafeteria habe ich gerade Jane Tompkins getroffen, und sie war ziemlich sauer, daß du dir schon wieder frei genommen hast.«

Sie blieben stehen, und Patty Kirk blieb stehen.

»Erzähl ihr auf keinen Fall, daß ich hier war!« sagte Graciela.

»Wieso? Was ist denn?« Sie hob die Hand, um auf Gracielas Schwesternkittel zu deuten.

»Das ist mein Freund Terry. Er steht kurz vor dem Abschlußexamen in Medizin. An der UCLA. Ich habe ihm gesagt, ich führe ihn heute ein bißchen rum, weil er sein praktisches Jahr vielleicht hier zu Ende machen will. Und ich dachte, mit Kittel wäre es wesentlich einfacher, überall reinzukommen. Terry, das ist Patty Kirk.«

Sie schüttelten sich die Hände und lächelten. McCaleb fragte, wie es ihr ginge, und sie sagte, gut. Er hatte Visionen, wie diese fliegenden Toaster endlich auf den Bildschirm zurückkehrten.

Patty Kirk wandte sich wieder Graciela zu und schüttelte den Kopf.

»Wenn Janie das rausbekommt, kannst du aber was erleben. Sie dachte, es wäre wieder was mit Raymond. Dafür bist du mir aber einen dicken Gefallen schuldig.«

»Ich weiß, ich weiß. Aber sag ihr auf keinen Fall was, ja? Da unten sind sowieso schon alle stinksauer auf mich. Sie ist die einzige Freundin, die ich noch habe.«

Sie verabschiedeten sich, und McCaleb und Graciela gingen weiter zum Lift. Als Patty Kirk außer Hörweite war, fragte Graciela, ob sie sie lang genug aufgehalten hätten.

»Das hängt davon ab, wie der Bildschirmschoner eingestellt ist. Aber wahrscheinlich genügt es. Verschwinden wir jetzt lieber.«

Wieder in Gracielas Golf, fuhren sie vom Krankenhausparkplatz in Richtung Freeway 405 los.

»Und wo soll's jetzt hingehen?« fragte Graciela.

»Ich weiß nicht recht. Irgendwie müssen wir in den BOPRA-Computer reinkommen. Wir brauchen eine Liste der Empfänger. Aber ich kann mir nicht vorstellen, daß sie uns die einfach geben, wenn wir dort aufkreuzen. Wo ist überhaupt der Sitz von BOPRA?«

»In West L. A., nicht weit vom Flughafen. Aber du kannst dort nicht einfach ankommen und dir eine Liste geben lassen, da hast du völlig recht. Das ganze System basiert auf strenger Diskretion. Ich habe dich ja auch nur gefunden, weil mir jemand von diesem Zeitungsartikel erzählt hat.«

»Richtig.«

Aber er war längst einen Schritt weiter. In seinem Kopf arbeitete es fieberhaft, und als sie die Zufahrt zum Freeway hinauffuhren, kam ihm eine Idee.

»Laß uns zum Cedars rüberfahren. Ich glaube, ich kenne jemanden, der uns helfen wird.«

30

Zuerst gingen sie in Bonnie Fox' Sprechzimmer im Westturm des Cedars. Das Wartezimmer war leer, und Dr. Fox' Sprechstundenhilfe, eine Frau namens Gladys, die nie lächelte, teilte ihnen mit, die Ärztin sei nicht da.

»Sie ist oben im North, und ich glaube nicht, daß sie heute noch zurückkommt«, fügte sie, immer noch mit gerunzelter Stirn, hinzu. »Sind Sie hier, um Ihre Unterlagen abzuholen?«

»Nein, noch nicht ganz.«

Nachdem sich McCaleb bedankt hatte, gingen sie wieder. Er wußte, die Übersetzung von Gladys' Auskünften lautete, daß Bonnie Fox gerade im fünften Stock des North Tower auf Visite war. Sie gingen über die Brücke im zweiten Stock in den North Tower und nahmen dann den Lift zur Kardiologie im fünften Stock hinauf, wo auch die Transplantationsfälle lagen. McCaleb war es allmählich leid, den schweren Lederbeutel mit sich rumzuschleppen.

Er war lange genug im fünften Stock gewesen, um dort nicht fehl am Platz zu erscheinen. Graciela, immer noch in ihrem Schwesternkittel, fügte sich sogar noch besser in das Bild. McCaleb ging mit ihr nach links den Gang hinunter, wo die Intensivstation der Transplantationsabteilung sowie die Zimmer der Patienten waren, die auf eine Transplantation warteten oder gerade eine hinter sich hatten. Die Chancen, Bonnie Fox in diesem Trakt zu finden, standen ziemlich gut.

Auf dem Weg den langen Gang hinunter sah McCaleb in alle Zimmer, deren Türen offen waren. Dr. Fox entdeckte er dabei zwar nicht, aber er sah die gebrechlichen Gestalten meist älterer Männer in ihren Betten. Das waren die Zimmer jener, die, an Apparaten hängend, auf eine Transplantation warteten, während ihre Chancen mit der unaufhaltsam auslaufenden Zeit genauso dahinschwanden wie ihre ermattenden Herzen. Sie kamen auch wieder an dem Zimmer des Jungen vorbei, den McCaleb schon bei einem früheren Besuch gesehen hatte. Er saß in seinem Bett und sah fern. Er schien allein im Zimmer zu sein. Die Schläuche und Kabel, die aus dem Ärmel seines Krankenhauskittels kamen, liefen zu einer Reihe von Apparaten und Monitoren. Nachdem McCaleb festgestellt hatte, daß Dr. Fox nicht im Zimmer war, sah er rasch weg. Bei den Jungen war es am schwersten zu akzeptieren, wenn sie aus unerklärlichen Gründen von ihren noch unverbrauchten Organen im Stich gelassen wurden und vom Leben eine harte und manchmal tödliche Lektion erteilt bekamen, obwohl sie sich nichts hatten zuschulden kommen lassen. Einen Augenblick lang machte McCalebs Gedächtnis einen Sprung in die Everglades, zu einer Ermittlergruppe auf Propellerbooten am Devil's Keep, dem schwarzen Loch, in dem sein Glaube verschwunden war, daß es für alles einen guten und berechtigten Grund gab.

Sie hatten Glück. Als sie um die Ecke zur Intensivstation bogen, sah McCaleb Bonnie Fox, die sich gerade über den Schalter beugte, um ein Krankenblatt aus einem Fach zu ziehen. Als sie sich wieder aufrichtete und umdrehte, sah sie die beiden.

»Terry?«

»Hallo, Doc.«

»Was ist los? Haben Sie –«

»Nein, nein, alles in Ordnung.«

Er hob in einer beruhigenden Geste die Hände.

»Was machen Sie dann hier oben? Ihre Unterlagen sind in meinem Sprechzimmer.«

Erst jetzt schien sie auch Graciela zu bemerken. Da sie sie offensichtlich nicht kannte, nahm die Verwirrung in ihrer Miene weiter zu.

»Ich bin nicht wegen der Unterlagen hier«, sagte McCaleb. »Gibt es hier irgendwo ein Zimmer – ein leeres Zimmer –, das wir ein paar Minuten benutzen können? Wir müssen mit Ihnen reden.«

»Terry, ich bin hier gerade dabei, meine Patienten zu untersuchen. Ich finde es nicht in Ordnung, daß Sie hier einfach hereinplatzen und von mir erwarten –«

»Es ist wichtig, Frau Doktor. Sehr wichtig. Geben Sie mir fünf Minuten Zeit, und Sie werden mir sicher recht geben. Wenn nicht, sind wir auf der Stelle weg. Ich hole meine Unterlagen ab, und Sie sehen uns nie wieder.«

Sie schüttelte verärgert den Kopf und drehte sich zu einer der Schwestern hinter dem Schalter um.

»Was haben wir gerade frei, Anne?«

Eine Schwester beugte sich nach links und fuhr mit dem Finger über ein Klemmbrett.

»Zehn, achtzehn, sechsunddreißig – suchen Sie sich eins aus.«

»Gut, ich bin in achtzehn. Das ist nicht weit von Mr. Koslow. Falls er klingelt, sagen Sie ihm, ich bin in fünf Minuten bei ihm.«

Bei den letzten Worten sah sie McCaleb finster an.

Dann ging sie mit raschen Schritten den Gang hinunter und führte sie in Zimmer 518. McCaleb trat als letzter ein und schloß die Tür hinter sich. Bonnie Fox lehnte sich mit der Hüfte gegen das leere Bett, legte das Krankenblatt neben sich und verschränkte die Arme. McCaleb konnte den Ärger spüren, der von ihr ausging und direkt auf ihn gerichtet war.

»Sie haben genau fünf Minuten. Wer ist das?«

»Das ist Graciela Rivers«, sagte McCaleb. »Ich habe Ihnen von ihr erzählt.«

Bonnie Fox taxierte Graciela mit schonungslosen Blicken.

»Sie sind also die Frau, die ihm diesen Floh ins Ohr gesetzt hat«, sagte sie. »Auf mich hört er ja nicht, aber Sie sind Krankenschwester, Sie sollten es eigentlich besser wissen. Sehen Sie sich ihn an! Seine Gesichtsfarbe, die Falten unter den Augen. Vor einer Woche ging es ihm noch blendend. Alles war bestens, Herrgott noch mal! Ich hatte seine Unterlagen bereits von meinem Schreibtisch genommen und abgelegt. So sicher war ich mir bei ihm. Und jetzt –«

Zur Untermauerung ihrer Feststellung deutete sie auf McCalebs Äußeres.

»Ich habe nur getan, was ich tun mußte«, sagte Graciela. »Ich konnte einfach nicht anders, als ihn –«

»Diese Entscheidung habe ganz allein ich getroffen«, unterbrach sie McCaleb. »Niemand sonst. Nur ich.«

Dr. Fox tat die Erklärungen der beiden mit einem verärgerten Kopfschütteln ab. Sie trat vom Bett zurück und bedeutete McCaleb, sich darauf zu setzen.

»Ziehen Sie Ihr Hemd aus, und setzen Sie sich. Fangen Sie an zu reden. Inzwischen haben Sie nur noch etwa vier Minuten.«

»Ich werde mein Hemd nicht ausziehen, Frau Doktor. Ich möchte, daß Sie sich anhören, was ich Ihnen zu sagen habe, und nicht, wie oft mein Herz schlägt.«

»Gut. Reden Sie. Wenn Sie mich unbedingt von den Patienten fernhalten wollen, um die ich mich kümmern sollte, schön. Reden Sie.«

Sie klopfte mit den Knöcheln auf das Krankenblatt auf dem Bett.

»Mr. Koslow hier, er sitzt im selben Boot, in dem vor zwei Monaten auch noch Sie gesessen haben. Ich versuche ihn am Leben zu halten, bis wir *vielleicht* ein Herz bekommen. Dann habe ich noch einen dreizehnjährigen Jungen, der –«

»Darf ich Ihnen jetzt vielleicht endlich erklären, warum wir hier sind, oder nicht?«

»Ich kann einfach nicht anders. Ich bin so *wütend* auf Sie.«

»Gut, dann hören Sie mir erst zu. Vielleicht denken Sie dann ja anders darüber.«

»Das kann ich mir nicht vorstellen.«

»Kann ich es Ihnen jetzt erzählen oder nicht?«

Dr. Fox hob kapitulierend die Hände, schürzte die Lippen und verbeugte sich vor ihm. Endlich konnte McCaleb mit seinen Ausführungen beginnen. Er brauchte zehn Minuten, um den bisherigen Verlauf seiner Ermittlungen zusammenzufassen, aber das machte nichts. Als die fünf Minuten um waren, war Bonnie Fox so fasziniert, daß sie nicht mehr auf die Zeit achtete. Sie ließ ihn ohne eine einzige Unterbrechung erzählen.

»Das wär's«, sagte er, als er fertig war. »Darum sind wir hier.«

Während Bonnie Fox zu begreifen versuchte, was McCaleb ihr eben erzählt hatte, wanderten ihre Blicke ein paar Momente zwischen ihm und Graciela hin und her. Dann begann sie sich in dem kleinen Raum hin und her zu bewegen und gab alles noch einmal so wieder, wie sie es verstanden hatte. Dabei ging sie jedoch nicht richtig auf und ab. Es war mehr so, als müßte sie in ihrem Kopf Platz für die Geschichte schaffen und als verliehe sie diesem Bedürfnis durch kurze Bewegungen Ausdruck, die den persönlichen Raum um sie herum vergrößerten.

»Sie sagen also, am Anfang steht jemand, der ein Organ braucht – Herz, Lunge, Leber, Niere, was auch immer. Und wie Sie hat dieser Jemand eine seltene Blutgruppe, nämlich AB, CMV negativ. Das bedeutet ein langes, langes und möglicherweise vergebliches Warten, weil nur etwa einer von zweihundert Menschen diese Blutgruppe hat, und das wiederum heißt, daß nur eine von zweihundert, sagen wir mal, Lebern, die reinkommen, für diese Person geeignet sind. Habe ich das soweit richtig verstanden? Und nun behaupten Sie, diese Person beschloß, ihre Chancen zu verbessern, indem sie herging und Leute erschoß, welche die gleiche Blutgruppe hatten, damit ihre Organe für eine Transplantation zur Verfügung stünden?«

Sie sagte es mit zuviel Sarkasmus, und das ärgerte McCaleb. Aber statt zu protestieren, nickte er bloß.

»Und er hatte die Namen der Leute mit seiner Blutgruppe aus der Blutspenderliste der BOPRA-Datenbank?«

»Richtig.«

»Aber wie er an sie rankam, wissen Sie nicht.«

»Zumindest nicht sicher. Wir wissen allerdings, daß die BOPRA-Daten nicht sonderlich gut geschützt sind.«

Er holte die Liste heraus, die Graciela im Holy Cross hatte ausdrucken lassen. Er faltete sie auseinander und reichte sie Dr. Fox.

»Das hier habe ich mir heute beschafft, und ich verstehe absolut nichts davon, wie man in fremde Computersysteme eindringt.«

Fox nahm das Blatt Papier und deutete damit auf Graciela.

»Aber Sie haben sich von ihr helfen lassen.«

»Wir wissen nicht, wer diese Person ist oder wer ihr dabei geholfen haben könnte. Wir müssen davon ausgehen, daß diese Person, wenn sie die Beziehungen hatte, einen Auftragsmörder zu engagieren, auch über Mittel und Wege verfügt haben muß, sich Zugang zur BOPRA-Datenbank zu verschaffen. Ich will damit sagen: Es ist möglich.«

McCaleb deutete auf die Liste.

»Hier steht alles, was nötig ist. Alle Personen auf dieser Liste haben die fragliche Blutgruppe. Neben ihrem Alter ist auch angegeben, ob sie Organspender sind. Er hat sich also einen der Spender ausgesucht, und zwar einen möglichst jungen. Vermutlich hat er auch Erkundigungen über ihn eingezogen. Kenyon war jung, ein sportlicher Typ. Spielte

Tennis, ritt. Cordell war jung und kräftig. Man brauchte ihn nur kurz zu beobachten, um zu wissen, daß er körperlich hervorragend in Form war. Er surfte, fuhr Ski, ging bergsteigen. Sie waren beide ideal.«

»Aber warum sie dann töten? Zu Übungszwecken?« fragte Bonnie Fox.

»Nein, nicht zu Übungszwecken. Es war ihm durchaus ernst, bloß ging beide Male etwas schief. Bei Kenyon verwendete der Täter ein Splittergeschoß, das sein Gehirn so stark schädigte, daß er schon tot war, bevor sie ihn ins Krankenhaus bringen konnten. Daraufhin verbesserte der Killer seine Methode. Er stieg auf ein Vollmantelgeschoß um, das er seinem Opfer durch die vordere Gehirnhälfte jagte. Die daraus resultierende Verletzung war zwar tödlich, das ja, aber nicht auf der Stelle. Ein Mann, der zufällig dazukam, forderte über sein Handy einen Rettungswagen an. Cordell war noch am Leben. Aber sie schrieben die Adresse falsch auf, so daß die Sanitäter woanders hinfuhren. In der Zwischenzeit starb das Opfer am Ort des Überfalls.«

»Und wieder konnten die Organe nicht geerntet werden«, sagte Dr. Fox, die inzwischen verstanden hatte.

»Ich finde dieses Wort fürchterlich«, sagte Graciela, die lange nichts mehr gesagt hatte.

»Welches?« fragte Dr. Fox.

»Geerntet. Ich finde das unmöglich. Diese Organe werden nicht geerntet. Sie werden gespendet. Von Menschen, denen etwas an anderen Menschen liegt. Das sind keine Feldfrüchte, die auf einer Farm angebaut wurden.«

Dr. Fox nickte und sah Graciela schweigend an. Anscheinend gewann sie langsam einen etwas anderen Eindruck von ihr.

»Bei Cordell klappte es also wieder nicht«, fuhr McCaleb fort. »Aber diesmal lag es nicht an der Methode. Daher nahm sich der Killer noch einmal die Liste mit den Organspendern vor. Er –«

»Die Liste aus dem BOPRA-Programm.«

»Richtig. Er nimmt sich die Liste noch einmal vor und sucht sich Gloria Torres aus. Nun beginnt das Ganze wieder von vorn. Er beobachtet sie, lernt ihren Tagesablauf kennen, bekommt auch heraus, daß sie gesund ist und für seine Zwecke geeignet.«

Aus Angst, die Brutalität seiner Bemerkung könnte weitere Proteste auslösen, sah McCaleb bei diesen Worten Graciela an. Sie blieb still. Statt dessen ergriff Bonnie Fox das Wort.

»Und deshalb wollen Sie jetzt der Spur der gespendeten Organe folgen, und Sie glauben, der Mörder – oder die Person, die den Mörder damit beauftragte – hat eines davon erhalten. Ist Ihnen eigentlich klar, wie sich das anhört?«

»Ich weiß, wie es sich anhört«, sagte McCaleb rasch, bevor sie ihren Zweifeln weitere Nahrung geben konnte. »Aber es gibt keine andere Erklärung. Wir brauchen bei BOPRA Ihre Hilfe.«

»Also, ich weiß nicht.«

»Überlegen Sie doch mal! Wie hoch stehen die Chancen, daß es nur Zufall war, daß derselbe Mann – höchstwahrscheinlich ein professioneller Killer – ohne ersichtlichen Grund drei verschiedene Menschen erschießt, die alle die gleiche extrem seltene Blutgruppe haben? Wie hoch diese Wahrscheinlichkheit ist, könnten Sie nicht mal mit einem Computer berechnen. Weil es kein Zufall sein kann. Es ist die Blutgruppe. Die Blutgruppe ist das verbindende Element. Die Blutgruppe ist das Motiv.«

Dr. Fox ging von ihnen weg ans Fenster. McCaleb folgte ihr und stellte sich neben sie. Unter ihnen lag der Beverly Boulevard. Er sah die Geschäfte auf der anderen Straßenseite, den Krimibuchladen und den Deli mit dem WERD SCHNELL WIEDER GESUND!-Schild auf dem Dach. Er sah Bonnie Fox an, und es schien, als starrte sie im Fenster ihr eigenes Spiegelbild an.

»Meine Patienten warten auf mich«, sagte sie schließlich.

»Wir brauchen Ihre Hilfe.«

»Was genau kann ich für Sie tun?«

»Ich bin nicht sicher. Aber ich glaube, Ihre Chancen, von BOPRA eine Auskunft zu erhalten, sind besser als unsere.«

»Warum gehen Sie nicht einfach zur Polizei? Die haben die besten Chancen. Warum kommen Sie damit zu mir?«

»Zur Polizei kann ich nicht gehen. Noch nicht. Wenn ich zur Polizei gehe, werde ich erst mal aus dem Verkehr gezogen. Überlegen Sie doch mal, was ich Ihnen eben gesagt habe. Ich bin ein Verdächtiger!«

»Das ist doch absurd.«

»Das weiß ich auch. Aber die Polizei nicht. Außerdem ist es nicht nur das. Das Ganze hat auch persönliche Gründe. Ich bin es Glory Torres schuldig, und ich bin es Graciela schuldig. In diesem Fall werde ich nicht bloß an der Seitenlinie rumsitzen und zuschauen.«

Eine kurze Phase des Schweigens verstrich.

»Frau Doktor?«

Graciela war von hinten auf McCaleb und Bonnie Fox zugekommen. Sie drehten sich zu ihr um.

»Sie müssen uns helfen. Wenn Sie das nicht tun, dann ist das alles hier – alles, was Sie hier leisten – umsonst. Wenn Sie die Integrität des Systems, in dem Sie arbeiten, nicht schützen können, dann haben Sie kein System.«

Die zwei Frauen sahen sich lange an, bevor Dr. Fox mit einem traurigen Lächeln nickte. »Gehen Sie in mein Sprechzimmer, und warten Sie dort auf mich. Ich muß noch nach Mr. Koslow und einem anderen Patienten sehen. Es wird höchstens eine halbe Stunde dauern. Danach komme ich ins Sprechzimmer und rufe an.«

31

»Koordinationsstelle.«

»Hier Bonnie Fox, könnte ich bitte Glenn Leopold sprechen.«

Sie waren in Bonnie Fox' Sprechzimmer, die Tür war geschlossen. Bonnie Fox hatte den Lautsprecher zugeschaltet, damit McCaleb und Graciela mithören konnten. Sie hatten eine halbe Stunde gewartet, bis sie gekommen war. Ihre Haltung war anders. Sie war nach wie vor bereit zu helfen, aber sie war aufgewühlter, als sie gewirkt hatte, während sie in dem leeren Krankenzimmer im North Tower miteinander gesprochen hatten. Sie besprachen den Plan, den McCaleb entworfen hatte, während er mit Graciela auf sie gewartet hatte. Dr. Fox hatte sich ein paar Notizen gemacht und dann den Anruf durchstellen lassen.

»Bonnie?«

»Hi, Glenn, wie geht's?«

»Danke, gut. Was kann ich für Sie tun? Ich muß in zehn Minuten zu einer Besprechung.«

»Es dauert nicht lange. Ich habe hier ein kleines Problem, Glenn, und ich glaube, Sie könnten mir dabei helfen.«

»Raus damit.«

»Ich habe hier am neunten Februar eine Transplantation durchgeführt – es war BOPRA-Karteinummer achtundneunzig sechsunddreißig –, und nun sind Komplikationen aufgetreten. Deshalb würde ich gern mit den Chirurgen sprechen, die mit den anderen Organen dieses Spenders Transplantationen durchgeführt haben.«

Es trat kurze Stille ein, bevor Leopolds Stimme wieder aus dem Lautsprecher kam.

»Äh, Moment mal … das ist etwas ungewöhnlich, wissen Sie. Um was für Komplikationen handelt es sich denn eigentlich, Bonnie?«

»Also, ich weiß, Sie müssen gleich zu dieser Besprechung. Um es so kurz wie möglich zu machen: Der Empfänger hatte die Blutgruppe AB, CMV negativ. Das Organ, das wir von BOPRA erhalten haben, war kompatibel – zumindest laut Protokoll. Aber inzwischen – wie lang ist das inzwischen her, neun Wochen oder so – hat unser Empfänger das CMV-Virus im Blut, und die letzte Biopsie hat im Blutbild eine Abstoßungsreaktion gezeigt. Deshalb versuche ich jetzt festzustellen, wie es dazu gekommen ist.«

Mehr Schweigen.

»Also, wenn es mit dem Herz übertragen worden wäre, hätte es, glaube ich, schon früher auftreten müssen.«

»Völlig richtig, aber wir haben vorher nicht darauf geachtet. Wir sind aufgrund des Protokolls davon ausgegangen, daß kein CMV gegeben wäre. Verstehen Sie mich bitte nicht falsch, Glenn, ich will nicht sagen, es wurde mit dem Herz übertragen. Aber ich muß herausfinden, woher es kommt, und ich möchte alle Möglichkeiten abdecken. Deshalb hielt ich es für das beste, beim Herz zu beginnen.«

»Versuchen Sie das im Auftrag von Anwälten festzustellen? Wenn dem nämlich so ist, dann muß ich, glaube ich, meinen –«

»Nein, nein, Glenn, ich mache das nur für mich. Ich muß wissen, ob das Virus mit dem Organ reinkam oder ob es hier bei uns ein Problem gab – beziehungsweise gibt.«

»Na schön, und welches Blut haben Sie benutzt?«

»Das ist es ja. Nur das des Patienten. Ich habe die Unterlagen hier vor mir liegen. Er hat schon lange vor der Operation acht Einheiten gespendet. Wir haben nur sechs davon benutzt.«

»Und Sie sind sicher, er hat *seine* sechs bekommen?«

Leopolds Stimme klang zusehends aufgebrachter. Dr. Fox sah McCaleb an, als sie antwortete, und McCaleb merkte, wie unangenehm es ihr war, den BOPRA-Organkoordinator hinters Licht zu führen.

»Ich kann nur sagen, daß wir vorschriftsmäßig vorgegangen sind und daß ich vor der Operation persönlich die Richtigkeit der Etikettierung überprüft habe. Die Beutel waren als sein Blut ausgewiesen. Ich muß also davon ausgehen, daß es sein Blut war.«

»Was möchten Sie nun eigentlich von uns, Bonnie?«

»Eine Liste. Welches Organ an welchen Patienten ging. Und den zuständigen Chirurgen, den ich anrufen kann.«

»Ich weiß nicht. Vielleicht sollte ich doch lieber –«

»Glenn, hören Sie, es ist wirklich eine rein persönliche Sache. Bei meinem Patienten sind nun mal diese Komplikationen aufgetreten, und ich würde der Sache gern auf den Grund gehen. Ich tue es wirklich nur für mich selbst und werde es auch strikt für mich behalten, wenn es das ist, weswegen Sie Bedenken haben. Mit einem Rechtsstreit oder einem Kunstfehler hat das überhaupt nichts zu tun. Wir wollen bloß herausfinden, wie es dazu kommen konnte. Was das angeht, sind wir übrigens auch Ihrer Meinung, daß aus irgendeinem Grund Blut vertauscht wurde. Aber ich bin sicher, Sie werden mir recht geben, daß man in einem Fall wie diesem bei dem neuen Gewebe anfangen sollte, das dem Patienten eingepflanzt wurde.«

McCaleb hielt den Atem an. Nun waren sie am entscheidenden Punkt. Bonnie Fox mußte sich unbedingt selbst Zugang zu den Namen verschaffen können. Ihnen wäre nicht damit gedient gewesen, wenn Leopold sagte, er werde selbst nachsehen und sie dann zurückrufen.

»Vermutlich ...«

Leopold verstummte wieder, und Dr. Fox beugte sich vor, verschränkte ihre Arme auf dem Schreibtisch und senkte den Kopf. In der Stille hörte McCaleb ein Geräusch aus dem Telefon kommen, das er als das Klicken von Computertasten identifizierte. Er spürte ein leichtes Prickeln, als ihm klar wurde, daß Leopold vermutlich die Datei in seinem Computer öffnete.

McCaleb stand auf, beugte sich über den Schreibtisch und tippte Bonnie Fox behutsam am Ellbogen an. Sie blickte zu ihm auf, worauf er mit der Hand eine kreisende Bewegung machte, um ihr zu signalisieren, sie solle weiter am Ball bleiben.

»Glenn?« sagte sie. »Was meinen Sie?«

»Ich sehe gerade mal rein... Ernte im Holy Cross... Im Spenderprofil gibt es nichts, was auf CMV hindeuten könnte. Nichts. Die Person hatte schon lange Blut gespendet. Ich glaube, es hätte früher in Erscheinung treten müssen, wenn sie –«

»Das ist alles schön und gut, aber ich möchte trotzdem alle Eventualitäten abdecken. Und sei es nur um meines eigenen Seelenfriedens willen.«

»Verstehe.«

Weitere Geräusche einer Computertastatur.

»Mal sehen, der Transport war ... von MedicAir ... Die Leber wurde zusammen mit dem Herz im Cedars transplantiert. Kennen Sie Dr. Spivak? Daniel Spivak?«

»Nein.«

McCaleb holte einen Notizblock aus seinem Beutel und begann zu schreiben.

»Jedenfalls hat er diesen Eingriff vorgenommen. Dann weiter, die Lunge –«

»Ich werde Spivak gleich mal anrufen«, unterbrach ihn Dr. Fox. »Wie heißt der Patient?«

»Äh ... ich muß Sie aber wirklich bitten, das alles streng vertraulich zu behandeln, Bonnie.«

»Aber selbstverständlich.«

»Es war eine Frau. Gladys Winn.«

McCaleb schrieb es auf.

»Okay«, sagte Bonnie Fox. »Sie waren bei der Lunge.«

»Äh, ja, die Lunge. Keine Abnehmer ohne das Herz. Und das Herz bekam Ihr Patient.«

»Richtig. Was ist mit der Knochenmarkübertragung?«

»Sie wollen also wirklich alles, wie? Das Knochenmark ... äh, mit dem Knochenmark hat es nicht geklappt. Wir haben den zeitlichen Rahmen überschritten. Das Gewebe wurde nach San Francisco geflogen, aber bevor die MedicAir-Maschine dort landen konnte, mußte sie wegen schlechter Witterungsverhältnisse nach San José umgeleitet werden, und wegen dieser Verzögerung und wegen des dichten Verkehrs verstrich zuviel Zeit, bis die Lieferung im St. Joseph's ankam. Wir haben die Chance verpaßt. Meines Wissens verstarb der Patient später. Sie wissen ja selbst, diese Blutgruppe ist äußerst selten. Vermutlich war das bei ihm unsere einzige Chance.«

Darauf trat wieder Schweigen ein. McCaleb sah Graciela an. Sie hatte die Augen niedergeschlagen, und er konnte nicht erkennen, was in ihr vorging. Zum erstenmal kam ihm zu Bewußtsein, was sie durchmachte. Sie sprachen über ihre Schwester und die Menschen, die zu retten sie geholfen hatte. Aber alles wurde so nüchtern und sachlich abgehandelt. Als Krankenschwester war Graciela an solche Gespräche über Patienten gewöhnt. Aber nicht, wenn es sich um ihre Schwester handelte.

McCaleb schrieb »Knochenmark« auf den Block und strich das Wort dann durch. Anschließend machte er wieder die *Am-Ball-bleiben*-Handbewegung zu Dr. Fox.

»Was war mit den Nieren?«

»Die Nieren … Die Nieren wurden aufgeteilt. Mal sehen, was wir über die Nieren haben …«

Im Lauf der nächsten vier Minuten ging Leopold die Liste von Schätzen durch, die aus dem Körper von Gloria Torres geholt und an lebende Patienten verteilt worden waren. McCaleb, der alles aufschrieb, hielt mittlerweile den Blick auf den Block gerichtet, da er nicht mit ansehen wollte, wie Graciela damit fertig wurde, daß sie sich diese makabre Bestandsaufnahme anhören mußte.

»Das wär's«, sagte Leopold schließlich.

Vor lauter Aufregung, daß sie die Namen hatten, aber zugleich erschöpft von der Gratwanderung, die nötig gewesen war, um sie zu beschaffen, atmete McCaleb laut aus. Zu laut.

»Bonnie?« fragte Leopold ruhig. »Sind Sie allein? Sie haben mir nicht gesagt, daß Sie jemanden –«

»Nein, ich bin allein, Glenn. Nur ich.«

Stille. Dr. Fox warf McCaleb einen wütenden Blick zu. Dann schloß sie fest die Augen und wartete.

»Na schön, gut«, sagte Leopold schließlich. »Ich dachte nur, ich hätte eben noch jemanden gehört. Jedenfalls kann ich nur noch einmal wiederholen, diese Auskünfte müssen streng vertraulich –«

»Das weiß ich, Glenn.«

» – bleiben. Ich habe gegen meine eigenen Prinzipien verstoßen, indem ich sie Ihnen gegeben habe.«

»Das ist mir vollkommen klar.« Bonnie Fox öffnete die Augen. »Ich werde meine Nachforschungen in aller Diskretion anstellen, Glenn, und … ich gebe Ihnen Bescheid, was dabei herausgekommen ist.«

»Wunderbar.«

Nach einem kurzen Austausch weiterer Nettigkeiten wurde der Anruf beendet. Dr. Fox drückte auf den Unterbrechungsknopf und legte ihren Kopf wieder auf ihre verschränkten Arme.

»Mein Gott … ich kann noch immer nicht glauben, was ich gerade getan habe. Ich … ich habe diesen Mann belogen. Einen Kollegen *belogen*. Wenn er das erfährt, wird er …«

Sie sprach nicht zu Ende. Sie schüttelte auf der Wiege ihrer Arme nur weiter den Kopf.

»Frau Doktor«, versuchte McCaleb sie zu trösten. »Sie haben völlig richtig gehandelt. Ihm entsteht daraus kein Schaden, und wahrscheinlich wird er nie erfahren, was mit den Informationen geschah. Morgen können Sie ihn anrufen, daß Sie die Ursache des CMV-Problems festgestellt haben und daß es nicht vom Spender kam. Sagen Sie ihm, Sie haben die Daten über die anderen Empfänger vernichtet.«

Bonnie Fox hob den Kopf und sah ihn an.

»Das ändert nichts an der Tatsache, daß ich ihn belogen habe. Ich hasse es, jemanden zu belügen. Wenn er es erfährt, wird er mir nie mehr vertrauen.«

McCaleb sah sie nur an. Darauf wußte er keine Antwort.

»Sie müssen mir eines versprechen«, sagte Dr. Fox. »Wenn sich Ihre Theorie als richtig erweist, wenn Sie recht haben, dann müssen Sie den Kerl, der das getan hat, auch fassen. Nur so werde ich mich damit abfinden können. Das wird meine einzige Rechtfertigung sein.«

McCaleb nickte. Er ging um den Schreibtisch, beugte sich zu Dr. Fox hinab und umarmte sie.

»Danke«, sagte Graciela leise. »Sie haben das einzig Richtige getan.«

Bonnie Fox lächelte sie zaghaft an und nickte.

»Noch ein letztes«, sagte McCaleb. »Haben Sie ein Kopiergerät?«

32

Der Lift nach unten war voll, und bis auf die Musikberieselung, in der McCaleb eine alte Louis-Jordan-Aufnahme von ›Knock Me A Kiss‹ erkannte, war es vollkommen still.

Als sie die Kabine verließen, deutete McCaleb auf die Türen, die zur Tiefgarage hinabführten, und sagte zu Graciela: »Du gehst da runter.«

»Warum? Wo willst du hin?«

»Ich nehme mir ein Taxi zum Boot zurück.«

»Wieso das? Ich kann dich doch hinfahren.«

Er zog sie auf die Seite des vollen Foyers.

»Du mußt nach Hause zu Raymond und zu deinem Job. Genaugenommen ist sogar Raymond dein Job. Das hier ist mein Job. Das ist, worum du mich gebeten hast.«

»Ich weiß, aber ich will dir trotzdem helfen.«

»Du hast mir geholfen. Und hilfst mir immer noch. Aber jetzt mußt du dich um Raymond kümmern. Ich gehe durch die Notaufnahme raus. Dort unten findet man immer ein Taxi.«

Sie runzelte die Stirn. Ihr Gesichtsausdruck verriet ihm, daß sie zwar wußte, er hatte recht, aber ihr nicht wohl dabei war. Deshalb griff er in seine Tasche und zog die Kopie der Liste heraus, die er in Dr. Fox' Sprechzimmer gemacht hatte.

»Hier, nimm das. Wenn mir etwas zustößt, hast du eine Kopie. Gib sie Jaye Winston im Sheriff's Department.«

»Was soll das heißen: Wenn dir etwas zustößt?«

Ihre Stimme klang fast schrill, und McCaleb bereute seine Wortwahl sofort. Er zog sie in eine kleine Nische mit mehreren Münzfernsprechern. Da gerade niemand telefonierte, waren sie dort halbwegs unter sich. Er beugte sich vor, so daß seine Augen ganz dicht vor ihren waren.

»Keine Sorge, mir wird nichts passieren. Es ist nur, daß alles, was ich unternommen habe, seit du damals zu mir aufs Boot gekommen bist, daß das alles auf diesen Punkt zugeführt hat. Zu den Namen auf dieser Liste. Ich halte es lediglich für besser, wenn wir beide eine Kopie davon haben, mehr nicht.«

»Glaubst du wirklich, daß der Name des Mörders darauf ist?«

»Ich weiß nicht. Aber genau darüber werde ich mir Gedanken machen, wenn ich wieder auf dem Boot bin.«

»Ich kann dir helfen.«

»Ich weiß, daß du das kannst, Graciela. Du hast mir bereits geholfen. Aber im Moment mußt du dich ein wenig raushalten und dich um Raymond kümmern. Und keine Angst! Ich rufe dich an und halte dich über alles auf dem laufenden. Vergiß nicht, ich arbeite für dich.«

Sie rang sich ein Lächeln ab.

»Von wegen! Ich mußte dir doch nur von Glory erzählen. Danach hast du nur noch getan, was dir dein Herz gesagt hat.«

»Schon möglich.«

»Wie wär's, wenn ich dich zum Boot zurückfahre?«

»Kommt überhaupt nicht in Frage. Du gerätst nur in den Berufsverkehr und sitzt zwei Stunden im Auto. Fahr jetzt nach Hause, solange es noch geht. Kümmere dich um Raymond.«

Endlich nickte sie. Immer noch zu ihr vorgebeugt, legte ihr McCaleb die Hände auf die Schultern und zog sie behutsam zu einem Kuß heran.

»Graciela?«

»Ja, was?«

»Da ist noch etwas.«

»Was?«

»Ich möchte, daß du über etwas nachdenkst. Daß du darüber nachdenkst, ob ich recht habe. Jedenfalls muß ich mir darüber Gedanken machen.«

»Wie meinst du das?«

»Wenn ich recht habe, wenn jemand Glory wegen etwas umgebracht hat, was sie in sich hatte, dann hat er sie in gewisser Hinsicht auch für mich umgebracht. Auch ich habe einen Teil von ihr. Falls das stimmt, können wir dann ...«

Er sprach den Satz nicht zu Ende, und sie sagte eine Weile nichts. Ihre Augen richteten sich auf seine Brust.

»Das weiß ich«, sagte sie schließlich. »Aber du hast keine Schuld daran. Du warst nicht daran beteiligt.«

»Trotzdem möchte ich, daß du darüber nachdenkst und dir ganz sicher bist.«

Sie nickte.

»Das ist Gottes Weg, aus etwas so Schlechtem etwas Gutes zu machen.«

McCaleb lehnte sich mit der Stirn gegen ihre. Er sagte nichts.

»Ich weiß, was du mir erzählt hast, und ich kenne diese Geschichte über Aubrey-Lynn. Das ist alles um so mehr ein Grund zu glauben. Ich wünsche mir so sehr, du würdest es versuchen.«

Er schloß sie in die Arme und flüsterte ihr ins Ohr.

»Okay, ich werd's versuchen.«

Ein Mann mit einem dicken Aktenkoffer kam in die Nische und steuerte auf eins der Telefone zu. Als er sie bemerkte und Gracielas Schwesternkittel sah, machte er ein erstauntes Gesicht. Offensichtlich dachte er, sie wäre eine Schwester des Cedars, die gerade ihre Dienstpflicht vernachlässigte. Das riß McCaleb aus seiner Stimmung. Er löste sich von Graciela und sah ihr in die Augen.

»Paß gut auf dich auf, und grüß Raymond von mir. Sag ihm, ich würde gern mal wieder mit ihm angeln gehen.«

Sie lächelte und nickte.

»Paß du auch auf dich auf. Und ruf mich an!«

»Mach' ich.«

Sie beugte sich vor und küßte ihn rasch, bevor sie sich in Richtung Tiefgarage entfernte. McCaleb sah kurz den Mann am Telefon an und ging dann in die entgegengesetzte Richtung davon.

33

Vor der Notaufnahme stand kein einziges Taxi am Straßenrand. McCaleb stieß seinen Plan um. Er hatte seit dem Frühstück nichts mehr gegessen und spürte, wie ihn allmählich die Kräfte verließen. Außerdem machten sich in seinem Hinterkopf erste Ansätze einer leichten Migräne bemerkbar, die bald nach oben kriechen und seinen ganzen Kopf umschließen würde, wenn er nicht schnell etwas aß. Er beschloß, Buddy Lockridge anzurufen, er solle ihn abholen kommen, und sich, während er auf ihn wartete, aus Jerry's Deli von gegenüber ein Truthahnsandwich mit Krautsalat zu holen. Je länger er an die guten Sandwiches dachte, die sie dort machten, um so hungriger wurde er. Sobald Buddy eintraf, konnten sie zu Video Graphic Consultants in Hollywood rüberfahren, um die Kassette und die Vergrößerung des Standbilds abzuholen, die Tony Banks für ihn gemacht hatte.

Er ging zurück in die Eingangshalle der Notaufnahme und zu der Nische mit den Münzfernsprechern. An einem der Telefone erzählte eine junge Frau jemandem schluchzend von jemand anders, der anscheinend gerade in der Notaufnahme behandelt wurde. McCaleb bemerkte, daß ihre Unterlippe und ihr rechter Nasenflügel mit zwei Silberringen gepierct waren, die durch eine Kette aus Sicherheitsnadeln miteinander verbunden waren.

»Er hat mich nicht erkannt, er hat Danny nicht erkannt«, jammerte sie. »Er ist total ausgeklinkt, und sie rufen auch die Cops.«

Von den Sicherheitsnadeln kurz abgelenkt, fragte sich McCaleb, was passieren würde, wenn die Frau gähnte. Dann nahm er den Hörer des am weitesten von ihr entfernten Telefons ab und versuchte, nicht mehr auf sie zu achten. Gerade als er nach dem sechsten Klingeln schon wieder auflegen wollte – auf einem Boot wie der *Double-Down* kann man nicht weiter als vier Klingelzeichen vom Telefon entfernt sein –, nahm Buddy Lockridge doch noch ab.

»Hi, Buddy, Lust auf ein bißchen Arbeit?«

»Terry?«

Bevor McCaleb antworten konnte, senkte sich Lockridges Stimme zu einem Flüstern.

»Mann, wo steckst du?«

»Im Cedars. Kannst du mich vielleicht abholen? Was ist los?«

»Also, ich komme dich gern abholen, aber ich weiß nicht, ob du hierher zurückkommen willst ...«

»Jetzt hör mal, Buddy. Laß den Scheiß und erzähl mir endlich, was los ist.«

»Ich bin nicht sicher, Mann, aber auf deinem Boot wimmelt es von Leuten.«

»Was für Leute?«

»Also, zwei davon sind diese beiden Typen im Anzug, die gestern hier waren.«

Nevins und Uhlig.

»Sind sie *in* meinem Boot?«

»Ja, drinnen. Außerdem haben sie von deinem Cherokee die Plane abgemacht und einen Abschleppwagen kommen lassen. Schätze, sie schleppen ihn ab. Als ich zu dir rüber bin, um zu sehen, was diese Vögel da eigentlich machen, haben sie mich fast auf die Planken geschmissen. Haben mir ihre Dienstmarken und einen Durchsuchungsbefehl unter die Nase gehalten und gesagt, ich soll mich verpissen. Waren nicht gerade nett, diese Typen. Sie durchsuchen das Boot.«

»Scheiße!«

McCaleb sah zur Seite und merkte, daß sein Fluch die Aufmerksamkeit der weinenden Frau erregt hatte. Er kehrte ihr den Rücken zu.

»Buddy, wo bist du? Auf oder unter Deck?«

»Unter.«

»Kannst du im Moment mein Boot sehen?«

»Klar. Ich schaue aus dem Kombüsenfenster.«

»Wieviel Leute siehst du?«

»Also, ein paar sind drinnen. Aber insgesamt sind, glaube ich, vier oder fünf drüben. Und zwei weitere sind beim Cherokee.«

»Ist eine Frau dabei?«

»Ja.«

McCaleb beschrieb Jaye Winston, so gut er konnte, und Lockridge bestätigte ihm, daß eine Frau, auf die die Beschreibung zutraf, auf dem Boot war.

»Sie ist gerade in der Kajüte. Als ich sie vorher beobachtet habe, sah es so aus, als sähe sie mehr oder weniger bloß zu.«

McCaleb nickte und ging in Gedanken die verschiedenen Erklärungsmöglichkeiten für die Vorgänge auf seinem Boot durch. Egal, von welcher Seite er es betrachtete, es lief immer auf dasselbe hinaus. Der Umstand, daß Nevins und Uhlig wußten, daß er FBI-Dokumente hatte, hätte auf keinen Fall eine so drastische Maßnahme gerechtfertigt – eine regelrechte Durchsuchung durch ein komplettes Team. Es gab nur eine andere Erklärung. Er galt jetzt offiziell als Verdächtiger. Nachdem er sich damit abgefunden hatte, überlegte er, wie Nevins und Uhlig eine Beweismitteldurchsuchung durchführen würden.

»Buddy, hast du sie irgendwas vom Boot schaffen sehen? Ich meine, in Plastiktüten oder braunen Papiertüten wie von Lucky's.«

»Ja, ein paar Tüten hatten sie. Sie haben sie auf den Anleger gelegt. Aber mach dir mal keine Sorgen, Terry.«

»Wie meinst du das?«

»Ich glaube nicht, daß sie finden, wonach sie eigentlich suchen.«

»Was soll –«

»Nicht am Telefon, Mann. Willst du jetzt, daß ich dich holen komme?«

McCaleb überlegte. Was meinte er? Was ging da vor?

»Bleib, wo du bist«, sagte er schließlich. »Ich rufe dich gleich noch mal an.«

McCaleb hängte auf und warf einen weiteren Vierteldollar ein. Dann wählte er seine eigene Telefonnummer. Es ging niemand dran. Der Anrufbeantworter schaltete sich ein, und er hörte, wie ihn seine eigene Stimme auf Band aufforderte, eine Nachricht zu hinterlassen. Nach dem Pfeifton sagte er: »Jaye Winston, wenn Sie da sind, nehmen Sie ab.«

Er wartete einen Moment, während dem kein Laut zu hören war, und gerade als er es noch einmal sagen wollte, wurde der Hörer abgenommen. Nicht ohne eine gewisse Erleichterung erkannte er Jaye Winstons Stimme.

»Hier Winston.«

»Hier ist McCaleb.«

Das war alles. Er wollte erst mal abwarten und sehen, wie sie sich verhielt. An ihrer Reaktion konnte er am besten ablesen, wie es um ihn stand.

»Äh ... Terry«, sagte sie. »Woher wußten Sie – wo sind Sie?«

Das bißchen Erleichterung, das er empfunden hatte, begann sich wieder zu verflüchtigen. An ihre Stelle trat Besorgnis. Er hatte ihr die Möglichkeit geboten, verdeckt oder sogar verschlüsselt mit ihm zu sprechen. Sie hätte zum Beispiel so tun können, als spräche sie mit einem anderen Deputy oder sogar mit Captain Hitchens. Aber sie hatte seinen Namen benutzt.

»Wo ich bin, tut nichts zur Sache«, sagte er. »Was machen Sie auf meinem Boot?«

»Warum kommen Sie nicht her, damit wir uns in Ruhe unterhalten können?«

»Nein, ich möchte jetzt darüber sprechen. Gelte ich als Verdächtiger? Ist das der Grund?«

»Hören Sie, Terry, machen Sie es doch nicht komplizierter als nötig. Warum kommen Sie –«

»Haben Sie einen Haftbefehl? Beantworten Sie mir nur das.«

»Nein, Terry, haben wir nicht.«

»Aber ich gelte als Verdächtiger.«

»Terry, warum haben Sie mir nicht gesagt, daß Sie einen schwarzen Cherokee haben?«

McCaleb war wie gelähmt, als ihm plötzlich klar wurde, wie gut sich alles ineinanderfügte, mit ihm mittendrin.

»Weil Sie mich nicht gefragt haben. Sie sollten sich mal selbst reden hören, Jaye. Das kann doch nicht Ihr Ernst sein. Hätte ich mich etwa in die Ermittlungen eingeschaltet und das FBI hinzugezogen und was sonst noch alles, wenn ich der Täter wäre? Das glauben Sie doch selbst nicht.«

»Sie haben sich an unseren einzigen Zeugen rangemacht.«

»Was?«

»Sie haben sich an Noone rangemacht. Sie haben sich in die Ermittlungen eingeschaltet und sind dadurch an unseren einzigen Zeugen rangekommen. Sie haben ihn hypnotisiert, Terry. Jetzt nützt er uns nichts mehr. Er war der einzige, der den Täter vielleicht hätte identifizieren können, und jetzt haben wir ihn verloren. Er –«

Sie hielt inne, als ein leises Klicken ertönte und an einem anderen Apparat abgenommen wurde.

»McCaleb? Hier spricht Nevins. Ihr Standort?«

»Nevins, mit Ihnen rede ich nicht. Sie stecken bis zum Hals in der Scheiße. Ich bin nur –«

»Hören Sie, ich versuche Ihnen nur entgegenzukommen. Wir können diese Sache ganz in Ruhe über die Bühne bringen oder ein Mordstheater veranstalten. Das ist Ihre Entscheidung, mein Freund. Sie müssen nur herkommen, damit wir darüber reden und die Sache klären können.«

Rasch ging McCaleb im Kopf die einzelnen Fakten durch. Nevins und die anderen hatten dieselben Schlüsse gezogen wie er. Sie hatten gemerkt, daß die gemeinsame Blutgruppe der Opfer das verbindende Element war. Und nun machte McCaleb die Tatsache, daß er ganz direkt von Glory Torres' Ermordung profitiert hatte, automatisch zum Verdächtigen. Er nahm an, sie hatten seinen Namen in den Computer eingegeben und waren dabei auf den Cherokee gestoßen. Das hatte den Ausschlag gegeben. Sie hatten sich einen Durchsuchungsbefehl besorgt und waren auf sein Boot gegangen.

McCaleb spürte, wie sich die kalte Hand der Angst um seinen Hals legte. Der Einbrecher von gestern nacht. Ihm begann zu dämmern, daß die Frage nicht lautete, was er hatte mitnehmen wollen. Sie lautete, *was er ihm untergeschoben hatte*. Er mußte an das denken, was Buddy vorhin gesagt hatte: daß die Agenten nicht finden würden, wonach sie suchten. Und langsam nahm das Bild Gestalt an.

»Nevins, ich komme zum Hafen runter. Aber erst müssen Sie mir sagen, was Sie haben. Was haben Sie gefunden?«

»Nein, Terry, so läuft das nicht. Sie kommen her, und dann unterhalten wir uns über alles.«

»Ich hänge auf, Nevins. Letzte Gelegenheit.«

»Gehen Sie in kein Postamt, McCaleb. Dort hängt nämlich schon Ihr Foto an den Wänden. Sobald wir alles beisammen haben.«

McCaleb hängte auf, behielt seine Hand aber noch auf dem Hörer und lehnte sich mit der Stirn dagegen. Er wußte nicht, was genau gespielt wurde und was er tun sollte. Was hatten sie gefunden? Was hatte der Einbrecher auf dem Boot versteckt?

»Alles okay?«

Er fuhr herum. Es war das Mädchen mit den Ringen in Nase und Lippe.

»Klar. Und bei Ihnen?«

»Inzwischen geht's mir besser. Ich mußte einfach mit jemandem drüber reden.«

»Ich weiß, wie das ist.«

Darauf verließ sie die Nische mit den Telefonen, und McCaleb nahm wieder den Hörer ab und warf einen weiteren Vierteldollar ein. Buddy nahm mitten im ersten Läuten ab.

»Okay, hör zu«, begann McCaleb. »Ich möchte, daß du mich hier abholst. Aber du wirst dein Boot nicht so ohne weiteres verlassen können.«

»Wieso? Das ist ein freies –«

»Weil ich gerade mit ihnen gesprochen habe und weil sie wissen, daß mir jemand Bescheid gesagt hat, daß sie da sind. Darum möchte ich, daß du folgendes machst: Zieh deine Schuhe aus, und leg deine Schlüssel und deine Brieftasche hinein. Dann holst du deinen Wäschesack und steckst deine Schuhe rein und legst schmutzige Wäsche drüber. Das Ganze trägst du dann raus und tust so –«

»Ich habe keine schmutzige Wäsche, Terry. Ich war erst heute morgen waschen, bevor diese Leute hier aufgetaucht sind.«

»Kein Problem, Buddy. Dann nimm diese Sachen – saubere Sachen –, und steck sie in den Wäschesack, damit es so aussieht, als hättest du schmutzige Wäsche. Versteck die Schuhe darunter. Tu so, als würdest du nur zum Waschen rübergehen. Schließ die Luke auf deinem Boot nicht ab und sieh zu, daß du vier Vierteldollar einstecken hast. Sie werden dich anhalten, aber wenn du es richtig anstellst, glauben sie dir und lassen dich gehen. Dann setzt du dich in deinen Wagen und kommst mich holen.«

»Und wenn sie mir folgen?«

»Das glaube ich nicht. Sobald sie dich in den Waschraum haben gehen lassen, schenken sie dir wahrscheinlich keine Beachtung mehr. Aber vielleicht solltest du auf jeden Fall erst in den Waschraum gehen und dann zum Auto.«

»Okay. Und wo finde ich dich?«

McCaleb zögerte nicht. Er wußte, er konnte Lockridge vertrauen. Außerdem konnte er entsprechende Sicherheitsvorkehrungen treffen.

Nachdem er aufgehängt hatte, rief er Tony Banks an und sagte ihm, daß er vorbeikäme. Banks sagte, er wäre da.

McCaleb ging in Jerry's Famous Deli und bestellte ein Truthahnsandwich mit Krautsalat und russischem Dressing zum Mitnehmen. Außerdem kaufte er Pickles und eine Dose Cola. Nachdem er gezahlt hatte, nahm er alles und ging damit über den Beverly Boulevard zurück zum Cedars. Er hatte so viele Tage und Nächte in dem Krankenhaus verbracht, daß er sich dort auskannte wie in seiner eigenen Westentasche. Er nahm den Lift zur Entbindungsstation im zweiten Stock, wo es einen Warteraum gab, von dem man den Hubschrauberlandeplatz und dahinter den Beverly Boulevard und das Jerry's sehen konnte. Im Warteraum wäre ein angehender Vater, der ein Sandwich hinunterschlang, kein ungewöhnlicher Anblick. McCaleb wußte, dort oben konnte er in aller Ruhe sitzen und essen und warten und nach Buddy Lockridge Ausschau halten.

Das Sandwich hatte er nach weniger als fünf Minuten weggeputzt, aber das Warten auf Buddy Lockridge zog sich eine Stunde hin. In der Zwischenzeit sah McCaleb zwei Hubschrauber mit roten Kühlbehältern für Transplantate landen.

Er wollte bereits auf der *Double-Down* anrufen, um zu sehen, ob die Agenten Lockridge doch aufgehalten hatten, als er Buddys Taurus vor dem Deli halten sah. McCaleb ging ans Fenster und sah den Beverly Boulevard hinauf und hinunter. Dann suchte er den Himmel nach etwas wie einem Polizeihubschrauber ab. Schließlich wandte er sich vom Fenster ab und ging zum Lift.

Auf dem Rücksitz des Taurus stand ein Wäschekorb voller Kleider. McCaleb stieg ein und sah erst den Wäschekorb, dann Lockridge an, der irgendeine undefinierbare Melodie auf seiner Mundharmonika spielte.

»Danke, daß du gekommen bist, Buddy! Gab's Probleme?«

Lockridge ließ die Harmonika in die Türtasche fallen.

»Nee. Sie haben mich zwar angehalten – genau, wie du gesagt hast – und mir ein paar Fragen gestellt. Aber ich hab' mich blöd gestellt, und sie haben mich gehen lassen. Ich glaube, das haben sie, weil ich nur die vier Vierteldollar einstecken hatte. Das war echt clever, Terry.«

»Das wird sich zeigen. Wer hat dich angehalten? Die zwei in den Anzügen?«

»Nein, zwei andere Typen. Cops, keine Agenten. Jedenfalls haben sie das gesagt, aber ihre Namen haben sie mir nicht genannt.«

»War einer von den beiden ein ziemlicher Kleiderschrank? So ein mexikanischer Typ, mit einem Zahnstocher im Mund?«

»Genau.«

Arrango. Es erfüllte McCaleb mit einer gewissen Genugtuung, diesem blöden Arsch eins ausgewischt zu haben.

»Und wo soll's jetzt hingehen?« fragte Buddy.

Darüber hatte McCaleb nachgedacht, während er gewartet hatte. Und ihm war klargeworden, daß er sich die Liste der Transplantationspatienten vornehmen mußte. Er durfte keine Zeit verlieren. Aber bevor er sich daran machte, wollte er sichergehen, daß er alles in der richtigen Reihenfolge hatte. Im Lauf der Zeit war er dazu übergegangen, Ermittlungen mit den ausziehbaren Leitern von Feuerwehrautos zu vergleichen. Je mehr man die Reichweite erhöhte, je weiter man sich vorwagte, desto wackliger wurde die ganze Angelegenheit. Man durfte die Basis, den Ausgangspunkt der Ermittlungen, nie aus den Augen verlieren. Jeder strittige Punkt, der geklärt werden konnte, mußte genau eingeordnet werden. Und deshalb, fand er, mußte er die Zeitlinie vervollständigen. Bevor er an die Spitze der Leiter kletterte, mußte er erst die Fragen beantworten, die er selbst gestellt hatte. Es waren sowohl seine Philosophie wie sein Instinkt, die ihm rieten, so vorzugehen. Sein Riecher sagte ihm, daß er unter all diesen Ungereimtheiten eine Wahrheit finden würde.

»Nach Hollywood«, sagte er schließlich zu Lockridge.

»Zu dieser Videofirma, wo wir schon mal waren?«

»Genau. Erst fahren wir nach Hollywood und dann rauf ins Valley.«

Lockridge fuhr ein paar kurze Blocks zum Melrose Boulevard hoch, bevor er nach Osten abbog, in Richtung Hollywood.

»Dann erzähl mal«, sagte McCaleb. »Was hast du gemeint, als du vorhin am Telefon gesagt hast, daß sie nicht finden werden, wonach sie suchen?«

»Schau mal in den Wäschekorb, Mann.«

»Warum?«

»Schau einfach mal rein.«

Lockridge drehte den Kopf zu McCaleb herum und deutete dann damit auf den Rücksitz. McCaleb schnallte sich ab und drehte sich herum, um über den Sitz zu langen. Während er das tat, beobachtete er die Autos hinter ihnen. Es herrschte zwar viel Verkehr, aber es war kein Wagen darunter, der seinen Verdacht erregte.

Er senkte den Blick auf den Wäschekorb. Er war voll Unterwäsche und Socken. Das war sehr schlau von Buddy gewesen. Diese Maßnahme hatte die Wahrscheinlichkeit verringert, daß Nevins oder sonst jemand den Inhalt des Wäschekorbs durchsuchen würde, wenn sie ihn anhielten.

»Die Sachen sind doch sauber, oder?«

»Klar. Es liegt ganz unten.«

McCaleb kniete sich auf den Sitz und beugte sich über die Rückenlehne. Als er den Inhalt des Wäschekorbs auf den Rücksitz leerte, hörte er, wie etwas Schwereres als ein Kleidungsstück auf den Sitz plumpste. Er schob eine krachige Boxershorts aus dem Weg und sah einen Ziploc-Beutel aus Plastik, der eine Pistole enthielt.

Wortlos rutschte McCaleb mit dem Beutel in den Händen wieder auf seinen Platz zurück. Um die Waffe besser sehen zu können, strich er die Plastikhülle glatt, die von innen von einer Schicht Waffenöl gelb verfärbt war. Er spürte, wie ihm im Nacken der Schweiß ausbrach. Die Waffe in dem Beutel war eine HK P7. Und er brauchte keinen Ballistikbericht, um zu wissen, es war *die* HK P7, die Waffe, mit der erst Kenyon, dann Cordell und dann Gloria Torres erschossen worden waren. Er beugte sich vor, um die Pistole genauer zu untersuchen, und stellte fest, daß die Seriennummer mit Säure weggeätzt worden war. Die Herkunft der Waffe ließ sich nicht mehr feststellen.

Durch McCalebs Hände ging ein Zittern, als er die Mordwaffe in ihnen hielt. Er ließ sich mit dem Oberkörper gegen die Tür sinken, und seine Gefühle wechselten abrupt zwischen dem Schmerz, die Geschichte des Gegenstands zu kennen, den er gerade in seinen Händen hielt, und der Verzweiflung über die Klemme, in der er steckte. Irgend jemand wollte ihm die Morde anhängen, und vermutlich wäre er so gut wie geliefert gewesen, wenn Buddy Lockridge die Waffe nicht gefunden hätte, als er in die dunklen Wasser unter der *Following Sea* hinabgetaucht war.

»Mein Gott«, flüsterte McCaleb.

»Sieht ganz schön fies aus, nicht?«

»Wo genau war sie?«

»In einem wasserdichten Beutel, der ungefähr zwei Meter unter dem Heck deines Boots hing. Festgebunden war er an einer der Ösen an der Unterseite. Jemand, der wußte, daß er dort hing, hätte nur mit einem Enterhaken runterfassen und die Leine hochziehen müssen. Aber man hätte natürlich wissen müssen, daß er da war. Sonst hätte man ihn von oben nicht gesehen.«

»Sind die Leute, die heute die Durchsuchung vorgenommen haben, ins Wasser gegangen?«

»Ja, ein Taucher. Er ging runter, aber da hatte ich mich schon umgesehen. Genau, wie du gesagt hast. Ich bin ihm zuvorgekommen.«

McCaleb nickte und legte die Waffe zwischen seinen Füßen auf den Boden. Während er noch darauf hinabstarrte, verschränkte er die Arme über der Brust, als wollte er sich gegen Kälte schützen. Das war gerade noch mal gutgegangen. Und obwohl er neben dem Mann saß, der ihn fürs erste gerettet hatte, überkam ihn ein Gefühl ungeheurer Verlassenheit. Er kam sich vollkommen allein vor. Und er spürte das flackernde Einsetzen von etwas, das er bisher nur vom Hörensagen kannte – das Kämpf-oder-flieh-Syndrom. Er verspürte ein fast unwiderstehliches Bedürfnis, einfach alles zu vergessen und wegzulaufen. Einfach nichts mehr zu denken und bloß noch wegzurennen und alles so weit wie möglich hinter sich zu lassen.

»Ich stecke ganz gewaltig in der Klemme, Buddy«, sagte er.

»Das hab' ich mir fast gedacht«, erwiderte sein Fahrer.

34

Bis sie bei Video Graphic Consultants ankamen, hatte McCaleb seine Fassung wiedergewonnen und einen Entschluß gefaßt. Unterwegs hatte er kurz mit dem Gedanken an Flucht gespielt, ihn aber rasch wieder abgetan. Er hatte keine andere Wahl, als zu kämpfen. Er wußte, daß er durch sein Herz angekettet war – Fliehen war gleichbedeutend mit Sterben, denn ohne die sorgfältig aufeinander abgestimmten Medikamente, die er im Zuge seiner postoperativen Therapie einnahm, würde sein Körper das neue Herz wieder abstoßen. Zu fliehen hätte auch bedeutet, Graciela und Raymond zurückzulassen. Und er hatte jetzt schon das Gefühl, daß sein Herz mindestens ebenso schnell abstürbe, wenn er das täte.

Lockridge ließ ihn vor dem Eingang raus und wartete im Parkverbot. Die Tür war abgeschlossen, aber Tony Banks hatte ihm gesagt, er solle auf die Lieferantenklingel drücken, falls bereits geschlossen wäre. McCaleb drückte zweimal auf den Knopf, bis Banks selbst an die Tür kam. Er hatte einen braunen Umschlag bei sich und reichte ihn McCaleb durch die offene Tür.

»Ist das alles?«

»Die Kassette und die Vergrößerungen. Ist alles ziemlich scharf zu erkennen.«

McCaleb nahm das Päckchen an sich.

»Was bin ich Ihnen schuldig, Tony?«

»Nichts. Das geht schon in Ordnung so.«

McCaleb nickte und wollte schon zum Auto zurückgehen, doch dann blieb er stehen und sah zu Banks zurück.

»Ich muß Ihnen was gestehen. Ich bin nicht mehr beim FBI, Tony. Es tut mir leid, daß ich Ihnen was vorgemacht habe, aber –«

»Ich weiß, daß Sie nicht mehr beim FBI sind.«

»Tatsächlich?«

»Nachdem Sie sich auf meinen Anruf am Samstag nicht gemeldet hatten, rief ich gestern in Ihrer alten Dienststelle an. Die Nummer war auf dem Brief, den Sie uns damals geschickt haben – Sie wissen schon, der jetzt gerahmt an der Wand hängt. Ich rief also dort an, und sie sagten mir, Sie arbeiten schon ungefähr zwei Jahre nicht mehr dort.«

McCaleb sah Banks prüfend an und bildete sich zum erstenmal ein richtiges Urteil über den jungen Mann. Dann hielt er das Päckchen hoch.

»Warum geben Sie mir das dann?«

»Sie sind hinter ihm her, hinter dem Kerl auf dem Video?«

McCaleb nickte.

»Dann viel Glück. Ich hoffe, Sie kriegen ihn.«

Danach schloß Banks die Tür und sperrte sie ab. McCaleb sagte danke, aber bis dahin war die Tür bereits zu.

Bis auf den jungen Mann hinter dem Ladentisch und zwei junge Mädchen, die unschlüssig vor dem Regal mit den Süßigkeiten standen, war der Sherman Market leer. McCaleb hatte die ältere Frau anzutreffen gehofft, die bei seinem ersten Besuch dagewesen war, Chan Ho Kangs Witwe. In der Hoffnung, der junge Mann verstünde besser Englisch als die Frau, sprach er betont langsam und deutlich mit ihm.

»Ich suche nach der Frau, die hier während des Tages arbeitet.«

Der Mann – eigentlich war er noch ein Junge – verzog verärgert das Gesicht. »Sie brauchen nicht mit mir zu reden, als wäre ich geistig behindert oder was. Ich kann Englisch. Ich bin hier geboren.«

»Oh«, sagte McCaleb, bestürzt über seine Gedankenlosigkeit. »Tut mir leid. Aber die Frau, die letztes Mal hier war, hatte leichte Probleme, mich zu verstehen.«

»Meine Mutter. Sie hat bis zu ihrem dreißigsten Lebensjahr in Korea gelebt und nur Koreanisch gesprochen. Versuchen Sie das doch mal. Gehen Sie da rüber, und sehen Sie zu, ob Sie nach zwanzig Jahren jemand versteht.«

»Es tut mir wirklich leid.«

McCaleb hob beschwichtigend die Hände. Das war kein guter Einstieg. Er versuchte es noch einmal.

»Sind Sie Chan Ho Kangs Sohn?«

Der Junge nickte. »Und wer sind Sie?«

»Mein Name ist Terry McCaleb. Das mit Ihrem Vater tut mir aufrichtig leid.«

»Was wollen Sie?«

»Ich arbeite für die Familie der Frau, die hier erschossen wurde, als –«

»Was tun Sie für sie?«

»Ich versuche, den Mörder zu finden.«

»Meine Mutter weiß nichts. Lassen Sie sie in Ruhe. Sie hat schon genug durchgemacht.«

»Eigentlich würde ich nur gern kurz ihre Uhr sehen. Ich war vor ein paar Tagen schon mal hier und sah, daß sie die Uhr trägt, die Ihr Vater an besagtem Abend trug.«

Der junge Mann sah ihn verständnislos an. Dann wandte er den Blick ab, um zu den Mädchen bei den Süßigkeiten zu sehen.

»Okay, Mädels, macht mal ein bißchen voran. Entscheidet euch langsam.«

McCaleb drehte sich zu den Mädchen um. Sie schienen nicht begeistert, bei so einer wichtigen Entscheidung zur Eile getrieben zu werden.

»Was soll an der Uhr so wichtig sein?«

McCaleb wandte sich wieder dem Jungen zu.

»Also, das ist nicht ganz einfach zu erklären. Es gibt ein paar Punkte in den polizeilichen Untersuchungsberichten, die nicht zusammenpassen. Und ich versuche nun herauszufinden, warum. Dazu muß ich allerdings wissen, wann genau der Mann mit der Pistole hier reinkam.«

Er deutete auf die Videokamera über dem Ladentisch.

»Die Polizei hat mir eine Kopie des Videos gegeben. Darauf ist die Uhr Ihres Vaters zu sehen. Ich habe sie vergrößern lassen. Wenn Ihre Mutter die Uhrzeit nicht verstellt hat, seit … sie angefangen hat, sie zu tragen, dann bestünde für mich die Möglichkeit, den genauen Zeitpunkt festzustellen.«

»Dazu brauchen Sie doch die Uhr nicht. Die Zeit ist doch auf dem Video. Und Sie haben gesagt, Sie haben das Video.«

»Die Polizei sagt, die Zeitangabe auf dem Video stimmt nicht. Und das versuche ich jetzt nachzuprüfen. Wären Sie bitte so freundlich, Ihre Mutter anzurufen?«

In diesem Moment kamen die Mädchen zum Ladentisch. Der Junge antwortete McCaleb nicht, während er schweigend ihr Geld nahm und ihnen herausgab. Er sah ihnen nach, bis sie den Laden verlassen hatten, bevor er sich wieder McCaleb zuwandte.

»Ich verstehe das nicht. Mir ist nicht ganz klar, was Sie eigentlich wollen.«

McCaleb ließ den Atem entweichen.

»Ich versuche Ihnen zu helfen. Möchten Sie, daß der Mann, der Ihren Vater ermordet hat, gefaßt wird?«

»Natürlich. Aber diese Sache mit der Uhr … was soll das damit zu tun haben?«

»Wenn Sie eine halbe Stunde Zeit hätten, würde ich es Ihnen gern erklären, aber –«

»Ich habe Zeit.«

McCaleb sah ihn kurz an und entschied, eine andere Möglichkeit gäbe es nicht. Dann nickte er und sagte, er wolle nur noch kurz ein Foto aus dem Auto holen.

Der junge Mann hieß Steve Kang. Er hatte auf dem Beifahrersitz Platz genommen und erklärte Buddy Lockridge den Weg in das Viertel, das nur ein paar Straßen von dem entfernt lag, in dem Graciela Rivers und Raymond Torres wohnten.

Mit seiner langen Fassung hatte McCaleb den jungen Mann schließlich umstimmen können. Zumindest hatte ihm McCalebs Theorie danach soweit eingeleuchtet, daß er ein BIN GLEICH ZURÜCK-Schild an die Tür gehängt und den Laden abgeschlossen hatte. Normalerweise ging er zu Fuß nach Hause, aber in Lockridges Wagen sparten sie Zeit.

Vor dem Haus der Kangs angekommen, ging Steve Kang mit McCaleb nach drinnen, während Lockridge im Wagen wartete. Rein äußerlich unterschied sich das Haus praktisch durch nichts von dem Gracielas. Vermutlich war es in den frühen fünfziger Jahren von derselben Wohnungsbaugesellschaft errichtet worden. Kang bat ihn, im Wohnzimmer Platz zu nehmen, bevor er in dem Flur, der zu den Schlafzimmern führte, verschwand. McCaleb hörte gedämpfte Stimmen aus dem Gang kommen. Nach einer Weile merkte er, daß die Unterhaltung in Koreanisch geführt wurde.

Während er wartete, dachte er über die Ähnlichkeit der Häuser nach und versetzte sich in den Schmerz hinein, den die zwei verschiedenen Familien in der Mordnacht und in den Tagen danach empfunden haben mußten.

Dann kam Steve Kang zurück. Er reichte McCaleb ein schnurloses Telefon und die Uhr, die sein Vater getragen hatte.

»Sie hat nichts daran verstellt«, sagte er. »Sie ist noch genau so eingestellt, wie sie es an diesem Abend war.«

McCaleb nickte. Plötzlich sah er aus dem Augenwinkel, wie sich etwas bewegte. Als er nach links blickte, sah er, daß Steve Kangs Mutter im Durchgang zum Flur stand und ihn beobachtete. Er nickte ihr zu, aber sie zeigte keine Reaktion.

Neben seinem Notizblock und seinem Adreßbuch hatte McCaleb auch die Vergrößerung des Videostandbilds mitgebracht. Er hatte Steve Kang zwar erzählt, was er vorhatte, aber ihm war trotzdem nicht wohl dabei, es in seinem Beisein zu tun. Er hatte nämlich vor, sich gleich als Polizist auszugeben, und das war gegen das Gesetz, selbst wenn dieser Polizist Eddie Arrango war.

Er schlug die Nummer des Central Communication Center in der Innenstadt von L. A. in seinem Adreßbuch nach, wo er sie noch aus seiner Zeit im L. A. Field Office stehen hatte, als er hin und wieder FBI-interne Aktivitäten hatte koordinieren müssen. Das CCC war die dunkle, höhlenähnliche Sendezentrale vier Stockwerke unter der City Hall, von der sämtliche Polizei- und Feuerwehrfunksprüche ausgesendet wurden. Es war auch der Ort, an dem sich die Uhr befand, anhand deren der offizielle Zeitpunkt der Morde an Gloria Torres und Chan Ho Kang bestimmt worden war.

Auf der Fahrt von Hollywood zum Sherman Market hatte McCaleb die Akte Torres herausgesucht und sich vom Untersuchungsbericht der Mordkommission Arrangos Dienstnummer notiert. Jetzt legte er die Uhr, die Steve Kang ihm gegeben hatte, auf die Armlehne der Couch und wählte die Nummer des CCC. Nach dem vierten Läuten meldete sich eine Telefonistin.

»Hier Arrango, Mordkommission West Valley«, sagte McCaleb. »Dienstnummer eins-vier-eins-eins. Ich hänge gerade nicht am Funk. Ich bräuchte bloß für den Beginn einer Observierung einen Zehn-zwanziger. Und könnten Sie mir auch noch die Sekunden sagen?«

»Die Sekunden? Sie nehmen es aber sehr genau, Detective Arrango.«

»Genau.«

»Augenblick.«

McCaleb sah auf die Armbanduhr hinab. Als die Telefonistin zu sprechen begann, zeigte sie 17:14:42 an.

»Jetzt ist es siebzehn Uhr vierzehn und achtunddreißig Sekunden.«

»Verstanden«, sagte er. »Danke.«

Er legte auf und sah Steve Kang an.

»Die Uhr Ihres Vaters geht gegenüber der CCC-Uhr vier Sekunden vor.«

Kang kniff die Augen zusammen und stellte sich hinter die Couch, um McCaleb über die Schulter zu sehen, als dieser die Zahlen in sein Notizbuch eintrug, mit den Zeitangaben der Zeitlinie verglich und dann zu rechnen begann.

Beide kamen zur selben Zeit zum selben Schluß.

»Das heißt ...«

Steve Kang sprach nicht weiter. McCaleb merkte, daß er zu seiner Mutter hinübersah und dann wieder auf die Zeitangabe, die McCaleb in seinem Notizbuch unterstrichen hatte.

»Dieses Schwein!« zischte er haßerfüllt.

»Und das ist noch gelinde ausgedrückt«, sagte McCaleb.

Sobald Buddy Lockridge McCaleb aus dem Haus kommen sah, ließ er den Motor an. McCaleb sprang in den Taurus.

»Los, fahren wir.«

»Bringen wir den Jungen nicht wieder zurück?«

»Nein, er muß noch mit seiner Mutter reden. Fahren wir.«

»Okay, okay. Wohin?«

»Zurück zum Boot.«

»Zum Boot? Da kannst du nicht hin, Terry. Diese Leute könnten immer noch da sein. Oder sie überwachen es.«

»Egal. Eine andere Wahl habe ich nicht.«

35

Als sie noch etwa eine halbe Meile vom Jachthafen entfernt waren, stieg McCaleb im Cabrillo Way aus und legte das letzte Stück zu Fuß zurück. Dabei hielt er sich immer möglichst im Schatten der kleinen Geschäfte, die die breite Straße säumten. Sie hatten verabredet, daß Buddy die Schlüssel im Taurus stecken lassen und dann auf sein Boot gehen würde, als wäre nichts geschehen. Sollte ihm dort irgend etwas Ungewöhnliches auffallen, zum Beispiel irgendwer, für dessen Anwesenheit im Jachthafen es keine plausible Erklärung gab, würde er das Mastlicht der *Double-Down* anmachen. Dann würde McCaleb, der das Licht schon von weitem sehen konnte, nicht auf sein Boot kommen.

Als der Jachthafen vor ihm auftauchte, ließ McCaleb als erstes den Blick über die Dutzende von Masten wandern. Es war inzwischen dunkel, aber er sah keine Lichter. Ein gutes Zeichen. Er blickte sich um und entdeckte an einem Minimarkt ein Münztelefon. Darauf steuerte er nun zu, um Lockridge vorher anzurufen. Außerdem verschaffte ihm das eine Gelegenheit, seinen schweren Lederbeutel eine Weile abzustellen. Buddy nahm sofort ab.

»Ist die Luft rein?« fragte McCaleb.

»Glaube schon«, antwortete Buddy. »Ich kann niemanden sehen, und angehalten hat mich auch niemand. Auf dem Parkplatz war ebenfalls nichts zu sehen, was nach einem Polizeiauto aussah.«

»Wie sieht es auf meinem Boot aus?«

Während Buddy nachsah, trat kurze Stille ein.

»Da ist es jedenfalls noch. Sieht aber so aus, als hätten sie drum herum gelbes Plastikband gespannt, so, als ob man nicht drauf dürfte oder so.«

»Okay, Bud, dann komme ich jetzt. Zuerst gehe ich in den Waschraum und lege meinen Beutel in einen der Trockner. Wenn ich dann auf dem Boot festgenommen werde, holst du dir den Beutel und bewahrst ihn für mich auf, bis ich wieder rauskomme. Würdest du das machen?«

»Klar.«

»Gut, dann hör zu. Wenn auf dem Boot alles klargeht, werde ich nicht lange bleiben, darum sage ich es dir jetzt schon. Vielen Dank für alles, Buddy, du hast mir sehr geholfen.«

»Alles halb so wild, Mann. Interessiert mich doch nicht, was dir diese Säcke anhängen wollen. Ich weiß, du bist in Ordnung.«

McCaleb dankte ihm noch einmal und legte auf. Dann nahm er seinen Beutel vom Boden, klemmte ihn unter den Arm und ging in Richtung Jachthafen los. Zuerst schlich er in den Waschraum und steckte den Beutel in einen leeren Trockner. Dann schaffte er es ohne Probleme zu seinem Boot. Bevor er die Schiebetür aufschloß, blickte er sich ein letztes Mal im Hafen um, ohne etwas Ungewöhnliches zu entdecken, das seinen Verdacht erregte. Er sah die dunklen Umrisse von Buddy Lockridge, der in der Plicht der *Double-Down* saß. Er hörte das gezogene Tremolo einer Mundharmonika und nickte der schemenhaften Gestalt zu. Dann schob er die Tür auf.

Die Luft in der Kajüte war stickig und abgestanden, aber es war noch ein Hauch von Parfum zu riechen. Er vermutete, er stammte von Jaye Winston. Statt das Licht anzumachen, griff er nach der Taschenlampe, die an der Unterseite des Kartentisches festgeklemmt war. Er knipste sie an und hielt sie neben sich auf den Boden gerichtet. Er wußte, daß er keine Zeit verlieren durfte, und stieg unter Deck. Er wollte nur genügend Kleidung und Medikamente zusammenpacken, um ein paar Tage über die Runden zu kommen. Er ging davon aus, daß ihm so oder so nicht mehr Zeit bliebe.

Er öffnete eine der Halbtüren im Gang und nahm den großen Matchsack heraus. Damit ging er in die Schlafkabine und suchte die Sachen zusammen, die er mitnehmen wollte. Da er es nur im Licht der Taschenlampe tun konnte, brauchte er etwas länger, aber schließlich hatte er alles beisammen.

Als er fertig war, ging er mit dem Matchsack in die Pütz auf der anderen Seite des Flurs, um die Medikamente, die medizinischen Instrumente und das Klemmbrett einzupacken. Er stellte den offenen Beutel auf die Spüle und wollte gerade die Schachteln und Fläschchen mit Medikamenten hineinlegen, als ihn etwas stutzen ließ. Als er über den Flur gegangen war, hatte oben Licht gebrannt. Das Kombüsenlicht. Oder auch eine der Deckenlampen in der Kajüte. Einen Moment stand er wie erstarrt da und lauschte angespannt auf irgendein Geräusch von oben. Gleichzeitig ging er noch einmal in Gedanken durch, was er alles getan hatte, seit er an Bord gekommen war. Er war ganz sicher, beim Betreten der Kajüte kein Licht angemacht zu haben.

Er lauschte fast eine halbe Minute, aber es war nichts zu hören. Dann ging er leise in den Flur zurück und spähte die Treppe hinauf. Er stand vollkommen still da und lauschte wieder. Gleichzeitig wägte er seine Möglichkeiten ab. Der einzige Weg nach draußen, außer dem über die Treppe, führte über die Luke im Dach der Bugkabine. Aber es wäre naiv gewesen zu glauben, die Person da oben hätte diesen Fluchtweg nicht versperrt.

»Buddy«, rief er schließlich. »Bist du das?«

Die Antwort kam erst nach langem Schweigen.

»Nein, Terry, das ist nicht Buddy.«

Eine Frauenstimme. McCaleb erkannte sie sofort.

»Jaye?«

»Warum kommen Sie nicht hoch?«

Er warf einen Blick zum Bug zurück. Die Taschenlampe war im Matchsack, wo sie kaum mehr beleuchtete als dessen Inhalt. Ansonsten war es um ihn herum völlig dunkel.

»Ich komme rauf.«

Sie saß in dem gepolsterten Drehstuhl neben dem Couchtisch aus Teakholz. Anscheinend war er im Dunkeln direkt an ihr vorbeigegangen. Er ließ sich in den dazu passenden Stuhl auf der anderen Seite der Kajüte sinken.

»Hallo, Jaye. Wie geht's?«

»Könnte besser sein.«

»Ganz meinerseits. Ich wollte Sie morgen früh anrufen.«

»Tja, ich bin jetzt schon hier.«

»Und wo sind Ihre Freunde?«

»Sie sind nicht meine Freunde. Und Ihre schon gar nicht, Terry.«

»So haben sie sich auch nicht angehört. Also, was ist? Wie kommt es, daß Sie hier sind und die andern nicht?«

»Weil hin und wieder einer von uns belämmerten Provinzpolizisten doch schlauer ist als die Herren vom FBI.«

McCaleb lächelte humorlos.

»Sie wußten, daß ich wegen meiner Medizin zurückkommen mußte.«

Sie erwiderte das Lächeln und nickte.

»Sie denken, Sie wären schon auf dem Weg nach Mexiko, wenn Sie nicht schon da sind. Aber ich sah diesen Schrank voller Medikamente, und da wurde mir klar, daß Sie noch mal hierherkommen müßten. Als ob man Sie an die Leine gelegt hätte.«

»Deshalb nehmen Sie mich jetzt fest und ernten die Lorbeeren.«

»Nicht unbedingt.«

Zuerst antwortete er nicht. Er dachte über ihre Worte nach und fragte sich, wie sie sich das Ganze vorstellte.

»Was soll das heißen, Jaye?«

»Es heißt, mein Riecher sagt mir was anderes, als die Beweise sagen. Und normalerweise verlasse ich mich auf meinen Riecher.«

»Ich auch. Was für Beweise meinen Sie? Was haben Sie heute hier gefunden?«

»Nicht viel, nur eine Baseballmütze mit dem CI-Emblem drauf. Inzwischen wissen wir, es bedeutet Catalina Island, und sie paßt auf die Beschreibung, die uns James Noone von der Mütze gab, die der Fahrer des Cherokee trug. Sonst nichts – bis wir in die oberste Schublade des Kartentisches sahen.«

McCaleb blickte zum Kartentisch hinüber. Er erinnerte sich, die oberste Schublade herausgezogen und durchsucht zu haben, nachdem er in der vergangenen Nacht den Eindringling verscheucht hatte. Sie hatte nichts enthalten, was ihm nicht gehörte oder ihn belastet hätte.

»Was war drin?«

»Drin? Nichts. Es war darunter. Mit Klebeband befestigt.«

McCaleb stand auf und ging zum Kartentisch. Er zog die oberste Schublade heraus und drehte sie um. Er strich mit dem Finger über die Klebstoffreste eines Klebebands. Dann lächelte er und schüttelte den Kopf. Er überlegte, wieviel Zeit der Einbrecher mindestens gebraucht hätte, um in die Kajüte einzudringen und ein bereits mit Klebeband versehenes Päckchen unter der Schublade zu befestigen.

»Lassen Sie mich mal raten«, sagte er. »Es war ein Plastik –«

»Nein. Sagen Sie nichts. Alles, was Sie sagen, könnte auf Sie zurückfallen und Ihnen schaden. Ich möchte Ihnen nicht schaden, Terry.«

»Deswegen mache ich mir schon lange keine Sorgen mehr. Lassen Sie mich also ruhig raten. Unter der Schublade war ein Beutel – irgendwas wie ein Ziploc vermutlich. Er enthielt den Kruzifixohrring Gloria Torres' und ein Foto von James Cordells Familie. Das Bild, das aus seinem Auto entwendet wurde.«

Jaye Winston nickte. McCaleb kehrte zu seinem Stuhl zurück.

»Donald Kenyons Manschettenknopf haben Sie vergessen«, sagte sie. »Aus Sterlingsilber, in Form eines Dollarzeichens.«

»Von dem wußte ich nichts. Ich wette, Nevins und Uhlig und dieses Arschloch Arrango wurden jeder mindestens zehn Zentimeter größer, als sie den Beutel fanden.«

»So in etwa«, bestätigte sie nickend. »Sie waren jedenfalls hellauf begeistert.«

»Aber Sie nicht.«

»Nein. Es war zu simpel.«

Eine Weile saßen sie schweigend da.

»Also, es scheint Sie nicht sonderlich aufzuregen, Terry, daß auf Ihrem Boot Beweismaterial gefunden wurde, das Sie mit den drei Morden in Verbindung bringt. Ganz zu schweigen von dem offensichtlichen Motiv, das Sie für die drei Morde haben.« Sie deutete mit dem Kopf auf McCalebs Brust. »Nein, Sie sehen aus, als wären Sie bestenfalls ein bißchen verärgert. Würden Sie mir vielleicht erzählen, warum?«

McCaleb beugte sich vor und stützte die Ellbogen auf seine Knie. Dadurch kam sein Gesicht stärker ins Licht.

»Weil mir alles untergeschoben wurde, Jaye. Die Mütze, der Ohrring, alles. Gestern nacht ist hier jemand eingebrochen. Er hat nichts mitgenommen. Demnach muß er etwas hiergelassen haben. Ich habe Zeugen. Diese Morde sollen mir angehängt werden. Ich weiß nicht, warum, aber jemand will mir diese Morde anhängen.«

»Also, wenn Sie glauben, Bolotov, dann vergessen Sie das schnell wieder. Seit ihn sein Bewährungshelfer Sonntag nachmittag aufgegriffen hat, sitzt er in Van Nuys im Gefängnis.«

»Nein, ich denke dabei nicht an Bolotov. Er hat damit nichts zu tun.«

»Das hört sich schon anders an.«

»Wie die Dinge im Moment stehen, kommt er als Verdächtiger nicht mehr in Frage. Wie Sie sich vielleicht noch erinnern, hatte ich ihn im Verdacht, diesen Einbruch in der Nähe seiner Arbeitsstelle begangen zu haben, bei dem eine HK P7 gestohlen wurde. Damit hätte er zwar die richtige Waffe gehabt, um in den Fällen Cordell und Torres als Verdächtiger in Frage zu kommen. Aber dieser Einbruch fand im Dezember statt, während der Weihnachtsfeiertage, und jetzt kommt Kenyon noch dazu. Er wurde bereits im November mit einer P7 erschossen. Selbst wenn der Einbruch tatsächlich auf Bolotovs Konto geht, kann es sich also nicht um dieselbe Waffe handeln. Er scheidet als Verdächtiger aus. Warum er allerdings durchgedreht hat und abgehauen ist, weiß ich immer noch nicht.«

»Also, wie Sie ganz richtig sagen, könnte er für diesen Einbruch durchaus in Frage kommen. Und als Sie dann aufkreuzten und ihm die Hölle heiß machten, entstand für ihn der Eindruck, als wollten Sie ihm ein paar Morde anhängen. Da ist er abgehauen. Das ist alles.«

McCaleb nickte.

»Was wird jetzt aus ihm?«

»Sein Chef zieht seine Anzeige zurück, wenn er ihm das Fenster, das bei seiner Flucht zu Bruch ging, ersetzt. Mehr nicht. Sie werden ihn heute nach einer Anhörung wieder freilassen.«

McCaleb nickte wieder und senkte den Blick auf den Teppich.

»Ihn können Sie also vergessen, Terry. Was haben Sie sonst noch?«

Er hob die Augen wieder und sah sie eindringlich an.

»Ich bin ganz dicht dran. Ich stehe bereits vor des Rätsels Lösung. Wer der Killer ist, weiß ich bereits. Und ich brauche nur noch ein paar Tage, um herauszufinden, wer sein Auftraggeber ist. Ich habe Namen, eine Liste von Verdächtigen. Und die Person, die wir suchen, steht auf dieser Liste. Vertrauen Sie, was das angeht, Ihrem Riecher, Jaye! Sie können mich jetzt festnehmen und einliefern und die Festnahme für sich verbuchen, aber es ist falsch und paßt hinten und vorne nicht zusammen. Früher oder später werde ich das beweisen können. Aber in der Zwischenzeit vertun wir nur die Chance, die wir im Moment noch haben.«

»Wer ist der Killer?«

McCaleb stand auf.

»Erst muß ich meinen Beutel holen. Dann zeige ich es Ihnen.«

»Wo ist Ihr Beutel?«

»In einem Trockner im Waschraum des Hafens. Dort habe ich ihn versteckt. Ich wußte nicht, was mich erwartet, wenn ich hier an Bord komme.«

Sie dachte kurz nach.

»Lassen Sie mich ihn holen«, sagte er. »Sie haben ja die Medikamente noch hier. Ich kann nicht weg. Wenn Sie mir nicht trauen, dann kommen Sie eben mit.«

Sie winkte ab.

»Na schön, gehen Sie. Holen Sie den Beutel. Ich warte hier.«

Auf dem Weg zum Waschraum begegnete McCaleb Buddy Lockridge, der den Lederbeutel bei sich hatte, den er aus dem Trockner geholt hatte.

»Alles in Ordnung? Du hast gesagt, ich soll das hier holen, wenn ich sehe, daß du Ärger kriegst.«

»Es geht alles klar, Buddy. Glaube ich jedenfalls.«

»Ich weiß zwar nicht, was sie dir erzählt hat, aber sie ist eine von denen, die heute hier waren.«

»Ich weiß. Aber ich glaube, sie ist auf meiner Seite.«

McCaleb nahm den Beutel und kehrte zu seinem Boot zurück. In der Kajüte machte er den Fernseher an, legte die Kassette aus dem Sherman Market in den Videorecorder ein und begann sie abzuspielen. Er drückte auf die Schnellvorlauftaste und beobachtete, wie der Täter mit zappeligen Bewegungen in den Laden kam, Gloria Torres und den Ladenbesitzer erschoß und verschwand. Als der Barmherzige Samariter hereinkam, ließ McCaleb das Band mit Normalgeschwindigkeit weiterlaufen. In dem Moment, in dem der Barmherzige Samariter nach getaner Arbeit von der am Boden liegenden Gloria Torres aufsah, drückte McCaleb auf die PAUSE-Taste, und das Bild blieb stehen.

Er deutete auf den Mann auf dem Fernsehschirm und drehte sich zu Jaye Winston um.

»Da. Da haben Sie den Täter.«

Sie starrte lange auf den Bildschirm, ohne daß ihre Miene verriet, was in ihr vorging.

»Na schön, dann erklären Sie mir mal, warum das der Täter ist.«

»Die Zeitlinie. Arrango und Walters sahen das Ganze immer nur als einen normalen Raubmord. Danach sah es ja auch aus – wer könnte es ihnen zum Vorwurf machen? Aber sie haben geschlampt. Sie haben nie versucht, eine Zeitlinie zu erstellen oder zu verifizieren. Sie nahmen das, was sie sahen, für bare Münze. Bloß gab es da eine kleine Unstimmigkeit zwischen dem Zeitpunkt, zu dem laut dem Überwachungsvideo aus dem Laden die Schüsse fielen, und dem Zeitpunkt, den die Hauptuhr in der Zentrale für den Anruf des Barmherzigen Samariters angab.«

»Richtig. Das haben Sie mir erzählt. Wie groß war die Abweichung? Eine halbe Minute oder so?«

»Vierunddreißig Sekunden. Der Zeitangabe auf dem Überwachungsvideo zufolge meldete der Barmherzige Samariter die Schüsse vierunddreißig Sekunden, bevor sie fielen.«

»Aber Sie sagten doch, Arrango und Walters hätten gesagt, sie hätten nicht nachprüfen können, wie zuverlässig die Zeitangabe der Videokamera war. Sie haben vermutet, die eingeblendete Uhr wäre falsch gegangen, weil sie der alte Mann – Mr. Kang – wahrscheinlich selbst gestellt hatte.«

»Richtig, sie haben vermutet. Ich nicht.«

McCaleb spulte das Band zu der Stelle zurück, an der Chan Ho Kang seinen Arm über den Ladentisch streckte und seine Uhr zu sehen war. Er fuhr das Band in Zeitlupe mehrmals vor und zurück, bis die Zeitangabe am unteren Bildrand den richtigen Moment anzeigte. Dann hielt er das Band wieder an, ging zu seinem Beutel und holte die Vergrößerung des Videostandbilds heraus.

»Also, ich habe folgendes gemacht: Ich habe die verschiedenen Zeitangaben trianguliert und den genauen Zeitpunkt zu bestimmen versucht, zu dem es passiert ist. Sehen Sie die Uhr?«

Sie nickte. Er reichte ihr die Vergrößerung.

»Ich ließ einen Bekannten, der früher mal was für das FBI gemacht hat, dieses Bild vergrößern. Das ist ein Abzug davon. Wie Sie sehen, stimmen die Zeitangaben auf der Armbanduhr und auf dem Video überein. Auf die Sekunde. Der alte Kang muß die Kamerauhr nach seiner Armbanduhr gestellt haben. Sind wir uns soweit einig?«

»Ja. Das Video und die Armbanduhr stimmen überein. Und was bedeutet das?«

McCaleb hob, um sie um einen Moment Geduld zu bitten, die Hand, dann holte er sein Notizbuch heraus und überflog seine Notizen zur Zeitlinie.

»Wir wissen also, daß der Barmherzige Samariter der Uhr im Central Communications Center zufolge die Schüsse um zehn Uhr einundvierzig null drei gemeldet hat, also vierunddreißig Sekunden, bevor die Schüsse laut der Zeitangabe auf dem Videoband gefallen sind. Okay?«

»Okay.«

Darauf erzählte ihr McCaleb von seinem Besuch im Sherman Market und dann in Kangs Haus, wo man ihn die Armbanduhr hatte sehen lassen. Er wies sie darauf hin, daß an der Einstellung der Uhr seit den Morden nichts geändert worden war.

»Darauf rief ich im CCC an und ließ mir die genaue Uhrzeit geben, um sie mit der auf Kangs Armbanduhr zu vergleichen. Die Armbanduhr geht gegenüber der CCC-Uhr nur vier Sekunden vor. Das heißt also, die Zeitangabe auf dem Überwachungsvideo ging zum Zeitpunkt der Morde gegenüber der Uhr des CCC nur um vier Sekunden vor.«

Stirnrunzelnd versuchte Jaye Winston seinen Ausführungen zu folgen.

»Das hieße ja …«

Sie sprach nicht weiter.

»Es heißt, zwischen der Kamerauhr und der CCC-Uhr ist so gut wie kein Unterschied – nur vier Sekunden. Als also der Barmherzige Samariter laut CCC-Uhr zehn Uhr einundvierzig null drei die Schüsse meldete, war es auf der Uhr der Überwachungskamera genau zehn Uhr einundvierzig null sieben. Der Unterschied zwischen den Zeitangaben betrug nur vier Sekunden.«

»Aber das ist doch unmöglich«, sagte Jaye Winston kopfschüttelnd. »Zu diesem Zeitpunkt waren doch noch gar keine Schüsse gefallen. Das ist dreißig Sekunden zu früh. Da war Gloria noch gar nicht im Laden. Wahrscheinlich stieg sie draußen gerade aus dem Auto.«

McCaleb schwieg. Er beschloß, sie die Schlußfolgerungen selbst ziehen zu lassen. Er wußte, die Wirkung wäre größer, wenn sie von sich aus zum selben Schluß gelangte wie er.

»Also«, sagte sie schließlich. »Dieser Mann, der Barmherzige Samariter, muß die Schüsse gemeldet haben, bevor sie fielen.«

McCaleb nickte. Er bemerkte, wie sich in ihren Augen etwas veränderte.

»Warum hätte er das tun sollen, außer ... er wußte? Außer er wußte, daß die Schüsse fallen würden? Er – verdammt! – er muß der Mörder sein!«

McCaleb nickte wieder, doch diesmal lag ein zufriedenes Lächeln auf seinen Lippen. Er wußte, jetzt hatte er sie auf seiner Seite. Und dann würde die Post abgehen.

36

»Haben Sie das alles nur durch Nachdenken rausgekriegt? Haben Sie so lange rumprobiert, bis alles gepaßt hat?«

»So in etwa.«

»Dann erzählen Sie mal.«

Inzwischen stand McCaleb in der Kombüse und schenkte sich ein Glas Orangensaft ein. Jaye Winston wollte zwar nichts trinken, war aber auch mitgekommen. Sie war zu aufgeregt, um stillsitzen zu können. Dieses Gefühl kannte McCaleb.

»Einen Augenblick.« Er stürzte den Orangensaft hinunter. »Entschuldigen Sie bitte, aber ich glaube, ich habe heute zuwenig für meinen Blutzucker getan. Zu spät was gegessen.«

»Fehlt Ihnen auch nichts?«

»Nein, alles in Ordnung.«

Er stellte das Glas in die Spüle, drehte sich um und lehnte sich gegen die Arbeitsplatte.

»Also, ich sehe das Ganze so: Gehen wir zunächst von einem Mr. X aus, jemand, von dem wir annehmen, daß es ein Mann ist. Dieser Mr. X braucht etwas. Ein neues Organ. Lunge, Niere, Leber, vielleicht auch Knochenmark. Eventuell auch Hornhäute, aber das heißt möglicherweise den Bogen überspannen. Jedenfalls muß es etwas sein, das er so dringend braucht, daß er bereit ist, einen anderen Menschen dafür zu töten. Etwas, ohne das er möglicherweise sterben müßte – oder, im Fall der Hornhäute, blind und schwer behindert sein würde.«

»Warum kein Herz?«

»Das Herz könnte es natürlich auch sein, aber sehen Sie, das Herz habe ich. Das Herz scheidet also aus, außer Sie sind wie Nevins, Uhlig, Arrango und alle anderen der Meinung, daß ich Mr. X bin.«

»Okay. Weiter.«

»Dieser Mann, Mr. X, verfügt über Geld und Beziehungen. Genug, um einen professionellen Killer anzuheuern.«

»Mit Beziehungen zum organisierten Verbrechen.«

»Vielleicht, aber nicht notwendigerweise.«

»Was ist mit diesem ›Vergiß die Canoli nicht‹?«

»Ich weiß nicht recht. Ich habe mir darüber Gedanken gemacht. Sieht ein bißchen zu dick aufgetragen für einen echten Mafioso aus, finden Sie nicht auch? Was mich in der Vermutung bestärkt, daß es sich um ein Ablenkungsmanöver handelt. Aber das ist nur eine Vermutung.«

»Na schön, ist ja vorerst auch nicht so wichtig. Machen Sie mit Mr. X weiter.«

»Also, außer daß er jemanden auftreiben muß, der den Job für ihn erledigt, muß er sich auch Zugang zum BOPRA-Computer verschaffen. Er muß wissen, wer das Organ hat, das er braucht. Wissen Sie, was BOPRA ist?«

»Ich habe es heute erfahren. Und ich habe zu Nevins das gleiche über Sie gesagt. ›Wie käme Terry McCaleb in die BOPRA-Datenbank rein?‹ Worauf er mir erklärte, wie schlecht deren Daten geschützt sind. Ihre Theorie lautet, daß Sie sich mit irgendwelchen Hackertricks Zugang dazu verschafft haben, als Sie im Cedars lagen. Sie haben sich eine Liste der Organspender mit Blutgruppe AB, CMV negativ, besorgt, und dann haben Sie losgelegt.«

»Gut. Bleiben wir meinetwegen ruhig weiter bei dieser Theorie, aber setzen wir an meiner Stelle Mr. X ein. Er beschafft sich die Liste und engagiert den Barmherzigen Samariter.«

McCaleb deutete in die Kajüte hinaus, wo noch immer das Bild des Barmherzigen Samariters auf dem Bildschirm war. Sie sahen es beide eine Weile an, bevor McCaleb fortfuhr:

»Der Killer sieht sich die Liste an, und siehe da, er entdeckt einen bekannten Namen darauf. Donald Kenyon. Kenyon ist fast so etwas wie eine Berühmtheit, allerdings hauptsächlich wegen seiner vielen Feinde. Deswegen bietet er sich als der ideale Kandidat an. Seine zahlreichen Feinde – geprellte Investoren und vielleicht sogar irgendein Mafioso im Hintergrund – stellen eine hervorragende Tarnung dar.«

»Darum sucht sich der Barmherzige Samariter Kenyon aus.«

»Richtig. Seine Wahl fällt auf ihn. Dann beobachtet er ihn eine Weile, bis er seinen Tagesablauf kennt. Und dieser Tagesablauf ist ziemlich einfach, weil Kenyon vom FBI ein Hundehalsband verpaßt bekommen hat und deswegen sein Haus so gut wie nie verläßt. Aber das kann den Barmherzigen Samariter nicht abschrecken. Er kennt den Tagesablauf der Kenyons und weiß, daß Kenyon jeden Morgen, wenn seine Frau die Kinder in die Schule fährt, etwa zwanzig Minuten allein zu Hause ist.«

Vom vielen Sprechen war McCalebs Kehle trocken geworden, weshalb er das Glas wieder aus der Spüle holte und sich noch einmal Orangensaft einschenkte.

»Deshalb schlägt er in diesen zwanzig Minuten zu«, fuhr er fort, nachdem er ein halbes Glas hinuntergestürzt hatte. »Wobei ihm allerdings bewußt ist, daß er es so anstellen muß, daß Kenyon so lange am Leben bleibt, bis er ins Krankenhaus eingeliefert wird, aber nicht länger. Seine Organe müssen sich ja noch für eine Transplantation eignen. Wenn er aber zuviel des Guten tut und Kenyon bei der Einlieferung tot ist, nützt er ihm nichts mehr. Also dringt er ins Haus ein, schnappt sich Kenyon und führt ihn zum Eingang. Dort wartet er mit ihm, bis seine Frau von der Schule zurückkommt. Er läßt Kenyon durch den Spion schauen, um sicherzugehen, daß sie es auch wirklich ist. Dann erschießt er ihn und läßt ihn auf dem Boden liegen, damit ihn seine Frau gleich sieht, wenn sie zur Tür reinkommt.«

»Aber Kenyon schafft es nicht bis ins Krankenhaus.«

»Nein. Eigentlich war der Plan gut, aber eins hat der Täter übersehen: Er verwendete eine Devastator in der P7. Die falsche Munition für sein Vorhaben. Eine Devastator explodiert nämlich, und die Splitter schädigen das Gehirn so massiv, daß sofort alle von ihm gesteuerten lebenswichtigen Funktionen zum Stillstand kommen. Und das hat zur Folge, daß der Tod fast auf der Stelle eintritt.«

An diesem Punkt hielt er inne und beobachtete, wie Jaye Winston über das bisher Gesagte nachdachte. Dann hob er den Finger, um ihr zu bedeuten, sie solle mit ihrem Kommentar noch warten. Er ging in die Kajüte und nahm einen Packen Dokumente aus seinem Lederbeutel. Dabei achtete er sorgfältig darauf, den Beutel mit seinem Körper vor Jaye

Winstons Blicken abzuschirmen, damit sie die P7, die sich immer noch darin befand, nicht entdeckte.

Dann sah er die Unterlagen auf der Kombüsentheke durch, bis er fand, was er suchte.

»Eigentlich dürfte ich das hier gar nicht haben, aber sehen Sie trotzdem mal: Das ist ein Transkript der Bandaufnahme, die das FBI mit den illegal angebrachten Wanzen in Kenyons Haus gemacht hat. Das ist der Zeitraum, in dem er erschossen wurde. Sie bekamen nicht alles drauf, was gesprochen wurde, aber was sie haben, paßt zu dem, was ich gerade gesagt habe.«

Jaye Winston stand neben ihm und las den Abschnitt, den er mit einem Stift eingekreist hatte, während er mit Buddy Lockridge zum Hafen gefahren war.

UNBEKANNT: Los, sieh mal nach, wer …
KENYON: Nicht … Sie hat nichts damit zu tun. Sie …

Jaye Winston nickte. »Er könnte ihn aufgefordert haben, durch den Spion zu sehen. Es war offenkundig Kenyons Frau, weil Kenyon sie zu beschützen versuchte.«

»Richtig. Und nun achten Sie darauf, daß das Transkript zwischen dem letzten Wortwechsel und dem Schuß zwei Minuten Schweigen vermerkt. Was könnte er in dieser Zeit sonst getan haben, als zu warten, bis Kenyons Frau auftauchte, damit sie ihn sofort nach dem Schuß findet?«

Sie nickte wieder. »Paßt. Aber was ist mit den FBI-Leuten, die mitgehört haben? Glauben Sie, der Täter wußte, daß sie da waren?«

»Ich bin nicht sicher. Aber wie es aussieht, eher nicht. Ich glaube, er hatte einfach Glück. Aber vielleicht ging er auch davon aus, das Haus könnte abgehört werden. Vielleicht deshalb der Spruch mit den Canoli. Ein kleines Ablenkungsmanöver, für alle Fälle.«

McCaleb trank seinen Orangensaft aus und stellte das Glas in die Spüle zurück.

»Okay, es hat also nicht hingehauen«, sagte Jaye Winston. »Und er mußte es noch mal versuchen. Diesmal suchte er sich auf der BOPRA-Liste James Cordell aus.«

McCaleb nickte und ließ sie allein weitermachen. Er wußte, je mehr Teile des Puzzles sie selbst zusammensetzte, desto eher würde sie daran glauben.

»Er wechselt die Munition, steigt von einem Splitter- auf ein Vollmantelgeschoß um, damit er einen glatten Durchschuß mit weniger unmittelbarer Hirnschädigung bekommt. Er beobachtet Cordell, bis er seinen Tagesablauf kennt, und arrangiert den Anschlag ganz ähnlich wie bei Kenyon – der tödliche Schuß fällt unmittelbar vor dem Eintreffen einer dritten Person, die sofort Hilfe holen kann. In Kenyons Fall war es seine Frau. In Cordells Fall war es James Noone. Vermutlich blieb der Täter so lange hinter Cordell stehen, bis er Noones Wagen auf den Parkplatz vor dem Geldautomaten biegen sah. Und erst dann drückte er ab.«

»Ich glaube nicht, daß Noones Hinzukommen geplant war«, sagte McCaleb. »Der Täter konnte das Auftauchen eines Zeugen unmöglich einplanen. Höchstwahrscheinlich hatte er ursprünglich vor, Cordell zu erschießen und dann den Überfall selbst zu melden – auf dem Video vom Tatort ist zu sehen, daß es gleich daneben ein Münztelefon gab. Aber dann tauchte Noone auf, worauf er sich schleunigst aus dem Staub machte. Vermutlich nahm er an, der Zeuge würde über das Münztelefon Hilfe anfordern – also ein echter Notruf. Nun rief Noone allerdings mit seinem Handy an, und dummerweise wurde dabei die Adresse falsch aufgezeichnet, was die verhängnisvolle Verzögerung zur Folge hatte.«

Jaye Winston nickte zustimmend. »Beim Eintreffen des Rettungswagens war Cordell bereits tot. Noch einer, der zu früh stirbt. Er nimmt sich wieder die Liste vor, und diesmal ist Gloria Torres an der Reihe. Nur geht er diesmal kein Risiko mehr ein. Er meldet den Überfall, bevor er überhaupt stattgefunden hat.«

»Genau, um den Notarzt schon vorher loszuschicken. Er kannte den Ablauf von Gloria Torres' allabendlichem Einkauf. Vermutlich stand er am Telefon und wartete. Und sobald er sie auf den Parkplatz fahren sah, rief er in der Notrufzentrale an.«

»Dann geht er in den Laden, erschießt die beiden und verschwindet. Draußen zieht er die Maske und den Overall aus und verwandelt sich in den Barmherzigen Samariter. Er geht noch mal in den Laden zurück, verbindet sie und macht sich aus dem Staub. Diesmal klappt es. Diesmal läuft alles nach Plan.«

»Es war ein Lernprozeß. Er lernte aus den Fehlern der ersten zwei Versuche und machte beim dritten alles richtig.«

McCaleb verschränkte die Arme und wartete, daß Jaye Winston den nächsten Schritt machte.

»Demnach müssen wir jetzt der Ernte folgen«, sagte sie. »Eine der Personen, die ein Organ erhalten haben, muß Mr. X sein. Wir müssen zu BOPRA gehen und die – Moment, sagten Sie nicht, Sie haben eine Liste mit den Namen?«

McCaleb nickte.

»Von BOPRA?«

»Von BOPRA.«

Er ging zu seinem Beutel und holte die Liste heraus, die ihm Bonnie Fox gegeben hatte. Als er sich umdrehte, stieß er fast mit Jaye Winston zusammen, die aus der Kombüse gekommen war. Er reichte ihr das Blatt.

»Hier ist die Liste.«

Sie studierte sie so aufmerksam, als rechnete sie damit, Mr. X stünde tatsächlich darauf oder wäre irgendwie als solcher zu erkennen.

»Woher haben Sie diese Liste?«

»Das darf ich nicht sagen.«

Sie sah zu ihm hoch.

»Vorläufig darf ich meine Quelle nicht preisgeben. Aber auf die Angaben ist hundertprozentig Verlaß. Diese Personen bekamen Organe von Gloria Torres.«

»Geben Sie mir das?«

»Wenn Sie etwas damit tun.«

»Auf jeden Fall. Ich werde gleich morgen anfangen.«

McCaleb war sich sehr deutlich bewußt, was er ihr da gab. Natürlich war es unter Umständen der Schlüssel zu seiner Entlastung und zur Ergreifung eines extrem brutalen Mörders. Aber zugleich händigte er ihr damit einen Freifahrschein erster Klasse aus. Wenn es ihr gelang, den Fall zu lösen, während FBI und LAPD weiter am falschen Strang zogen, brauchte sie sich um ihre berufliche Zukunft keine Sorgen mehr zu machen.

»Wie wollen Sie die Namen auf der Liste überprüfen?« fragte er.

»Mit allen verfügbaren Mitteln. Ich werde nach Geld, Vorstrafen, allem, was irgendwie auffällig ist, Ausschau halten. Sie wissen schon, das Übliche, der ganze Hintergrund. Und was werden Sie machen?«

McCaleb sah zu seinem Beutel hinüber. Er war zum Platzen voll mit Unterlagen, Videokassetten und den Waffen.

»Das weiß ich noch nicht. Aber würden Sie mir vielleicht noch eines sagen – wieso hat sich alles plötzlich auf mich konzentriert? Was hat Ihre Aufmerksamkeit ausschließlich auf mich gelenkt?«

Jaye Winston faltete die Liste ordentlich zusammen und steckte sie in die Tasche ihres Blazers.

»Das FBI. Nevins hat mir erzählt, sie hätten einen Tip bekommen. Von wem, wollte er nicht sagen. Aber sie bekamen einen ganz konkreten Hinweis auf die Person des Täters. Soviel hat er mir erzählt. Der Informant behauptete, Sie hätten Glory Torres wegen ihres Herzens umgebracht. Von da an hatten sie Sie auf dem Kieker. Sie überprüften die Obduktionsbefunde aller drei Opfer und stellten fest, daß sie alle die gleiche Blutgruppe hatten. Alles Weitere war ganz einfach – es ergab sich praktisch von selbst. Ich muß gestehen, sie haben auch mich überzeugt. Zunächst schien auch mir alles zusammenzupassen.«

»*Wie* denn?« platzte McCaleb aufgebracht heraus. »Nichts von all dem wäre doch überhaupt an den Tag gekommen, wenn ich nicht angefangen hätte, der Sache nachzugehen. Die ballistische Querverbindung zu Kenyon wurde nur meinetwegen hergestellt. Nur deswegen hat sich das FBI eingeschaltet. Glauben Sie, das würde ein Schuldiger tun? Das ist doch hirnrissig.«

Er deutete wütend auf seine Brust.

»Das war uns durchaus bewußt«, erwiderte Jaye Winston. »Wir haben uns heute zusammengesetzt und alles genauestens durchgesprochen. Dabei kamen wir schließlich zu dem Ergebnis, daß Sie dachten, diese Frau – die Schwester –, die plötzlich auf Ihrem Boot auftauchte, würde keine Ruhe geben. Deshalb beschlossen Sie, die Sache lieber selbst in die Hand zu nehmen, bevor es jemand anders tat. Sie schalteten sich also in den Fall ein und versuchten ihn zu sabotieren. Als erstes kamen Sie mit dieser Bolotov-Geschichte an. Dann hypnotisierten Sie den einzigen richtigen Zeugen, so daß er für uns vor Gericht nicht mehr zu gebrauchen war. Ja, der ballistische Vergleich wurde zwar Ihretwegen vorgenommen, aber vielleicht hatten Sie nicht mit seinem Ergebnis gerechnet; vielleicht dachten Sie, es käme nichts dabei heraus, weil beim ersten Mal eine Devastator verwendet wurde.«

McCaleb schüttelte den Kopf. Er war nicht bereit, es von ihrem Standpunkt zu betrachten. Er konnte immer noch nicht glauben, daß sie ihn ins Visier genommen hatten.

»Wir waren ja noch nicht hundertprozentig von der Richtigkeit unserer Theorie überzeugt«, sagte Jaye Winston. »Wir fanden nur, die Beweislage wäre ausreichend, um die Ausstellung eines Durchsuchungsbefehls zu rechtfertigen – was ja auch der Fall war. Wir dachten, die Durchsuchung würde endgültig Klarheit schaffen. Daß wir entweder belastendes Material finden und weitermachen oder das Ganze fallenlassen würden. Doch dann fanden wir heraus, daß Sie einen schwarzen Cherokee fahren, und schließlich entdeckten wir unter der Schublade auch noch drei extrem belastende Indizien. Das einzige, was die Sache für Sie noch schlimmer hätte machen können, wäre gewesen, wenn wir die Tatwaffe gefunden hätten.«

McCaleb mußte an die Waffe denken, die zwei Meter weiter in seinem Beutel lag. Wieder wurde ihm klar, wieviel Glück er gehabt hatte.

»Aber wie Sie vorhin selbst gesagt haben: Es war einfach zu schön, um wahr zu sein.«

»Für mich schon. Die anderen sahen es nicht so. Wie bereits gesagt, ist ihnen ganz gewaltig der Kamm geschwollen. Sie konnten schon die Schlagzeilen vor sich sehen.«

McCaleb schüttelte den Kopf. Das Gespräch hatte an seinen Kräften gezehrt. Er ging zum Kombüsentisch und nahm auf der Sitzbank Platz.

»Das Ganze soll also mir angehängt werden«, sagte er.

Jaye Winston folgte ihm. »Ich glaube Ihnen. Jedenfalls hat die Person, die hinter all dem steckt, die Sache sehr geschickt angestellt. Haben Sie sich eigentlich schon mal Gedanken darüber gemacht, warum man es ausgerechnet Ihnen anhängen will?«

McCaleb nickte und zeichnete ein Muster in den Zucker, der auf dem Tisch verschüttet war. »Wenn ich es vom Standpunkt des Täters betrachte, kann ich es schon verstehen.«

Er wischte den Zucker mit der Handfläche vom Tisch.

»Nachdem es mit Kenyon nicht geklappt hatte und der Täter merkte, daß er wieder auf die Liste zurückgreifen müßte, wurde ihm auch klar, daß sich damit sein Risiko beträchtlich erhöhte. Er wußte, er lief Gefahr, daß aufgrund der gemeinsamen Blutgruppe ein Zusammenhang zwischen den Fällen hergestellt würde. Und deshalb beschloß er, den Verdacht von seiner Person auf jemand anders zu lenken. Auf mich. Da er Zugang zum BOPRA-Computer hatte, wußte er, daß ich der nächste Anwärter für ein Herz war. Möglicherweise hat er mich genauso beobachtet wie die anderen. Er wußte, ich fahre einen Cherokee, und benutzte deshalb selbst einen. Er nahm den Opfern kleine Erinnerungsstücke ab, um sie mir hier notfalls unterschieben zu können. Und wahrscheinlich war auch er es, der Nevins am Telefon diesen anonymen Hinweis gab, nachdem er die nötigen Schritte eingeleitet hatte.«

McCaleb saß eine Weile schweigend da und dachte über seine Situation nach. Dann stand er langsam wieder auf.

»Ich muß zu Ende packen.«

»Wohin wollen Sie?«

»Ich weiß noch nicht.«

»Ich muß morgen mit Ihnen sprechen.«

»Ich melde mich bei Ihnen.«

Er hielt sich am Deckenhandlauf fest, als er die Treppe hinunterzusteigen begann.

»Terry?«

Er blieb stehen und drehte sich zu ihr um.

»Ich gehe damit ein ziemliches Risiko ein. Diese Geschichte kann mich Kopf und Kragen kosten.«

»Das weiß ich, Jaye. Danke.«

Damit verschwand er in der Dunkelheit unter Deck.

37

McCalebs Cherokee war im Zuge der Bootsdurchsuchung eingezogen worden. Deshalb lieh er sich Lockridges Taurus und fuhr damit auf dem Freeway 405 nach Norden. Als er den Freeway 10 erreichte, fuhr er nach Westen zum Pazifik und dann auf der Küstenstraße weiter nach Norden. Er hatte es nicht eilig und die Nase voll von Freeways. Deshalb beschloß er, am Meer entlang und dann durch den Topanga Canyon zum Valley hochzufahren. Er wußte, im Topanga würde wenig genug Verkehr herrschen, um feststellen zu können, ob er von Jaye Winston beschattet wurde. Oder von sonst jemandem.

Es war halb zehn, als er ans Meer kam. Das schwarze Wasser wurde in regelmäßigen Abständen von der Gischt der sich brechenden Wellen gestreift, und vom Pazifik zog dichter Nebel herein, der sich über den Highway wälzte und gegen die steilen Felswände anbrandete, welche die Palisades schützten. Er brachte den intensiven Geruch und die Atmosphäre des Meeres mit sich und erinnerte McCaleb an die nächtlichen Fischzüge, die er als kleiner Junge mit seinem Vater unternommen hatte. Er hatte es jedesmal mit der Angst zu tun bekommen, wenn sein Vater die Maschine drosselte und schließlich ganz ausmachte, um im Dunkeln lautlos auf dem Meer zu treiben. Er hielt immer den Atem an, wenn sein Vater am Ende der Nacht den Zündschlüssel drehte, um den Motor wieder anzulassen. Als Junge hatte er oft geträumt, in einem kaputten Boot allein auf dem dunklen Meer zu treiben. Seinem Vater hatte er nie von diesen Träumen erzählt. Er hatte ihm nie gesagt, daß er nachts nicht zum Fischen rausfahren wollte. Er hatte seine Ängste immer für sich behalten.

Als McCaleb nun nach links aus dem Fenster blickte und die Linie zu erkennen versuchte, wo der Ozean mit dem Himmel zusammentraf, konnte er sie nicht sehen. Zwei Schattierungen von Dunkelheit, die weit draußen ineinander übergingen, der Mond hinter einer dichten Wolkendecke verborgen. Es schien seiner Stimmung zu entsprechen. Er machte das Radio an und suchte nach einem Sender, auf dem sie Blues brachten. Aber nach einer Weile gab er auf und machte es wieder aus. Ihm fiel Buddys Mundharmonikasammlung ein, und er fischte eine aus der Türtasche. Er machte die Innenbeleuchtung an und sah auf die Gravierung der Deckplatte. Es war eine Tombo in C. Er wischte sie an seinem Hemd ab und spielte im Fahren darauf. Die Mißklänge, die er dabei erzeugte, waren so scheußlich, daß er hin und wieder lauthals loslachte. Aber ab und zu brachte er auch ein paar richtige Töne auf die Reihe. Buddy hatte es ihm einmal beizubringen versucht, und er war an den Punkt gekommen, daß er die Mundharmonikaeinleitung von ›Midnight Rambler‹ spielen konnte. Das versuchte er auch jetzt, fand aber die richtige Tonart nicht, und was dabei herauskam, hörte sich mehr an wie der pfeifende Atem eines alten Mannes.

Als er den Topanga Canyon erreichte, legte er die Harmonika beiseite. Die Straße durch den Canyon war sehr kurvenreich, und er brauchte beide Hände am Lenkrad. Nachdem ihm die Ablenkungen ausgegangen waren, begann er endlich, über seine Lage nachzudenken. Zuerst kreisten seine Gedanken um Jaye Winston und die Frage, wieweit er auf sie zählen konnte. Er wußte, sie war fähig und ehrgeizig. Was er nicht wußte, war, wie gut sie dem Druck standhalten würde, dem sie sicher ausgesetzt würde, wenn sie sich mit FBI und LAPD anlegte. Er gelangte zu dem Schluß, daß er von Glück reden konnte, sie auf seiner Seite zu haben, daß er sich aber auch nicht einfach zurücklehnen und warten durfte, bis sie ihm den Fall hübsch verpackt präsentierte. Er konnte nur auf sich selbst zählen.

Er nahm an, wenn Jaye Winston die anderen nicht umstimmen konnte, blieben ihm bestenfalls zwei Tage Zeit, bis sie einen Fahndungsbefehl einer Grand Jury vorliegen hatten und damit an die Öffentlichkeit gehen konnten. Danach würden seine Chancen, weitere Ermittlungen zu dem Fall anzustellen, rapide auf Null sinken, weil von da an sein Name vermutlich das erste wäre, was in den Sechs- und Elf-Uhr-Nachrichten käme. Dann bliebe ihm keine andere Wahl mehr, als seine Ermittlungen abzubrechen, sich einen

Anwalt zu nehmen und sich zu stellen. Oberstes Ziel wäre für ihn dann nur noch, vor Gericht seine Unschuld zu beweisen und sich ein für allemal aus dem Kopf zu schlagen, den wahren Täter und seinen Auftraggeber selbst zu fassen.

Als am rechten Straßenrand ein breiterer Kiesstreifen kam, hielt McCaleb an, blieb mit laufendem Motor stehen und blickte in das Dunkel über dem Steilabfall neben ihm hinaus. In der Ferne sah er die Lichter eines Hauses tief unten im Canyon, und er fragte sich, wie es wäre, dort zu sein. Er griff nach der Mundharmonika auf dem Beifahrersitz, aber sie war weg, in einer der scharfen Kurven vom Sitz gerutscht.

Drei Minuten verstrichen, und kein Auto kam vorbei. Er legte den Gang ein und fuhr weiter. Sobald er die Paßhöhe erreicht hatte, wurde die Straße etwas gerader und führte nach Woodland Hills hinunter. Er blieb auf dem Topanga Canyon Boulevard, bis er den Sherman Way erreichte, und dann fuhr er in östlicher Richtung nach Canoga Park. Fünf Minuten später hielt er vor Gracielas Haus und beobachtete ein paar Minuten die Fenster. Er überlegte, was er ihr sagen sollte. Er war nicht sicher, was sich da mit ihr anbahnte, aber er fand es sehr intensiv, und er hatte ein gutes Gefühl dabei. Noch bevor er überhaupt die Autotür öffnete, zog er niedergeschlagen die Möglichkeit in Erwägung, es könnte schon wieder vorbei sein.

Sie öffnete die Eingangstür, bevor er sie erreicht hatte, und er fragte sich, ob sie ihn beobachtet hatte, während er im Auto gesessen hatte.

»Terry? Ist irgendwas? Warum fährst du selbst?«

»Ich mußte.«

»Komm rein, komm rein.«

Sie trat zurück und ließ ihn ins Haus. Sie gingen ins Wohnzimmer und setzten sich auf dieselben Plätze des Sofas, auf denen sie beim letzten Mal gesessen hatten. In der Ecke, auf einem Holzrack, lief leise ein kleiner Farbfernseher. Auf Channel 5 begannen gerade die Zehn-Uhr-Nachrichten. Graciela machte den Fernseher mit der Fernbedienung aus. McCaleb stellte seinen schweren Beutel zwischen seine Füße. Den Matchsack hatte er im Auto gelassen, da er nicht voraussetzen wollte, er könnte aufgefordert werden zu bleiben.

»Erzähl«, sagte sie. »Was ist passiert?«

»Sie denken, ich war es. Das FBI, das LAPD, alle bis auf eine Ermittlerin des Sheriff's Department. Sie glauben, ich hätte deine Schwester wegen ihres Herzens umgebracht.«

McCaleb sah ihr in die Augen und wandte dann wie ein Schuldiger den Blick ab. Zwar zuckte er bei dem Gedanken, was ihr das verraten mußte, zusammen, aber tief in seinem Innern wußte er, daß er schuldig war. Auch wenn er an dem eigentlichen Verbrechen keine Schuld trug, profitierte er von Glorys Tod. Weil sie tot war, war er jetzt am Leben. Wie das Schlagen Dutzender von Türen in einem dunklen Gang hallte immer wieder diese eine Frage durch seinen Kopf: Wie kann ich damit leben?

»Das ist doch lächerlich«, stieß Graciela aufgebracht hervor. »Wie können sie auch nur denken, daß du –«

»Warte«, schnitt er ihr das Wort ab. »Ich muß dir verschiedenes sagen, Graciela. Dann kannst du selbst entscheiden, was und wem du glaubst.«

»Du brauchst mir nicht zu sagen –«

Er schnitt ihr wieder mit erhobener Hand das Wort ab.

»Hör mir einfach nur zu, okay? Wo ist Raymond?«

»Er schläft. Er hat morgen Schule.«

Er nickte und beugte sich vor, die Ellbogen auf den Knien, die Hände ineinander verschränkt.

»Sie haben mein Boot durchsucht. Während ich mit dir unterwegs war, haben sie mein Boot durchsucht. Sie zogen die gleichen Schlüsse, die wir gezogen hatten. Die gemeinsame Blutgruppe. Bloß haben sie deshalb mich ins Visier genommen. Sie haben auf meinem Boot verschiedene Dinge gefunden. Das wollte ich dir erzählen, bevor du es von ihnen zu hören bekommst oder aus dem Fernsehen oder der Zeitung erfährst.«

»Was für Dinge, Terry?«

»Unter einer Schublade versteckt. Sie haben den Ohrring deiner Schwester gefunden. Das Kruzifix, das ihr der Maskierte abgenommen hat.«

Er betrachtete sie einen Moment, bevor er fortfuhr. Als sie über seine Worte nachzudenken begann, senkten sich ihre Augen von den seinen auf die Glasplatte des Couchtisches.

»Sie fanden auch das Foto aus Cordells Wagen. Und sie fanden eine Manschette, die Donald Kenyon gehörte. Sie fanden alle Andenken, die der Mörder an sich genommen hat, Graciela. Meine Quelle, die Ermittlerin aus dem Sheriff's Department, sie sagt, sie werden von einer Grand Jury Anklage gegen mich erheben lassen. Deshalb kann ich jetzt nicht mehr auf mein Boot zurück.«

Sie sah ihn kurz an. Dann stand sie auf und ging, obwohl der Vorhang zugezogen war, ans Fenster. Sie schüttelte den Kopf.

»Möchtest du, daß ich gehe?« sagte er zu ihrem Rücken.

»Nein, ich möchte nicht, daß du gehst. Das ist doch völlig absurd. Wie können sie – hast du dieser Ermittlerin von dem Einbrecher erzählt? Das kann nur er gewesen sein, er muß diese Dinge in der Schublade versteckt haben. Er ist der Mörder. O mein Gott! Und dabei standen wir schon ganz kurz davor, Glorys ...«

Sie sprach nicht weiter. McCaleb stand auf und ging zu ihr. Ihm war ein Stein vom Herzen gefallen. Sie glaubte es also nicht. Kein Wort davon. Er legte von hinten die Arme um sie und drückte sein Gesicht in ihr Haar.

»Ich bin so froh, daß du mir glaubst«, flüsterte er.

Sie drehte sich in seinen Armen um, und sie gaben sich einen langen Kuß.

»Wie kann ich dir helfen?« hauchte sie.

»Indem du mir weiter glaubst. Alles Weitere übernehme ich. Kann ich hierbleiben? Niemand weiß, daß wir zusammen sind. Sie werden zwar möglicherweise herkommen, aber ich glaube nicht, um nach mir zu suchen. Höchstens, um dir zu sagen, daß sie glauben, ich war es.«

»Ich möchte, daß du bleibst. Solange du mußt oder willst.«

»Ich brauche nur einen Platz zum Arbeiten. Wo ich noch einmal alles durchsehen kann. Ich werde das Gefühl nicht los, daß ich etwas übersehen habe. Wie die gemeinsame Blutgruppe. In diesem ganzen Papierkram müssen noch ein paar Antworten verborgen sein.«

»Du kannst hier arbeiten. Ich bleibe morgen zu Hause und helfe dir, alles durch –«

»Nein! Auf keinen Fall. Du darfst nichts tun, was irgendwie aus dem Rahmen fällt. Ich möchte, daß du morgen aufstehst und Raymond zur Schule bringst und dann zur Arbeit fährst. Ich komme schon zurecht. Das ist mein Job.«

Er hielt ihr Gesicht zwischen seinen Händen. Die Last seiner Schuld wurde schon durch die bloße Tatsache leichter, daß sie hier bei ihm war, und er spürte, wie sich in seinem Innern ein Gang auftat, der lange verschlossen gewesen war. Er war nicht sicher, wohin er führte, aber tief in seinem Herzen wußte er, daß er dorthin gehen wollte, gehen mußte.

»Ich wollte gerade schlafen gehen«, sagte sie.

Er nickte.

»Kommst du mit?«

»Was ist mit Raymond? Sollten wir nicht –«

»Raymond schläft. Mach dir seinetwegen keine Gedanken. Im Moment sollten wir uns um uns Gedanken machen.«

38

Am Morgen, als Graciela und Raymond weg waren und es im Haus still war, öffnete McCaleb seinen Lederbeutel und breitete sämtliche Unterlagen in sechs Stapeln auf dem Couchtisch aus. Während er alles betrachtete, trank er ein Glas Orangensaft und aß zwei ungetoastete Blaubeer-Pop Tarts, von denen er annahm, daß sie für Raymond gedacht waren. Als er fertig war, machte er sich an die Arbeit, in der Hoffnung, wenn er sich ganz auf den Papierkram konzentrierte, würde er von Dingen abgelenkt, auf die er keinen Einfluß hatte, insbesondere von Jaye Winstons Überprüfung der Namen auf der Liste.

Trotz dieser Ablenkung konnte McCaleb spüren, wie sein Adrenalinspiegel unaufhaltsam stieg. Er suchte nach dem entscheidenden Detail. Dem Teil des Puzzles, das bisher nicht ins Bild gepaßt hatte, aber jetzt einen Sinn ergäbe, ihm die ganze Wahrheit verriete. Sein Überleben beim FBI hatte er vor allem seinem Riecher zu verdanken gehabt, auf den er sich auch jetzt wieder verließ. Er wußte, je umfangreicher die Akte war – je umfangreicher die Zahl der Fakten –, um so leichter war das entscheidende Detail zu übersehen. Nach ihm würde er jetzt suchen, sozusagen wie nach dem roten Apfel, der, wenn man ihn wegnahm, den sorgfältig aufgeschichteten Haufen im Obstladen zum Einsturz brachte und über den Boden davonkullern ließ.

So aufgedreht McCaleb jedoch um halb neun Uhr morgens noch gewesen war, so stark hatte seine Zuversicht bis zum späten Nachmittag nachgelassen. In den acht Stunden, in denen die einzige Unterbrechung ein paar Bologna-Sandwiches und mehrere unbeantwortete Anrufe bei Jaye Winston gewesen waren, hatte er jede Seite jedes Dokuments studiert, das er in den zehn Tagen, seit denen er an dem Fall arbeitete, zusammengetragen hatte. Und das entscheidende Detail – falls es überhaupt eines gab – blieb weiter verborgen. Langsam überkamen ihn wieder Anwandlungen von Paranoia und Verlassenheit. An einem bestimmten Punkt ertappte er sich sogar dabei, wie er vor sich hin zu träumen begann, ob er besser in die Berge Kanadas oder an die Strände Mexikos fliehen sollte.

Als er um vier Uhr noch mal im Star Center anrief, teilte man ihm zum fünften Mal mit, daß Jaye Winston nicht da sei. Diesmal fügte die Telefonistin jedoch hinzu, daß sie vermutlich auch nicht mehr ins Sheriff's Department kommen werde. Bei seinen vorherigen Anrufen hatte sich die Frau, ganz nach Vorschrift, geweigert, ihm zu sagen, wo Jaye Winston war, oder ihm ihre Pagernummer zu geben. Zu diesem Zweck hätte er mit dem Captain sprechen müssen, was McCaleb ablehnte, weil er wußte, in welche Gefahr er Jaye Winston brächte, wenn herauskam, daß sie mit einem Verdächtigen nicht nur sympathisierte, sondern ihn sogar aktiv unterstützte.

Nachdem er aufgelegt hatte, wählte er seine Nummer auf dem Boot und hörte zwei Nachrichten ab, die in der letzten Stunde auf seinem Anrufbeantworter eingegangen waren. Die erste war von Buddy Lockridge, der sich nach ihm erkundigen wollte, und die zweite war von einer Frau, die nicht sicher war, ob sie die richtige Nummer gewählt hätte, aber sie suche nach einem gewissen Luther Hatch – dem Hauptverdächtigen in dem Fall, durch den er Jaye Winston kennengelernt hatte. Sobald er den Zusammenhang hergestellt hatte, erkannte er ihre Stimme. Sie gab ihm zu verstehen, er solle sie anrufen.

Als er die Nummer, die sie ihm durchgegeben hatte, zu wählen begann, merkte er, daß es die der FBI-Außendienststelle in Westwood war, in der er einmal gearbeitet hatte. Es ging sofort jemand dran.

»Hier Winston.«

»Hier McCaleb.«

Schweigen.

»Hey«, sagte sie schließlich. »Ich habe mich schon gefragt, ob Sie meine Nachricht erhalten würden.«

»Was gibt's? Können Sie reden?«

»Nicht richtig.«

»Okay, dann rede ich. Wissen sie, daß Sie mir helfen?«

»Offenbar nicht.«

»Aber Sie sind jetzt in der Außendienststelle, weil das FBI die Ermittlungen übernommen hat, richtig?«

»Mhm.«

»Okay, sind Sie schon dazu gekommen, die Namen zu überprüfen?«

»Deswegen war ich den ganzen Tag unterwegs.«

»Und? Haben Sie was? Gibt einer von ihnen was her?«

»Nein, nichts.«

McCaleb schloß die Augen und fluchte leise. Wo hatte er sich verrannt? Wie konnte das eine Sackgasse sein? Verwirrt ging er die verschiedenen Möglichkeiten durch. Er fragte sich, ob Jaye Winston genügend Zeit gehabt hatte, die Liste wirklich gründlich abzuhaken.

»Besteht die Möglichkeit, irgendwo, irgendwann darüber mit Ihnen zu sprechen? Ich muß Ihnen ein paar Fragen stellen.«

»In einer Weile geht es wahrscheinlich. Geben Sie mir doch eine Nummer, unter der ich Sie zurückrufen kann.« Das ließ sich McCaleb eine Weile schweigend durch den Kopf gehen. Aber er brauchte nicht lang zu überlegen. Wie Jaye Winston am Abend zuvor gesagt hatte, riskierte sie für ihn Kopf und Kragen. Er glaubte, ihr trauen zu können. Er gab ihr Gracielas Nummer.

»Rufen Sie mich so bald wie möglich zurück.«

»Mache ich.«

»Noch ein letztes. Waren sie schon bei der Grand Jury?«

»Nein, noch nicht.«

»Wann werden sie hingehen?«

»Dann also bis morgen früh.«

Sie legte auf, bevor sie ihn laut losfluchen hören konnte. Morgen früh würden sie also eine Anklageerhebung wegen Mordes gegen ihn beantragen. Und er war sicher, sie zu bekommen war reine Formsache. Grand Jurys standen immer auf der Seite der Anklagevertretung. Er war sicher, in seinem Fall bräuchten sie ihnen nur das Video aus dem Sherman Market vorzuspielen und sie auf den Ohrring aufmerksam zu machen, der bei der Durchsuchung seines Bootes aufgetaucht war. Bis zum Nachmittag würden dann die ersten Pressekonferenzen anberaumt – gerade noch rechtzeitig für die Sechs-Uhr-Nachrichten.

Während er dastand und über seine düstere Zukunft nachdachte, begann das Telefon in seiner Hand zu läuten.

»Ich bin's, Jaye.«

»Wo sind Sie?«

»In der Cafeteria. An einem Münztelefon.«

McCaleb konnte sich ihren Standort sofort vorstellen. Eine Nische zwischen einer Reihe von Verkaufsautomaten am Rand des Speisesaals der Cafeteria. Die Stelle war abgeschieden genug.

»Was gibt's, Jaye?«

»Es sieht nicht gut aus. Sie legen gerade noch letzte Hand an die Unterlagen, die sie heute abend zur Staatsanwaltschaft bringen werden. Morgen früh legen sie sie dann der Grand Jury vor. Erst mal beantragen sie nur eine Anklageerhebung wegen Mordes an Gloria Torres. Sobald die durch ist, werden sie sich erst mal Zeit lassen, bevor sie auch noch Cordell und Kenyon nachschieben.«

»Okay«, sagte McCaleb, der nicht wußte, wie er reagieren sollte. Er fand, es hatte keinen Sinn, weiter laut herumzufluchen.

»Ich würde Ihnen raten, sich zu stellen, Terry. Erzählen Sie ihnen, was Sie mir erzählt haben, und überzeugen Sie sie. Ich werde auf Ihrer Seite sein, aber im Moment sind mir die Hände gebunden. Ich habe Informationen über den Barmherzigen Samariter, die ich nicht haben sollte. Wenn ich sie rausrücke, geht es mir zusammen mit Ihnen an den Kragen.«

»Was ist mit der Liste? Überhaupt nichts?«

»Soviel mußte ich ihnen auf jeden Fall sagen. Damit ich die nötige Zeit zur Verfügung gestellt bekam, die Liste überprüfen zu können. Als ich heute morgen zum Dienst erschien, machte ich ihnen klar, wir müßten unbedingt Vorkehrungen treffen, die Punkte, die Sie zu Ihrer Verteidigung vorbringen würden, zu widerlegen, und schlug deshalb vor, die anderen Empfänger von Gloria Torres' Organen zu überprüfen. Ich sagte, ich hätte eine Quelle, die uns die Liste der betreffenden Personen ohne Durchsuchungsbefehl beschaffen würde und so weiter und so fort, und sie sagten, toll. Sie gaben mir einen Tag Zeit. Aber es kam nichts dabei heraus, Terry. So leid es mir tut, aber ich habe jeden Namen überprüft. Totale Fehlanzeige.«

»Erzählen Sie!«

»Also, ich habe die Liste nicht dabei, aber –«

»Moment.«

McCaleb ging in Gracielas Schlafzimmer, wo er die Kopie der Liste, die er ihr gegeben hatte, auf der Kommode hatte liegen sehen. Er nahm sie und las Jaye Winston den ersten Namen vor.

»J. B. Dickey – er bekam die Leber.«

»Richtig, also – er hat es nicht geschafft. Er bekam die Leber eingepflanzt, aber dann traten Komplikationen auf, und er starb drei Wochen nach der Operation.«

»Das heißt aber nicht, daß er es nicht war.«

»Ich weiß. Aber ich habe mit dem Chirurgen im St. Joseph's gesprochen. Der Mann war ein Sozialfall. Er war bei Medi-Cal versichert, und den Rest der Kosten übernahm das Krankenhaus. Das war niemand mit Geld oder Beziehungen zu einem Profikiller, Terry. Ich bitte Sie.«

»Okay, die nächste. Tammy Domike, eine Niere.«

»Richtig. Eine Lehrerin. Sie ist achtundzwanzig, mit einem Zimmermann verheiratet, zwei Kinder. Sie kommt auch nicht in Frage. Es war einfach nicht –«

»William Farley, die andere Niere.«

»Ein pensionierter Verkehrspolizist aus Bakersfield. Sitzt seit zwölf Jahren im Rollstuhl – nachdem er bei einer Routineverkehrskontrolle eine Kugel in den Rücken bekam. Sie haben den Kerl nie erwischt.«

»Ein Polizist also«, dachte McCaleb laut nach. »Er könnte Freunde haben, die so etwas für ihn durchziehen.«

Jaye Winston sagte eine Weile nichts, bis sie antwortete: »Hört sich ziemlich unwahrscheinlich an, Terry. Ich meine, hören Sie sich doch mal selbst an, was Sie –«

»Ich weiß, ich weiß. Was ist mit den Augen? Die Hornhäute hat eine Christine Foye erhalten.«

»Richtig. Sie kommt frisch vom College und arbeitet als Buchhändlerin. Sie ist es also auch nicht. Schauen Sie, Terry, wir hatten gehofft, es wäre ein Millionär oder ein Politiker oder sonst jemand mit den entsprechenden Beziehungen darunter. Jemand Auffälliges. Aber das ist leider nicht der Fall.«

»Also bin ich weiterhin der beste und einzige Verdächtige.«

»Leider.«

»Danke, Jaye, Sie haben mir sehr geholfen. Ich muß jetzt los.«

»Einen Augenblick noch! Und werden Sie nicht sauer auf mich. Ich bin die einzige, die Ihnen zugehört hat, wissen Sie noch?«

»Sicher weiß ich das. Entschuldigung.«

»Also, da ist noch ein Punkt, der mir eingefallen ist. Eigentlich wollte ich Ihnen erst davon erzählen, wenn ich dazu gekommen bin, der Sache nachzugehen. Ich werde gleich morgen damit anfangen. Ich bin gerade dabei, eine entsprechende richterliche Genehmigung zu beantragen.«

»Was? Erzählen Sie! Ich brauche jetzt etwas, woran ich mich halten kann.«

»Also, Ihre Fragestellung zielt nur auf die Personen, die die Organe erhielten, die nach Gloria Torres' Tod verfügbar wurden, richtig?«

»Ja. Die von Cordell und Kenyon wurden nicht geerntet.«

»Ich weiß. Aber das meine ich damit nicht. Es gibt doch auch eine Warteliste, oder nicht?«

»Ja, immer. Wegen meiner seltenen Blutgruppe mußte ich fast zwei Jahre warten.«

»Na ja, vielleicht wollte ja jemand auf der Liste nachrücken.«

»Nachrücken?«

»Sie wissen schon, jemand, der wie Sie auf ein Organ wartet und weiß, daß es ziemlich lange dauern kann. Vielleicht sogar zu lange. Hat man Ihnen nicht gesagt, bei Ihrer Blutgruppe ließe sich nicht vorhersagen, wann ein Herz verfügbar wird?«

»Ja, sie sagten, ich solle mir keine allzu großen Hoffnungen machen.«

»Sehen Sie! Vielleicht wartet ja auch unser Mann noch und ist durch die Ermordung Gloria Torres' lediglich einen Platz auf der Liste nach oben gerutscht. Und hat damit seine Chancen erhöht.«

Darüber dachte McCaleb nach. Es leuchtete ihm ein. Plötzlich fiel ihm ein, daß Bonnie Fox gesagt hatte, auf der Station liege ein Patient, der sich in der gleichen Situation befände wie er damals. Nun fragte er sich, ob sie damit buchstäblich die gleiche Situation meinte: daß er auf ein Herz mit Blutgruppe AB, CMV negativ, wartete. Er dachte an den Jungen, den er in dem Krankenzimmer gesehen hatte. Konnte er der Patient sein, den Dr. Fox meinte?

McCaleb überlegte, wozu Eltern imstande wären, um ein Kind zu retten. War das möglich?

»Das könnte sein«, sagte er. Ein Adrenalinstoß nahm seinem Tonfall die bisherige Monotonie. »Sie meinen also, es könnte jemand sein, der noch wartet.«

»Richtig. Und ich werde mit einer richterlichen Verfügung zu BOPRA gehen und mir ihre Wartelisten und Blutspenderunterlagen geben lassen. Dürfte interessant werden zu sehen, wie sie reagieren.«

McCaleb nickte, aber er war in Gedanken bereits einen Schritt weiter. »Halt, Moment mal. Das ist zu kompliziert.«

»Was ist zu kompliziert?«

»Das Ganze. Wenn jemand auf der Warteliste aufrücken möchte, warum dann die Spender umbringen? Warum schaltet er nicht einfach die Leute aus, die vor ihm auf der Liste stehen?«

»Weil das zu auffällig wäre. Wenn hintereinander zwei oder drei Leute, die eine Herz- oder Lebertransplantation brauchen, umgebracht werden, wird doch früher oder später jemand stutzig. Dagegen ist die Beseitigung der Spender wesentlich unverfänglicher. Wenn Sie nicht gewesen wären, hätte kein Mensch etwas gemerkt.«

»Wahrscheinlich«, sagte McCaleb, immer noch nicht recht überzeugt. »Wenn Sie also recht haben, hieße das, der Killer schlägt möglicherweise noch einmal zu. Sie müssen die Liste mit den AB-Spendern durchgehen. Sie müssen sie warnen, sie schützen.«

Diese neue Möglichkeit ließ seine frühere Erregung wieder aufleben. Er stand unter Hochspannung.

»Ich weiß«, sagte Jaye Winston. »Wenn ich die Verfügung bekomme, muß ich Nevins und Uhlig – allen – Bescheid sagen, was ich vorhabe. Und aus diesem Grund müssen auch Sie sich stellen, Terry. Das ist die einzige Möglichkeit. Sie müssen mit einem Anwalt herkommen und die Karten offen auf den Tisch legen. Dieses Risiko müssen Sie einfach eingehen. Nevins und Uhlig, die beiden sind nicht auf den Kopf gefallen. Sie werden einsehen, daß sie sich getäuscht haben.«

McCaleb antwortete nicht. Ihr Vorschlag leuchtete ihm ein, aber er sträubte sich, darauf einzugehen, weil er damit sein Schicksal in die Hände anderer legte. Lieber verließ er sich auf sich selbst.

»Haben Sie einen Anwalt, Terry?«

»Nein, ich habe keinen Anwalt. Warum sollte ich einen Anwalt haben? Ich habe nichts Böses getan.«

Er zuckte innerlich zusammen. Das hatte er schon zahllose Schuldige behaupten hören. Jaye Winston vermutlich auch.

»Ich meinte, kennen Sie einen Anwalt, der Ihnen helfen könnte?« sagte sie. »Wenn nicht, kann ich Ihnen ein paar empfehlen. Michael Haller jr. wäre zum Beispiel nicht der schlechteste.«

»Ich kenne genügend Anwälte, falls ich einen brauchen sollte. Darüber muß ich erst nachdenken.«

»Na gut, rufen Sie mich einfach an. Ich kann Sie einliefern, dafür sorgen, daß alles korrekt über die Bühne geht.«

McCalebs Gedanken schweiften ab, und er sah sich bereits in der Arrestzelle eines Bezirksgefängnisses. Als FBI-Agent hatte er bei Verhören schon einige von innen gesehen. Daher wußte er, wie laut ein Gefängnis war und wie gefährlich. Ihm war klar, so etwas würde er sich, unschuldig oder nicht, auf keinen Fall antun.

»Terry, sind Sie noch dran?«

»Ja, Entschuldigung, ich war gerade in Gedanken woanders. Wie kann ich Sie erreichen, um gegebenenfalls alles zu besprechen?«

»Ich gebe Ihnen meine Privatnummer und die meines Pagers. Wahrscheinlich bin ich noch bis sechs hier, aber dann fahre ich nach Hause. Sie können mich jederzeit anrufen, egal wo.«

Sie gab ihm die Nummern durch, und McCaleb schrieb sie in sein Notizbuch. Dann steckte er es ein und schüttelte den Kopf.

»Ich glaub's nicht. Da rede ich doch tatsächlich davon, mich für etwas, was ich gar nicht getan habe, selbst zu stellen.«

»Ich weiß. Aber unterschätzen Sie die Macht der Wahrheit nicht. Es wird klappen. Aber rufen Sie mich auf jeden Fall an, Terry. Wenn Sie sich entschieden haben.«

»Ich rufe Sie an.«

Er legte auf.

39

Bonnie Fox' Sprechstundenhilfe, die Dame mit der notorisch gerunzelten Stirn, gab McCaleb zu verstehen, die Frau Doktor habe den ganzen Nachmittag eine Transplantation vorgenommen und sei vermutlich noch weitere zwei bis drei Stunden nicht zu sprechen. Fast hätte McCaleb laut losgeflucht, aber statt dessen gab er der Sprechstundenhilfe Gracielas Nummer und bat sie, Dr. Fox auszurichten, sie solle ihn, egal wie spät es würde, so schnell wie möglich zurückrufen. Er wollte gerade auflegen, als ihm noch etwas einfiel.

»Übrigens, wer bekommt das Herz?«

»Wie bitte?«

»Sie sagten doch, sie ist im OP. Welcher Patient? Ist es der Junge?«

»Bedaure, aber ich bin nicht ermächtigt, Ihnen irgendwelche Auskünfte über andere Patienten zu erteilen.«

»Na schön. Dann bestellen Sie ihr bitte unbedingt, sie soll mich anrufen.«

Die nächsten fünfzehn Minuten ging McCaleb in der unrealistischen Hoffnung, das Telefon würde läuten und Bonnie Fox wäre dran, zwischen Wohnzimmer und Küche hin und her.

Als es ihm schließlich doch gelang, seine Erregung in einen abgelegenen Winkel seines Hirns zu verbannen, begann er über die größeren anstehenden Probleme nachzudenken. Ihm war klar, daß er langsam eine Reihe von Entscheidungen treffen mußte, von denen die wichtigste war, ob er sich einen Anwalt nehmen sollte. Jaye Winston hatte recht; das vernünftigste war, sich um rechtlichen Beistand zu bemühen. Doch er konnte sich nicht dazu durchringen, Michael Haller jr. oder sonst jemanden anzurufen und sein Schicksal aus den Händen zu geben und in die Hände eines anderen zu legen.

Auf dem Couchtisch im Wohnzimmer lagen keine Unterlagen mehr. Nachdem er sie Seite für Seite durchgegangen war, hatte er sie der Reihe nach in seinem Lederbeutel verstaut, bis sich nur noch der Stapel mit Videokassetten auf dem Tisch befand.

Auf der verzweifelten Suche nach einer Möglichkeit, sich davon abzulenken, was Dr. Fox über den anderen Patienten zu ihm gesagt hatte, nahm er die oberste Videokassette von dem Stapel und ging damit zum Videorecorder. Ohne nachzusehen, welches Video es war, schob er es in den Recorder. Es war ihm auch egal. Er wollte einfach eine Weile etwas anderes haben, worüber er nachdenken konnte.

Doch er hatte sich kaum auf die Couch plumpsen lassen, als er dem Video schon keine Beachtung mehr schenkte. Michael Haller jr., dachte er. Ja, er wäre ein guter Anwalt. Nicht so gut wie sein Vater, der legendäre Mickey Haller. Aber die Legende war lange tot, und Junior war als einer der bekanntesten und erfolgreichsten Strafverteidiger von Los Angeles in seine Fußstapfen getreten. Junior würde ihn da bestimmt raushauen, aber natürlich erst nach einem rufschädigenden Medienzirkus, einer gründlichen Plünderung seiner Ersparnisse und dem Verkauf der *Following Sea*. Und selbst wenn die ganze Sache schließlich zu einem glücklichen Ende käme, bliebe er weiterhin mit dem Stigma von Verdacht und Schuld behaftet.

Für immer.

Mit zusammengekniffenen Augen überlegte McCaleb, was auf dem Bildschirm gerade zu sehen war. Die Kamera war auf die Beine und Füße eines Mannes gerichtet, der auf einem Tisch stand. Als er auch seine eigenen Wanderstiefel entdeckte, konnte er plötzlich einordnen, was er sah. Die Hypnosesitzung. Die Kamera war bereits gelaufen, als er auf den Tisch gestiegen war, um eine der langen Leuchtstoffröhren aus der Halterung an der Decke zu nehmen. Im nächsten Moment erschien James Noone im Bild und nahm sie ihm ab.

McCaleb nahm die Fernbedienung von der Couchlehne und drückte auf den Schnellvorlauf. Er hatte völlig vergessen, sich, wie er Captain Hitchens versprochen hatte, die Hypnosesitzung hinterher noch einmal anzusehen. Deshalb beschloß er nun, plötzlich neugierig geworden, die Vorbereitungsphase mit seiner Einführung und den Entspannungsübungen zu überspringen. Er spulte das Band bis zu der Stelle vor, an der er Noone unter Hypnose zu befragen begonnen hatte. Er wollte sich seine Schilderung des Überfalls und der Flucht des Täters noch einmal anhören.

Schon bald nachdem er das Geschehen auf dem Bildschirm aufmerksam zu verfolgen begonnen hatte, machten sich wieder dieselben körperlichen Auswirkungen tiefer Frustration bemerkbar, die er schon während der Originalsitzung gespürt hatte. Noone war das ideale Versuchsobjekt gewesen. Es war äußerst selten vorgekommen, daß er einen Zeugen vernommen hatte, der sich an solche Details erinnern konnte. Das Frustrierende daran war, daß er den Fahrer nicht richtig gesehen hatte und die Nummernschilder des Cherokee verdeckt gewesen waren.

»Verdammt«, fluchte McCaleb laut, als die Videoaufzeichnung der Sitzung zu Ende ging.

Er griff nach der Fernbedienung, um das Band zurückzuspulen und es sich noch einmal anzusehen. Doch plötzlich erstarrte er, und sein Finger verharrte über der Rückspultaste.

Eben hatte er etwas gesehen, was nicht ins Bild paßte, etwas, das er bei der richtigen Sitzung übersehen hatte, weil er von Jaye Winston, die neben ihm gesessen hatte, abgelenkt worden war. Er spulte das Band zurück, aber nur ein kurzes Stück. Dann spielte er noch einmal die letzten Fragen und Antworten ab.

Er sah sich an, wie er die Sitzung mit einem Sammelsurium übriggebliebener und zum Teil an den Haaren herbeigezogener Fragen, die er Noone aus purer Frustration gestellt hatte, zum Abschluß brachte. Am Ende hatte er ihn nach irgendwelchen Aufklebern auf der Windschutzscheibe des Cherokee gefragt. Noone hatte nein gesagt, und dann waren McCaleb die Fragen ausgegangen. Er hatte sich Jaye Winston zugewandt und sie gefragt: »Sonst irgendwas?«

Obwohl McCaleb gegen seine eigenen Regeln verstoßen und einem Nicht-Beteiligten eine Frage gestellt hatte, hielt sich Jaye Winston an die Regeln und antwortete nicht mit Worten, sondern schüttelte nur verneinend den Kopf.

»Wirklich nicht?« fragte McCaleb.

Wieder schüttelte sie den Kopf. Nein. Dann begann McCaleb, Noone aus der Trance zu holen.

Aber das war nicht richtig, und McCaleb hatte es damals übersehen. Jetzt kam er mit der Fernbedienung in der Hand hinter dem Couchtisch hervor und beugte sich zum Bildschirm hinab. Er spulte das Band zurück, um sich die Stelle noch einmal anzusehen.

»Sieh mal einer an«, murmelte er, als das Band zu Ende war. »Du hättest mir antworten sollen, Noone. Du hättest antworten sollen!«

Er drückte auf die Auswurftaste und drehte sich um, um nach einer anderen Kassette zu greifen. Er stieß den Stapel mit Kassetten um und begann rasch in dem Haufen zu wühlen, bis er die Kassette mit der Aufschrift SHERMAN MARKET fand. Er spielte sie zunächst mit dem Schnellvorlauf ab, aber als der Barmherzige Samariter auf dem Bildschirm erschien, drückte er die PAUSE-Taste.

Der Videorecorder hielt das Bild jedoch nicht flimmerfrei an, woraus McCaleb schloß, daß es sich um ein billiges Gerät mit nur zwei Köpfen handelte. Er nahm die Kassette heraus und sah auf die Uhr. Es war zwanzig vor fünf. Er legte die Fernbedienung auf den Fernseher und ging in die Küche, um das Telefon zu holen.

Tony Banks erklärte sich bereit, noch einmal nach Arbeitsschluß in der Firma zu bleiben und zu warten, bis es McCaleb zu Video Graphic Consultants schaffte. Zunächst kam McCaleb gut voran. Als er auf dem Freeway 101 die Sohle des Valley durchquerte, ging der größte Teil des abendlichen Berufsverkehrs in die andere Richtung, die arbeitende Bevölkerung, die aus der Stadt in die Schlafstädte des Valley zurückkehrte. Doch als er auf dem Freeway nach Süden abzweigte, um über den Cahuenga Pass nach Hollywood zu fahren, leuchteten die Bremslichter fast so weit vor ihm auf, wie er sehen konnte, und der Verkehr geriet ins Stocken. Es wurde fünf nach sechs, bis er Buddy Lockridges Taurus endlich auf den kleinen Angestelltenparkplatz von VGC lenkte. Wieder einmal kam Tony Banks selbst an die Tür, als McCaleb auf die Nachtglocke drückte.

»Danke, Tony«, sagte McCaleb zum Rücken des Mannes, als er wieder einmal den Gang hinunter zu einem der Schneideräume geführt wurde. »Ich weiß wirklich nicht, was ich ohne Sie täte.«

»Das ist doch selbstverständlich.«

McCaleb entging jedoch nicht, daß dieses »Ist doch selbstverständlich« diesmal nicht mehr so begeistert klang. Sie betraten denselben Raum, in dem sie vor einer Woche gewesen waren. McCaleb gab Banks die zwei Kassetten, die er mitgebracht hatte.

»Auf jeder dieser Kassetten ist ein Mann«, sagte er. »Ich möchte sehen, ob es sich dabei um ein und denselben Mann handelt.«

»Sie meinen, weil Sie es selbst nicht feststellen können?«

»Nicht mit Sicherheit. Sie sehen unterschiedlich aus. Aber ich glaube, einmal hat er sich verkleidet. Ich glaube, es ist derselbe Mann, aber ich möchte Gewißheit haben.«

Banks legte die erste Kassette in das Abspielgerät auf der linken Seite des Bedienungspults ein und machte es an. Auf dem dazugehörigen Bildschirm begann die Aufzeichnung der Schüsse im Sherman Market zu laufen.

»Dieser Typ?« fragte Banks.

»Ja. Halten Sie das Band an, wenn er gut zu sehen ist.«

Banks drückte in dem Moment auf die PAUSE-Taste, in dem der sogenannte Barmherzige Samariter genau im Profil zu sehen war.

»Wie finden Sie das? Ich brauche das Profil. Eine Frontalansicht eignet sich schlecht für einen Vergleich.«

»Das überlasse ich Ihnen.«

Er gab Banks die zweite Kassette. Der Techniker schob sie in das rechte Abspielgerät, und auf dem Bildschirm darüber begann die Hypnosesitzung zu laufen.

»Spulen Sie etwas zurück«, sagte McCaleb. »Ich glaube, bevor er sich setzt, ist er im Profil zu sehen.«

Banks spulte die Kassette zurück.

»Was machen Sie da drauf mit ihm?«

»Hypnose.«

»Echt?«

»Das dachte ich zumindest damals. Aber inzwischen glaube ich, er hat mir die ganze Zeit was vorgemacht – da.«

Banks hielt das Band an. James Noone blickte nach rechts, höchstwahrscheinlich auf die Tür des Vernehmungsraums. Banks hantierte mit verschiedenen Knöpfen und der Computermaus herum und vergrößerte das Bild zunächst, bevor er es schärfer machte. Genauso verfuhr er mit dem Bild auf dem linken Monitor. Dann lehnte er sich zurück und betrachtete die beiden Profile. Nach einer Weile nahm er einen Infrarot-Pointer von seiner Hemdtasche und machte ihn an. »Also, die Hautfarbe stimmt nicht überein. Der linke Typ sieht wie ein Mexikaner aus.«

»Das wäre kein Problem. Zu diesem Aussehen könnten ihm ein paar Stunden im Sonnenstudio verholfen haben.«

Banks führte den roten Punkt des Pointers am Nasensattel des Barmherzigen Samariters entlang. »Sehen Sie sich mal die Nase an! Sehen Sie diesen doppelten Höcker?«

»Ja.«

Der rote Punkt sprang auf den rechten Monitor und fand auf James Noones Nase den gleichen Doppelhöcker.

»Das ist eine ungesicherte Annahme meinerseits, aber für mich sieht das ziemlich ähnlich aus«, sagte Banks.

»Für mich auch.«

»Die beiden haben verschiedene Augenfarben, aber so was läßt sich regeln.«

»Kontaktlinsen.«

»Genau. Und hier, die breitere Kieferpartie des Typen rechts. Diesen Effekt bekommt man auch, wenn man sich etwas in den Mund schiebt – Sie wissen schon, einen Gummizahnschutz, wie man ihn nachts verwendet, oder auch nur ein paar Papiertaschentücher, wie sie Brando in *Der Pate* benutzt hat.«

McCaleb nickte und stellte in Gedanken gleich noch eine weitere mögliche Verbindung zu der Mafiasaga her. Erst die Canoli und nun vielleicht auch noch Papiertaschentücher, um dickere Wangen zu bekommen.

»Und an den Haaren läßt sich immer problemlos etwas ändern«, fuhr Banks fort. »Im übrigen sieht dieser Typ aus, als trüge er eine Perücke.«

Er führte den roten Punkt am Haaransatz des Barmherzigen Samariters entlang. McCaleb machte sich insgeheim Vorhaltungen, daß er es erst jetzt bemerkte. Der Haaransatz bildete eine durchgehende Linie, sicheres Indiz für ein Haarteil.

»Mal sehen, was wir sonst noch haben.«

Banks machte sich wieder an den Knöpfen zu schaffen und verkleinerte das Bild, um dann mit der Maus einen anderen Bildbereich zu vergrößern. Die Hände des Barmherzigen Samariters.

»In diesem Punkt verhält es sich wie bei den Frauen«, sagte Banks. »Sie können Make-up auftragen, Perücken aufsetzen, sich sogar die Titten machen lassen. Aber mit ihren Händen können sie nichts machen. Die Hände – und manchmal auch die Füße – verraten sie immer.«

Sobald er die Hände des Barmherzigen Samariters vergrößert und scharfgestellt hatte, machte er sich auf der anderen Seite des Pults zu schaffen, bis er auf dem anderen Bildschirm eine Vergrößerung von Noones rechter Hand hatte. Banks stand auf, so daß seine Augen auf gleicher Höhe mit den Monitoren waren, und dann beugte er sich bis auf wenige Zentimeter zu ihnen vor, um die Hände zu studieren und miteinander zu vergleichen.

»Okay, hier. Sehen Sie?«

McCaleb stand ebenfalls auf und blickte aus nächster Nähe auf die Bildschirme.

»Was?«

»Der erste hat eine kleine Narbe hier auf dem Knöchel. Sehen Sie, diese Verfärbung?«

McCaleb beugte sich zum Bild der rechten Hand des Barmherzigen Samariters vor.

»Augenblick.« Banks öffnete eine Schublade des Pults und nahm eine Lupe heraus, wie sie Fotografen verwenden, wenn sie auf dem Lichttisch Negative prüfen. »Versuchen Sie's mal damit.«

McCaleb hielt die Lupe über den fraglichen Knöchel und blickte hindurch. Er konnte einen Wirbel aus weißem Narbengewebe sehen. Obwohl das ganze Bild verzerrt und verschwommen war, ließ sich erkennen, daß die Narbe annähernd die Form eines Fragezeichens hatte.

»Okay«, sagte er. »Sehen wir uns die andere an.«

Er machte einen Schritt nach rechts und suchte mit der Lupe den gleichen Knöchel an James Noones rechter Hand. Die Hand wurde zwar nicht im gleichen Winkel und in der gleichen Stellung gehalten, aber das dicke weiße Fragezeichen aus Narbengewebe war da. McCaleb stand vollkommen reglos da und studierte das Bild, bis er sicher war. Dann schloß er einen Moment die Augen. Keine Frage, bei den zwei Männern auf den beiden Monitoren handelte es sich um ein und denselben Mann.

»Ist sie da?« fragte Banks.

McCaleb reichte ihm die Lupe.

»Sie ist da. Ist es möglich, von den Bildern auf den beiden Bildschirmen einen Ausdruck zu machen?«

Banks sah durch die Lupe auf den zweiten Bildschirm.

»Sie ist ganz deutlich zu erkennen«, sagte er. »Und ja, ich kann Ihnen Ausdrucke davon machen. Ich muß die Bilder nur schnell auf Diskette abspeichern und hinten im Labor ausdrucken lassen. Dauert nur ein paar Minuten.«

»Danke.«

»Ich hoffe, es bringt Sie weiter.«

»Mehr, als Sie ahnen können.«

»Was macht der Typ eigentlich? Sich als Mexikaner verkleiden und gute Taten vollbringen?«

»Nicht unbedingt. Eines Tages werde ich Ihnen die ganze Geschichte erzählen.«

Banks drang nicht weiter in ihn, sondern machte sich an die Arbeit und speicherte die Videobilder auf einer Diskette ab. Dann holte er die vorherigen Bildausschnitte zurück und machte mit den Profilaufnahmen das gleiche.

»Bin gleich wieder zurück«, sagte er und stand auf. »Außer ich muß den Drucker erst warmlaufen lassen.«

»Ach, gibt es hier irgendwo ein Telefon, das ich benutzen könnte, solange Sie weg sind?«

»Da, in der linken Schublade. Drücken Sie vorher auf die Neun.«

McCaleb wählte Jaye Winstons Privatnummer und bekam ihren Anrufbeantworter dran. Während er sich ihren Ansagetext anhörte, überlegte er, ob er ihr eine Nachricht auf Band sprechen sollte. Er war sich der Konsequenzen für Jaye Winston sehr deutlich bewußt, sollte ihr jemals nachgewiesen werden, daß sie mit jemandem zusammengearbeitet hatte, der eines Mordes verdächtigt wurde. Eine Bandaufnahme mit seiner Stimme hätte dafür vollauf genügt. Aber er fand, was er in der letzten Stunde herausgefunden hatte, rechtfertigte dieses Risiko. Über ihren Pager wollte er nicht mit Jaye Winston Kontakt aufnehmen, weil er nicht so lange warten wollte, bis sie zurückrief. Er durfte keine Zeit verlieren. Er entwarf rasch einen Plan und sprach nach dem Pfeifton eine Nachricht auf Band.

»Jaye, ich bin's. Ich erkläre Ihnen alles, sobald ich Sie sehe, aber bis dahin müssen Sie mir einfach vertrauen. Ich weiß, wer der Killer ist. Es ist Noone, Jaye, James Noone. Ich fahre jetzt zu der Adresse, die er als Wohnsitz angegeben hat – zu der Adresse auf dem Bericht über die Zeugenvernehmung. Sehen Sie zu, daß Sie möglichst auch hinkommen können. Dann erkläre ich Ihnen alles.«

Er legte auf und wählte dann ihre Pagernummer. Dann gab er ihre Privatnummer ein und legte auf. Mit ein bißchen Glück, dachte er, würde Jaye Winston seine Nachricht erhalten und sofort zu der angegebenen Adresse fahren, um ihm zu Hilfe zu kommen.

McCaleb legte sich den Lederbeutel in den Schoß und öffnete den Reißverschluß des mittleren Fachs. Dort waren die zwei Schußwaffen, seine Sig-Sauer P228 und die HK P7, die James Noone, wie er jetzt wußte, unter seinem Boot angebracht hatte. McCaleb griff in den Beutel und nahm seine eigene Waffe heraus. Er lud sie durch und steckte sich die Pistole am Rücken in den Hosenbund. Dann zog er seine Jacke darüber.

40

Als James Noone am Abend von James Cordells Ermordung vernommen worden war, hatte er den Deputies als Wohnsitz und Arbeitsstelle eine einzige Adresse genannt. Als McCaleb jedoch nun vor der angegebenen Adresse in der Atoll Avenue in North Hollywood eintraf, sah er weder eine Wohnung noch ein Büro. Dieser Teil des Valley war ein wildes Durcheinander aus Wohn-, Geschäfts- und sogar Industriegebieten.

Er hatte sich auf dem Freeway 101 über den Cahuenga Pass zurück mühsam nach Norden vorgearbeitet, um endlich etwas schneller voranzukommen, als er, weiter in nördlicher Richtung, auf den Freeway 134 überwechselte. Er nahm die Ausfahrt zur Victory und fuhr darauf nach Westen, bis er die Atoll Avenue fand. Die Gegend, in die er kam, war eindeutig ein Industriegebiet. Er konnte eine Großbäckerei riechen und passierte ein eingezäuntes Gelände, auf dem Stapel zackiger Granitplatten in den Himmel ragten. Es gab Lagerhäuser ohne Namen über ihren Toren. Es gab eine Großhandlung für Swimmingpool-Chemikalien und eine Recyclinganlage für Industrieabfälle. Als die Atoll Avenue schließlich an einem alten Rangiergleis endete, zwischen dessen Schienen hohes Unkraut wucherte, lenkte McCaleb den Taurus in eine Privatstraße, die zu beiden Seiten von einer langen Reihe einzeln abschließbarer Fertiggaragen gesäumt wurde, die jedoch als Lagerräume genutzt wurden. Bei einigen war der Firmenname auf das Rolltor aus Aluminium gemalt, andere waren nicht gekennzeichnet, weil sie entweder nicht vermietet waren oder anonym genutzt wurden. McCaleb hielt vor dem rostigen Tor an, das die Adresse trug, die James Noone vor drei Monaten den Deputies genannt hatte. Außer der Adresse wies das Tor keine andere Kennzeichnung auf. Er stellte den Motor ab und stieg aus.

Es war eine dunkle Nacht. Kein Mond, keine Sterne. Bis auf ein einsames Flutlicht an der Einmündung zur Straße lagen die Lagerräume im Dunkeln. McCaleb blickte sich um. Irgendwo in der Ferne war das blecherne Geräusch von Musik zu hören – Jimi Hendrix, der ›Let me stand next to your fire‹ sang. Ein Stück die Zufahrt hinunter, sechs Lagerhäuser weiter, war ein Garagentor so schief nach unten gezogen worden, daß es sich verklemmt hatte. Der ein Meter breite Spalt, durch den man in den dahinterliegenden Raum blicken konnte, sah aus wie ein schiefes Grinsen, schwärzer als der Himmel.

McCaleb wandte sich Noones Einheit zu. Als erstes ging er in die Hocke, um die Linie in Augenschein zu nehmen, wo das Garagentor auf den Betonboden traf. Er war sich nicht sicher, aber aus dem Innern des Lagerhauses schien ein schwacher Lichtschein zu dringen. Als er näher herantrat, konnte er das Vorhängeschloß erkennen, das um einen Stahlring am Tor und einen in den Betonboden eingelassenen Ring gelegt war.

Er richtete sich auf und schlug mit der Handfläche gegen das Tor. Das Geräusch war laut, und er hörte es im Innern nachhallen. Er trat zurück und blickte sich wieder um. Bis auf das Geräusch der Musik herrschte tiefe Stille. Kein Lüftchen regte sich. Der Nachtwind hatte seinen Weg nicht zwischen die Garagenreihen gefunden.

McCaleb stieg wieder ins Auto, ließ den Motor an und stellte es so hin, daß die Scheinwerfer zumindest zum Teil auf das Tor von Noones Garage gerichtet waren. Dann stellte er den Motor wieder ab – die Lichter ließ er an –, stieg aus und öffnete den Kofferraum. Er hob die Gummimatte hoch, nahm den Wagenheber heraus, entfernte den Griff und ging damit auf das Garagentor zu. Nachdem er noch einmal die Zufahrt hinauf und hinunter gesehen hatte, beugte er sich zu dem Vorhängeschloß hinab.

Als FBI-Agent war McCaleb nie an einem rechtswidrigen Einbruch beteiligt gewesen. Er wußte, daß so etwas an der Tagesordnung war, aber er selbst hatte dieses moralische Dilemma immer umgangen. Im Augenblick hatte er jedoch keine Skrupel, die Eisenstange in den Bügel des Schlosses zu schieben. Er trug keine Dienstmarke mehr, und außerdem war das hier eine rein persönliche Angelegenheit. Noone war ein Mörder, und noch schlimmer, er hatte die Schuld an seinen Verbrechen McCaleb in die Schuhe zu schieben versucht. McCaleb verschwendete nicht einen Gedanken an Noones Persönlichkeitsrechte.

Er hielt den Wagenhebergriff wegen der besseren Hebelwirkung am äußersten Ende und begann ihn langsam im Uhrzeigersinn zu drehen. Der Bügel des Vorhängeschlosses gab zwar nicht nach, aber der am Tor befestigte Stahlring fing unter der Belastung zu knacken an, bis sich die Schweißnähte lösten und der Ring abplatzte.

McCaleb richtete sich auf, sah sich um und lauschte. Nichts. Nur Hendrix' Coverversion von Bob Dylans ›All Along the Watchtower‹. Rasch kehrte er zum Taurus zurück, legte den Wagenheber an seinen Platz zurück, zog die Matte darüber und klappte den Kofferraumdeckel zu.

Als er um den Wagen herumging, bückte er sich neben dem Vorderreifen und strich mit zwei Fingern über den Reifenrand, um etwas von dem Kohlenstaub aufzusammeln, der sich dort von den Bremsbelägen abgelagert hatte. Dann ging er auf das Garagentor zu, kauerte vor dem Schloß nieder und schmierte den Staub auf die Nähte, an denen der Ring abgeplatzt war, damit es so aussah, als wären die Bruchstellen schon länger den Elementen ausgesetzt gewesen. Anschließend wischte er sich die Finger an einer seiner schwarzen Socken sauber.

Als er damit fertig war, packte er mit der rechten Hand den Griff des Tors. Mit der linken langte er hinter sich, unter seine Jacke. Als er sie wieder hervorzog, hielt er seine Pistole darin. Er hob sie in Schulterhöhe, den Lauf in den Himmel gerichtet. Dann richtete er sich in einer einzigen Bewegung auf und riß das Tor mit sich hoch, wobei er sich seinen Schwung zunutze machte, um es so weit hochzuziehen, daß sich sein unterer Rand über seinem Kopf befand.

Begleitet von den Bewegungen des Pistolenlaufs, huschten seine Blicke durch das dunkle Innere der Garage. Die Autoscheinwerfer tauchten etwa ein Drittel des Raums in helles Licht. An der linken Seitenwand standen ein ungemachtes Feldbett und ein Stapel Kartons. Auf der rechten Seite waren die Umrisse eines Schreibtischs und mehrerer Aktenschränke zu erkennen. Auf dem Schreibtisch stand ein Computer, dessen Bildschirm offensichtlich eingeschaltet war. Er war der Rückwand zugewandt und warf einen violetten Schein darauf. Von der Decke hing eine zwei Meter lange Lampe. In dem schwachen Licht folgte McCaleb dem Rohrkabel aus Aluminium, das vom Deckenanschluß zur Wand und von dort zu einem Schalter neben dem Feldbett hinablief. Er machte einen Schritt zur Seite und tastete, ohne hinzusehen, nach dem Schalter.

Eine Leuchtstoffröhre blinkte kurz auf, summte und erhellte schließlich die ganze Garage mit ihrem harten Licht. Jetzt konnte McCaleb sehen, daß niemand im Raum war und daß es dort auch keine Schränke gab, in denen er hätte nachsehen müssen. Der etwa sechs auf vier Meter große Raum war vollgestellt mit einem Durcheinander aus Büromöbeln und -maschinen und der Grundausstattung einer Wohnung – ein Bett, eine Kommode, ein Heizlüfter, ein Elektrokocher mit zwei Heizplatten und ein Standkühlschrank. Kein Waschbecken und keine Toilette.

McCaleb machte ein paar Schritte zurück, auf die Seite des Wagens. Er griff durch das offene Fenster und machte das Licht aus. Dann steckte er sich die Pistole wieder in den Hosenbund, diesmal vorn, um schneller an sie heranzukommen. Schließlich betrat er die Garage.

Hatte sich schon im Freien kein Lüftchen geregt, schien die Luft im Innern vollkommen stillzustehen. Langsam ging McCaleb um den alten Metallschreibtisch herum und sah auf den Computer. Der Monitor war an, und auf dem Bildschirm trieben Zahlen in allen Größen und Farben in einem Meer aus lila Samt. Während McCaleb dastand und auf den Bildschirmschoner starrte, spürte er in seinem Innern ein leichtes Zupfen, fast so, als spannte sich irgendein tiefsitzender Muskel an. In seinem Kopf formte sich das Bild eines roten Apfels, der über einen schmutzigen Linoleumboden hüpfte, und verschwand wieder. Ein Zittern stieg seine Wirbelsäule hinauf.

»Scheiße«, flüsterte er.

Er wandte sich vom Computerbildschirm ab und sah, daß auf dem Schreibtisch zwischen zwei Messingbuchstützen eine Reihe von Büchern standen. Bei den meisten handelte es sich um Handbücher über die Benutzung des Internet. Es waren zwei Bände mit Internetadressen und zwei Biographien bekannter Computerhacker darunter. Des weiteren drei Bücher über Spurensicherungsmaßnahmen am Tatort, ein Handbuch über Ermittlungen in Mordfällen, ein Buch über die FBI-Fahndung nach einem Serienmörder, der unter dem Namen ›Der Poet‹ bekannt war, und schließlich zwei Bücher über Hypnose, eines davon über einen Mann namens Horace Gomble. McCaleb wußte, wer Gomble war. Der ehemalige Las-Vegas-Entertainer war Gegenstand umfangreicher Ermittlungen der FBI-Abteilung für Serienverbrechen gewesen. Unter Zuhilfenahme von Drogen und seiner Fähigkeiten als Hypnotiseur hatte er sich auf Jahrmärkten in ganz Florida junge Mädchen gefügig gemacht. Soviel McCaleb wußte, war er noch im Gefängnis.

Langsam ging McCaleb hinter den Schreibtisch und setzte sich auf den abgewetzten Stuhl vor dem Computer. Mit einem Stift, den er aus seiner Tasche geholt hatte, zog er die mittlere Schreibtischschublade auf. Sie enthielt nicht viel außer ein paar Stiften und einer Plastikhülle für eine CD-Rom. Als er sie mit dem Stift umdrehte, sah er, daß sie den Titel *Brain Scan* trug. Dem Begleittext zufolge bot die CD dem Anwender eine Führung durch das menschliche Gehirn, die mit einer detaillierten Beschreibung und Erklärung seiner Funktionen einherging.

Er schloß die Schublade wieder und benutzte den Stift nun dazu, um eine der zwei Seitenschubladen zu öffnen. Sie war bis auf eine ungeöffnete Packung Crackerjack leer. Er schloß sie und zog den Aktenschub darunter heraus. Darin hingen in grünen Hängeordnern mehrere braune Umschläge. Um besser sehen zu können, bückte sich McCaleb und las den Namen auf dem ersten Ordner.

`Gloria Torres`

Ihm fiel der Stift auf den Boden. Aber im gleichen Moment beschloß er bereits, ihn nicht aufzuheben und sich keine Gedanken mehr darüber zu machen, ob er Fingerabdrücke hinterließ und möglicherweise Beweismaterial am Schauplatz eines Verbrechens unbrauchbar machte. Er nahm den Ordner heraus und öffnete ihn auf dem Schreibtisch. Er enthielt Fotos von Gloria Torres in unterschiedlicher Kleidung und zu allen möglichen Tageszeiten. Auf zwei der Fotos war Raymond bei ihr. Auf einem war sie mit Graciela zusammen.

In dem Ordner waren maschinengeschriebene Logs. Observierungslogs. Detaillierte Beschreibungen Glorias täglicher Unternehmungen. Er überflog sie rasch und stieß dabei auf wiederholte Hinweise auf die nächtlichen Zwischenstopps, die sie auf dem Heimweg von der Arbeit im Sherman Market einlegte.

Er schloß den Ordner, ließ ihn auf dem Schreibtisch liegen und nahm den nächsten aus dem Schubfach. Schon bevor er ihn sah, konnte er sich denken, welcher Name auf dem Etikett stehen würde.

JAMES CORDELL

Er verzichtete darauf, ihn zu öffnen. Er wußte, er enthielt Fotos und Observierungsnotizen. Genau wie der erste. Statt dessen griff er nach unten und sah auf den nächsten Ordner in der Reihe hinab. Es war wie erwartet.

DONALD KENYON

Auch diesen nahm er nicht heraus. Statt dessen bog er mit dem Finger die Etiketten der restlichen Ordner um, damit er sie lesen konnte. Als er das tat, machte sein Herz einen Satz, als hätte es sich in seiner Brust losgerissen. Er kannte die Namen auf den Etiketten der Ordner. Jeden einzelnen von ihnen.

»Du bist das also«, flüsterte er.

Und in Gedanken sah er die Äpfel wasserfallartig auf den Boden fallen und in alle Richtungen davonrollen.

Als er die Aktenschublade zuwarf, ließ ihn der laute Knall, der vom Betonboden und den Metallwänden zurückgeworfen wurde, wie ein Schuß zusammenfahren. Er spähte durch das offene Garagentor in die Nacht hinaus und lauschte. Er hörte nichts, nicht einmal mehr die Musik. Nur Stille.

Schließlich wanderte sein Blick wieder zurück auf den Monitor, und er betrachtete die Zahlen, die träge darübertrieben. Ihm war klar, der Computer war aus einem bestimmten Grund angelassen worden. Nicht, weil Noone zurückkommen würde; McCaleb wußte, er war längst über alle Berge. Nein, Noone hatte den Computer für ihn angelassen. Er hatte mit seinem Erscheinen gerechnet. Das wußte er jetzt, genauso wie er mit einem Mal wußte, daß Noone jeden einzelnen seiner Schritte exakt choreographiert hatte.

McCaleb drückte auf die Leertaste, und der Bildschirmschoner verschwand. An seiner Stelle erschien die Aufforderung, ein Paßwort einzugeben. McCaleb zögerte nicht. Er hatte das Gefühl, gespielt zu werden wie ein Klavier. Er tippte eine Zahlenfolge ein, die er auswendig wußte.

903472568

Er drückte auf die Eingabetaste, und der Computer machte sich an die Arbeit. Wenige Augenblicke später war das Paßwort akzeptiert, und auf dem Bildschirm erschien das Programmanagerfenster, eine weiße Fläche, über die alle möglichen Icons verteilt waren. McCaleb studierte sie rasch. Die meisten waren für Computerspiele. Es gab auch Icons für den Zugang zu *America On Line* und *Word for Windows*. Das letzte Symbol, das er sah, war ein kleiner Aktenkoffer, und er nahm an, es handelte sich um das Icon für den Dateimanager. Nach einem Doppelklick erschien der Dateimanager auf dem Bildschirm. Es war der übliche Weg. Im Dateimanager waren am linken Bildschirmrand die einzelnen Ordner sauber untereinander aufgeführt. Führte man nun den Pfeil auf einen dieser Ordner und klickte ihn an, erschienen am rechten Bildschirmrand die Titel der Dateien, die dieser Ordner enthielt.

Mit der Maus führte McCaleb den Pfeil an der Reihe mit den Ordnern entlang und sah sich jeden einzelnen davon an. Bei den meisten handelte es sich um Programmdateien für die Benutzung aller möglicher Programme wie *America On Line, Las Vegas Casino Game* und andere. Aber schließlich kam er zu einem Ordner mit dem Namen CODE. Er klickte ihn mit der Maus an, worauf am rechten Bildschirmrand mehrere Dateinamen erschienen. Er überflog sie rasch und stellte fest, daß sie mit den Namen auf den Ordnern in der Schreibtischschublade übereinstimmten.

Alle bis auf eine Datei. McCaleb blickte lange darauf, und sein Finger verharrte währenddessen über der Maustaste.

McCaleb.doc

Er klickte mit der Maus darauf, und rasch füllte die Datei den Bildschirm. McCaleb begann sie zu lesen, als läse er seine eigene Todesanzeige. Die Worte erfüllten ihn mit Entsetzen, denn er wußte, sie würden unwiderruflich sein Leben ändern. Sie nahmen ihm die Seele, beraubten seine Leistungen jeden Sinnes und machten sich auf grauenhafte Weise über sie lustig.

Hallo, Agent McCaleb,

es sind doch Sie, hoffe ich.

Jedenfalls gehe ich mal davon aus. Ich gehe davon aus, daß Sie dem hervorragenden Ruf, der Ihnen immer vorausgeeilt ist, gerecht geworden sind.

Und ich frage mich: Sind Sie allein? Sind Sie inzwischen wie ein gesuchter Verbrecher auf der Flucht vor ihnen? Obwohl Sie jetzt natürlich haben, was Sie brauchen, um sich vor ihnen zu schützen. Aber ich würde gern von Ihnen wissen, wie es davor war. Was war es für ein Gefühl, gejagt zu werden? Ich wollte, daß Sie dieses Gefühl kennenlernen. Meine Gefühle... Eine schreckliche Sache, in ständiger Angst zu leben, nicht?

Die Angst schläft nie.

Aber vor allem wollte ich einen Platz in Ihrem Herzen, Agent McCaleb. Ich wollte immer bei Ihnen sein. Kain und Abel, Kennedy und Oswald, Licht und Finsternis. Zwei würdige Gegner, für alle Zeiten aneinandergekettet...

Ich hätte Sie töten können. Ich hatte die Macht und die Gelegenheit. Aber das wäre zu einfach gewesen, finden Sie nicht auch? Der Mann am Kai, der sich nach dem Weg erkundigte. Bei Ihrem Morgenspaziergang, der Mann mit der Angelrute auf der Steinmole. Erinnern Sie sich an mich?

Jetzt fällt es Ihnen ein. Ich war da. Aber es wäre zu einfach gewesen, finden Sie nicht? Zu einfach.

Wie Sie sehen, ging es mir um mehr als Rache oder den Triumph über einen Feind. Das sind Ziele für Dummköpfe. Ich wollte - nein, ich lechzte förmlich nach etwas anderem. Ich wollte Sie erst auf die Probe stellen, indem ich Sie in mich verwandelte. In den Schurken. In den Gejagten.

Und mich Ihnen dann, wenn Sie schließlich mit angesengter Haut, aber der Körper selbst unversehrt, aus diesem Feuer hervorgehen würden, als Ihr größter Wohltäter zu enthüllen. Ja, ich war es. Ich folgte ihr. Ich beobachtete sie. Ich suchte sie für Sie aus. Sie war mein Geschenk an Sie.

Jetzt gehören Sie auf immer mir, Agent McCaleb. Jeder Atemzug, den Sie tun, gehört mir. Jeder Schlag dieses gestohlenen Herzens ist das Echo meiner Stimme in Ihrem Kopf. Für immer. Tag für Tag.

Denken Sie daran...

Jeder Atemzug...

McCaleb schlang sich die Arme um den Oberkörper, als wäre er gerade mit einem Messer aufgeschlitzt worden. Seinen Körper durchfuhr ein tiefer Schauder, seiner Kehle entrang sich ein Stöhnen. Er stieß den Stuhl vom Schreibtisch zurück, weg von der schrecklichen Nachricht auf dem Bildschirm, und nahm mit weit vorgebeugtem Oberkörper die Crashhaltung ein. Sein Flugzeug stürzte ab.

41

Seine Gedanken waren blutrot und schwarz. Er fühlte sich, als befände er sich in einer permanenten Leere, umgeben von einem Samtvorhang aus schwarzem Nichts, und seine Hände tasteten unablässig nach der Naht, durch die er entkommen könnte, aber er fand sie nicht. Graciela Rivers' und Raymonds Gesichter sah er wie ferne Bilder, die in das Dunkel zurückwichen.

Plötzlich spürte er eine kalte Hand in seinem Nacken. Er zuckte zusammen, und seiner Kehle entfuhr ein Schrei wie ein ausbrechender Häftling. Er setzte sich auf. Es war Jaye Winston. Seine Reaktion hatte sie genauso erschreckt, wie sie ihn erschreckt hatte.

»Terry? Alles in Ordnung?«

»Ja. Das heißt, nein. Er ist es. Noone ist der Code Killer. Er hat sie alle umgebracht. Die letzten drei für mich. Er hat so lange weitergemacht, bis es schließlich geklappt hat. Er hat Gloria Torres wegen ihres Herzens umgebracht. Für mich. Damit ich am Leben bliebe und Zeugnis seines Ruhmes wäre.«

In diesem Moment wurde McCaleb auch die Übereinstimmung zwischen Glorias Namen – Gloria bedeutet im Lateinischen Ruhm – und Noones Absicht bewußt.

»Moment mal«, sagte Jaye Winston. »Immer mit der Ruhe. Was reden Sie da überhaupt?«

»Er ist es. Es ist alles hier. Sehen Sie sich diese Ordner an, den Computer. Er hat alle diese Menschen umgebracht. Und dann hat er beschlossen, mich zu retten. Für mich zu töten.«

Er deutete auf den Bildschirm, auf dem immer noch der Brief an ihn zu sehen war. Er wartete, bis sie ihn gelesen hatte, aber dann konnte er sich nicht mehr länger beherrschen.

»Die einzelnen Teile, sie waren direkt vor unserer Nase. Die ganze Zeit.«

»Welche Teile?«

»Der Code. Er war ganz simpel. Er benutzte jede Zahl außer der Eins. *No one*, keine Eins oder niemand. Verstehen Sie? Ich bin niemand. Das ist alles, was er damit sagen wollte.«

»Terry, darüber können wir uns später unterhalten. Aber jetzt sagen Sie mir erst, wie sind Sie hierhergekommen? Woher wußten Sie, daß es Noone war?«

»Das Video. Die Sitzung, die wir mit ihm gemacht haben.«

»Die Hypnose? Was war damit?«

»Wissen Sie noch, daß ich Sie bat, nichts zu sagen, damit der Hypnotisierte nicht durcheinanderkäme?«

»Ja. Sie sagten, nur Sie würden Noone Fragen stellen. Die Verständigung zwischen uns sollte per Handzeichen oder schriftlich erfolgen.«

»Aber am Schluß, als mir klar wurde, daß nichts dabei herauskäme, war ich total frustriert. Ich fragte Sie: ›Sonst irgendwas?‹, und Sie schüttelten den Kopf. Ich fragte Sie: ›Wirklich nicht?‹, und Sie schüttelten noch einmal den Kopf. Ich sagte also etwas zu Ihnen und verstieß damit gegen meine eigene Regel. Nun ist die Sache folgende: Ich habe Ihnen diese Fragen laut gestellt. Deshalb hätte Noone mir antworten müssen. Wenn er sich wirklich in hypnotischer Trance befunden hätte, hätte er antworten müssen, weil er nicht hätte wissen können, daß diese Fragen an Sie gerichtet waren. Aber er hat nicht geantwortet. Das zeigt, daß er sich der Vorgänge um ihn herum bewußt war. Er wußte, entweder weil ich in eine andere Richtung gesprochen habe oder wegen meiner veränderten Stimmlage, daß ich mit Ihnen rede anstatt mit ihm. Das hätte er nicht merken dürfen. Nicht in einer echten Trance. Er hätte auf jede in diesem Raum gestellte Frage antworten sollen, es sei denn, sie wäre ausdrücklich an jemand anders gerichtet. Ich habe Sie nie mit Ihrem Namen angesprochen.«

»Er hat uns was vorgemacht.«

»Richtig. Und wenn er uns was vorgemacht hat, dann waren auch seine Antworten getürkt. Das hieß, er selbst war Teil des Schwindels. Bevor ich hierherkam, ließ ich die Videos miteinander vergleichen. Die Ausdrucke sind in meinem Wagen. James Noone und der Barmherzige Samariter sind ein und dieselbe Person. Der Täter.«

Jaye Winston schüttelte den Kopf, als wollte sie sagen, das alles wäre zuviel für sie. Sie sah sich nach einer Sitzgelegenheit um. Es gab nur das Feldbett.

»Möchten Sie sich hersetzen?« sagte McCaleb und stand auf.

»Setzen möchte ich mich schon, aber nicht hier drinnen. Wir müssen weg hier, Terry. Ich muß Captain Hitchens anrufen und dann die anderen, das LAPD und das FBI. Und am besten sollte ich auch gleich einen Fahndungsbefehl für Noone rauslassen.«

McCaleb wunderte sich, daß sie immer noch nicht vollständig begriffen hatte.

»Hören Sie mir denn überhaupt zu? Es gibt keinen Noone. Er existiert nicht.«

»Was soll das heißen?«

»Der Name. Er paßt wie alles andere genau ins Bild. Noone. Zerlegen Sie den Namen in seine Bestandteile, und Sie bekommen *no one*. Ich bin niemand. Die Teile waren die ganze Zeit da ...«

Kopfschüttelnd ließ er sich in den Stuhl zurücksinken und vergrub das Gesicht in den Händen.

»Wie soll ich ... Damit kann ich nicht leben.«

Wieder legte ihm Jaye Winston die Hand in den Nacken, aber diesmal zuckte er nicht zusammen.

»Kommen Sie, Terry, darüber können wir uns später Gedanken machen. Gehen wir lieber zum Auto raus und warten dort. Ich muß ein Spurensicherungsteam anfordern. Vielleicht bekommen wir ja ein paar Fingerabdrücke, damit wir diesen Kerl identifizieren können.«

McCaleb stand auf und ging um den Schreibtisch herum und zum Tor hinaus. Er sprach, ohne sich zu ihr umzudrehen.

»Er hat bisher nie irgendwo Fingerabdrücke hinterlassen. Ich kann mir nicht vorstellen, daß er jetzt damit angefangen hat.«

Zwei Stunden später saß McCaleb in Buddy Lockridges Taurus. Der Wagen stand draußen auf der Atoll Avenue hinter den gelben Absperrungsbändern der Polizei, die zwischen den beiden ersten Fertiggaragen gespannt waren. Er konnte sehen, daß vor und in Noones hell erleuchteter

Garage, die etwa hundert Meter die Zufahrt hinunter lag, hektische Betriebsamkeit herrschte. Einige der zahlreichen Detectives kannte McCaleb noch von der Code-Killer-Sondereinheit. Außerdem waren Techniker, Videospezialisten von mindestens zwei der beteiligten Ermittlungsbehörden und ein halbes Dutzend uniformierte Polizisten anwesend.

Wie die Motten um eine Flamme, dachte er. Er beobachtete das Treiben seltsam teilnahmslos. Seine Gedanken kreisten um andere Dinge. Um Graciela und Raymond. Und um Noone. Er mußte ständig an den Mann denken, der sich Noone nannte. Er war im selben Raum mit ihm gewesen. Er war ihm so nahe gewesen.

Jetzt hätte er einen Drink vertragen können. Er wollte den brennenden Geschmack von Whiskey in seiner Kehle spüren, aber er wußte, genausogut hätte er sich eine Pistole an den Kopf halten können. Er wußte, diesen Gefallen würde er Noone, oder wer der Kerl sonst war, trotz dieses durchdringenden Schmerzes nicht tun. In der Dunkelheit im Innern seines Wagens faßte er den Entschluß, daß er weiterleben würde. Er würde trotz allem weiterleben.

Er bemerkte die Männer, die über die Zufahrt auf ihn zukamen, erst, als sie den Taurus fast erreicht hatten. Er machte die Scheinwerfer an und erkannte, daß es Nevins, Uhlig und Arrango waren. Er machte das Licht wieder aus und wartete. Sie öffneten die Türen und stiegen ein, Nevins vorn, die anderen zwei hinten, Arrango direkt hinter McCaleb.

»Gibt's eine Heizung in dieser Kiste?« fragte Nevins. »Wird langsam etwas kühl da draußen.«

McCaleb startete den Wagen, wartete aber mit dem Einschalten der Heizung, bis der Motor warmgelaufen war. Er warf im Rückspiegel einen Blick auf Arrango. Es war zu dunkel, um erkennen zu können, ob er einen Zahnstocher im Mund hatte.

»Wo ist Walters?«

»Er hat zu tun.«

»Okay«, sagte Nevins. »Wir, äh, sind gekommen, um Ihnen zu sagen, daß es so aussieht, als hätten wir uns, was Sie angeht, getäuscht, McCaleb. Es tut mir leid. Es tut uns leid. Sieht so aus, als wäre Noone der Gesuchte. Sie haben gute Arbeit geleistet.«

McCaleb nickte nur. Es war eine halbherzige Entschuldigung, aber das war ihm egal. Mit dem, was er eben zu seiner Entlastung herausgefunden hatte, war schwerer zu leben, als wenn er öffentlich der Morde angeklagt worden wäre. Entschuldigungen bedeuteten ihm nichts.

»Wir wissen, Sie haben einen anstrengenden Tag hinter sich, und würden Sie deshalb gern nach Hause fahren lassen. Darum dachte ich, Sie erzählen uns erst mal nur in groben Zügen, was Sache ist, und dann kommen Sie morgen vorbei und geben Ihre vollständige Aussage zu Protokoll. Was halten Sie davon?«

»In Ordnung. Aber was meine formelle Aussage angeht, gebe ich Sie Jaye Winston zu Protokoll. Nicht Ihnen.«

»Wie Sie möchten. Kann ich verstehen. Aber können Sie uns nicht trotzdem kurz schildern, wie Sie die Sache sehen? Wäre das möglich?«

McCaleb beugte sich vor und machte die Heizung an. Er sammelte eine Weile seine Gedanken, bevor er begann.

»Ich will ihn mal Noone nennen, weil das alles ist, was wir haben und vielleicht auch jemals haben werden. Es beginnt alles mit dem Code Killer. Das war dieser Noone. Ich war damals in der FBI-Sondereinheit für diesen Fall zuständig und übernahm in Absprache mit dem LAPD auch die Funktion des Pressesprechers. Ich gab die Presseerklärungen heraus, Bitten um Interviews gingen an mich. Zehn Monate lang wurde mein Gesicht im Fernsehen automatisch mit dem Code Killer in Verbindung gebracht. Deshalb konzentrierte sich Noone auf mich. Als wir ihm langsam auf die Spur kamen, konzentrierte er sich auf mich. Er schickte mir Briefe. Ich war die Nemesis für ihn. Ich war die Verkörperung der Sondereinheit, die ihn jagte.«

»Überschätzen Sie Ihre Rolle da nicht ein bißchen?« fragte Arrango. »Ich meine, Sie waren nicht der einzige –«

»Halten Sie die Klappe, Arrango, und hören Sie lieber zu. Vielleicht lernen Sie sogar was.«

McCaleb starrte ihn im Rückspiegel an, und Arrango starrte zurück. McCaleb sah, wie Nevins sich zu Arrango umdrehte und beschwichtigend die Hand hob.

»Er hat mich in diese Rolle *gedrängt*«, fuhr McCaleb fort. »Ich habe sie mir nicht ausgesucht. Als er schließlich merkte, daß die Sache zu riskant wurde, machte er Schluß. Die

Morde hörten auf. Der Code Killer verschwand. Etwa zur gleichen Zeit begannen meine... Probleme. Ich brauchte eine Transplantation, und weil ich eine Zeitlang ziemlich viel in den Medien zu sehen gewesen war, brachten die Medien auch das. Das bekam Noone mit. Er könnte es durchaus auf diesem Weg erfahren haben. Und dann heckte er seinen, wie er es sehen dürfte, genialsten Plan aus.«

»Statt Sie zu töten«, sagte Uhlig, »beschloß er, Sie zu retten.«

McCaleb nickte.

»Das hätte seinen endgültigen Sieg bedeutet, weil er ihm nie mehr zu nehmen gewesen wäre. Mich nur auszuschalten, mich umzubringen, hätte ihm nur flüchtige Befriedigung verschafft. Aber mich zu retten... das wäre etwas völlig Einzigartiges gewesen, etwas, das ihn in die Geschichte hätte eingehen lassen. Und ich wäre immer dagewesen, sozusagen der lebende Beweis dafür, wie gerissen und mächtig er ist. Verstehen Sie?«

»Ich verstehe«, sagte Nevins. »Aber das ist der psychologische Aspekt. Ich möchte wissen, wie er es gemacht hat? Wie kam er an die Namen? Woher wußte er von Kenyon und Cordell und schließlich Torres?«

»Mit Hilfe seines Computers. Ihre Techniker werden den Kasten auseinandernehmen müssen.«

»Wir lassen Bob Clearmountain kommen«, sagte Nevins. »Erinnern Sie sich noch an ihn?«

McCaleb nickte. Clearmountain, selbst ein außerordentlich versierter Hacker, war der Computerexperte des Field Office in Los Angeles.

»Gut. Dann wird er diese Frage besser beantworten können als ich. Irgendwann. Ich vermute, daß Sie in diesem Computer ein Hackerprogramm finden werden. Noone ist in die BOPRA-Datenbank eingedrungen und hat sich dort die Namen beschafft. Er suchte sich seine Opfer nach Alter, körperlicher Verfassung und geographischer Nähe aus. Dann machte er sich an die Arbeit. Bei Kenyon und Cordell ging noch etwas schief. Aber bei Gloria Torres hat es dann geklappt. Will sagen, von Noones Standpunkt aus.«

»Und er hatte von Anfang an vor, es Ihnen anzuhängen?«

»Ich glaube, er wollte, daß ich der Fährte folge und herausfinde, was er getan hat. Und ihm war klar, daß das einträfe, wenn ich der Tat verdächtigt würde. Denn dann würde ich mich der Sache selbst annehmen müssen. Dazu kam es dann aber zunächst nicht, weil die zuständigen Ermittler die Hinweise übersahen.«

Als er das sagte, sah er Arrango im Rückspiegel an. Ihm entging nicht, wie sich der Blick des Detective vor Ärger verdüsterte. Er konnte jeden Augenblick explodieren.

»Tatsache ist, Arrango, daß Sie das Ganze wie einen normalen Raubüberfall behandelt haben, bei dem zusätzlich auch noch ein paar Schüsse fielen, nicht mehr und nicht weniger. Sie haben es einfach übersehen, und deshalb mußte Noone etwas nachhelfen.«

»Wie?« fragten Uhlig und Nevins gleichzeitig.

»Ich wurde wegen eines Artikels in der *Times* in die Sache hineingezogen. Dieser Artikel wiederum wurde durch einen Leserbrief angeregt. Ich weiß nicht, wer der Verfasser dieses Briefs war, aber ich wette, es war Noone.«

An dieser Stelle hielt er inne, um auf einen Einspruch zu warten. Es kam keiner.

»Der Brief ist Auslöser für den Artikel. Der Artikel ist Auslöser für Graciela Rivers. Graciela Rivers ist Auslöser für mich. Wie Dominosteine.«

Plötzlich kam ihm ein Gedanke. Er erinnerte sich an den Mann in dem alten Wagen, der ihn bei seinem ersten Besuch im Sherman Market von der anderen Straßenseite beobachtet hatte. Ihm wurde klar, dieser Wagen hatte genauso ausgesehen wie der, den er an dem Abend, an dem er den Einbrecher verfolgt hatte, vom Parkplatz des Jachthafens hatte davonbrausen sehen.

»Ich glaube, Noone hat mich die ganze Zeit beobachtet«, fuhr er fort. »Er hielt sich genauestens über die Umsetzung seines Plans auf dem laufenden. Er wußte, wann es Zeit wurde, auf meinem Boot einzubrechen und mir das Belastungsmaterial unterzuschieben. Er wußte, wann er Sie anrufen mußte.«

Er sah Nevins an, der den Blick abwandte und zur Windschutzscheibe hinausschaute.

»Sie haben doch einen anonymen Anruf bekommen? Welchen Inhalts?«

»Eigentlich war es eine anonyme Nachricht. Sie wurde von jemandem, der Nachtdienst hatte, entgegengenommen.

Sie lautete lediglich: ›Überprüfen Sie die Blutgruppe. McCaleb hat ihre Blutgruppe.‹ Mehr nicht.«

»Paßt haargenau. Das war er. Ein weiterer Schachzug in diesem Spiel.«

Sie schwiegen eine Weile. Von der Wärme und ihrem Atem begannen die Fenster zu beschlagen.

»Also, ich weiß nicht, wieviel wir davon wirklich nachweisen können«, sagte Nevins. »Da bleiben sicher eine Menge ungeklärte Punkte.«

McCaleb nickte. Er bezweifelte, daß überhaupt etwas davon nachgewiesen werden könnte, weil er bezweifelte, daß Noone jemals identifiziert oder gefunden würde.

»Na schön, das wär's fürs erste«, fuhr Nevins fort. »Wir sehen uns ja noch.«

Er öffnete die Tür, und die anderen folgten seinem Beispiel. Bevor er ausstieg, langte Uhlig über den Sitz und tippte McCaleb mit einer Mundharmonika auf die Schulter.

»Die lag hier hinten auf dem Boden«, sagte er.

Als Arrango ausstieg, ließ McCaleb das Fenster herunter und sah zu ihm hoch.

»Sie wissen schon, daß Sie den Fall hätten knacken können? Stand alles in Ihren Unterlagen. Hat nur darauf gewartet, von Ihnen entdeckt zu werden.«

»Sie können mich mal, McCaleb.«

Er drehte sich um und folgte den zwei FBI-Agenten zu Noones Garage. McCaleb grinste. Er mußte zugeben, daß es ihm trotz allem ein gewisses Vergnügen bereitete, Arrango eins auszuwischen.

McCaleb blieb noch ein paar Minuten im Auto sitzen, bevor er losfuhr. Es war spät, nach zehn, und er überlegte, wohin er fahren sollte. Er hatte noch nicht mit Graciela gesprochen, und er sah dieser Begegnung mit einer Mischung aus Unbehagen und Erleichterung entgegen, wobei diese darauf beruhte, daß ihm bewußt war, egal wie die Sache ausging, würde hinsichtlich ihrer Beziehung bald Klarheit herrschen. Sein Problem war, daß er sich nicht sicher war, ob er ihr die Neuigkeiten schon heute abend überbringen wollte. Das unerschrockene Licht des Tages schien ihm dafür besser geeignet.

Er führte die Hand zum Zündschloß und warf einen letzten Blick auf die beleuchtete Garage, in der sein Leben einen so brutalen Einschnitt erfahren hatte. Er sah, daß sich das Licht, das aus der Garage auf die Zufahrt fiel, bewegte. Er nahm an, daß jemand gegen die Deckenbeleuchtung gestoßen war und sie ins Schwingen gebracht hatte. In diesem Moment kam ihm ein Gedanke, und er nahm die Hand wieder vom Zündschloß.

Er stieg aus dem Taurus und duckte sich ohne Zögern unter dem gelben Absperrband durch. Der uniformierte Polizist, der den Zugang zum Tatort bewachte, hielt ihn nicht zurück. Wahrscheinlich hatte er, nachdem er drei leitende Ermittler mit ihm im Auto hatte sitzen sehen, fälschlicherweise angenommen, McCaleb wäre ein Detective.

Er ging an den Rand des Lichts und wartete auf eine Gelegenheit, Jaye Winstons Blick aufzufangen. Sie stand mit einem Klemmbrett da und notierte sich die Gegenstände, die sich in der Garage befanden und nun der Reihe nach etikettiert und weggebracht wurden.

Als sie einem der Techniker auswich, blickte sie in das Dunkel hinaus, und McCaleb lenkte mit einem Winken ihre Aufmerksamkeit auf sich. Sie verließ die Garage und kam auf ihn zu. Um ihre Lippen spielte ein vorsichtiges Lächeln.

»Ich dachte, Sie wären fertig. Warum sind Sie noch nicht weg?«

»Bin schon unterwegs. Wollte mich nur noch für alles bedanken. Haben Sie da drinnen irgendwas gefunden?«

Sie schüttelte stirnrunzelnd den Kopf.

»Sie hatten recht. Keine Spur. Nicht mal einen verwischten Abdruck haben die Spezialisten gefunden. Nur auf dem Computer waren Fingerabdrücke, aber ich nehme mal an, das sind Ihre. Mir ist schleierhaft, wie wir diesen Kerl finden sollen. Es ist, als wäre er nie hier gewesen.«

Als er merkte, daß Arrango aus der Garage trat und sich eine Zigarette in den Mund steckte, winkte er sie näher zu sich heran.

»Ich glaube, ein Fehler ist ihm unterlaufen«, sagte er leise. »Schnappen Sie sich Ihren besten Fingerabdruckspezialisten und fahren Sie ins Star Center. Lassen Sie ihn die Leuchtstoffröhren an der Decke des Vernehmungsraums lasern. Bei den Vorbereitungen für die Hypnosesitzung habe ich ein paar Leuchtröhren herausgenommen und Noone nach unten gereicht. Er mußte sie in die Hand nehmen, weil er sich sonst unter Umständen verraten hätte. Auf ihnen müßten Fingerabdrücke sein.«

Ihre Miene erhellte sich, und sie lächelte.

»Es ist auf der Videoaufzeichnung der Hypnosesitzung zu sehen«, fuhr er fort. »Sie können also sagen, daß Sie selbst darauf gekommen sind.«

»Danke, Terry.«

Sie klopfte ihm sanft auf die Schulter. Er nickte und ging zum Auto zurück. Sie rief ihm hinterher, und er sah zu ihr zurück.

»Alles in Ordnung?«

Er nickte.

»Ich weiß zwar nicht, wohin Sie wollen. Aber viel Glück.«

Er winkte und drehte sich wieder um, seinem Ziel entgegen.

42

Es machte den Eindruck, als ob jedes Licht in Gracielas Haus eingeschaltet wäre, und diesmal wartete McCaleb nicht im Wagen. Er wußte, es war nicht mehr genug Zeit, um sich über mögliche Alternativen den Kopf zu zerbrechen. Er mußte ihr gegenübertreten und die Wahrheit gestehen – ihr alles sagen und die Konsequenzen akzeptieren.

Wieder öffnete sie die Tür, bevor er sie erreicht hatte. Da liegt dieser Frau so viel an mir, daß sie nach mir Ausschau hält und auf mich wartet, dachte er, als er auf die Tür zuschritt. Und jetzt muß ich ihr das Herz brechen.

»Terry, wo warst du? Ich habe mir solche Sorgen gemacht.«

Sie eilte von der Tür auf ihn zu und umarmte ihn. Er spürte, wie seine Entschlossenheit zwar nachließ, aber keineswegs ganz verflog. Er zog sie an seine Seite, legte ihr den Arm um die Schulter und führte sie nach drinnen. Vielleicht war es das letzte Mal, daß er ihr so nahe war.

»Gehen wir lieber rein«, sagte er. »Ich muß dir einiges erzählen.«

»Ist alles in Ordnung?«

»Vorerst schon.«

Sie gingen ins Wohnzimmer, und er setzte sich neben sie auf die Couch. Er hielt ihre Hände in den seinen.

»Ist Raymond im Bett?«

»Ja. Was ist los, Terry? Was hast du?«

»Es ist vorbei. Sie haben ihn zwar noch nicht gefaßt, aber sie wissen, wer es ist. Ich hoffe, sie schnappen ihn bald. Ich bin entlastet.«

»Erzähl.«

Er drückte ihre Hände. Er merkte, daß seine schwitzten, und ließ ihre los. Es war, als ließe er einen aus dem Nest gefallenen Vogel los, den er gesund gepflegt hatte. Er hatte ein Gefühl, als würde er sie nie wieder halten.

»Kannst du dich noch an den Abend erinnern, an dem wir über Vertrauen gesprochen haben, und wie schwer es mir fällt, Vertrauen zu haben?«

Sie nickte.

»Bevor ich dir alles erzähle, möchte ich, daß du weißt, daß ich in den letzten paar Tagen – eigentlich schon die ganze Zeit, seit ich dich kenne – gespürt habe, wie etwas in mir zurückkommt. So eine Art Grundvertrauen. Vielleicht ein Glaube an etwas. Ich weiß es nicht. Das einzige, was ich weiß, ist, es war ein Anfang, der Beginn von etwas Gutem …«

»War?«

Um die richtigen Worte zu finden, wandte er einen Moment den Blick von ihr ab. Es war schwer. Er wußte, er hatte nur diese eine Chance.

Schließlich sah er sie wieder an.

»Es ist nur, daß sie so neu, so zerbrechlich ist, diese Veränderung. Und ich weiß nicht, ob sie überdauern wird angesichts dessen, was ich dir erzählen muß. Aber das sollst du selbst entscheiden. Ich habe schon lange nicht mehr um etwas gebetet. Aber ich werde darum beten, daß ich dich – und Raymond – wieder bei mir auf dem Anleger sehe. Oder das Telefon abnehme und deine Stimme höre. Ich überlasse das ganz deiner Entscheidung.«

Er beugte sich zu ihr vor und küßte sie zärtlich auf die Wange. Sie ließ ihn gewähren.

»Erzähl endlich«, sagte sie ruhig.

»Graciela, deine Schwester mußte meinetwegen sterben. Wegen etwas, das ich vor langer Zeit getan habe. Gloria mußte sterben, weil ich irgendwann einen Schritt zu weit gegangen bin und mir angemaßt habe, es mit einem Wahnsinnigen aufzunehmen.«

Er senkte den Blick. Der Schmerz, den er gerade in ihre Augen gebracht hatte, war zuviel für ihn.

»Erzähl«, sagte sie noch einmal, diesmal sogar noch ruhiger.

Das tat er. Er erzählte ihr von dem Mann, der vorerst nur unter dem Namen James Noone bekannt war. Er erzählte ihr von der Spur, der er zu der Garage gefolgt war. Er erzählte ihr, was er gefunden und was in dem Computer dort auf ihn gewartet hatte.

Sie begann zu weinen, als er es erzählte, stille Tränen, die über ihre Wangen liefen und auf ihr Jeanshemd fielen. Er wollte die Hände nach ihr ausstrecken, sie packen und an sich drücken und die Tränen auf ihren Wangen küssen. Aber er konnte es nicht. Er wußte, er war in diesem Moment nicht in ihrer Welt. Er konnte nicht aus eigener Kraft Zutritt zu ihr finden. Dazu müßte sie ihn wieder in sie hineinbitten.

Als er geendet hatte, saßen sie eine Weile still da. Schließlich hob Graciela die Hände und wischte sich mit den Handflächen die Tränen aus dem Gesicht.

»Ich muß fürchterlich aussehen.«

»Nein, tust du nicht.«

Sie blickte durch die Glasplatte des Couchtisches auf den Teppich, und es verstrich ein langer Moment der Stille.

»Was willst du jetzt tun?« fragte sie schließlich.

»Ich bin noch nicht sicher, aber ich habe schon ein paar Ideen. Ich werde ihn finden, Graciela.«

»Kannst du es nicht einfach auf sich beruhen lassen? Alles der Polizei überlassen?«

McCaleb schüttelte den Kopf.

»Ich glaube nicht, daß ich das kann. Jetzt nicht mehr. Wenn ich ihn nicht finde und ihm gegenübertrete, werde ich nie wissen, ob ich darüber hinwegkommen kann. Ich weiß nicht, ob du das nachvollziehen kannst oder nicht.«

Sie starrte immer noch auf den Boden, als sie nickte. Mehr Schweigen verstrich. Schließlich sah sie zu ihm auf.

»Ich möchte, daß du jetzt gehst, Terry. Ich möchte allein sein.«

McCaleb nickte und stand langsam auf.

»Okay.«

Wieder mußte er gegen das fast unbezähmbare Bedürfnis ankämpfen, sie einfach zu berühren. Nichts weiter. Er wollte lediglich ihre Wärme noch einmal spüren. Wie am ersten Tag, als sie ihn berührt hatte.

»Wiedersehen, Graciela.«

»Wiedersehen, Terry.«

Er ging zur Tür. Auf dem Weg dorthin streifte sein Blick den Geschirrschrank, und er sah das gerahmte Foto von Gloria Torres. Sie lächelte an diesem lange zurückliegenden glücklichen Tag in die Kamera. Es war ein Lächeln, das ihn nie mehr loslassen würde, soviel wußte er.

43

Nach einer Nacht, in der er schlecht geschlafen und immer wieder geträumt hatte, in tiefes, dunkles Wasser hinabgezogen zu werden, stand er im Morgengrauen auf. Er duschte und machte sich ein kräftiges Frühstück – ein Omelett mit Zwiebeln und grüner Paprika, Wurst aus der Mikrowelle und einen halben Karton Orangensaft. Als er fertig war, hatte er immer noch Hunger und wußte nicht, warum. Anschließend ging er in die Pütz hinunter und maß Fieber und Blutdruck. Alles war bestens. Fünf nach sieben rief er Jaye Winstons Büronummer an. Sie war da, und er konnte ihrer Stimme anhören, daß sie die ganze Nacht durchgearbeitet hatte.

»Zwei Dinge«, sagte McCaleb. »Wann möchten Sie, daß ich meine Aussage zu Protokoll gebe, und wann kriege ich mein Auto zurück?«

»Also, den Cherokee können Sie jederzeit abholen. Ich muß nur anrufen, damit er freigegeben wird.«

»Wo ist er?«

»Gleich hier. Auf unserem Abstellgelände.«

»Ich muß wohl rauskommen, um ihn abzuholen.«

»Sie müssen doch sowieso herkommen, um Ihre Aussage zu Protokoll zu geben. Warum erledigen Sie da nicht beides auf einmal?«

»Okay, wann? Ich möchte es hinter mich bringen. Ich muß weg von hier, Urlaub machen.«

»Wo wollen Sie denn hin?«

»Ich weiß noch nicht. Ich muß einfach raus hier, dieses ganze Gift irgendwie ausscheiden. Vielleicht nach Vegas.«

»Das ist ja genau der richtige Ort, um wieder auf die Beine zu kommen.«

McCaleb ignorierte ihren Sarkasmus.

»Ich weiß. Wann können wir uns also treffen?«

»Ich muß die Unterlagen zu dem Fall so schnell wie möglich zusammenstellen, und dazu brauche ich Ihre Aussage.

Mir wäre also jede Zeit heute vormittag recht, egal wann. Ich werde mir einfach Zeit für Sie nehmen.«

»Dann komme ich jetzt raus.«

Buddy Lockridge schlief auf der Bank in der Plicht. Als McCaleb ihn rüttelte, schrak er hoch.

»Was ist – hey, Terror, du bist ja wieder da, Mann.«

»Ja, ich bin wieder da.«

»Wie geht's meiner Karre, Mann?«

»Sie läuft noch. Hör zu, steh auf, ich muß noch was erledigen. Kannst du mich fahren?«

Langsam setzte sich Lockridge auf. Er hatte unter einem Schlafsack gelegen. Er schlang ihn um sich und rieb sich die Augen.

»Wie spät ist es?«

»Halb acht.«

»Scheiße, Mann.«

»Ich weiß, aber das ist das letzte Mal.«

»Alles okay?«

»Ja, alles in Ordnung. Du mußt mich nur zum Sheriff's Department bringen, damit ich meinen Wagen abholen kann. Und unterwegs müssen wir an einer Bank halten.«

»So früh hat aber noch keine auf.«

»Bis wir nach Whittier rauskommen, machen sie schon auf.«

»Ich fahre dich also da raus, um deinen Wagen abzuholen. Und wer fährt ihn hierher zurück?«

»Ich. Los, fahren wir.«

»Aber du hast doch gesagt, du sollst nicht fahren, Mann. Und einen Wagen mit Airbag schon gar nicht.«

»Mach dir deswegen keine Sorgen, Buddy.«

Eine halbe Stunde später waren sie unterwegs. McCaleb hatte einen Matchsack mit frischen Sachen dabei und was er sonst noch für sein Vorhaben brauchte. Außerdem hatte er eine Thermoskanne Kaffee und zwei Tassen eingepackt. Er schenkte Kaffee ein und erzählte Buddy unterwegs alles, was in der Zwischenzeit passiert war. Buddy stellte fast die ganze Fahrt Fragen.

»Schätze, da muß ich mir morgen eine Zeitung kaufen«, sagte er.

»Im Fernsehen kommt die Sache wahrscheinlich auch.«

»Wird das vielleicht ein Buch? Komme ich da auch drin vor?«

»Ich weiß nicht. Wahrscheinlich kommt die Meldung heute in den Nachrichten. Ich schätze, es hängt davon ab, wie sensationell die Meldung ist, ob sie ein Buch daraus machen.«

»Zahlen sie einem eigentlich was dafür, wenn sie deinen Namen verwenden? In einem Buch, meine ich. Oder in einem Film?«

»Keine Ahnung. Jedenfalls schätze ich, du könntest was dafür verlangen. Du hast eine wichtige Rolle dabei gespielt. Du hast entdeckt, daß in Cordells Auto dieses Foto fehlte.«

»Stimmt, das habe ich gemerkt.«

Lockridge schien stolz auf seine Beteiligung und die Aussicht, möglicherweise etwas Geld damit zu verdienen.

»Und die Waffe. Ich habe die Kanone gefunden, die dieser Arsch unter deinem Boot versteckt hat.«

McCaleb runzelte die Stirn.

»Weißt du was, Buddy? Falls es jemals ein Buch geben sollte oder falls irgendwelche Journalisten oder Cops ankommen, wäre es mir lieber, wenn du diese Waffe nicht erwähnst. Damit tätest du mir einen großen Gefallen.«

Lockridge sah kurz zu ihm hinüber und dann wieder auf die Straße.

»Kein Problem. Ich sage kein Wort.«

»Gut. Außer ich sage dir was anderes. Und wenn jemand wegen eines Buchs zu mir kommt, werde ich ihm auf jeden Fall sagen, er soll mit dir sprechen.«

»Danke, Mann.«

Es war neun vorbei, bis sie sich durch den dichten Verkehr nach Whittier raus gekämpft hatten. McCaleb bat Lockridge, an einer Bank-of-America-Filiale zu halten, und ließ sich einen Scheck über tausend Dollar in Zwanzigern und Zehnern auszahlen.

Wenige Minuten später fuhr der Taurus auf den Parkplatz des Star Center. McCaleb zählte zweihundertfünfzig Dollar ab und gab sie Lockridge.

»Wofür sind die?«

»Daß du mich deinen Wagen hast benutzen lassen und für die Fahrt heute. Außerdem werde ich ein paar Tage weg sein. Könntest du so lange auf mein Boot aufpassen?«

»Klar, Mann. Wo willst du hin?«

»Das weiß ich selbst noch nicht. Und ich kann auch nicht sagen, wann ich zurückkomme.«

»Kein Problem. Zweihundertfünfzig Mäuse reichen ziemlich lange.«

»Kannst du dich noch an die Frau erinnern, die mich besucht hat? Die hübsche?«

»Klar.«

»Ich hoffe, sie kommt zum Boot, um nach mir zu sehen. Halt die Augen nach ihr offen.«

»Okay. Was soll ich tun, wenn sie auftaucht?«

McCaleb dachte kurz nach.

»Sag ihr einfach, ich wäre noch weg, aber ich hätte gehofft, sie würde vorbeikommen.«

McCaleb öffnete die Tür. Bevor er ausstieg, schüttelte er Lockridge die Hand und versicherte ihm noch einmal, er hätte ihm sehr geholfen.

»Okay, dann werde ich mal.«

»Halt die Ohren steif, Mann.«

»Ach, übrigens, weißt du was? Ich werde vermutlich ziemlich viel im Auto unterwegs sein. Könntest du mir vielleicht eine deiner Harmonikas borgen?«

»Such dir eine aus.«

Er wühlte in der Tasche an der Tür und brachte drei Mundharmonikas zum Vorschein. McCaleb nahm die, die er neulich auf der Fahrt die Küstenstraße entlang gespielt hatte.

»Die ist gut. Du fängst mit C als Tonart an.«

»Danke, Buddy.«

»Sie haben sich aber ganz schön Zeit gelassen«, sagte Jaye Winston, als McCaleb auf ihren Schreibtisch zukam. »Ich habe mich schon gefragt, wo Sie so lange bleiben.«

»Ich habe eine Stunde mit den Leuten auf dem Abstellplatz rumgefeilscht«, erwiderte McCaleb. »Ihr habt echt Nerven. Konfisziert wegen eines völlig unbegründeten Durchsuchungsbefehls mein Auto, und hinterher darf *ich* die Abschlepp- und Abstellgebühren zahlen. Einhundertachtzig Dollar. Es gibt keine Gerechtigkeit auf der Welt, Jaye.«

»Seien Sie lieber froh, daß die Brüder ihn wiedergefunden und Sie ihn heil zurückbekommen haben. Nehmen Sie schon mal Platz. Ich bin noch nicht ganz fertig.«

»Wieso beschweren Sie sich dann, daß ich so spät komme?«

Sie antwortete nicht. McCaleb setzte sich auf den Stuhl neben ihrem Schreibtisch und beobachtete, wie sie, anscheinend Korrektur lesend, einen maschinengeschriebenen Bericht durchging und jede Seite unten abhakte.

»Okay«, sagte sie schließlich. »Ich würde gern in einen der Verhörräume gehen. Das Video ist bereits vorbereitet. Sollen wir?«

»Moment mal. Was ist seit gestern nacht passiert?«

»Ach so, stimmt. Sie waren nicht hier.«

»Haben Sie irgendwelche Fingerabdrücke von den Leuchtstoffröhren?«

Sie grinste breit und nickte.

»Warum haben Sie mir nichts erzählt?« protestierte McCaleb. »Was haben Sie gefunden?«

»Alles. Zwei Handflächen, beide Daumen, vier Finger. Wir haben sie in den Computer eingegeben. Volltreffer. Unser Mann ist aus der Gegend hier. Ein gewisser Daniel Crimmins, zweiunddreißig Jahre alt. Und erinnern Sie sich noch an das Psychogramm, das Sie für die Code-Killer-Sondereinheit erstellt haben? Also, Sie lagen genau richtig, McCaleb. Mitten ins Schwarze.«

McCaleb platzte fast vor Energie, obwohl er nach außen hin ruhig zu bleiben versuchte. Die letzten Teil des Puzzles fügten sich ineinander. Er versuchte sich zu erinnern, ob er in den Unterlagen zu dem Fall auf den Namen des Verdächtigen gestoßen war, allerdings ohne Erfolg.

»Erzählen Sie.«

»Er wurde in der LAPD-Academy ausgemustert. Vor fünf Jahren. Soweit wir das feststellen können, hatte er danach eine Reihe von privaten Sicherheitsjobs. Aber keine normale Überwachungstätigkeit. Computerkram. Er annoncierte im Internet, hatte eine Web Page, schickte Werbebroschüren an Firmen. Im wesentlichen verkaufte er Sicherungssysteme für Computer. Wir haben rausbekommen, daß er manchmal einen Auftrag bekam, indem er sich in das Computersystem einer Firma einschlich und ihr dann eine E-mail schickte, wie leicht das gewesen sei und daß sie ihn engagieren sollten, ihr System vor Hackern zu schützen.«

»BOPRA?«

»Ganz richtig. Wir haben schon ein paar Leute hingeschickt, und sie haben vor kurzem angerufen. Es gibt einen Abteilungsleiter, der sich erinnern konnte, letztes Jahr von Crimmins eine E-mail bekommen zu haben. Aber er hielt es für einen Witz. Er löschte die Nachricht und bekam keine zweite. Aber es beweist, daß Crimmins in das BOPRA-System eingedrungen ist.«

McCaleb nickte.

»Hat schon jemand seine LAPD-Akte?«

»Ja, Arrango. Spielt sich aber ziemlich auf, rückt nur das Allernötigste raus. Generell läßt sich schon mal sagen, der Kerl blieb nur fünf Monate dabei. Der Grund für seine Entlassung war – ich zitiere – das Unvermögen, in der kollegialen Atmosphäre der Polizeiakademie zurechtzukommen. Im Klartext: Der Kerl war so introvertiert, daß er es nie in einem Streifenwagen ausgehalten hätte. Kein Partner hätte ihn gewollt. Also haben sie ihn ausgemustert. Sein Problem bestand darin, daß er zweite Generation war. Sein alter Herr hat sich vor zehn Jahren oben in Blue Heaven zur Ruhe gesetzt. Uhlig hat jemand vom Field Office Idaho zu Papa geschickt. Er erklärte, seines Wissens sei sein Sohn im Augenblick beim LAPD. Er wußte nicht, daß Danny Boy ausgemustert wurde, weil Danny Boy es ihm nicht erzählt hat. Er sagt, er hat seinen Sohn schon ungefähr fünf oder sechs Jahre nicht mehr gesehen, aber wenn sie telefonieren, hat der Junge immer gute Kriegsgeschichten auf Lager.«

»Ja, bloß sind sie alle erfunden.«

McCaleb sah, daß alles zusammenpaßte. Der Autoritätskomplex. Nachdem er ausgemustert worden war, hatte ihn Crimmins von seinem Vater auf das LAPD übertragen. Die Entlassung aus der Polizeiakademie könnte der Knackpunkt gewesen sein, an der aus harmlosen Phantasien ein tödlicher Zeitvertreib wurde. Die Morde passierten alle im Zuständigkeitsbereich des LAPD. Er zeigte der Behörde, die ihn für untauglich erklärt hatte, wie gerissen, clever und tauglich er war.

McCaleb fiel ein, daß er vor drei Jahren, als er das Psychogramm für den Code Killer erstellt hatte, darauf hingewiesen hatte, vorzugsweise entlassene Polizeibeamte und ausgemusterte Polizeischüler aufs Korn zu nehmen. Soweit er wußte, hatte man das getan.

»Warten Sie – dieser Typ hätte damals vernommen werden müssen! Eine gescheiterte Polizeikarriere war im Psychogramm.«

»Er *wurde* vernommen. Deshalb ziert sich Arrango so mit der Akte. Irgendwie bestand Crimmins den Test. Er wurde von einem Team der Sondereinheit vernommen, erregte aber keinerlei Verdacht. Trotzdem muß es ihm zu denken gegeben haben. Die Vernehmung fand vier Wochen nach dem letzten Mord des Code Killers statt. Vielleicht war das der Grund, warum er aufgehört hat.«

»Wahrscheinlich. Trotzdem, es dürfte keinen sehr guten Eindruck machen, wenn herauskommt, daß dieser Typ vernommen wurde und durchgerutscht ist.«

»Das ist allerdings etwas peinlich. Aber ich würde sagen, lassen wir's drauf ankommen. Wir haben für drei Uhr eine Pressekonferenz anberaumt.«

McCaleb dachte darüber nach, was sie über das Ende der Morde nach Crimmins' Vernehmung gesagt hatte. Er empfand eine gewisse Befriedigung darüber, daß sein Rat, ausgemusterte Polizeischüler zu vernehmen, der Grund gewesen sein könnte, daß Crimmins das Morden eingestellt hatte. Während er sich noch an dieser Vorstellung erfreute, öffnete Jaye Winston einen Ordner, nahm ein Foto von einem Packen Farbaufnahmen und reichte es ihm. Es zeigte Crimmins in seiner Akademieuniform. Gepflegt, sauber rasiert, ein schmales Gesicht und hoffnungsvolle Augen, die sein Selbstvertrauen Lügen straften. Es war, als hätte er, als das Foto aufgenommen wurde, gewußt, daß er es nicht schaffen würde, daß es kein Abschlußfoto gäbe.

»Wie es also aussieht, hat er sich als Noone nicht groß verkleidet«, sagte McCaleb. »Nur die Brille und die ausgestopften Backen, damit sein Gesicht voller wirkte.«

»Richtig. Wahrscheinlich, weil er wußte, daß er es mit Polizisten zu tun bekäme und denen eine volle Verkleidung auffallen könnte.«

»Kann ich das behalten?«

»Sicher. Wir verteilen sie heute.«

»Was noch? Haben Sie Adressen?«

»Keine brauchbare. Die Garage, die Sie bereits gefunden haben, war die einzige aktuelle. Aber er muß noch eine andere Adresse haben. Selbst nachdem wir die Garage ausgeräumt hatten, war seine Web Page noch aktiv. Das heißt, er hat irgendwo einen zweiten Computer. Der weiter am Netz hängt, während wir uns hier unterhalten.«

»Können sie denn den Anschluß nicht feststellen?«

»Er hat einen anonymen Provider.«

»Was ist das?«

»Alles, was auf seine Web Page geht oder sie verläßt, läuft über diesen anonymen Anbieter eines Internetanschlusses. Wegen diesem First-Amendment-Quatsch können wir den Provider nicht ausfindig machen und knacken. Außerdem hat mir der Computerfachmann des FBI, Bob Clearmountain, erklärt, Kerle wie er verwendeten inzwischen Mikrowellen statt Telefonleitungen. So sind sie noch schwerer aufzuspüren.«

Die technischen Feinheiten überstiegen McCalebs Horizont. Er wechselte das Thema.

»Werden Sie auf der Pressekonferenz seine Identität bekanntgeben?«

»Ich denke schon. Wir veröffentlichen das Foto, zeigen das Hypnosevideo, sehen, was dabei herauskommt. Da fällt mir ein – Keisha Russell von der *Times*. Haben Sie ihr einen Tip gegeben?«

»Diesen Anruf war ich ihr schuldig. Als diese Geschichte losging, hat sie mir geholfen. Ich habe ihr heute morgen eine kurze Nachricht hinterlassen. Ich dachte, ich müßte ihr eine Vorabinformation geben. Tut mir leid.«

»Nein, ist schon in Ordnung. Ich finde sie okay. Außerdem mußte ich sowieso mit ihr sprechen. Nevins hat mir erzählt, was Sie gestern abend gesagt haben: daß vermutlich Crimmins selbst den Leserbrief an die *Times* geschrieben hat, der zu dem Artikel über Sie führte.«

»Richtig. Hat sie den Brief noch?«

»Nein. Sie konnte sich nur noch erinnern, daß er mit Bob Dingsbums unterschrieben war. Vermutlich war er das. Er hatte alles geplant.«

Plötzlich fiel McCaleb etwas ein. Graciela Rivers hatte ihm erzählt, sie sei auf den *Times*-Artikel erst aufmerksam geworden, als sie ein Mann, der sich als ein Kollege Glorys ausgab, anrief und ihr von dem Bericht erzählte. McCaleb wurde bewußt, daß der Anrufer Crimmins gewesen sein könnte, der etwas nachhelfen wollte, die Dinge ins Rollen zu bringen.

»Was ist?« fragte Jaye Winston.

»Nichts. Ich habe nur nachgedacht.«

Er beschloß, Jaye Winston noch nichts von seiner Vermutung zu erzählen. Er wollte es erst selbst nachprüfen. Außerdem verschaffte es ihm einen Grund, sein Versprechen zu brechen und Graciela anzurufen. Er konnte es als einen dienstlichen Anruf hinstellen.

»Und?« sagte Jaye Winston. »Wo, glauben Sie, daß er steckt?«

»Crimmins?« Er zögerte. »Der ist über alle Berge, nehme ich an.«

Jaye Winston betrachtete ihn einen Moment prüfend.

»Ich dachte, Sie hätten schon eine Idee.«

Er wich ihrem Blick aus und sah auf den Schreibtisch.

»Na ja, irgendwo sind die Berge ja zu Ende«, sagte sie und drang nicht weiter in ihn. »Irgendwann muß er doch wieder auftauchen.«

»Hoffen wir's.«

Darauf schwiegen sie. Bis auf McCalebs formelle Aussage, die er auf Band sprechen mußte, hatten sie alles erledigt.

»Es geht mich ja nichts an«, sagte Jaye Winston. »Aber wie werden Sie damit fertig werden?«

»Das muß ich erst noch sehen.«

»Also, wenn Sie mal jemand brauchen, mit dem Sie reden können …«

Er nickte zum Dank.

»Okay, dann sollten wir das vielleicht noch hinter uns bringen.«

Eine Stunde später war McCaleb allein im Vernehmungsraum. Er hatte Jaye Winston seine Geschichte erzählt, und sie war mit dem Tonband weggegangen, um es abschreiben zu lassen. Sie hatte ihm erlaubt, das Telefon auf dem Tisch zu benutzen, und sagte ihm, er könne in dem Raum bleiben, so lange er wollte.

Nachdem er kurz seine Gedanken gesammelt hatte, rief er in der Schwesternstation der Notaufnahme im Holy Cross an. Er verlangte nach Graciela, aber die Frau, die ans Telefon gekommen war, sagte, Graciela sei nicht da.

»Hat sie gerade Pause?«

»Nein, sie ist heute nicht hier.«

»Okay, danke.«

Er legte auf. Er nahm an, sie hatte sich krank gemeldet. Das konnte er ihr nicht verdenken. Nicht nach der Neuigkeit, die er ihr am Abend zuvor überbracht hatte. Er wählte ihre Privatnummer. Doch nach dem fünften Läuten meldete sich ihr Anrufbeantworter. Nach dem Pfeifton haspelte er die Nachricht herunter, die er ihr hinterlassen wollte.

»Äh, Graciela, ich bin's, Terry, bist du zu Hause?«

Er wartete eine Weile, bevor er fortfuhr:

»Ähm, ich wollte nur … Sie haben mir gesagt, du bist nicht im Krankenhaus, und ich, äh, ich wollte dir nur sagen, daß da ein paar Fragen sind, die ich dir stellen muß. Hauptsächlich ungeklärte Details … Aber es wäre hilfreich, sie zu – egal, ich muß jetzt los und werde wahrscheinlich versuchen, dich später zu erreichen. Ähm, und es hat keinen Sinn, wenn du mich zurückzurufen versuchst, weil ich wahrscheinlich unterwegs bin.«

Er wünschte sich, er könnte die Nachricht löschen und noch einmal von vorn beginnen. Nachdem er leise fluchend aufgelegt hatte, fragte er sich, ob sein Fluch noch aufgenommen worden war. Er stand kopfschüttelnd auf und verließ den Raum.

44

Er brauchte zwei Tage, um das Bild zu finden, das Daniel Crimmins als James Noone während der Hypnosesitzung skizziert hatte. McCaleb hatte in Rosarita Beach begonnen und sich dann nach Süden vorgearbeitet. Er fand es an einem abgelegenen Küstenstreifen zwischen La Fonda und Enseñada. Playa Grande war ein kleines Dorf, das auf einem zweistufigen Felsvorsprung über dem Meer lag. Im wesentlichen bestand es aus einem Motel mit sechs kleinen separaten Bungalows, einem Töpferladen, einem kleinen Restaurant und Lebensmittelgeschäft und einer Pemex-Tankstelle. Außerdem gab es einen kleinen Reitstall, in dem man Pferde mieten konnte, um unten am Strand zu reiten. Das Ortszentrum, wenn man es mal so bezeichnen wollte, lag am Rand eines Kliffs, von dem man auf den Strand hinabblickte. Die Häuser und Wohnwagenunterkünfte des Orts waren weitläufig über den gestuften Steilabfall darüber verteilt.

McCaleb hatte vor allem wegen des Reitstalls haltgemacht. Er erinnerte sich, daß Crimmins von Pferden am Strand gesprochen hatte. Er stieg aus dem Cherokee und ging einen steilen Pfad, der zum Teil aus den Felsen herausgehauen worden war, zum Strand hinunter. Die breite weiße Sandfläche war eine kleine, in sich geschlossene Enklave, etwa eine Meile lang und an beiden Enden von zerklüfteten, ins Meer hinausragenden Felsvorsprüngen eingefaßt. Am südlichen Ende entdeckte McCaleb den Felsüberhang, den Crimmins während der Hypnosesitzung beschrieben hatte. McCaleb wußte, die überzeugendste Art zu lügen war, sich soweit wie möglich an die Wahrheit zu halten. Deshalb war er davon ausgegangen, daß Crimmins bei der Beschreibung des Ortes, an dem er sich am wohlsten fühlte, einen Ort beschrieben haben würde, den er kannte. Den hatte McCaleb jetzt gefunden.

Es waren simple Deduktion und Lauferei gewesen, die ihn schließlich nach Playa Grande geführt hatten. Der Ort, den Crimmins während der Hypnosesitzung beschrieben hatte, mußte auf jeden Fall an der Pazifikküste liegen. Er hatte gesagt, er führe gern dort *hinunter*, und da McCaleb wußte, daß es in Kalifornien südlich von L. A. keinen Strand gab, auf dem man reiten konnte und der so abgeschieden lag, wie er ihn geschildert hatte, kam nur Mexiko in Frage. Da Crimmins außerdem gesagt hatte, er fahre dorthin, schloß das Cabo und andere Stellen im Süden der Baja-Halbinsel aus. McCaleb brauchte zwei Tage, um den fraglichen Küstenabschnitt abzufahren. McCaleb hielt in jedem Dorf und an jedem Weg, der von der Küstenstraße zum Strand hinunterführte.

Crimmins hatte recht gehabt. Es war wirklich ein schöner und ruhiger Platz. Der Sand war wie Zucker, und in Millionen von Jahren hatten die Wellen einen tiefen Bissen aus der Felswand herausgefressen und einen Überhang entstehen lassen, der an eine steinerne Welle erinnerte, die sich über dem Strand brach.

McCaleb konnte keinen Menschen sehen. Es war ein Werktag, und er nahm an, daß der Strand bis auf die Wochenenden so gut wie verlassen war. Darum hatte ihn Crimmins so gemocht.

Am Strand waren drei Pferde. Auf Kundschaft wartend, trotteten sie um einen leeren Futtertrog herum. Es war nicht nötig, sie anzubinden. Der Strand war ganz von Wasser und Felsen eingeschlossen. Die einzige Möglichkeit, ihn zu verlassen, war der steile Weg zum Reitstall hinauf.

Zum Schutz gegen die Kraft der Mittagssonne trug McCaleb eine Baseballmütze und eine Sonnenbrille. Außerdem hatte er eine lange Hose und einen Windjacke an. Aber die Schönheit des Orts hatte ihn so in ihren Bann geschlagen, daß er noch lange am Strand blieb, obwohl er sich längst überzeugt hatte, daß Daniel Crimmins nicht hier war. Nach einer Weile kam ein halbwüchsiger Junge in Shorts und ärmellosem Sweatshirt den Pfad herab und auf ihn zu.

»Sie möchten Pferd reiten?«

»Nein, *gracias*.«

McCaleb nahm die Ausdrucke, die Tony Banks von den Videoaufnahmen gemacht hatte, aus seiner Jackentasche und zeigte sie dem Jungen.

»Hast du gesehen? Diesen Mann … ich suche ihn.«

Ohne zu erkennen zu geben, daß er verstanden hatte, betrachtete der Junge die Fotos. Schließlich schüttelte er nur den Kopf.

»Nein, nicht sehen.«

Er drehte sich um und ging den Pfad wieder hinauf. McCaleb steckte die Fotos in seine Jacke zurück, und ein paar Minuten später stieg auch er selbst den Steilhang hinauf. Obwohl er unterwegs zweimal stehenblieb, strengte ihn der Aufstieg merklich an.

Im Restaurant aß McCaleb Hummerenchiladas zum Mittagessen. Sie kosteten umgerechnet fünf Dollar. Er zeigte die Fotos noch ein paar anderen Leuten, jedesmal ohne Erfolg. Nach dem Essen ging er zu der Pemex-Tankstelle und hörte von dem Münztelefon dort den Anrufbeantworter auf seinem Boot ab. Es waren keine Nachrichten eingegangen. Dann rief er zum vierten Mal, seit er unterwegs war, Gracielas Nummer an und bekam wieder nur ihren Anrufbeantworter dran. Diesmal sprach er nichts auf Band. Wenn sie nicht auf seine Anrufe reagierte, lag das vermutlich daran, daß sie einfach nicht mehr mit ihm sprechen wollte.

McCaleb zahlte bar und gab einen falschen Namen an, als er sich im Playa Grande Motel ein Zimmer nahm. Bevor er das kleine Büro verließ, zeigte er auch noch dem Mann hinter dem Schalter die Fotos, wieder ohne Erfolg.

Von seinem Bungalow sah man einen Teil des Strands und die ganze Weite des Pazifik. Bis auf die Pferde war das Stück, das er einsehen konnte, immer noch leer. Er zog seine Windjacke aus und beschloß, ein wenig zu schlafen. Er hatte zwei anstrengende Tage hinter sich; er war auf schlechten Straßen gefahren, auf Sand gegangen und steile Wege hinaufgestiegen.

Bevor er sich hinlegte, öffnete er seinen Matchsack, trug Zahnbürste und Zahnpasta ins Bad und stellte die Plastikfläschchen mit seinen Medikamenten und die Schachtel mit Einmal-Thermometerstreifen auf den Nachttisch. Dann nahm er die Sig-Sauer aus dem Lederbeutel und legte sie ebenfalls auf den Nachttisch. Es war immer ein gewisses Risiko, Waffen über die Grenze mitzunehmen. Aber wie erwartet, war McCaleb am Grenzübergang von den gelangweilten mexikanischen Federales einfach durchgewinkt worden.

Während er mit dem Kopf zwischen zwei muffigen Kissen eindämmerte, beschloß er, bei Sonnenuntergang noch einmal sein Glück am Strand zu versuchen. Bei der Hypnosesitzung hatte Crimmins den Sonnenuntergang beschrieben. Vielleicht kam er dann an den Strand. Wenn nicht, wollte McCaleb in den Häusern über dem Ortskern nach ihm suchen. Er war sicher, daß er ihn finden würde. Für ihn stand außer Zweifel, daß er den Ort gefunden hatte, den Crimmins beschrieben hatte.

Zum erstenmal seit Monaten träumte er in Farbe, und seine Augen zuckten hinter den fest geschlossenen Augenlidern hin und her. Er saß auf einem durchgegangenen Pferd, einem riesigen Appaloosa von derselben Farbe wie der nasse Sand, der den Strand hinuntergaloppierte. Er wurde verfolgt, aber er war so damit beschäftigt, nicht vom Pferd zu fallen, daß er sich nicht umdrehen konnte, um zu sehen, wer hinter ihm her war. Er wußte nur, daß er fliehen mußte und daß es sein Ende bedeutete, wenn er stehenblieb. Die Hufe des Tiers schleuderten große Klumpen nassen Sands in die Luft.

Der Rhythmus des galoppierenden Pferdes ging in das Pochen seines eigenen Herzens über. McCaleb wurde wach und versuchte sich wieder zu beruhigen. Nach einer Weile beschloß er, seine Temperatur zu messen.

Als er sich aufsetzte und seine Füße auf den Teppich setzte, sah er gewohnheitsmäßig auf den Nachttisch, um auf den Wecker zu schauen, den er auf dem Boot auf dem Tisch neben seinem Bett stehen hatte. Aber hier war kein Wecker. Er hatte den Blick noch kaum abgewandt, als er wieder zum Nachttisch zurückzuckte. Die Pistole war weg.

Während McCaleb rasch aufstand und sich im Raum umsah, ergriff ein beängstigendes Gefühl der Desorientierung von ihm Besitz. Er war ganz sicher, die Waffe auf den Nachttisch gelegt zu haben, bevor er sich hingelegt hatte. Während er geschlafen hatte, mußte jemand im Zimmer gewesen sein. Crimmins! Er hatte nicht den geringsten Zweifel. Crimmins war im Zimmer gewesen.

Er sah rasch in der Windjacke und im Matchsack nach und stellte fest, daß sonst nichts fehlte. Als er sich noch einmal im Raum umsah, fiel sein Blick auf eine Angelrute, die in der Ecke neben der Tür stand. Er ging darauf zu und nahm sie in die Hände. Es war dasselbe Modell, das er für Raymond gekauft hatte. Als er sie in seinen Händen drehte und untersuchte, stellte er fest, daß die Initialen RT in den Korkgriff geritzt waren. Raymond hatte die Angel als seine gekennzeichnet. Oder jemand hatte sie für ihn gekennzeichnet. Wie auch immer, die Botschaft war klar: Crimmins hatte Raymond.

Inzwischen war McCaleb hellwach, und die Angst schnürte ihm die Brust zusammen. Als er die Windjacke anzog, stieß er die Fäuste förmlich in ihre Ärmel, und nachdem er die Tür untersucht und keinerlei Spuren entdeckt hatte, daß sich jemand am Schloß zu schaffen gemacht hatte, verließ er den Bungalow und lief zum Büro des Motels. Die Glocke über ihm klingelte laut, als er die Tür aufstieß. Der Mann, bei dem er das Zimmer bezahlt hatte, stand verlegen lächelnd von seinem Stuhl hinter dem Schalter auf. Er wollte etwas sagen, aber McCaleb hatte sich bereits weit über den Schalter gebeugt und den Mann am Hemd gepackt. Er riß ihn nach vorn, so daß sein Oberkörper auf der Abdeckplatte zu liegen kam und ihre Kante sich in seinen ausladenden Bauch grub. McCaleb beugte sich zu ihm hinab, bis sein Gesicht direkt vor seinem war.

»Wo ist er?«

»*Que?*«

»Der Mann. Der, dem Sie den Schlüssel für mein Zimmer gegeben haben. Wo ist er?«

»*No habla –*«

McCaleb zog das Hemd des Mannes fester nach unten und drückte ihm den Unterarm in den Nacken. Er spürte, wie seine Kräfte nachließen, aber er legte sich mit seinem ganzen Gewicht darauf.

»*Erzähl mir keinen Scheiß. Wo ist er?*«

Der Mann ächzte und spuckte.

»Ich wissen nicht«, stieß er schließlich hervor. »Bitte. Ich wissen nicht, wo er ist.«

»War er allein, als er herkam?«

»Ja, allein.«

»Wo wohnt er?«

»Ich wissen nicht. Bitte. Er sagen, er Ihr Bruder und haben Überraschung für Sie. Ich geben ihm Schlüssel, damit er überraschen Sie.«

McCaleb ließ den Mann los und stieß ihn so fest zurück, daß er rückwärts in seinen Stuhl fiel. Als er flehentlich die Hände hob, wurde McCaleb klar, daß er dem Mann wirklich angst machte.

»Bitte.«

»Was bitte?«

»Bitte, ich möchten haben keinen Ärger.«

»Das hätten Sie sich früher überlegen müssen. Woher wußte er, daß ich hier bin?«

»Ich ihn anrufen. Er mich bezahlen. Er kommen gestern her und sagen, Sie vielleicht kommen. Er geben mir Telefonnummer. Er mich bezahlen.«

»Und woher wußten Sie, daß ich es bin?«

»Er geben mir Foto.«

»Gut, geben Sie es mir. Das Foto und die Nummer.«

Ohne Zögern griff der Mann nach einer Schublade. McCaleb langte rasch über den Schalter, packte sein Handgelenk und riß seine Hand von der Schublade zurück. Dann öffnete er die Schublade selbst. Sein Blick fiel auf ein Foto, das auf einem Packen Papiere lag. Es war ein Foto von ihm, wie er mit Graciela und Raymond über die Steinmole am Jachthafen ging. McCaleb spürte, wie sein Gesicht rot wurde, als ihm die Wut heißes Blut in die angespannten Kiefermuskeln pumpte. Er drehte das Foto um. Auf der Rückseite stand eine Telefonnummer

»Bitte«, sagte der Mann. »Nehmen Sie Geld. Einhundert Dollar. Ich wollen keinen Ärger mit Sie.«

Er griff in seine Hemdtasche.

»Nein«, sagte McCaleb. »Behalten Sie es. Sie haben es verdient.«

Damit riß er die Tür auf und schlug die Glocke darüber so hart an, daß die Schnur, an der sie hing, riß und die Glocke in die Ecke flog.

Er ging über den gekiesten Parkplatz zu dem Münztelefon an der Pemex-Tankstelle. Er wählte die Nummer auf der Rückseite des Fotos und lauschte dem leisen Klicken in der Leitung, als der Anruf über mindestens zwei Anrufweiterleitungen weitergeschaltet wurde. McCaleb fluchte still in sich hinein. Selbst wenn er jemand bei den lokalen Behörden dazu bringen konnte, es für ihn zu versuchen, wäre es nicht möglich, die zu der Nummer gehörige Adresse festzustellen.

Schließlich kam der Anruf zum Endanschluß durch, und es begann zu klingeln. McCaleb hielt den Atem an und wartete, aber weder eine Person noch ein Anrufbeantworter meldete sich. Nach dem zwölften Läuten knallte er den Hörer auf die Gabel, aber er blieb nicht darauf liegen, sondern fiel herunter und schwang zappelnd unter dem Apparat hin und her. Starr vor ohnmächtiger Wut stand McCaleb da, während aus dem Hörer das leise Tuten des immer noch klingelnden Telefons zu ihm hochdrang.

Nach einer Weile wurde ihm bewußt, daß er durch die Glasscheibe der Telefonzelle abwesend auf den Motelparkplatz starrte. Außer seinem Cherokee stand noch ein anderer Wagen darauf. Ein staubiger weißer Caprice mit kalifornischem Kennzeichen am Heck.

Rasch verließ er die Telefonzelle, ging über den Parkplatz und begann den Weg zum Strand hinabzusteigen. Der Pfad verlief zwischen zahlreichen Felsnasen, die den Blick nach unten verstellten. Deshalb konnte McCaleb die Sandfläche erst sehen, als er unten ankam und links um die letzte Ecke bog.

Der Strand war leer. Er ging bis ans Wasser vor und blickte in beide Richtungen, aber es war niemand zu sehen. Sogar die Pferde waren für die Nacht weggebracht worden. Schließlich wurden seine Blicke auf das tiefe Dunkel unter dem Felsüberhang gelenkt. Er ging darauf zu.

Der Überhang verstärkte das Geräusch der Brandung so sehr, daß es sich anhörte wie der Applaus in einem Stadion. Als McCaleb aus dem hellen Licht des offenen Strandes in das tiefe Dunkel trat, konnte er im ersten Moment nichts erkennen. Er blieb stehen, schloß ganz fest die Augen und öffnete sie wieder. Als sie sich langsam an die Dunkelheit gewöhnten, sah er die Konturen der zerklüfteten Felsen, die ihn umgaben. Und dann trat aus der dunkelsten Stelle unter dem Überhang Crimmins hervor. In einer Hand hielt er die Sig-Sauer. Ihr Lauf war direkt auf McCaleb gerichtet.

»Ich möchte Ihnen nichts tun«, sagte er. »Aber Sie wissen, daß ich es tun werde, falls Sie mich dazu zwingen.«

Um das durch das Echo verstärkte Brausen der Wellen zu übertönen, sprach er sehr laut.

»Wo ist er, Crimmins? Wo ist Raymond?«

»Meinen Sie nicht: ›Wo sind sie?‹«

McCaleb hatte es bereits vermutet, aber die Bestätigung des Grauens, das Graciela und Raymond in diesem Moment durchmachten – falls sie noch am Leben waren –, ging ihm durch und durch. Er machte einen Schritt auf Crimmins zu, blieb aber stehen, als dieser den Lauf der Waffe auf seine Brust richtete.

»Immer mit der Ruhe. Sie sind wohlauf, Agent McCaleb. Machen Sie sich ihretwegen keine Sorgen. Ihre Sicherheit liegt sogar in Ihren Händen. Nicht in meinen.«

McCaleb taxierte Crimmins flüchtig. Inzwischen hatte er pechschwarzes Haar und einen Schnurrbart. Entweder ließ er sich einen Bart wachsen, oder er hatte eine Rasur nötig. Er trug spitze Stiefel, schwarze Jeans und ein Jeanshemd mit zwei Brusttaschen und einer Ziernaht über der Brust. Sein gegenwärtiges Aussehen lag irgendwo zwischen James Noone und dem Barmherzigen Samariter.

»Was wollen Sie?« fragte McCaleb.

Crimmins ignorierte die Frage. Er sprach mit ruhiger Stimme. Er war überzeugt davon, die Oberhand zu haben.

»Ich wußte, falls jemand kommt, sind Sie es. Ich mußte Vorkehrungen treffen.«

»Ich habe gefragt, was Sie wollen? Wollen Sie mich? Ist es das?«

Wehmütig blickte Crimmins an McCaleb vorbei aufs Meer hinaus und schüttelte den Kopf. McCaleb faßte die Waffe ins Auge. Sie war entsichert. Aber der Hahn war nicht gespannt. Es war unmöglich festzustellen, ob sich eine Kugel in der Kammer befand.

»Mein letzter Sonnenuntergang hier«, sagte Crimmins. »Ich muß diesen Platz jetzt verlassen.« Dabei sah er McCaleb lächelnd an, als wollte er ihn ermuntern, seinen Verlust nachzuempfinden.

»Sie waren viel besser, als ich dachte.«

»Es war nicht mein Verdienst. Das haben Sie sich selbst zuzuschreiben, Crimmins. Sie haben einen Fehler gemacht. Sie haben Fingerabdrücke hinterlassen. Und Sie haben mir von diesem Ort erzählt.«

Crimmins runzelte die Stirn und nickte. Er gab die Fehler zu. Ein langer Moment der Stille verging.

»Ich weiß, warum Sie hergekommen sind«, sagte er schließlich.

McCaleb erwiderte nichts.

»Sie wollen mir das Geschenk nehmen, das ich Ihnen gemacht habe.«

McCaleb spürte, wie ihm vor Haß die Galle hochstieg und in seiner Kehle brannte. Er blieb still.

»Ein rachsüchtiger Mann«, fuhr Crimmins fort. »Ich dachte, ich hätte Ihnen klargemacht, wie kurzlebig die Befriedigung ist, die einem Rache verschafft.«

»Ist es das, was Sie daraus gelernt haben, daß sie alle diese Menschen umgebracht haben? Ich wette, wenn Sie nachts die Augen schließen, ist Ihr Vater weiter da, egal wie viele Sie umbringen. Er will einfach nicht verschwinden, stimmt's? Was hat er Ihnen getan, Crimmins, daß Sie so verkorkst geworden sind?«

Crimmins Faust schloß sich fester um den Griff der Pistole, und McCaleb konnte sehen, wie die Konturen seines Kiefers stärker hervortraten.

»Darum geht es hier nicht«, entgegnete er wütend. »Es geht um Sie. Ich möchte, daß Sie leben. Ich möchte leben. Nichts von all dem hätte einen Sinn, wenn Sie nicht am Leben blieben. Begreifen Sie denn nicht? Spüren Sie das Band zwischen uns nicht? Wir sind jetzt miteinander verbunden. Wir sind Brüder.«

»Sie sind verrückt, Crimmins.«

»Ganz gleich, was ich bin, ich kann nichts dafür.«

»Sparen Sie sich Ihre Rechtfertigungen. Was wollen Sie?«

»Ich möchte, daß Sie mir für Ihr Leben danken. Ich möchte in Ruhe gelassen werden. Ich möchte Zeit. Ich brauche Zeit, um mit meinen Sachen umzuziehen und eine neue Bleibe zu finden. Und Sie werden sie mir jetzt geben müssen.«

»Woher weiß ich, daß Sie sie überhaupt haben? Sie haben eine Angelrute. Das heißt gar nichts.«

»Weil Sie mich kennen. Sie wissen, daß ich sie habe.«

Er wartete, und McCaleb sagte nichts.

»Ich war da, als Sie anriefen und stotternd auf ihren Anrufbeantworter sprachen, als Sie sie wie ein lächerlicher Schuljunge anflehten dranzugehen.«

McCaleb spürte, wie sich Scham in seine Wut mischte.

»Wo sind sie?« brüllte er.

»Ganz in der Nähe.«

»Blödsinn. Wie hätten Sie sie über die Grenze geschafft?«

Crimmins grinste und hob die Pistole.

»Genauso, wie Sie das hier rübergebracht haben. Wenn man nach Süden fährt, bekommt man keine Fragen gestellt. Ich ließ Ihrer Graciela die Wahl. Sie und der Junge konnten vorne mitfahren, wenn sie sich entsprechend benahmen, oder sie konnten im Kofferraum fahren. Sie hat sich für ersteres entschieden.«

»Ich hoffe nur, Sie haben ihnen nichts getan.«

McCaleb merkte, wie verzweifelt er sich anhörte, und wünschte, er hätte es nicht gesagt.

»Ob es dabei bleibt, hängt ganz von Ihnen ab.«

»Inwiefern?«

»Ich gehe jetzt weg. Und Sie folgen mir nicht. Sie versuchen nicht, mich aufzuspüren. Sie steigen in Ihren Wagen und fahren zurück zu Ihrem Boot. Sie bleiben in der Nähe des Telefons, und ich werde Sie von Zeit zu Zeit anrufen, um mich zu vergewissern, daß Sie schön stillhalten und mir nicht folgen. Wenn ich Gewißheit habe, daß ich von Ihnen nichts mehr zu befürchten habe, lasse ich die Frau und den Jungen frei.«

McCaleb schüttelte den Kopf. Er wußte, das war eine Lüge. Graciela und Raymond umzubringen wäre der letzte Schmerz, den ihm Crimmins mit dem größten Vergnügen und ohne Skrupel zufügen würde. Der ultimative Sieg. Er wußte, daß er es, ganz gleich, was danach passierte, nicht soweit kommen lassen durfte, daß Crimmins diesen Strand lebend verließ. Er war aus einem ganz bestimmten Grund nach Mexiko gekommen. Und jetzt mußte er entsprechend handeln.

Crimmins schien seine Gedanken lesen zu können und lächelte.

»Sie haben keine Wahl, Agent McCaleb. Entweder ich gehe von hier weg, oder sie sterben allein in einem dunklen Loch. Wenn Sie mich umbringen, wird niemand sie finden. Jedenfalls nicht rechtzeitig. Hunger, Dunkelheit ... ein schrecklicher Tod. Außerdem vergessen Sie etwas.«

Er hielt die Waffe wieder hoch und wartete, daß McCaleb ihm antwortete, was dieser jedoch nicht tat.

»Hoffentlich denken Sie oft an mich«, fuhr Crimmins fort. »So, wie ich an Sie denken werde.«

Er begann auf den helleren Bereich zuzugehen.

»Crimmins«, sagte McCaleb. »Sie haben gar nichts.«

Crimmins drehte sich um, und seine Augen senkten sich auf die Waffe, die jetzt in McCalebs Hand war. McCaleb machte zwei Schritte auf ihn zu und richtete den Lauf der P7 auf seine Brust.

»Sie hätten im Matchsack nachsehen sollen.«

Crimmins konterte, indem er die Sig-Sauer auf McCalebs Brust richtete.

»Ihre Waffe ist leer, Crimmins.«

McCaleb sah Zweifel über die Augen des anderen Mannes huschen. Sie waren ganz schnell wieder verschwunden, aber es war ihm nicht entgangen. Nun wußte er, daß Crimmins die Waffe nicht überprüft hatte. Er wußte nicht, daß sie zwar ein volles Magazin enthielt, aber keine Kugel in der Kammer hatte.

»Aber diese hier nicht.«

Sie standen da. Jeder richtete den Lauf seiner Waffe aus einem halben Meter Entfernung auf die Brust des anderen. Crimmins blickte auf die P7 hinab, dann wieder hinauf zu McCalebs Augen. Er sah ihn durchdringend an, als versuche er seine Gedanken zu lesen. In diesem Moment dachte McCaleb an das Foto in dem Zeitungsartikel. An die durchdringenden Augen, die keine Gnade kannten. Er wußte jetzt, daß er diese Augen wieder hatte.

Crimmins drückte den Abzug der Sig-Sauer. Der Hahn fiel auf eine leere Kammer. McCaleb feuerte die P7 ab und beobachtete, wie Crimmins zurückgeschleudert wurde und rücklings in den Sand fiel, die Arme im rechten Winkel von sich gestreckt, den Mund vor Überraschung weit offen.

McCaleb stellte sich über ihn und entriß ihm die Sig-Sauer. Dann wischte er die P7 an seinem Hemd ab und ließ sie gerade außerhalb Crimmins' Reichweite in den Sand fallen.

Er achtete darauf, sich nicht voll Blut zu machen, als er sich auf die Knie niederließ und über Crimmins beugte.

»Ich weiß zwar nicht, ob ich an einen Gott glaube, Crimmins, aber ich nehme Ihnen die Beichte ab. Sagen Sie mir, wo sie sind. Helfen Sie mir, sie zu retten. Beenden Sie Ihr Leben mit etwas Gutem.«

»Sie können mich mal«, stieß Crimmins mühsam hervor. Sein Mund war voll Blut. »Die beiden werden elend verrecken, und Sie sind schuld daran.«

Er hob eine Hand und deutete mit dem Finger auf McCaleb. Dann ließ er sie, anscheinend von dem Gefühlsausbruch entkräftet, in den Sand zurücksinken. Er bewegte noch einmal die Lippen, aber McCaleb konnte ihn nicht hören. Er beugte sich tiefer zu ihm hinab.

»Was haben Sie gesagt?«

»Ich habe Sie gerettet. Ich habe Ihnen das Leben *geschenkt*.«

Da richtete sich McCaleb auf, wischte sich den Sand von der Hose und sah auf Crimmins hinab. Seine Augen tränten, und sein Mund arbeitete, als er um seine letzten Atemzüge rang. Ihre Blicke trafen sich und blieben aufeinander ruhen.

»Falsch«, sagte McCaleb. »Ich habe Sie gegen mich getauscht. Ich habe mich selbst gerettet.«

45

McCaleb fuhr die unbefestigten Straßen an dem Steilabfall über dem Ortskern von Playa Grande ab und nahm jedes Haus und jeden Wohnwagen, an dem er vorbeikam, genau in Augenschein. Er hielt nach einem verräterischen Telefonanschluß oder einer Satellitenschüssel Ausschau. Er hatte alle Fenster offen, und jedesmal, wenn er zu einer Stelle kam, an der es die fraglichen Geräte gab, hielt er an, stellte den Motor ab und lauschte.

Nicht viele der Behausungen waren per Telefon oder Radiowellen mit der Außenwelt verbunden. McCaleb nahm an, die meisten Menschen, die an einem so abgelegenen Ort lebten, taten es, weil sie diese Verbindung nicht wünschten. Es waren Aussteiger und Einsiedler, Leute, die vom Rest der Welt abgeschnitten sein wollten. Es war ein weiterer Grund, weshalb Crimmins diesen Ort ausgesucht hatte.

Zweimal kamen Leute aus ihren Häusern, um McCaleb zu fragen, was er wolle. Er zeigte ihnen die Fotos, aber ohne Erfolg. Er entschuldigte sich für die Störung und fuhr weiter.

Als sich die Sonne dem Horizont näherte, begann ihn die Verzweiflung zu packen. Ohne das Tageslicht, das wußte er, konnte er seine Suche nicht fortführen. Entweder mußte er an jedem Haus anhalten oder bis zum Morgen warten. Das bedeutete, Graciela und Raymond mußten die ganze Nacht über allein bleiben, ohne Nahrung und Licht, vermutlich auch ohne Heizung, voller Angst, gefesselt oder sonst in irgendeiner Form eingesperrt.

Er fuhr schneller als bisher, als er eine Wohnwagensiedlung durchquerte. Nur einmal hielt er an, um einer alten Frau, die auf der Veranda eines heruntergekommen Wohnwagens saß, die Fotos zu zeigen. Sie schüttelte verneinend den Kopf, und er setzte seine Suche fort.

Schließlich, als die Sonne untergegangen war und der Himmel das letzte Licht des Tages hielt, kam er an einer mit zermahlenen Muschelschalen aufgeschütteten Einfahrt vorbei, die auf eine kleine Anhöhe führte und dahinter verschwand. An dem Tor, mit dem sie abgesperrt war, hing ein Schild, auf dem in Spanisch und Englisch KEIN ZUTRITT stand. Als sich McCaleb das Tor näher ansah, stellte er fest, daß es nur mit einem kurzen, durch die Verschlußspange geführten Stück Draht befestigt war. Er stieg aus, entfernte den Draht und schob das Tor auf.

Hinter der Anhöhe konnte McCaleb sehen, daß der Weg zu einem Wohnwagen führte, der auf der nächsten Anhöhe stand. Seine Brust begann sich vor Aufregung zusammenzuziehen, als er die kleine Satellitenschüssel auf dem Dach entdeckte. Er stellte fest, daß in dem Aluminium-Carport kein Auto war. Im hinteren Teil des Grundstücks stand an einem alten Zaun ein kleiner Schuppen im Stil einer Nissenhütte. Auf mehreren Zaunpfosten steckten Flaschen und Gläser, so, als wären sie dort für Schießübungen angebracht worden.

Das Knirschen der Reifen des Cherokee auf den zerkleinerten Muschelschalen machte eine geräuschlose Annäherung unmöglich. Es beraubte McCaleb auch der Möglichkeit zu lauschen, bevor er angehalten hatte.

Er fuhr in den Carport und machte den Motor aus. Dann saß er vollkommen reglos da und lauschte. Zwei Sekunden lang herrschte nur Stille, doch dann hörte er es. Das Geräusch wurde durch die Aluminiumwände des Wohnwagens gedämpft, aber er hörte es. Im Innern des Wohnwagens klingelte ein Telefon. Mit angehaltenem Atem lauschte McCaleb dem Klingeln, bis er sicher war. Er ließ den Atem entweichen, und spürte, wie es seinem Herz einen Stich versetzte. Er wußte, er hatte sie gefunden.

Er stieg aus und ging auf die Tür des Wohnwagens zu. Das Telefon klingelte weiter, inzwischen mindestens das zehnte Mal, seit er aus dem Auto gestiegen war. Er wußte, es würde weiterläuten, bis er nach drinnen ging und abnahm oder zufällig jemand in die Telefonzelle an der Pemex-Tankstelle kam und den Hörer auflegte.

Als er die Tür zu öffnen versuchte, stellte er fest, daß sie abgeschlossen war. Er holte den Schlüsselbund heraus, den er aus Crimmins Hosentasche gezogen hatte, und versuchte mehrere, bis er die Tür aufbekam. Er trat in den stillen und warmen Wohnwagen und blickte sich um. Er befand sich in einem kleinen Wohnraum. Die Rollos waren heruntergezogen, und bis auf das Leuchten eines Computermonitors, der auf einem Tisch an der rechten Seitenwand stand, war es dunkel. McCaleb tastete über die Wand links von der Tür und fand einen Lichtschalter. Er drückte darauf, und der Raum wurde hell.

Es war ähnlich wie in der Garage, die er in L. A. entdeckt hatte; alles war voll mit Computern und anderen technischen Geräten. Auch eine kleine Sitzecke, die offensichtlich zum Ausruhen diente, gab es. Nichts von all dem interessierte McCaleb. Ihm war längst alles egal. Er war nur aus zwei Gründen hier.

Er machte noch einen Schritt vorwärts und rief: »Graciela? Raymond?«

Keine Antwort. Er dachte an das, was Crimmins gesagt hatte: daß sie in einem dunklen Loch waren. Er drehte sich um und sah zur Tür auf die trostlose Landschaft hinaus. Dabei fiel sein Blick auf den Geräteschuppen, auf den er nun zuzugehen begann.

Als er mit der Handkante gegen die mit einem Vorhängeschloß gesicherte Tür hieb, ertönte im Innern ein lautes hallendes Geräusch, aber niemand antwortete. Er holte noch einmal den Schlüsselbund heraus und steckte nach kurzem Suchen einen kleinen Schlüssel mit dem Master-Lock-Emblem darauf in das Vorhängeschloß. Endlich bekam er die Tür auf und trat in das Dunkel dahinter. Der Schuppen war leer, und ihm krampfte sich der Magen zusammen.

Er drehte sich um und stützte sich mit den Händen am Türrahmen ab. Und während er so, den Blick zu Boden gesenkt, dastand, hatte er plötzlich ein Bild von Graciela und Raymond vor Augen, wie sie sich irgendwo in völliger Dunkelheit eng umschlungen aneinanderkauerten.

Das war der Moment, in dem er es sah. Auf dem Weg aus zermahlenen Muschelschalen vor ihm war eine leichte Vertiefung zu erkennen, die quer zu den Spuren verlief, welche die Reifen eines Fahrzeugs hinterlassen hatten. Die Zufahrt querte ein Pfad, der auf die Kuppe eines Hügels führte. Für McCaleb sah es nicht so aus, als wäre dort oben etwas, aber irgend jemand war oft genug dort hinaufgegangen, daß in der Einfahrt eine leichte Vertiefung entstanden war.

Seine immer weiter ausgreifenden Schritte steigerten sich zu einem raschen Trab, als er dem Pfad zu folgen begann. Auf dem höchsten Punkt angekommen, entdeckte er in der Senke dahinter eine betonierte Fläche, die offensichtlich einmal als Fundament für ein kleines Gebäude gedacht gewesen war. Während er noch überlegte, worum es sich dabei handeln könnte, steuerte er bereits darauf zu. Aus der rechteckigen Betonfläche, auf der eine alte Spitzhacke und eine Schaufel herumlagen, ragten rostige Armierungseisen und Leitungsrohre. An der Stelle, an der vermutlich die Tür hätte angebracht werden sollen, führte eine Stufe zu dem Betonfundament hoch. McCaleb stieg hinauf und sah sich um. Es gab keine Tür zu einem Keller. Nichts, was er sah, paßte zu dem, was Crimmins gesagt hatte.

Er trat gegen eine der Wasserleitungen aus Messing und sah in das Vier-Zoll-Fallrohr, das für eine Toilette gedacht war. Im selben Moment wurde ihm klar, wo sie waren.

Er drehte sich rasch im Kreis und suchte die Umgebung des Betonfundaments ab. Er ging davon aus, daß sich die Stufe auf der Vorderseite des Gebäudes befand. Deshalb konzentrierte er sich auf das Gelände auf der Rückseite und hielt nach einer Stelle Ausschau, zu der das Abflußrohr führen könnte. Nach einer Sickergrube. Im selben Moment fiel ihm auch schon eine Stelle auf, wo offensichtlich erst vor kurzem der Boden umgegraben worden war. Er packte die Schaufel und rannte darauf zu.

Er brauchte fünf Minuten, um die Erde und die Steine über dem Tank zu entfernen. Obwohl ihm klar war, daß sie die Rohre, die die Sickergrube mit dem Fundament verbanden, ausreichend mit Luft versorgten, schuftete er, als würden sie unter seinen Füßen ersticken. Als er den kanaldeckelgroßen Verschluß des Tanks endlich aufbekam, fiel das ersterbende Licht des Himmels durch die Öffnung, und er sah ihre Gesichter. Sie hatten Angst, aber sie waren am Leben. McCaleb fiel ein Stein vom Herzen, als er ihnen die Hand entgegenstreckte.

Selbst im schwachen Licht des Abends kniffen sie die Augen fest zusammen, als er ihnen aus ihrem dunklen Gefängnis half. Und dann drückte er sie so fest an sich, daß er fürchtete, er könnte ihnen weh tun. Graciela weinte, und er konnte ihren ganzen Körper beben spüren.

»Es ist alles in Ordnung«, sagte er. »Es ist vorbei.«

Sie nahm den Kopf zurück und sah ihm in die Augen.

»Es ist vorbei«, wiederholte er. »Er wird niemandem mehr weh tun.«

46

In der hüfthohen Bilge herrschte klaustrophobische Enge, und die Benzindämpfe benebelten ihm den Kopf. McCaleb hatte sich zwar wie ein Bandit ein altes T-Shirt um Mund und Nase gebunden, aber die Dämpfe drangen ihm trotzdem in die Lunge. Der Treibstoffilter, den er auswechselte, war mit neun Schrauben befestigt. Drei davon hatte er bereits wieder angebracht und angezogen. Das Gesicht weit vorgereckt, damit ihm der Schweiß nicht so leicht in die Augen laufen konnte, mühte er sich gerade mit der vierten ab, als er über sich ihre Stimme hörte.

»Hallo? Ist jemand zu Hause?«

McCaleb legte den Schraubenschlüssel beiseite und riß sich das Hemd vom Gesicht. Dann kroch zur offenen Luke und steckte den Kopf hindurch. Jaye Winston stand auf dem Anleger und hielt nach ihm Ausschau.

»Jaye. Was gibt's? Kommen Sie an Bord.«

»Nein, ich hab's eilig. Ich wollte nur kurz vorbeikommen und Ihnen sagen, daß sie ihn gefunden haben. Ich bin auf dem Weg nach Mexiko runter.«

McCaleb zog die Augenbrauen hoch.

»Er ist nicht mehr am Leben. Er hat sich umgebracht.«

»Wirklich?«

»Wir haben es mit der Polizei von Baja zu tun. Solange ich also nicht selbst da unten war, möchte ich mich lieber auf nichts festlegen. Sie haben seine Leiche am Strand gefunden, in Playa Grande, einem kleinen Ort unten an der Küste. Hat sich selbst ins Herz geschossen. Ein Junge, der sich um die Pferde am Strand kümmert, hat ihn gefunden. Das war vor zwei Tagen. Wir haben es eben erst erfahren.«

McCaleb blickte sich um. Er sah einen Mann in weißem Hemd und Krawatte am Tor zu den Anlegern herumstehen. Ihr Partner, nahm er an.

»Sind sie auch sicher, daß er es ist?«

»Behaupten sie zumindest. Die Beschreibung trifft ziemlich genau auf ihn zu. Außerdem haben sie herausgefunden, daß er ein Stück oberhalb des Strands einen Wohnwagen hatte. Dort fanden sie Computer, Fotos und sonst noch alles mögliche. Sieht also ganz nach unserem Freund aus. *Und* er hat einen Abschiedsbrief auf dem Computermonitor hinterlassen.«

»Was hat er geschrieben?«

»Wie gesagt, habe ich das alles nur aus zweiter Hand, aber im wesentlichen lief es darauf hinaus, daß er die Verantwortung für seine Taten übernimmt und zu der Überzeugung gelangt ist, kein Recht mehr zu haben, noch weiterzuleben. Alles sehr kurz und bündig.«

»Haben sie eine Waffe gefunden?«

»Nein. Aber heute suchen sie mit Metalldetektoren den Strand ab. Wenn sie sie finden, ist es vermutlich unsere HK P7. Die Kugel, die bei der Obduktion aus seinem Körper geholt wurde, ist eine Federal, ein Vollmantelgeschoß. Wir werden sehen, ob sie es uns für einen Vergleich ausleihen.«

McCaleb nickte.

»Und wie erklären sie sich das Ganze?«

»Ganz einfach. Der Kerl weiß, wir sind ihm dicht auf den Fersen, er bekommt Gewissensbisse, schreibt einen Abschiedsbrief, geht zum Strand runter und jagt sich eine Kugel ins Herz. Die Flut spült seine Leiche gegen die Felsen. Sie bleibt irgendwo hängen und wird deshalb nicht wieder aufs Meer hinausgespült. Wir fahren runter, um uns das Ganze mal näher anzusehen. Und um ihm die Fingerabdrücke abzunehmen. Schmauchspuren finden wir vermutlich keine mehr. Dazu dürfte die Leiche zu lange im Wasser gelegen haben. Aber eins steht fest: Wir legen den Fall nicht zu den Akten, bis wir nicht absolut sicher sind, daß es Crimmins ist.«

»Ja, das ist eine gute Idee.«

»Ich möchte einfach sichergehen. An sich sah es nämlich nicht so aus, als würde diese Geschichte mit einem Selbstmord enden, wenn Sie wissen, was ich meine.«

Sie sah ihn durchdringend an.

»Tja … man kann eben nie wissen.«

Sie nickte. Dann wandte sie zum erstenmal den Blick von ihm ab und sah sich nach ihrem Partner um. Da, wo er stand, befand er sich auf jeden Fall außer Hörweite.

»Wie war's übrigens in Las Vegas, Terry?«

Er setzte sich aufs Dollbord und legte den Schraubenschlüssel, mit dem er gearbeitet hatte, neben sich.

»Äh… also, ich war gar nicht weg. Mir wurde nämlich klar, wenn ich die Kiste hier nicht bald zum Laufen bringe, schaffe ich es nie mehr. Deshalb habe ich einfach das Telefon abgestellt und die ganze Zeit nur an meinem Boot gearbeitet. Ich glaube, jetzt kann ich endlich damit losfahren.«

»Gut. Ich hoffe, Sie fangen viele Fische.«

»Auf jeden Fall. Kommen Sie mal vorbei, dann nehme ich Sie zum Marlinfischen mit raus.«

»Passen Sie auf, sonst nehme ich Sie noch beim Wort.«

Sie nickte und sah sich noch einmal im Jachthafen um.

»Tja, dann werde ich mal. Ist eine ziemliche Strecke da runter, und wir sind sowieso schon spät dran.«

»Viel Glück.«

»Danke.«

Sie hatte sich bereits zum Gehen gewandt, doch dann zögerte sie und sah zu ihm zurück.

»Ich habe Ihren Cherokee auf dem Parkplatz stehen sehen. Sie sollten mal in die Waschanlage fahren, Terry. Er ist ganz schön staubig.«

Dann sahen sie sich einen Moment in die Augen, ein stummer, deutlicher Austausch von Gedanken.

»Werd' ich machen«, sagte McCaleb schließlich. »Danke.«

47

The Following Sea tuckerte durch die leichte Dünung gemächlich nach Süden, auf Catalina zu. Oben auf der Brücke, gegen das Ruder gestützt, stand McCaleb. Da er den vorderen Windschutz nach unten geklappt hatte, traf ihn die kühle Luft, die von der Wasseroberfläche hochkam, mit voller Wucht und ließ seine Haut unter der Kleidung hart werden. Vor ihm erhob sich die Insel wie ein riesiger Felsendom aus dem Nebel am Horizont. Die Gebäude und einige der größeren Boote von Avalon begannen sich langsam abzuzeichnen, und das kreisrunde Terrakottadach des Casinos, des Wahrzeichens der Stadt, war inzwischen deutlich erkennbar.

Er drehte sich um und sah nach achtern. Das Festland war nicht mehr zu sehen, erkennbar nur noch an dem Smogschleier, der über ihm hing wie ein Warnschild mit der Aufschrift KOMMEN SIE NICHT HIERHER! Er war froh, es hinter sich gelassen zu haben.

Einen Moment dachte er an Crimmins. Er bereute nicht, wie er die Angelegenheit in Mexiko bereinigt hatte. Nun würde es keine Fragen mehr über seine Motive und seine Entscheidungen geben. Denn inzwischen hatte er nicht mehr nur sich selbst zu beschützen. Gloria und Raymond hatten sich sechsunddreißig Stunden in Crimmins' Gewalt befunden. Obwohl er ihnen keinen körperlichen Schaden zugefügt hatte, brauchten sie Zeit, um diese schrecklichen Stunden zu verarbeiten, die Wunden heilen zu lassen. Und McCaleb konnte sich nicht vorstellen, daß es diesem Prozeß zuträglich wäre, sie mit noch mehr Polizisten und Fragen zu konfrontieren. Graciela war der gleichen Meinung gewesen.

Er sah von der Brücke in die Plicht hinab und beobachtete die beiden heimlich. Raymond, die Schleppangel in seinen kleinen Händen, saß im Angelstuhl. Graciela stand neben ihm und hielt sich am Stuhl fest. Hätte McCaleb gekonnt, hätte er dem Jungen einen großen schwarzen Marlin an die

Leine gewünscht. Aber er machte sich keine Sorgen. Sie hatten noch so viel Zeit, um Fische zu fangen.

Graciela schien seinen Blick zu spüren und sah zu ihm hoch. In dem Lächeln, mit dem sie sich ansahen, lag eine große Vertrautheit. Wenn sie ihn so anlächelte, hatte McCaleb jedesmal das Gefühl, als stünde sein Herz still. Es machte ihn so glücklich, daß es weh tat.

Die Bootsfahrt war ein Test. Nicht nur für das Boot, sondern auch für sie beide. So hatte sie es genannt. Ein Test, ob sie überwinden könnten, was zwischen ihnen stand, dieses schmerzliche Wissen, was passiert war und was er getan hatte, warum er hier war und andere nicht. Vor allem Gloria. Sie würden sehen, ob sie auch darüber hinwegkommen oder es zumindest soweit beiseite stellen könnten, daß sie es nur im Notfall hervorholen und betrachten müßten.

Mehr konnte McCaleb nicht erhoffen. Mehr wollte er auch nicht. Nur diese Chance. Der Umstand, daß er sie nur noch zu ergreifen brauchte, verlieh seinem Glauben an sie eine völlig neue Qualität. Zum erstenmal seit langem hatte er das Gefühl, als gäbe es so etwas wie einen Sinn im Leben.

Er blickte wieder nach vorn und überprüfte den Kurs des Bootes. Er konnte das Glockenhaus oben auf dem Hügel sehen und daneben das Dach des Hauses, in dem der Schriftsteller und Sportsmann Zane Grey gelebt hatte. Es war ein schöner Ort, und er konnte es nicht erwarten, an ihn zurückzukehren und ihn Graciela und Raymond zu zeigen.

Er warf einen weiteren verstohlenen Blick nach achtern. Graciela hatte sich wegen des Winds das Haar zurückgebunden, und er betrachtete den anmutigen Schwung ihres Nackens. Er hatte in letzter Zeit fast so etwas wie Glauben verspürt, doch er war unsicher, wohin er ihn führen würde. Unsicher, aber nicht beunruhigt. Er wußte, es spielte eigentlich keine Rolle. Sein Glaube galt Graciela Rivers. Und als er jetzt auf sie hinabblickte, hatte er keinen Zweifel, daß er auf den Felsen sah, auf den er bauen würde.

Danksagung

Blood Work ist ein Roman, aber er wurde durch die Gespräche mit meinem Freund Terry Hansen inspiriert, der am Valentinstag des Jahres 1993 ein neues Herz bekam. Ich danke ihm für die Offenheit, mit der er über die emotionalen und körperlichen Veränderungen sprach, die dieser Eingriff nach sich zog.

Des weiteren möchte ich all jenen danken, die mir beim Schreiben dieses Romans mit ihrem Rat und ihren Sachkenntnissen geholfen haben. Für alle Fehler, die sich auf diesen Seiten eingeschlichen haben sollten, trage allein ich die Verantwortung. Ganz besonders möchte ich Linda und Callie dafür danken, daß sie mich ertragen haben; William Gaida, ehemals beim LAPD, für seine Einführung in die Kunst der Vernehmung unter Hypnose; und Jim Carter für alles, was er mir über Boote und Cabrillo Marina beigebracht hat. Mein Dank gilt auch Gene Riehl, ehemals beim FBI, Computerzar Scott Anderson, Waffenspezialist Larry Sulkis, und Schreib-Guru Scott Eyman, der mich vor dem Durchdrehen bewahrte, nachdem ich 240 Seiten – mit Absicht! – zu Makulatur gemacht hatte und noch einmal von vorn anfangen mußte.

Enorm profitiert haben sowohl das Buch als auch der Autor von den Gedanken all jener, die es während seiner Entstehung gelesen haben. Zu ihnen gehören Mary Connelly, Susan Connelly und Jane Connelly, Joel Gotler, Brian Lipson, Philip Spitzer, Ed Thomas, Bill Gerber, Melissa Rocker und Clint Eastwood. (Ganz besonderer Dank an Joel für die Mundharmonikariffs.) Meinem Lektor Michael Pietsch ist es wie immer glänzend gelungen, ein umfangreiches Manuskript in eine für jeden verständliche Form zu bringen.

Zuletzt noch ein neuerliches Dankeschön an die Buchhändler, die mir helfen, meine Geschichten zu erzählen.

Michael Connelly
Los Angeles